몽테 크리스토 백작 I

알렉상드르 뒤마

일신서적출판사

□ 주요인물

에드몽 단테스 메르세데스의 약혼자이며 모렐 상회 파라온 호의
  일등 항해사로서 19세라는 젊은 나이로 선장이 되려다 이를 시기
  하는 무리들에 의해 14년간이나 이프 성에 갇히나 우연히 친하게
  된 파리아 신부로부터 지식을 얻게 되고 보물에 대한 비밀을 알게
  된다. 그후 극적인 탈출에 성공, 몽테 크리스토 백작이라는 이름으
  로 세상에 등장하여 통쾌한 복수극을 펼친다.
메르세데스 카탈로니아 마을의 아름다운 여인으로 단테스의 약혼녀
  였지만 단테스의 변고로 페르낭과 결혼하게 된다. 알베르 드 모르
  셀의 어머니.
당그랄 모렐 상회 파라온 호의 경리 담당자. 모렐 선주의 추천으로
  은행에 서기로 들어가 부자가 된다.
페르낭 메르세데스를 짝사랑한 나머지 단테스를 어이없는 중죄인으
  로 만든 당사자. 그리스 왕 알리 파샤의 시종 일을 맡다가 이를
  배반하고 백작의 지위에 오른다.
카도루스 단테스의 부친과 같은 집에 살았던 양복점 주인. 한때
  여인숙의 주인이 되지만 살인죄로 들통 감옥에 갇힌다.
프랑츠 데피네 빌포르의 아버지 노아트리에로부터 데피네 장군
  암살 사건에 관한 전모를 듣고 바랑티느와 파혼하다.
바랑티느 빌포르와 상 메랑 후작의 딸 르네와의 사이에서 태어난
  어여쁜 아가씨.
막시밀리안 모렐의 아들로 알제리아 기병 대위. 비랑티느와 서로
  사랑하는 사이
빌포르 마르세이유의 검사 대리이며 노와트리에의 아들. 자신의 야심
  때문에 단테스를 희생시킨 이기주의자. 후일 검찰 총장이 된다.
모렐 모렐 부자상회의 선주. 단테스를 물심양면으로 도우고자 애쓴다.
파리아 신부 이탈리아의 학자. 미치광이로 잘못 인식되나 단테스에게
  몽테 크리스토 섬에 대한 비밀을 유언으로 남긴다.

차 례

—Ⅱ권으로 계속

1. 마르세이유 ── 도착

1815년 2월 24일, 노트르담 드 라 가르드의 경비 초소에서는 스미르나, 톨리 에스테, 나폴리에서 돌아온 세 돛대의 파라온 호가 나타났다는 신호를 보내왔다.

수로 안내인은 여느 때와 마찬가지로 항구를 떠나 이프 성(마르세이유에서 삼 킬로 떨어져 있는 작은 섬에 만들어진 요새로서 정치범을 수용하는 감옥으로 되어 있었다) 바로 옆을 지나 모르지우 곶(串)과 리옹 섬 중간에서 그 배에 접근했다.

그러자 곧 여느 때와 마찬가지로 생 장 성채의 전망대는 구경꾼들로 꽉 찼다. 왜냐하면 배가 입항한다는 것은, 특히 파라온 호처럼 마르세이유의 조선소에서 건조되고 장비되고 선체의 평형이 조정되고, 더욱이 그것이 이 고장 선주의 것인 경우에는 마르세이유에 있어서는 그것은 언제나 큰 사건이었기 때문이다.

그러는 동안에도 배는 항진해오고 있었다. 지금은 무난히 카라자레뉴 섬과 자로스 섬 사이의 화산성 지진으로 패어진 해협을 지나 포메그 곶을 돌아 들고 있었다. 그리고 가운데 돛대의 석 장의 돛, 뱃머리의 큰 삼각돛, 뒤 돛대의 사다리꼴돛을 팽팽하게 펴고 항진해왔는데 그 항진하는 모습이 어딘가 느려빠지고 침울해 보였으므로 구경꾼들은 불행을 눈치채는 예의 직감으로 배에서 무슨 나쁜 일이라도 일어나지 않았는가 하고 수근거리기 시작했다. 그러나 항해 전문가들은 무슨 일이 일어났다고 하더라도 선박 자체에는 아무 일도 없다고 장담했다. 왜냐하면 배는 완전하게 조종되는 상태에서 항진해오고 있었기 때문이다. 닻이 내려지고 뱃머리의 비스듬한 돛대의 밧줄이 풀려졌다. 그리고 파라온 호를 마르세이유 항의 좁은 입구로 인도하려는 수로 안내인 옆에는 동작이 민첩하고 날카로운 눈초리를 가진 한 젊은이가 서서 배의 움직임을 유심히 지켜보며 수로 안내인의 명령을 일일이 복창하고 있었다.

군중 사이를 감돌고 있던 불안한 기분은 생 장의 전망대에 나와 있던 구경꾼들 중의 어느 한 사람의 마음을 특히 강하게 사로잡았다. 그 사람은 배가 항구로 들어오는 것을 가만히 기다리지 못하고 한 척의 보트에 올라타고는 파라온 호를 향해 저어가라고 명령했다. 그리고 라 레젤브의 후미 근처에서 배에 접근할 수 있었다.

그 사람의 모습을 보자 젊은이는 수로 안내인의 곁을 떠났다. 그리고는 모자를 벗어들고 뱃전으로 다가왔다.

나이는 열여덟에서 스무 살쯤 되어 보이는 청년으로서 키가 훤칠하게 컸다. 검고 아름다운 눈, 그리고 칠흑 같은 머리털을 가지고 있었다. 얼핏 보기에도 그 모습에는 어렸을 때부터 위험과 싸우는 데 익숙해진 사람만이 갖는 여유와 결연한 태도가 엿보였다.

「여어, 단테스 군!」 이렇게 보트 안의 사나이가 외쳤다. 「무슨 일이 있었는가? 어째서 배 전체가 침울하지?」

「모렐 씨, 엄청난 일이 일어났습니다!」 하고 청년은 대답했다. 「엄청난 일, 더욱이 저에게 있어서는 치명적인 일입니다. 치비타 베키아의 난바다에서 저 용감한 루크렐 선장이 돌아가셨습니다.」

「배에 실은 짐은 어떻게 했지?」 하고 선주는 다급하게 물었다.

「그건 괜찮습니다, 모렐 씨. 그 점에 관해서는 만족하시리라고 생각합니다. 하지만 루크렐 선장은 가엾게도……」

「어떻게 된 건가?」 하고 선주는 눈에 띄게 안도하는 모습으로 물었다. 「그 용감한 선장에게 대체 무슨 일이 일어난 건가?」

「돌아가셨습니다.」

「바다에라도 떨어졌단 말인가?」

「아닙니다. 뇌염에 걸려서 몹시 고생하시다가 돌아가셨습니다.」

그리고 나서 청년은 부하 선원들을 향해 소리쳤다. 「이봐! 각자 정박 위치에서 닻을 내릴 준비!」

선원들은 명령에 따랐다. 순식간에 여덟 명에서 열 명의 선원 중 어떤 사람은 아래쪽 밧줄에, 어떤 사람은 활대에, 어떤 사람은 당김밧줄에, 또 어떤 사람은 뱃머리 삼각돛의 묶음밧줄에, 그리고 나머지는 돛조르기 밧줄에 달라붙었다.

청년은 이러한 작업이 시작되는 것을 맥빠진 눈으로 바라보고 있었으나 명령대로 행해지는 것을 보고는 이야기하던 상대 쪽으로 되돌아왔다.

「어쩌다가 그런 일이 일어났지?」 하고 선주는 아까 청년이 하다가 만 이야기의 실마리를 찾으면서 말했다.

「네, 정말 뜻밖의 일이었습니다. 루크렐 선장은 항무부장과 오랫동안 얘기를 한 뒤 뭔가 몹시 초조한 모습으로 나폴리를 떠났습니다. 그리고 그로부터 24시간 뒤에 발열을 하고 사흘 뒤에는 돌아가신 겁니다……. 우리는 여느 때와 똑같은 장례를 치렀습니다. 선장은 해먹에 반듯하게 싸여지고 발과 머리에 각각 삼십육 파운드의 추를 달고 엘 지리오 섬의 난바다에서 쉬고 계십니다. 부인을 위한 유품으로는 훈장과 검을 가지고 왔습니다. 생각하면 정말 허무한 일입니다.」 하고 청년은 우울한 미소를 지으면서 말했다. 「10년간이나 영국인을 상대로 싸우고 결국은 다른 사람과 마찬가지로 자기의 침대 안에서 말없이 돌아가셨으니까요.」

「그렇게 됐군! 하지만 어쩔 수 없는 일이야. 에드몽 군」 하고 차츰 기분이 가라앉은 듯한 선주는 말했다. 「사람은 모두 죽게 마련이야. 선배는 후진에게 자리를 양보하지 않으면 안돼. 그렇지 않으면 승진이라는 것은 없어지니까. 그런데 짐은 괜찮다고 말했지? ……」

「괜찮습니다, 모렐 씨. 보증합니다. 하지만 이만 오천 프랑 이하의 이익으로는 이러한 항해는 그만두시는 것이 좋을 겁니다.」

언뜻 깨닫고 보니까 배는 원탑(圓塔) 근처를 지나는 참이었다.

「중간 돛대의 네모돛, 뱃머리의 삼각돛, 뒤 돛대의 사다리꼴돛!」 하고 청년은 소리질렀다. 「감아올려!」

명령은 마치 군함에서처럼 신속하게 실행되었다.

「모두 감아서 거두도록!」

이 마지막 명령으로 모든 돛은 내려졌다. 그리고 배는 이제 타성으로밖에 움직이지 않았고 아주 천천히 진행하고 있을 뿐이었다.

「어떻습니까? 모렐 씨.」 선주의 그야말로 초조한 듯한 모습을 보면서 청년이 말했다.

「올라오시지 않겠습니까? 마침 경리 담당인 당그랄 씨도 선실에서 나왔으니까 여러가지 얘기를 들으실 수 있을 겁니다. 저는 이제부터 투묘(投錨)를 감독하고 배에 상장(喪裝)을 시켜야 하니까요.」

선주는 두말 않고 그 말에 따랐다. 그는 단테스가 던져 준 밧줄을 붙잡고 그야말로 뱃사람다운 익숙한 솜씨로 그 둥그런 배 옆구리에 고정되어 있는 사다리를 타고 올라갔다. 한편 단테스는 방금 당그랄이라는 이름으로 불렸고 지금 막 선실에서 나와 선주 쪽으로 엄숙하게 다가온 사나이에게 대화를 양보하고 자기는 일등 항해사의 일을 수행하기 위해 그 자리를 떠났다.

여기에 새로 등장한 사나이는 나이가 스물대여섯 살쯤이고, 무척 침울해 보이는 얼굴을 하고 있었다. 상사에게는 알랑거리고 부하 앞에서는 으시대는 타입의 사나이었다. 그래서 그는 선원 동료들로부터 일반적으로 미움을 사게 마련인 경리라는 탓도 있었지만 그 밖에도 단테스가 모든 사람들로부터 호감을 사고 있는 데 반해 그는 승무원 모두로부터 보통 백안시당하고 있었다.

「오랜만입니다. 모렐 선주님. 들으셨겠지요? 정말 어이없는 일이 일어났습니다.」 하고 당그랄은 말했다.

「들었네. 정말 안됐어. 용감하고 게다가 착한 사람이었는데.」

「거기에다 하늘과 물속에서 세월을 보낸, 그야말로 비할 데 없이 훌륭한 뱃사람이었지요. 모렐 상회 같은 훌륭한 가게의 일을 해나가는 데는 정말 가장 적합한 분이었지요.」 하고 당그랄이 대답했다.

「하지만」 하고 마침 투묘의 위치를 찾고 있는 단테스에게서 눈을 떼지 않고 선주는 말했다. 「일을 척척 해나가는 점에서 말하면 구태여 그렇게까지 노련한 선장이 아니더라도 좋을걸세. 저기 있는 에드몽만 하더라도 누구에게도 묻지 않고 자기 일을 충분히 해나갈 수 있는 것 같으니까.」

「맞습니다.」 하고 당그랄은 단테스 쪽을 흘끗 곁눈으로 바라보았다. 거기에는 증오의 불꽃이 번뜩이고 있었다. 「그렇습니다. 하지만 아직 어리지요. 무엇 하나 의심해 보려고 하지를 않으니까요. 선장님이 돌아가시자 누구와도 의논하지 않고 곧 배를 지휘하기 시작했는데, 글쎄 마르세이유로 곧바로 돌아오지 않고 엘바 섬에서 하루 반이나 우리에게 손해를 끼쳤습니다.」

「배를 지휘하는 것은 일등 항해사로서 저 사람의 당연한 의무이지.」 하고 선주는 말했다.「하지만 엘바 섬에서 하루 반이나 허비했다는 것은 조금 안됐군. 물론 배를 손보아야 할 만큼 파손된 곳이 있었다면 이야기는 다르지만.」

「배는 저와 마찬가지로, 그리고 모렐 선주님, 언제나 무사함을 빌고 있는 선주님과 마찬가지로 그야말로 튼튼했습니다. 더욱이 그 하루 반이라는 것이 터무니없는 변덕 때문에 허비되었지요. 즉, 육지에 오르고 싶다는 단지 그 한 가지 기분에서였으니까요.」

「단테스 군」청년 쪽으로 돌아서면서 선주가 불렀다.「잠깐 이리로 오게.」

「미안합니다, 곧 갈게요.」그리고는 선원 쪽을 향해「닻을 내려！」하고 소리쳤다. 곧 닻은 물속에 내려졌다. 그리고 쇠사슬은 소리를 내며 풀려 내려갔다. 수로 안내인이 있음에도 불구하고 단테스는 이 마지막 작업이 끝날 때까지 자기의 부서에 머물러 있었다. 그리고 나서는「선기(船旗)를 반기의 위치로 내려서 조기(弔旗) 게양, 활대를 십자로 교차시키도록！」

「어떻습니까？」하고 당그랄이 말했다.「제가 말씀드린 대로 짐짓 선장이 된 기분 아닙니까？」

「하지만 사실, 선장인걸.」하고 선주가 말했다.

「그렇군요. 선주님과 아드님의 서명이 없다는 것뿐이군요.」

「하지만 저 사람에게 선장을 맡겨도 괜찮을 것 같네. 물론 나이는 어리지. 하지만 완전히 터득한 것 같네. 일에 대해서도 꽤 경험을 쌓은 것 같고.」

일말의 어두운 그림자가 당그랄의 얼굴 위를 스쳤다.

「실례했습니다.」옆으로 다가오면서 이렇게 단테스가 말했다.「닻도 내렸고 이제부디 무슨 말씀이리도 듣겠습니다. 부르신 것 아닙니까？」

당그랄은 한 걸음 뒤로 물러섰다.

「실은 한 가지 물어 보고 싶은 말이 있다네. 자네는 왜 엘바 섬에 배를 정박시켰지？」

「이유는 저도 모릅니다. 루크렐 선장의 마지막 명령을 수행했을 뿐입니다. 선장님은 돌아가실 때 저에게 베르토랑 대원수님에게 드릴 보따리 하나를 맡기셨습니다.」

「그래서 만나 뵈었나？」

「누구를 말입니까？」

「대원수님 말일세.」

「네.」

모렐은 주위를 둘러보았다. 그리고 단테스의 소매를 끌고「폐하(나폴레옹을 말함)는 어떻게 지내고 계신가?」하고 다급하게 물었다.

「건강하십니다. 제 눈이 틀림이 없다면 말입니다.」

「그럼 폐하도 만나 뵈었나?」

「제가 원수님을 찾아갔더니 거기에 들어오셨습니다.」

「그래서 뭐라고 말씀을 드렸나?」

「폐하 쪽에서 말씀을 하셨습니다.」하고 단테스는 미소를 띠면서 대답했다.

「뭐라고 말씀하시던가?」

「배에 대한 일, 배가 언제 마르세이유를 떠났는가 하는 일, 지금까지 거쳐온 도정에 대한 일, 싣고 있는 화물에 대한 일, 여러가지를 물으셨습니다. 만일 배가 비어 있고 제가 배의 소유주라면 아무래도 배를 사들이고 싶은 눈치이셨습니다. 하지만 저는 다만 일등 항해사일 뿐이고 배는 모렐 부자 상회의 것이라고 말씀드렸습니다. 그러자 폐하는 이렇게 말씀하셨습니다. 아아, 그 상회라면 알고 있어. 모렐 일가는 조상 대대의 선주이지. 그 집안에 바랑스의 군대시절에 나와 같은 연대에 있었던 한 사나이가 있지, 라고 말입니다.」

「맞아, 바로 그래!」선주는 신이 나서 소리를 질렀다.

「그건 백부인 포리칼 모렐이야, 대위가 되었지……. 단테스 군, 백부님을 만나면 폐하가 백부님을 기억하고 계시더라고 말씀드려야지. 백부님은 아마 눈물을 흘리면서 기뻐하실 거야. 정말, 정말로 고마운 일이야.」하고 선주는 청년의 어깨를 다정스럽게 토닥거리며「선장의 명령에 따라 엘바 섬에 들러 주어서 자네는 정말 좋은 일을 해주었네. 하지만 원수님에게 보따리를 건네고 폐하와 이야기를 나눈 일이 다른 사람들에게 알려지면 자네의 신상에 위험이 닥칠지도 몰라.」

「어째서지요?」하고 단테스가 말했다.「저는 제가 무엇을 가지고 갔는지조차 모르고 게다가 폐하만 하더라도 그냥 평범한 일을 물어 보셨을 뿐인데요. 아, 잠깐만요.」하고 단테스는 눈치를 채고 말했다.

「검역관과 세관 직원이 왔습니다. 잠깐 실례하겠습니다.」

「가봐요, 그럼.」

청년이 저쪽으로 가자 이번에는 당그랄이 옆으로 다가왔다.

「어땠습니까? 포르토 페라이온에 정박한 데 대해 뭔가 그럴 듯한 이유를 말하는 것 같던데요.」

「그래, 훌륭한 이유였네, 당그랄 군.」

「그것 참 다행이군요.」 하고 당그랄은 대답했다. 「뭐니뭐니해도 친구가 그 의무를 저버리는 일을 하는 것을 보고 있다는 것은 더할 수 없이 괴로운 일이니까요.」

「그런데 단테스는 자기의 의무를 수행했단 말일세.」 하고 선주가 대답했다. 「그리고 무엇 하나 부족한 데가 없었네. 루크렐 선장이 기항하도록 지시를 했으니까.」

「루크렐 선장 얘기가 나왔으니까 말입니다만, 선장으로부터 받은 편지를 전달하지 않던가요?」

「누가 말인가?」

「단테스가 말입니다.」

「나에게? 아니! 편지를 맡아가지고 있었나?」

「보따리 외에 루크렐 선장은 편지를 한 통 맡긴 것으로 알고 있습니다만.」

「보따리라니, 무슨 보따리?」

「단테스가 돌아오는 길에 포르토 페라이온에 놓고 온 보따리 말입니다.」

「그런데 자네는 단테스가 포르토 페라이온에 보따리를 두고 온 것을 어떻게 알고 있지?」

당그랄은 얼굴을 붉혔다.

「반쯤 열려 있는 선장님 문 앞을 지나고 있었기 때문이지요. 그리고 선장님이 보따리와 편지를 단테스에게 건네고 있는 장면을 보았거든요.」

「나에게는 아무 말도 하지 않았네.」 하고 선주는 말했다. 「하지만 편지를 가지고 있다면 틀림없이 내게 건네 주겠지.」

당그랄은 잠시 생각에 잠겼다.

「그럼 부탁입니다만 단테스에게는 아무 말도 하지 말아 주십시오. 제 착각인지도 모르니까요.」

그러고 있을 때 청년이 되돌아왔다. 당그랄은 그 자리를 피했다.

「어떤가 단테스 군. 일은 끝났나?」 하고 선주가 물었다.

「네.」

「생각보다 빨리 끝났군.」

「네. 세관 사람에게 적하물(積荷物)의 표를 건네 주었습니다. 화물 보관소 쪽에서 수로 안내인과 함께 사람을 보내왔기 때문에 그에게 서류를 건네 주었습니다.」

「그럼 여기 일은 이제 끝났다는 얘기로군?」

단테스는 재빨리 주위를 둘러보았다.

「네, 깨끗이 끝냈습니다.」

「그럼 함께 식사를 하고 싶은데 갈 수 있겠나?」

「미안합니다만 모렐 선주님, 저는 무엇보다도 아버지를 먼저 만나 뵙고 싶은데요. 말씀은 고맙지만 아버지에게도 감사하지 않으면 안 되기 때문에요.」

「당연한 얘기지. 썩 좋은 생각이야. 그렇지, 자네는 효자였으니까.」

「저어……」 하고 단테스는 조금 망설이면서 물었다. 「혹시 들으셨는지요, 아버지 소식을…… ?」

「만나 뵙지는 못했지만 건강하시리라고 생각하네.」

「그렇겠지요, 아버지는 언제나 좁은 방에서 한 발짝도 밖으로 나가지를 않으시니까요.」

「그건 적어도 자네가 없는 동안 별다른 불편이 없으셨다는 증거라네.」

단테스는 미소를 지었다.

「아버지는 긍지를 가지고 계십니다. 무슨 불편한 일이 있었다고 하더라도 하느님에게라면 모를까 세상의 어느 누구에게도 아쉬운 소리를 하지는 않을 겁니다.」

「좋아, 그럼 그 방문이 끝난 다음에는 우리 집에 와주겠지?」

「한 가지 더 용서를 구하지 않으면 안 되겠습니다. 실은 아버지를 찾아 뵌 뒤에 또 한 사람 마음에 걸리는 이를 찾아보지 않으면 안 되기 때문입니다.」

「그랬었군, 단테스 군. 나는 깜빡 잊고 있었네만 카탈로니아 마을에는 자네 부친 못지않게 자네가 돌아오기를 기다리는 사람이 있었지. 그 아름다운 메르세데스 양 말이야.」

단테스는 미소를 지었다.

「참, 그랬지!」하고 선주는 말했다.「그 아가씨가 파라온 호의 소식을 물으러 세 번이나 찾아왔는데 조금도 이상할 것이 없어. 안 그런가, 에드몽 군. 자네는 축복받은 사람이야. 아름다운 연인을 가지고 있으니까.」

「그 사람은 연인이 아닙니다.」하고 청년은 단호하게 말했다.「그 사람은 제 약혼자입니다.」

「양쪽을 겸할 수도 있는 일 아닌가.」하고 웃으면서 선주가 말했다.

「하지만 저희들은 그렇지가 않습니다.」하고 단테스는 대답했다.

「자, 그럼.」하고 선주는 말을 이었다.「이제 더 이상 붙잡지 않겠네. 여러 가지로 일을 많이 해주었으니까. 지금부터는 마음놓고 자네 일을 보도록 하게. 어떤가, 돈은 필요하지 않은가?」

「네, 항해중의 봉급을 그대로 가지고 있으니까요. 이럭저럭 3개월분의 급료가 남아 있습니다.」

「꽤 꼼꼼하군. 에드몽 군.」

「가난한 아버지가 계시니까 어쩔 수 없지요.」

「그래그래, 자네는 대단한 효자야. 자, 아버님을 만나 뵈러 가게. 내게도 아들이 하나 있어. 3개월이나 집을 비웠다가 돌아왔는데 누가 그를 붙든다면 나 역시 그 사람을 원망할 테니까.」

「그럼 실례해도 될까요?」하고 청년은 고개를 숙이면서 물었다.

「좋고말고. 달리 할 얘기가 없다면.」

「네, 그것뿐입니다.」

「그 루크렐 선장이 죽을 때 뭔가 내게 전할 편지를 부탁하지는 않던가?」

「쓰고 싶어도 쓸 수가 없었을 겁니다. 아, 그리고 참 한 2주일 동안 휴가를 얻었으면 합니다만.」

「결혼식 때문인가?」

「네, 우선은 그 때문입니다. 그리고 파리에 다녀왔으면 합니다.」

「암, 좋고말고! 쉬고 싶은 만큼 쉬게. 배의 짐을 푸는 데만도 6주일은 족히 걸릴 것이고 3개월 동안은 배를 출항시킬 수도 없을 테니까. 하지만 3개월 뒤에는 돌아와 주어야 하네.」이렇게 말하고 선주는 청년의 어깨를 토닥거리면서 말을 이었다.「선장 없이는 파라온 호도 출항할 수가 없을 테니까.」

「선장 없이는요?」단테스는 기쁨으로 눈을 빛내면서 소리쳤다.

「그게 참말입니까? 실은 남모르게 희망하고 있었습니다. 그럼 저를 파라온 호의 선장으로 임명해 주시는 겁니까?」

「만일 나 혼자서 할 수 있는 일이라면 자네의 손을 붙잡고 이렇게 말했을 걸세.『이미 결정된 일일세.』라고 말이야. 하지만 나에게는 동업자가 한 사람 있어. 자네도 저 이탈리아의 속담을 알고 있겠지. Che a compagne a padrone (동업자를 가진다는 것은 상전을 가진 것과 마찬가지이다). 하지만 절반까지는 결정된 거나 마찬가지라네. 왜냐하면 두 표 중 한 표는 이미 자네의 것이니까. 나머지 한 표에 대해서는 내게 일임하게. 할 수 있는 데까지 해볼 테니까.」

「오오, 모렐 선주님.」하고 청년은 눈에 가득히 눈물을 담고 선주의 손을 잡으면서 이렇게 소리질렀다.「모렐 선주님, 저는 아버지와 메르세데스의 이름으로 감사하다는 말씀을 드리지 않을 수 없습니다.」

「좋아, 정직한 사람들을 위해서 하느님이 계시니까. 아버님을 만나러 가도록 하게. 그리고 메르세데스도 만나고. 그리고 그런 다음에 나에게 찾아 오게.」

「하지만 육지까지 바래다 드리지 않아도 되겠습니까?」

「괜찮아, 괜찮아. 나는 여기에서 당그랄과 계산을 끝내기로 하지. 그런데 항해중 당그랄은 나무랄 데가 없던가?」

「그것은 질문하시는 의미에 따라 다릅니다. 만일 동료로서 어떤가라는 뜻이라면 아니라고 대답하겠습니다. 그 까닭은 우리 두 사람의 조그만 다툼이 원인이 되어서, 어이없는 일이기는 했습니다만, 배를 10분간 몽테 크리스토 섬에 대고 그 싸움의 결말을 짓자고 제가 제의한 일이 있었습니다. 그때부터 아무래도 그 사람은 저를 싫어하는 것 같습니다. 그런 말을 하게 된 것도 따지고 보면 제가 나빴기 때문이고 그 사람으로서는 그것을 거절하는 것이 당연했습니다. 하지만 경리 담당으로서 어떠냐고 물으신다면 별로 나무랄 데가 없습니다. 그 사람이 수행한 업무에는 틀림없이 만족을 느끼시리라고 생각합니다.」

「하지만 단테스 군.」하고 선주는 물었다.「만일 자네가 파라온 호의 선장이 되었다고 할 때 당그랄을 기꺼이 자네의 수하에 둘 생각인가?」

「선장으로서든 일등 항해사로서든」하고 단테스는 대답했다.「저는 제 배의 주인이 신용하고 계시는 사람에 대해서는 절대적인 존경을 표시할 것입니다.」

「좋아좋아, 단테스 군. 아무리 보아도 자네는 정직한 청년이야. 더 이상 붙들어 두지 않겠네. 자, 가보게. 어쩐지 안절부절 못 하는 것 같군.」

「그럼 실례해도 되겠습니까?」하고 단테스가 물었다.

「어서 가보게.」

「그럼 저 배를 빌어 타도 되겠습니까?」

「타고 가게나.」

「그럼 실례하겠습니다. 고마움은 말로 다할 수 없습니다.」

「잘 가게. 행운을 빌겠네!」

청년은 보트에 올라타고 고물 쪽에 앉더니 카누비엘을 향해 저어가도록 명령했다. 두 사람의 선원은 곧 노를 잡았다. 그리고 배는 항구의 입구에서 오를레앙의 부두에 걸쳐 양쪽에 늘어선 배들의 사이, 마치 좁은 통로 같은 수로를 가로막고 있는 무수한 작은 배들의 사이를 헤치면서 힘껏 미끄러져 갔다.

선주는 미소를 지으면서 청년의 모습이 기슭에 닿을 때까지 배웅하고 있었다. 그리고 그 모습이 부두의 납작돌 위에 올라서고 이윽고 각양각색의 군중 사이에 섞여드는 것을 지켜보고 있었다. 그러한 군중은 아침 5시부터 밤 9시까지 이 유명한 라 카누비엘의 거리에 떼를 지어 웅성거리고 있었다. 그리고 이 거리야말로 요즈음의 마르세이유 사람들에게는 그야말로 자랑거리여서 제법 진지하고 그럴 듯한 어조로『만일 파리에 이 카누비엘 거리만 있다면 파리도 작은 마르세이유라고 할 수 있을 테지.』라고까지 말하게 하는 것이었다.

문득 뒤를 돌아본 선주의 눈에 당그랄의 모습이 들어왔다. 언뜻 보기에는 선주의 명령을 기다리고 있는 것 같았으나 실은 선주와 마찬가지로 청년의 모습을 눈으로 쫓고 있는 중이었다.

다만 똑같은 한 사람을 쫓고 있으면서도 두 사람의 눈빛에는 큰 차이가 엿보였다.

2. 아버지와 아들

　악마와 한패가 되어서 무언가 음험하고 사악한 말을 선주의 귀에 불어넣으려는 당그랄의 일은 잠시 접어 두고 지금은 단테스의 뒤를 쫓아가 보기로 하자. 그는 라 카누비엘의 거리를 지나 노와이유 거리로 접어들더니 메이랑 거리의 왼쪽에 있는 한 작은 집으로 들어갔다. 그리고는 어둠침침한 사다리층계를 단숨에 오층까지 뛰어올라가 한쪽 손으로 난간을 붙잡고 한쪽 손으로는 두근거리는 가슴을 누르면서 반쯤 열려 있는 출입문 앞에 섰다. 출입문으로부터는 작은 방의 저쪽 구석까지 들여다보였다.

　여기가 바로 단테스의 아버지가 거처하고 있는 방이었다.

　파라온 호가 도착했다는 소식은 아직 노인에게까지는 알려져 있지 않았다. 노인은 의자 위로 올라가 떨리는 손으로 창문의 격자를 따라 우거진 모란덩굴과 금련화를 격자에 붙들어매고 있었다.

　노인은 갑자기 허리가 껴안겨진 것을 느꼈다. 그리고 귀에 익은 목소리가 뒤에서 소리쳤다.

　「아버지, 아버지!」

　노인은 엉겁결에 소리를 지르며 뒤를 돌아다보았다. 그러자 노인의 눈에 아들의 모습이 들어왔다. 노인은 몸을 부들부들 떨며 얼굴빛도 창백해진 채 아들의 팔에 안겨 있었다.

　「왜 그러세요, 아버지?」 하고 청년은 걱정스럽게 물었다. 「어디 편찮으세요?」

　「아니, 그렇지 않다, 에드몽. 실은 네가 돌아오리라고는 미처 생각을 못했다. 이렇게 뜻밖에 네 얼굴을 보게 되니까 기쁘기도 하고 놀랍기도 해서……. 아아, 죽을 것만 같구나!」

　「아버지, 기운을 내세요. 저예요, 제가 돌아왔어요! 기쁜 일은 몸에 해롭지 않다라고들 하잖아요? 그래서 아무런 예고도 없이 불쑥 돌아왔지요. 자, 조금 웃어 보세요. 그렇게 놀란 눈으로 쳐다보시지만 말고요. 제가 돌아왔어요. 그리고 우린 이제 행복해질 수 있어요.」

「아아, 그건 다행이구나.」 하고 노인은 대답했다. 「하지만 어떻게 행복해질 수 있다는 거니? 이제부터 네가 줄곧 내 옆에 있어 주겠다는 거니? 어디, 행복해진다는 이유를 들어 보자꾸나!」

「하느님, 한 가정의 슬픔에 의해서 초래된 행복을 제가 기뻐하는 것을 용서해 주십시오.」 하고 청년은 말했다. 「하지만 하느님은 제가 그 행복을 바라고 있었던 것은 아니라는 것을 알고 계십니다. 다만 이렇게 된 이상 저로선 별로 괴로워할 것은 없습니다. 아버지, 저 용감한 루크렐 선장이 돌아가셨습니다. 그리고 저는 모렐 씨의 도움으로 아마 그 자리에 앉게 될 것 같습니다. 아시겠습니까, 아버지? 스무 살에 선장이 되는 겁니다. 봉급은 일백 루이, 게다가 이익 배당도 받게 됩니다! 어떻습니까, 저 같은 풋내기로서는 그야말로 꿈도 꿀 수 없는 일 아닙니까?」

「그렇구나, 정말.」 하고 노인은 말했다. 「그것 참 운이 좋았구나.」

「그래서 저는 맨 처음에 받는 돈으로 아버지에게 조그만 집을 마련해 드리려고 생각해요. 금련화나 모란덩굴, 그리고 인동덩굴 같은 것을 심을 수 있는 마당이 딸린 집을……. 아니, 아버지, 무슨 일이 있으셨어요? 기분이 언짢으신 것 같은데요?」

「아니아니, 아무것도 아냐.」 그렇게 말하면서도 힘이 빠진 노인은 그대로 뒤로 쓰러지고 말았다.

「자 아버지, 포도주를 한 잔 드세요.」 하고 청년이 말했다. 「틀림없이 기운이 나실 거예요. 포도주는 어디에 있지요?」

「괜찮아, 찾지 않아도 돼. 마시고 싶지 않으니까.」 그러면서 노인은 아들의 소매를 잡아끌려고 했다.

「아니예요, 아버지, 있는 곳을 가르쳐 주세요.」

그렇게 말하면서도 그는 두세 곳의 찬장을 열어 보았다.

「소용없어…….」 하고 노인은 말했다. 「이미 포도주는 없어.」

「네? 포도주가 없다고요?」 이번에는 단테스의 얼굴빛이 달라지며 푹 꺼진 노인의 볼과 텅 빈 찬장을 번갈아 쳐다보았다. 「네? 포도주가 없다고요? 아버지, 돈이 모자랐나요?」

「아무것도 부족한 것은 없었어, 무엇보다도 네가 이렇게 돌아와 주었고.」 하고 노인은 말했다.

「하지만」 하고 단테스는 이마의 땀을 닦으면서 말했다. 「제가 3개월 전에 떠날 때 이백 프랑 드리고 가지 않았습니까?」

「그랬었지. 네 말이 맞다. 하지만 너는 이웃의 카도루스 씨에게 약간의 빚이 있다는 것을 잊고 있었더구나. 그분에게서 빚독촉이 있었단다. 그리고 내가 네 대신 갚지 않으면 모렐 씨에게 가서 받아내겠다고 하더구나. 그래서 그런 일이 너에게 지장을 초래해서는 안 되겠다고 생각해서…….」

「그래서요?」

「그래서 내가 대신 갚았지.」

「하지만」 하고 단테스는 소리쳤다. 「저는 카도루스 씨에게 일백사십 프랑이나 빌어 썼어요!」

「그랬더구나.」 하고 노인은 더듬거리면서 말했다.

「그럼 아버지는 제가 드리고 간 이백 프랑 중에서 그것을 갚았단 말인가요?」

노인은 고개를 끄덕였다.

「그럼 아버지는 육십 프랑으로 3개월 동안을 살아오셨단 말이군요.」 하고 청년은 중얼거렸다.

「어쨌든, 나는 약간의 돈으로도 족하니까.」 하고 노인은 말했다.

「오오, 아버지. 용서해 주세요!」 이렇게 말하면서 에드몽은 노인 앞에 무릎을 꿇었다.

「왜 그러느냐?」

「말씀을 듣고 보니 가슴이 찢어질 것만 같아요.」

「괜찮다! 네가 돌아와 주었으니까.」 하고 노인은 웃으면서 말했다. 「이제 모든 일을 잊었다. 모두 잘 되었으니까.」

「그렇습니다.」 하고 청년은 말했다. 「저에게는 지금 화려한 장래와 약간의 돈이 생겼습니다. 자, 아버지, 받아 주세요. 그리고 당장 무엇이든지 사도록 하세요.」

그렇게 말하면서 청년은 테이블 위에 호주머니 안의 돈을 꺼내 놓았다. 금화가 열두세 개, 오 프랑짜리 화폐가 대여섯 장, 그 밖에 잔돈이 약간 있었다. 노인의 얼굴은 환하게 빛났다.

「이건 대체 누구의 돈이냐?」 하고 노인이 물었다.

「제 것입니다!…… 아버지 것입니다!…… 우리 두 사람의 것입니다!…… 자, 받아 주세요. 먹을 것을 사오세요. 아무쪼록 행복해지세요. 내일은 좀더 많이 가져올 테니까요.」

「애, 애, 그러지 말고」하고 노인은 빙그레 웃으면서 말했다. 「네가 허락한다면 네 돈을 조금씩 쓰도록 하겠다. 내가 한꺼번에 많은 물건을 사거나 하면 사람들은 네가 돌아올 때까지 내가 쇼핑을 할 수 없었다고 생각할 테니까 말이다.」

「그건 좋을 대로 하세요. 그리고 우선 하녀를 한 사람 고용하세요. 앞으로는 아버지를 혼자 계시게 할 수는 없으니까요. 배 안의 화물창에 밀수입한 커피와 훌륭한 담배가 있습니다. 내일 그것을 가져오지요. 쉿! 누가 왔습니다.」

「카도루스에게 네가 돌아온 것이 알려진 모양이다. 아마 잘 돌아왔다고 치하의 말을 하러 왔겠지.」

『맙소사, 여기에도 또 마음에도 없는 말을 지껄이는 놈이 있군.』하고 에드몽은 중얼거렸다. 『하지만 뭐 괜찮겠지. 그래도 옛날에는 여러가지로 우리 집을 보살펴 준 사람이니까. 환영해 주어야지.』

아니나다를까, 에드몽이 이 말을 낮게 중얼거리고 났을 때 출입문의 마루 귀틀에 턱수염을 기른 카도루스의 검은 얼굴이 나타났다. 스무대여섯 살쯤 되어 보이는 사나이로서 손에는 나사천을 들고 있었다. 그는 양복점을 하고 있었으므로 그것으로 깃의 안감을 만들려고 하는 것이었다.

「여어, 돌아오셨군.」그는 두드러진 마르세이유 사투리로 말하면서 히죽이 웃었다. 상아처럼 하얀 이가 드러나 보였다.

「보시는 바와 같이 돌아왔습니다. 뭐든 도움이 될 일이 있으면 아무쪼록 사양하지 마시고 말씀해 주십시오.」말은 친절하게 했지만 그 이면의 차가운 기분을 숨기지는 못한 채 단테스가 대답했다.

「고맙군, 고마워. 하지만 덕분에 이렇게 불편한 점이 없다네. 아니 오히려 남들이 내게 부탁을 하곤 하지. (단테스는 안색이 굳어졌다.) 아니, 뭐 자네 얘기가 아닐세. 나는 자네에게 돈을 꾸어 줬어. 자네는 갚았고. 의좋은 이웃끼리는 당연한 일이지 뭔가. 그것도 깨끗이 끝난 일이고.」

「하지만 신세를 진 분에 대해서 끝난다는 일은 있을 수 없지요.」하고 단테스가 말했다. 「빚은 없어졌더라도 은혜는 남아 있으니까요.」

「무슨 그런 얘기를! 끝난 일은 끝난 일이지. 자, 자네가 무사히 돌아온 얘기나 들어 보세. 짙은 갈색 나사천을 사려고 항구에 갔다가 당그랄을 만났지.『아니, 마르세이유에 있었나?』하고 물으니까.『그렇다네.』하고 대답하더군.『나는 수미르나에 있는 줄만 알았는데.』하고 말하니까『있기야 있었지. 왜냐하면 실은 거기에서 돌아왔으니까.』『헌데 에드몽 군은 어디에 있지?』하고 물으니까『당연히 아버지에게 돌아갔을 테지.』하고 당그랄이 대답하더군. 그래서」하고 카도루스는 말을 이었다.「친구의 손을 잡아 보고 싶은 생각에서 이렇게 찾아왔다네.」

「친절한 카도루스 씨로군.」하고 노인이 말했다.「우리를 이렇게까지 생각해 주시다니.」

「당연한 일이지요. 나는 당신을 생각하고 있어요. 그리고 충분히 존경도 하고요. 어쨌든 정직한 사람이란 세상에 얼마 없으니까 말이에요. 그런데 자네는 부자가 된 모양이군.」하고 그는 단테스가 테이블 위에 꺼내 놓은 한 뭉큼의 금화와 은화를 흘겨보면서 말을 이었다. 청년은 그 검은 눈속에 번뜩이는 탐욕의 빛을 간파했다.

「아니오!」하고 단테스는 아무렇지도 않게 말했다.「이것은 내 것이 아니예요. 내가 없는 사이 돈에 쪼들리지는 않았는가고 아버지에게 여쭈었더니 나를 안심시키려고 아버지가 테이블 위에 지갑을 털어놓으신 것입니다. 자, 자, 아버지, 돈을 저금통에 넣어 두셔야죠.」하고 단테스는 말했다.「카도루스 씨가 필요로 하신다면 얘기는 다르지만요. 그런 때는 기꺼이 도움이 되어 드리지요.」

「아니 뭐.」하고 카도루스는 말했다.「나는 별로 필요하지 않아. 직업이라는 것은 사람을 굶게 하지는 않으니까 말야. 넣어 두어요. 남아 돌아서 곤란한 처지도 아닐 테고. 하지만 그런 말을 들은 것만으로도 뜻은 고맙게 받아 들이겠소.」

「나는 솔직한 심정으로 말했어요.」하고 단테스는 말했다.

「물론 그럴 테지. 그런데 자네는 모렐 씨하고 사이가 원만한가? 그런 점에서 빈틈은 없을 테지만.」

「모렐 씨는 언제나 친절하게 해주시지요.」하고 단테스는 대답했다.

「그렇다면 그분의 식사 초대를 거절한 것은 잘못한 일인걸.」

「뭐라고? 그분의 식사 초대를 거절했어?」하고 노인이 말참견을 했다. 「그렇다면 너는 그분에게서 식사 초대까지 받았단 말이냐?」

「네.」하고 단테스는, 자기에게 주어진 분에 넘치는 광영이 이렇게까지 아버지를 놀라게 한 것을 생각하며 미소를 지었다.

「그래, 어째서 거절했냐?」하고 노인은 물었다.

「아버지에게 빨리 돌아오고 싶어서요.」하고 청년은 대답했다. 「빨리 아버지의 모습을 뵙고 싶었기 때문이에요.」

「모렐 씨의 기분을 상하게 했을지도 모르겠는걸.」하고 카도루스는 말을 이었다. 「선장이 되려고 생각한다면 선주의 기분을 상하게 하는 것은 금물이거든.」

「하지만 실례를 저지르는 이유를 분명히 말씀드렸습니다. 모렐 선주님도 이해하셨을 겁니다.」

「하하! 하지만 어떻든 선장이 될 생각이라면 조금은 윗사람의 비위를 맞출 줄 알아야지.」

「나는 그런 짓은 하지 않고 선장이 될 생각이에요.」하고 단테스는 대답했다.

「좋아요 좋아! 옛날의 친구들에게 들려 주면 모두들 기뻐하겠군. 그리고 생 니콜라 요새 뒤쪽에도 그것을 듣고 기분이 나쁘지 않을 사람이 있을 거고.」

「메르세데스 얘긴가?」하고 노인이 말했다.

「그래요, 아버지.」하고 단테스가 말했다. 「아버지가 허락해 주신다면 이렇게 아버지를 뵈었고 건강하게 잘 계시다는 것을 알았고 또 아무런 불편도 없으시다는 것을 알았으니까 이제부터 잠깐 카탈로니아 마을에 가 보았으면 합니다만……」

「갔다오는 게 좋겠구나.」하고 노인이 말했다. 「내게 아들복이 있는 것처럼 너에게도 처복이 있기를 빌고 있단다.」

「처라니요!」하고 카도루스가 말했다. 「그건 조금 성급한 것 같군요. 아직 아내가 된 것은 아니지 않습니까?」

「그건 그래요. 하지만 십중팔구는」하고 단테스가 대답했다. 「내 아내가 될 겁니다.」

「뭐, 그런 거야. 아무래도 좋겠지.」하고 카도루스는 말했다. 「어떻든 자네는 빨리 돌아오기를 잘했네.」

「무슨 뜻이지요?」

「무슨 뜻이라니, 메르세데스는 대단한 미인이야. 미인이라는 것은 언제나 연모하는 무리들에게 에워싸여 있게 마련이라네. 그녀에게도 열두 명쯤 따라다니는 사람이 있단 말일세.」

「그런가요?」하고 단테스는 웃으면서 말했다. 그러나 그 미소 뒤에는 가벼운 불안의 빛이 엿보였다.

「그렇다네.」하고 카도루스는 말을 이었다.「더욱이 꽤 훌륭한 후보자까지 있단 말일세. 하지만 어떻든 자네는 이제부터 선장이 될 테니까. 거절을 당하는 일이야 설마 없을 테지!」

「그것은 곧」하고 단테스는 불안을 숨기지 못하는 미소를 띠고 말했다.「만일 내가 선장이 되지 못한다면…….」

「그럴 수도 있지.」하고 카도루스는 말했다.

「아니, 아니예요.」하고 청년은 말했다.「나는 일반적으로 여자를 특히 메르세데스를 당신보다는 훨씬 더 신용하고 있어요. 그리고 선장이 되든 못 되든 그녀는 언제까지나 약속을 지켜 주리라는 것을 나는 믿고 있어요.」

「좋아요, 좋아.」하고 카도루스가 말했다.「아내를 맞으려고 할 때는 믿는다는 것이 중요하니까. 하지만 그런 것이야 어떻든 우물쭈물하지 말고 빨리 가서 돌아왔다는 것을 알리는 것이 좋을 거야. 그리고 앞으로의 희망에 대해서도 빨리 들려 주는 것이 좋을 거고.」

「다녀오겠습니다.」하고 단테스가 말했다. 그는 아버지에게 키스를 하고 카도루스에게는 간단한 인사의 표시만을 한 뒤 방에서 나갔다.

카도루스는 그대로 잠시 거기에 있었다. 그리고 나서 그는 노인에게 작별을 고하고 자기도 아래로 내려갔는데 그대로 곧장 스나크 거리의 모퉁이에서 기다리고 있던 당그랄에게로 갔다.

「어땠어?」하고 당그랄이 말했다.「만났어?」

「지금 막 헤어져 오는 길이네.」하고 카도루스가 말했다.

「놈은 선장이 될 것이라는 따위의 얘기를 하지 않던가?」

「마치 이미 선장이 된 것처럼 얘기하더군.」

「참는 것이 중요해.」하고 당그랄이 말했다.「놈은 조금 서두르고 있어.

아무래도 나에게는 그런 느낌이 들어.」

「어쩐지 그 일은 모렐 씨와 이미 약속이 되어 있는 것 같아.」

「그래서 놈은 신바람이 나 있다 그건가?」

「방약무인이라고나 할까, 자기가 상당히 출세라도 한 것처럼 뭔가 도와 주겠다고까지 말하더군. 마치 은행가라도 된 것처럼 나에게 돈을 꾸어 주겠다고까지 거들먹거렸어.」

「그래, 거절했겠지?」

「당연한 일이지. 물론 꾸어 달라고 할 수도 있었지만. 왜냐하면 놈에게 처음으로 번쩍번쩍 빛나는 돈을 쥐어 준 것도 이렇게 말하는 나였으니까 말일세. 하지만 이제부터는 단테스도 남들의 신세를 지지 않아도 되게 된 셈이지. 드디어 놈도 선장님이 될 테니까.」

「흥!」하고 당그랄이 코방귀를 뀌었다.「아직 된 건 아니지 않아?」

「정말이야, 되지 않았으면 다행일 텐데.」하고 카도루스가 말했다.「되기라도 해봐, 놈과는 말조차 해볼 수 없게 될걸세.」

「뭐, 우리가 버티기만 하면」하고 당그랄이 말했다.「도로아미타불로 만들어 줄 수가 있어. 좀더 버티면 지금보다 더 전락시킬 수도 있고.」

「뭐라고?」

「아무것도 아니야. 혼자 해본 소리야. 그래, 놈은 여전히 그 아가씨를 만나는가?」

「홀딱 반해 있더군. 지금도 만나러 갔으니까. 그런데 이건 내가 잘못 본 건지도 모르지만 어쩌면 뭔가 재미없는 일이 일어날지도 모르겠어.」

「뭔데? 얘기해 봐.」

「얘기해서 무슨 소용이 있나?」

「생각보다 중대한 문제라고. 자네는 단테스를 싫어하고 있지? 그렇지?」

「나는 건방진 놈이 딱 질색이거든.」

「좋아, 그럼 그 카탈로니아 마을의 여자에 대해서 자네가 알고 있는 얘기를 모두 해주게.」

「무슨 확실한 것을 알고 있는 건 아니야. 다만 내가 보기에는, 전에도 잠깐 말했듯이, 이번 선장은 비에이유 장필므리의 한길 근처에서 재미없는 일에 부딪치게 될 것 같단 말일세.」

「대체 무엇을 두고 하는 말인가? 응?」

「얘기인즉 이렇다네. 메르세데스가 거리로 나올 때면 언제나 카탈로니아 마을의 어떤 건장한 젊은이가 따라붙곤 한다네. 검은 눈에다 피부가 붉고 짙은 달빛 머리털을 가진 그야말로 건강해 보이는 젊은이지. 그리고 여자는 그 사나이를 자기의 사촌 오빠라고 부르고 있지.」

「허어, 과연! 그래 그 사촌 오빠라는 놈이 그 여자를 감시하고 있단 말인가?」

「그렇게 생각되네. 스물두 살의 사나이가 열일곱 살의 아리따운 아가씨 옆에 있단 말일세, 그렇지 않고 무엇을 하겠나?」

「그래, 단테스는 카탈로니아 마을로 갔나?」

「한 걸음 먼저 떠났어.」

「그쪽으로 가보세. 그리고 라 레젤브 정자에서 쉬는 거야. 마르그 포도주를 걸치면서 소식을 기다리는 게 어떤가?」

「하지만 누가 소식을 가지고 온단 말인가?」

「우리가 중간에서 기다리는 거지. 단테스의 얼굴만 보면 무슨 일이 일어났는지 한눈에 알아볼 수 있을 테니까.」

「가세.」 하고 카도루스가 말했다. 「하지만 계산은 자네가 해야 하네.」

「그야 물론이지.」 하고 당그랄이 말했다. 이렇게 해서 두 사람은 라 레젤브 정자 쪽으로 걸음을 재촉했다. 그리고 도착하자마자 술 한 병과 술잔 두 개를 가져오게 했다.

주인인 팡필은 약 10분 전에 단테스가 지나가는 것을 보았노라고 했다.

단테스가 카탈로니아 마을로 갔다는 것이 확인되자 두 사람은 새싹이 돋기 시작한 단풍나무 그늘에 앉았다. 나뭇가지 사이에서는 즐거운 작은 새들이 아름다운 초봄의 날씨를 노래하고 있었다.

3. 카탈로니아 마을의 사람들

두 사람이 눈을 지평선 쪽으로 던지고 귀를 곤두세운 채 라 마르그의 향기로운 포도주를 마시고 있는 곳에서 백 보쯤 떨어진 곳에 태양과 미스토랄(프랑스 남부지방 특유의 한냉한 북풍, 또는 동북풍)에 의해 황폐하게 발가벗은 조그만 언덕 뒤에 카탈로니아 인의 마을이 있었다.

어느 날, 정체를 알 수 없는 한 무리의 식민(植民)이 스페인을 떠나 지금도 그들의 자손이 살고 있는 이 기다란 반도에 나타났다. 어디에서 온 사람들인지도 알 수 없었다. 그리고 아무도 알아들을 수 없는 언어를 사용하고 있었다. 수령의 한 사람으로서 프로방스 어를 할 수 있는 사나이가 마르세이유 시청에 찾아와 옛날의 뱃사람이 그랬던 것처럼 배를 그곳에 끌어올린 이 불모의 해변 땅을 자기들에게 불하해 달라고 부탁했다. 그들의 소원은 받아들여졌다. 그리고 3개월 뒤에는 이들 바다의 방랑자들을 싣고 온 열두 척 내지 열다섯 척의 배를 중심으로 그곳에 하나의 작은 마을이 형성되었다.

아랍 풍과 스페인 풍이 절반씩 섞인 아름다운 그 마을은 오늘날 그들의 자손이 그대로 살고 있는 곳이며 주민은 조상의 언어를 그대로 사용하고 있었다. 3, 4세기 동안 마치 해조(海鳥)의 무리처럼 밀려온 그들은 이 작은 해변 마을을 내내 소중하게 지켜오고 있었다. 그리고 마르세이유 사람들과는 전혀 아무런 교섭도 가지지 않았고 혼인도 자기들끼리만 했다. 언어의 경우와 마찬가지로 모국의 풍속과 습관도 그대로 지켜오고 있었다.

독자 제군은 지금 우리와 함께 이 작은 마을의 외줄기 길을 더듬어 그곳에 있는 한 작은 집 안으로 들어가지 않으면 안 된다. 집들의 외부는 햇볕에 의해 이 고장 특유의 아름다운 갈색으로 변했고 내부는 완전한 호분(胡粉) 칠, 스페인 여관의 유일한 장식인 저 하얀 도료로 칠해져 있었다.

검은 머리털과 건강을 연상케 하는 윤기있는 눈을 가진 한 아름다운 소녀가 벽에 몸을 기대고 서 있었다. 그리고 옛날 미인의 그것처럼 가늘고 예쁜 손가락 사이에서 아무 죄도 없는 히드의 줄기를 꺾어들고 그 꽃을 쥐어뜯고 있었다. 이미 땅바닥에는 쥐어뜯긴 꽃잎이 수북이 쌓여 있었다. 그리고 팔꿈치까지 드러난 팔은 볕에 타기는 했으나 아를르의 비너스를 본떠서 만든 것처럼 아름다웠다. 그 팔은 열에 들뜬 것처럼 쉴새없이 떨고 있었다. 그녀는 부드럽고 선이 아름다운 발끝으로 토닥토닥 땅바닥을 내리차고 있었다. 그리고 그때마다 회색과 청색의 장식 자수가 수놓아진 빨간 무명 양말에 감싸인 다리가 살짝살짝 드러나 보이곤 했다.

그녀로부터 세 걸음쯤 떨어진 곳에서는 스물한두 살쯤으로 생각되는 몸집 큰 청년이 걸터앉은 의자를 초조한 듯이 흔들거리면서 팔꿈치를 벌레먹은 낡은 가구 위에 괴고 불안과 원망에 시달리고 있는 듯한 태도로 그녀를 물끄러미 바라보고 있었다. 그 눈은 뭔가를 따져 물으려는 것 같았다. 그러나 야무지게 노려보는 아가씨의 눈초리는 상대방 청년을 완전히 위압하고 있었다.

「이봐요, 메르세데스.」하고 청년이 말했다.「또 부활절이 다가오고 있어. 결혼식을 올리기에는 안성맞춤의 계절이야. 뭐라고 대답을 해줘!」

「나는 싫증이 나도록 대답했어요, 페르낭. 그런데도 아직 그런 것을 묻다니 당신이야말로 스스로 자기 입장을 불리하게 만들고 있어요.」

「좋아! 몇 번이라도 되풀이해 줘. 부탁이야. 내가 믿을 수 있도록 좀더 되풀이해서 말해 줘. 네 어머니도 허락한 이 사랑을 네가 받아들이지 않다니. 자, 다시 한 번 말해 줘. 네가 내 행복을 농락하고 있다는 것을 내가 알아들을 수 있도록 해달라고. 내가 죽고 사는 것은 너에게 아무것도 아니라는 것을 내가 알아들을 수 있게 해줘. 아아, 메르세데스, 네 남편이 되고 싶다고 10년 동안이나 꿈꾸어왔는데 일생에 단 하나의 목적이었던 이 희망을 잃어야만 하다니!」

「하지만 내가 그런 희망을 갖게 한 것은 아니잖아요.」하고 메르세데스가 말했다.「당신에 대해서 한 번도 마음에 있는 듯한 행동을 한 기억은 없어요. 나는 언제나 말해왔어요. 나는 당신을 오빠처럼 사랑하고 있어요, 하지만 제발 남매의 애정 이외의 것은 요구하지 마세요, 왜냐하면 내 마음은 다른 사람의 것이니까요, 라고. 나는 언제나 그렇게 말했어요, 페르낭!」

「그랬었지, 나도 잘 기억하고 있어.」하고 청년은 대답했다.「그래, 너는 솔직하다는 것이 얼마나 잔혹한 것인가를 나에게 가르쳐 주었어. 하지만 너는 카탈로니아 인 사이에서는 동족끼리가 아니면 결혼을 할 수 없다는, 깰 수 없는 법도가 있다는 것을 잊지는 않았을 테지?」

「그건 착각이에요, 페르낭. 그것은 법도가 아니예요. 하나의 습관일 뿐이에요. 제발 그런 습관 따위를 방패로 삼지 말아요. 당신은 징병에 걸렸지요? 당신이 지금 자유로울 수 있는 것은 단지 구속을 유예받았기 때문이에요. 언제 소집당할지 알 수 없어요. 군인이 되면 당신은 나를 어떻게 할 셈이에요? 이런 불쌍한 여자를 말예요. 고아인데다 비참하기 이를 데 없고, 가지고 있는 것이란 닳아빠진 그물이 걸려 있는, 금세 망가질 것만 같은 오두막 하나뿐. 아버지에게서 어머니에게로, 어머니에게서 나에게로 물려진 그런 비참한 재산밖에 가지고 있지 않은 이런 여자를 말예요.

어머니가 돌아가시고 나서의 일 년이라는 세월 동안, 페르낭, 생각해 봐요, 나는 거의 여러 사람의 동정 하나로 살아왔어요! 당신은 때로 내가 당신을 위해서 도움이라도 될 것 같은 태도를 취했어요. 그건 자기가 잡은 물고기를 나에게 나누어 주고 싶었기 때문이에요. 나는 그것을 받았어요. 왜냐하면 당신은 내 아버지의 형제의 아들이고 우리는 함께 자랐기 때문이에요. 그리고 그것보다도 더 큰 이유는 만일 내가 그것이 필요하지 않다고 말한다면 당신이 무척 섭섭하게 여기리라고 생각했기 때문이에요. 하지만 그 물고기를 팔아서 실을 잣는 마(麻)를 사올 때는 당신의 동정을 받고 있는 것 같아서 무척 괴로웠어요.」

「그런 것은 아무래도 좋아, 메르세데스. 네가 아무리 가난하고 외톨박이라도 나에게 있어서는 마르세이유의 어떤 훌륭한 선주나 돈많은 은행가의 딸보다도 훨씬 더 마음에 드니까!

우리에게 필요한 것은 어떤 여자일까? 그것은 정직하고 살림을 잘 꾸려나가는 여자야. 이 두 가지 점에 있어서 너 이상의 여자는 어딜 가도 찾을 수가 없어.」

「페르낭」 하고 메르세데스는 고개를 가로저으면서 대답했다. 「여자라는 것은 자기 남편 이외의 사람을 생각하게 되면 집안을 잘 보살필 수도 없고 정직한 아내가 될 수도 없어요. 친구로서의 기분만으로 만족해 줘요. 다시 한 번 말하지만 그것이 나로서 약속할 수 있는 모든 것이에요. 나는 확실하게 드릴 수 있다고 생각되는 것이 아니면 약속할 수가 없어요.」

「알았어.」 하고 페르낭이 말했다. 「너는 자기의 가난을 잘 참고 있어. 하지만 내 가난에는 두려움을 느끼고 있는 거야. 메르세데스, 네가 사랑해 준다면 나는 재산을 만들 수가 있어. 네가 행운을 가져오는 거야. 그리고 나는 부자가 되고 좀더 규모가 큰 어부 일을 할 수도 있어. 은행원이 될 수도 있어. 상인이 될 수도 있고 !」

「아무것도 할 수 없을 거예요, 페르낭. 당신은 군인이에요. 당신이 이곳에 있을 수 있는 것도 전쟁이 없기 때문이에요. 그러니까 그냥 어부로 있어야 해요. 꿈 같은 건 꾸지 마세요. 현실이 한층 더 괴롭게 여겨질 뿐이에요. 그리고 내 우정만으로 만족해 줘요. 왜냐하면 나는 그 이외의 것은 드릴 수가 없으니까요.」

「그래, 네 말이 옳아, 메르세데스. 나는 선원이 되겠어. 나는 네가 경멸하는 조상 전래의 옷을 벗고 단추에 닻 표지가 든 푸른 저고리를 입도록 하지. 네 마음에 들려면 그런 복장을 하지 않으면 안될 테니까.」

「무슨 얘길 하는 거예요 ?」메르세데스는 야무진 눈초리를 던지면서 되물었다. 「무슨 소릴 하는 거예요 ? 나는 알 수가 없군요.」

「메르세데스, 네가 그런 복장을 한 누군가를 기다리고 있기 때문에 그렇게 매정하게 군다는 것을 난 말하고 싶은 거야. 하지만 네가 기다리고 있는 그 사람은 믿을 것이 못 돼. 설사 그 사람이 그렇지 않더라도 그 사람에게 있어서 바다가 믿을 것이 못 되는 수도 있을 테니까 말이야.」

「페르낭」하고 메르세데스가 소리쳤다. 「나는 지금까지 당신을 좋은 사람이라고 생각하고 있었어요. 하지만 그건 내 착각이었군요. 페르낭, 자기의 질투심 때문에 신의 분노를 기원하다니 당신은 정말 나쁜 사람이군요 ! 숨기지 않겠어요. 나는 당신이 말하는 그 사람을 기다리고 있어요. 나는 그 사람을 좋아해요. 만일 돌아오지 않더라도 나는 당신이 말한 것처럼 그가 못 믿을 사람이었다고 탓하지는 않을 거예요. 그 사람은 나를 사랑하면서 죽어갔을 것이 틀림없으니까요.」

청년은 분연한 모습을 보였다.

「알았어요, 페르낭. 내가 당신을 좋아하지 않는다고 해서 당신은 그 사람을 원망하고 있군요. 당신은 그 카탈로니아의 비수로 그 사람의 단도와 싸우려는 거군요. 그것이 당신에게 무슨 이득이 있다는 거예요 ? 당신이 지면 당신은 내 우정까지 잃게 되고 당신이 이겨 봤자 내 우정은 증오로 변할 뿐일 텐데요.

이것 봐요, 그 사람을 좋아하는 여자의 마음에 들려고 상대와 싸운다는 것은 서툰 방법이에요. 그만두는 게 좋아요, 페르낭. 그런 어리석은 생각은 버려요. 나를 아내로 맞을 수는 없을 테니까 그저 친구나 누이동생으로 만족하는 거예요. 그리고」 그녀는 눈을 깜박거리면서 눈물을 글썽인 채 덧붙였다. 「기다려 줘요 페르낭. 아까 당신도 말했듯이 바다란 믿을 것이 못 돼요. 그 사람이 떠난 지 4개월이 돼요. 4개월 동안 꽤 폭풍우가 많았어요!」

페르낭은 태연했다. 메르세데스의 뺨에 흐르는 눈물을 닦아 주려고 하지도 않았다. 그 눈물 한 방울을 위해서라면 그는 컵 한 잔의 자기 피를 주어도 아깝지 않을 것이다. 그러나 그 눈물은 지금 다른 사나이를 위해서 흘려지는 것이다.

그는 일어서서 집 안을 한 바퀴 돌았다. 그리고 다시 돌아와서는 침통한 눈으로 두 주먹을 불끈 쥐고 메르세데스 앞에서 걸음을 멈추었다.

「자, 메르세데스」 하고 그는 말했다. 「다시 한 번 말해 줘. 그것은 분명히 정해진 일인가?」

「난, 에드몽 단테스 씨를 사랑해요.」 하고 소녀는 단호하게 말했다. 「에드몽 이외의 사람을 남편으로 섬길 생각은 없어요.」

「그렇다면 언제까지나 그 사람을 사랑하겠다는 얘기야?」

「목숨이 붙어 있는 날까지.」

페르낭은 뒤통수를 얻어맞은 것처럼 머리를 떨구고 신음하듯이 한숨을 쉬었다. 그러나 다음 순간, 얼굴을 쳐들고 이를 악물며 말했다.

「하지만 만일 그 사람이 죽기라도 한다면?」

「그가 죽는다면 나도 죽을 거예요.」

「하지만 만일 그 사람이 너를 잊는다면?」

「메르세데스!」 하고 밖에서 반가운 목소리가 들렸다. 「메르세데스!」

「어머!」 하고 소녀는 기쁨에 넘쳐 뛸 듯이 소리질렀다. 「그 사람, 나를 잊지 않았어요. 봐요, 저기에 왔어요!」

그러면서 그녀는 문간으로 달려가 소리를 지르면서 문을 열었다. 「여기예요, 에드몽! 여기.」

페르낭은 얼굴빛이 달라지며 몸을 떨었다. 마치 뱀을 본 나그네처럼 뒷걸음질쳤다. 그러다가 자기 의자에 몸이 부딪치자 거기에 맥없이 주저앉았다.

에드몽과 메르세데스는 서로 끌어안았다. 이글이글 타는 마르세이유의 태양이 출입문 입구로 스며들어 두 사람을 빛의 물결로 감싸고 있었다. 두 사람의 눈에는 자기들 주변에 무엇이 있는지 보이지 않았다. 두 사람은 크나큰 행복에 의해 이 세계로부터 유리되어 있었다. 그리고 격렬한 기쁨에 취해 마치 고통스럽게 여겨질 만큼 이야기도 띄엄띄엄 이어졌다.

다음 순간 에드몽의 눈에는 어두운 곳에서 갑자기 떠오른 페르낭의 창백하고 위협하는 듯한 음침한 얼굴이 들어왔다. 페르낭은 자기도 모르게 손을 허리에 찬 단도 위로 가지고 갔다.

「이거 실례했소.」하고 단테스는 미간을 찌푸리면서 말했다.「세 사람인 줄은 미처 몰랐소.」

그리고는 메르세데스 쪽을 향해「저분은?」하고 물었다.

「당신의 좋은 친구가 될 수 있는 사람이에요. 내 친구, 내 사촌, 내 오빠예요. 페르낭이라고 해요. 당신 다음으로 내가 세상에서 제일 좋아하는 사람. 기억 안 나세요?」

「아아, 그렇지.」하고 에드몽은 말했다.

그리고 한쪽 손으로 메르세데스의 손을 꽉 붙잡은 채 친밀감을 담은 다른 한쪽 손을 페르낭 쪽으로 내밀었다.

그러나 페르낭은 그런 친밀한 동작에 응하기는커녕 마치 석상처럼 입을 다문 채 꼼짝도 하지 않았다.

에드몽은 탐지하는 듯한 눈길을 바들바들 떨고 있는 메르세데스로부터 음침하고 위협하는 듯한 페르낭에게로 옮겼다. 그는 한눈에 모든 것을 깨달았다. 분노가 얼굴에 나타났다.

「나는 급히 당신에게로 달려왔소. 하지만 메르세데스, 설마 적을 만나게 되리라고는 생각지 않았소.」

「적이라니요?」메르세데스는 분노의 눈길을 사촌오빠에게 던지면서 소리질렀다.「내 집에 적이 있다고요? 만일 정말로 그렇다면 나는 당신을 팔에 안은 채 이대로 마르세이유로 가버리고 말겠어요. 그리고 이런 집에는 두 번 다시 돌아오지 않겠어요.」

페르낭의 눈이 번쩍 빛났다.

「그리고 에드몽, 만일 당신에게 무슨 불행한 일이라도 일어나면」하고 그녀는 엄숙하고 냉정하게 말을 이었다. 페르낭은 자기의 속 검은 생각이 밑바닥까지 간파당하고 있음을 깨닫고 있었다. 「만일 불행한 일이라도 일어나면 나는 저 모르지우 곳에 올라가서 밑의 바위를 향해 몸을 던지고 말 거예요.」

페르낭은 무서울 만큼 창백해져 있었다.

「하지만 에드몽, 당신은 착각하고 있는 거예요.」하고 그녀는 계속했다. 「여기에는 적은 없어요. 있는 것은 내 오빠인 페르낭뿐이에요. 마음으로부터의 친구가 되기 위해 당신의 손을 잡으려 하고 있어요.」

이렇게 말하면서 아가씨는 딴 소리는 용납하지 않겠다는 얼굴을 페르낭 쪽으로 돌렸다. 페르낭은 그 시선에 기가 질린 듯이 천천히 에드몽에게로 다가와 손을 내밀었다.

그의 증오는 거세게 소용돌이치고 있었으나 지금은 힘을 잃은 파도가 되어서 여자의 힘 앞에 부서지고 말았다.

그러나 에드몽의 손이 만져지는 순간 그는 자기의 힘이 모두 빠져나간 듯한 심정이 되어 느닷없이 밖으로 뛰쳐나갔다.

「아아!」하고 그는 미친 사람처럼 달려나가면서, 그리고 두 손으로 머리털을 쥐어뜯으면서 외치고 있었다. 「아아! 저 사나이로부터 나를 떼어 놓아 줄 사람은 없는가? 나는 불행한 사나이다! 불행한 사나이다!」

「이봐, 카탈로니아의 젊은 친구! 페르낭! 어디로 달려가는 거요?」하고 부르는 누군가의 목소리가 들렸다.

청년은 퍼뜩 그 자리에 서서 주위를 둘러보았다. 그러자 신록의 나뭇잎 그늘에서 당그랄과 식탁에 앉아 있는 카도루스의 모습이 보였다.

「왜 그래?」하고 카도루스는 말했다. 「왜 이리로 안 오는 거지? 친구에게 인사도 할 새가 없을 만큼 바쁜 일이 있는가?」

「더욱이 그 친구 앞에는 아직 거의 가득히 차 있는 포도주 병이 있는데 말야.」하고 당그랄이 덧붙였다.

페르낭은 멍하니 두 사나이를 바라보면서 아무런 대답도 하지 않았다.

「어딘가 멍청해 보이지 않아?」하고 당그랄이 무릎으로 카도루스를 밀면서 말했다. 「이건 우리 계산과는 다른걸. 우리 예상과는 반대로 단테스 쪽이 이기는 것 아냐?」

「잠깐 기다려 봐.」하고 카도루스가 말했다. 그리고 카탈로니아의 청년 쪽을 돌아보며 「이것 봐, 카탈로니아의 젊은 친구, 결심은 섰어?」하고 말했다.

페르낭은 이마에 흐르는 땀을 닦고 나무 밑으로 천천히 들어갔다. 나무 그늘은 그의 마음을 약간 가라앉히고 서늘한 바람은 그의 지친 몸에 어느 정도 기운을 되찾게 해준 것 같았다.

「안녕하세요?」하고 그는 말했다. 「나를 불렀나요?」

그렇게 말하면서 그는 앉는다기보다는 차라리 쓰러지듯이 탁자 둘레에 있던 한 의자에 털썩 주저앉았다.

「불렀어. 마치 미친 듯이 달려가는 품이 바다에 투신이라도 하러 가는 게 아닌가 생각되어서 말야.」하고 카도루스가 웃으면서 말했다. 「술을 사주기 위해 붙드는 것만이 친구가 아니라고. 바닷물을 몇 되나 마시는 것을 만류하는 것도 우정이라는걸세.」

페르낭은 흐느낌 같은 신음 소리를 냈다. 그리고 테이블 위에서 손목을 십자로 깍지 끼고 그 위에 머리를 괴었다.

「그런데 말일세, 분명히 말해 줄까? 페르낭.」하고 카도루스는 호기심에 끌리면 흥정 따위는 일체 잊어버리는 하층민 특유의 덜렁거리는 말투로 입을 열었다. 「내가 보기에 자네는 마치 퇴짜를 맞은 연인 같은 몰골인데 어떤가?」

그렇게 농담처럼 말하고는 크게 너털웃음을 터뜨렸다.

「설마 그럴라고!」하고 당그랄이 말했다. 「이렇게 잘 생긴 사나이가 실연을 당할 까닭이 있나. 농담일 테지? 카도루스.」

「아니, 그렇지 않아.」하고 카도루스는 말했다. 「저 한숨 소리를 들어 보게. 자, 자, 페르낭.」하고 카도루스는 말했다. 「얼굴을 들고 대답을 해요. 건강을 걱정해 주는 친구에게 대답을 하지 않는다는 건 큰 실례라네.」

「건강 상태는 지극히 좋습니다.」하고 페르낭은 두 주먹을 불끈 쥐면서 말했다. 그러나 얼굴은 여전히 쳐들지 않았다.

「그것 보게, 당그랄.」하고 카도루스는 상대방에게 눈을 꿈뻑거리면서 말했다. 「실은 이렇게 됐다네. 여기에 있는 페르낭, 선량하고 용감한 카탈로니아 인이며 마르세이유에서도 으뜸 가는 어부인 페르낭은 메르세데스라는 아름다운 아가씨에게 홀딱 반했다네. 그런데 운수 사납게도 아가씨 쪽은 파라온 호의 일등 항해사에게 마음을 두고 있단 말일세. 그리고 그 파라온 호가 마침 오늘 항구에 들어왔다 그 말이야. 알겠어 ? 」

「아니, 잘 모르겠는걸.」 하고 당그랄이 말했다.

「그래서 페르낭은 보기좋게 딱지를 맞았다 그 말이야.」 하고 카도루스는 말을 계속했다.

「그래서 어쨌다는 겁니까 ? 」

페르낭은 고개를 들고 자기의 노여움을 털어놓을 상대를 찾고 있는 사나이처럼 카도루스를 노려보면서 말했다. 「메르세데스는 누구의 것도 아니예요. 그렇죠 ? 그렇다면 누구를 사랑하든, 그녀의 자유지 뭡니까 ? 」

「아아, 자네가 그런 식으로 생각한다면」 하고 카도루스는 말했다. 「이야기는 달라지지. 하지만 나는 자네를 순수한 카탈로니아 인이라고 생각하고 있었어. 내가 들은 바로는 카탈로니아 인은 적에게 앞지름을 당하고 가만히 있는 사람들이 아니라고 하던데. 게다가 페르낭이라는 사나이는 특히 복수에 관한 한 무서운 사람이라는 얘기를 들었어.」

페르낭은 한심스럽다는 듯이 엷은 웃음을 흘렸다.

「사랑을 하고 있는 사나이는 무서운 인간이 될 수 없어요.」 하고 그는 말했다.

「불쌍한 사나이로군 ! 」 하고 당그랄은 그야말로 진심으로 청년을 가엾게 생각하고 있는 것처럼 말했다. 「어쩌는 수 없군. 이 사나이는 단테스가 이렇게 갑자기 돌아올 줄은 미처 생각하지 못했던 것 같군. 아마도 죽어 버렸거나 여자를 잊어버렸으리라고 생각하고 있었던 모양이야. 이런 일은 갑자기 일어나는 법이라서 그만큼 타격도 크게 마련이지.」

「아아 ! 어떻든」 하고 카도루스는 말했다. 그는 떠벌이면서 술을 마시고 있었으므로 라 마르그 포도주는 그 효력을 나타내기 시작하고 있었다. 「어떻든 단테스가 무사히 돌아오는 바람에 난처해진 것은 페르낭뿐만이 아니야. 그렇지 않은가, 당그랄 ? 」

「그렇지, 자네 말이 옳아. 나는 장담을 해도 좋네만 그놈에게 뭔가 불행한 일이 일어날 것 같아.」

「하지만 어떻게 되든 상관할 것 없지 않은가.」 하고 카도루스는 페르낭에게 포도주를 한 잔 따라 주면서 말했다. 당그랄은 술잔에 잠깐 입을 댈 정도였으나 카도루스는 벌써 여덟 잔째가 열 잔째를 자기 잔에 채우고 있었다.
「어떻게 되든 상관할 것 없어. 머잖아 놈은 그 아름다운 메르세데스를 신부로
맞이할 테지. 어떻든 그러기 위해서 돌아왔으니까 말야.」

그러는 동안 당그랄은 상대방의 가슴속을 꿰뚫어보려는 듯이 청년을 말
똥말똥 쳐다보고 있었다. 카도루스의 말은 청년의 가슴 위에 마치 용해된
납처럼 무겁게 떨어졌다.

「그래, 혼례식은 언제 한다든가?」 하고 카도루스가 물었다.

「아아, 그런 건 아직 결정되지 않았어요.」 하고 페르낭은 중얼거렸다.

「아직 결정되지 않았지만 언젠간 할 테지.」 하고 카도루스가 말했다.「그건
단테스가 파라온 호의 선장이 되는 것만큼이나 확실한 일이야. 그렇지 않은가,
당그랄?」

당그랄은 뜻밖에도 아픈 곳을 찔려 부르르 몸을 떨었다. 그리고 카도루스
쪽을 향해 일부러 이런 말을 했을까 하고 그 얼굴을 뚫어지게 관찰했다.
그러나 이미 몹시 취해서 거의 바보 같은 표정이 된 얼굴에서는 선망 비슷한
표정밖에는 읽을 수가 없었다.

「자아!」 하고 그는 각자의 잔을 채워 주면서 말했다.「카탈로니아의 미
녀를 아내로 맞이할 에드몽 단테스 선장을 위해 건배!」

카도루스는 둔한 손놀림으로 술잔을 입에 가지고 가서는 단숨에 들이켰다.
페르낭은 자기의 잔을 손에 들고는 그것을 땅바닥에 내던졌다.

「아니, 저런, 저런!」 하고 카도루스가 말했다.「저기 저, 카탈로니아 마을
쪽의 언덕 위에 보이는 건 무얼까? 자세히 보라고, 페르낭. 자네가 나보다는
눈이 밝을 테니까. 난 어쩐지 눈이 가물가물해지는걸. 술이라는 건 자네도
아다시피 아무래도 좋지 않군. 어쩐지 연인끼리 손을 맞잡고 걷고 있는 것
같군. 이렇게 보고 있는 건 나쁘지만 저 두 사람은 우리가 보고 있다는 걸
눈치채지 못한 것 같군. 저 봐! 두 사람이 키스를 했어!」

당그랄은 페르낭의 고통스러워하는 표정을 하나도 놓치지 않았다. 페르
낭의 얼굴은 실룩실룩 경련을 일으켰다.

「저 두 사람을 알겠소? 페르낭 군.」 하고 당그랄이 물었다.

「네.」 하고 청년은 잦아드는 목소리로 대답했다.「에드몽 군과 메르세데
스입니다.」

「역시, 그렇군!」하고 카도루스가 말했다.「난 똑똑히 알 수가 없었어! 이것 봐, 단테스! 그리고 아가씨! 여기로 잠깐 오지 않겠어? 혼례식은 언제 올리는 거지? 알려 달라고. 여기에 있는 페르낭 군은 고집이 세서 알려 주려고 하지 않으니 말야?」

「이봐, 잠자코 있어!」하고 당그랄은 술에 취해서 집요하게 나무 그늘 밖으로 뛰쳐 나가려는 카도루스를 만류하는 체하면서 말했다.「가만히 서 있어. 연인끼리는 마음대로 사랑하게 내버려 둬. 저것 봐, 페르낭 군을 보게. 저걸 본받으라고. 페르낭 군은 얌전하게 앉아 있잖아?」

아마도 페르낭은 반데리렐로(창으로 찔러 소를 성나게 만드는 역할을 하는 투우사)의 도전을 받은 투우처럼 이 당그랄의 말에 자극되어 인내의 한계에 도달한 것이리라. 마침내 달려들려고 했다. 이미 일으킨 몸을 웅크려 금세라도 적에게 덤벼들려는 태세를 취하고 있었다. 그때 방그레 웃음짓고 서 있던 메르세데스가 아름다운 얼굴을 들고 밝은 눈동자를 빛냈다. 그러나 페르낭은 에드몽이 죽으면 자기도 죽겠다고 하던 그녀의 말이 생각나 맥없이 의자에 주저앉았다.

당그랄은 이 두 사나이를 번갈아 바라보았다. 술에 취한 사나이와 사랑의 노예가 된 사나이를.

『이런 바보들에게서는 아무런 이익도 얻을 것이 없겠군.』하고 그는 중얼거렸다. 『이런 주정뱅이와 얼빠진 놈 틈새에 있다가는 나도 위험해. 한 사람은 증오의 술에 취해 있어야 할 때에 그냥 포도주에 취해 있는 질투쟁이고 다른 한 사람은 연인을 눈앞에서 새치기당하고 마치 어린애처럼 울며 탄식하고 있는 멍청한 놈이다. 그나저나 눈은 복수를 좋아하는 스페인 인, 시칠리아 인, 카라브리아 인처럼 불타고 있고 주먹은 도살용 망치처럼 확실하게 소의 머리라도 깨부술 수 있을 것처럼 단단해 보이는데 웬일람. 이건 아무래도 단테스의 운세가 더 강했다는 얘기로군. 놈은 예쁜 여자를 아내로 삼고 선장이 되어서 우리를 우습게 볼 것이 틀림없다. 단……』차가운 미소가 당그랄의 입술에 떠올랐다. 『단, 내가 손을 쓰면 그렇게는 안 될걸.』하고 그는 덧붙였다.

「이봐, 자식!」하고 카도루스는 반쯤 몸을 일으키고 두 주먹으로 테이블을 내리치며 계속 소리지르고 있었다.「이봐, 에드몽! 친구가 여기 있는 게 보이질 않나? 아니면 벌써 우쭐해져서 우리와는 얘기도 할 수 없다는 건가?」

「그럴 리가 있나요. 카도루스 씨.」하고 단테스는 대답했다.「나는 조금도 우쭐해 있지 않아요. 다만 행복할 뿐이에요. 행복하다는 것은 우쭐해 있는 것보다도 사람을 더 장님으로 만드는 것인지도 모르지만.」

「꽤 그럴 듯한 얘기를 하는군. 하긴 그것도 일리가 있어!」하고 카도루스는 말했다.「여어, 단테스 부인, 안녕하세요?」

메르세데스는 진지한 얼굴로 인사를 했다.

「저는 아직 그런 이름이 아니예요.」하고 그녀는 말했다.「우리 나라에서는 약혼자가 남편이 되기 전에 아가씨를 그 약혼자의 이름으로 부르면 틀림없이 무슨 불행한 일이 일어난다고들 해요. 그러니까 아무쪼록 저를 부르실 때는 메르세데스라고 해주세요.」

「이해해 줘야 해.」하고 단테스가 말했다.「카도루스 씨는 조그만 일도 곧잘 혼동하니까.」

「그래, 혼례식은 곧 하는 건가? 단테스 군.」하고 당그랄이 젊은 두 사람에게 인사를 하면서 물었다.

「되도록 빨리 할 겁니다. 오늘 아버지의 허락을 받았으니까 내일, 늦어도 모레, 이 라 레젤브 정에서 약혼 만찬회를 베풀까 합니다. 친구들도 와줄 겁니다. 당그랄 씨, 당신도 초대하겠습니다. 그리고 카도루스 씨, 당신도.」

「그럼 페르낭은 어떻게 하고?」하고 카도루스가 히죽히죽 웃으면서 말했다.「페르낭도 부르는 건가?」

「내 처의 오빠는 내 형이기도 합니다.」하고 에드몽은 말했다.「이런 때에 우리에게서 떠나간다면 메르세데스도 나도 무척 섭섭하게 생각할 겁니다.」

페르낭은 입을 벌려 대답하려고 했다. 그러나 목소리가 목에 잠겨서 한 마디도 할 수가 없었다.

「오늘 허락을 받고 내일이나 모레는 벌써 약혼식…… 아니, 선장님, 꽤 서두르시는군요.」

「당그랄 씨」하고 단테스는 미소를 지으면서 말했다.「아까 메르세데스가 카도루스 씨에게 말한 것처럼 나도 당신에게 말하고 싶군요. 아직도 나에게 부여되지 않은 직함으로 나를 부르지 말아 주세요. 무슨 불행이라도 일어나면 곤란하니까요.」

「아, 참, 실례.」하고 당그랄은 대답했다.「나는 다만 자네가 몹시 서두르는 것 같다고 말했을 뿐이라네. 아직 충분히 시간이 있는데. 파라온 호는 3개월 뒤가 아니고는 출항하지 않을 테니까 말야.」

「누구나 빨리 행복해지고 싶은 법입니다, 당그랄 씨. 왜냐하면, 너무 오래 고생한 뒤에는 행복이 좀처럼 믿어지지 않는 법이니까요. 하지만 내가 이렇게 서두르는 것은 자기 본위의 기분에서만은 아닙니다. 실은 파리에 가야 하기 때문입니다.」

「흠, 파리엘 말이지. 파리에 가는 것은 처음인가? 단테스 군.」

「그렇습니다.」

「무슨 볼일이라도 있나?」

「내 자신의 용무가 아니예요. 불쌍한 루크렐 선장이 돌아가실 때 부탁한 일이에요. 아시겠죠? 당그랄 씨, 이것은 신성한 일이에요. 그리고 걱정하실 것 없어요. 곧 돌아올 거니까요.」

「알고 있어, 알고 있고말고.」하고 당그랄은 큰소리로 말했다.

그런 다음 아주 나직한 목소리로 혼잣말을 했다.

『파리에 가서 틀림없이 대원수로부터 받은 편지를 수신인에게 전달할 테지. 좋아, 이 편지의 건으로 좋은 생각이 떠올랐어. 이건 기막힌 생각이야! 아아, 단테스, 너는 아직 파라온 호 명부의 제1호(선장을 말함)가 될 수는 없어.』

그리고 나서 그는 이미 그에게서 멀어져가고 있는 에드몽 쪽을 돌아보며 소리질렀다.

「좋은 여행이 되길 빌겠네.」

「고마워요.」하고 에드몽은 뒤를 돌아보며 친밀감이 담긴 몸짓으로 대답했다.

그리고 나서 두 연인은 하늘로 올라가는 두 사람의 선택받은 인간처럼 즐거운 듯이 느릿느릿한 걸음으로 산책을 계속했다.

4. 음　모

　당그랄은 에드몽 단테스와 메르세데스가 생 니콜라 성채의 한 모퉁이를
돌아 자취를 감출 때까지 물끄러미 바라다보고 있었다. 그런 다음 뒤를
돌아보고는 의자 위에 창백한 얼굴을 한 채 계속 떨고 있는 페르낭의 모습을
확인했다. 카도루스는 술에 관한 어떤 노래의 한 귀절을 읊조리고 있었다.
　「그런데！」하고 당그랄은 페르낭에게 말했다.「이 결혼은 아무래도 누
구에게도 행복을 가져다 줄 것 같지 않군.」
　「나는 절망하고 있어요.」하고 페르낭은 말했다.
　「그럼 메르세데스를 사랑하고 있었나？」
　「무척 좋아했어요！」
　「오래 전부터인가？」
　「서로 알게 되고 나서 내내 사랑했어요.」
　「그러면서 아무 대책도 강구하지 않고 그저 머리털만 쥐어뜯고 있나？
무슨 꼴이람！ 당신네 나라 사람이 이러리라고는 생각하지 않았었는데.」
　「그럼 어떻게 하면 좋지요？」하고 페르낭은 물었다.
　「그거야 내가 어떻게 아나. 나와 관계있는 일이 아니니까. 메르세데스를
사랑하고 있는 건 내가 아니지 않아？ 그건 자네가 아닌가？ 성경 말씀에
있지？ 구하라, 그러면 얻으리라, 라고.」
　「나는 이미 얻었는걸요.」
　「뭐라고？」
　「나는 저 사나이를 죽이려고 했습니다. 그런데 여자는 만일 약혼자가 죽
으면 자기도 죽는다고 했습니다.」
　「바보 같은 소리！ 입으로야 누구나 그렇게 말하지. 하지만 실제로는 그
렇게 할 수가 없는 거야.」
　「당신은 메르세데스를 몰라요. 그녀는 입으로 말한 것은 반드시 실행하는
여자예요.」
　「이 바보 멍청이！」하고 당그랄은 중얼거렸다.「여자가 자살을 하든 말

든 내가 알 바 아니지! 단테스가 선장이 되지만 않으면 그것으로 족하니까.」

「그리고 메르세데스가 죽기 전에」하고 페르낭은 굳은 결심이 담긴 어조로 계속 말했다. 「내가 죽게 될 겁니다.」

「이게 사랑이라는 거로군!」하고 카도루스가 점점 더 혀 꼬부라진 소리로 말했다. 「이렇게 나오지 않고서는 사랑이라는 것을 알 수가 없지!」

「이것 봐요.」하고 당그랄이 말했다. 「자네는 좋은 청년 같군. 그래서 말이지, 자네를 고통에서 구해 주려고 하는데…… 다만…….」

「그래.」하고 카도루스가 말했다. 「빨리 말하게.」

「이것 봐!」하고 당그랄이 말했다. 「자네는 벌써 많이 취했어. 그 병을 바닥까지 비우게. 그러면 완전히 곤드레가 되겠지. 자, 마셔. 그리고 우리 얘기에는 참견하지 말아. 우리가 하는 일에는 말짱한 정신이 필요하니까 말야.」

「내가 취했다고?」하고 카도루스가 말했다. 「무슨 소릴 하는 거야! 아직도 네 병 정도는 마실 수 있어. 이까짓 거, 오드콜로뉴(향수 비슷한 화장수) 병만한 걸 가지고! 팡필 아저씨, 술을 가져와요!」

그리고 이 말을 입증하기 위해 카도루스는 술잔으로 탁자를 두들겨댔다.

「그래, 당신의 얘기는요?」하고 중단된 말의 계속을 초조하게 기다리고 있던 페르낭이 물었다.

「무슨 말을 하고 있었지? 생각이 안 나는군. 저 주정뱅이 카도루스 때문에 생각의 실이 끊어지고 말았어.」

「얼마든지 취해 보일 테다. 술을 무서워하는 놈은 불쌍한 놈이야. 가슴에 흉계를 품고 있어서 그게 취중에 저도 모르게 입 밖으로 나오지 않을까 두려워하고 있는 거야.」

그리고 나서 카도루스는 당시 꽤 유행하고 있던 노래의 마지막 두 줄을 부르기 시작했다.

　　나쁜 놈들은 모두 물을 마신다.
　　노아의 홍수가 바로 그 증거라네.

「당신은 나를 고통에서 구해 주겠다고 말씀하셨지요?」하고 페르낭이 말했다.「그리고 그 뒤끝에 『다만』이라고 하셨지요 ?……」

「그래, 『다만……』 하고 덧붙였지. 자네를 고통에서 끌어내기 위해서는 단테스가 자네가 좋아하는 여자와 결혼만 하지 않으면 되는 거야. 그런데 그 결혼은 단테스가 죽지 않더라도 깨질 수가 있단 말일세. 아무래도 그렇게 생각되는데…….」

「죽음만이 그 두 사람을 떼어 놓을 수가 있어요.」

「자네 이론은 벽창호의 이론이야.」 하고 카도루스가 말했다.「이제부터 교활하고 간사한 사기꾼인 당그랄이 자네의 이론은 틀렸다는 것을 알게 해줄걸세. 자, 가르쳐 주게, 당그랄. 모든 것을 나에게 맡기라고 말해 주게. 단테스가 죽지 않아도 되는 이유를 알아듣게 얘기해 주라고. 어떻든 단테스가 죽는 것은 불쌍한 일이야. 그놈은 좋은 청년이거든. 나는 단테스를 좋아해. 단테스, 네놈의 건강을 빈다 !」

페르낭은 초조해서 일어섰다.

「멋대로 떠벌이게 놔둬.」 하고 당그랄은 청년을 붙들면서 말했다.「어떻든 저렇게 취하기는 했지만 그렇게 틀린 얘기는 하지 않는 사나이니까. 상대방이 옆에 없다는 것은 죽음과 비슷할 만큼 사람을 떼어 놓는 법이거든. 에드몽과 메르세데스 사이에 감옥의 벽이 있다고 상상해 보게. 두 사람은 마치 묘석 (墓石)으로 격리된 꼴이 될걸세.」

「그렇군. 하지만 감옥에서 나올 텐데 ? 」 하고 카도루스가 아직도 약간 남아 있는 맑은 정신으로 두 사람의 얘기에 끼여들었다.「감옥에서 나오는 날엔, 그리고 그 사나이가 에드몽 단테스 정도의 사나이라면 반드시 보복을 할걸세.」

「할 테면 해보라지 !」 하고 페르낭이 중얼거렸다.

「우선」 하고 카도루스가 말했다.「무슨 수로 단테스를 감옥에 집어넣지 ? 도둑질도 안 했고 사람을 죽이지도 않았고 남을 속인 일도 없는데 말이야.」

「잠자코 있으라니까 !」 하고 당그랄이 말했다.

「난 잠자코 있지 않을 거야.」 하고 카도루스가 말했다.「어째서 단테스를 감옥에 집어넣으려는지 그 이유를 알고 싶단 말야. 난 단테스를 좋아해. 단테스, 네 건강을 빌겠어 !」

그렇게 말하고 그는 다시 한 잔 쭉 들이켰다.

당그랄은 카도루스의 취한 눈이 점점 더 몽롱해지는 것을 지켜보고 있었다. 그리고는 페르낭 쪽을 돌아보며 「알겠지? 굳이 그를 죽일 필요는 없단 말일세.」 하고 말했다.

「물론입니다. 만일 아까 당신이 말씀하신 것처럼 단테스를 체포하게 할 방법만 있다면요. 그런데 그 방법을 알고 계십니까?」

「잘 찾아보기만 하면」 하고 당그랄은 말했다. 「틀림없이 그것은 발견될 거요. 하지만」 하고 그는 계속해서 말했다. 「하지만, 어째서 내가 그런 일에 관여하지? 나와 무슨 상관이 있다고?」

「상관이 있는지 없는지 나로서는 알 수가 없습니다.」 하고 페르낭은 상대방의 팔을 붙들면서 말했다. 「하지만 당신이 단테스를 특별히 미워할 이유를 가지고 있다는 것은 나도 알고 있습니다. 자기 자신이 누군가를 미워하고 있는 사람은 남의 그런 심정을 잘못 헤아리는 법이 없으니까요.」

「내가 단테스를 미워할 이유를 가지고 있다고? 맹세코 말하지만 그런 것은 하나도 없네. 나는 자네의 불행을 보았고 자네의 불행이 내 마음을 움직인 거라네. 다만 그것뿐이야. 그러나 내가 나를 위해서 그런다고 생각한다면 나는 손을 떼겠네. 자네가 원하는 대로 알아서 처리하게.」

그렇게 말하고 당그랄은 일어서는 척했다.

「아닙니다, 아니예요.」 하고 페르낭은 상대방을 붙들면서 말했다. 「가지 말아 주세요. 결국 당신이 단테스를 원망하고 있든 아니든 나로서는 아무래도 좋은 일입니다. 내가 그놈을 원망하고 있으니까요. 나는 그것을 분명히 고백합니다. 뭔가 방법을 가르쳐 주세요. 상대를 죽이는 일이 아니라면 반드시 그것을 해내고야 말겠습니다. 죽일 수는 없는 것이, 메르세데스는 만일 단테스가 살해되면 자기도 죽는다고 말하고 있으니까요.」

그때까지 탁자에 머리를 떨구고 있던 카도루스가 이때 이마를 쳐들고 퀭한 눈으로 페르낭과 당그랄을 보면서 말했다.

「단테스를 죽인다고? 누구야, 단테스를 죽인다고 말한 놈이? 나는 단테스를 죽이게 두지는 않을 거야. 그놈은 내 친구야. 전에 내가 내 돈을 그놈에게 꾸어 주었듯이 오늘 아침에는 자기가 내게 돈을 꾸어 주겠다고 말했어. 단테스를 죽여서는 안돼!」

「누가 그놈을 죽인다고 했어? 이 바보 같은 놈!」 하고 당그랄이 말했다.

「그저 농담을 했을 뿐이야. 그놈의 건강을 위해서 술이나 마시라고.」그러면서 카도루스의 잔에 술을 채워 주고 다시 이렇게 덧붙였다.「그리고 우리의 일을 방해하지 말아 주게.」

「알았어, 알았어. 단테스의 건강을 위하여!」카도루스는 그렇게 말하면서 잔을 비웠다.「그 녀석의 건강을 위해서!…… 그래, 그 녀석의 건강을 위해서!……」

「그런데, 그 방법…… 그 방법이라는 것은요?」하고 페르낭이 물었다.

「그럼, 자네는 아직도 그것을 발견하지 못했다는 건가?」

「네, 당신이 그것을 찾아 주겠다고 하지 않았나요?」

「그랬던가?」하고 당그랄이 말했다.「이 점에 관해서는 프랑스 인은 스페인 인보다 훨씬 우수하지. 스페인 인은 언제까지나 생각에 잠겨 있지만 프랑스 인은 곧 생각해내지.」

「그럼, 어서 생각해내 주세요.」하고 페르낭은 초조한 듯이 말했다.

「이봐, 보이.」하고 당그랄이 불렀다.「펜과 잉크, 그리고 종이를 갖다 줘!」

「펜과 잉크와 종이를요?」하고 페르낭이 중얼거렸다.

「그래, 나는 경리 담당이라고. 펜과 잉크와 종이가 내 작업 도구이지. 그것 없이는 나는 아무것도 할 수가 없다네.」

「펜과 잉크와 종이를 가져와요!」하고 페르낭도 소리질렀다.

「말씀하시는 것은 저쪽 탁자 위에 있습니다.」하고 보이가 주문받은 물건을 손가락으로 가리키면서 말했다.

「그렇담, 가져다 주면 되잖아?」

보이는 종이와 잉크와 펜을 가져다가 나무 밑 탁자에 놓았다.

「기습을 하려고 숲 언저리에서 매복하고 있기보다는」하고 카도루스가 종이 위에 손을 놓으면서 말했다.「좀더 확실하게 죽일 수 있는 방법이 있단 말이지? 나는 언제나 칼이나 권총보다도 한 자루의 펜이나 한 병의 잉크, 한 장의 종이가 훨씬 더 무섭다고 생각하고 있지.」

「자식, 아직 보기만큼은 취하지 않은 것 같군.」하고 당그랄이 말했다. 「페르낭 군, 저 친구에게 좀더 술을 먹여 줘.」

페르낭은 카도루스의 잔에 술을 채웠다. 그러자 나면서부터의 술꾼인 카도루스는 손을 종이에서 술잔 쪽으로 가져갔다.

　페르낭은 카도루스가 이 한 잔으로 거의 엉망으로 취해서, 술잔을 탁자 위에 놓는다기보다 차라리 떨어뜨릴 때까지 그 동작을 내내 지켜보고 있었다.

　「그래서요?」하고 페르낭은 카도루스의 그나마 약간 남아 있던 의식이 이 마지막 한 잔으로 깨끗이 잠재워지는 것을 확인하고는 상대방을 재촉했다.

　「그래서 말이지! 예를 들면」하고 당그랄은 말했다.「단테스가 이번 항해 도중에 나폴리와 엘바 섬에 들른 것을 트집잡아 누군가가 검사에게 그는 보나파르트 파의 스파이라고 고소만 하면 된단 말일세……」

　「내가 고소하지요. 내가!」하고 청년이 다급하게 말했다.

　「그것도 좋겠지. 그러나 그렇게 하면 자네는 그 고소장에 서명을 해야 하고 자네가 고소한 인간과 대질을 해야 할걸세. 물론 자네의 고소를 뒷받침하는 재료는 내가 제공하지. 나는 잘 알고 있으니까. 하지만 단테스는 영원히 감옥에 갇혀 있지는 않을걸세. 언젠가는 나오겠지. 일단 나오면 그놈을 감옥에 집어넣은 사람은 혹독한 보복을 받게 될걸세!」

　「오오! 내가 원하는 것은 단지 한 가지입니다.」하고 페르낭이 말했다. 「그것은 놈이 나에게 싸움을 걸어오는 겁니다!」

　「그럴 듯하군. 하지만 메르세데스는 어떻게 되지? 사랑하고 있는 에드몽의 피부를 살짝 건드리기만 해도 자네는 원망받을 텐테?」

　「물론 그렇겠지요.」하고 페르낭은 말했다.

　「아니, 아니.」하고 당그랄은 말했다.「그렇게 결심한 이상, 알겠나? 그것보다도 내가 하라는 대로 다만 여기 이 펜에 잉크를 묻혀서 왼손으로, 자기의 필적임을 모르게 해서, 이런 짤막한 고소장을 쓰는 것이 현명할걸세.」

　그렇게 말하고 당그랄은 시범이라도 보이듯이 왼손으로 평소의 그의 서체와는 다른, 왼쪽으로 처진 글자로 다음과 같은 문구를 써서 페르낭에게 건네 주었다. 그러자 페르낭은 그것을 나직한 목소리로 읽었다.

　『검사 각하. 왕실과 신앙에 대해서 충실한 저는 여기에 다음과 같은 것을 보고드립니다. 나폴리와 포르토 페라이온에 기항하여 오늘 아침 스미르나 로부터 도착한 파라온 호의 일등 항해사인 에드몽 단테스라는 자는 뮐러 로부터 왕위 찬탈자(왕당파 사람들은 나폴레옹을 이렇게 불렀다)에게 보내는 편지, 다시 왕위 찬탈자로부터 보나파르트 당 본부에 보내는 편지를 맡아

가지고 있습니다.

그의 범죄의 증거는 당자가 체포되면 밝혀지리라고 생각합니다. 왜냐하면 그 편지는 그 자신이 갖고 있거나 또는 그의 아버지의 집, 또는 파라온 호의 그의 선실에서 발견될 것이기 때문입니다.』

「이것으로 됐어.」 하고 당그랄은 말을 계속했다. 「이것으로 자네의 복수는 완전한 것이 될걸세. 왜냐하면 이것으로 어떤 일이 있어도 자네에게 재난이 닥칠 걱정은 없고 일은 저절로 진행될 테니까. 다음은 편지를 이렇게 접어서 그 위에 『검사 각하』라고 쓰기만 하면 되네. 그것으로 만사는 끝나는 거야.」

그렇게 말하면서 당그랄은 서체를 바꾸어 수신인 이름을 썼다.

「그래, 그것으로 모든 것이 해결된 셈이군.」 하고 카도루스가 외쳤다. 그는 약간 남아 있는 이해력을 동원하여 편지가 읽혀지는 것을 듣고 있었으나 본능적으로 이러한 고발이 어떤 불행을 가져올 것인가를 이해했다. 「그렇지. 그것으로 모든 것이 끝나는 셈이지. 하지만 그것은 부끄러운 일일세.」

그렇게 말하고 그는 그 편지를 빼앗으려고 팔을 뻗쳤다.

「그러니까 말야.」 하고 당그랄은 편지를 카도루스의 손이 미치지 않는 곳에 밀어 놓으면서 말했다. 「그러니까 말야, 내가 말한 것은 모두 농담이라고. 우선 그 단테스에게, 그 선량한 단테스에게 무슨 일이 일어난다면 불쌍한 일이니까! 그러니까, 알겠나? 이 편지는…….」

그렇게 말하고 당그랄은 그 편지를 집어서는 두 손으로 꼬깃꼬깃 구겨서 나무 그늘 구석으로 집어던졌다.

「좋아, 좋아.」 하고 카도루스가 말했다. 「단테스는 내 친구야. 그 녀석에게 해를 가하는 일은 용서하지 않겠어!」

「뭐라고? 무슨 생각을 하고 있는 거야. 그 녀석에게 해를 가한다고? 나도 페르낭도 그런 생각은 하고 있지 않아!」 하고 당그랄은 자리에서 일어서면서, 그리고 페르낭을 뚫어지게 바라보면서 말했다. 페르낭은 의자에 앉은 채 일어나지 않았다. 그러나 곁눈질로 한쪽 구석에 던져진 고소장을 바라보고 있었다.

「알겠어. 그렇다면」 하고 카도루스가 말했다. 「술을 가져와. 에드몽과 미녀 메르세데스의 건강을 위해서 마시고 싶으니까.」

「이 술고래야, 벌써 과음을 했는데 거기다 더 마셔?」 하고 당그랄이 말했다.「더 이상 마시면 일어서지도 못하고 여기서 하룻밤 묵어야 할걸.」

「내가 말야?」하고 카도루스는 주정꾼 특유의 허세를 부리면서 자리에서 일어섰다.「내가 일어서지도 못한다고? 내기를 걸어도 좋아, 나는 아쿠르의 종루에라도 올라갈 수 있어. 비틀거리지 않고 말이야!」

「좋아! 알겠어.」하고 당그랄은 말했다.「내기를 걸지. 하지만 그것은 내일로 미루세. 오늘은 이제 돌아가야 할 시간이니까. 자, 팔을 이리 줘. 돌아가자고.」

「돌아가기로 할까?」하고 카도루스도 말했다.「하지만 네놈의 팔 따위는 필요가 없어. 페르낭, 자네도 갈 건가? 우리와 함께 마르세이유로 갈 텐가?」

「아니요.」하고 페르낭은 말했다.「저는 카탈로니아 마을로 돌아갈 겁니다.」

「그건 안돼. 함께 마르세이유로 가세. 자, 따라와.」

「저는 마르세이유에는 볼일이 없어요. 가고 싶지 않아요.」

「뭐라고? 가고 싶지 않다고? 좋아, 마음대로 해. 모두들 하고 싶은 대로 해! 자, 가자고, 당그랄. 이 젊은 친구는 카탈로니아 마을로 돌아가고 싶다니까 그렇게 하게 내버려 두세.」

카도루스 쪽에서 이렇게 말하는 것을 기화로 당그랄은 그를 질질 끌듯이 하고 마르세이유 쪽으로 걸음을 옮겼다. 다만 페르낭이 안전한 지름길로 갈 수 있게 리브 누브 강변길을 택하지 않고 일부러 상 빅토르 문으로 돌아 가기로 했다.

카도루스는 비틀거리면서 그의 팔을 붙들고 따라왔다.

이십 보쯤 걸었을 때 당그랄은 고개를 돌렸다. 그리고 페르낭이 예의 종이 쪽지에 달려들어 그것을 호주머니 속에 쑤셔 넣는 것을 보았다. 그런 다음에 청년은 갑자기 나무 그늘에서 뛰쳐나와 피롱 쪽으로 꺾어져갔다.

「아니, 어떻게 된걸까?」하고 카도루스가 말했다.「그 자식, 우리를 속였군. 카탈로니아 마을로 간다고 해놓고 시내 쪽으로 들어갔어. 이것 봐, 페르낭! 길이 틀렸어!」

「자네의 눈이 흐려져서 그래.」하고 당그랄이 말했다.「저놈은 곧바로 비에이유 장필므리 쪽으로 갔어.」

「그렇군!」하고 카도루스는 말했다.「나는 그놈이 오른쪽으로 꺾어졌는가 했지. 확실히 술은 도깨비 국물이군.」

「좋아, 좋아.」 하고 당그랄은 중얼거렸다. 「출발은 아주 더할 나위 없이 좋은걸. 그 다음은 되어가는 형편에 맡겨 두면 될 거고.」

5. 약혼 피로연

그 이튿날은 좋은 날씨였다. 맑은 태양은 찬란히 빛나면서 동쪽 하늘에 솟았다. 그리고 시뻘건 최초의 광선은 거품을 문 파도머리를 루비빛으로 장식했다.

연회석은 똑같은 이 라 레젤브 정의 이층에 준비되어 있었다. 이곳의 나무 그늘은 우리가 이미 잘 알고 있다. 넓은 홀은 대여섯 개의 창문으로부터 광선을 받아들이고 있었다. 그 하나하나의 창문 위에는(이것은 얼마나 멋진 취향인가!) 프랑스 대도시의 이름이 하나씩 적혀 있었다.

이 창문들에는 다른 건물과 마찬가지로 나무 난간이 달려 있었다.

식사는 정오부터 하게 되어 있었으나 이미 아침 11시부터 기다림에 지쳐서 초조해진 사람들이 그 난간 근처에 모여 있었다. 그것은 특별히 휴가를 얻은 파라온 호의 선원들이나 단테스의 친구인 병사들이었다. 그들은 모두 약혼자인 두 사람에게 축하의 뜻을 나타내기 위해 정장을 하고 있었다.

이제 곧 연회석에 앉게 될 그들 사이에서는 파라온 호의 선주도 일등 항해사의 약혼 피로연에 참석하게 될 것이라는 얘기가 떠돌았다. 그러나 그것은 단테스로서는 실로 엄청난 명예여서 아무도 그것을 완전히 믿지는 않았다.

그러나 카도루스와 함께 나타난 당그랄이 이 소문은 사실이라고 말했다. 이날 아침 그는 모렐 씨를 만났는데 모렐 씨가 그에게 라 레젤브 정의 오찬회에 참석하겠다고 말했다는 것이었다.

아니나다를까 그들보다 조금 늦게 모렐 씨가 방으로 들어왔다. 그리고 파라온 호의 선원들로부터 열렬한 박수와 환호를 받았다. 선주가 여기에 나타났다는 것은 그들에게 있어서는 단테스가 선장에 임명될 것이라고 하는 소문을 사실로서 뒷받침하는 것이었다. 단테스는 승무원들로부터 대단한 사랑을 받고 있었으므로 이 선량한 사람들은 선주의 선택이 자기들의 희망과 우연히도 일치한 것을 선주에게 감사하고 있었다. 모렐 씨가 들어서자 사람들은 저마다 당그랄과 카도루스에게 신랑을 불러오라고 재촉했다. 두 사람은 이토록 열렬한 감격을 불러일으킨 중요한 인물의 도착을 그에게 알리고 서둘러 입장하라고 전달할 역할을 맡고 있었던 것이다.

당그랄과 카도루스는 달려갔다. 그러나 백 보도 가기 전에 이쪽으로 오고 있는 작은 무리를 화약고 근처에서 발견했다.

이 작은 무리는 메르세데스의 친구인, 그녀와 같은 카탈로니아 마을의 젊은 아가씨 넷이 신부의 뒤를 따라오고 있는 것이었다. 약혼녀는 에드몽이 부축하고 있었다. 미래의 며느리 옆에는 단테스의 아버지가 붙어 있었다. 그리고 그들 뒤로는 페르낭이 음험한 웃음을 짓고 따라오고 있었다.

메르세데스에게도 에드몽에게도 페르낭의 이 음험한 웃음은 눈에 띄지 않았다. 두 사람은 가엾게도 행복한 기분에 완전히 잠겨 있었기 때문에 자기들과 자기들을 축복해 주는 맑고 깨끗한 아름다운 하늘밖에는 눈에 들어오지 않았다.

당그랄과 카도루스는 사자로서의 역할을 수행했다. 그들은 에드몽과 힘 있고 친밀감이 담긴 악수를 나눈 뒤 당그랄은 페르낭 옆에, 카도루스는 일반의 주목의 표적인 단테스 노인 옆에 따라붙었다.

노인은 가는 줄무늬가 있는 호박단 옷을 입고 있었다. 이 옷은 네모나게 새겨진 큰 강철의 단추로 장식되어 있었다. 야위기는 했으나 다부진 두 다리에는 영국으로부터의 밀수품임을 알 수 있는, 잔무늬가 있는 멋진 양말을 신고 있었다.

뿔이 세 개 달린 모자에는 청색과 백색의 리본 술이 달려 있었다. 그리고 그는 손잡이 쪽이 옛날의 페돔(고대 로마의 목동의 지팡이)처럼 구부러진 비비꼬인 지팡이를 짚고 있었다. 그러한 모습은 1796년에 새로 재개된 룩셈부르크나 튈리의 정원을 으젓하게 걷고 있는 멋진 귀인(貴人)과도 같았다.

노인 옆에는 아까도 말했듯이 카도루스가 얌전하게 붙어 있었다. 카도루스는 맛있는 요리를 먹을 수 있다는 희망 때문에 단테스 부자와 화해를 했으나 그의 머릿속에는 아침에 눈을 떴을 때 자고 있는 동안에 꾼 꿈의 여운이 남아 있듯이 어제 있었던 일의 기억이 희미하게 남아 있었다.

당그랄은 페르낭에게 다가가 사랑 때문에 고민하는 이 풀죽은 사나이를 뚫어지게 들여다보았다. 페르낭은 미래의 부부 뒤를 따라가고 있었으나 메르세데스에게는 완전히 잊혀지고 있었다. 그녀는 젊은 사람이 흔히 그렇듯이 행복한 사랑의 이기심 때문에 에드몽 이외에는 안중에 없었다. 페르낭은 창백한 안색을 하고 있었고 이따금 갑자기 빨개지기도 했으나 곧 다시 아까보다도 더 창백한 얼굴이 되었다. 때때로 그는 마르세이유 쪽을 바라보았다. 그리고는 저도 모르게 신경질적으로 부르르 손발을 떨었다.

페르낭은 뭔가 큰 사건을 기다리고 있는 것 같았다. 적어도 그것을 예상하고 있는 것 같았다.

단테스는 간단한 복장을 하고 있었다. 상선의 승무원이므로 군복과 평복의 중간 복장이었다. 그러한 복장이기는 했으나 그의 단정한 얼굴은 약혼녀의 기쁨과 아름다움 때문에 한층 더 돋보여서 그야말로 나무랄 데가 없었다.

메르세데스는 흑단(黑檀) 같은 눈과 산호 같은 입술을 가진 키프로스나 케오스의 그리스 인처럼 아름다웠다. 그녀는 아를르의 여인이나 안다루샤의 여인처럼 자유롭고 활달한 걸음걸이로 걷고 있었다. 도시의 아가씨였다면 아마도 그 기쁨을 베일 밑이나 적어도 비로드 같은 눈꺼풀 밑에 숨기려고 했을 것이다. 그러나 메르세데스는 미소를 띠고 주위의 모든 사람에게 시선을 던지고 있었다. 그러한 그녀의 미소와 시선은 분명히 이렇게 말하고 있었다. 『만일 당신이 내 친구라면 나와 함께 기뻐해 주세요. 정말로 나는 무척이나 행복하니까요 ! 』

약혼자인 두 사람과 거기에 따르고 있는 사람들이 라 레젤브 정에서 보이는 곳까지 오자 모렐 씨는 가게에서 나와 그들을 맞이하려고 앞으로 나왔다. 모렐 씨 뒤에는 그와 함께 가게 안에 있던 선원과 병사가 따라나왔다. 그들은 선주로부터 전에 단테스에게 말한 것과 똑같이 그를 루크렐 선장의 후계자로 삼는다는 약속을 듣고 있었다. 선주가 다가오는 것을 보자 에드몽은 약혼녀의 팔을 놓고 그녀의 팔을 모렐 씨의 팔에 넘겨 주었다. 선주와 소녀는 앞장서서 이미 오찬 준비가 되어 있는 홀로 통하는 나무 층계를 올라갔다. 그 층계는 5분간쯤 손님들의 무거운 발 밑에서 계속 삐걱거렸다.

「아버님은」 하고 메르세데스가 테이블 중앙에 멈춰 서서 말했다. 「제 오른쪽에 앉아 주세요. 제 왼쪽에는 제 오빠 역할을 해준 사람이 앉을 거예요.」

그러한 다정한 말은 페르낭의 가슴에 마치 날카로운 비수처럼 꽂혔다. 그의 입술이 창백해졌다. 그리고 또다시 적갈색의 그 얼굴에서 피가 조금씩 빠지며 심장 쪽으로 흘러가는 것을 알 수 있었다.

그러는 동안에 단테스는 마찬가지로 자기의 오른쪽에는 모렐 씨, 왼쪽에는 당그랄을 앉게 했다. 그리고는 손을 쳐들어 각자 원하는 자리에 앉아 주도록 신호했다.

테이블 주위에는 이미 좋은 냄새가 나는 갈색의 아를르 소시지나 껍질이 반짝거리는 새우, 장미빛 조개껍질에 든 프렐이나 밤송이에 든 밤 같은 섬게 알젓, 남프랑스의 식도락가에게는 북프랑스의 굴보다도 더 맛이 있는 것으로 되어 있는 대합조개 따위가 돌려지고 있었다. 이러한 맛좋은 오르되브르는 파도가 백사장에 밀어올린 것으로서 자연의 혜택을 감사하고 있는 어부가 일반적으로 바다의 과실이라고 부르는 것들이었다.

「여러분, 왜 말씀들을 안 하십니까?」 하고 노인이 방금 팡필 영감이 손수 메르세데스 앞에 가져다 놓은 황옥(黃玉) 빛깔의 포도주를 맛보면서 말했다. 「여기에 계시는 서른 명 남짓한 분들은 웃는 일밖에 원하지 않으시는 것 같군요.」

「신랑이라고 해서 언제나 명랑한 것만은 아니니까요.」 하고 카도루스가 말했다.

「사실」 하고 단테스가 말했다. 「지금 저는 너무 행복해서 명랑해질 수가 없습니다. 지금 당신이 말씀하신 것이 그런 뜻이라면 당신의 말씀이 옳습니다! 기쁨은 때로 기묘한 결과를 낳게 합니다. 괴로움과 마찬가지로 가슴을 억누르지요.」

당그랄은 페르낭을 관찰하고 있었다. 페르낭의 예민한 성질은 하나하나의 감동을 고스란히 받아들이고 그것을 또 그대로 밖으로 드러내고 있었다.

「기운을 내요!」 하고 카도루스가 말했다. 「뭣을 두려워하고 있어? 두렵기는커녕 만사가 뜻대로 되고 있잖아!」

「저는 그것이 무서운 겁니다.」 하고 단테스가 말했다. 「인간은 그렇게 쉽게 행복해지도록 만들어진 게 아니라고 생각합니다! 행복은 용(龍)이 그 문 앞에서 파수를 보고 있는 마법의 섬의 궁전 같은 것입니다. 행복을 손에 넣으려면 싸우지 않으면 안 됩니다. 그런데 저는 실제로 메르세데스의 남편이 되는 행복을 얻게 된 것인지 저 자신 알 수가 없는 겁니다.」

「남편, 남편이라……」하고 카도루스가 웃으면서 말했다. 「아직은 그렇게 된 게 아닐세, 선장님. 하지만 잠깐 남편 행세를 해보는 게 어때? 어떤 식으로 받아들여질까?」

메르세데스는 얼굴을 붉혔다.

페르낭은 의자 위에서 번민하고 있었다. 조그마한 소리에도 부르르 떨었다. 그리고 이따금 이마 위에 돋은 땀, 폭풍 전의 최초의 빗방울처럼 흐르는 큰 땀방울을 닦아내고 있었다.

「그런데 카도루스 씨」하고 단테스가 말했다. 「그런 시시한 일로 나를 궁지에 몰아넣으려 해도 소용없어요. 메르세데스는 아직 내 아내가 아니에요, 그건 맞아요……(그는 회중 시계를 꺼내보았다). ……하지만 이제 1시간 반 뒤에는 그녀는 내 아내가 되는 겁니다!」

이 나이가 되었어도 아직 아름다운 치아를 드러내 보이면서 크게 웃고 있는 단테스의 아버지를 제외하고는 모두 놀라움의 소리를 질렀다. 메르세데스는 미소짓고 있었다. 이미 얼굴을 붉히지도 않았다. 페르낭은 경련을 일으키는 손으로 단도의 손잡이를 꽉 붙잡았다.

「1시간 반 뒤에?」하고 당그랄도 창백해지면서 말했다. 「어떻게 그런 일이 있을 수 있지?」

「실은 여러분」하고 단테스가 대답했다. 「저에게 있어서는 아버지 다음으로 제 은인이신 모렐 씨가 저를 신용해 주신 덕분으로 모든 절차가 해결되었습니다. 우리는 결혼 허가증을 살(결혼을 하고 싶은 사람은 그 취지를 관청의 게시판에 공시하여 이의 신청이 없을 때는 허가를 받게 되는데 돈으로 그 허가증을 살 수 있다) 수 있었던 것입니다. 그리고 2시 반에는 마르세이유의 시장님이 시청에서 우리를 기다리고 계십니다. 지금이 1시 15분이니까 앞으로 1시간 반 뒤에는 메르세데스는 단테스 부인이 된다고 해도 상관이 없을 것입니다.」

페르낭은 눈을 감았다. 불길 같은 것이 눈꺼풀에서 타올랐다. 그는 정신을 잃지 않으려고 탁자에 몸을 기대었다. 그러나 그러한 노력에도 불구하고 낮은 신음 소리를 억제할 수는 없었다. 그러나 그것은 회식자들의 웃음소리나 축하의 말에 파묻히고 말았다.

「어지간히 재빨리 처리했지요? 그렇지요?」 하고 단테스의 아버지가 말했다. 「어떻습니까? 이래도 시간을 낭비했다고 할 수 있습니까? 어제 아침에 돌아와서 오늘 3시에는 벌써 결혼을 한다! 뱃사람은 일솜씨가 빠르니까요.」

「하지만 그 밖의 절차는요?」 하고 당그랄이 주뼛거리면서 말했다. 「계약서나 서류 같은?……」

「계약서라고요?」 하고 단테스는 웃으면서 말했다. 「계약서는 이미 끝났습니다. 왜냐하면 메르세데스는 무일푼이고 나 역시 마찬가지입니다. 즉 우리의 결혼은 부부 공유재산제의 결혼입니다. 보세요, 이것입니다! 쓰는 데도 시간은 걸리지 않았고 수수료도 아마 싸게 먹힐 것입니다.」

이러한 농담으로 또다시 요란한 갈채가 터져나왔다.

「그렇다면, 약혼식 음식이라고 생각하고 먹은 것이」 하고 당그랄은 말했다. 「그대로 결혼식 음식이라는 얘기가 되는군.」

「그런 일은 없습니다.」 하고 단테스가 말했다. 「여러분은 조금도 손해를 보실 일이 없습니다. 아무쪼록 안심하십시오. 내일 아침 저는 파리로 떠납니다. 가는 데 나흘, 돌아오는 데 나흘, 하루는 지시받은 사명을 수행하는데 소비합니다. 그래서 3월 1일에 돌아오게 되는데 3월 2일에 진짜 결혼 피로연을 베풀어서 여러분을 모실 생각입니다.」

일간 또다시 한턱 낸다는 소리를 듣고 일동은 지금까지보다도 더 흥분해서 들끓었다. 그래서 식사가 시작될 무렵에는 모두가 잠자코 있는 데에 불평을 털어놓았던 단테스의 아버지도 미래의 부부의 행복을 기원하는 말을 술회하려고 했지만 지금은 모두가 웅성거리고 있어서 좀처럼 그것을 할 수가 없었다.

단테스는 아버지의 심정을 헤아리고 애정이 담긴 미소로 거기에 답했다. 메르세데스는 방에 걸려 있는 비둘기 시계의 시간을 보기 시작하고 있었다. 그리고 에드몽에게 몰래 신호를 보냈다.

탁자 주위에서는 하층 계급 사람들에게서 흔히 볼 수 있는 식사 뒤의 그 시끄러운 웃음소리와 자유분방한 행동이 시작되고 있었다. 지금까지 자기의 자리에 불만이 있었던 사람들은 탁자에서 일어나 다른 동료들 속으로 들어갔다. 모두들 일제히 떠들기 시작하고 있었다. 그리고 누구나 상대방의 말에는 대답을 하려고 하지 않고 다만 자기가 하고 싶은 말만을 하고 있었다.

페르낭의 창백한 안색이 당그랄의 볼에도 번졌다. 그런데 페르낭은 이미 살아 있다는 생각은 없고 마치 불길 속에 떨어진 망자(亡者)와도 같은 모습이었다. 그는 일찌감치 자리에서 일어나 노래 소리와 술잔 부딪치는 소리에서 벗어나려고 방안을 이리저리 서성거리고 있었다.

그가 피하려 하고 있던 당그랄이 방의 한쪽 구석에서 그에게 다가왔을 때 카도루스도 옆으로 다가왔다.

「사실」 하고 카도루스는 말했다. 단테스의 친절과 특히 팡필 노인네 가게의 맛좋은 술 덕분에 단테스의 뜻하지 않았던 행복이 그의 마음속에 싹트게 했던 증오는 깨끗이 가셔 버리고 있었다. 「사실 단테스는 좋은 청년이야. 그가 약혼자 옆에 앉아 있는 것을 보니까 어제 자네들이 꾸미고 있던 몹쓸 장난은 아무래도 곤란한 일로 생각되는군.」

「그러니까」 하고 당그랄은 말했다. 「그건 자네도 보았듯이 그때 이미 끝난 일이야. 불쌍하게도 페르낭 군은 완전히 얼이 빠져서 나도 처음에는 걱정을 했지. 하지만 깨끗이 단념하고 라이벌의 결혼식에 들러리로 참석한 이상 이제 더 이상 할 말이 없지.」

카도루스는 페르낭을 유심히 바라보았다. 페르낭의 얼굴은 납빛이었다.

「사실 아가씨가 미인인 만큼 희생도 그만큼 컸던 거지.」 하고 당그랄이 계속했다. 「제길! 미래의 선장놈, 운도 좋은 놈이야. 반나절만이라도 좋으니까 단테스라고 불러 보고 싶군.」

「떠날까요?」 하고 메르세데스가 상냥한 목소리로 말했다. 「벌써 2시예요. 2시 15분에 기다리신다고 했어요.」

「그래, 그래, 떠나기로 합시다.」 하고 단테스는 자리에서 일어나면서 말했다.

「떠납시다!」 하고 모든 손님이 일제히 되풀이했다.

바로 그 순간 창문 옆에 앉아 있는 페르낭에게서 눈을 떼지 않고 있던 당그랄은 페르낭이 충혈된 눈을 크게 뜨고 경련을 일으킨 듯이 일어났는가 했더니 다시 그 자리에 털썩 주저앉는 것을 보았다. 거의 그와 동시에 층계 쪽에서 둔중한 소리가 울려왔다. 무거운 발걸음 소리, 칼이 맞부딪는 소리에 섞인 분명하지 않은 사람의 소리가 회식자들의 웅성거리는 소리를 지워 버렸다. 사람들은 그쪽으로 관심을 돌렸고 순식간에 불안한 침묵이 방안을 지배했다.

그 소리는 차츰 가까워졌다. 문을 세 번 두드리는 소리가 크게 울렸다. 모두들 놀라서 옆사람의 얼굴을 쳐다보았다.

「경찰에서 나왔소!」하고 쩌렁쩌렁한 목소리가 고함을 질렀다. 아무도 거기에 대답하지 않았다.

즉시 문이 열렸다. 현장(懸章)을 두른 경부 한 사람이 하사가 지휘하는 네 명의 병사를 뒤에 거느리고 방안으로 들어왔다.

이것으로 불안이 공포로 바뀌었다.

「어떻게 된 겁니까?」하고 선주는 평소부터 잘 알고 있는 경부 앞으로 다가서며 물었다.「물론 이것은 뭔가 잘못된 겁니다.」

「만일 잘못된 것이라면, 모렐 씨.」하고 경부는 대답했다.「곧 석방되겠지요. 하지만 지금으로선 나는 어쩔 수가 없습니다. 체포 영장을 가지고 왔습니다. 임무를 수행하는 것은 매우 유감이지만 그렇게 하는 수밖에 없습니다. 에드몽 단테스는 어느 분이지요?」

모든 사람의 눈은 청년에게로 쏠렸다. 청년은 깜짝 놀라면서도 위엄을 유지한 채 한 걸음 앞으로 다가서며 말했다.

「납니다. 무슨 일인가요?」

「에드몽 단테스」하고 경부는 말했다.「법의 이름으로 당신을 체포합니다.」

「체포한다고요?」하고 에드몽은 조금 창백해지면서 말했다.「하지만 무슨 이유로 체포한단 말입니까?」

「본관으로서는 알 수가 없습니다. 하지만 최초의 신문에서 당신도 알게 될 것입니다.」

모렐 씨는 현재 상황에서는 어떻게도 할 수 없다는 것을 알았다. 현장을 두른 경부는 이미 인간이 아니다. 그는 귀도 들리지 않고 입도 놀릴 수가 없다. 차가운 법률의 입상(立像)이다.

그러나 단테스의 아버지는 경부 쪽으로 다가갔다. 아버지나 어머니의 심정으로서는 이것은 아무래도 납득할 수가 없었다. 노인은 탄원하고 또 탄원했다. 그러나 눈물도 애원도 아무 효과가 없었다. 그러나 노인의 절망이 너무나 컸으므로 경부도 마음이 움직였다.

「자, 노인장」하고 경부는 말했다.「마음을 가라앉혀 주십시오. 아마도 아드님은 세관이나 검역의 절차를 적당히 밟았을 테지요. 그러니까 당국이 요구하고 있는 것이 얻어지면 십중팔구는 곧 석방될 것입니다.」

「무슨 일이야! 이건 도대체 어떻게 된 일이야?」하고 카도루스는 미간을 찌푸리면서 당그랄에게 물었다. 당그랄은 짐짓 놀란 체하고 있었다.

「난들 알 수가 있나!」하고 당그랄은 말했다.「나 역시 자네와 마찬가지지. 눈앞에서 벌어진 일을 보고 뭐가 뭔지 영문을 몰라서 놀라고 있는 참일세.」

카도루스는 눈을 들어 페르낭을 찾았다. 그러나 그의 모습은 보이지 않았다.

그러자 전날의 장면이 그의 머리에 무서울 만큼 똑똑히 떠올랐다. 이러한 비극 때문에 전날의 구취로 그와 그의 기억 사이에 쳐져 있던 베일이 말끔히 벗겨진 듯한 느낌이었다.

「그렇지」하고 그는 목쉰 소리로 말했다.「당그랄. 이것이 자네들이 어제 얘기하고 있던 농담의 결과이지? 그렇다면 이런 일을 꾸민 자는 저주를 받아야 해. 이건 정말 너무했어!」

「당치않은 소리!」하고 당그랄은 소리질렀다.「내가 종이를 찢은 것은 자네도 보았잖나?」

「아니, 찢지는 않았어.」하고 카도루스는 말했다.「너는 구석에 버렸어. 그것뿐이야.」

「닥쳐! 너는 아무것도 보지 못했어. 너는 취했었잖아!」

「페르낭은 어디에 있지?」하고 카도루스가 물었다.

「그걸 내가 어떻게 알아!」하고 당그랄이 대답했다.「아마 무슨 볼일이 있었겠지. 하지만 그런 걸 문제삼기보다도 저 불쌍한 사람들을 구하러 가는 게 어때?」

과연 그들이 이런 말을 주고받고 있는 동안에 단테스는 미소를 지으면서 친구들 모두의 손을 잡고「안심하게, 착오라는 것이 판명되어서 아마 감옥에는 가지 않게 될걸세.」하고 말하고는 스스로 포승에 묶이고 말았다.

「그렇고말고. 내가 보증하지.」하고 마침 그때 여러 사람이 있는 곳으로 다가온 당그랄이 말했다.

단테스는 경부의 뒤를 따라 병사들에게 에워싸인 채 층계를 내려갔다. 문을 활짝 연 한 대의 마차가 입구에서 기다리고 있었다. 그는 거기에 올라탔다. 두 사람의 병사와 경부가 그 뒤를 따라 올라탔다. 문이 닫혔다. 그리고 마차는 마르세이유를 향해 달리기 시작했다.

「단테스 씨! 에드몽 씨!」메르세데스는 난간에서 몸을 내밀며 절규했다.

수인(囚人)은 약혼자의 갈기갈기 찢긴 마음의 흐느낌 같은 이 마지막 절규를 들었다. 그는 마차의 문으로 고개를 내밀고「잘 있어, 메르세데스!」하고 소리질렀다. 그리고 그의 모습은 생 니콜라 요새의 모퉁이로 사라졌다.

「여기에서 나를 기다려 줘요.」하고 선주가 말했다.「발견되는 대로 마차를 붙잡아가지고 마르세이유로 달려가서 소식을 가지고 오겠소.」

「다녀오세요!」하고 모두들 외쳤다.「다녀오세요! 그리고 서둘러 돌아와 주세요!」

이 두 쌍이 나간 뒤 그곳에 남아 있는 사람들은 한순간 넋을 잃은 상태에 빠져들었다.

노인과 메르세데스는 한동안 각기 자기의 괴로움에 잠겨 외톨박이의 쓸쓸함을 맛보고 있었다. 그러는 동안에 두 사람의 눈이 마주쳤다. 두 사람은 똑같은 타격을 받은 희생자임을 깨달았다. 그리고 서로 끌어안았다.

그러는 가운데 페르낭이 돌아와 컵에 물을 따라가지고 단숨에 들이켰다. 그리고 의자 하나를 찾아 털썩 주저앉았다.

우연하게도 그 의자는 메르세데스가 노인의 팔에서 떠나 자리를 찾아 앉은 의자의 바로 옆이었다.

페르낭은 본능적으로 자기의 의자를 뒤로 물렸다.

「저놈이다!」하고 카도루스가 당그랄에게 말했다. 카도루스는 지금까지 줄곧 페르낭에게서 눈을 떼지 않고 있었던 것이다.

「나는 그렇게 생각하지 않는데.」하고 당그랄이 대답했다.「저놈은 바보여서 그런 짓은 못 한다고. 어떻든 그런 짓을 한 놈은 제재를 받을 테지.」

「자네는 그걸 충동질한 사나이에 대해서는 아무 말도 하지 않는군.」하고 카도루스가 말했다.

「물론이지!」하고 당그랄은 말했다.「별 뜻도 없이 지껄인 말에 일일이 책임을 질 수는 없으니까!」

「그래? 별 뜻도 없이 지껄인 말이 사람을 다치게 했을 때도 말인가?」

그럭저럭 하는 동안에 사람들은 삼삼오오 떼를 지어 이 체포에 대해서 여러가지 해석을 내리기 시작하고 있었다.

「여보시오, 당그랄 씨.」하고 누군가가 말했다.「당신은 이 사건을 어떻게 생각하시오?」

「나 말입니까?」하고 당그랄은 말했다.「나는 단테스가 뭔가 금제품(禁製品)을 가지고 들어오지 않았나 생각합니다만.」

「하지만, 그렇다면 당그랄 씨, 당신은 그것을 알고 있어야 할 것 아닙니까? 당신은 경리 담당이니까.」

「하긴 그렇군요. 하지만 경리 담당은 신고된 화물에 대한 것밖에는 모릅니다. 솜이 적재되었던 것은 알고 있습니다. 그것뿐입니다. 알렉산드리아에서는 파스트레 상회에서, 스미르나에서는 파스칼 상회에서 실었습니다. 더 이상 묻지 말아 주세요.」

「그렇군! 지금 생각나는군.」하고 불쌍한 아버지는 그 말의 단편에서 생각이 난 듯 중얼거렸다.「어제 아들놈은 나를 위해서 커피 한 상자와 담배 한 상자를 가지고 왔다고 했어요.」

「그렇지, 그거라고.」하고 당그랄이 말했다.「우리가 없는 새에 세관이 파라온 호를 수색해가지고 비밀을 알아냈을 겁니다.」

메르세데스는 그런 것은 처음부터 믿고 있지 않았다. 지금까지 참고 있던 고통이 한계를 넘어선 듯 그녀는 갑자기 흐느껴 울기 시작했다.

「자, 자 희망을 가져야지…….」하고 단테스의 아버지가 스스로도 무슨 말을 하고 있는지 거의 모르는 채 말했다.

「그래요, 희망을 가져야 해요!」하고 당그랄이 그 말을 되풀이했다.

「희망을!」하고 페르낭도 중얼거리려 했다. 그러나 그 말은 그의 목을 잠기게 했다. 그의 입술은 움직이고 있었다. 그러나 입으로는 아무런 소리도 나오지 않았다.

「여러분!」하고 난간 위에서 망을 보기 위해 남아 있던 손님 하나가 소리질렀다.「여러분, 마차가 보입니다! 아아, 모렐 씨입니다! 기운을 내세요, 기운을! 틀림없이 좋은 소식을 가지고 왔을 겁니다.」

메르세데스와 노인은 선주를 마중하러 달려 나가서 출입구에서 마주쳤다. 그러나 모렐 씨의 얼굴은 창백했다.

「어떻게 됐습니까?」하고 사람들은 일제히 물었다.

「그게 말이오, 여러분!」하고 선주는 고개를 설레설레 흔들면서 대답했다.

「사태는 우리가 생각했던 것보다 훨씬 중대해요.」

「오오!」 하고 메르세데스는 외마디 소리를 질렀다. 「그이는 결백합니다!」

「나도 그렇게 믿고 있소.」 하고 모렐 씨가 대답했다. 「하지만 고발을 당했소.」

「무슨 혐의로 말인가요?」 하고 노인이 물었다.

「보나파르트 파의 스파이라는 거요.」

이 이야기가 진행되고 있는 당시에 살고 있었던 독자들 중의 어떤 사람들은 지금 모렐 씨의 입에서 나온 이러한 고소가 그 당시에는 얼마나 무서운 것이었는가를 회상할 수 있을 것이다.

메르세데스는 앗 하고 소리질렀다. 노인은 자기도 모르는 새에 의자에 주저앉았다.

「아아!」 하고 카도루스가 중얼거렸다. 「너, 나를 속였지? 당그랄. 농담이 사실로 되어 버렸어. 하지만 나는 늙은이와 아가씨가 고통을 당하고 있는 것을 그냥 묵과할 수는 없어. 나는 그들에게 모든 것을 말해 주겠어.」

「닥쳐, 이 멍청한 친구야!」 하고 당그랄은 카도루스의 손을 꽉 붙들면서 소리질렀다. 「그렇지 않으면 네 신상의 안전도 보장할 수 없어. 단테스가 진짜로 죄인이 아니라고 누가 단언할 수 있지? 배는 엘바 섬에 도착했고 그는 배에서 내렸어. 그리고 포르토 페라이온에는 만 하루나 있었어. 만일 그가 위험한 편지를 가지고 있었다는 것이 밝혀지면 그를 두둔하는 자는 모조리 공범으로 몰릴 거야.」

카도루스는 이기적인 본능으로 딴은 그렇겠다고 생각했다. 그는 공포와 고통 때문에 무표정해진 눈으로 당그랄을 바라보았다. 그리고 한 걸음 앞으로 내디디려다 두 걸음 뒤로 물러서고 말았다.

「그렇다면 기다려 보는 수밖에 없군.」 하고 그는 중얼거렸다.

「그래, 기다려 보는 거야.」 하고 당그랄이 말했다. 「만일 결백하다면 석방되겠지. 만일 유죄라면 모반자를 위해서 함께 말려들 필요는 없을 거고.」

「그럼, 갈까? 이런 곳에는 더 있고 싶지 않군.」

「그래, 가지.」 하고 당그랄은 함께 갈 동료가 생겨서 반가웠다. 「자, 가세. 모두 각자의 생각대로 돌아가는 게 좋겠어.」

다른 사람들도 모두 돌아가게 되었다. 페르낭은 다시 아가씨의 들러리가 되어 메르세데스의 손을 잡고 카탈로니아 마을로 데리고 갔다. 단테스의 친구들도 거의 실신 상태가 되어 있는 노인을 도와 메이랑 거리로 데리고 돌아갔다.

이윽고 단테스가 보나파르트 파의 스파이로서 체포되었다는 소문이 온 마을에 퍼졌다.

「이런 일을 믿을 수 있는가? 당그랄 군.」하고 모렐 씨가 경리 담당인 당그랄과 카도루스를 따라잡으면서 물었다. 모렐 씨는 에드몽에 대해서 뭔가 직접적인 뉴스를 들어 보려고 조금 면식이 있는 검사 대리 빌포르 씨를 만나기 위해 급히 시내로 가는 도중이었다.「이런 일을 믿을 수 있는가?」

「하지만!」하고 당그랄은 대답했다.「제가 말씀드렸지요? 단테스는 아무런 이유도 없이 엘바 섬에 배를 대었다고 말입니다. 이 기항이 실은 저에게는 수상쩍게 생각되었습니다.」

「그런데 자네는 그러한 의심을 나 말고 다른 사람에게도 애기했었나?」

「천만에요, 그런 말을 할 까닭이 있나요?」하고 당그랄은 목소리를 낮추어 덧붙였다.

「선주님은 백부님이신 포리칼 모렐 씨, 일찍이 나폴레옹의 부하였고 생각하는 것은 뭐든지 거침없이 말해 버리는 그 백부님 때문에 나폴레옹을 숭앙하고 있다는 혐의를 받고 계십니다. 저는 에드몽을 곤경에 빠뜨릴 일, 나아가서는 선주님을 곤경에 빠뜨릴 일을 극히 두려워하고 있습니다. 부하의 의무로서 선주님에게는 말씀을 드려도 다른 사람에게는 엄격히 숨겨 두지 않으면 안될 일이 있습니다.」

「고맙네, 당그랄! 고마워!」하고 선주는 말했다.「자네는 성실한 사나이야. 그래서 단테스를 파라온 호의 선장으로 임명하려 했을 때 나는 우선 자네 생각을 했다네.」

「그건 무슨 뜻인지요?」

「나는 우선 단테스에게 자네를 어떻게 생각하고 있는가고 물었지. 그리고 자네를 지금까지의 부서에 앉혀 두는 것을 싫어하지는 않는가고 물었다네. 그건 왜냐하면 나에게는 어쩐지 자네들 두 사람의 사이가 몹시 냉랭한 것처럼 느껴졌기 때문이라네.」

「그래 그는 뭐라고 대답하든가요?」

「어떤 사정이 있었는지는 분명히 말하지 않았지만 실제로 자네에 대해서는 뭔가 미안한 일을 한 것으로 생각하고 있다고 말하더군. 하지만 선주의 신뢰를 받고 있는 사람에 대해서는 자기도 신뢰하겠다고 말하더군.」

『위선자 같으니라고!』 하고 당그랄은 중얼거렸다.

「가엾은 단테스!」 하고 카도루스가 말했다.「그것만 보아도 그가 멋진 사나이였다는 것을 알 수가 있어.」

「옳은 얘기야. 하지만 당장」 하고 모렐 씨가 말했다.「파라온 호에는 선장이 없다는 얘기가 되는군.」

「오오!」 하고 당그랄은 말했다.「그 문제라면 희망을 가지셔야 합니다. 출항하려면 아직 3개월은 있어야 하고 그때까지는 단테스도 석방이 될 테니까요.」

「그야 그렇지. 하지만 그때까지는?」

「뭐, 그때까지라면 제가 할 수도 있습니다, 선주님.」 하고 당그랄이 말했다. 「아시다시피 배를 다루는 일은 저도 웬만한 원양 항해의 선장만큼은 해낼 수 있습니다. 저를 부리신다면 편리한 일도 있으리라고 생각합니다만. 에드몽이 감옥에서 나왔을 때 선주님은 누구에게 사례를 할 필요도 없을 테니까요. 그는 자기의 부서에 앉고 저는 본래의 제자리로 돌아가면 되니까요. 그것으로 모든 것은 끝나게 되지요.」

「고맙네, 당그랄.」 하고 선주는 말했다.「이것으로 모든 것이 원만히 해결되는군. 그럼 내가 허락할 테니까 지휘를 해주게. 그리고 짐 푸는 일을 감독해 주게. 선원 개인에게 어떤 비극이 있든 그것 때문에 일이 지체되어서는 안될 테니까.」

「안심하십시오. 그런데 최소한 에드몽에게 면회 정도는 할 수 있을 테지요?」

「거기에 대해서는 나중에 알려 주지. 빌포르 씨에게 얘기해서 어떻게 해서든지 단테스를 위해 주선해 달라고 부탁해 보지. 물론 그 사람은 철저한 왕당파야. 하지만 어떨라고! 왕당파의 검사 대리도 역시 인간이니까. 더욱이 그 사람은 나쁜 사람이 아니라고 생각해.」

「그렇지는 않겠지요.」하고 당그랄은 말했다.「하지만 들리는 바로는 야심가라고 하더군요. 야심가와 나쁜 사람은 매우 흡사한 데가 있으니까요.」

「뭐, 어떻든」하고 모렐 씨는 한숨을 지으면서 말했다.「형편을 두고 보기로 하지. 자네는 배에 가 있게. 나도 뒤따라 갈 테니까.」

그렇게 말하고 그는 두 사람과 헤어져 재판소로 갔다.

「그것 보라고.」하고 당그랄은 카도루스에게 말했다.「사건은 이렇게 진전되고 있네. 이래도 아직 단테스를 두둔할 생각인가?」

「물론 그럴 생각은 없네. 하지만 농담으로 시작된 일이 이런 결과가 되다니 정말 무서운 일이군.」

「정말 그래! 하지만 누가 그랬다는 거지? 자네도 아니고 나도 아니야. 안 그래? 페르낭이 한 짓이야. 자네도 알고 있듯이 나는 다만 종이 쪽지를 한쪽 구석에 버렸을 뿐이야. 틀림없이 찢은 뒤에 말일세.」

「아니, 아니!」하고 카도루스는 말했다.「그건 내가 확실히 알고 있어. 나무 그늘 구석에 꼬깃꼬깃 구겨서 버렸을 뿐이야. 지금도 아직 그곳에 있을지도 몰라!」

「그렇다면 그런 대로 하는 수 없지. 페르낭이라는 놈, 그것을 주웠을 것이 틀림없어. 그리고 그것을 베꼈거나 베끼게 했을 테지. 어쩌면 그런 수고를 생략했을지도 모르지. 그렇군…… 제길! 어쩌면 내 편지를 그대로 보냈는지도 모르겠군! 다행히 서체는 얼버무려 놓았지만」

「그런데 자네는 단테스가 모반을 기도하고 있다는 것을 알고 있었나?」

「난 아무것도 몰라. 아까도 말했듯이 나는 장난으로 그랬을 뿐이야. 단지 그것뿐이야. 익살꾼처럼 농담으로 진실을 말하고 말았나?」

「어느 쪽이든 마찬가지야.」하고 카도루스는 말했다.「어떻든 귀찮은 일이 일어나지 않도록, 적어도 귀찮은 일에 조금이라도 관련되지 않도록 나는 최선을 다해 두겠네. 알겠나? 자칫하면 우리에게도 화가 미치게 되네, 당그랄!」

「화가 미친다면 그것은 진범에게만 미쳐야 해. 진범은 페르낭이야. 우리가 아니야. 우리에게 어떤 화가 미친단 말인가? 우리는 이 사건에 대해서는 한마디도 하지 않고 가만히 있으면 되는 거야. 그렇게 하면 벼락 같은 건 떨어지지 않고 폭풍은 그냥 지나쳐가고 마는 거야.」

「아멘.」하고 카도루스는 말하고 당그랄에게 작별 신호를 보내고는 메이랑 거리 쪽으로 걸어갔다. 무슨 걱정거리가 있는 사람이 흔히 그렇듯이 고개를 흔들면서 중얼중얼 혼잣말을 하고 있었다.

「좋아 !」하고 당그랄은 말했다.「이것으로 만사는 뜻대로 됐어. 이제 나는 선장 대리가 된 거야. 이것으로 나는 저 카도루스만 잠자코 있으면 영원한 선장이 되는 거야. 이제 문제는 재판이 단테스를 석방했을 때의 일만이 남아 있는데……. 하지만 뭐」하고 그는 미소를 지으면서 덧붙였다.「재판은 재판이지. 모든 것은 재판에 맡겨 둘 수밖에.」

그렇게 말하고 그는 보트에 올라타고 사공에게 파라온 호로 저어가도록 명령했다. 독자들은 기억하고 있겠지만 선주가 배에서 그와 만나기로 약속하고 있었던 것이다.

6. 검사 대리

그랑 쿨 거리의 메두사 샘 정면, 퓌제에 의해서 세워진 귀족풍의 한 낡은 집에서 같은 날 같은 시각에 역시 약혼 피로의 축하연이 베풀어지고 있었다.

다만 다른 것은 이곳에서의 등장 인물은 서민이나 선원, 또는 병사들이 아니라 마르세이유의 상류 계층에 속하는 사람들이었다. 그들은 왕위 찬탈자 나폴레옹 시대에 와서 사직한 옛 사법관, 프랑스 군에서 탈주하여 콩데 공 (대혁명 때 독일에 망명하여 반혁명군을 조직했다)의 군대에 가담했던 늙은 사관, 아직도 일가의 존속에 자신을 가질 수 없는 가정에서 자라난 청년들 같은 면면이었다. 이러한 가정은 5년 동안의 유형(流刑)에서 순국자로 간 주되고 왕정 복고의 15년 뒤에는 신이 되는 운명을 지닌 그 사나이(나폴레옹을 말함)를 증오하여 대역으로 병역에 복무할 사나이를 사오 명씩이나 고용하고 있었으나 그래도 아직 일가의 존속에 자신을 가질 수가 없었던 것이다.

일동은 식탁에 자리를 잡고 있었다. 그리고 대화는 격렬한 정열에 불타면서 계속되고 있었다. 이 시대의 이러한 정열은 남프랑스 지방에 있어서는 오백 년 전부터 종교적인 증오가 정치적인 증오를 조장하게 되면서부터 한층 더 무섭고 한층 더 격렬해지고 있었던 것이다.

황제는 세계의 일부를 통치하며 일억 이천만의 국민에 의해 서로 다른 십 개 국의 언어로 『나폴레옹 만세』라고 불려지는 것을 들은 뒤 지금은 겨우 오륙천 명을 거느리는 엘바 섬의 왕이 되어 있었으나 이곳에 있는 사람들로부터는 영구히 프랑스와 왕좌로부터 사라진 인간으로 취급되고 있었다.

사법관들은 그의 정치상의 실책을 지적하고 있었다. 군인들은 모스크바나 라이프치히의 패전에 대해서 이야기하고 있었다. 부인들은 황제가 조세핀과 이혼한 일을 가지고 쑥덕거리고 있었다. 황제 개인의 실각보다도 오히려 주의(主義)의 패배를 기뻐하며 만족해하고 있는 이들 왕당파 패거리에게는 지금 바야흐로 생명이 또다시 되살아나고 고통스러운 꿈에서 벗어난 것 같은 느낌이었다.

상 루이 훈장을 가슴에 장식한 한 노인이 자리에서 일어났다. 그리고 모든 사람을 향해 루이 18세의 건강을 축복하자고 제의했다. 그것은 상 메랑 후작이었다.

하트웰로 망명했던 사람(루이 18세를 말함)과 프랑스에 평화를 가져다 준 왕(이것도 루이 18세를 말함)을 동시에 연상케 하는 이러한 축배에 의해 기쁨의 술렁임은 점점 커지고 축배는 영국식으로 높이 쳐들어졌다. 그리고 부인들은 가슴에 꽂고 있던 꽃을 뽑아 그것을 테이블 클로스 위에 흩뿌렸다. 그것은 거의 시적(詩的)인 감격이었다.

「만일 그 사람들이 있다면 틀림없이 알게 되겠지요.」 하고 상 메랑 후작 부인이 말했다. 그녀는 윤기있는 눈에 엷은 입술을 가진, 그야말로 귀족적인 부인으로서 나이는 이미 오십을 바라보고 있었으나 아직도 요염해 보이는 구석이 있었다. 「우리를 추방한 저 혁명가들은 공포 시대에 빵 한 조각으로 우리들로부터 사들인 낡은 성 안에서 음모를 꾸미고 있겠지만 뭐 잠시 멋대로 놀게 놔두는 거예요. 그들은 진짜로 헌신적이었던 것은 우리들이었다는 것을 알게 될 테지요. 그럴 수밖에 없는 것이 우리는 무너져가던 왕조와 단단히 연결되어 있었으니까요. 그런데 저 사람들은 우리가 재산을 잃고 있는 동안에 아침 해처럼 경기가 좋은 권력에 꾸벅꾸벅 머리를 숙이며 한밑천 만들었지요. 우리의 왕은 진짜로 『사랑할 만한 루이』인 데 비해 저들의 왕위 찬탈자는 단순히『저주받아야 할 나폴레옹』에 지나지 않았다는 것을 저 사람들은 알게 될 거예요. 그렇지요? 빌포르 씨.」

「뭐라고 말씀하셨는지요, 부인?…… 용서하십시오, 실은 말씀을 듣고 있지 않았기 때문에.」

「이봐요! 어린애들은 그냥 가만히 놔둬요.」 하고 아까 축배를 제의했던 노후작이 말했다. 「애들은 이제부터 결혼을 하려는 거요. 정치 얘기보다도 다른 얘기를 하고 싶은 것이 자연스러운 거요.」

「미안해요, 어머니.」 하고 머리는 금발이고 진주모 빛깔의 액체에 떠 있는 비로드 같은 눈동자를 가진 젊고 아름다운 아가씨가 말했다. 「빌포르 씨를 돌려 드릴게요. 잠시 제가 독차지하고 있어서 미안해요. 빌포르 씨, 제 어머니가 당신에게 할 얘기가 계시대요.」

「제가 그만 미처 듣지 못했습니다만 다시 한 번 말씀해 주시면 뭐든지 대답해 올리겠습니다.」 하고 빌포르 씨가 말했다.

「용서해 주지, 르네.」 하고 후작 부인은 이렇게 야윈 얼굴에서는 도저히 볼 수 없을 것 같은 상냥한 미소를 지으면서 말했다. 여자의 마음은 조금이라도 편견을 가지거나 형식에 치우치거나 하면 무척 거칠어지기는 하지만 그러는 한 구석에는 항상 풍부하고 명랑한 것이 남아 있다. 이것이야말로 신이 모성애에 부여한 미덕인 것이다. 「용서할게요……. 실은 지금 말예요, 빌포르 씨, 보나파르트 파 사람들은 우리와 같은 신념도, 우리와 같은 감격도, 또 우리와 같은 희생적인 헌신도 가지고 있지 않다는 얘기를 하고 있었어요.」

「그렇군요! 하지만 부인, 그 사람들은 적어도 그것들을 대신할 만한 것을 가지고 있지요. 그것은 정열적인 광신입니다. 나폴레옹은 서양의 마호메트입니다. 신분은 낮아도 격렬한 야심을 가지고 있는 사람들에게 있어서는 그는 단지 입법자나 군주일 뿐만 아니라 동시에 하나의 전형적 인물, 평등의 전형적 인물입니다.」

「평등의 전형적 인물이라고요?」 하고 후작 부인은 소리질렀다. 「나폴레옹이 평등의 전형적 인물이라고요? 그렇다면 로베스피에르는 뭐지요? 아무래도 당신은 로베스피에르의 지위를 저 코르시카 인(나폴레옹을 말함)에게 부여하고 있는 것 같군요. 그에게는 왕위 찬탈자의 지위만으로 충분하다고 생각하는데요.」

「아닙니다, 부인.」하고 빌포르는 말했다.「저는 다만 각인을 그 대석(臺石) 위에 올려 놓아 보았을 뿐입니다. 로베스피에르는 루이 15세 광장의 그의 단두대 위에, 나폴레옹은 반돔 광장의 그의 기념비 위에 올려 놓아 본 것입니다. 다만 한 사람은 평등을 낮춘 데 비해 다른 한 사람은 평등을 높였습니다. 한 사람이 왕들을 단두대의 높이까지 끌어내린 데 비해 한 사람은 민중을 왕좌의 높이까지 끌어올렸습니다. 그렇게 말씀은 드리지만」하고 빌포르는 웃으면서 덧붙였다.「두 사람이 비열한 혁명가가 아니었다는 뜻은 아닙니다. 또 테르미도르〔熱月〕9일(이것은 혁명력에서의 날짜로서 1794년 7월 27일을 말함. 이날 로베스피에르가 실각했다)과 1814년 4월 4일(이날 나폴레옹은 퇴위하여 엘바 섬에 유배될 것을 승인했다)이 프랑스에게 있어서 행복한 날이 아니다, 질서와 군주정치의 벗들에 의해 축복받을 만한 날이 아니다, 라는 뜻은 아닙니다. 하지만 나폴레옹은 완전히 몰락하여 영구히 부활의 희망을 잃어버렸지만, 또 저 자신 그것을 원하고 있기는 하지만, 나폴레옹이 아직도 광신자를 가지고 있다는 말은 할 수가 있습니다. 그래도 어쩔 수가 없는 일입니다, 부인. 나폴레옹의 절반의 값어치밖에 없었던 크롬웰에게조차도 광신자가 있었으니까요!」

「빌포르 씨, 당신의 얘기를 듣고 있자니까 혁명이 금세라도 일어날 것만 같군요. 하지만 용서하겠어요. 지롱드 당원의 아드님인 당신이 태어날 때부터 가진 취미를 지금도 조금은 간직하고 있는 것이 당연한 일이니까요!」

빌포르의 얼굴이 새빨개졌다.

「제 아버지는 지롱드 당원이었습니다.」하고 그는 말했다.「틀림없는 사실입니다. 하지만 아버지는 왕의 사형에는 찬성하지 않았습니다. 아버지는 당신들을 추방한 저 동일한 공포 정치에 의해 추방되었고 하마터면 당신 아버님의 목이 잘려나간 저 똑같은 단두대에서 목을 잘릴 뻔했습니다.」

「그랬지요.」하고 후작 부인은 이러한 피비린내나는 회고담에도 얼굴 표정 하나 바꾸지 않고 말했다.「하지만 두 사람이 모두 똑같이 단두대에 올라갔다 하더라도 전혀 다른 주의(主義) 때문이었겠지요. 그 증거로 우리 일가는 언제나 망명당한 왕으로부터 떠나지 않았고 당신 아버지는 재빨리 새 정부에 가담하셨으니까요. 그리고 지롱드 당의 시민 노와르티에가 되신 후에 이번에는 노와르티에 백작이 되고 원로원 의원이 되셨으니까요.」

「어머니, 어머니」 하고 르네가 말했다.「그런 끔찍한 회고담은 안 하기로 약속했잖아요 ! 」

「부인」 하고 빌포르는 대답했다.「저도 따님과 마찬가지로 과거는 제발 잊어 주십사 하고 간청드리는 바입니다. 하느님의 뜻으로도 어떻게 할 수 없었던 일은 이제 와서 뭐라고 비난할 수도 없습니다. 하느님은 미래를 바꿀 수는 있습니다. 그러나 과거는 그 형태를 바꿀 수조차 없습니다. 우리들 인간이 할 수 있는 일은 과거를 부정할 수 없다면 적어도 그 위에 베일을 씌우는 일 정도입니다. 그런데 저는 단지 아버지의 의견에서 떠났을 뿐 아니라 아버지의 이름도 버렸습니다. 아버지는 보나파르트 당이었고 아마 지금까지도 보나파르트 당일 겁니다. 그리고 노와르티에라고 자처하고 있습니다. 하지만 저는 왕당파이고 빌포르라고 부르고 있습니다. 혁명의 수액(樹液)의 나머지는 낡은 줄기 속에서 소멸시켜 주십시오. 그리고 거기에서 돋아나는 새싹만을 보아 주십시오. 그 새싹은 그 줄기에서 떠날 수도 없고 또 완전히 거기에서 떠나려고도 하지 않지만 결국은 떠나게 되고 맙니다.」

「잘했어, 정말 잘했어, 빌포르 군.」 하고 후작이 말했다.「정말 멋있는 답변이야. 나도 집사람에게 노상 지난 일은 잊으라고 말하고 있지만 전혀 말을 들어 주지 않아. 집사람도 자네의 말만은 들어 주었으면 좋겠군.」

「좋아요.」 하고 후작 부인은 말했다.「과거는 잊기로 하지요. 그보다 더 좋은 일은 없으니까요. 알겠어요. 하지만 적어도 장래의 일에 대해서는 실수가 없도록 해주길 바래요. 빌포르 씨, 잊지 마셔야 해요. 우리가 당신에 대해서 책임진다고 왕에게 말씀드린 사실 말예요. 그리고 왕도 우리의 추천을 받아들이시고(그러면서 부인은 그에게로 손을 내밀었다) 지금 내가 당신의 부탁으로 과거를 잊어버린 것처럼 모든 것을 잊어 주셨다는 사실을 말예요. 다만, 만일 모반을 꾀하는 자가 체포되었을 때는 당신이 그러한 패거리와 관계가 있을 법한 집안의 사람이라는 것이 알려져 있는 만큼 당신은 유별난 관심을 가지고 주시된다는 것을 잊지 말아 주세요.」

「아아 ! 부인.」 하고 빌포르는 말했다.「제 직업은, 그리고 특히 우리가 살고 있는 이 시대는 저에게 엄정할 것을 명령하고 있습니다. 저는 그렇게 할 것을 맹세합니다. 저는 이미 몇 가지의 정치적인 고소를 심사했습니다. 그리고 엄정하다는 점에 있어서 그 증거를 제시할 수가 있었습니다. 그러나 불행하게도 앞으로의 일이 큰일이라고 생각하고 있습니다.」

「그렇게 생각하세요?」하고 후작 부인이 말했다.

「저는 그것을 두려워하고 있습니다. 엘바 섬의 나폴레옹은 프랑스와 바로 가까이에 있는 셈입니다. 프랑스의 해안에서 거의 보이는 곳에 그가 있다는 사실이 보나파르트 파 동지들의 희망을 받쳐 주고 있는 것입니다. 마르세이유는 휴식중인 사관들로 가득차 있습니다. 그들은 매일 하잘것없는 일을 트집잡아 왕당파 사람들에게 싸움을 걸고 있습니다. 그래서 상류 계급 사이에서는 결투, 하층 계급에서는 암살이 자행되고 있습니다.」

「옳은 얘기야.」하고 상 메랑 씨의 옛 친구이며 또 아르트와 백작의 시종인 사르비유 백작이 말했다. 「정말 그렇다네. 그런데 신성동맹(神聖同盟)이 그를 엘바 섬에서 쫓아내려 하고 있는 것을 아십니까?」

「그래요, 우리가 파리를 떠나올 때 그것이 문제가 되고 있었지요.」하고 상 메랑 씨가 말했다. 「하지만 어디로 보내려는 걸까요?」

「세인트 헬레나입니다.」

「세인트 헬레나라고요? 그건 어디지요?」하고 후작 부인이 물었다.

「이곳에서 팔천 킬로나 떨어진 적도 너머의 섬이지요.」하고 백작이 대답했다.

「그것 참 잘됐군요! 빌포르 씨도 말씀하셨듯이 그런 사나이를 자신이 태어난 고향인 코르시카 섬과 지금도 그의 의동생이 다스리고 있는 나폴리와의 사이, 더욱이 그 사나이가 자기의 아들을 위해서 왕국을 만들어 주려고 한 이탈리아 바로 앞의 섬에 있게 한다는 것은 정말 잘못된 일이지요.」

「하지만 곤란한 것은 1814년의 조약이 있다는 사실입니다.」하고 빌포르가 말했다. 「나폴레옹을 어떻게 하려고 하면 이 조약을 위반하는 것이 되는 겁니다.」

「상관없지 뭐예요! 조약을 위반해도 괜찮아요.」하고 사르비유 씨가 말했다. 「저 불쌍한 앙갱 공을 총살시켰을 때 나폴레옹은 조약 같은 것을 생각했을까요?」

「그래요.」하고 후작 부인이 말했다. 「이제 결론은 났어요. 신성동맹은 유럽으로부터 나폴레옹을 추방한다, 그리고 빌포르 씨는 마르세이유로부터 보나파르트 당의 동지들을 추방한다, 왕은 지배를 하시느냐 마느냐, 어느 한 쪽을 택하셔야 합니다. 만일 지배를 하시려면 그 정부는 강력하지 않으면 안 됩니다. 그리고 관리들은 준엄하지 않으면 안 됩니다. 이것이 악을 방지하는 방법입니다.」

「유감입니다만 부인.」 하고 빌포르 씨가 미소를 지으면서 말했다. 「검사 대리는 언제나 악이 행해진 뒤에 등장하는 것입니다.」

「그렇다면 그런 대로 검사 대리는 악을 바로잡지 않으면 안 되지요.」

「말의 앞뒤를 바꾼 것 같습니다만 부인, 우리는 악을 바로잡을 수는 없습니다. 우리는 악을 응징하는 것입니다. 그것밖에는 할 수가 없는 것입니다.」

「저, 빌포르 씨!」 하고 아름다운 아가씨가 말했다. 그것은 사르비유 백작의 딸로서 상 메랑 양의 친구였다. 「우리가 마르세이유에 있는 동안에 어디 한 번 기막힌 재판을 해주시지 않겠어요? 아직 중죄 재판을 본 적이 없어요. 아주 재미있다고 하던데요.」

「그건 정말 재미있지요, 아가씨.」 하고 검사 대리는 말했다. 「왜냐하면 그것은 조작된 비극이 아니라 진짜 드라마이니까요. 연출되는 고통이 아니라 진짜 고통이니까요. 법정으로 끌려나온 사나이는 하루의 장막이 내려지면 자기의 집으로 돌아가 가족과 함께 저녁을 먹고 마음 편하게 잠을 자고 내일을 기다리는 것이 아니라 목을 자르는 관리가 있는 감옥으로 다시 돌아가야 하니까요. 뭔가 감동적인 것을 원하는 다부진 신경을 가지고 있는 사람에게 있어서는 이것보다 더 좋은 구경거리는 없겠지요. 안심하세요, 아가씨, 만일 그러한 기회가 있으면 구경시켜 드릴 테니까요.」

「어머, 오싹해지는 말씀을 하시는군요……. 그것도 웃으시면서!」 하고 르네는 창백해지면서 말했다.

「어쩌는 수 없지 뭡니까……. 이것은 일종의 결투이니까요……. 나는 지금까지 정치범이나 그 밖의 피고에게 이미 다섯 번인가 여섯 번 사형을 구형했습니다……. 그래서 말입니다! 지금 나를 향한 몇 자루의 단도가 그늘에서 갈아지고 있는지, 아니, 이미 찔려졌는지 알 수가 없습니다.」

「어쩜!」 하고 르네는 점점 더 얼굴이 어두워지면서 말했다. 「그런 얘기, 진지하게 하고 계신 거예요? 빌포르 씨.」

「물론입니다, 아가씨.」 하고 젊은 사법관은 입술에 미소를 띠면서 말했다. 「아까의 아가씨가 호기심을 만족시키기 위해서 바라고 계시고 나는 내 야심을 만족시키기 위해서 바라고 있는 이러한 멋진 재판에서는 사정은 더욱 심각해집니다. 적을 향해서 맹목적으로 돌진하도록 길들여진 나폴레옹의 병사들은 탄환을 쏠 때, 착검하고 돌진할 때 일일이 숙고한 끝에 그렇게 할까요? 아시겠습니까! 자기의 적임이 틀림없다고 생각하는 상대를 죽일 때, 지금까지 한 번도 만난 적이 없는 러시아 인이나 오스트리아 인, 또는 헝가리 인을 죽일 때 이상으로 숙고한 끝에 그렇게 할까요? 무조건 그렇게 하지 않으면 안 되는 것입니다. 아시겠습니까? 그렇게 하지 않으면 우리의 직업은 성립되지 않습니다. 나 자신만 하더라도 피고의 눈속에 분노가 타오르고 있는 것을 보면 용기가 저절로 솟습니다. 흥분하게 되는 것입니다. 그것은 이미 재판이 아니라 격투입니다. 나는 상대방과 싸웁니다. 상대방은 마주 쳐들어옵니다. 그러면 나는 다시 반격합니다. 그리고 이 싸움은 다른 모든 싸움과 마찬가지로 이기느냐 지느냐로 결말이 납니다. 이것이 소송이라는 거지요.

위험은 인간을 웅변가로 만듭니다. 피고가 내 응답에 대해서 웃었다고 합시다. 그러면 나는 내 언변이 서툴렀는가, 내 말이 약했었는가, 힘이 없었는가, 불충분했었는가 하고 생각하게 됩니다. 그런데 피고가 내가 제시하는 증거에 압도되고 내 웅변에 질려서 창백해지고 고개를 떨구는 것을 보게 된다면 피고의 유죄를 확신하고 있는 검사로서 얼마나 자랑스러운 기분을 느끼게 될까요! 피고의 고개가 푹 고꾸라집니다. 이윽고 그것은 잘려 나가게 됩니다……」

르네는 희미하게 외마디 소리를 질렀다.

「꽤 말을 잘하는군.」 하고 회식자 중의 한 사람이 말했다.

「요즘 같은 세상에 꼭 있어야 할 인물이로군!」 하고 제2의 사나이가 말했다.

「그래.」 하고 제3의 사나이가 말했다. 「빌포르 씨, 지난번 사건에서는 꽤 훌륭하더군요. 제 아버지를 죽인 사나이는 참수관의 신세를 지기 전에 당신에게 완전히 숨통을 끊긴 꼴이 되었으니까요.」

「오오, 자기 아버지를 죽인 그런 인간은」 하고 르네가 말했다. 「어떤 형벌을 받아도 아직 부족해요. 그런 인간에게 너무 무겁다는 형벌은 없어요. 하지만 저 불쌍한 정치범들은……」

「아니, 그들은 좀더 나빠요, 르네. 왜냐하면 왕은 국민의 아버지이기 때문이지요. 왕을 쓰러뜨리거나 죽이려고 생각하는 것은 곧 삼천이백만 명의 아버지를 죽이려고 생각하는 것과 마찬가지니까요.」

「오오! 그런 것은 아무래도 좋아요. 빌포르 씨.」 하고 르네가 말했다. 「당신은 제가 원하는 사람들에 대해서는 관대하게 취급해 주겠다는 약속을 해주시겠어요 ?」

「안심하십시오.」 하고 빌포르는 더할 수 없이 상냥한 미소를 지으면서 말했다. 「논고는 우리 두 사람이 만들기로 하지요.」

「애야.」 하고 후작 부인이 말했다. 「너는 네 벌새나 스파니엘 견이나 옷의 가장자리 장식에나 신경을 써라, 나라의 일은 나리에게 맡기고. 지금의 군인은 이미 별 볼일이 없고 재판관이 신용받고 있는 세상이란다. 그것을 나타낸 꽤 의미심장한 라틴 어가 있단다.」

「케단트 아르마 토가에(군인의 정부는 시민의 정부에게 자리를 양보하지 않으면 안 된다는 키케로의 말).」 하고 빌포르는 공손히 몸을 숙이면서 말했다.

「나는 라틴 어를 사용할 마음이 없어서.」 하고 후작 부인이 말했다.

「당신은 오히려 의사가 되는 것이 좋았을 것 같군요.」 하고 르네가 말했다. 「살륙의 천사는 비록 천사이기는 해도 나는 언제나 무서웠어요.」

「귀여운 르네!」 하고 빌포르는 소녀를 사랑스러운 눈길로 말똥말똥 쳐다보면서 중얼거렸다.

「애야.」 하고 후작이 말했다. 「빌포르 씨는 이 지방의 정신적인 의사, 정치적인 의사가 되시는 거란다. 알겠니 ? 이건 아주 훌륭한 역할이란다.」

「그것이 아버님이 하신 일을 잊게 하는 한 방법이겠지요.」 하고 후작 부인은 계속해서 끈질기게 말했다.

「부인」 하고 빌포르는 슬픈 미소를 띠면서 말았다. 「 아까 말씀드린 대로 아버지는 과거의 잘못을 깨끗이 청산했습니다. 적어도 저는 그렇게 바라고 있습니다. 아버지가 종교와 질서의 열렬한 벗이 되었다는 것도, 어쩌면 저보다도 좀더 훌륭한 왕당파가 되었다는 것도 이미 말씀드렸습니다. 그것은 아버지의 뉘우치는 마음이 그렇게 만든 것입니다. 그런데 저는 정열 때문에 그렇게 되었을 뿐입니다.」

이렇게 그럴 듯한 말을 늘어놓은 뒤 빌포르는 자기의 능변이 어떤 효과를 나타냈을까 하고 회식자들을 둘러보았다. 마치 법정에서 그러한 언변을 늘어놓은 뒤 방청석을 한 바퀴 획 둘러보듯이.

「맞아, 빌포르 군.」하고 사르비유 백작이 참견을 했다.「나도 그저께 튈리궁에서 궁내대신을 향해 그렇게 대답했지. 궁내대신이 지롱드 당원의 아들과 콩데 공 군대 사관의 딸의, 얼핏 보기에 기묘한 이 혼인에 대해 잠깐 나에게 물으시더군. 대신은 잘 이해해 주셨어. 이러한 화해 융합의 정책이야말로 루이 18세의 정책이니까. 그런데 우리는 전혀 눈치를 못 채고 있었는데 국왕께서 우리의 얘기를 모두 들으시고 이렇게 말씀하시더군. 『빌포르는(국왕께서 노와르티에라고 하시지 않고 빌포르라고 힘주어 말씀하신 점에 주의해 주게), 그는 출세할 거요. 이미 분명하게 주관이 선 청년이오. 그리고 내 편이오. 상 메랑 후작 내외가 그를 사위로 삼은 것은 나로서도 반가운 일이오. 후작 내외 쪽에서 이 혼인을 원하지 않았다면 아마 내가 권고했을 거요.』라고 말일세.」

「국왕께서 그런 말씀을 하셨습니까, 백작님?」하고 빌포르는 신바람이 나서 소리질렀다.

「나는 국왕의 말씀을 그대로 전한 거요. 만일 후작께서 사실을 그대로 말씀하신다면 내가 지금 자네에게 한 말은 6개월 전 자네와 후작 따님과의 결혼 계획을 후작이 국왕께 말씀드렸을 때 국왕이 하신 말씀과 완전히 일치된다는 것을 인정하실걸세.」

「그래, 사실이야.」하고 후작이 말했다.

「아아! 그렇다면 저는 훌륭하신 국왕께 크나큰 은총을 받고 있는 셈입니다! 국왕을 섬기기 위해서라면 무슨 일이라도 할 것입니다!」

「그래야 해요.」하고 후작 부인이 말했다.「그래야만 내가 당신을 좋아할 수 있어요. 자, 이제야말로 모반자가 나와 보라지. 틀림없이 환영을 받을 테니까.」

「어머니, 저는」하고 르네가 말했다.「저는 하느님이 그런 소원을 들어주시지 않기를 기원하겠어요. 빌포르 씨에게는 좀도둑이나 별것도 아닌 파산자, 겁많은 사기꾼 같은 패거리만 보내 주시기를 기원하겠어요. 그렇다면 저는 마음놓고 잠잘 수 있어요.」

「마치 당신은」하고 빌포르는 웃으면서 말했다.「의사에게 편두통이라든가 홍역, 벌에 쏘인 상처, 요컨대 피부 표피의 환자밖에 오지 않기를 바라고 있는 것 같군요. 만일 당신이 나를 검사로 만들고 싶다면 그런 병이 아니라 그 치료가 의사의 명예가 될 만한 중병 환자가 찾아오도록 기원해 줘요.」

마침 이때, 우연이 이 소원을 들어 주기 위해, 그 말이 빌포르의 입에서 나오기를 기다리고 있었던 것처럼 한 사람의 사환이 들어와서 그의 귀에 대고 뭐라고 두세 마디 소근거렸다. 빌포르는 잠깐 실례하겠다고 말하고는 식탁을 떠났다. 그리고 잠시 뒤에는 그야말로 명랑한 얼굴로 입술에 미소를 띠면서 되돌아왔다.

르네는 애정이 듬뿍 담긴 눈으로 그를 바라보았다. 이렇듯 파란 눈, 차분한 안색, 얼굴을 윤곽짓고 있는 구레나룻, 그는 그야말로 우아한 미남 청년이었다. 그녀의 온마음은 그가 잠깐 자리를 떠났던 이유를 설명해 주기를 기다리면서 그의 입술에 온통 쏠려 있는 것 같았다.

「자아」 하고 빌포르는 말했다. 「당신은 아까 남편이 의사라면 좋겠다고 말했지요? 그런데 나도 저 에스큐랩의 제자들(에스큐랩은 의약의 신. 그 제자는 곧 의사를 말함)과 적어도 다음의 점에서는 비슷합니다. (1815년에는 아직도 이런 아니꼬운 표현을 쓰고 있었다.) 즉, 시간은 결코 자기의 것일 수는 없는 겁니다. 설사 당신 옆에 있을 때라도, 약혼 피로연 석상에 있을 때라도 나는 방해를 받곤 합니다.」

「그럼, 지금은 무엇이 당신을 방해했지요?」 하고 아름다운 아가씨는 약간 불안한 표정으로 물었다.

「아아! 내가 들은 바로는 아무래도 죽어가는 환자 같습니다. 이것은 중대한 사건이어서 환자는 곧 단두대로 가지 않으면 안될 겁니다.」

「어쩜!」 하고 르네는 창백해져서 소리질렀다.

「정말입니까?」 하고 일동은 이구동성으로 말했다.

「보나파르트 파의 조그만 음모가 발견된 모양입니다.」

「설마!」 하고 후작 부인이 말했다.

「이것이 고발장입니다.」

그러면서 빌포르는 읽어내려갔다.

검사 각하. 왕실과 신앙에 대해 충실한 저는 여기에 다음과 같은 것을 보고드립니다. 나폴리, 포르토 페라이온에 기항하여 오늘 아침 스미르나로부터 도착한 파라온 호의 일등 항해사 에드몽 단테스라는 자는 뮬러로부터 왕위 찬탈자에게 보내는 신서, 다시 왕위 찬탈자로부터 파리의 보나파르트 당 본부에 보내는 신서를 맡아가지고 있습니다.

그의 범죄 증거는 당자가 체포되면 밝혀지리라고 생각합니다. 왜냐하면 그 신서는 그 자신이 소지하고 있거나 그의 아버지의 집, 또는 파라온 호의 그의 선실에서 발견될 것이니까요.

「하지만」 하고 르네가 말했다. 「이 편지는 익명이에요. 그리고 검사님 앞으로 보내온 편지이지 당신 앞으로 온 것은 아니예요.」

「그래요. 하지만 검사가 부재중이에요. 검사가 부재중일 때는 편지는 비서에게 회부되고 비서는 그것을 개봉할 수 있도록 되어 있어요. 그래서 비서가 이것을 개봉하고 나를 찾았지요. 하지만 내가 발견되지 않으니까 체포 명령을 내린 겁니다.」

「그렇다면 범인은 체포되었군요?」 하고 후작 부인이 물었다.

「범인이 아니라 혐의자예요.」 하고 르네가 말했다.

「그렇습니다, 체포되었습니다, 부인.」 하고 빌포르가 말했다. 「아까 르네 양에게 이야기한 대로 문제의 신서가 발견되면 이 환자는 그야말로 중환자입니다.」

「그 사람 어디에 있어요?」 하고 르네가 물었다.

「나한테 잡혀와 있습니다.」

「자, 빨리 가봐요.」 하고 후작이 말했다. 「왕에 대한 봉사가 자네를 기다리고 있을 때 우리와 함께 있느라고 의무를 게을리해서는 안 되니까. 자, 왕에 대한 봉사가 자네를 기다리고 있는 곳으로 가보게.」

「오오! 빌포르 씨.」 하고 르네는 두 손을 모두면서 말했다. 「아무쪼록 관대하게 처분하세요. 오늘은 우리의 약혼식 날이니까요!」

빌포르는 식탁을 한 바퀴 돌아 소녀의 의자로 다가가 그 팔걸이 위에 몸을 기대며 「당신이 걱정하지 않게끔 할 수 있는 데까지는 해보겠소.」 하고 말했다. 「하지만 증거가 확실하고 고소가 진실이라면 보나파르트 당의 이 몹쓸 잡초는 베어내지 않으면 안 돼요.」

르네는 베어낸다는 말을 듣고 부르르 몸을 떨었다. 왜냐하면 베어지는 이 잡초는 목을 가지고 있기 때문이었다.

「자, 자!」하고 후작 부인이 말했다.「이애가 하는 말에 귀를 기울일 필요는 없어요, 빌포르 씨. 이애도 그러는 동안에 익숙해질 테니까 말이에요.」

그렇게 말하면서 후작 부인은 빌포르에게 야윈 손을 내밀었다. 그는 르네 쪽을 지긋이 바라보면서 거기에 키스를 했다. 그의 눈은 그녀에게 이렇게 말하고 있었다.

『내가 지금 키스하고 있는 것은, 적어도 키스를 하고 싶어하는 것은 당신의 손이에요.』라고.

「이 얼마나 슬픈 조짐일까요?」하고 르네는 중얼거렸다.

「정말 이애는」하고 후작 부인은 말했다.「딱한 애로군. 네 변덕이나 눈물은 그만 거두고 조금은 나라의 운명도 생각할 줄 알아야지.」

「어머, 어머니!」하고 르네는 중얼거렸다.

「부인, 이 무엄한 왕당파 아가씨를 용서하십시오.」하고 빌포르가 말했다. 「저는 검사 대리로서의 직책을 양심적으로 수행할 것을 약속합니다. 즉 어디까지나 준엄하게 집행할 것을 맹세합니다.」

그러나 그는 후작 부인을 향해 이러한 말을 하면서도 몰래 약혼자 쪽을 보았다. 그 눈은 이렇게 말하고 있었다.

『안심해요, 르네. 당신의 사랑을 위해서 관대한 조치를 취할 테니까.』

르네는 이러한 눈길에 대해 더할 수 없이 상냥한 미소로 대답했다. 그러자 빌포르는 기쁜 마음을 안고 방에서 나갔다.

7. 신 문(訊問)

식당에서 나가자마자 빌포르는 지금까지의 즐거운 가면을 벗어던지고 갑자기 자기와 똑같은 인간의 생명에 대해 선고를 내리는 최고 임무를 가진 인간의 심각한 표정을 지었다. 이런 식으로 얼굴 표정을 바꾸는 것은 교묘한 배우가 곧잘 하듯이 그도 거울 앞에서 여러 번 연구한 결과이지만 오늘은 미간을 찡그리거나 어두운 표정을 짓는 데에 꽤 애를 먹었다. 실제로 거기에서 완전히 벗어나지 못하는 한 그의 장래를 그르치게 될지도 모르는 아버지의 정치 계통에 대한 추억을 제외한다면 그는 지금 인간으로서 가장 행복한 기분에 빠져 있었다.

이미 스스로의 힘으로 재부를 손에 넣었고 스물일곱 살에 벌써 사법관으로서의 높은 지위를 차지했고 더욱이 젊고 아름다운 아가씨와 결혼을 하려 하고 있는 것이다.

그러나 그는 이 아가씨를 정열적으로 사랑하는 것은 아니었다. 그야말로 검사 대리답게 이성적으로 사랑하고 있었다. 상 메랑 양은 놀라울 정도의 미모를 지녔고 게다가 당시 궁정에서 가장 권력이 있던 가문의 태생이었다. 그녀는 외동딸이었으므로 그녀 양친의 세력은 모두 이 사위의 것이 될 것이었고 더욱이 신부는 오만 에큐의 지참금까지 가지고 오게 되어 있었다. 게다가 또 중매인들의 무서운 말에 의하면 양친이 죽은 뒤에는 오십만 에큐의 유산이 고스란히 손에 들어올 것이라는 얘기였다.

이러한 모든 요소가 하나로 되어 빌포르를 위해 눈부실 정도의 큰 행복을 이룩해 놓고 있었다. 그래서 마음의 눈으로 이러한 마음속에 그려진 생활을 가만히 들여다본 뒤에는 태양 안에조차 반점이 있는 것처럼 보였다.

문간에서 그는 자기를 기다리고 있던 경부를 만났다. 이 음침한 사나이를 보자 당장 그는 제3의 천국에서 지금 자기들이 걷고 있는 현세로 떨어졌다. 그는 아까도 말한 그러한 표정을 지으면서 경부 쪽으로 다가갔다.

「그런데」 하고 그는 말했다. 「편지는 읽었소. 체포한 것은 잘한 일이오. 그럼 그 사나이에 대해서, 그리고 음모에 대해서 당신이 수집한 상세한 내용을 얘기해 주시오.」

「음모에 대해서는 아직 아무런 단서가 없습니다. 그 사람에게서 압수한 서류는 정리해서 봉함을 해가지고 책상 위에 놓아 두었습니다. 피의자는 고소장에서 보셨겠지만 마스트가 세 개 달린 돛배 파라온 호의 일등 항해사 에드몽 단테스라는 사나이입니다. 알렉산드리아나 스미르나와 무명 거래를 하고 있고 마르세이유의 모렐 부자상회에 고용되어 있습니다.」

「상선에 타기 전에는 해군에라도 근무하고 있었나요?」

「아닙니다. 아직 무척 젊은 사람입니다.」

「나이는요?」

「열아홉, 많아야 스무 살 정도라고 생각됩니다.」

마침 이때였다. 빌포르가 그랑드 뤼를 지나 콩세이유 거리의 모퉁이로 접어들었을 때 그를 기다리고 있었던 듯싶은 한 사나이가 뚜벅뚜벅 그의 옆으로 다가왔다. 그것은 모렐 씨였다.

「여어! 빌포르 씨!」하고 이 선량한 사람은 검사 대리를 향해 소리질렀다. 「여기서 뵙게 되어 다행입니다. 실은 어처구니없는, 기묘한 착오가 생겨서 내 배의 일등 항해사로 있는 에드몽 단테스가 체포되었습니다.」

「알고 있습니다.」 하고 빌포르는 말했다. 「실은 그를 신문하러 가는 길입니다.」

「오오!」하고 모렐 씨는 청년에 대한 우정에 못 이겨 계속했다. 「당신은 고소당한 그 청년을 모르실 테지만 나는 잘 알고 있습니다. 더할 수 없이 착하고 정직한 사람인데다 굳이 말씀드리자면 상선 승무원으로서의 자기 일을 아주 잘 터득한 사람입니다. 오오! 빌포르 씨, 충심으로 그 청년의 일을 잘 부탁드립니다.」

지금까지 보아온 바로도 알 수 있듯이 빌포르는 이 고장의 귀족 계급에 속하고 있었다. 그러나 모렐 씨는 평민 계급의 사람이었다. 전자는 극단적인 왕당파이고 후자는 암묵리에 보나파르트 파로 의심받고 있었다. 빌포르는 경멸적인 눈으로 모렐 씨를 보았다. 그리고 냉랭한 말투로 이렇게 대답했다.

「아시겠지만, 사생활에서는 얌전하고 영업 관계에서는 정직하고 자기의 일은 잘하는 사람도 정치적인 문제에 있어서는 큰 죄인이 될 수 있으니까요. 그건 당신도 아시리라고 생각하는데요?」

그는 이 마지막 말에 특히 힘을 주었다. 마치 이 말을 선주 자신에게도 적용시키려는 듯이. 그리고 그의 탐지하려는 듯한 눈초리는 자기 자신 관대한 조치를 바라지 않으면 안될 터인데도 남을 위해서 부탁하려는 이 대담한 사나이의 마음속을 꿰뚫어보려는 것 같았다.

모렐 씨는 얼굴을 붉혔다. 왜냐하면 정치적인 의견에 관해서는 꺼림칙한 점이 없지도 않았기 때문이다. 게다가 대원수와 만난 일에 대해서, 또 황제가 하신 몇 가지 말에 대해서 단테스로부터 들은 이야기는 얼마만큼 그의 마음을 흐트러 놓았다. 그러나 그는 정성을 다한 뜨거운 어조로 덧붙였다.

「부탁입니다, 빌포르 씨. 항상 그렇게 하셨듯이 올바른 처리를 부탁드립니다. 언제나처럼 친절하게 해주시기 바랍니다. 그리고 아무쪼록 빨리 불쌍한 단테스를 우리에게 되돌려 주십시오.」

이『우리에게 되돌려 달라』는 말이 검사 대리의 귀에는 혁명적으로 들렸다. 『뭐라고?』하고 그는 나직하게 혼잣말을 했다. 『우리에게 되돌려 달라고?…… 고용주가 저도 모르게 이런 집단적인 말투를 사용한 것을 보면 이 단테스라는 사나이는 탄소당(炭燒黨 : 19세기에 프랑스의 지배를 벗어나 이탈리아의 통일을 도모한 비밀 결사)의 일파에 가담한 것일까? 술집에서 체포되었다고 경부는 말하고 있었다. 동료가 많이 있었다고 했다. 비밀 집회라도 열고 있었던 것이 아닐까?』

그리고 나서 그는 목소리를 높여 「안심하세요.」 하고 대답했다. 「만일 피의자가 결백하다면 내 심판에 굳이 조력을 바라실 필요는 없을 겁니다. 그러나 반대로 피의자가 유죄일 경우에는 우리가 지금 어려운 시기에 처해 있기 때문에 벌을 주지 않으면 큰 악례(惡例)를 남기게 될 것입니다. 따라서 나로서는 내 의무를 수행하지 않으면 안될 것입니다.」

이렇게 말했을 때 재판소 뒤켠에 있는 자기 집 문 앞까지 왔으므로 그는 얼음처럼 차갑게 인사를 한 뒤 위엄을 꾸미며 집 안으로 들어갔다. 불쌍한 선주는 그 자리에 남겨진 채 마치 화석이라도 된 것처럼 우두커니 서 있었다.

대기실은 헌병과 경찰관으로 꽉 차 있었다. 그들 한가운데에 체포되어온 사나이가 그들에게 감시되며 증오에 불타는 눈에 둘러싸인 채 냉정한 태도로 꼼짝도 않고 서 있었다.

빌포르는 대기실을 가로지르면서 곁눈으로 단테스를 흘끔 보았다. 경관 한 사람으로부터 한 묶음의 서류를 받아들고는 「수인을 데리고 오게.」 하고는 자취를 감추었다.

흘끔 곁눈으로 보았을 뿐이지만 그것은 빌포르에게는 이제부터 신문하려는 사나이에 대한 개념을 얻는 데에 충분했다. 크고 넓은 이마에는 총명함이, 날카로운 눈매와 좁은 미간에는 용기가, 그리고 상아처럼 흰 두 줄의 이를 드러내 보이고 있는 두껍고 약간 벌려진 입술에는 솔직함이 엿보였다.

이 첫인상은 단테스에게 있어서는 유리한 것이었다. 그러나 빌포르는 지금까지 여러 번 정치적인 의미 깊은 말로서 설사 최초의 감동이 아무리 좋아도 그것을 신용해서는 안 된다고 듣고 있었다. 그래서 이 인상과 감동이라는 두 개의 말의 차이 따위는 고려에 넣지 않고 이 격언을 자기가 받은 인상에 적용했다.

그래서 그는 우선 자기의 마음에 숨어들고 다음에 머릿속으로 들어오려고 하는 선량한 본능을 억눌렀다. 그리고 거울 앞에서 짐짓 점잖은 얼굴을 꾸미고 음산하고 위협적인 태도로 책상에 앉았다.

잠시 뒤에 단테스가 들어왔다.

청년은 여전히 창백한 얼굴을 하고 있었으나 태도는 침착하고 얼굴에는 미소를 띠고 있었다. 그는 극히 정중한 태도로 재판관에게 인사를 하고 선주 모렐 씨 집의 객실에라도 들어온 것처럼 눈을 들어 의자를 찾았다.

이때 비로소 그는 빌포르의 잔뜩 흐린 눈과 부딪쳤다. 이것이야말로 자기의 마음속을 타인에게 눈치채이지 않으려고 눈을 불투명 유리처럼 만들고 있는 재판관 특유의 눈이었다. 이 눈을 보고 그는 그제서야 자기가 음산한 얼굴을 한 사법관 앞에 서 있다는 것을 알았다.

「직업과 이름은?」 하고 빌포르는 들어올 때 경찰관으로부터 받은 서류를 뒤적거리면서 물었다. 서류는 이 한 시간 동안에 이미 꽤 부피가 커졌다. 그만큼 이 부패한 스파이의 조작극은 피의자라고 불리는 불행한 사람에게 느닷없이 휘감겨든 것이다.

「에드몽 단테스라고 합니다.」 하고 청년은 침착하고 맑은 목소리로 대답했다. 「모렐 부자상회 소속 파라온 호의 일등 항해사입니다.」

「나이는?」 하고 빌포르는 신문을 계속했다.

「열아홉 살입니다.」 하고 단테스는 대답했다.

「체포되었을 때는 무엇을 하고 있었지?」

「제 약혼 피로연 자리에 있었습니다.」 하고 단테스는 감동으로 약간 떨리는 목소리로 말했다. 그만큼 그 즐거웠던 순간과 지금의 음울한 순간의 대조가 그에게는 답답하게 생각되었다.

또 눈앞의 빌포르 씨의 어두운 얼굴을 보자 메르세데스의 화사한 얼굴이 밝게 빛나던 것이 생각났다.

「약혼 피로연 자리에 있었다고?」 하고 검사 대리는 자기도 모르게 부르르 떨면서 말했다.

「그렇습니다. 3년 전부터 사랑하고 있던 아가씨와 곧 결혼하게 되어 있습니다.」

평소에는 무감동한 빌포르도 이 우연의 일치에는 놀라지 않을 수 없었다. 행복의 절정에서 체포된 단테스의 절박한 목소리는 하마터면 그의 마음속에 동정의 기분을 자아내게 할 뻔했다. 그 자신도 결혼을 눈앞에 두고 있다. 그 자신도 행복했다. 그리고 그 행복은 그와 똑같이 이미 행복에 도달하려 하고 있던 한 사나이의 기쁨을 깨뜨리기 위해 중단되었던 것이다.

이 기묘한 유사점은 상 메랑 씨의 살롱으로 돌아갔을 때 큰 효과를 나타낼 것이 틀림없다고 그는 생각했다. 그래서 단테스가 다음 질문을 기다리고 있는 동안에 그는 연설가가 어떻게 해서든지 박수 갈채를 받으려고 때로는 참된 웅변으로 인정받으려고 말을 둘러댈 때에 흔히 사용하는 저 대구 투성이의 문구를 미리 마음속에서 생각하고 있었다.

그러한 연설의 뼈대가 마음속에서 만들어지자 빌포르는 그 효과를 예상하여 속으로 미소지으면서 다시 단테스 쪽을 돌아보며 「자, 계속하게.」 하고 말했다.

「뭣을 말입니까?」

「재판소에 대해서 분명한 주장을 하라고.」

「어떤 점에 대해서 분명히 말하라고 말씀해 주시면 알고 있는 한의 일은 말씀드리겠습니다. 다만」 하고 이번에는 단테스 쪽에서 미소를 띠면서 덧붙였다. 「미리 말씀드립니다만 저는 별로 대단한 것은 알고 있지 못합니다.」

「자네는 왕위 찬탈자의 군대에 있었던 일이 있는가?」

「해군에 입대하기로 되어 있을 때 나폴레옹은 실각했습니다.」

「자네의 정치적 의견은 과격하다던데?」 하고 빌포르는 말했다. 그는 아무에게서도 그런 말을 들은 적은 없었다. 그러나 마치 누가 고발이라도 한 것처럼 태연하게 그렇게 질문했다.

「제 정치 의견 말입니까? 아아! 말씀드리기도 부끄러울 정도이지만, 의견이라고 할 만한 것을 가져 본 적이 없습니다. 아까도 말씀드린 것처럼 저는 아직 겨우 열아홉 살입니다. 저는 아무것도 모릅니다. 저는 어떤 역할을 해낼 만한 사람이 못 됩니다. 저는 현재도 장래에도 대단한 인간이 아니지만 만일 제가 제 희망대로 어떤 지위를 얻을 수 있다면 그것은 모렐 씨의 덕분일 것입니다. 따라서 제 의견이라는 것은 정치적인 것이 아니라 사적인 것입니다만 다음의 세 가지로 요약할 수가 있습니다. 즉 아버지를 사랑할 것, 모렐 씨를 존경할 것, 메르세데스를 뜨겁게 사랑할 것 등입니다. 이것이 재판소에 대해서 말씀드릴 수 있는 전부입니다. 재판소로서는 별로 흥미가 없는 일이라고 생각합니다만.」

단테스가 이야기하고 있는 동안 빌포르는 상대방의 온화하고 명랑한 얼굴을 물끄러미 바라보고 있었다. 그러자 얼굴도 모르는 피의자를 관대하게 대해 주라고 부탁한 르네의 말이 생각났다. 범죄나 범인을 다루어온 지금까지의 경험에 의해 그는 단테스의 말 한마디 한마디에 결백의 증거가 떠오르는 것을 인정했다. 실상 아직 소년이라고 해도 좋을 이 청년은 단순하고 꾸밈이 없으며, 구한다고 해서 얻어질 수 없는 마음으로부터의 웅변술을 가졌고 모든 사람에게 애정을 품고 있었다. 행복은 악인까지도 선량하게 만든다고 하지만 이 청년은 지금 행복했으므로 모든 사람을 사랑한다는 것도 무리는 아니었고 자기를 심판하고 있는 사람에 대해서조차도 마음에서 우러나는 따뜻한 심정을 나타내 보이고 있었다. 빌포르는 그에게 난폭하고 준엄했으나 그의 눈길이나 목소리, 그리고 그의 태도에는 자기를 신문하고 있는 사람에 대한 상냥함과 선의(善意)밖에는 없었다.

『됐어!』하고 빌포르는 속으로 말했다.『꽤 좋은 청년이로군. 이것으로 르네의 첫 부탁을 문제없이 들어 주어서 그녀를 기쁘게 해줄 수가 있겠군. 여러 사람 앞에서 다정하게 손을 잡고 한쪽 구석에 가서 기쁨의 키스를 할 수가 있겠군.』

이러한 즐거운 기대로 빌포르의 얼굴에는 웃음이 감돌았다. 그래서 그가 자기의 생각을 하다가 단테스에게로 눈길을 옮기자 재판관의 표정 하나하나를 바라보고 있던 단테스는 자기의 심정을 그대로 드러내며 싱긋이 웃었다.

「자네에게 적은 없는가?」하고 빌포르가 말했다.

「저에게 적이 있느냐구요?」하고 단테스는 말했다.「다행히 저는 신분이 낮은 사람이기 때문에 지위 때문에 적을 만든 일이 없습니다. 제 성격은 조금 과격할지도 모르지만 부하에 대해서는 언제나 그것을 억제하려 하고 있습니다. 제 밑에는 열 명에서 열두 명의 선원이 있으니까 그들에게 물어 봐주십시오. 그들은 저를 사랑하고 소중히 여긴다고 말할 것입니다. 물론 저는 아직 젊으므로 아버지처럼이 아니라 형처럼 말입니다.」

「하지만 적은 없다고 하더라도 자네를 시기하는 사람은 있을지도 모르지. 자네는 열아홉 살의 나이로 선장이 되려 하고 있어. 자네들의 직업에서는 이것은 높은 지위거든. 자네는 자네를 사랑하고 있는 아름다운 아가씨와 결혼하려 하고 있어. 이것은 이 세상에서 그렇게 흔치 않은 행복이야. 이러한 이중의 행복 때문에 자네를 시기하는 자가 생겼을 것이 틀림없단 말일세.」

「그렇습니다. 검사님 말씀이 옳습니다. 검사님은 저보다도 사람이라는 것을 잘 알고 계실 겁니다. 그것은 있을 수 있는 일입니다. 하지만 설사 저를 시기하는 사람이 제 친구들 가운데 있다고 하더라도 저는 그러한 사람들이 누구인지 굳이 알고 싶지 않습니다. 알게 되면 어쩔 수 없이 미워해야만 할 테니까요.」

「그건 틀린 생각인걸. 사람은 될 수 있는 대로 자기의 주변을 언제나 똑똑히 보고 있지 않으면 안돼. 실상 자네는 보아하니 훌륭한 청년으로 여겨지네. 따라서 재판소의 통례적인 규칙을 자네를 위해서 깨기로 하겠네. 자네를 우리 앞으로 오게 만든 고소장을 자네에게 보여서 진실을 밝힐 수 있도록 도와 주겠네. 이것이 그 고소장일세. 어떤가. 필적이 기억에 있나 ?」

그렇게 말하며 빌포르는 호주머니에서 편지를 꺼내어 단테스에게 건네 주었다. 단테스는 그것을 유심히 들여다보았다. 어두운 그림자가 그의 이마를 스쳤다. 그는 말했다.

「아니오, 이 필적은 기억에 없습니다. 이것은 필적을 일부러 바꾼 것입니다. 하지만 꽤 자유로운 서체로 씌어 있습니다. 어떻든 이것을 쓴 사람은 대단한 달필입니다. 저는 검사님 같은 분을 만나게 되어서 정말 기쁩니다.」 하고 빌포르의 얼굴을 감사하는 눈으로 쳐다보면서 덧붙였다. 「왜냐하면 저를 시기하고 있는 자는 실상 진짜 적임에 틀림없으니까요.」

그리고 이렇게 말할 때 청년의 눈속에 섬광이 번뜩이는 것을 보고 빌포르는 처음에 느꼈던 그 온화함 뒤에 강렬한 정력이 숨겨져 있음을 간취했다.

「그러면 지금부터」 하고 검사 대리는 말했다. 「내가 묻는 말에 솔직하게 대답해 주시오. 피의자가 재판관에게 하는 식이 아니라 부당한 입장에 놓인 인간이 자기를 걱정하고 있는 인간에게 대답하듯이 말이오. 그럼 이 익명의 고소장 가운데서 사실인 것은 어느 부분이지요?」

그렇게 말하면서 빌포르는 단테스가 되돌려 준 편지를 그야말로 더럽다는 듯이 책상 위에 집어던졌다.

「모든 것이 진실이기도 하고 또 모든 것이 거짓이기도 합니다. 사실 그대로를 말씀드린다면 그렇게 됩니다. 저는 그것을 선원으로서의 제 명예를 걸고, 메르세데스에 대한 제 사랑을 걸고, 제 아버지의 목숨을 걸고 맹세합니다.」

「차례차례 얘기해 줘요.」 하고 빌포르는 큰소리로 말했다.

그리고 나서 낮은 목소리로 중얼거렸다.

『이러는 나를 보면 르네는 틀림없이 내게 만족을 느낄 테지. 그리고 이제는 나를 가리켜 목을 자르는 관리라고는 말하지 않겠지!』

「실은 이렇습니다. 배가 나폴리를 떠나자 루크렐 선장은 뇌염에 걸려서 쓰러졌습니다. 배에는 의사가 없었고 게다가 선장은 될 수 있는 대로 빨리 엘바 섬에 가려고 연안의 어디에도 기항하려 하지 않았기 때문에 병은 점점 더 중태에 빠졌습니다. 사흘째 되는 날에는 드디어 선장 자신도 끝장이라고 생각하셨는지 저를 곁으로 부르고는 이렇게 말씀하셨습니다.

『단테스 군, 이제부터 내가 하는 말을 반드시 실천해 주겠다고 자네의 명예를 걸고 맹세해 주게. 실은 매우 중대한 일일세.』 하고 말입니다.

그래서 저는 『맹세하겠습니다, 선장님.』 하고 대답했습니다. 그러자 선장님은 말씀하셨습니다. 『알겠나? 내가 죽으면 이 배의 지휘는 일등 항해사인 자네가 맡아야 하네. 그렇게 되면 자네는 배를 엘바 섬으로 돌리고 포르토 페라이온에 내려서 대원수를 만나 뵙고 이 편지를 전해 주게, 그러면 아마 그쪽에서도 편지를 자네에게 건네 주며 어떤 사명을 내릴걸세. 내가 수행하기로 되어 있던 이 사명을 단테스 군, 자네가 내 대신 수행하게 되는걸세. 그리고 그 명예는 자네가 차지하게 되는걸세.』라고 말입니다. 그래서 저는 대답했습니다. 『분부대로 하겠습니다. 하지만 선장님이 생각하시는 것처럼 그렇게 쉽게 대원수님 곁으로 접근할 수 없지 않을까요?』 그러자 선장님은 『이 반지를 대원수에게 전해 달라고 부탁하면 되네. 그렇게 하면 아무런 장해도 일어나지 않을걸세.』라고 말하며 저에게 반지 하나를 건네 주셨습니다. 그로부터 2시간 뒤에 선장은 정신착란에 빠지고 그 다음날 돌아가셨습니다.」

「그래서 당신은 어떻게 했소?」

「해야 할 일을 그대로 했습니다. 누구나 제 입장에 놓였다면 그렇게 했을 것입니다. 어떻든 임종하는 사람의 부탁은 신성합니다. 특히 선원의 경우는 상사의 부탁은 반드시 수행하지 않으면 안 되는 명령입니다. 그래서 저는 엘바 섬을 향해서 돛을 올리고 다음날 그곳에 도착했습니다. 저는 전원에게 금족령을 내리고 저 혼자서만 상륙했습니다. 예상했던 대로 대원수 옆에까지 가는 데는 한바탕 옥신각신이 있었습니다. 그러나 신분 증명이 되는 반지를 건네 주자 모든 문이 열렸습니다. 대원수는 저를 맞이하고는 불쌍한 루크렐 선장의 죽음에 대해서 여러가지를 물으셨습니다. 그리고 선장이 말씀하신 대로 한 통의 편지가 저에게 주어지고 저 자신이 그것을 파리로 가지고 가도록 명령받았습니다. 저는 그렇게 하기로 약속했습니다. 그것이 선장의 유언을 실천하는 것이 되기 때문이었습니다. 저는 마르세이유에 상륙하자 배의 일을 재빨리 처리했습니다. 그리고는 약혼자를 만나기 위해 달려갔습니다. 그녀는 예전보다도 더 아름다워졌고 또 한층 더 다정했습니다. 모렐 씨 덕분에 종교상의 까다로운 절차도 일체 생략할 수가 있었습니다. 그래서 아까도 말씀드린 대로 약혼 피로연을 가졌던 것입니다. 앞으로 1시간 뒤면 결혼하기로 되어 있었습니다. 그리고 내일은 파리로 떠나기로 하고 있던 참에 검사님도 지금 저와 마찬가지로 무시하고 계신 이 고소장이 제출되어서 저는 체포된 것입니다.」

「그렇군, 흐음 그렇군.」 하고 빌포르는 중얼거렸다. 「모든 것이 사실인 것 같군. 당신에게 죄가 있다고 해도 그것은 경솔했던 죄요. 더욱이 그 경솔은 당신 선장의 명령에 의해서 정당화되고 있소. 그럼, 엘바 섬에서 건네받았다는 편지를 나에게 보여 주시오. 그리고 호출이 있으면 다시 출두하겠다는 것을 맹세하시오. 그것이 끝나면 당신 친구들이 있는 곳으로 돌아가도 좋소.」

「그럼 저는 자유로운 몸이 되는 겁니까?」 하고 단테스는 기쁜 나머지 깡충깡충 뛰면서 소리질렀다.

「그렇소, 하지만 그 전에 편지를 보여 줘야 하오.」

「그것은 검사님 앞에 있을 겁니다. 경부들이 다른 서류와 함께 가지고 갔으니까요. 그 다발 안에 서류 몇 통이 보이는데요.」

「잠깐 기다려요.」 하고 검사 대리는 장갑과 모자를 손에 든 단테스에게 말했다. 「기다려요. 그 편지는 누구 앞으로 보내는 거지요?」

「파리, 코크 에롱 거리의 노와르티에 씨 앞입니다.」

설사 벼락이라 하더라도 이토록 급격히, 이토록 갑작스럽게 빌포르 위에 떨어지는 일은 없을 것이다. 그는 또다시 팔걸이의자에 털썩 주저앉았다. 그리고는 반쯤 엉거주춤한 자세로 단테스에게서 압수해온 서류 다발을 손에 들고 그것을 황급히 뒤적거려 그 안에서 그의 운명을 좌우할 편지를 뽑아 들더니 뭐라고 형용할 수 없는 공포의 눈길로 그것을 들여다보았다.

「코크 에롱 거리 13번지, 노와르티에 귀하.」 하고 그는 점점 더 창백해진 얼굴로 중얼거렸다.

「그렇습니다.」 하고 단테스는 놀라면서 대답했다. 「그분을 알고 계십니까?」

「아니.」 하고 빌포르는 거칠게 대답했다. 「왕의 충실한 신하는 모반자 따위를 알 수가 없지.」

「그렇다면 모반에 관한 편지일까요?」 하고 단테스는 물었다. 자유로운 몸이 될 수 있다고 했는데 그는 아까보다도 더 큰 공포를 느끼기 시작했다. 「어떻든 간에 아까도 말씀드린 것처럼 저는 가지고 온 그 편지의 내용은 전혀 몰랐습니다.」

「그럴 테지.」 하고 빌포르는 분명하지 않은 목소리로 말했다. 「하지만 수신인의 이름은 알고 있을 테지?」

「편지를 본인에게 건네드리기 위해서는 이름을 분명히 알고 있지 않으면 안 됩니다.」

「그래, 자네는 이 편지를 누구에게도 보이지 않았을 테지?」 하고 빌포르는 읽어 나감에 따라 점점 더 창백해지면서 말했다.

「아무에게도 보이지 않았습니다. 맹세할 수 있습니다.」

「자네가 엘바 섬에서 노와르티에 씨 앞으로 보내는 이 편지를 가지고 온 것은 아무도 모른단 말이지?」

「아무도 모릅니다. 저에게 그것을 건네 준 사람 외에는.」

「이거 큰일이군. 점점 더 큰일이군!」 하고 빌포르는 중얼거렸다.

편지의 끝부분에 가까워짐에 따라 빌포르의 이마는 점점더 어두워졌다.

입술은 하얘지고 손은 부들부들 떨리고 눈에는 핏발이 섰다. 그것을 보며 단테스는 말할 수 없는 불안에 휩싸였다.

다 읽고 나자 빌포르는 두 손으로 머리를 붙잡고 한동안 넋을 잃은 것처럼 아무 말도 않고 있었다.

「오오! 어떻게 되신 겁니까?」하고 단테스는 주뼛거리며 물었다.

빌포르는 대답하지 않았다. 그러나 잠시 뒤에 창백하고 경련을 일으키는 얼굴을 들고 다시 한 번 편지를 읽었다.

「자네는 편지의 내용은 모른다고 했지?」하고 빌포르는 새삼스럽게 다시 한 번 물었다.

「거듭 말씀드리지만 맹세코……」하고 단테스는 말했다.「저는 모릅니다. 하지만 어떻게 되신 겁니까? 어디 편찮으신 것 같은데요? 초인종을 누를까요? 누구를 부를까요?」

「아니.」하고 빌포르는 갑자기 일어서면서 말했다.「그대로 있어 줘. 아무 말도 하지 말고. 여기에서 명령하는 것은 나지, 자네가 아니야.」

「단지」하고 단테스는 기분이 상해서 말했다.「도와 드리고 싶었을 뿐입니다. 단지 그것뿐입니다.」

「아무 도움도 필요없어. 다만 조금 현기증이 났을 뿐이야. 그것뿐이야. 자기 일만을 생각하라고. 내게 신경쓸 것 없어. 자, 대답하게.」

단테스는 그 말을 듣고 신문을 기다리고 있었다. 그러나 그것은 쓸데없는 일이었다. 빌포르는 다시 팔걸이의자에 털썩 주저앉더니 얼음처럼 차가운 손을 땀이 흥건한 이마에 대고 또다시 편지를 읽기 시작했다. 벌써 세 번째였다.

『아아! 이 편지의 내용을 이 사나이가 알고 있다면.』하고 그는 중얼거렸다.『그리고 노와르티에가 빌포르의 아버지라는 것을 안다면 내 신세는 파멸이다. 영구히 내 신세는 파멸이다!』

그는 이따금씩 에드몽을 뚫어지게 바라보았다. 입 밖에 내어 말을 하지 않는 비밀을, 마음속에 감추고 있는, 눈에 보이지 않는 문을 자기의 시선으로 꿰뚫을 수가 있다는 듯이.

「그렇다, 이제 의문의 여지는 없다!」하고 그는 느닷없이 소리질렀다.

「하지만 천지신명께 맹세코 말씀드립니다.」하고 불쌍한 청년도 소리질렀다. 「만일 저를 의심하신다면, 저를 수상쩍다고 생각하신다면, 아무쪼록 신문해 주십시오. 무엇이든지 대답을 할 테니까요.」

　빌포르는 자기 자신을 꾹 억제했다. 그리고는 그야말로 확신에 찬 어조로 말했다.

　「자네를 신문하던 중에 더할 수 없이 중대한 혐의가 생겼네. 그래서 처음에 내가 바라고 있던 것처럼 즉각 자네를 자유롭게 해줄 수는 없게 되었네. 적어도 내 권한으로는 말일세. 그러한 조치를 취하기 위해서는 우선 예심 판사와 상의를 하지 않으면 안 되게 되었네. 그건 그렇다치고 내가 자네를 위해서 어떻게 행동했는지는 자네도 다 보았지?」

　「오오! 물론입니다.」 하고 단테스는 소리질렀다. 「저는 감사하고 있습니다. 왜냐하면 검사님은 저에게 있어서 재판관이라기보다는 친구로서 대해 주셨으니까요.」

　「그럼 자네를 한동안 구류하기로 하겠네. 하지만 기한은 될 수 있는 대로 짧아지도록 조치하겠네. 그런데 자네에 대한 중요한 혐의 물건은 이 편지일세. 자, 보게…….」

　그러면서 빌포르는 난로로 다가가 그 편지를 불속에 던졌다. 그리고 그것이 재가 될 때까지 거기에 꼼짝도 않고 서 있었다.

　「자, 보게.」 하고 그는 계속했다. 「이것으로 증거는 완전히 소멸되었네.」

　「오오!」 하고 단테스는 소리질렀다. 「검사님은 올바른 사람 이상의 분입니다. 검사님은 정말 친절한 분이십니다!」

　「하지만 알겠지?」 하고 빌포르는 말을 계속했다. 「이런 일까지 했으니까 나를 신용할 수 있다는 것을 알았을 테지?」

　「오오! 명령만 내리십시오. 검사님의 명령에 따를 테니까.」

　「아니.」 하고 빌포르는 청년에게 다가서면서 말했다. 「내가 자네에게 하려는 것은 명령이 아니야. 알겠나? 그것은 충고야.」

　「말씀만 하십시오. 명령에 따르듯이 거기에 따르겠습니다.」

　「나는 자네를 이곳에, 이 재판소에 저녁때까지 붙들어 두기로 하겠네. 아마 누군가 다른 사람이 와서 자네를 신문할걸세. 그러면 내게 말한 것처럼 말하는 거야. 다만 이 편지에 관해서는 한마디도 해서는 안 되네.」

　「약속하겠습니다.」

그것운 마치 빌포르 쪽이 간청하고 있는 것 같았다. 그리고 피의자 쪽이 재판관을 안심시키고 있었다.

「알겠지?」하고 그는 난로 안의 재를 흘낏 바라보고 나서 말했다. 재는 아직도 종이의 모양 그대로 남은 채 난로불 위에서 춤을 추고 있었다.「이제 그 편지는 소멸되고 말았네. 그것이 존재하지 않는다는 것을 알고 있는 것은 자네하고 나뿐일세. 그것은 두 번 다시 자네 앞에 나타나지 않을걸세. 그러니까 그 얘기가 나오더라도 딱 잘라서 부인하는 거야. 그렇게 하면 자네는 구제될 수 있을걸세.」

「반드시 부인하겠습니다. 안심하십시오.」하고 단테스는 말했다.

「좋아, 좋아!」하고 빌포르는 손을 초인종 노끈에 가져가면서 말했다. 그러나 노끈을 잡아당기려던 순간에 손을 멈추고「가지고 있던 편지는 그것뿐인가?」하고 물었다.

「그것뿐입니다.」

「맹세하겠나?」

단테스는 손을 내밀고「맹세합니다.」라고 말했다.

그러자 빌포르는 초인종을 울렸다.

경부가 들어왔다.

빌포르는 경부에게 다가가 귀에다 대고 뭐라고 소근거렸다. 경부는 고개를 끄덕거렸다.

「이 사람 뒤를 따라가게.」하고 빌포르가 단테스에게 말했다.

단테스는 가벼운 인사와 함께 빌포르에게 마지막 감사의 눈길을 보내고 방에서 나갔다.

문이 단테스의 등 뒤에서 닫히자 빌포르의 전신에서 힘이 쭉 빠졌다. 그리고 거의 실신한 것처럼 팔걸이의자에 맥없이 쓰러졌다.

그리고는 잠시 뒤에『오오!』하고 그는 중얼거렸다.

『인생은, 그리고 운명은 어떤 실에 의해 조종되는 것일까?…… 만일 검사가 마르세이유에 있었다면, 만일 예심 판사가 나 대신 불려왔었다면 나는 끝장이 났을 것이다. 그리고 이 편지가, 이 저주받을 편지가 나를 구렁텅이에 빠뜨렸을 것이다. 아아! 아버지! 아버지! 당신은 언제까지, 도대체 언제까지 이 세상에서 제 행복을 방해하실 겁니까? 저는 언제까지 아버지의 과거와 싸워야만 합니까 ?』

그리고는 갑자기 뜻하지 않았던 한줄기 빛이 그의 마음을 꿰뚫은 듯, 그의 얼굴이 환히 빛나며 또 경련을 일으키고 있던 입가에 미소가 감돌았다. 핏발이 섰던 눈은 가만히 그 동작을 멈추고 무언가 한 가지 생각에 집중되고 있는 것 같았다.

『그렇지.』하고 그는 말했다. 『하마터면 나를 파멸시킬지도 몰랐던 편지가 어쩌면 내 운을 열어 줄지도 모른다. 자, 빌포르, 일을 해야지, 일을 !』

그리고 피의자가 이미 대기실에 없다는 것을 확인하고는 검사 대리도 방에서 나갔다. 그리고는 바쁜 걸음으로 약혼자의 집으로 향했다.

8. 이프 성(城)

대기실을 지날 때 경부는 두 사람의 헌병에게 눈짓을 했다. 그러자 그 중의 한 사람은 단테스의 오른쪽에, 다른 한 사람은 왼쪽에 와서 붙었다. 판사의 방에서 재판소로 통하는 문이 열려졌다. 그리고 그들은 설사 떨 이유가 없어도 저도 모르게 떨지 않을 수 없는 저 어둡고 큰 복도의 하나를 한동안 더듬어 나갔다.

빌포르의 방이 재판소로 통하고 있는 것과 마찬가지로 재판소는 감옥으로 통하고 있었다. 그것은 재판소와 붙어 있는 어두운 건물이었다. 그리고 그 앞에 서 있는 아쿠르의 종루가 그 창을 모두 열어 그것을 호기심 어린 눈으로 보고 있었다.

복도를 여러 차례 돈 뒤에 단테스는 쇠로 된 작은 창문이 달린 문이 열리는 것을 보았다. 경부가 쇠망치로 문을 세 번 두드렸다. 단테스에게는 그것이 자기의 심장을 두드리는 것처럼 여겨졌다.

문이 열렸다. 두 사람의 헌병은 망설이고 있는 그를 가볍게 밀었다. 단테스가 이 무서운 문지방을 넘어서자 문은 큰소리를 내며 그의 등뒤에서 닫혔다.

그는 지금까지와는 다른 공기를 마셨다. 역겨운 냄새가 나는 답답한 공기를 마셨다. 그는 감옥에 갇힌 것이었다.

넣어진 방은 꽤 산뜻했으나 철격자가 끼워져 있고 빗장이 질러져 있었다. 방의 모습은 별로 공포를 느끼게 하지 않았다. 게다가 호의에 넘쳐 있던 검사 대리의 말이 그의 귀에 희망을 약속하는 반가운 말처럼 울리고 있었다.

단테스가 이 방에 끌려왔을 때는 이미 4시였다. 아까도 말했듯이 이 날은 3월 1일이었다. 그리고 이윽고 밤이 되었다.

그러자 시각이 소용없게 되면서 청각이 날카로워졌다. 조그마한 소리가 들려와도 자기를 석방해 줄 사람이 왔다고 생각하여 그는 기세좋게 일어나 문쪽으로 한 걸음 다가갔다. 그러나 곧 그 소리는 다른 방향으로 사라져 갔다. 그러면 단테스는 또다시 나무 의자에 맥없이 걸터앉았다.

마침내 밤 10시경, 단테스가 희망을 잃어가고 있을 때 또 새로운 소리가 들려왔다. 이번에야말로 틀림없이 자기 방으로 다가오는 것 같았다. 예상했던 대로 발소리가 복도에서 울리고 문앞에서 멎었다. 열쇠가 자물쇠 구멍에서 돌아가고 빗장이 벗겨졌다. 그러자 떡갈나무로 된 무거운 문이 열리고 갑자기 어두운 방 안에 횃불 두 개의 눈부신 빛이 들어왔다.

두 개의 횃불이 밝혀 주는 빛속에서 단테스는 네 명의 헌병이 들고 있는 총과 그들이 차고 있는 칼이 번뜩이는 것을 보았다.

그는 두 걸음 앞으로 나아가 헌병의 수가 늘어난 것을 보고 저도 모르게 흠칫하고 섰다.

「나를 데리러 왔습니까?」 하고 단테스가 물었다.

「그렇소.」 하고 헌병 하나가 대답했다.

「검사 대리의 명령입니까?」

「그렇다고 생각하네만.」

「알겠습니다.」 하고 단테스는 말했다.

「갑시다.」

빌포르 씨의 명령으로 데리러 온 것이라고 믿고 있었기 때문에 이 불쌍한 청년은 불안한 마음이 전혀 없었다. 그래서 그는 마음도 가라앉고 발걸음도 가볍게 앞으로 나가 스스로 호송대의 한가운데로 들어갔다.

한 대의 마차가 길에 면한 문에서 기다리고 있었다. 마부가 마부석에 앉고 그 옆에 한 사람의 경부가 앉아 있었다.

「이 마차는 나를 위한 겁니까?」 하고 단테스가 물었다.

「그렇소, 당신 거요.」 하고 헌병 하나가 대답했다. 「올라타요.」

단테스는 주위를 둘러보려고 했다. 그러나 문이 열리고 그는 뒤에서 밀어올려지는 것을 느꼈다. 저항할 수도 없고 또 저항할 생각도 없었다. 그는 다음 순간 마차 안의 두 사람의 헌병 사이에 앉아 있는 자신을 발견했다. 다른 두 사람의 헌병은 앞자리에 앉았다. 그리고 무거운 마차는 기분 나쁜 소리를 내면서 움직이기 시작했다.

수인은 창구 쪽을 보았다. 창구에는 쇠창살이 끼워져 있었다. 감옥이 달라졌을 뿐이었다. 요컨대 이것은 움직이는 감옥으로서 그를 미지의 곳으로 실어나르고 있었다. 겨우 손이 빠져나갈 만큼 좁은 창살 사이로 단테스는 그래도 지금 마차가 케슬리 거리를 지나가고 있다는 것, 그리고 상 롤랑 거리와 타라미스 거리를 지나 부두 쪽으로 내려가려 하고 있다는 것을 알았다.

이윽고 마차의 창살과 근처 건물의 격자 사이로 위병소의 불빛이 반짝이는 것이 보였다.

마차가 멈추었다. 경부가 내리더니 위병소 쪽으로 다가갔다. 거기에서 열두 명 가량의 병사가 나와 대열을 지었다. 단테스에게는 부두의 가로등 불빛으로 그들의 총이 번쩍거리는 것이 보였다.

『이렇게 어마어마한 경비는 나를 위한 것일까?』 하고 그는 자신에게 물었다.

자물쇠가 잠긴 문을 연 경부는 한마디도 말을 하지 않았으나 단테스는 이러한 질문에 스스로 대답했다. 왜냐하면 두 줄로 늘어선 병사들 사이로 마차에서 항구까지 자기를 위해서 만들어진 길을 보았기 때문이다.

우선 앞자리에 앉아 있던 두 사람의 헌병이 내렸다. 그리고는 그가 내려지고 이어서 그의 양쪽에 있던 두 사람이 내렸다. 그들은 세관의 선원이 쇠사슬로 기슭에 끌어당기고 있는 보트 쪽으로 갔다. 병사들은 멍한 호기심으로 단테스가 지나가는 것을 보고 있었다.

그는 순식간에 보트의 선미에 앉혀졌다. 여전히 네 명의 헌병이 그를 에워싸고 있었고 경부는 뱃머리에 앉아 있었다.

보트는 한 차례 크게 흔들리고 기슭을 떠났다. 네 사람의 노잡이는 힘껏 피롱 쪽으로 노를 저었다. 보트에서 외치자 항구를 닫고 있던 쇠사슬이 내려갔다. 이렇게 해서 단테스는 이른바 프리울, 즉 항구 밖으로 나왔다.

바깥 대기를 접한 단테스의 최초의 기분은 기쁘다는 것이었다. 이 대기는 그야말로 자유 그 자체였다. 그래서 그는 가슴 가득히 이 싱싱한 미풍을 들이쉬었다. 미풍은 밤과 바다의 온갖 미지의 냄새를 그 날개에 싣고 왔다. 그러나 이윽고 그는 한숨을 쉬었다. 마침 지금 그는 저 라 레젤브 정 앞을 지나고 있는 참이었다. 저곳에서는 오늘 아침부터 체포되기까지, 그는 그렇게도 행복했었는데, 더욱이 환하게 불이 켜진 두 개의 창문을 통해 사람들이 즐겁게 춤을 추고 있는 술렁임이 그에게까지 들려왔다.

단테스는 두 손을 모으고 하늘을 우러르며 빌었다.

보트는 계속 전진하고 있었다. 테이트 드 몰 곶을 지나 파로 후미의 정면에 와 있었다. 보트는 한층 더 빨리 저어가려 하고 있었다. 이것은 단테스로서는 정말 이해할 수 없는 일이었다.

「대체 어디로 데려가는 겁니까?」하고 그는 헌병 한 사람에게 물었다.

「이제 곧 알게 돼.」

「하지만……」

「어떤 설명도 해줘서는 안 된다는 명령을 받았소.」

단테스는 반은 군인이라고 해도 좋았다. 대답을 금지당하고 있는 하급자에게 질문하는 것은 어리석은 일처럼 생각되었다. 그래서 그냥 입을 다물고 말았다.

이때 실로 미묘한 생각이 그의 머리를 스쳤다. 이런 보트로 긴 항해가 계속될 까닭은 없고 앞바다에 정박하고 있는 배도 보이지 않았으므로 이것은 아마도 해안의 먼 지점에 자기를 내려 주고 이제 당신은 자유라고 말해 줄 것이라고 생각했다.

그는 묶여 있지는 않았다. 수갑이 채워져 있지도 않았다. 그것이 그에게는 길조로 생각되었다. 게다가 그토록 관대하게 대해 준 검사 대리도 노와르티에라는 불길한 이름만 입에 올리지 않으면 아무것도 걱정할 필요가 없다고 말하지 않았는가? 빌포르는 자기의 눈앞에서 그 위험한 편지를, 그에게 불리한 유일한 증거물을 불태워 버리지 않았는가?

그래서 그는 잠자코 생각에 잠기면서 기다리고 있었다. 그리고 어둠에 대해서 훈련되고 넓고 공간에 익숙해져 있는 선원의 눈으로 밤의 어둠 속을 꿰뚫어보려고 했다.

보트는 등대불이 켜져 있는 라토노 섬을 오른쪽으로 지나치면서 거의 기슭을 따라 전진, 카탈로니아 마을의 후미 근처에 접어들고 있었다. 여기까지 오자 수인의 눈에는 힘이 배가되었다. 이곳은 메르세데스가 있는 곳이었다. 그에게는 노상 여자의 희미한 모습이 어두운 기슭에 떠오른 것 같은 느낌이 들었다.

하나의 예감이 메르세데스에게, 연인이 자기에게서 삼백 보도 떨어지지 않은 지점을 지나고 있다고 말해 주지 말라는 법도 없다.

단 한 개의 불빛이 카탈로니아 마을에서 반짝이고 있었다. 단테스는 불빛의 위치로 보아서 그것은 메르세데스의 방을 비쳐 주고 있는 것이 틀림없다고 생각했다. 저 작은 마을 안에서 메르세데스가 다만 혼자 자지 않고 있는 것이다. 크게 소리지르면 약혼녀의 귀에 들릴는지도 몰랐다.

수치심이 그를 만류했다. 미친 사람처럼 소리지르는 그의 모습을 보면 보트 안의 사람들은 뭐라고 할까?

그래서 그는 입을 다문 채 그 불빛을 가만히 바라보고 있었다. 그러는 동안에도 보트는 계속 항진했다. 그러나 수인은 보트의 일 따위는 전혀 생각하고 있지 않았다. 그는 메르세데스만을 생각하고 있었다.

땅의 기복 때문에 그 불빛이 보이지 않게 되었다. 단테스는 고개를 돌려 보트가 난바다에 나와 있음을 깨달았다.

그가 생각에 잠겨 불빛을 바라보고 있는 동안에 노는 돛으로 바뀌고 있었다. 보트는 이제 바람에 밀려 전진하고 있었다.

또다시 물어 보기는 싫었으나 단테스는 헌병에게 다가가 그 손을 잡으면서 「이것 보시오.」 하고 말을 걸었다.

「당신의 양심과 당신이 군인라는 것에 기대를 걸고 부탁하겠소. 아무쪼록 나를 동정해서 대답해 주시오. 나는 단테스 선장이오. 나는 무슨 영문인지 통 알 수 없는 반역죄의 누명을 쓰고 있지만 선량하고 충실한 프랑스 인이오. 나를 어디로 데리고 가는 거요? 가르쳐 줘요. 그러면 나도 선원의 명예를 걸고 맹세하지만 내 의무에 따르는 내 운명을 감수할 거요.」

헌병은 귀를 긁으며 동료를 쳐다보았다. 동료는 이렇게 된 이상 아무려면 어때, 라는 듯한 몸짓을 했다. 그러자 헌병은 단테스 쪽을 돌아보며「당신은 마르세이유 사람이고 게다가 선원이지요?」하고 말했다.

「그러한 당신이 어디로 가는가고 묻고 있는 거요?」

「그렇소, 맹세코 말하지만 나는 그걸 모르고 있소.」

「대략 짐작은 하고 있는 것 아니오?」

「아니, 전혀 알 수가 없소.」

「그럴 리가 없는데.」

「내가 이 세상에서 가지고 있는 가장 신성한 것을 두고 맹세하겠소. 아무쪼록 대답해 줘요, 부탁이에요!」

「하지만 말을 해서는 안 된다는 명령을 받고 있어서…….」

「명령을 받았다고는 하지만 10분 뒤에는, 아니 20분 뒤, 어쩌면 1시간 뒤에는 나도 알게 될 것을 가르쳐 준다고 해서 안될 건 없잖소? 다만 당신은 지금부터 그때까지의 내 길고 긴 불안을 제거해 주는 것이 될 뿐이오. 나는 당신을 친구라고 생각하고 부탁하오. 봐요, 나는 반항을 하려고도 도망을 치려고도 하지 않고 있잖소? 그리고 그런 일은 하려고 해도 할 수가 없어요. 대체 우리는 어디로 가고 있는 거요?」

「눈이 가려진 것도 아니고 게다가 당신은 마르세이유 항구 밖으로 한 번도 나가 본 적이 없는 사람도 아니니까 어디로 가고 있는지쯤은 짐작을 할 수 있을 것 같은데?」

「아니, 몰라요.」

「그럼 당신의 주위를 차근히 둘러봐요.」

단테스는 일어섰다. 눈은 저절로 보트가 목표로 하여 항진하고 있는 듯한 방향으로 쏠렸다. 그러자 눈앞 이백 미터쯤 되는 곳에 험준하게 생긴 시꺼먼 바위가 우뚝 솟아 있는 것이 보였다. 그 바위 위에는 마치 수석(燧石)이 겹쳐 쌓인 것 같은 거무스름한 이프 섬이 솟아 있었다.

이 기괴한 모습, 주위에 깊은 공포가 감돌고 있는 이 감옥, 삼백 년 전부터 그 음산한 전설에 의해 마르세이유의 이름을 사람들의 기억에 아로새기고 있는 이 성채가 이런 식으로 느닷없이, 예상도 하지 못했던 단테스 앞에 모습을 드러냈으므로 그는 단두대를 보았을 때의 사형수 같은 심정에 휩싸였다.

「아아!」하고 그는 소리질렀다.「이프 성이다! 무엇하러 저곳으로 가는 거요?」

헌병은 엷은 웃음을 흘렸다.

「설마 저곳에 나를 가두는 것은 아닐 테지?」하고 단테스는 계속했다. 「이프 성은 중요한 정치범만을 수용하는 정부의 감옥이오. 나는 아무런 죄도 저지르지 않았소. 이프 성에는 예심 판사나 누구 다른 재판관이 있는 거요?」

「아마 소장 한 사람에 간수들과 수비대, 그리고 묵직한 벽뿐일걸.」하고 헌병은 말했다.「자, 자, 그렇게 놀란 표정을 짓지 말아요. 내가 친절하게 가르쳐 주었는데 그 보답으로 나를 바보 취급하고 있는 것처럼 보이니까 말요.」

단테스는 상대방의 손을 으스러질 듯이 꽉 쥐었다.

「그럼 나를 가두기 위해서 저 이프 성으로 데리고 간단 말이오?」

「아무래도 그런 것 같은걸.」하고 헌병이 말했다.「하지만 어떻든 이렇게 세게 내 손을 쥐어 봤자 소용이 없을걸.」

「아무 조사도 하지 않고 말이오? 정식 절차도 밟지 않고서 말이오?」 하고 청년은 말했다.

「절차는 모두 끝났소. 취조도 끝났고.」

「빌포르 씨의 약속이 있었는데도 말이오?」

「빌포르 씨가 약속을 했는지 어떤지 나는 모르오.」하고 헌병은 말했다. 「내가 알고 있는 것은 이프 성으로 간다는 것뿐이오. 이봐! 무엇을 하는 거야! 오오이! 모두들 와줘!」

번개처럼 재빠르게, 물론 헌병의 훈련된 눈에는 예상되고 있었던 일이지만 단테스는 느닷없이 바다에 뛰어들려고 했다. 그러나 그의 발이 배의 밑바닥을 떠나려고 하는 순간 단단한 네 개의 손이 그를 붙잡았다.

그는 분노의 외마디 소리를 지르면서 보트 바닥에 쓰러졌다.

「그렇군!」하고 헌병은 한쪽 무릎으로 그의 가슴을 누르면서 소리질렀다. 「그렇군! 이게 뱃사람의 약속이라는 건가? 다정하고 친절한 사람은 조심하는 게 좋아! 자, 조금이라도 몸을 움직이기만 해봐, 네 머리에 한 방 갈겨 줄 테니까. 나는 첫번째 명령은 어겼어. 하지만 분명히 말해 두지만 두 번째 명령은 어기지 않을 거야.」

그렇게 말하면서 실제로 헌병은 단테스 쪽으로 총구를 들이댔다. 단테스는 그 총구가 관자놀이에 겨눠진 것을 느꼈다.

한순간 그는 움직이지 말라는 몸을 움직여서, 뜻하지 않게 자기 위에 덮쳐서 자기를 느닷없이 독수리의 발톱 안에 걸어 넣은 이 불행에 난폭한 해결을 지어 버릴까 하고 생각했다. 그러나 이 불행은 전혀 생각지도 않았던 것이어서 단테스는 이것이 결코 오래 가지는 않으리라고 생각했다. 게다가 빌포르 씨의 약속도 생각났다. 그리고 또 헌병의 손에 걸려서 이런 식으로 보트 안에서 죽는다는 것은 추잡한 모습을 드러내 보이는 일처럼 생각되었다.

그래서 그는 분노의 외마디 소리를 지르고는 미친 사람처럼 자기의 손을 물어뜯으면서 보트 바닥에 다시 쓰러졌다.

그와 거의 동시에 보트가 무언가에 심하게 충돌하여 크게 흔들렸다. 선원 한 사람이 보트의 뱃머리가 부딪친 바위 위로 껑충 뛰어올랐다. 밧줄이 도르래 주위에서 삐거덕거렸다. 그래서 단테스는 목적지에 닿아서 지금 보트를 묶고 있는 중이라는 것을 알 수 있었다.

생각했던 대로였다. 그의 팔과 옷의 깃으로 그를 누르고 있던 헌병들은 억지로 그를 일으켜 세워 육지로 올라가게 했다. 그리고는 성채의 문으로 올라가는 돌층계 쪽으로 그를 끌고 갔다. 착검한 총을 든 경부가 그의 뒤를 따르고 있었다.

그래서 단테스는 쓸데없는 저항은 하지 않았다. 그가 느릿느릿 걷고 있었던 것은 반항 때문이 아니라 오히려 무기력 탓이었다. 그는 머리가 멍해져서 마치 술취한 사람처럼 비틀거리고 있었다.

그의 눈에는 또다시 가파른 언덕 위에 늘어서 있는 병사들의 모습이 보였다. 다리를 쳐들어야 할 만큼 높은 돌층계를 깨달았다. 그리고 하나의 문밑을 지나자 그 문이 자기의 뒤에서 닫힌 것도 깨달았다. 그러나 그것은 기계적으로 그러는 것뿐, 마치 안개를 통해서 보는 것처럼 무엇 하나 실제의 것을 똑똑히 분간할 수는 없었다.

그에게는 이미 바다도 보이지 않았다. 그것은 이미 이 공간은 넘을 수가 없다는 무서운 절망감으로 공간을 바라보는 수인들의 저 크나큰 고뇌였다.

일동은 잠시 멈춰 섰다. 그는 그러는 동안에 침착하게 생각을 정리하려고 애썼다. 그는 주위를 둘러보았다. 그는 사방을 높은 벽으로 둘러친 네모나게 생긴 안뜰에 있었다. 보초들의 느리고 규칙적인 발소리가 들려왔다. 그들이 성채 안에 켜져 있는 두세 개의 불빛이 벽 위에 던져 주고 있는 반사광 속을 지나갈 때마다 총신이 번쩍번쩍 빛나고 있었다.

거기에서 10분쯤 기다렸다. 단테스가 이제 도망칠 수 없다는 것이 확실했으므로 헌병들은 그를 방치하고 있었다. 무슨 명령을 기다리고 있는 것 같았다. 그 명령이 도착했다.

「수인은 어디 있소?」 하고 하나의 목소리가 물었다.

「여기에 있소.」 하고 헌병들이 대답했다.

「내 뒤를 따라오게 해요. 내가 방으로 데리고 갈 테니까.」

「자, 걸어요.」 하고 헌병은 단테스를 떠밀면서 말했다.

수인은 안내인 뒤를 따랐다. 안내인은 그를 거의 지하실이라고 해도 좋을 방으로 데리고 갔다. 축축한 나벽(裸壁)에는 마치 눈물이 배어 있는 것처럼 생각되었다. 역겨운 냄새가 나는 기름 속에 심지가 떠 있는 일종의 칸델라가 팔걸이도 등받이도 없는 나무 의자 위에 놓여져서 이 추악한 방의 끈끈한 벽을 비추고 있었다. 그 불빛으로 단테스의 눈에도 자기를 안내해온 하급 간수인 듯한, 허름한 옷을 입은 천박한 얼굴의 사나이 모습이 보이기 시작했다.

「여기가 오늘밤 네가 묵을 방이다.」 하고 사나이는 말했다. 「오늘은 이미 늦어서 소장님은 주무시고 계시다. 내일 깨어나서서 너에 관한 명령서를 보시게 되면 아마 방을 바꾸게 될 것이다. 그때까지는 여기에 빵, 저쪽 단지 안에 물, 그리고 저 구석 쪽에 깔짚이 있다. 수인이 바랄 수 있는 것은 그 것뿐이다. 그럼 쉬어라.」

그리고 단테스가 대답하려고 입을 열 새도 없이, 또 간수가 빵을 어디에 놓았는지, 그 단지라는 것이 어디에 있는지를 확인할 새도 없이, 또 이부자리를 대신할 깔짚이 어디에 있는지를 알아볼 새도 없이 간수는 칸델라를 들고는 문을 닫아 버렸다. 이렇게 해서 마치 번갯불처럼 감옥의 끈적끈적한 벽을 비추어 주던 그 창백한 반사광은 수인의 눈앞에서 사라지고 말았다.

이제 그는 이 암흑과 침묵 속에서 단지 혼자였다. 타는 듯이 뜨거운 그의 이마 위에 얼음 같은 차가움이 떨어지는 것이 느껴지는 이 감옥의 둥근 천장과 마찬가지로 그도 침묵 속에서 어두운 기분으로 있었다.

아침의 첫 광선이 이 굴속에 약간의 빛을 스며들게 했을 때 간수가 와서 수인은 이대로 둔다는 명령을 전달했다. 단테스는 수감되었을 때의 자리에 그대로 있었다. 무쇠 손으로 어제밤에 멈춰 선 그 장소에 못질이라도 한 것 같았다. 다만 움푹 꺼진 눈이 눈물 때문에 부어오른 눈꺼풀 밑에 감추어져 있었다. 그는 그 자리에서 꼼짝도 않는 채 지면을 내려다보고 있었다.

그는 이렇게 선 채 밤새 한잠도 자지 않은 것이다.

간수는 그에게로 다가와 그의 주위를 한 바퀴 돌았다. 그러나 단테스에게는 간수의 모습이 눈에 들어오지 않는 것 같았다.

간수는 단테스의 어깨를 두들겼다. 단테스는 부르르 몸을 떨고 고개를 흔들었다.

「그럼 너는 잠을 안 잤단 말이냐?」하고 간수가 물었다.

「모르오.」하고 단테스는 대답했다.

간수는 깜짝 놀라서 그를 바라보았다.

「배는 고프지 않아?」하고 간수는 질문을 계속했다.

「모르오.」하고 또다시 단테스는 똑같은 대답을 했다.

「뭔가 해주기를 원하는 것은 없나?」

「소장을 만나고 싶소.」

간수는 어깨를 움츠리고 나가 버렸다.

단테스는 그의 뒤를 눈으로 쫓으며 반쯤 열린 문 쪽으로 손을 내밀었다. 그러나 문은 이미 닫히고 말았다.

그러자 그의 가슴은 오랜 흐느낌으로 찢어질 것만 같았다. 가슴에 넘쳐 있던 눈물은 두 줄기 강물처럼 쏟아져 내렸다. 그는 엎드려서 이마를 땅에 대었다. 그리고 자기의 지금까지의 생애를 돌아보며 아직도 이렇게 젊은 나이에 이런 잔혹한 벌을 받아야 하다니 대체 어떤 죄를 저지른 것일까 하고 자문하면서 오랫동안 기도를 계속했다.

그날은 이렇게 지나갔다. 빵을 조금 먹고 물을 조금 마셨다. 어떤 때는 앉은 채 생각에 잠기고 어떤 때는 쇠우리 속에 갇힌 야수처럼 감옥 안을 빙글빙글 돌았다.

특히 한 가지 생각이 그를 분하게 만들었다. 그것은 보트를 타고 여기까지 오는 동안 어디로 끌려가는지도 모르고 그토록 침착하게, 그리고 얌전하게 앉아 있었다는 사실이다. 바다에 뛰어들려고만 생각하면 어떻게 해서든지 그럴 기회는 있었던 것이다. 일단 뛰어들기만 하면 그는 수영의 달인이고 자맥질에 관해서는 마르세이유 제일의 명인이었으므로 물밑에 몸을 숨겨 파수꾼들을 따돌리고 보기좋게 해안에 상륙, 도주를 계속하여 어딘가 사람이 없는 후미에라도 몸을 숨겼다가 제노바나 카탈로니아의 배를 기다려 이탈리아나 스페인으로 건너가 거기에서 메르세데스에게 편지를 띄워 불러올 수도 있었을 것이었다.

생활에 관해서는 그는 어느 나라에 있더라도 불안할 것이 없었다. 어디에도 솜씨 좋은 선원은 그렇게 많지 않았다. 그리고 그는 토스카나 태생처럼 이탈리아 어를 잘 구사하고 옛 가스틸랴 태생처럼 스페인 어를 잘 했다. 그는 메르세데스와 함께 아버지를 모시고 얼마든지 자유롭고 행복하게 살아갈 수 있었을 것이었다.

그런데 지금은 수인으로서 이프 성에 갇혀, 탈옥을 하려 해도 그 방법이 없는 이 감옥에 갇혀, 아버지가 어떻게 되었는지도, 메르세데스가 어떻게 되었는지도 알 수가 없는 것이다. 더욱이 이런 모든 것은 빌포르의 말을 믿었기 때문이었다. 그렇게 생각하자 미칠 것만 같았다. 그래서 간수가 가지고 온 새 깔짚 위에서 그는 울부짖으며 몸부림쳤다.

다음날, 같은 시각에 또 간수가 찾아왔다.

「어떠냐?」하고 간수는 그에게 물었다. 「어제보다는 침착하게 생각을 가다듬을 수 있게 되었나?」

단테스는 대답을 하지 않았다.

「자」하고 간수는 말했다. 「자, 지금 기운을 내게. 뭔가 나에게 부탁하고 싶은 것은 없나? 있으면 자, 얘기해 보게.」

「소장에게 말하고 싶소.」

「뭐라고?」하고 간수는 초조해하면서 말했다. 「그건 안 된다고 했잖아!」

「왜 안 된다는 거요?」

「감옥의 규칙상 수인에게는 그러한 희망이 용납되지 않아.」

「그럼 여기에서는 무엇이 허용된다는 거요?」

「돈을 내어서 좀더 좋은 식사를 한다거나 산책을 허용받는다거나 때때로 책을 읽는다거나 하는 정도이지.」

「나는 책 같은 건 필요없소. 산책도 하고 싶지 않고. 식사도 이것으로 충분해요. 나는 단지 한 가지밖에 바라는 게 없소. 소장을 만나고 싶은 것뿐이오.」

「똑같은 말을 지루하게 되풀이해서 나를 성가시게 만들면 이제 식사도 가져다 주지 않을 테니 그리 알아!」

「좋소!」하고 단테스는 말했다. 「이제 식사도 가져다 주지 않는다면 굶어죽는 것뿐이지. 그러면 되는 거지.」

이러한 말투로 보아서 이 수인은 기꺼이 죽을지도 모르겠군, 하고 간수는 생각했다. 그래서 그는 수인 한 사람에 대해 하루에 거의 십 수우의 수당이 있다는 계산을 하고 이 수인이 죽으면 자기가 그만큼 손해를 보게 된다고 생각했다. 그래서 목소리를 누그러뜨리고 말했다.

「이것 봐, 알겠나? 자네의 희망은 도저히 이루어질 수 없는 일이야. 그러니까 더 이상 부탁하는 것은 그만두게. 왜냐하면 수인의 부탁을 받고 소장님이 수인의 방에 오셨던 일은 일찍이 없었으니까. 그저 얌전하게 하고 있으면 산책이 허용된다고. 그렇게 되면 자네가 산책을 하고 있을 때 소장님이 옆을 지나가시는 수도 있단 말일세. 그렇게 되면 소장님에게 부탁을 하는 거야. 소장님이 대꾸를 하실지 어떨지는 소장님의 그때그때의 기분에 달렸지만.」

「하지만」하고 단테스는 말했다.「그러한 요행이 돌아올 때까지 대체 얼마나 기다리면 된단 말이오?」

「글쎄!」하고 간수는 말했다.「한 달? 석 달? 반 년? 혹은 일 년?」

「그건 너무 길어요.」하고 단테스는 말했다.「당장 만나고 싶단 말요.」

「아아!」하고 간수는 말했다.「그렇게 무리한 희망에 열중하는 게 아니라고. 그렇게 않으면 반 달도 가기 전에 미쳐 버리고 말걸.」

「아아! 그렇게 생각해요?」하고 단테스가 말했다.

「그래, 미치고 만다고. 미치기 시작하는 것은 언제나 이렇지. 전에도 이 방에서 그러한 예가 있었지. 자네가 오기 전에 이 방에 있었던 신부님은 자기를 석방해 주면 소장님에게 백만 루블을 주겠다고 노상 말하고 있었는데 끝내 머리가 돌아 버렸지.」

「이 방을 떠난 것은 언제요?」

「2년 전이지.」

「그래, 석방되었소?」

「아니, 지하감옥에 넣어졌지.」

「들어 봐요.」 하고 단테스는 말했다. 「나는 신부가 아니오. 미치광이도 아니고. 언젠가는 혹시 그렇게 될지도 모르지. 하지만 불행하게도 지금은 아직 말짱해요. 그래서 이번에는 다른 부탁을 하겠소.」

「어떤 부탁인데?」

「나는 백만 루블을 주겠다는 말은 하지 않겠소. 주려고 해도 그런 돈은 가지고 있지도 않으니까. 하지만 이번에 마르세이유에 갈 때 카탈로니아 마을까지 가서 메르세데스라는 아가씨에게 편지를 전해 주고 오면 백 에큐(일 에큐는 삼 비블)를 주겠소. 아니, 편지랄 것도 없소. 단지 두 줄뿐이니까.」

「그 두 줄짜리 편지를 가지고 가다가 들키기라도 하면 나는 이 지위를 잃게 될 테지. 부수입과 식사를 별도로 하고도 연수 천 루블의 지위를 말야. 그런데 자네는 나더러 삼 루블을 벌기 위해 천 루블을 팽개치라는 말인가? 내가 그렇게 바보처럼 보여?」

「좋아!」 하고 단테스는 말했다. 「잘 기억해 둬요. 만일 당신이 메르세데스에게 두 줄짜리 편지를 가지고 가거나 또는 하다못해 내가 이곳에 있다는 것을 알려 주거나 하지 않으면 언젠가 이 문 뒤에 숨어 있다가 당신이 들어오는 순간 이 의자로 당신의 뒤통수를 으깨 버리고 말겠소.」

「협박하는 건가?」 하고 간수는 뒤로 한 걸음 물러서서 방어 태세를 취하면서 말했다. 「확실히 자네의 머리는 뭔가 잘못 됐어. 신부님도 처음에는 자네와 똑같았어. 사흘쯤 지나면 자네도 그 신부처럼 지독한 미치광이가 될걸세. 다행히도 이 이프 성에는 지하감옥이 얼마든지 있지만.」

단테스는 의자를 들어 머리 위에서 휘둘렀다.

「알았어, 알았어!」 하고 간수는 말했다. 「꼭 그래야만 되겠다는 거지? 그럼 소장님에게 말씀을 드려 보지.」

「고맙소!」 하고 단테스는 의자를 땅 위에 내려놓고 그 위에 걸터앉으면서 말했다. 마치 정말로 미치기라도 한 듯이 고개를 떨구고 눈에는 핏발이 서 있었다.

간수는 나갔다. 그리고 잠시 뒤에 네 명의 병사와 하사 한 사람을 데리고 되돌아왔다.

「소장님의 명령으로」하고 간수는 말했다.「이 수인을 한 층 더 아래로 옮겨 주십시오.」

「그럼 지하감옥이군요.」하고 하사가 말했다.

「그렇습니다. 지하감옥입니다. 미치광이는 미치광이와 함께 있지 않으면 안 되니까요.」하고 간수가 말했다.

네 명의 병사가 단테스를 붙들었다. 단테스는 일종의 무기력 상태에 빠져서 아무런 저항도 하지 않고 병사들의 뒤를 따라갔다.

그는 층계를 열다섯 단 내려갔다. 지하감옥의 문이 열렸다. 그는 『그렇군, 미치광이는 미치광이와 함께 있어야 하는군.』하고 중얼거리면서 그 안으로 들어갔다.

문이 닫혔다. 단테스는 앞으로 뻗친 팔이 벽에 닿을 때까지 곧바로 걸어갔다. 그리고는 한쪽 구석에 앉아 가만히 있었다. 그러는 동안에 눈이 서서히 어둠에 익숙해져서 사물이 보이기 시작했다.

간수가 한 말은 사실이었다. 단테스는 정말로 미칠 지경이 되어 있었다.

9. 약혼식 날 밤

빌포르는 앞에서도 말했듯이 그랑 쿨 광장으로 가는 길로 발길을 돌렸다. 그리고 상 메랑 부인의 저택으로 돌아왔을 때는 아까 식탁에 남겨 두고 갔던 손님들은 살롱 쪽으로 옮겨서 커피를 마시고 있었다.

르네는 초조한 마음으로 그를 기다리고 있었다. 다른 사람들의 기분도 마찬가지였다. 그래서 그가 돌아오자 사람들은 일제히 환성을 질렀다.

「여어, 목자르기 관리님, 국가의 초석, 왕당의 부루투스(케사르를 죽인 부루투스를 말함) 님! 무슨 일이 있었나요, 네?」하고 한 사람이 소리질렀다.

「또다시 공포 정치의 위험이라도 있는가요?」하고 다른 한 사람이 물었다.

「코르시카의 식인귀(나폴레옹을 말함)가 굴속에서 빠져나왔나요?」하고 세 번째 사나이가 물었다.

「후작 부인.」 하고 빌포르는 미래의 장모에게 다가가면서 말했다. 「그런 식으로 자리를 비우지 않으면 안 되었던 일을 사과드립니다……. 그런데 후작님, 은밀하게 드리고 싶은 말씀이 있습니다만…….」

「어머! 그럼 정말로 중대한 문제가 일어났군요?」 하고 후작 부인은 빌포르의 이마가 흐려 있는 것을 보면서 물었다.

「실로 중대한 일이므로 며칠 동안 뵐 수 없게 되었습니다.」 하고 그는 르네 쪽을 보면서 말을 계속했다. 「이것으로 사태가 얼마나 중대한지 아시겠지요?」

「어디로 떠나시나요?」 하고 르네가 소리질렀다. 그녀는 이 뜻하지 않았던 뉴스에 의해 야기된 감동을 숨길 수가 없었다.

「유감이지만 그렇게 되었습니다. 그렇게 하지 않으면 안 되게 되었습니다.」 하고 빌포르가 대답했다.

「그래, 어디로 가시게 되었나요?」 하고 후작 부인이 물었다.

「그것은 재판상의 비밀입니다. 하지만 여기에 계시는 누군가가 만일 파리에 볼일이 계시다면 오늘밤에 떠나는 우리 친구의 한 사람이 기꺼이 용건을 대신해 줄 것입니다.」

일동은 서로 얼굴을 쳐다보았다.

「나에게 할 말이 있다면서?」 하고 후작이 말했다.

「네, 죄송하지만 서재로 갔으면 하는데요.」

후작은 빌포르의 팔을 잡고 함께 나갔다.

「그런데……」 하고 후작은 서재에 들어서자마자 물었다. 「대체 무슨 일이 일어난 거지? 얘기를 해줘요.」

「더할 수 없이 중대한 일입니다. 그래서 저는 곧 파리로 떠나지 않으면 안 됩니다. 그런데 후작님, 정말로 실례의 질문이 되어서 죄송합니다만 후작님은 공채(公債)를 가지고 계신가요?」

「전재산이 기명 증권(記名證券)으로 되어 있지. 아마 육, 칠십만 프랑(앞에 나온 루블도 프랑과 마찬가지)은 될 텐테.」

「그럼 그것을 파십시오, 후작님. 파시는 겁니다. 그렇게 하지 않으면 파산하시게 됩니다.」

「하지만 여기에서 무슨 수로 팔지?」

「출입하는 증권 중개인이 있을 것 아닙니까?」

「있지.」

「그럼 그 사람 앞으로 보내는 편지를 저에게 주십시오. 당장, 그야말로 일각의 유예도 없이 팔게 할 테니까요. 어쩌면 제가 도착했을 때는 이미 때가 늦었을지도 모르지만 말입니다.」

「그것 큰일이군!」하고 후작은 말했다.「지금 곧 쓰지.」

그렇게 말하고 후작은 책상에 앉아 출입 중개인 앞으로 한 통의 편지를 썼다. 그 속에서 그는 어떤 값이라도 좋으니까 당장에 팔라고 명령했다.

「편지는 받았습니다만.」하고 빌포르는 정중하게 그것을 지갑 속에 넣으면서 말했다.「한 통만 더 받고 싶습니다.」

「누구에게 보내는 편지를 말인가?」

「국왕 앞으로 보내는 편지를요.」

「국왕 앞으로?」

「그렇습니다.」

「하지만 내가 국왕에게 편지를 쓴다는 것은 마음이 내키지 않는걸.」

「그러니까 후작님에게 써주십사 하고 부탁드리는 것이 아닙니다. 후작님께서 사르비유 님에게 부탁을 해주셨으면 합니다. 알현을 위한 여러가지 절차는 귀중한 시간을 뺏길 우려가 있으므로 즉시 국왕 옆으로 갈 수 있는 그러한 편지를 받고 싶습니다.」

「하지만 자네의 상사에게는 자유로이 튈리 궁에 출입할 수 있는 국새상서 (國璽尚書)가 있을 텐데? 그 사람의 소개를 받으면 자네는 낮이든 밤이든 국왕 앞에 나갈 수가 있을 텐데?」

「물론 그렇습니다. 하지만 저는 모처럼 뉴스를 입수한 공적을 다른 사람과 나누어 갖고 싶지 않습니다. 이해하시겠습니까? 국새상서는 반드시 저를 내동댕이치고 자기 손에 이익을 거머쥘 것입니다. 후작님, 저는 여기에서 다만 한 가지 사실을 말씀드리겠습니다. 만일 제가 튈리 궁에 남보다 먼저 들어가게 되면 제 일생은 보장됩니다. 그것은 제가 국왕에게 어떤 일이 있어도 잊을 수 없는 한 가지 큰 봉사를 하게 되니까 말입니다.」

「그런 이유라면 가서 떠날 채비나 해요. 나는 사르비유를 부르기로 하지.

그리고 자네의 통행증이 될 만한 편지를 쓰게끔 하지.」

「알겠습니다. 서둘러 주시기 바랍니다. 15분 뒤에는 역마차에 타지 않으면 안 되니까요.」

「역마차를 집 앞에 세우도록 하게.」

「물론 후작 부인에게는 후작님이 대신 사과의 말씀을 전해 주시겠지요? 그리고 따님에게도. 하필이면 이런 날에 헤어져야 하는 것을 정말 유감스럽게 생각합니다.」

「두 사람 모두 내 서재에 불러오도록 하지. 그렇게 하면 작별 인사를 할 수 있을 테니까.」

「정말 고맙습니다. 편지의 건은 잘 부탁드립니다.」

후작은 초인종을 울렸다. 종복이 나타났다.

「사르비유 백작에게 내가 기다리고 있다고 전해라.」

그리고 나서 후작은 빌포르를 향해「자, 빨리 가보게.」하고 말했다.

「네, 곧 돌아오겠습니다.」

그렇게 말하고 빌포르는 뛰어가듯이 방에서 나갔다. 그러나 문을 나서자 검사 대리가 허둥대는 걸음걸이를 하고 있는 것이 남의 눈에 띄면 사람들이 이상한 걱정을 하게 될지도 모른다고 생각했다. 그래서 평상시처럼 그야말로 점잖은 걸음걸이로 돌아갔다.

자기 집까지 돌아왔을 때 그는 보이지 않는 곳에 가만히 서서 그를 기다리고 있는 하얀 유령 같은 것을 보았다.

그것은 카탈로니아 마을의 아름다운 아가씨였다. 에드몽의 소식을 알 수가 없어 밤이 되기를 기다렸다가 파로에서 빠져나와 자기가 직접 애인이 체포된 이유를 알려고 찾아온 것이었다.

빌포르가 가까이 가자 그녀는 기대고 섰던 벽에서 떨어져 그의 앞을 가로막았다. 단테스는 자기 약혼녀에 대해서 검사 대리에게 이야기했었다. 따라서 메르세데스가 자기의 이름을 말하지 않아도 검사 대리는 그녀가 누구라는 것을 알 수 있었다.

그는 그녀의 아름다움과 위엄에 깜짝 놀랐다. 그리고 그녀가 애인이 어떻게 되었는가고 물었을 때 그는 자기가 피고이고 상대방이 재판관인 것 같은 착각을 느꼈다.

「당신이 말하는 그 사나이는 중죄 범인입니다.」하고 빌포르는 무뚝뚝하게 말했다.「나로서는 어떻게도 할 수가 없습니다.」

메르세데스는 갑자기 흐느껴 울기 시작했다. 그리고 빌포르가 지나쳐가려고 하자 그녀는 다시 그를 붙들었다.

「하지만 이것만이라도 말씀해 주세요. 어디에 가면 그 사람의 생사를 알 수 있을까요?」하고 그녀는 물었다.

「나는 모릅니다. 이미 내 관할을 떠났으니까요.」하고 빌포르는 대답했다.

그리고 그야말로 이 부드러운 눈길과 애원하는 듯한 태도에 거북함을 느껴 메르세데스를 옆으로 떠밀고 집 안으로 들어가서는 느닷없이 쾅 하고 문을 닫았다. 지금 자기에게 몰아닥친 이 고뇌를 바깥에 팽개쳐 버리기라도 하려는 듯이.

그러나 고뇌를 그렇게 쉽게 떨쳐 버릴 수는 없었다. 그것은 베르질리우스 (로마의 시인)가 말한 것처럼 독화살로 상처받은 사람은 그 화살을 자기 속에 지니고 있는 것이다. 빌포르는 돌아오자 문을 닫았다. 그러나 객실에 들어서자 다리가 후들거렸다. 그는 흐느낌 같은 한숨을 흘렸다. 그리고는 팔걸이의자에 쓰러지듯이 주저앉았다.

그러자 그의 병든 마음의 밑바닥에 치명적인 궤양의 첫 싹이 움텄다. 그가 자기의 야심을 위해서 희생시킨 그 청년, 그의 아버지의 죄를 대신하여 벌받은 결백한 청년이 지금 창백하고 무서운 얼굴로 똑같이 창백해진 약혼녀의 손을 잡고 눈앞에 떠올랐다. 그리고 그 뒤에는 양심의 가책이 도사리고 있었다. 이 양심의 가책은 고대의 비극적인 운명의 광인처럼 병자를 느닷없이 놀라게 하는 그러한 것이 아니라 때때로 사람의 마음을 두드려 옛날을 생각나게 하고는 괴롭히고 찌르는 듯한 아픔을 주어 끝내는 죽음에 이르게 하는 희미하면서도 비통한 메아리이다.

그래서 빌포르는 그냥 한순간 더 주저했다. 그는 이미 여러 차례 사형을 요구해왔다. 하지만 그때에도 피고에 대한 재판관의 싸움이라는 느낌밖에는 받지 않았다. 더욱이 재판관도 배심원도 감동되는 전격적인 웅변에 의해 사형을 받게 된 그들 피고는 그의 이마에 아무런 어두움도 남기는 일이 없었다. 왜냐하면 그들 피고는 모두 죄인이며 적어도 빌포르는 그렇게 믿고 있었기 때문이다.

그러나 이번에는 전혀 달랐다. 그는 한 사람의 결백한 사나이에게, 지금부터 바야흐로 행복해지려는 사나이에게 종신형을 선고하여 그 사나이의 자유뿐 아니라 행복까지도 파괴하고 만 것이다. 이번의 경우, 그는 이미 재판관이 아니라 목자르기 관리였다.

그런 것을 생각하고 있을 때에 그는 아까 말한 것 같은 희미한 메아리를 느꼈다. 이 메아리는 지금까지의 그로서는 경험한 적이 없는 것이었다. 그것은 그의 마음속 깊은 곳에서 높이 울려 막연한 불안으로 가슴을 채웠다. 이렇게 마음에 상처를 입은 그는 다시 그 상처가 덮어질 때까지는 그 피가 스며나온 상처에 떨지 않고서는 손가락을 댈 수도 없다는 것을 본능적인 고통으로써 알게 되었다.

그러나 빌포르가 받은 상처는 결코 덮어질 수 없는 성질의 것이었다. 어쩌면 덮어진다고 하더라도 전보다도 더 심한 출혈과 한층 더 혹독한 고통을 수반하고 다시 입을 벌릴 그러한 상처였다.

만일 이때 르네의 상냥한 목소리가 그의 귓가에서 청년을 용서해 주라고 청한다면, 혹은 또 아름다운 메르세데스가 들어와서 『우리를 보살피시고 우리를 심판하시는 주의 이름으로 아무쪼록 제 약혼자를 되돌려 주십시오.』라고 말한다면 그는 어떻게 했을까?

그렇다, 그렇게 했다면 필연적으로 이미 반쯤 수그러져 있는 그의 이마는 완전히 엎드리고 말았을 것이다. 그리고 그 얼음같이 싸늘해진 손은 그 결과 자기가 어떻게 되든 상관없이 단테스를 자유롭게 하라는 명령서에 서명했을 것이다.

그러나 조용하기만 한 침묵 속에서 아무런 소리도 그에게 속삭이지 않았다. 그리고 그때 문이 열리며 빌포르의 종복이 들어와서 마차가 준비되었다는 것을 알렸다.

빌포르는 마음속의 싸움에 이긴 승자처럼 벌떡 일어났다. 아니, 일어났다기보다도 껑충 뛰어올랐다. 그리고 책상으로 달려가 하나의 서랍 속에 있는 금화 전부를 호주머니에 집어넣고 손을 이마에 댄 채 두서없는 말을 중얼거리면서 잠시 동안 불안한 듯이 방안을 왔다갔다하고 있었다. 그러다가 종복이 외투를 어깨에 걸쳐 준 것을 깨닫고는 집을 나서서 마차에 올라타고 퉁명스럽게 그랑 쿨 거리의 상 메랑 씨 집으로 가도록 명령했다.

이것으로 단테스는 가엾게도 유죄의 선고를 받게 된 것이다.

빌포르는 서재에서 상 메랑 씨의 약속대로 후작 부인과 르네를 발견했다. 르네의 모습을 보고 그는 부르르 몸을 떨었다. 왜냐하면 그녀가 또다시 단테스의 석방을 원할 것이 틀림없다고 생각했기 때문이었다. 그러나 아아! 그것이 바로 인간의 이기주의가 가지는 부끄러운 점이지만 아름다운 소녀의 머리에는 단지 하나의 생각밖에는 없었다. 빌포르가 떠난다는 것밖에는.

그녀는 빌포르를 사랑하고 있었다. 그 빌포르가 그녀의 남편이 되려는 순간에 여행을 떠나려 하는 것이다. 빌포르는 언제 돌아온다는 말을 할 수가 없었다. 그래서 르네는 단테스를 불쌍하게 생각하기는커녕 그 범죄에 의해 자기를 남편에게서 떼어 놓았다고 그를 저주하고 있었다.

이것을 알았다면 메르세데스는 뭐라고 말했을까!

가엾은 메르세데스는 라 로슈 거리의 모퉁이에서 자기 뒤를 따라오고 있는 페르낭을 발견했다. 그녀는 카탈로니아 마을로 돌아갔다. 그리고는 절망한 나머지 죽은 듯이 침대에 엎드렸다. 침대 앞에는 페르낭이 무릎을 꿇고 앉아 있었다. 그리고 메르세데스가 빼려고 하지도 않는 얼음처럼 차가운 손을 붙잡고 뜨거운 키스를 마구 퍼부어댔다. 그러나 메르세데스는 그것을 깨닫지조차 못했다.

그녀는 이렇게 그날 밤을 보냈다. 기름이 없어지자 램프는 꺼졌다. 그녀에게는 빛이 보이지 않는 것처럼 어둠도 느껴지지 않았다. 그리고 날이 밝았지만 그녀의 눈에는 그것도 들어오지 않았다. 고뇌가 그녀의 눈을 가려버렸다. 그래서 에드몽의 모습밖에는 아무것도 보이지 않았다.

「어머! 언제부터 거기에 있었어요?」하고 그녀는 페르낭 쪽을 돌아보면서 말했다.

「어제부터 내내 옆에 있었어.」하고 페르낭은 괴로운 한숨을 섞어가며 말했다.

모렐 씨는 이것으로 졌다고는 생각하고 있지 않았다. 그는 단테스가 신문을 받은 뒤 감옥으로 끌려갔다는 것을 알았다. 그는 모든 친구를 찾아다녔고 힘이 되어 줄 만한 마르세이유의 유지들을 방문했다. 그러나 이미 단테스는 보나파르트 당의 스파이로서 체포되었다는 소문이 퍼져 있었다. 그리고 당시에는 아무리 대담한 사람이라도 나폴레옹이 또다시 왕좌에 오른다는 것은 어처구니없는 꿈이라고 생각하고 있었기 때문에 그는 가는 곳마다에서 냉담한 대접을 받고 경원시되고 또는 거절당했다.

그는 절망하여 집으로 돌아왔다. 그러나 사안이 중대한 만큼 누구도, 어떻게도 손을 쓸 수 없는 일이라는 것을 인정하지 않을 수가 없었다.

한편 카도루스는 몹시 불안해하고 괴로워하고 있었다. 그러나 그는 모렐 씨처럼 찾아다니며 단테스를 위해 뭔가를 하려고 하지는 않고——물론 할 수도 없었지만——집안에 들어박혀 불안한 마음을 구즈베리술 두 병으로 달래려고 하였다. 카도루스 같은 정신 상태에서는 단지 두 병의 술만으로 판단력을 흐리게 할 수는 없었다. 그러나 새로 술을 사러 가기에는 너무 취해 있었고 취기가 기억을 소멸시킬 만큼 취해 있지는 않았기 때문에 건들거리는 탁자 위의 빈 술병 두 개를 앞에 놓고 팔꿈치를 괸 채 멍하니 앉아 있었다. 그리고 호프만(독일의 작가. 괴기 소설을 주로 썼음)이 펀치(일종의 혼합주)에 젖은 원고 용지 위에 흩뿌려 놓은 망령들이 심지가 긴 촛불에 비추어지면서 마치 검고 이상하게 생긴 먼지처럼 춤을 추고 있는 것을 무심히 바라보고 있었다.

당그랄만은 별로 괴로워하지도, 불안하게 생각하고 있지도 않았다. 그는 오히려 기뻐하고 있기까지 했다. 왜냐하면 적에게 복수를 했고 잃어가고 있던 파라온 호에서의 지위가 확실해졌기 때문이었다.

그는 선천적으로 귀에다 펜을 꽂고 심장 대신 잉크병을 지니고 있는 계산가였다. 이 세상의 모든 일은 그에게 있어서는 가감승제(加減乘除)였다. 그래서 한 인간이 감소시킬지도 모를 전체의 액수를 만일 하나의 숫자가 증가시키게 된다면 그 숫자는 그에게 있어서는 한 사람의 인간보다도 훨씬 더 귀중한 것으로 생각되었다.

그러한 인간이었으므로 당그랄은 평소와 똑같은 시간에 잠자리에 들어가 태평스럽게 잠을 자고 있었다.

빌포르는 사르비유 씨의 편지를 받아쥐고 르네의 양쪽 볼에 키스를 했다. 상 메랑 부인의 손에도 키스를 하고 후작의 손을 한 번 쥐고 나서는 역마차를 타고 에쿠스 거리를 달렸다.

단테스의 아버지는 고뇌와 불안 때문에 거의 죽어가고 있었다.

에드몽 단테스가 어떻게 되었는지는 이미 우리가 보아온 바와 같다.

10. 튈리 궁전의 조그만 서재

세 배나 되는 마차삯을 주고 파리 가도를 쏜살같이 달리고 있는 빌포르의 일은 잠시 접어 두고 두세 군데의 살롱을 거쳐 튈리 궁전의 조그만 서재로 들어가 보기로 하자.

창문이 아치형으로 되어 있는 이 서재는 나폴레옹과 루이 18세가 매우 좋아했던 서재로서 유명하다. 그런데 지금은 이것이 루이 필립의 서재로 되어 있다.

그 서재 안에서 루이 18세는 귀인 특유의 기벽으로 특히 애호하고 있는 하트웰에서 가져오게 한 호두나무 재목으로 만든 탁자를 앞에 놓고 앉아, 쉰에서 쉰두 살쯤 되어 보이는, 머리가 반백이고 귀족적인 얼굴을 한, 몹시 옷차림에 신경을 쓴 한 사나이의 이야기에 적당히 귀를 기울이면서 호라티우스(고대 로마의 시인)의 한 권의 책 여백에 주석을 써넣고 있었다. 이것은 꽤 귀중하게 여겨지는 판이면서도 매우 부정확한 그리피우스 판이었다. 그리고 왕의 재치있는 철학적 고찰의 대부분은 여기에서 비롯된 것이었다.

「뭐라고 했지?」하고 국왕이 물었다.

「매우 걱정된다고 말씀드렸습니다. 폐하.」

「정말인가? 꿈속에서 일곱 마리의 살찐 암소와 일곱 마리의 야윈 암소라도 본 것 아닌가?」

「그럴 리가 없습니다. 그러한 꿈은 7년의 풍작과 7년의 식량 부족을 암시하고 있을 뿐입니다. 하지만 폐하와 같은 선견지명이 있는 국왕이 계시는 한 식량 부족의 걱정은 없습니다.」

「그렇다면 그 밖에 어떤 재앙이 있을 것 같다는 얘긴가, 브라카스 군?」

「폐하, 아무래도 남프랑스 방면에 폭풍이 있을 것 같은 느낌이 듭니다.」

「아니, 공작.」하고 루이 18세는 대답했다.「그건 자네가 받은 보고가 잘못된 것 아닐까? 나는 반대로 그쪽 방면은 무척 쾌청하다는 것을 확실히 알고 있는데…….」

루이 18세는 꽤 재치있는 사람이기는 했으나 별로 재미없는 이런 익살도 좋아했다.

「폐하」하고 브라카스는 말했다.「충실한 신하를 안심시키기 위해서만이라도 랑독, 프로방스, 로피네 지방으로 확실한 인물을 파견해서 이 지방 인심에 관한 보고를 취합해오도록 하시지 않겠습니까?」

「카니므스 스루디스(우리는 귀머거리를 향해 노래를 부르고 있다).」하고 왕은 호라티우스에 주석을 달면서 대답했다.

「폐하」하고 대신은 이 베노자 시인의 시 반 귀절의 뜻을 알고 있는 체하기 위해 헛웃음을 지으면서 대답했다.「폐하가 프랑스의 좋은 정신을 신용하시는 것은 그야말로 당연한 일입니다. 그러나 제가 뭔가 필사적인 음모를 두려워하고 있는 것도 전혀 틀린 것은 아니라고 생각합니다.」

「누가 그런 음모를 꾸민다는 거지?」

「보나파르트입니다. 적어도 그의 일파입니다.」

「브라카스 군」하고 국왕은 말했다.「자네는 자기의 어리석은 공포를 늘어놓아 내 공부를 방해할 생각인가?」

「폐하, 폐하가 너무 안심하고 계시는 모습이 제 잠을 방해하고 있습니다.」

「잠깐 기다려, 잠깐. 지금 파스토르 쿰 토라헤레토(양치기는 양을 데리러 갔거든)에 대해서 아주 기막힌 주석을 생각해낸 참이야. 기다려 줘. 끝나거든 얘기를 계속해 줘.」

잠시 침묵이 계속되었다. 루이 18세는 될 수 있는 대로 가느다란 서체로 호라티우스의 여백에 새로운 주석을 써넣었다. 주석을 다 달고는「계속하게, 공작.」하고 국왕은 타인의 생각에 주석을 달았을 뿐인데도 마치 자기가 하나의 생각을 지니기라도 한 것 같은 그야말로 만족스러운 모습을 보이면서 얼굴을 쳐들고 말했다.「계속하게, 들어 보지.」

「폐하」하고 브라카스는 순간 빌포르의 공로를 가로챌 수 있을 것 같은 희망을 품으면서 말했다.「저는 감히 말씀드립니다만 제가 걱정하고 있는 것은 근거없는 단순한 소문이나 단순히 꾸며낸 뉴스가 아닙니다. 올바른 생각을 지닌 사나이로서 제가 전폭적으로 신뢰하고 있고 남프랑스의 감시를 맡고 있는 사나이가(이렇게 말할 때 공작은 잠깐 주저했다) 역마차를 타고 달려와서 이렇게 말했습니다.『왕께서는 큰 위험에 직면하고 계십니다.』라고 말입니다. 그래서 제가 급히 달려온 것입니다.」

「마라 두키스 아위 도뭄(너는 흉조에 의해 그녀를 집으로 데려갔도다).」
하고 루이 18세는 계속해서 주석을 달았다.

「폐하는 이 문제에 대해서는 더 이상 얘기하지 말라고 말씀하시는 겁니까?」

「그런 뜻이 아니라네. 하지만 손을 뻗쳐 봐주겠나?」

「어느 쪽 손을 말입니까?」

「편리한 쪽의 손을. 자, 그곳 왼쪽에.」

「여기 말입니까, 폐하?」

「내가 왼쪽이라고 말하는데 자네는 오른쪽을 찾고 있군. 내가 말하는 것은 내 왼쪽을 뜻하는 거야. 그래, 맞았어, 거기야. 거기에 어제 날짜로 된 경시 총감의 보고서가 있지? …… 어, 그 당드레 군이 온 것 같군……. 그렇지? 당드레 군이지?」하고 왕은 거기에 들어온 연락 담당에게 물었다. 왕의 예상대로 경시 총감의 내방이 보고되었다.

「그렇습니다. 당드레 남작입니다.」하고 연락 담당은 대답했다.

「그렇군, 역시 남작이었군.」하고 루이 18세는 희미한 미소를 띠면서 말했다.「들어오게 남작, 그리고 자네가 최근 부오나파르트(보나파르트를 경멸하여 이렇게 발음한다)에 대해서 알아낸 것을 공작에게 얘기해 주게. 설사 어떤 중대한 정세든 우리에게 숨겨서는 안 되네. 자, 엘바 섬은 화산인가? 불길이 하늘을 태울 듯한 싸움이 거기에서 튀어나올까? 벨라 호르리다 벨라(싸움, 소름이 끼칠 듯한 싸움) 말일세.」

당드레 씨는 팔걸이의자의 등에 두 손을 얹고 그야말로 우아하게 몸을 흔들고 있었다. 그리고 말했다.

「폐하는 어제의 보고를 읽어 보셨는지요?」

「보고말고. 하지만 공작에게 찾아보라고 했는데도 보이지 않으니까 자네가 그 내용을 직접 공작에게 얘기해 주지 않겠나? 저 왕위 찬탈자가 엘바 섬에서 무엇을 하고 있는지 자세하게 이야기해 주게.」

「폐하의 모든 신하들은」하고 남작은 공작을 향해 말했다.「최근 엘바 섬에서 우리에게 도착한 뉴스를 알면 박수 갈채를 보낼 것이 틀림없습니다. 보나파르트는 …….」

당드레 씨는 루이 18세 쪽을 보았다. 그러나 왕은 주석을 써넣는 일에 몰두하고 있어서 얼굴조차 들지 않았다.

「보나파르트는」 하고 남작은 계속했다. 「죽고 싶을 만큼 따분한 나날을 보내고 있습니다. 그는 매일처럼 하루 종일 포르트 롱고느 광부의 일하는 모습을 보며 지내고 있습니다.」

「그리고 기분을 달래기 위해 몸을 긁고 있다고 했지?」 하고 왕이 말했다.

「몸을 긁고 있다는 말씀입니까?」 하고 공작이 물었다. 「폐하, 그것은 무슨 뜻인지요?」

「그렇군, 공작, 자네는 잊고 있었군? 그 위인, 그 영웅, 그 절반쯤 하느님 같은 사나이가 피부병에 걸려서 몹시 고통을 받고 있다는 것을? 그 왜 백선이라는 피부병 말일세.」

「아니, 좀더 재미있는 일이 있습니다, 공작님.」 하고 경시 총감이 말을 이었다. 「거의 확실한 일입니다만 좀더 있으면 왕위 찬탈자는 아마 정신병자가 되고 말 겁니다.」

「정신병자라고요?」

「그것도 심한 정신병자가 될 겁니다. 머리가 돌았습니다. 어떤 때는 뜨거운 눈물을 흘리면서 우는가 하면 어떤 때는 바보처럼 입을 벌리고 크게 웃습니다. 또 때로는 해안으로 나가서 바다에 돌을 던지면서 시간을 보내곤 합니다. 그리고 돌이 대여섯 번 물을 헤치고 나가면 마치 또다시 마렝고의 전투나 아우스테를리츠의 전투에서 이기기나 한 것처럼 기뻐하고 있습니다. 이것들이, 아시겠지만, 정신병자가 될 징조입니다.」

「어쩌면 그것은 총명하다는 징조일지도 모르지, 남작, 총명하다는.」 하고 루이 18세는 웃으면서 말했다. 「옛날의 뛰어난 대장들은 바다에 돌을 던지면서 기분 전환을 꾀하곤 했다니까. 플루타크(고대 그리스의 역사가)의 책을 읽어 보게. 거기에 나오는 스키피오 아프리카누스의 평전을 말일세.」

브라카스 씨는 태평스러운 두 사람 사이에 끼여서 생각에 잠기고 말았다. 빌포르는 자기 비밀의 이익을 전부 새치기당하지 않으려고 모든 것을 털어 놓고 있지는 않았다. 그러나 브라카스 씨에게 심각한 불안을 안겨 줄 만한 이야기 정도는 하고 있었다.

「자, 자, 당드레 군.」 하고 루이 18세는 말했다. 「브라카스 군은 아직도 납득하지 못했어. 왕위 찬탈자의 개심(改心)에 대해서 말해 주게.」

경시 총감은 황공스럽게 절을 했다.

「왕위 찬탈자의 개심요?」하고 공작은 왕과 당드레가 마치 베르질리우스의 시에 나오는 두 사람의 목자처럼 번갈아 이야기하는 것을 바라보면서 중얼거렸다.「왕위 찬탈자가 개심을 했습니까?」

「완전히 개심했습니다, 공작님.」

「하지만 어떻게 개심을 했다는 거요?」

「올바른 주의(主義)로 개심을 했지. 남작, 그것을 설명해 주게.」

「공작님, 실은 이렇습니다.」하고 총감은 더할 수 없이 공손한 태도로 이야기를 시작했다.「지난번 나폴레옹이 열병(閱兵)을 했습니다. 그러자 이른바 그의 근위병 중 나이든 병사 두세 명이 프랑스로 돌아가고 싶다고 말했습니다. 그랬더니 그는 그 노병들에게 휴가를 주면서 앞으로는 좋은 왕을 섬기도록 하라고 타일렀다는 겁니다. 공작님, 이것은 그 자신의 입에서 나온 말입니다. 이것은 확실한 사실입니다.」

「브라카스, 어떻게 생각하나?」하고 왕은 득의양양해서 앞에 펼쳐진 두꺼운 주석본을 조사하던 손을 잠간 멈추고 말했다.

「폐하, 그렇다면 경시 총감과 저 가운데서 누군가가 잘못 알고 있다는 얘기가 됩니다. 그러나 폐하의 경비 임무를 맡은 경시 총감이 잘못 알고 있을 까닭이 없습니다. 아마 제가 잘못 알고 있을 겁니다. 그런데 폐하, 폐하를 대신해서 제가 아까 말씀드린 사나이에게 질문을 해봤으면 합니다만. 꼭 그러한 광영을 그에게 부여해 주셨으면 합니다.」

「좋고말고, 공작. 자네가 그런다면 누구하고라도 만나겠네. 하지만 우선 확실한 준비를 하고 만나고 싶군. 경시 총감, 아까 것보다 좀더 새로운 보고는 없었는가? 이건 이미 2월 20일자 것이니까 말야. 오늘은 벌써 3월 3일이거든!」

「아직은 없습니다, 폐하. 실은 이제나저제나하고 기다리고 있는 중입니다. 저는 오늘은 아침부터 외출했습니다. 어쩌면 제가 나온 뒤에 무슨 보고가 들어왔는지도 모르겠습니다.」

「그럼 경시청에 가보도록 하게. 만일 아직도 온 것이 없으면, 그렇지, 그렇지.」하고 루이 18세는 웃으면서 말을 이었다.「날조를 하면 되지. 언제나 그렇게 하고 있는 것 아닌가?」

「오오! 폐하!」 하고 경시 총감은 말했다. 「고맙게도 이 점에 관해서는 하나도 날조할 필요가 없습니다. 매일처럼 저희들의 책상 위에는 실로 상세하게 술회된 고소장이 산더미처럼 쌓이곤 합니다. 그것들은 재산도 지위도 없는 자들에게서 나온 것으로서 놈들은 지금은 도움이 되고 있지 못하지만 앞으로 도움이 될지도 모른다는 데에 조금이나마 사례를 받고 싶어하고 있습니다. 놈들은 우연에 기대를 걸고 있는 것입니다. 언젠가 뜻하지 않은 사고가 일어나서 자기들의 예언이 현실화하기를 기대하고 있는 것입니다.」

「좋아요, 그럼 가봐요.」 하고 루이 18세는 말했다. 「내가 자네를 기다린다는 것을 잊지 말아 주게.」

「곧 다시 뵙겠습니다, 폐하. 10분 후에 다시 오겠습니다.」

「폐하, 저는」 하고 브라카스는 말했다. 「저는 사자(使者)를 불러오겠습니다.」

「아니, 기다리게, 잠깐만 기다리게.」 하고 루이 18세는 말했다. 「그런데 브라카스, 나는 자네의 문장(紋章)을 바꾸어 주고 싶은데 말야. 날개를 활짝 편 한 마리의 독수리가 발톱 사이에서 달아나려고 헛되이 몸부림치고 있는 먹이를 붙잡고 있는 것으로 바꾸는 게 어떤가? 그리고 거기에 TENAX(붙들고 놓치지 않겠다는 뜻의 라틴어)라는 명구(銘句)를 곁들이는걸세.」

「폐하, 황송합니다.」 하고 브라카스 씨는 심한 초조감을 가까스로 참으면서 말했다.

「자네에게 이것을 묻고 싶은데 말야. 몰리 프기엔스 안헤리투(숨이 끊어질 듯이 도망친다) 알겠나? 늑대를 만나서 도망치는 사슴이라고나 할까. 자네는 수렵관이고 더욱이 수렵 지휘자였잖나? 그 이중의 자격에 있어서 이 문구를 어떻게 생각하나?」

「훌륭한 문구라고 생각합니다, 폐하. 그런데 저의 사자는 폐하가 말씀하시는 사슴 같은 놈입니다. 왜냐하면 그 사나이는 역마차를 타고 팔백팔십 킬로나 되는 길을 달려왔습니다. 그것도 불과 사흘 만에 달려왔습니다.」

「그것은 공작, 제가 좋아서 지치기도 하고 걱정도 하는 꼴일세. 말하자면 사서 하는 고생이지. 왜냐하면 지금은 서너 시간이면 용무를 끝낼 수 있는 전신기라는 것이 있으니까 말일세. 이것을 사용하면 전혀 숨가쁘게 달려올 필요도 없는데 말야.」

「아아! 그것은 폐하, 일부러 먼 곳에서 폐하에게 중대한 일을 말씀드리려고 달려온 불쌍한 젊은이에 대해 너무나 차가운 말씀이십니다. 이 사나이를 소개해서 보낸 사르비유 씨에 대한 의리도 있습니다. 모쪼록 그를 만나주시기를 간청합니다.」

「사르비유 씨란 내 형의 시종으로 있던 사람인가?」

「바로 그러합니다.」

「그랬었군, 그는 마르세이유에 있었지.」

「그 마르세이유에서 편지를 보내왔습니다.」

「그래서, 역시 그 음모라는 것에 대해서 썼던가?」

「아닙니다, 다만 그 빌포르라는 사나이를 소개하면서 폐하를 만나 뵐 수 있도록 선처해 달라는 부탁을 해왔습니다.」

「뭐? 빌포르라고?」하고 국왕은 소리질렀다.

「그 사자라는 사람이 빌포르란 말인가?」

「그렇습니다, 폐하.」

「그 사나이가 마르세이유에서 왔단 말이지?」

「당자가 직접 찾아왔습니다.」

「왜 즉시 그 이름을 말하지 않았지?」하고 국왕은 그 얼굴에 조금 불안한 빛을 보이면서 말했다.

「폐하, 폐하께서 그 이름을 모르시리라고 생각했기 때문입니다.」

「모르다니, 브라카스. 그는 성실하고 훌륭한 사나이일세. 게다가 특히 큰 야망을 가지고 있어. 그렇지, 자네도 그의 아버지 이름은 알고 있을 테지?」

「그의 부친 말입니까?」

「그래, 바로 노와르티에라고.」

「지롱드 당의 노와르티에 말입니까? 원로원 의원 노와르티에 말입니까?」

「그래, 바로 그 사람이오.」

「그럼 폐하는 그런 사람의 아들을 중용하신 겁니까?」

「브라카스, 자네는 아무것도 모르고 있군. 빌포르는 큰 야망을 품고 있는 사나이라고 말했지? 즉 그는 출세를 위해서는 모든 것을 희생시킬 수 있는 사나이란 말일세. 비록 자기의 아버지라도 말이야.」

「그럼 폐하, 그를 들어오게 할까요?」

「당장 데리고 와요. 대체 어디에 있는 거지 ?」

「밑의 마차 안에서 저를 기다리고 있을 것입니다.」

「불러와요.」

「그럼 당장 갔다오겠습니다.」

공작은 젊은 사람처럼 재빨리 물러갔다. 왕에게 충성을 다하려는 열의는 그에게 스무 살의 젊음을 부여하고 있었다.

루이 18세는 뒤에 혼자 남아서 펼쳐진 채로 있는 호라티우스를 다시 들여다보면서 「유스툼 에트 테나켐 프로포시티 윌룸(마음이 바르고 의연한 의지를 가진 사나이)」 하고 중얼거렸다.

브라카스 씨는 나갈 때와 마찬가지로 재빨리 되돌아왔다. 그러나 대기실에서 그는 왕의 권위를 방패로 삼지 않으면 안 되었다. 빌포르의 먼지투성이의 옷, 궁정의 복장에 전혀 따르지 않은 그의 복장은 의전관인 브레제 씨의 감정을 자극하여 그는 이 청년이 이런 복장으로 왕 앞에 나서려는 데에 깜짝 놀란 것이다. 그러나 브라카스 공작은 『폐하의 어명』이라는 한마디로 모든 난관을 물리쳤다. 그리고 의전관이 계속 규칙을 내세우며 이러쿵저러쿵 까다로운 주문을 했으나 빌포르는 그대로 궁전 안으로 안내되었다.

왕은 공작이 나갈 때 앉아 있던 그 자리에 그대로 앉아 있었다. 문을 열자 빌포르는 왕의 바로 정면에 있었다. 젊은 사법관은 흠칫하며 멈춰 섰다.

「들어오게, 빌포르 군.」 하고 왕은 말했다.「자, 어서 들어오라고.」

빌포르는 공손하게 절을 했다. 그리고 몇 걸음 앞으로 나가 왕의 질문을 기다렸다.

「빌포르 군」 하고 루이 18세는 계속해서 말했다.「브라카스 공작의 이야기로는 뭔가 중대한 용건을 알려 주러 왔다고 하던데.」

「폐하, 공작님의 말씀 그대로입니다. 폐하께서 직접 그것을 확인해 주시기 바랍니다.」

「우선 먼저 묻겠는데 자네가 말하는 그 불길한 사건이란 자네의 의견으로는 다른 사람들이 말할 정도의 중대 사건인가 ?」

「폐하, 그것은 절박한 일이라고 믿고 있습니다. 하지만 제가 대책을 강구해 놓았으므로 때를 놓치지는 않았다고 생각합니다.」

「괜찮다면 천천히 얘기해 주게.」 하고 왕은 말했다. 브라카스 씨가 안색을 바꾸고 빌포르가 목소리를 달리한 중대 사건에 왕 자신도 끌려들기 시작한 것이다. 「어서 말을 하게. 특히 그 시초부터 차근차근 이야기하게. 나는 매사에 질서를 좋아하니까.」

「폐하」하고 빌포르는 말했다.「저는 폐하에게 정확한 보고를 말씀드리고 싶습니다. 하지만 머리가 혼란되어 있으므로 제 말에 애매한 데가 있어도 용서해 주시기 바랍니다.」

교묘하게 상대방의 비위를 맞추는 이러한 전제를 늘어놓은 뒤 왕의 얼굴을 흘끔 쳐다본 빌포르는 이 고귀한 상대의 관대함에 적이 마음을 놓으면서 말을 계속했다.

「폐하, 제가 되도록 서둘러 파리로 온 것은 실은 제가 직무를 수행하는 동안에 매일처럼 하층 계급이나 군대 등에서 계획되고 있는 흔해빠지고 하찮은 음모와는 다른 진짜 모반, 왕위를 위협하는 엄청난 동란의 기도를 발견했다는 것을 폐하에게 말씀드리고 싶었기 때문입니다.

왕위 찬탈자 보나파르트는 세 척의 배에 무장을 시키고 있습니다. 그는 뭔가를 계획하고 있습니다. 물론 바보 같은 계획일 것입니다. 그러나 그 바보 같은 계획은 위험한 것임에는 틀림없습니다.

지금쯤은 엘바 섬을 떠났을 것입니다. 그리고 어디로 향할 것인지 저는 모릅니다. 그러나 틀림없이 나폴리나 토스카나의 해안, 또는 프랑스에 직접 상륙을 시도하리라고 생각합니다. 폐하께서도 아시리라고 생각합니다만 엘바 섬의 군주(나폴레옹을 말함)는 여전히 이탈리아, 프랑스와 관계를 지속하고 있습니다.」

「그건 나도 알고 있어.」하고 왕은 크게 감동하며 말했다.「바로 얼마 전에도 보나파르트 당의 집회가 상 잭 거리에서 있었다는 정보가 들어와 있네. 하지만 말을 계속하게. 어떻게 해서 그런 구체적인 사실을 알게 되었지 ?」

「폐하, 실은 오래 전부터 감시하고 있던 마르세이유 태생의 사나이를 제가 출발한 날에 체포해가지고 신문을 해서 그것을 알게 되었습니다. 난동 일으키기를 좋아하는 선원이어서 저는 벌써부터 보나파르트 당원일 것이라고 생각하고 있었는데 이 사나이가 몰래 엘바 섬으로 간 것입니다. 그리고 거기에서 대원수를 만나고 파리의 보나파르트 당원 앞으로 구두 지령이 내려진 것입니다. 그 보나파르트 당원의 이름은 끝내 자백시킬 수 없었습니다.

하지만 그 지령이라는 것은 그 보나파르트 당원에게 제정 복고(폐하, 이것은 신문 조서를 그대로 말씀드리고 있는 것입니다), 머잖아 닥쳐올 제정 복고를 위해서 민심을 준비시키라는 지령이었습니다.」

「허어, 과연! 그래서 그 사나이는 어디에 있지? 」 하고 루이 18세는 물었다.

「감옥에 가두어 두었습니다, 폐하.」

「그래, 이 사건이 자네에게는 중대한 사건으로 생각되었다 그거지? 」

「실로 중대하다고 생각되었습니다, 폐하. 그래서 실은 가정내의 경사중에, 제 약혼 피로연이 한창일 때 이 사건이 돌발했는데, 약혼자도 친구도 모두 버려 두고, 모든 것을 훗날로 미루고, 저를 엄습한 이 걱정거리와 제 충성의 표시를 폐하에게 직접 말씀드리려고 이렇게 찾아뵈었습니다.」

「흠, 그랬군.」 하고 루이 18세는 말했다. 「그러면 자네와 상 메랑의 딸은 언제 결혼한다는 결정은 아직 안 내린 건가? 」

「폐하의 가장 충실한 신하의 딸입니다.」

「그렇지, 그렇고말고. 하지만 빌포르 군, 음모에 관한 얘기로 되돌아가세.」

「폐하, 저는 이것은 음모 이상의 것이 아닌가 두려워하고 있습니다. 이것이야말로 모반이 아닌가 두려워하고 있습니다.」

「현재에 있어서의 모반은」 하고 루이 18세는 미소를 지으면서 말했다. 「생각하기는 쉽지만 그것을 마지막까지 수행하기는 어려운 법이지. 그럴 것이 또다시 조상 전래의 왕위에 갓 오른 나는 과거, 현재, 미래에 걸쳐서 크게 눈을 뜨고 있으니까. 최근 10개월 동안 대신들은 지중해 연안을 지키기 위해 경계를 배가하고 있다네. 만일 보나파르트가 나폴리에 상륙을 하더라도 피온비노에 도착하기 전에 동맹국이 모두 일어날걸세. 토스카나에 상륙한다면 그는 적지에 발을 들여 놓은 것이 될걸세. 프랑스에 상륙한다면 보잘것없는 세력에 불과하고 인민들로부터 배척을 받고 있는 그는 문제없이 격파당할걸세. 그러니까 안심해도 되네. 하지만 왕으로서 나는 충분히 자네에게 감사하겠네.」

「오오! 당드레 씨가 왔습니다.」 하고 브라카스 공작이 소리질렀다.

그의 말대로 그때 문지방께에 경시 총감이 모습을 나타냈다. 얼굴은 창백하고 몸을 부들부들 떨며 눈은 마치 멀기라도 한 듯이 두리번거리고 있었다.

빌포르는 한 걸음 뒤로 비켜서며 그만 물러나려고 했다. 그러나 브라카스 씨의 손이 그를 붙들었다.

11. 코르시카의 귀신

루이 18세는 사색이 된 총감의 얼굴을 보고는 앞에 있던 탁자를 난폭하게 밀어냈다.

「어떻게 된 건가, 남작?」하고 국왕은 소리질렀다.「완전히 넋이 나간 사람 같군. 그렇게 허둥대고 있는 것은, 그렇게 주저하고 있는 것은, 혹시 브라카스 군이 알려 준 얘기나 빌포르 군이 확인한 일과 관계가 있는 것 아닌가?」

브라카스 씨는 성큼 남작에게로 다가갔다. 그러나 정신으로서의 공포심 때문에 그는 정치가의 자존심을 손상시키는 일을 그만두기로 했다. 실상 이러한 경우에는 이런 사건으로 경시 총감을 궁지에 몰아넣기보다는 차라리 궁지에 몰리는 쪽이 유리한 것이다.

「폐하……」하고 남작은 말을 더듬었다.

「왜 그러나?」하고 루이 18세는 되물었다.

경시 총감은 절망을 이겨내지 못하고 루이 18세의 발밑에 꿇어 엎드렸다. 왕은 미간을 찡그리면서 한 걸음 뒤로 물러섰다.

「자, 얘기해보라고.」하고 왕은 말했다.

「오오! 폐하. 이 얼마나 무서운 일입니까! 저는 얼마나 비참한 사나이 입니까! 이제는 재기할 기력조차 없습니다!」

「총감!」하고 루이 18세는 말했다.「명령한다. 빨리 말하라!」

「폐하, 왕위 찬탈자가 2월 28일 엘바 섬을 탈출하여 3월 1일에 상륙했습니다.」

「어디에?」하고 국왕은 다급하게 물었다.

「프랑스입니다, 폐하. 주앙 만의 앙티브에 가까운 조그만 항구에 상륙했습니다.」

「보나파르트가 프랑스에 상륙을 해? 주앙 만의 앙티브 근처에, 파리로부터 일천 킬로 떨어진 지점에 3월 1일 상륙을 해? 그 정보를 자네는 겨우 오늘 3월 3일에야 알았단 말인가? 응? 자네의 보고는 있을 수 없는 일이야. 잘못된 보고를 받았거나 아니면 자네의 정신이 돌아 버린 거야.」

「아아! 폐하, 그것은 너무나 정확한 정보입니다!」

루이 18세는 분노와 공포로 뭐라고 말할 수 없는 이상한 몸짓을 했다. 그리고 심장과 얼굴을 느닷없이 동시에 얻어맞은 것처럼 후다닥 자리에서 일어났다.

「프랑스에 왔다고?」 하고 국왕은 고함질렀다. 「왕위 찬탈자가 프랑스에 왔다고? 그렇다면 그 사나이를 감시하고 있지 않았단 말인가? 아니면 그 사나이와 기맥을 통하고 있었단 말인가?」

「오오! 폐하.」 하고 브라카스 공작이 소리질렀다. 「당드레 씨 같은 분을 배신자라고 부를 수는 없습니다. 폐하, 우리는 모두가 장님이었습니다. 그리고 경시 총감도 우리와 마찬가지로 장님이었던 것입니다. 단지 그것뿐입니다.」

「하지만……」 하고 빌포르가 말했다. 그러나 곧 하려던 말을 그만두었다. 「오오! 용서하십시오, 폐하.」 하고 그는 공손하게 절을 하고 나서 말했다. 「그만 열중해가지고, 폐하, 용서해 주시기 바랍니다.」

「얘기하게, 대담하게 얘기하게.」 하고 루이 18세는 말했다. 「이러한 불행을 예고해 준 것은 자네뿐일세. 어떻게 해야 좋을지 자네의 지혜를 빌려 주게!」

「폐하」 하고 빌포르는 말했다. 「보나파르트는 남프랑스에서는 몹시 배척받고 있습니다. 그래서 그가 만일 남프랑스에 침입하면 그에게 대항해서 프로방스 지방과 랑독 지방을 궐기시키는 일은 결코 어려운 일이 아닐 것입니다.」

「그것은 맞는 말입니다.」 하고 경시 총감이 말했다. 「그러나 그는 갭과 시스토롱을 거쳐서 진격해오고 있습니다.」

「진격해와? 진격해오고 있다고?」 하고 루이 18세는 말했다. 「그렇다면 그는 파리를 향해서 쳐들어오고 있단 말인가?」

경시 총감은 입을 다물었다. 이것은 그것을 사실로 인정하고 있다는 얘기였다.

「그래 도피네 지방은 어떤가?」하고 국왕은 빌포르에게 물었다.「그곳도 프로방스 지방과 마찬가지로 궐기시킬 수 있는가?」

「폐하, 유감이지만 가슴 아픈 사실을 말씀드리지 않을 수 없습니다. 도피네 지방 사람의 마음은 프로방스 지방이나 랑독 지방 사람의 그것과는 같지가 않습니다. 그 산골 지방 사람들은 보나파르트 당입니다. 폐하.」

「그래, 그놈은 그것을 알고 있었던 거야. 그런데 군대는 어느 정도지?」

「폐하, 그것은 모릅니다.」하고 총감은 말했다.

「뭐라고? 모른다고? 자네는 이런 상황을 조사하는 것이 자네의 임무라는 것을 잊었나? 하긴, 그건 별로 중요한 일이 아니었을 테니까.」하고 국왕은 상대방을 궁지에 몰아넣는 짓궂은 미소를 띠고 덧붙였다.

「폐하, 아무리 해도 조사할 방법이 없었습니다. 급송된 공문에는 다만 그가 상륙했다는 것과 어느 길을 택했는가 하는 것밖에는 적혀 있지 않았습니다.」

「하지만 그 공문은 어떻게 해서 자네에게 도착했지?」

총감은 고개를 떨구었다. 그리고 이마가 새빨개졌다.

「전신기에 의해서입니다, 폐하.」하고 그는 더듬거리면서 말했다.

루이 18세는 한 걸음 앞으로 내디뎠다. 그리고는 나폴레옹처럼 팔짱을 꼈다.

「그래」하고 국왕은 분노로 얼굴이 새파래지면서 말했다.「칠 개 국의 연합군이 그 사나이를 쓰러뜨렸어. 하늘의 기적에 의해 나는 25년 동안의 유랑 생활 끝에 다시 조상의 왕좌에 앉을 수 있었어. 그 25년 동안에 나는 내게 약속된 이 프랑스의 인민이나 사물을 연구하고, 조사하고, 분석했어. 그런데, 이제 겨우 내 희망이 이루어졌을 때 내가 수중에 쥐고 있던 힘이 파열되어서 나를 때려부수려 하고 있는 거야!」

「폐하, 운이 나쁘신 겁니다.」하고 총감이 중얼거렸다. 이러한 타격은 운명에 비하면 아무것도 아니지만 한 인간을 짓부수기에는 충분하다는 것을 그는 깨달았다.

「적이 우리를 가리켜 무엇 하나 배우려 하지 않고 무엇 하나 과거의 것을 잊으려 하지 않는다고 한 말은 역시 사실이었단 말인가? 저 사나이처럼 내가 배신을 당한 것이라면 차라리 체념이라도 할 수 있으련만.

하지만 나로 해서 고위 고관에 끌어올려진 사람들, 나의 일을 자기 자신의 일보다도 더 걱정하지 않으면 안될 사람들——왜냐하면 내 운명은 그들의 운명이고 내가 나타나기 전에는 그들은 아무것도 아니었고 내가 없어지면 그들은 다시 아무것도 아닌 상태로 돌아가고 말 테니까——그러한 사람들 속에 있으면서 무능과 어리석음 때문에 이렇게 비참하게 멸망해야 하다니! 아아! 그렇지, 자네 말이 옳아. 이것은 확실히 운이 나쁜 거야.」

총감은 이런 무서운 저주의 말을 들으면서 꿇어 엎드리고 있었다. 브라카스 씨는 이마에 내솟는 땀을 닦고 있었다. 빌포르는 마음속으로 회심의 미소를 짓고 있었다. 왜냐하면 자기의 중요성이 훨씬 더 커졌다는 것을 느끼고 있었기 때문이다.

「떨어지고 말아?」 하고 루이 18세는 왕정의 발밑에 펼쳐진 구렁의 깊이를 한눈으로 간파하고 말을 계속했다. 「떨어지고 말아? 그리고 굴러 떨어지는 것을 전보로 통보받아? 아아! 이런 식으로 세상 사람의 웃음거리가 되면서 튈리 궁의 층계를 내려갈 정도라면 형 루이 16세처럼 차라리 단두대에 올라가는 것이 낫겠어……. 세상 사람의 웃음거리가 된다……. 이것이 프랑스에서는 무엇을 뜻하는지 자네는 몰라. 하지만 알지 않으면 안돼」

「폐하, 폐하」 하고 총감은 말을 더듬었다. 「아무쪼록 용서를!……」

「가까이 다가오게, 빌포르 군.」 하고 국왕은 이번에는 청년을 향해 말을 계속했다. 빌포르는 뒤쪽에 우뚝 선 채 꼼짝도 하지 않고 왕국의 운명이 안정을 잃고 흔들리고 있는 이 대화의 흐름을 가만히 지켜보고 있었다. 「가까이 다가오게. 그리고 이 사람이 몰랐던 일을 어떻게 해서 자네는 사전에 알게 되었는지 그 내막을 이 사람에게 얘기해 주게.」

「폐하, 그 사나이가 모든 사람에게 숨기고 있던 계획을 알아낸다는 것은 사실상 불가능했습니다.」 하고 총감은 말했다.

「사실상 불가능한 일이라고! 그래, 그건 정말 큰 허풍이로군. 불행하게도 세상에는 큰 인물이 있듯이 큰 허풍쟁이라는 것도 있으니까. 나는 그것을 알고 있었어.

하나의 기관을 통솔하고, 여러 개의 관청, 많은 관리, 스파이를 사용하며 백오십만 프랑의 기밀비를 가지고 있는 경시 총감이 프랑스의 해안에서 이백사십 킬로 떨어진 곳에서 무슨 일이 일어나고 있는지를 알아내는 일이 사실상 불가능하다는 얘긴가 ?

　좋아, 그런데 여기에 있는 이 사람은 자네처럼 자기의 뜻대로 사용할 수 있는 수단은 하나도 가지고 있지 않은 단순한 사법관에 지나지 않아. 그런데 그 사람이 모든 경찰력을 가지고 있는 자네보다도 훨씬 많은 것을 알고 있었단 말일세. 그리고 자네처럼 전신기를 사용할 권한이 있었다면 내 왕위도 구할 수가 있었을 것일세.」

　깊은 원한이 사무친 경시 총감의 눈이 빌포르 쪽으로 돌려졌다. 빌포르는 승리의 기쁨을 마음속에 숨긴 채 겸손한 태도로 절을 했다.

　「브라카스 군, 이것은 자네에게 하는 말이 아니야.」 하고 루이 18세는 계속했다. 「왜냐하면 자네는 아무것도 발견하지는 못했지만 자기의 의심을 계속 간직하는 바람직한 사려를 가지고 있었으니까. 다른 사람 같았으면 아마도 빌포르 군의 밀고를 거론할 만한 가치가 없는 것, 또는 보수를 노린 야심에 의한 것이라고 일축해 버리고 말았을 테니까 말야.」

　이러한 말은 한 시간 전에 경시 총감이 자신만만하게 피력한 언사를 빗대놓고 하는 말이었다.

　빌포르는 국왕의 속셈을 알아챘다. 다른 사람이라면 아마도 그 칭찬에 황홀하게 취해 버렸을 것이다. 그러나 그는 총감의 실각이 결정적이라는 것은 알고 있었으나 총감을 숙적으로 삼는 것은 두려워하고 있었다. 실상 총감은 충분한 경찰력을 가지고 있으면서 나폴레옹의 비밀을 알아낼 수는 없었으나 단말마적인 몸부림으로 빌포르의 비밀을 탐지해낼 수 있을지도 모르는 일이었다. 그러기 위해서는 단테스를 신문하기만 하면 충분했으니까. 그래서 그는 총감을 끝까지 몰아붙이지 않고 도움의 손을 뻗쳤다.

　「폐하」 하고 빌포르는 말했다. 「사건이 너무나 빨리 진행된 것을 생각하면 이 태풍을 가라앉힐 수 있는 것은 이것을 불러일으킨 신 이외에는 없었을 것으로 생각됩니다. 폐하가 저의 깊은 통찰력의 결과라고 생각하시는 것은 단지 우연의 결과에 지나지 않습니다. 저는 그 우연을 충실한 신하로서 이용한, 단지 그것뿐입니다. 폐하, 아무쪼록 저를 실제의 가치 이상으로 생각하지 말아 주십시오. 나중에 가서, 역시 처음에 생각했던 정도의 사나이에 지나지 않았군, 하고 생각하시게 될 테니까요.」

　경시 총감은 눈으로 웅변적으로 말하면서 청년에게 감사했다. 빌포르는 자기의 계획이 성공했음을 알았다. 즉 그는 국왕의 감사하는 마음을 조금도 잃지 않고 한편으로는 일단 유사시에 기댈 수 있는 친구를 한 사람 만든 것이다.

「좋아좋아, 알았어.」하고 왕은 말했다. 그리고는 브라카스 씨와 경시 총감 쪽으로 돌아앉으면서 계속했다. 「이제 당신들에게 용건은 없소. 물러가도 좋아요. 이제부터의 일은 육군 대신의 관할 사항이오.」

「다행스럽게도 폐하.」하고 브라카스 씨가 말했다. 「군대는 믿을 수가 있습니다. 폐하께서도 아시다시피 모든 보고는 우리 군대가 정부에 충성스럽다는 것을 알려 주고 있습니다.」

「이제 보고 얘기는 그만두게. 공작, 방금 보고라는 것이 얼마만큼 신뢰할 수 있는 것인가를 뼈저리게 느낀 참이니까.

참 그렇군. 보고라니까 생각이 나는데 남작, 상 잭 거리의 사건에 대해서 뭔가 새로운 얘기를 들은 것 없소?」

「상 잭 거리의 사건!」하고 빌포르는 저도 모르게 소리를 지르지 않을 수 없었다.

그러나 그는 곧 말을 삼켜 버렸다.

「용서해 주시기 바랍니다, 폐하.」하고 그는 말했다. 「폐하의 무사하심을 마음으로 빌고 있기 때문에, 물론 폐하에 대한 존경심을 잊어버려서가 아니라 ──이 존경의 마음은 가슴에 깊이 새겨져 있습니다 ── 그만 저도 모르게 예의 범절을 잊어버리게 됐습니다.」

「자기 생각을 말해 보게, 서슴지 말고.」하고 루이 18세는 말했다. 「자네는 오늘 질문을 할 수 있는 권리를 획득했다네.」

「폐하」하고 총감이 말했다. 「실은 오늘 그 상 잭 거리의 사건에 대해서 새로운 정보를 가지고 왔습니다만 폐하의 관심은 주앙 만의 무서운 사변 쪽으로 기울고 계십니다. 지금은 그 정보가 이미 폐하에게 있어서 아무런 흥미도 없으시리라고 생각합니다만.」

「아니, 그렇지가 않아, 결코 그렇지가 않아.」하고 루이 18세는 말했다. 「나에게는 이 사건이 지금 우리의 머리를 괴롭히고 있는 사건과 직접적인 관계가 있을 것으로 생각되네. 그리고 케넬 장군의 죽음은 아마도 국내의 큰 음모를 백일하에 드러내 줄걸세.」

케넬 장군이라는 이름을 듣고 빌포르는 부르르 몸을 떨었다.

「정말 그러합니다.」 하고 총감은 대답했다. 「여러가지 상황을 종합해 보면 장군의 죽음은 처음 생각했던 것 같은 자살이 아니라 아무래도 암살인 것 같습니다.

케넬 장군이 자취를 감춘 것은 아무래도 보나파르트 클럽에서 나왔을 때인 것 같습니다. 그날 아침 누군가가 장군을 찾아와서 상 잭 거리에서 만나기로 약속을 했습니다. 유감스럽게도 그 낯선 사나이가 방에 들어왔을 때 장군의 머리를 손질하고 있던 하인은 상 잭 거리라는 것은 확실히 들었지만 번지는 기억하고 있지 못합니다.」

총감이 이러한 정보를 루이 18세에게 보고함에 따라 그의 입가에 온 신경을 쏟고 있던 빌포르의 얼굴은 빨개졌다가 다시 새파래졌다.

국왕은 빌포르 쪽으로 다시 고개를 돌렸다.

「자네의 의견도 내 의견과 마찬가지가 아닌가, 빌포르 군? 케넬 장군은 보나파르트 파라고 여겨지고 있었으나 실은 내 편이었기 때문에 보나파르트 파에 의해 암살을 당했다고 생각하지 않나?」

「아무래도 그렇게 생각됩니다.」 하고 빌포르는 대답했다. 「하지만 그 이상은 아무것도 알려진 것이 없는가요?」

「만나기로 약속한 사나이에 대해서는 단서가 있습니다.」

「단서가요?」 하고 빌포르는 되풀이했다.

「그렇습니다. 하인이 그 사나이의 특징을 말해 주고 있습니다. 나이는 쉰 살에서 쉰두 살쯤이고 머리는 갈색, 굵은 눈썹에 가려진 눈은 검고, 콧수염을 기르고 있었다고 합니다. 단추가 달린 푸른색 프록코트를 입고 단추 구멍에는 4급 레종 도뇌르 훈장의 약장을 달고 있었다고 합니다. 어제, 지금 말씀드린 특징을 가진 사나이를 미행했습니다만 쥐시엔느 거리와 코크 에롱 거리 모퉁이에서 그만 그 모습을 놓치고 말았습니다.」

빌포르는 팔걸이의자의 등받이에 기대고 있었다. 왜냐하면 경시 총감의 이야기가 진행됨에 따라 다리에서 힘이 빠져나가는 것처럼 생각되었기 때문이었다. 그러나 그 낯선 사나이가 경찰의 추적에서 벗어났다는 얘기를 듣고 남모르게 안도의 숨을 쉬었다.

「그 사나이를 찾아내야만 해.」 하고 국왕은 경시 총감에게 말했다. 「왜냐하면 지금 우리에게 있어서 매우 중요한 인물이었던 케넬 장군이 만일 우리가 믿고 있는 것처럼 암살을 당한 것이라면 그 범인이 보나파르트 당원이든 아니든 엄중히 처벌하지 않으면 안될 테니까 말야.」

빌포르는 국왕의 이 명령을 듣고 겁먹은 마음을 표면에 나타내지 않으려고 될 수 있는 대로 냉정을 유지하지 않으면 안 되었다.

「정말 기괴한 노릇이군!」하고 국왕은 못마땅한 듯이 말을 이었다.「경찰은 『살인 사건이 있었다.』는 한마디로 모든 것을 말한 것으로 생각하고 있어. 그리고 『범인의 윤곽이 잡혔습니다.』라는 한마디로 최선을 다한 것 같은 기분으로 있어.」

「폐하, 적어도 이 사건에 대해서만은 만족하실 수 있도록 최선을 다하겠습니다.」

「좋아요, 결과를 보도록 하지. 남작, 더 이상 당신을 붙들어 두지 않겠소. 빌포르 군, 긴 여행으로 무척 지쳤을 테지. 가서 쉬도록 하게. 아버지한테 가서 묵을 건가?」

빌포르는 저도 모르게 눈앞이 아찔했다.

「아닙니다 폐하, 저는 투르논 거리의 마드리드 호텔에 묵을 겁니다.」

「하지만 아버지는 만나 보았을 테지?」

「폐하, 저는 맨먼저 브라카스 공작님을 뵈었습니다.」

「하지만 적어도 이제부터라도 만날 테지?」

「만날 생각은 가지고 있지 않습니다, 폐하.」

「그래, 그게 좋을 거야.」하고 루이 18세는 이런 질문을 되풀이한 것은 의도가 있어서였다는 것을 분명히 나타내는 미소를 띠면서 말했다.「나는 자네와 자네의 아버지인 노와르티에 군이 냉랭한 사이였다는 것을 잊고 있었군. 이것도 역시 우리 왕가를 위해서 치러진 하나의 희생이군. 어떻게든지 보상을 해줘야지.」

「폐하, 폐하의 호의는 더할 나위 없는 포상입니다. 더 이상 아무것도 바랄 것이 없습니다.」

「뭐, 사양할 것 없어. 나는 결코 자네를 잊지 않을걸세. 안심하게. 우선 (그렇게 말하면서 국왕은 푸른 저고리의 노트르담 뒤 몽 카르멜 에 드 상 라자르 훈장 위에 언제나 상 루이 훈장과 가지런히 달고 있는 레종 도뇌르 훈장을 떼어서 그것을 빌포르에게 주었다), 우선 이것을 받아 두게.」하고 국왕은 말했다.

「폐하」하고 빌포르는 말했다.「폐하는 착각을 하고 계십니다. 이것은 4급 훈장입니다.」

「과연 그렇군.」하고 루이 18세는 말했다.「뭐, 상관 말고 받아 두게. 다른 것을 가져오게 할 시간이 없으니까. 브라카스 군, 훈기(勳記)를 빌포르 군에게 수여하도록 조처해 주게.」

빌포르의 눈에는 자랑스러운 기쁨의 눈물이 글썽거렸다.

「폐하, 이제부터」하고 그는 물었다.「무엇을 하라고 명령을 내리실 건지요?」

「필요한 휴식을 취하게. 자네는 파리에서 일을 하지는 않더라도 마르세이유에서는 나를 위해서 충분히 도움이 되고 있는 인간이라는 것을 항상 머릿속에 넣어 두게.」

「폐하」하고 빌포르는 공손하게 절을 하면서 대답했다.「한 시간 뒤에 저는 파리를 떠날 것입니다.」

「그렇게 하게.」하고 국왕은 말했다.「설사 내가 잊어버리더라도(국왕이라는 것은 곧잘 무엇인가를 잊어버리곤 하니까) 주저할 것 없이 나에게 상기시켜 주게……. 남작, 육군 대신을 불러 주게. 브라카스 군, 자네는 이곳에 있어 주게.」

「아아!」하고 경시 총감은 튈리 궁을 나서면서 빌포르에게 말했다.「당신은 좋은 운으로 들어왔어요. 당신의 행운은 이미 결정되었어요.」

빌포르는 이미 앞길이 막혀 버린 경시 총감에게 작별의 인사를 하고 숙소로 돌아가기 위해 마차를 눈으로 찾으면서 중얼거렸다.

『그런데 이 출세는 과연 오래 갈까?』

한 대의 마차가 강가를 지나가고 있었다. 빌포르는 신호를 했다. 마차가 다가왔다. 빌포르는 행선지를 말하고는 마차 안으로 뛰어올라 야심에 불타는 꿈을 그렸다.

10분 뒤에 빌포르는 숙소에 닿았다. 2시간 뒤에 마차를 준비하도록 부탁하고 점심식사를 주문했다.

그가 식탁에 앉으려고 했을 때 초인종이 요란하게 울렸다. 하인이 문을 열러 갔다. 빌포르의 귀에 자기의 이름을 말하고 있는 목소리가 들려왔다.

『내가 여기에 있는 것을 누가 벌써 알았을까?』하고 빌포르는 의아스럽게 생각했다.

이때 하인이 되돌아왔다.

「뭔가?」하고 빌포르는 물었다.「무슨 일이야? 누가 초인종을 눌렀어? 누가 나를 만나고 싶다는 거야?」

「낯선 분인데 이름을 말하지 않습니다.」

「뭐라고? 모르는 사람인데 이름을 말하지 않는다고? 그래, 나한테 무슨 볼일이 있다는 건가?」

「직접 만나 뵙고 얘기를 하겠답니다.」

「나에게 말인가?」

「그렇습니다.」

「내 이름을 분명히 말하던가?」

「분명히 말씀하셨습니다.」

「어떻게 생긴 사람이지?」

「글쎄요, 한 쉰 살쯤 되어 보이는 분입니다.」

「키는 작은가, 큰가?」

「거의 손님과 비슷합니다.」

「머리는 갈색인가, 금발인가?」

「갈색입니다. 그것도 아주 짙은 갈색입니다. 머리도 눈도 눈썹도 윤기가 있습니다.」

「그래, 옷은?」하고 빌포르는 성급하게 물었다.「어떤 복장을 하고 있지?」

「위에서 아래까지 단추가 달린 푸른 빛깔의 긴 프록코트를 입고 계십니다. 그리고 레종 도뇌르 훈장을 달고 계십니다.」

『아버지로군.』하고 빌포르는 창백해지면서 중얼거렸다.

「어허 참!」하고 말하면서 지금까지 두 번이나 그 특징이 서술된 장본인이 문간에 나타났다.「꽤 잘난 체하는구나. 아들이 아버지를 기다리게 하다니 이게 마르세이유의 관습이냐?」

「아버지!」하고 빌포르는 소리질렀다.「역시 생각했던 대로군요……. 아버지임이 틀림없으리라고 생각하고 있었어요.」

「그러면서, 나라는 것을 알고 있으면서」하고 방안으로 들어선 사람은 한쪽 구석에 지팡이를 세워 놓고 의자 위에 모자를 놓으면서 말했다. 「이렇게 기다리게 하는 것은 제랄, 그다지 상냥하다고는 할 수가 없구나.」

「물러가도 좋다, 제르망.」하고 빌포르는 말했다.

하인은 놀라운 표정을 분명히 보이면서 물러갔다.

12. 아버지와 아들

노와르티에 씨——실제로 들어온 것은 틀림없는 노와르티에 씨였다——는 하인이 문을 닫을 때까지 그 뒷모습을 물끄러미 바라보고 있었다. 그리고 대기실에서 엿듣고 있지나 않을까 생각했는지 하인이 닫은 문을 다시 한 번 열어 보았다. 그러한 조심성은 무리가 아니었다. 제르망이 황급히 나갔다는 것은 그도 역시 우리의 조상(아담과 이브)을 타락시킨 저 과오(호기심을 말함)의 소유주임을 증명하고 있었다.

노와르티에 씨는 자기 자신이 직접 대기실 문을 닫으러 갔고 돌아와서는 침실의 문을 닫고 빗장을 질렀다. 그리고는 빌포르 옆에 와서 손을 내밀었다. 빌포르는 그러한 모든 동작을 놀라는 표정으로 뒤쫓고 있었는데 아직도 그 놀라움은 가시지 않고 있었다.

「왜 그러냐, 제랄.」하고 노와르티에 씨는 뭐라고 형용해야 좋을지 모를 미소를 띠고 빌포르를 물끄러미 바라보면서 말했다. 「나를 만나고도 별로 반가운 것 같지가 않구나.」

「아니예요, 아버지.」하고 빌포르는 말했다. 「반가워요. 다만 아버지가 찾아오시리라고는 전혀 예기치 못했었기 때문에 조금 멍해 있는 참이에요.」

「하지만」하고 노와르티에 씨는 자리에 앉으면서 말했다. 「나도 똑같은 말을 할 수 있을 것 같구나. 대체 어떻게 된 일이냐? 너는 약혼 피로연을 2월 28일 마르세이유에서 한다고 했었잖니? 그런데 3월 3일에 파리에 와 있다니!」

「제가 이곳에 온 것에 대해서」하고 빌포르는 노와르티에 씨 옆으로 다가가서 말했다.「그렇게 역정을 내지 마세요. 제가 온 것은 실은 아버지를 위해서예요. 그리고 제가 이렇게 왔으니까 아마 아버지는 구제될 거예요.」

「그래?」하고 노와르티에 씨는 앉아 있던 팔걸이의자에 느긋하게 몸을 눕히면서 말했다.「그러냐? 그럼 그 얘기를 좀 들려다오. 꽤 재미있을 것 같구나.」

「아버지, 상 잭 거리 어딘가에 있는 보나파르트 당의 클럽에 대한 소문을 들은 적이 있죠?」

「아마 54번지였지? 알고 있어. 내가 바로 부회장이니까.」

「아버지가 태연하게 계신 걸 보니까 저는 몸서리가 쳐집니다.」

「대체 어떻게 됐다는 거냐? 나는 산악당(山岳黨)에 쫓겨서 건초더미를 실은 마차로 파리를 탈출, 보르도 근처의 황야에서 로베스피에르의 스파이들에게 추적을 당한 사람이다. 어떤 일에도 태연할 수 있어. 자, 얘기를 계속해라. 그래, 그 상 잭 거리의 클럽에서 무슨 일이 있었다는 거냐?」

「클럽에 케넬 장군이 불려왔어요. 그리고 밤 9시에 자택에서 나온 장군이 다음다음날 센 강에서 시체로 발견되었어요.」

「너는 그 얘기를 누구에게서 들었니?」

「국왕에게서 직접요.」

「그래! 그럼 너에게서 그것을 들은 보답으로」하고 노와르티에 씨는 계속했다.

「한 가지 뉴스를 너에게 알려 주지.」

「아버지, 아버지가 말씀하시려는 것은 제가 이미 알고 있는 일이라고 생각하는데요.」

「뭐라고? 황제폐하가 상륙하신 것을 너는 이미 알고 있다는 거냐?」

「쉿! 아버지, 부탁이에요, 목소리를 낮추어 주세요. 그것은 우선은 아버지를 위해서이고 다음에는 저를 위해서예요. 그래요, 저는 이 뉴스를 알고 있었어요. 그것도 아버지보다도 빨리요. 왜냐하면 사흘 전부터 걱정이 되어서 견딜 수 없는 이 소식을 팔백 킬로 떨어진 곳에 띄울 수 없는 것을 안타깝게 생각하면서 마르세이유로부터 파리까지 마차를 타고 달려왔으니까요.」

「사흘 전이라고? 너는 머리가 어떻게 된 것 아니냐? 사흘 전이라면 황제는 아직 배에도 오르지 않았었는데…….」

「그런 건 아무래도 좋아요. 어떻든 저는 그 계획을 알고 있었어요.」

「어떻게 알았지?」

「엘바 섬에서 아버지 앞으로 보낸 편지를 보고서요.」

「내 앞으로 보낸 편지?」

「네, 아버지 앞으로 보낸 편지예요. 나는 그것이 심부름꾼의 지갑 속에 있는 것을 발견했어요. 만일 그 편지가 다른 사람의 손에 넘어갔다면 아버지는 지금쯤 아마 총살을 당했을 겁니다.」

노와르티에 씨는 웃음을 터뜨렸다.

「아니, 이건」 하고 그는 말했다. 「왕정 복고는 제정(帝政)에게서 일을 재빨리 처리하는 방법을 배운 것 같군……. 총살이라고? 무슨 소릴 하는 거냐? 그런데 그 편지는 어디에 있냐? 설마 없앴다고는 하지 않겠지?」

「실은 불태워 버렸습니다. 단 하나의 자투리라도 남아서는 안 되겠다고 생각해서요. 왜냐하면 그 편지는 아버지에게 사형을 가져다 줄 내용이었으니까요.」

「그리고 네 장래를 망쳐 버릴 것이기도 했기 때문이겠지?」 하고 노와르티에 씨는 냉랭하게 대답했다. 「그래, 그건 나도 알고 있다. 하지만 나는 아무것도 무서워하지 않는다. 왜냐하면 네가 나를 지켜 주고 있으니까.」

「저는 그 이상의 일을 하고 있습니다. 아버지를 돕고 있는 것입니다.」

「아니, 이건! 점점 더 연극 같아지는군. 그건 무슨 뜻이냐? 설명을 해 다오.」

「아버지, 이야기는 다시 저 상 잭 거리의 클럽으로 돌아갑니다만」

「아무래도 경찰들은 그 클럽의 일이 꽤 마음에 걸리는 모양이군. 왜 좀더 잘 찾아보지 않았을까? 아마도 발견할 수 있었을 텐데.」

「그런데 발견되지 않았습니다. 하긴 단서는 있었습니다만.」

「그야 상투적으로 하는 소리지. 나는 그것을 잘 알아. 경찰은 실수를 하면 어김없이 단서는 있었다고 하지. 그리고 얼마 뒤에는 풀죽은 얼굴로 그 단서를 놓쳤다고 말하지. 정부라는 것은 또 그것을 얌전하게 기다리고 있지.」

「그럴는지도 모릅니다. 그러나 시체가 발견된 것입니다. 케넬 장군은 살해되었습니다. 이것은 어느 나라에서나 살인이라고 불리는 것입니다.」

「살인이라고? 하지만 장군이 살해되었다는 증거는 하나도 없잖니? 센 강에서는 매일처럼 세상에 대한 희망을 잃고 자살하는 사람, 헤엄을 칠 줄 몰라 빠져 죽는 사람이 발견되고 있어.」

「아버지, 장군이 절망 끝에 투신을 한 것이 아니라는 것을 잘 알고 계실 텐데요? 게다가 1월에 센 강에서 헤엄을 치는 사람은 없습니다. 아버지, 착각하시면 안 돼요. 그것은 분명히 살인이에요.」

「누가 그렇게 단정했지?」

「왕 자신입니다.」

「왕이? 왕은 나름대로 어지간한 철학자이니까 정치의 세계에 살인이 없다는 것쯤 알고 있으리라고 생각했었는데……. 정치의 세계에는, 너도 잘 알고 있겠지만, 사람은 없고 사상이 있을 뿐이야. 감정은 없고 이해 관계가 있을 뿐이야. 정치의 세계에서 사람은 죽이지 않아. 장애가 되는 것을 제거할 뿐이야.

너는 지금까지의 사건 경위를 알고 싶냐? 그럼 내가 그것을 가르쳐 주지. 실은 케넬 장군은 신뢰할 수 있는 사람이라고 모두들 믿고 있었어. 엘바 섬에서 우리에게 그를 추천해왔어. 그래서 우리 동료 중의 한 사람이 그의 집으로 가서 상 잭 거리의 집회에 나오라고 권유했지. 친구들도 와 있다면서 말이야.

그래서 그는 집회에 나왔어. 우리는 그에게 엘바 섬으로부터의 탈출, 그리고 상륙 계획 등을 모두 설명했지. 그는 모든 얘기를 듣고 이제 더 들을 말이 없게 되었을 때 실은 자기는 왕당파 사람이라고 말했어.

그래서 우리는 서로 얼굴을 쳐다보았지. 우리는 그에게 맹세를 하게 했어. 그는 맹세를 했지. 하지만 그야말로 마지못해서 하는 태도를 보였어. 그런 맹세 방법은 신을 시험하는 격이지. 그런 일이 있기는 했지만 어떻든 우리는 장군을 자유로이 밖으로 내보냈어. 완전히 자유롭게 말이야.

그러나 그는 집으로 돌아가지 않았어. 하지만 그게 어쨌다는 거냐? 어떻든 우리에게서는 나갔어. 길을 잘못 든 것인지도 모르지. 단지 그것뿐이야. 살인이라고? 빌포르, 적어도 검사 대리라는 네가 증거도 될 수 없는 그런 사실에 기초해서 범죄를 날조한다는 것은 정말 놀라운 일이로구나.

지금까지 네가 왕당파 사람으로서의 직책을 다하며 우리 동료의 목을 베었을 때 『아들아, 너는 살인을 한 것이다 ! 』라고 단 한 번이라도 내가 말한 적이 있는 줄 아니? 그러기는커녕 나는 오히려 이렇게 말했단다. 『제법인걸, 멋진 승리야. 하지만 곧 복수할 테다 ! 』라고 말야.」

「하지만 아버지, 조심하세요. 그 복수를 우리가 하게 되면 그것은 무서운 것이 되니까요.」

「아무래도 네 말은 잘 알 수가 없구나.」

「아버지는 나폴레옹이 돌아온다는 것을 믿고 계십니까?」

「물론이지.」

「그것은 큰 계산 착오예요, 아버지. 그는 프랑스 국내로 사십 킬로도 들어오기 전에 야수처럼 쫓기고 추격당하고 내몰리고 결국은 붙잡히고 말 겁니다.」

「알겠니? 황제는 지금 그루노블로 가는 길을 진격하고 계시다. 10일이나 12일에는 리옹에 도착하실 거고. 그리고 20일이나 25일에는 파리에 입성하시게 될 게다.」

「국민들이 들고 일어날 것입니다……」

「황제를 맞이하기 위해서 말이지?」

「그의 군대는 얼마 안 됩니다. 우리는 그에게 군대를 보낼 겁니다.」

「그 군대가 황제를 호위해가지고 수도로 돌아오게 되겠지. 실제로 너는 아직 정말 어린애다. 황제가 상륙하신 지 사흘 뒤에야 『나폴레옹은 수 명의 부하와 함께 칸느에 상륙, 현재 추적중.』이라는 전보를 받아들고 정보망이 철저히 미치고 있다고 생각하고 있으니 말이야. 하지만 황제가 어디에 계신지, 무엇을 하고 계신지, 너희들은 하나도 모르고 있어. 『추적중』이라는 것이 알고 있는 전부야. 그런데 말이다, 그런 식으로 총 한 방 쏴보지도 못한 채 파리까지 추적을 하게 될 거다.」

「그루노블과 리옹은 왕에게 충성을 맹세하고 있는 도시입니다. 넘을 수 없는 장벽을 구축할 겁니다.」

「그루노블은 열광하면서 문을 열어 줄 거다. 리옹도 거시적으로 환영할 것이고. 내 말을 믿는 게 좋을 거다. 우리 쪽도 너희들 못잖게 정보망을 가지고 있어. 그리고 우리 경찰도 너희들의 경찰에 결코 뒤지지 않는다. 그 증거를 하나 보여 줄까? 너는 이번 여행을 나에게 숨기려고 했어. 그러나 나는 네가 파리에 들어온 지 30분도 되기 전에 네가 도착한 것을 알았단 말이다. 너는 자기의 번지를 마부에게밖에는 가르쳐 주지를 않았어. 하지만 나는 알고 있었단 말이다. 그 증거로는 네가 막 식탁에 앉으려는 때에 내가 이렇게 찾아오지 않았느냐 말이다. 자, 초인종을 눌러서 한 사람분의 식사를 더 주문해라. 함께 먹자꾸나.」

「정말로.」 하고 빌포르는 깜짝 놀라 아버지의 얼굴을 쳐다보면서 말했다. 「정말로 모든 것을 잘 알고 계시는 것 같군요.」

「아니, 일은 간단해. 너희들 권력의 자리에 있는 자들은 돈으로 얻을 수 있는 수단밖에는 가지고 있지를 못해. 하지만 이제부터 권력을 차지하려고 노리고 있는 우리에게는 희생적인 헌신에 의해 부여되는 수단이 있단 말이다.」

「희생적인 헌신이라고요?」 하고 빌포르는 웃으면서 말했다.

「그렇지. 희생적인 헌신이지. 희망에 불타는 대망(大望)을 바른 말로 표현하면 그렇게 된단다.」

노와르티에 씨는 아들이 하인을 부를 것 같지도 않았으므로 자기가 직접 벨의 노끈 쪽으로 손을 뻗쳤다.

빌포르는 그 팔을 꽉 붙들었다.

「잠깐 기다리세요, 아버지.」 하고 빌포르는 말했다. 「한마디만 더 하게 해주세요.」

「말해 봐라.」

「왕당의 경찰은 과연 무능할지는 모르지만 그래도 한 가지 무서운 사실을 알고 있습니다.」

「뭐지, 그게?」

「케넬 장군이 자취를 감춘 날 아침, 장군의 집에 갔던 사나이의 특징이지요.」

「그래? 그것을 알고 있어? 그 무능한 경찰이 말이지? 그래, 그 특징이라는 게 어떤 건데?」

「거무칙칙한 얼굴, 검은 머리, 검은 수염, 검은 눈, 턱 밑까지 단추가 달린 푸른빛 프록코트. 단추 구멍에는 4급 레종 도뇌르 훈장의 약장. 차양이 넓은 모자. 등나무 지팡이.」

「뭐라고? 그것을 알고 있어?」하고 노와르티에는 말했다.「그렇다면 어째서 그 사나이를 붙잡지 않았지?」

「어제인가, 그제인가, 코크 에롱 거리의 모퉁이에서 그의 모습을 놓치고 말았습니다.」

「내가 너희들의 경찰은 바보라고 말했지?」

「네. 하지만 머잖아 틀림없이 찾아낼 것입니다.」

「글쎄다.」하고 노와르티에 씨는 태평스럽게 주위를 둘러보면서 말했다.「글쎄다, 그 사나이가 그런 사실을 모르고 있다면 그럴 수도 있겠지. 하지만 이미 알아 버렸어. 그렇다면」하고 그는 미소지으면서 덧붙였다.「얼굴 모습과 옷을 바꾸도록 해볼까.」

말이 끝나기가 무섭게 그는 일어서서 프록코트와 넥타이를 벗어 던지고 아들의 몸차림에 필요한 물건이 완전히 준비되어 있는 테이블 쪽으로 걸어가서 면도기를 손에 들었다. 그리고는 얼굴에 비누칠을 하고 확실한 손놀림으로 경찰에게 있어서는 실로 귀중한 표적이 되는 위험한 구레나룻을 밀어 버렸다.

빌포르는 감탄과 공포가 뒤섞인 착잡한 마음으로 그런 아버지를 가만히 보고 있었다.

구레나룻을 밀어 버린 노와르티에 씨는 머리모양을 바꾸었다. 검은 넥타이 대신 열려 있는 트렁크 위에 있던 빛깔 있는 넥타이를 맸다. 단추가 달린 푸른빛 프록코트 대신 밤빛으로 된 밑자락이 퍼진 빌포르의 프록코트를 입었다.

그리고는 거울 앞으로 가서 차양이 말려올라간 빌포르의 모자를 써보고 그것이 썩 잘 어울리는 데에 만족스러운 표정을 지었다. 그리고 등나무 지팡이는 난로 구석 본래의 자리에 놓아 둔 채, 대나무로 된 가늘고 작은 지팡이를 다부진 손에 쥐고는 휙 하고 한 번 휘둘러 보았다. 이 지팡이는 멋쟁이 검사 대리의 걸음걸이를 그야말로 경쾌하게——그것은 그의 특징 중 하나였다——보여 주고 있던 것이었다.

「어떠냐?」하고 변장을 끝낸 노와르티에 씨는 넋을 잃고 있는 아들 쪽으로 돌아서며 말했다.「어때? 이래도 너의 경찰이 나를 알아보겠니?」

「아아뇨.」하고 빌포르는 더듬거리면서 말했다.「그래 주었으면 하고 생각합니다만.」

「그럼 제랄」하고 노와르티에 씨는 말을 이었다. 「여기에 남겨 두는 물건은 조심해서 남의 눈에 띄지 않게 해라.」

「그건 안심하십시오, 아버지.」하고 빌포르는 말했다.

「과연 그렇군! 지금에 와서 생각하니까 네가 한 말은 진실이다. 실제로 너는 내 목숨을 살려 준 것이 되는구나. 그러나 안심해라. 머잖아 신세를 갚을 테니까.」

빌포르는 고개를 가로저었다.

「믿지 않는 거냐?」

「아버지의 착각이라고 기대하고 싶군요.」

「다시 한 번 국왕을 만나냐?」

「아마 그렇게 될 겁니다.」

「너는 국왕의 눈에 예언자로 비치고 싶으냐?」

「불행의 예언자는 궁정에서는 환영을 받지 못한답니다, 아버지.」

「하긴 그렇겠군. 하지만 머잖아 그 예언자의 말이 옳았었다는 것이 증명될 테지. 그리고 제2의 왕정 복고가 실현된다면 너는 큰 인물이 될 수 있을 테고.」

「결국 국왕에게 어떻게 말씀드리면 되는가요?」

「이렇게 말하는 거다 ——『폐하, 폐하는 프랑스 인의 마음, 도시 사람들의 의견, 군대의 정신 등에 대해서 속고 계십니다. 파리에서 폐하가 코르시카의 귀신이라고 부르고 계시는 사나이, 누벨에서는 지금도 왕위 찬탈자라고 불리고 있는 사나이는 이미 리옹에서는 보나파르트, 그루노블에서는 황제라고 불리고 있습니다.

폐하는 그가 내몰리고 쫓기고 도망치고 있다고 생각하고 계십니다. 그러나 그는 자신이 가지고 돌아오고 있는 군기(軍旗)의 독수리처럼 맹렬한 속력으로 진군해오고 있습니다. 굶어 죽어가고, 지쳐빠지고, 탈주를 일삼고 있다고 폐하가 생각하고 계시는 군대는 마치 눈사람처럼 커져만 가고 있습니다.

폐하, 어서 도망치십시오. 프랑스를 그 진짜 지배자에게, 그것을 금전으로 산 것이 아니라 그것을 정복한 사람의 손에 되돌려 주십시오.

폐하, 어서 도망치십시오. 그것은 굳이 폐하의 옥체에 위험이 닥칠 것이기 때문이 아닙니다. 적은 무척 강하기 때문에 폐하에게 특사의 은전을 베풀어 줄 것입니다. 그러나 성왕(聖王) 루이의 후손으로서는 아르코레, 마렝고, 아우스테를리츠의 승리자(나폴레옹을 말함)에게 목숨을 구걸한다는 것은 그야말로 굴욕적인 일일 테니까요.」라고 말이다.

그렇게 말하는 거다, 제랄. 또는 차라리 아무 말도 안 하는 편이 낫겠지. 그리고 이번 여행에 대해서도 남들에게는 비밀로 해두는 거다. 파리에 무엇하러 왔는지, 그리고 무슨 일을 했는가에 대해서는 너무 자랑하지 말아야 한다. 그리고 자기의 근무지로 돌아가는 거다. 올 때 서둘렀다면 갈 때도 서두르도록 해라. 마르세이유에는 밤에 돌아가도록 해라. 집에는 뒷문을 통해서 들어가거라. 그리고는 아주 얌전하게 조용히 있는 거다.

남의 눈에 띄지 않도록 하고, 특히 남을 괴롭히는 일은 하지 말아라. 왜냐하면 맹세코 말하지만 이번에야말로 우리는 적이라고 판정된 상대를 무자비하게 다룰 테니까.

자, 어서 가거라, 제랄. 이 아버지의 명령에 따른다면, 아니 그보다도 이 한 사람의 친구의 충고를 존중해 준다면 우리는 너의 지금의 지위를 그대로 보장해 주마. 그렇게 하면」 하고 노와르티에 씨는 미소를 지으면서 덧붙였다. 「만일 이번에 정계의 도약판이 너를 위로 올려 놓고 나를 밑으로 내려 놓았을 때 다시 한 번 너에게 도움을 받을 수 있으니까. 그럼 잘 가거라, 제랄. 다음에 올 때는 집에 와서 묵도록 해라.」

이렇게 말을 끝낸 노와르티에 씨는 이런 까다로운 이야기를 하는 동안에도 결코 잃지 않았던 침착한 태도로 밖으로 나갔다.

빌포르는 새파랗게 흥분해가지고 창가로 달려가 커튼을 조금 열었다. 그러자 길의 마차막이 돌의 구석이나 모퉁이에 잠복하여 아마도 검은 구레나룻과 푸른빛 프록코트, 그리고 차양이 넓은 모자를 쓴 사나이를 잡으려고 하고 있는 듯한, 인상이 좋지 않은 두세 명의 사나이 사이를 태연한 태도로 지나가는 아버지의 모습이 보였다.

빌포르는 아버지의 모습이 뷔시의 네거리에서 사라질 때까지 숨을 몰아쉬면서 지켜보고 서 있었다. 그리고는 아버지가 남기고 간 것들이 있는 곳으로 달려가 검은 넥타이와 푸른빛 프록코트를 트렁크의 맨 밑바닥에 집어넣고 모자를 뭉쳐서 장롱 깊숙이 밀어넣었다. 그리고 등나무 지팡이는 세 토막으로 동강내어 불속에 집어넣었다.

그리고는 여행모자를 쓰고 하인을 불러 그가 여러가지 질문을 하고 싶어하는 것을 눈으로 억누르고 호텔 계산을 끝내고는 완전히 준비를 갖추고 기다리고 있던 마차에 뛰어올랐다.

그리고 리옹에서는 보나파르트가 그루노블에 들어왔다는 이야기를 듣고 가는 도중 곳곳에 충만되어 있는 흥분된 분위기 사이를 지나 야심과 최초의 성공에 가슴이 두근거리는 것을 느끼면서도 한편으로는 불안한 마음을 억제하지 못하면서 마르세이유로 돌아왔다.

13. 백일 천하

노와르티에 씨는 날카로운 예언자였다. 모든 일은 그가 말한 것처럼 재빨리 진행되었다. 사람들은 엘바 섬으로부터의, 불가사의하고 기적적인 이 귀국에 대해서 잘 알고 있다. 이것은 과거에 전례가 없고 아마 미래에도 유례가 없는 일일 것이다.

루이 18세는 이 격렬한 공격을 힘없이 피하려고 했을 뿐이었다. 사람을 거의 신용하고 있지 않았던 그는 이러한 사건에 대해서도 믿으려 하지 않았다.

그가 겨우 재건한 왕국, 아니 그보다도 군주 정치는 아직 기초가 튼튼히 마련되기도 전에 뒤흔들렸다. 그리고 낡은 편견과 새로운 사상을 볼품없이 뒤섞어서 만든 이 건물은 황제의 단 일격으로 무너지고 말았다.

그래서 빌포르가 왕으로부터 받은 것은, 지금은 아무 쓸모도 없게 되었을 뿐 아니라 위험하기조차 한 왕의 감사와 레종 도뇌르 4급 훈장뿐이었다. 브라카스 씨는 왕의 분부대로 직접 정중하게 그 훈기를 보내 주기는 했으나 빌포르는 조심스럽게 그 훈장을 남에게는 보이지 않았다.

만일 노와르티에 씨의 후원이 없었다면 나폴레옹은 물론 빌포르를 파면했을 것이다. 노와르티에 씨는 지금까지 겪어온 많은 위험이나 나폴레옹에 대한 충성으로 백일 천하(나폴레옹이 엘바 섬에서 탈출하여 파리로 돌아와 워털루에서 패하기까지의 통치 기간)의 궁정에서는 절대적인 권력을 가지고 있었던 것이다. 그래서 1793년의 대혁명 당시에는 지롱드 당의 당원이었고 1806년에는 원로원 의원이었던 그는 빌포르에게 약속했던 것처럼 전에 자기를 지켜 준 아들을 이번에는 반대로 자기가 지켜 주었던 것이다.

나폴레옹의 제정이 다시 와해되리라는 것도 쉽게 예견되었으나 빌포르는 이 제정 부활의 시기에 전력을 다해 단테스가 하마터면 누설할 뻔한 비밀을 뭉개 버렸다.

검사만이 파면되었다. 보나파르트에 대한 충성이 미적지근하다는 혐의 때문이었다.

그런데 황제의 권력이 다시 회복되자마자, 즉 황제가 루이 18세가 막 떠나간 튈리 궁전에 살며, 전에 빌포르와 함께 독자 제군을 안내했던 그 조그만 서재, 호두나무 책상 위에 루이 18세의 담뱃갑이 열려진 채 아직도 반쯤 담배가 남아 있는 것이 발견된 그 조그만 서재에서 황제의 무수한 명령이 각 방면으로 내려지게 되자마자, 마르세이유에서는 사법관들이 어떤 태도를 취하든 간에 지금까지도 남프랑스에서 사라지지 않고 타오르고 있던 내란의 불씨가 또다시 타오르기 시작했다. 시민들의 보복은 자기집에 들어박혀 있는 왕당파 사람들을 괴롭힌다든가 위험을 무릅쓰고 외출한 사람들에게 모욕을 주는 정도로는 끝날 것 같지 않은 형세였다.

정세의 당연한 급변에 의해 저 존경할 만한 선주, 우리가 민중의 편에 선 사람이라고 지칭한 저 모렐 씨는 현재 절대적인 권력을 가지고 있다고는 할 수 없었지만 —— 왜냐하면 천천히 참을성 있게 장사로 재산을 모은 사람이 누구나 그렇듯이 모렐 씨는 무척 조심성이 있었고 약간은 겁쟁이였다 —— 그리고 열광적인 보나파르트 파 사람들로부터는 앞지름을 당해 온건파라고 불리고는 있었지만 이의(異議)를 제기할 수 있을 정도의 힘은 가지고 있었다. 이 이의 제기는, 독자 제군은 쉽게 추측할 수 있으리라고 생각하지만, 바로 단테스에 관한 것이었다.

빌포르는, 그의 상사는 실각했지만 여전히 본래의 자리에 머물러 있었다. 그러나 결혼 문제는 이미 이야기는 되어 있었지만 좀더 좋은 시기가 올 때까지 늦추기로 하고 있었다. 만일 황제가 제왕의 지위를 계속 유지하게 된다면 다른 결혼 상대를 찾지 않으면 안될 것이었다. 그렇게 된다면 아버지도 그 일을 도와 줄 것이다. 만일 제2의 왕정 복고가 이루어져서 루이 18세가 프랑스로 돌아온다면 상 메랑 씨의 세력은 그 자신의 그것과 마찬가지로 두 배가 될 것이다. 그리고 그의 결혼은 더할 나위 없이 유리한 것이 될 것이다.

이리하여 검사 대리는 한때 마르세이유의 상석 검사의 자리를 차지하고 있었다. 어느 날 아침 그의 방의 문이 열리며 모렐 씨가 찾아왔다는 것이 보고되었다.

다른 사람 같았으면 선주를 맞이하기 위해 서둘러 일어나서 정중한 태도를 취함으로써 자기의 약점을 스스로 드러내고 말았을 것이다. 그러나 빌포르는 만만치 않은 사람이었고 모든 일에 대해서 경험은 적었지만 직감력을 가지고 있었다.

그는 검사 대리는 사람을 기다리게 하는 것이라는 한 가지 이유만으로, 다른 내각은 하나도 없었지만 왕정 복고 시대와 마찬가지로 모렐 씨를 대기실에서 기다리게 했다. 그리고 15분간쯤 여러가지 당파의 신문을 읽은 뒤에야 겨우 선주를 들여보내라고 명령했다.

모렐 씨는 풀죽은 빌포르를 보게 될 것이라고 생각하고 있었다. 그러나 6주일 전에 보았을 때와 똑같았다. 즉 빌포르는 침착하고 자신만만한 태도를 보였고, 교양 있는 인간과 일반 대중을 구별하는 냉정한 예의바름, 모든 벽 중에서도 가장 넘기 어려운 벽인 예의바름을 보여 주고 있었다.

모렐 씨는, 빌포르가 자기의 모습을 보면 틀림없이 무서워 떨 것이라고 생각하면서 방안으로 들어섰다. 그런데 사무용 책상에 팔꿈치를 짚고 손으로 턱을 받친 채 그야말로 궁금하다는 듯한 표정으로 자기를 기다리고 있는 검사의 모습을 보고는 반대로 자기가 놀라서 기급하고 말았다.

그는 저도 모르게 문간에 멈추어 섰다. 빌포르는 마치 상대가 누군지 모르겠다는 듯이 선주를 물끄러미 바라보았다. 선주가 두 손 안에서 모자를 빙글빙글 돌리고 있는 동안 빌포르는 잠시 말없이 상대방을 바라보고 있었으나 이윽고 「모렐 씨였지요, 아마 ?」 하고 말했다.

「그렇습니다, 모렐입니다.」 하고 선주는 대답했다.

「그럼 이쪽으로 오시지요.」 하고 검사 대리는 그야말로 보호자적인 몸짓을 취하면서 말했다.「어떤 용건으로 찾아오셨지요?」

「짐작이 안 가십니까?」하고 모렐은 물었다.

「전혀. 하지만 내 권한 안의 일이라면 기꺼이 힘이 되어 드리지요.」

「완전히 당신의 권한 안의 일입니다.」하고 모렐은 말했다.

「그럼 설명을 해주시지요.」

「실은」하고 선주는 계속했으나 이야기를 해나감에 따라 그는 침착을 되찾았다. 그리고 자기의 호소가 정당하다는 것과 자기의 입장이 뚜렷하다는 데에 마음 든든함을 느끼고 있었다.「기억하시리라고 생각합니다만 황제 상륙의 소식을 듣기 며칠 전의 일입니다. 저는 제 배의 일등 항해사로 일하고 있던 불쌍한 청년을 위해서 관대한 조치를 부탁하러 왔었습니다. 기억하시리라고 생각합니다만 그 청년은 엘바 섬과 관계가 있다고 해서 문제되었습니다. 그러한 관계는 당시에는 범죄시되었더라도 오늘에 와서는 표창을 받아야 할 일입니다.

그 무렵 당신은 루이 18세에 봉사하고 계셨습니다. 그래서 그를 용서할 수가 없었습니다. 그것은 당신의 의무였습니다. 그런데 오늘에 와서는 당신은 나폴레옹에게 봉사하고 있습니다. 따라서 그를 보호해 주셔야 합니다. 이것도 또한 당신의 의무입니다. 그래서 저는 그가 어떻게 되었는지를 물으러 온 것입니다.」

빌포르는 자기를 억제하느라고 안간힘을 썼다.

「그 사람의 이름이 뭐죠?」하고 그는 물었다.「이름을 말씀해 주세요.」

「에드몽 단테스입니다.」

빌포르로서는 이 이름을 이렇게 맞대 놓고 듣기보다는 차라리 결투의 도전을 받고 이십오 보 떨어진 곳에서 총을 맞는 쪽이 훨씬 더 마음 편했을 것이다. 그러나 그는 눈썹 하나 까딱하지 않았다.

『이런 식이라면』하고 빌포르는 마음속으로 생각했다.『그 청년을 체포한 것도 순수한 개인적 문제에 의한 것이라는 비난을 받지 않아도 되겠는걸.』

「단테스라고요?」하고 그는 되물었다.「에드몽 단테스라고 말씀하셨지요?」

「그렇습니다.」

그러자 빌포르는 가까이에 있는 정리 선반에 있던 두꺼운 장부를 펼쳐

보고 그리고는 다시 책상으로 돌아왔다가 다시 책상에서 소송 기록이 있는 곳으로 갔다. 그리고는 선주 쪽을 돌아보며 「확실히 틀림없지요?」하고 그야말로 자연스러운 말투로 물어 보았다.

만일 모렐이 좀더 날카로운 육감을 가지고 있거나 또는 이 사건에 대해서 좀더 자세한 지식을 가지고 있었다면 검사 대리가 자기의 권한과는 전혀 관계없는 이 사건에 대해서 대답하려는 것을 분명히 이상하게 생각했을 것이다. 그리고 어째서 빌포르가 수인 명부를 조사하러 가라고 말하지 않는지, 어째서 형무소장이나 현지사에게 가보라고 하지 않는지 수상쩍게 생각했을 것이 틀림없었다.

그러나 모렐은 빌포르가 자기를 무서워할 것이 틀림없다고 생각했었는데 전혀 그러한 기색이 없었으므로 이번에는 그가 친절하게 사건을 조사해 주려는 모양이라고 믿어 버리고 말았다. 빌포르의 작전이 보기좋게 들어맞은 것이다.

「네.」하고 모렐은 말했다. 「틀림없습니다. 게다가 그 불쌍한 사나이에 대해서는 10년 전부터 알고 있습니다. 그리고 4년 전부터 제 밑에서 일을 하고 있었습니다.

기억하고 계시는지요? 6주일 전에 그 불쌍한 사나이에게 관대한 조치를 취해 주시도록 부탁을 드리러 왔던 일이 있습니다. 이렇게 오늘 정당한 조치를 취해 주십사 하고 부탁하러 온 것처럼 말입니다.

그때 당신은 꽤 쌀쌀한 태도를 보였습니다. 불쾌한 대답을 하셨습니다. 아아! 그 무렵 왕당파 사람들은 보나파르트 파 사람들에 대해서는 꽤 가혹했으니까요!」

「아니」하고 빌포르는 평소의 기민성과 냉정함으로 재빨리 상대를 가로막으면서 대답했다.

「부르봉 왕가가 왕위의 정통 상속자일 뿐 아니라 국민으로부터 선택받은 자라고 믿고 있었던 때는 저도 왕당파였습니다. 그러나 우리가 분명히 보았듯이 황제 폐하가 기적적으로 귀환하신 사실은 우리가 틀렸었다는 것을 증명해 주었습니다. 나폴레옹 황제의 천재가 승리한 것입니다. 정당한 군주는 사랑을 받는 군주입니다.」

「아아, 다행이군요.」하고 모렐은 타고난 솔직성을 드러내며 소리질렀다.

「그렇게 말씀하시니 저도 기쁩니다. 이것으로 에드몽의 운명에도 햇빛이 비치겠군요.」

「기다려 주세요.」 하고 빌포르는 새 장부를 뒤적거리면서 말했다. 「아, 있습니다. 선원이로군요, 카탈로니아 마을의 아가씨와 결혼을 하려던? 아아, 그렇지, 이제야 생각이 나는군요. 그런데 일이 매우 까다롭게 되었습니다.」

「까다롭게 되다니요?」

「아시다시피 그는 내게서 나가서 곧장 재판소 감옥으로 끌려갔습니다.」

「그랬지요. 그래서요?」

「그래서 나는 파리에 보고를 하고 그가 가지고 있던 서류를 송부했습니다. 그건 내 의무였습니다. 그렇게 할 수밖에 없었지요……. 그랬더니 체포되고 나서 일주일 만에 수인은 끌려가고 만 것입니다.」

「끌려가요?」 하고 모렐은 소리질렀다. 「하지만 그를 어떻게 하려고 한 걸까요?」

「아니, 안심하세요. 아마도 상트 마르그리트 군도의 페네스토렐레나 피뉘롤로 끌려갔을 겁니다. 행정상의 용어로 말하면 국외 추방이지요. 머잖아 선장이 되기 위해서 돌아오겠지요.」

「언제 돌아와도 좋습니다. 그의 지위는 그대로 비워 두었으니까요. 하지만 어째서 돌아오지 않을까요? 보나파르트 당의 재판소가 맨먼저 해야 할 일은 왕당의 재판소에 의해 투옥된 사람들을 구출하는 일이라고 생각되는데 말입니다.」

「모렐 씨, 너무 그렇게 노골적으로 비난하지 말아 주세요.」 하고 빌포르는 대답했다. 「모든 일은 합법적으로 처리되지 않으면 안 됩니다. 투옥하라는 명령은 상부로부터 내려왔습니다. 따라서 석방하라는 명령도 상부에서 내려오지 않으면 안 됩니다. 그런데 나폴레옹 황제가 돌아오신 지 아직도 겨우 반 달밖에 안 되었습니다. 면형장(免刑狀)도 지금쯤 겨우 발송되었을 것이 틀림없습니다.」

「하지만」 하고 모렐은 물었다. 「우리가 승리를 했으니까 어떻게든 절차를 빨리 밟을 방법은 없을까요?…… 나에게는 적잖이 친구도 있고 얼굴도 통합니다. 판결의 철회를 요구할 수도 있습니다.」

「판결은 없었습니다.」

「그렇다면 신병 수용의 철회라도.」

「정치적인 사건에는 수용자 명부는 없습니다. 때로 정부는 한 인간을 흔적도 전혀 남기지 않고 말살해 버리는 수도 있습니다. 수용자 명부가 있으면 나중에 조사를 받게 되니까요.」

「부르봉 왕조 시대에는 그럴 수도 있었겠지요. 하지만 지금은……」

「아니, 어느 시대에나 그것은 마찬가지입니다, 모렐 씨. 정부는 차례로 바뀌어도 모두 비슷합니다. 루이 14세 시대에 만들어진 감옥 제도는 바스티유 감옥이 없어진 것 외에는 오늘날에도 그대로입니다. 감옥의 규칙에 대해서는 황제 폐하는 언제나 루이 14세 이상으로 엄격하게 다루어오셨습니다. 그리고 장부에 전혀 그 흔적을 남기고 있지 않는 투옥자의 수는 그야말로 헤아릴 수 없을 정도입니다.」

아무리 확신을 가지고 있다고 하더라도 이렇듯 친절한 태도를 보고서는 확신은 흔들리고 말 것이다. 더욱이 모렐은 상대방에 대해 털끝만한 의혹도 가지고 있지 않았던 것이다.

「그렇다면 빌포르 씨」 하고 그는 말했다. 「저 불쌍한 단테스를 빨리 돌아오게 하려면 대체 어떻게 하면 좋을까요?」

「그 방법은 단 한 가지입니다. 사법 대신에게 청원서를 제출하십시오.」

「오오! 청원서가 어떤 취급을 받는지 우리는 잘 알고 있습니다. 대신은 하루에 이백 통 남짓한 청원서를 받고 그 중의 네 통도 읽어 보지를 않는다니까요.」

「그렇군요.」 하고 빌포르는 대답했다. 「하지만 그 청원서에 내가 소개장을 첨부해서 직접 보내면 읽어 줄 겁니다.」

「그럼 청원서를 보내는 일을 맡아 주시겠습니까?」

「기꺼이 그렇게 하지요. 단테스는 당시에는 유죄였습니다. 하지만 오늘에 와서는 무죄입니다. 나의 의무로 감옥에 보낸 사람을 자유로운 몸으로 만들어 주는 것, 이 또한 나의 의무입니다.」

빌포르는 이렇게 해서 아마도 그런 일은 없겠지만 혹시 있을지도 모르는 조사, 그것이 실시되면 자기의 신세가 파멸될지도 모르는 조사를 하지 않도록 그럴 듯하게 손을 쓴 것이었다.

「하지만 대신에게는 어떻게 쓰면 좋을까요?」

「자, 앉으세요, 모렐 씨.」 하고 빌포르는 자기의 의자를 선주에게 양보하면서 말했다. 「내가 구술할 테니 받아 적으세요.」

「그렇게 해주시겠습니까?」

「물론이지요. 당장 시작합시다. 벌써 시간을 꽤 많이 허비했으니까요.」

「그렇습니다. 불쌍하게도 그는 기다리다 지쳐서 괴로워하고 아마도 절망하고 있을 테니까요.」

빌포르는 그 수인이 침묵과 암흑 속에서 자기를 저주하고 있을 것이 틀림없다고 생각하자 자기도 모르게 부르르 몸서리가 쳐졌다. 그러나 일이 이 지경에 이른 이상 이제 뒤로 물러설 수는 없었다. 단테스는 그야말로 그의 야심의 톱니바퀴에 휘말려 여지없이 으깨지려 하고 있었다.

「기다리고 있습니다.」 하고 선주는 빌포르의 팔걸이의자에 앉아 펜을 손에 쥐면서 말했다.

그래서 빌포르는 청원을 구술했다. 그 안에는 물론 단테스의 애국심이나 보나파르트를 위해서 봉사한 충성이 과장되어 있었다. 이 청원서 안에서 단테스는 나폴레옹의 복위를 위해서 가장 많이 활동한 한 사람으로 되어 있었다. 이러한 청원서를 받으면 대신은 아직도 정당한 재판이 이루어지지 않은 경우에는 즉시 그것을 실행할 것이 틀림없었다. 그것은 의심의 여지가 없었다.

청원서가 만들어지자 빌포르는 그것을 큰소리로 한 번 읽어 내려갔다.

「됐어요.」 하고 그는 말했다. 「이제부터 남은 일은 나에게 일임해 주세요.」

「이 청원서는 곧 제출해 주시겠습니까?」

「오늘이라도 제출하겠습니다.」

「당신의 첨부서도 써주시겠지요?」

「내가 쓸 수 있는 가장 유효한 첨부서는 당신이 이 청원서에서 쓴 얘기는 모두가 진실이라는 것을 증명하는 것입니다.」

그렇게 말하고 이번에는 빌포르 자신도 자리에 앉아서 청원서의 한 구석에 첨부서를 써넣었다.

「이제 이것이 끝났으니 어떻게 하면 좋을까요?」 하고 모렐 씨가 물었다.

「기다리고 있으면 됩니다.」 하고 빌포르가 대답했다. 「내가 모든 일을 맡아서 처리하겠습니다.」

이러한 보증은 모렐 씨에게 희망을 되찾게 했다. 그는 아주 기쁜 마음으로 검사 대리에게 인사를 하고 밖으로 나왔다. 그리고는 단테스의 아버지 집에 들러 곧 아들의 얼굴을 볼 수 있게 될 것이라고 알려 주었다.

빌포르는 이 청원서를 파리로 보내지 않고 소중하게 간직했다. 현재의 유럽의 형제나 여러가지 사건의 추이로 보아서 제2차 왕정 복고가 눈앞에 다가왔다고 생각되는 때에 지금 단테스를 구제하기 위해 이러한 청원서를 낸다는 것은 오히려 자기의 장래를 큰 위험에 빠뜨리게 할 위험이 있었다.

이러한 사정으로 단테스는 여전히 옥중에 있었다. 감옥 밑바닥에 있는 그는 루이 18세의 왕좌가 무너진 저 무서운 음향도 또 제국 붕괴의 좀더 무서운 음향도 듣지 못했다.

그러나 빌포르는 모든 움직임을 빈틈없는 눈으로 뒤쫓으며 모든 일에 주의깊게 귀를 기울이고 있엇다. 백일 천하라고 불린 이 짧은 제정 시대 동안에 모렐 씨는 두 번쯤 단테스의 석방을 탄원하러 왔었다. 그때마다 빌포르는 약속을 하거나 희망을 갖게 하거나 하여 그를 안심시켰다.

마침내 워털루의 전투가 다가왔다. 모렐 씨는 이제 빌포르 앞에 모습을 나타내지 않았다. 그는 젊은 친구를 위해 인간으로서 할 수 있는 모든 노력을 다했다. 이 제2의 왕정 복고 시대에 와서 다시 또 석방 청원을 시도한다는 것은 공연히 자기 신변을 위험에 노출시키는 일이었다.

루이 18세는 다시 왕좌에 앉았다. 빌포르에게 있어서 마르세이유는 회한의 추억으로 가득찬 고장이었으므로 그는 툴루즈에 공석으로 있던 검사의 지위를 요구하여 그것을 손에 넣었다. 그리고 새로운 임지에 자리를 잡은 지 반 달 뒤에 르네 드 상 메랑 양과 결혼을 했다. 그녀의 아버지는 궁정에서 예전보다도 더 막강한 권세를 떨치고 있었다.

이리하여 단테스는 백일 천하 동안에도, 워털루의 전투 뒤에도, 사람들 로부터는 잊혀지지 않았다 하더라도 적어도 신으로부터는 잊혀진 채 감옥에 얽매어 있었다.

당그랄은 나폴레옹이 프랑스로 돌아온 것을 보고 자기가 단테스에게 한 일격이 얼마나 큰 힘을 가진 것이었던가 하는 것을 알았다. 그의 고발은 정확했던 것이다. 범죄에 있어서는 상당한 능력을 가지고 있지만 일상 생활에 대해서는 별로 머리가 잘 돌지 않는 모든 인간이 그렇듯이 그는 이 불가사의한 부합을 『하느님의 의지』라고 불렀다.

그러나 나폴레옹이 파리에 돌아와서 그 목소리가 고압적으로 크게 울리는 것을 보고는 당그랄은 무서워졌다. 모든 것을 알고 있는 단테스가, 무섭고 힘이 센 저 단테스가 모든 것을 복수하기 위해 금세라도 눈앞에 나타날 것만 같았다. 그래서 그는 모렐 씨에게 배에서의 근무를 그만두고 싶다고 말했다. 그리고 모렐 씨에게 어떤 스페인 상인을 소개받아 3월 말경, 그러니까 나폴레옹이 튈리 궁전에 돌아오고 나서 10일인가 12일 뒤에 점원으로서 그 가게에 들어갔다. 그리고 마드리드로 갔는데 그 뒤의 소식은 전혀 알 수가 없었다.

페르낭은 아무것도 모르고 있었다. 단테스가 없어졌다는 것, 그것만이 그의 관심사의 전부였다. 단테스는 어떻게 되었을까? 그는 그것을 알려고 하지는 않았다. 다만 단테스가 없어진 이 기간을 이용하여 이것저것 궁리를 했다. 예를 들면 그가 실종된 동기에 대해 메르세데스를 속일까 하고 생각하기도 하고 이주나 유괴 계획을 세우기도 했다.

그리고 또 때로는 마르세이유와 카탈로니아 마을이 동시에 보이는 파로 곶 끄트머리에 앉아서 두 줄기 길 중의 어느 하나로부터 그 미모의 청년이 머리를 높이 쳐들고 자유로운 발걸음으로 돌아오지는 않을까 하고——그에게 있어서도 그 청년은 지금 무서운 복수의 사자였다——마치 맹금처럼 꼼짝도 하지 않고 음울한 눈으로 바라보곤 했다. 그것은 그에게 있어서는 가장 우울한 시간이었다. 정작 그렇게 되었을 때는 어떻게 대하리라는 각오는 되어 있었다. 총알을 한 방 단테스의 머리에 쏘아 주고 그런 다음 자기의 암살을 화려하게 채색하기 위해 자살을 하리라고 생각하고 있었다. 그러나 페르낭은 터무니 없는 착각을 하고 있었다. 그는 자살 같은 것은 도저히 할 수 없었을 것이다. 왜냐하면 그는 언제나 뭔가 희망을 가지고 있었으므로.

그러는 동안에도 제국에는 갖가지 고뇌에 찬 변동이 있었으나, 제국은 마지막 징병을 강행했고 총을 들 수 있는 남자는 모두 황제의 울려퍼지는 부름에 호응하여 프랑스 국외로 돌진해갔다.

페르낭도 자기가 떠난 뒤에 아마도 그 경쟁자가 돌아와서 자기가 사랑하고 있는 여자와 결혼을 해버리는 것은 아닐까 하는 음울하고 무서운 생각에 몹시 시달리기는 했으나 다른 사람들과 마찬가지로 자기의 집과 메르세데스를 남겨 놓고 출정을 했다.

만일 페르낭에게 정말로 자살할 생각이 있었다면 메르세데스와 헤어질 때 자살했을 것이 틀림없다.

메르세데스에 대한 그의 친절, 그녀의 불행을 안쓰럽게 생각하고 있는 것처럼 보이는 연민, 그녀의 조그만 희망도 곧 그것을 헤아려 앞질러가며 배려하는 마음씨, 그러한 것은 허울뿐인 헌신이 관대한 마음의 소유자에게 항상 일어나게 하는 그 효과를 낳게 했다. 메르세데스는 언제나 페르낭을 우정으로서 사랑하고 있었다. 그런데 그러한 그녀의 우정에 또하나 새로운 감정이 추가되었다. 그것은 그에 대한 감사의 마음이었다.

「오빠」 하고 그녀는 페르낭의 어깨에 징병 보따리를 걸어 주면서 말했다. 「오빠, 내 하나뿐인 친구인 오빠, 아무쪼록 죽지 말고 돌아오세요. 나를 이 세상에 외톨박이로 남게 하지 마세요. 나는 언제나 울고 있어요. 오빠가 없게 되면 나는 정말로 외톨박이가 되고 말아요.」

출발 때에 들은 이 말은 페르낭에게 약간의 희망을 주었다. 만일 단테스가 돌아오지 않으면 메르세데스는 언젠가는 자기의 것이 될 것이 틀림없다고 생각했다.

메르세데스는 황량한 대지 위에 혼자 외로이 서 있었다. 대지가 지금처럼 쓸쓸하게 생각된 적은 없었다. 눈앞에는 끝없는 바다가 펼쳐져 있었다. 저 슬픈 이야기에 나오는 미친 여자처럼 눈물을 흘리면서 카탈로니아의 작은 마을 주위를 노상 헤매고 다니는 그녀의 모습을 볼 수 있었다.

어떤 때는 남프랑스의 뜨거운 태양 아래 꼼짝도 않고 서서 마르세이유 쪽을 바라보고 있었다. 또 어떤 때는 해변에 앉아서 그녀의 고뇌와 똑같은 끝없는 바다의 탄식을 들으며 이렇게 덧없는 기대로 언제까지나 시달림을 받느니 이대로 앞으로 고꾸라져서 자기 자신의 무게를 못 이겨 깊은 바다에 빠져들어 영영 삼킴을 당하는 쪽이 차라리 낫지 않을까 하고 마냥 생각하는 것이었다.

메르세데스가 그렇게 하지 않은 것은 용기가 없었기 때문이 아니었다. 그녀의 신앙이 그녀를 도와 자살로부터 그녀를 구해 주었기 때문이다.

카도루스도 페르낭과 마찬가지로 소집되었다. 그러나 그는 페르낭보다 여덟 살이 많았고 게다가 결혼을 했기 때문에 제3차 징병에서 겨우 소집되어 연안 경비대에 보내졌다.

단테스의 아버지는 한 가닥의 가냘픈 희망으로 지탱되고 있었으나 황제가 실각하자 그나마의 희망도 잃어버리고 말았다.

그는 아들과 생이별한 지 다섯 달째가 되는 바로 그날, 그리고 아들이 체포된 것과 거의 같은 시각에 메르세데스의 팔 안에서 숨을 거두었다.

매장 비용은 모렐 씨가 전부 부담해 주었다. 그리고 노인이 앓아 누워 있는 동안에 진 약간의 빚도 모렐 씨가 깨끗이 갚아 주었다.

이러한 일은 친절 이상의 것이었다. 용기를 필요로 하는 일이었다. 남프 랑스는 바야흐로 소요가 한창이었다. 아무리 죽어가는 사람이라고는 하지만 단테스 같은 위험한 보나파르트 파 사람의 아버지를 돕는다는 그것 자체가 하나의 범죄였다.

14. 성난 죄수와 미친 죄수

루이 18세가 다시 왕위에 오른 지 약 일 년 뒤에 형무 검찰관의 시찰이 있었다.

단테스는 지하감옥 속에서 그것을 준비하기 위해 수런거리고 삐거덕거리는 소리가 울려오는 것을 듣고 있었다. 그것은 위쪽에서는 요란한 소리였지만 이러한 지하에서는 밤의 침묵 속에서 거미가 줄을 치고 감옥 천장에 한 시간이 걸려서 괴는 물방울이 일정한 간격을 두고 떨어지는 소리에 귀 기 울이는 데에 익숙해진 수인의 귀가 아니고는 들을 수가 없었다.

그는 살아 있는 인간들 사이에서 뭔가 심상치 않은 일이 시작되었다는 것을 짐작할 수 있었다. 그는 벌써 오래 전부터 이 무덤 속 같은 곳에 살고 있는 자기를 죽은 사람으로 생각하고 있었다.

짐작했던 대로 검찰관이 감방, 독방, 지하감옥을 하나하나 돌아보았다. 그리고 몇몇 수인에게 질문을 했다. 그러한 수인들은 얌전하거나 또는 어 리석었기 때문에 감옥에서 특별히 친절한 대우를 받고 있는 사람들이었다.

검찰관은 그들에게 음식은 어떤가, 요구할 사항은 없는가고 물었다.

그들은 한결같이 식사가 형편 없다는 것, 자유롭게 살 수 있도록 해달라는 것을 호소했다.

그러자 검찰관은 그 밖에 할 말은 없는가라고 물었다.

그들은 고개를 저었다. 수인들에게 자유로워진다는 것 이외에 또 어떤 희망이 있을까?

검찰관은 미소를 띠고 뒤를 돌아보며 소장에게 말했다.

「어째서 이런 쓸데없는 순찰을 시키는지 전혀 알 수가 없군. 죄수 한 사람을 만나면 백 명을 만난 것과 똑같소. 한 사람의 말을 들으면 천 명의 말을 들은 것과 똑같으니까. 식사가 형편 없다든가 자기는 무고하다든가, 그들이 하는 말은 언제나 같단 말요. 또 다른 죄수들도 있소?」

「네, 위험한 놈이라고 할까요, 미치광이라고 할까요, 지하감옥에 가두어 두고 있는 자가 있습니다.」

「그렇다면」 하고 검찰관은 지치고 실망한 듯한 태도로 말했다.「어떻든 마지막까지 만나 보지. 지하감옥으로 내려갑시다.」

「잠깐 기다려 주십시오.」 하고 소장이 말했다.「병사를 두 사람 불러오게 하겠습니다. 죄수로 살아 있는 것이 싫어졌는지 스스로 사형 선고를 받고 싶어서 이따금 아무 소용도 없는 자포자기적인 일을 저지르곤 합니다. 그런 봉변을 당하지 않으신다는 보장도 없으니까요.」

「그럼 신중하게 조처해 주시오.」 하고 검찰관은 말했다.

그래서 병사 두 사람을 부르러 보냈다. 그리고 나서 일동은 층계를 내려가기 시작했다. 그곳은 지나가기만 해도 눈이나 코, 그리고 호흡을 동시에 고통스럽게 만드는 고약한 냄새가 나는 끈적끈적한 층계였다.

「오오!」 하고 검찰관은 층계의 중간에서 발을 멈추면서 말했다.「이런 곳에 누가 들어가 있는 거지?」

「더할 수 없이 위험한 반역자입니다. 무슨 일을 저지를지 모를 인간으로서 특히 주의하도록 지시받고 있는 수인입니다.」

「혼자인가?」

「물론입니다.」

「언제부터 들어가 있지?」

「거의 일 년이 되어갑니다.」

「처음 들어왔을 때부터 지하감옥에 넣어졌는가?」

「아닙니다. 식사를 가져다 주는 간수를 죽이려고 했기 때문에 이곳에 넣어졌습니다.」

「간수를 죽이려고 했다고?」

「그렇습니다. 지금 불을 밝히고 있는 이 사나이를 죽이려고 했습니다. 그랬었지, 앙트와느?」하고 소장이 물었다.

「저를 죽이려고 했습니다.」하고 간수가 대답했다.

「그래? 그럼 그 사나이는 정신 이상자인가?」

「정신 이상자이기는커녕」하고 간수가 말했다.「악마입니다.」

「그럼 이 문제를 상신하도록 할까?」하고 검찰관이 소장에게 물었다.

「그러실 필요는 없습니다. 그는 이미 충분히 징벌을 받았으니까요. 게다가 지금은 이미 거의 미치광이입니다. 지금까지의 경험으로 말씀드리면 앞으로 일 년도 지나기 전에 완전히 미치광이가 될 것입니다.」

「실상 그러는 편이 그 사나이로서는 행복하겠지.」하고 검찰관이 말했다. 「완전한 미치광이가 되면 고통도 느끼지 않게 될 테니까.」

이 대화에서도 알 수 있듯이 이 검찰관은 인간미가 풍부한 사람으로서 박애적인 직무를 수행하기에 그야말로 잘 어울리는 인물이었다.

「정말 그렇습니다.」하고 소장이 말했다.「말씀을 들으니까 이러한 문제를 충실히 연구하신 것을 알 수 있을 것 같습니다. 실은 이 지하감옥에서 육 미터도 떨어지지 않은 곳에 또 하나의 지하감옥이 있습니다. 다른 층계를 통해서 내려가게 되어 있습니다만 거기에는 한 늙은 신부가 들어가 있습니다. 옛날 이탈리아에서 어떤 당의 당수였다고 하는데 1811년에 이곳에 들어왔습니다. 그런데 1813년 말경부터 머리가 이상해지고 그때 이후 신체의 상태도 완전히 달라졌습니다. 울고 있는가 하면 갑자기 웃음을 터뜨리고 야위었는가 하면 다시 살이 찌는 것입니다. 이쪽 사나이 대신 그쪽 사나이를 보시는 게 어떻겠습니까? 매우 흥미있는 미치광이입니다. 우울한 기분을 느끼시지 않아도 될 것입니다.」

「양쪽 모두 만나 보지.」하고 검찰관은 대답했다.「직무는 양심적으로 수행하지 않으면 안 되니까.」

검찰관은 이것이 첫 순찰이었다. 그래서 정부 당국에 좋은 인상을 주려고 생각하고 있는 참이었다.

「그럼 우선 이쪽으로 들어가 보세.」 하고 그는 말했다.

「알았습니다.」 하고 소장은 대답했다. 그리고 간수를 향해 눈짓을 했다. 그러자 간수가 문을 열었다.

무거운 자물쇠의 삐거덕거리는 소리와 축 위를 돌아가는 녹슨 굴대받침 소리에 지하감옥의 한쪽 구석에 웅크리고 있던 단테스——그는 이 한쪽 구석에서 철격자가 끼워진 채광 환기창에서 스며드는 약간의 햇살을 뭐라 말할 수 없는 기분으로 즐기고 있었던 것이다——는 고개를 쳐들었다.

보니까 거기에는 한 사람의 낯선 사나이가 두 사람의 간수가 쳐들고 있는 횃불에 비추어진 가운데 두 사람의 병사에게 호위되어 서 있었다. 그리고 소장이 모자를 손에 들고 말을 걸고 있었다. 단테스는 모든 것을 알아차렸다. 마침내 상급 관리에게 탄원할 수 있는 기회가 왔음을 안 그는 두 손을 모아 쥐고 앞으로 뛰쳐 나갔다.

두 사람의 병사는 곧 총을 교차했다. 수인이 검찰관에게 위해를 가하려고 달려든 것이라고 생각한 것이다.

검찰관도 한 걸음 뒤로 물러섰다.

단테스는 자기가 위험한 인간으로 보고되어 있다는 것을 깨달았다.

그래서 그는 정성을 지닌 사람이 가질 수 있는 최대한의 선량함과 겸손을 눈에 집중시켰다. 그리고 거기에 있는 사람들이 깜짝 놀랄 정도의 조심스러운 웅변으로 이야기하여 방문자의 마음을 감동시키려고 했다.

검찰관은 단테스의 이야기를 끝까지 들었다. 그리고는 소장 쪽을 돌아다 보며 「이 사나이는 신앙을 가질 수 있겠군.」 하고 나직한 목소리로 말했다. 「감정도 안정되어가고 있어. 저것 봐요. 공포심이 그의 마음에 효과를 가져다 주었어. 총검을 앞에 놓고 뒤로 물러섰어. 미치광이라면 무엇에 대해서도 물러서지를 않아요. 이러한 일에 대해서는 나는 새랑통(파리의 교외. 유명한 정신병자 수용소가 있었다)에서 여러가지 재미있는 관찰을 했거든.」

그리고는 수인 쪽을 돌아보며 「결국 어떻게 해주기를 바라는 거지?」 하고 물었다.

「저는 제가 어떤 죄를 지었는지 알고 싶은 겁니다. 저에게 재판관을 붙여 주기 바랍니다. 저를 재판에 회부해 주기 바랍니다. 만일 제가 유죄라면 총살형에 처해 주세요. 그러나 제가 무고하다면 방면해 주시기 바랍니다.」

「식사는 괜찮은가?」하고 검찰관은 물었다.

「네, 좋다고 생각합니다. 저는 좋은지 나쁜지는 잘 모릅니다만. 하지만 그것은 중요한 문제가 아닙니다. 중요한 것은 단지 불행한 수인인 저를 위해서 뿐 아니라 그것은 재판을 행하는 모든 관리, 또 우리를 지배하시는 왕을 위해서이기도 합니다만 죄없는 사람이 수치스러운 밀고에 희생되어서 사형 집행인을 저주하면서 옥중에서 억울하게 죽어가는 일이 없도록 하는 일입니다.」

「오늘은 몹시 겸손하군.」하고 소장이 말했다. 「평소에는 이렇지 않았는데. 언젠가 간수를 죽이려 했을 때는 전혀 말하는 투가 달랐는데 말야.」

「옳은 말씀입니다.」하고 단테스는 말했다. 「저분에게는 충심으로 사과 드립니다. 저분은 저에게 언제나 친절을 베풀어 주었습니다……. 하지만 하는 수 없었습니다. 나는 미칠 지경이 되어 있었던 겁니다. 몸부림을 치지 않을 수가 없었습니다.」

「이젠 그렇지 않단 말인가?」

「네, 수인 생활에서 기가 꺾이고 완전히 지쳐 버렸습니다……. 꽤 오랫동안 갇혀 있었으니까요.」

「꽤 오랫동안이라니?…… 대체 언제 체포되었지?」하고 검찰관이 물었다.

「1815년 2월 28일, 오후 2시입니다.」

검찰관은 속으로 계산을 했다.

「오늘은 1816년 7월 30일……. 무슨 소릴 하는 거냐? 투옥된 지 17개월 밖에 되지 않았는데.」

「17개월밖에 되지 않았다고요?」하고 단테스는 말을 되받았다. 「아아! 당신은 감옥 안에서의 17개월이 어떤 것인지를 모르십니다. 그것은 17년, 아니 17세기와도 맞먹는 것입니다. 특히 저처럼 행복을 바로 눈앞에 두고 있던, 사랑하는 여자와 바야흐로 결혼을 하려던 사람, 눈앞에 황홀한 길이 열리기 시작한 것을 본 사람에게 있어서는 더욱 그러합니다.

모든 것은 한순간에 없어지고 말았습니다. 더없이 아름답게 갠 환한 대낮에서 더없이 어두운 캄캄한 밤속으로 떠밀려 떨어지고 말았습니다. 미래의 생활은 엉망으로 짓밟히고, 저를 사랑하고 있던 여자는 지금도 여전히 저를 사랑하고 있는지 어떤지도 알 수가 없고, 또 늙은 아버지가 아직도 살아 계신지 어떤지조차 알 수 없습니다.

바닷바람이나 선원의 자유분방한 생활, 그리고 넓은 공간과 무한한 전망에 익숙해져 있던 사나이에게 있어서의 17개월간의 감옥 생활, 이러한 17개월의 감옥 생활은 인간의 언어로 표현할 수 있는 가장 흉악한 범죄를 저지른 자의 형기보다도 훨씬 긴 것입니다. 아무쪼록 저를 불쌍히 여겨 주십시오. 아무쪼록 저를 위해서, 관대함이 아니라 엄정함을 요구해 주십시오. 특사가 아니라 재판을 요구해 주십시오. 재판관을 만나게 해주십시오. 저는 그것밖에 요구하지 않습니다. 피고에 대해서 재판관을 거부할 수는 없을 것입니다.」

「알았다.」 하고 검찰관은 말했다. 「잘 조사해 보도록 하지.」

그런 다음 그는 소장 쪽을 돌아다보며, 「실제로 불쌍한 사나이 같군. 아무래도」 하고 말했다. 「위로 올라가면 이 사나이의 기록을 보여 주게.」

「네, 알았습니다.」 하고 소장이 말했다. 「하지만 이 사나이에 대해서는 무서운 사실이 기재되어 있습니다.」

「여보세요.」 하고 단테스는 계속했다. 「당신 한 사람의 결정으로 저를 이곳에서 나갈 수 있게 할 수는 없다는 것을 저는 알고 있습니다. 하지만 제 부탁을 당국에 전해 주실 수는 있을 것입니다. 제 사건을 조사하게 하실 수는, 즉 저를 재판에 걸게 하실 수는 있을 것입니다. 재판을 해주시는 것, 그것이 제 부탁입니다. 제가 어떤 죄를 저질렀는지, 어떤 형벌에 처해졌는지 그것을 알고 싶은 것입니다. 왜냐하면 어떻게 된 영문인지를 전혀 모른다는 것처럼 큰 고통은 다시 없으니까요.」

「불빛을 비쳐 주게.」 하고 검찰관이 말했다.

「당신의 목소리를 들으니까.」 하고 단테스가 소리질렀다. 「당신의 마음이 움직였다는 것을 알 수가 있습니다. 아무쪼록 희망을 가지라고 말씀해 주십시오.」

「그런 말은 할 수 없소.」 하고 검찰관은 대답했다. 「다만 자네에 대한 기록을 조사해 보겠다는 것만은 약속할 수 있어.」

「오오! 그렇게만 해주시면 저는 자유를 되찾을 수 있습니다. 저는 구제될

156

수가 있습니다.」

「누가 자네를 체포했지?」하고 검찰관이 물었다.

「빌포르 씹니다.」하고 단테스는 대답했다.「그 사람을 만나 주십시오. 그리고 그 사람과 의논을 해주십시오.」

「빌포르 씨는 벌써 일 년 전부터 마르세이유에는 없네. 툴루즈에 가 있네.」

「아아! 그렇다면 내가 이런 변을 당하고 있는 것도 무리가 아니군.」하고 단테스는 중얼거렸다.「나를 감싸 주었던 유일한 사람이 먼 곳으로 가버렸으니까.」

「빌포르 씨에게는 뭔가 자네를 미워할 만한 이유가 있었나?」

「아무것도 없습니다. 오히려 저에게 무척 친절하게 해주셨습니다.」

「그렇다면 빌포르 씨가 자네에 대해서 써놓고 간 각서나 또는 그가 나에게 제시하는 의견은 믿어도 된다는 얘긴가?」

「완전히 믿을 수 있습니다.」

「좋아, 그러면 기다리게.」

단테스는 무릎을 꿇고 손을 하늘로 쳐들고는 기도를 했다. 그 기도 속에서 그는 이 사람을 지옥에 떨어진 영혼을 구해 주는 구세주처럼 하느님을 향해서 축복했다.

문은 다시 닫혀졌다. 그러나 검찰관이 가지고 온 희망은 단테스의 지하감옥 속에 그대로 가두어지고 말았다.

「곧 수인 명부를 보시겠습니까?」하고 소장이 물었다.「아니면 신부의 지하감옥으로 가시겠습니까?」

「지하감옥을 마저 보도록 하지.」하고 검찰관은 대답했다.「밝은 곳에 나가면 이런 역겨운 일을 계속할 용기가 없어지고 말 테니까.」

「아아! 이번에 만나시게 될 사나이는 지금 그 사나이와는 완전히 다릅니다. 그 정신착란은 지금 그 사나이의 경우만큼 우울하지는 않습니다.」

「그 정신착란이라는 것은 대체 어떤 거지?」

「아아! 그것은 아주 이상한 정신착란입니다. 자기는 매우 막대한 재산을 가지고 있다고 믿고 있는 겁니다. 감옥에 들어온 첫해에는 만일 정부가 자기를 석방해 주면 정부에 백만 프랑을 내놓겠다고 말했습니다. 2년째에는 이백만 프랑, 3년째에는 삼백만 프랑, 이런 식으로 차츰 액수를 불려 나갔습니다.

벌써 감옥에 들어온 지 5년이 됩니다. 틀림없이 그는 은밀하게 할 얘기가 있다고 말할 것입니다. 그리고 오백만 프랑을 내놓겠다고 말할 것입니다.」

「허어! 그것 참 재미있군.」 하고 검찰관은 말했다. 「그래, 그 백만장자의 이름은 뭐라고 하지?」

「파리아 신부라고 합니다.」

「27호!」 하고 검찰관이 말했다.

「여깁니다. 자, 문을 열어, 앙트와느.」

간수가 명령에 따랐다. 그리고 검찰관의 호기심 어린 눈은 『미치광이 신부』의 지하감옥 안으로 집중되었다.

이 수인은 모든 사람들로부터 그렇게 불리고 있었던 것이다——『미치광이 신부』라고.

감옥 한가운데에 벽에서 뜯어낸 한줌의 회반죽으로 바닥 위에 원이 그려지고 거기에 거의 발가벗은 사나이가 엎드려 있었다. 옷이 너덜너덜해져 있었던 것이다.

사나이는 그 원 속에 매우 또렷한 몇 줄인가의 기하학적인 선을 긋고 마치 아르케르스의 부하 병사에게 살해되었을 때의 아르키메데스(그리스의 기하학자)처럼 뭔가 하나의 문제를 풀려고 열중해 있는 것 같았다.

그래서 지하감옥의 문이 열리는 소리에도 전혀 몸을 움직이지 않았다. 다만 그가 줄을 긋고 있는 축축한 땅을 횃불이 낯설게 비추었을 때에야 겨우 눈치를 챈 것 같았다. 그는 고개를 돌렸다. 그리고 몇몇 사람이 지하감옥으로 내려온 것을 놀라는 눈으로 바라보았다.

갑자기 그는 냉큼 일어나 허름한 침대 아래에 던져져 있던 한 장의 가리개를 손에 들었다. 그리고 낯선 사람들 앞에서 체면을 지키려는 것처럼 황급히 그것을 몸에 걸쳤다.

「뭔가 해주기를 바라는 것이 있소?」 하고 검찰관은 똑같은 질문을 되풀이했다.

「나에게 말인가?」 하고 신부는 놀란 듯이 되물었다. 「아무것도 없어.」

「당신은 모르는군.」 하고 검찰관은 말했다. 「나는 정부의 관리로서 감옥에서 수인들의 요구를 듣고다니는 것이 임무요.」

「오오, 그렇다면 얘기는 다르지.」 하고 신부는 기운을 내어 소리질렀다.

「그렇다면 한 가지 의논하고 싶은 게 있는데.」

「아시겠죠?」 하고 소장이 나직한 목소리로 말했다. 「아까 말씀드린 그대로죠?」

「이것 봐요.」 하고 수인은 말을 계속했다. 「나는 로마에서 태어난 파리아 신부요. 20년 동안이나 로스필료시 대승정의 비서로 일하고 있었는데 1811년 초에 무슨 영문인지도 모르고 체포당했소. 그때 이후 나는 이탈리아와 프랑스 당국에 계속 석방을 요구하고 있소.」

「어째서 프랑스 당국에 그것을 요구하는 거지?」 하고 소장이 물었다.

「어째서라니, 나는 피온비노에서 체포되었기 때문이지. 피온비노는 밀라노나 피렌체와 마찬가지로 지금은 프랑스 어느 주의 수도로 되어 있다고 생각하는데?」

검찰관과 소장은 얼굴을 마주보며 웃었다.

「미안하지만」 하고 검찰관은 말했다. 「이탈리아에 관한 당신의 정보는 새로운 것이 아니군요.」

「이건 내가 체포되었을 때의 정보요.」 하고 파리아 신부는 말했다. 「황제 폐하(나폴레옹을 말함)는 그 무렵 하느님으로부터 점지받은 왕자를 위해 로마 왕국을 건설하셨으므로, 나는 황제 폐하가 그 정복을 계속하시어 전이탈리아를 하나의 왕국으로 만들려던 저 마키아벨리(16세기 이탈리아의 정치가)나 체자레 보르쟈(권모술수에 능했던 15세기 이탈리아의 정치가)의 꿈을 완성하신 것으로 생각하고 있었지.」

「아니, 아니.」 하고 검찰관은 말했다. 「당신이 열렬하게 지지하고 있는 듯한 그 터무니없는 계획은 다행히도 하느님의 뜻으로 이루어지지 않게 되었소.」

「이탈리아를 강력하고 독립된 행복한 국가로 만드는 데는 그것이 유일한 방법인데……」 하고 신부는 말했다.

「그럴 수도 있겠지. 어쩌면.」 하고 검찰관은 말했다. 「하지만 나는 이곳에 당신하고 이탈리아 정책을 토론하기 위해서 온 게 아니오. 아까도 물어 본 것처럼 음식이나 거처에 대해서 무슨 요구 사항이 없는지 그것을 물어 보러 온 거요.」

「음식은 어느 감옥이나 마찬가지요.」 하고 신부는 대답했다. 「즉, 형편 없단 말이오. 주거 환경은 보시다시피 축축하게 습기가 차서 아주 비위생적이오.

하지만 지하감옥이란 원래 이런 것일 테지. 그러나 현재의 문제는 그게 아니오. 그건 아주 중대하고 또 매우 흥미있는 뜻밖의 새 사실이오. 그것을 나는 정부에 알려 주지 않으면 안 된단 말이오.」

「드디어 시작되었습니다.」 하고 소장은 목소리를 낮추어 검찰관의 귀에다 대고 속삭였다.

「그래서 나는 당신을 만날 수 있어서 아주 기쁘오.」 하고 신부는 계속했다. 「성공만 하면 아마 뉴튼의 법칙이라도 바꿀 수 있었을 매우 중요한 계산을 하고 있던 참에 방해를 당하기는 했지만. 어디 단둘이서 얘기를 할 수 없겠소?」

「어떻습니까? 제가 말씀드린 게 틀림없지요?」 하고 소장이 말했다.

「역시 수인에 대해서 잘 아시는군.」 하고 검찰관은 미소를 띠면서 말했다. 그리고는 파리아 신부 쪽으로 고개를 돌리며 말했다.

「당신의 희망을 들어줄 수는 없소.」

「하지만」 하고 신부는 계속했다. 「정부에게 큰 돈을, 가령 오백만 프랑의 돈을 벌게 해줄 수 있다면?」

「정말 그렇군.」 하고 검찰관은 이번에는 소장 쪽을 돌아보면서 말했다. 「금액까지 당신이 말한 그대로군.」

「이것 봐요.」 하고 신부는 검찰관이 나가려고 하는 것을 깨닫고는 말했다. 「꼭 둘이서만 얘기해야 하는 건 아니예요. 소장이 있어도 상관없어요.」

「그런데 미안하지만」 하고 소장이 말했다. 「당신이 지금부터 하려는 얘기는 이미 알고 있어요. 암기하고 있다고. 또 그 보물 얘기를 하려는 것 아니오?」

파리아는 자기를 업신여기는 이 사나이를 물끄러미 바라보았다. 공평한 관찰자였다면 그 눈속에 이성과 진실이 번뜩이는 것을 확인할 수 있었을 것이다.

「물론 그 얘기요.」 하고 신부는 말했다. 「그 얘기 말고 달리 무슨 할 얘기가 있다는 거지?」

「검찰관님.」 하고 소장은 계속했다. 「저는 이 얘기라면 신부와 똑같이 말씀드릴 수가 있습니다. 최근 4, 5년 동안, 지겨울 만큼 들어왔으니까요.」

「그렇다면 소장.」 하고 신부는 말했다. 「당신은 성경에 씌어 있는 저 사람들과 마찬가지로 눈이 있어도 보이지 않고 귀가 있어도 들리지 않는 꼴이로군.」

「이것 봐요.」 하고 검찰관이 말했다. 「정부는 부자이기 때문에, 고맙지만 당신의 돈은 필요가 없어요. 그러니까 그 돈은 당신이 감옥에서 나가는 날을 위해서 그냥 가지고 있도록 해요.」

신부는 눈을 크게 부릅떴다. 그리고는 검찰관의 손을 붙들었다.

「하지만 내가 이 감옥에서 나갈 수가 없게 된다면?」 하고 신부는 말했다. 「만일 정의가 실현되지 않아 내가 이 지하감옥에 계속 묶여 있게 된다면, 그리고 내 비밀을 아무에게도 전하지 못하고 죽는다면, 그 보물은 잃게 되고 마는 게 아닐까? 그보다는 정부가 이것을 이용하고 나도 이것을 이용하는 쪽이 낫지 않을까? 육백만 프랑까지 내놓기로 하지. 그래 육백만 프랑을 내놓겠어. 만일 나를 석방해 준다면 나는 그 나머지만으로 만족하기로 하겠어.」

「그렇군.」 하고 검찰관은 나직한 목소리로 말했다. 「이 사나이가 미치광이라는 얘기를 사전에 듣지 않았더라면 그야말로 확신을 가지고 말을 하는 바람에 정말이라고 생각할 뻔했군.」

「나는 미치광이가 아니오. 나는 사실을 말하고 있는 거요.」 하고 파리아는 말했다. 그는 수인 특유의 예민한 귀로 검찰관의 말을 한마디도 놓치지 않고 들었던 것이다.

「내가 지금 말한 보물은 실제로 있는 거요. 여기서 당신들과 약속을 하겠소. 그리고 내가 지정하는 곳까지 나를 데리고 가줘요. 그리고 우리가 지켜보는 가운데 파보게 하는 거요. 만일 내 말이 거짓말이어서 아무것도 발견되지 않는다면, 당신들이 말하듯이 내가 미치광이라면, 그때는 이 지하감옥으로 다시 데리고 오면 되는 거요. 그리고 영구히 이곳에 있으면서 당신들에게도 또 다른 누구에게도 아무 부탁도 하지 않고 조용히 죽어가겠소.」

소장은 웃음을 터뜨렸다.

「그래 당신의 보물이 있는 곳은 여기서 멀어요?」 하고 그는 물었다.

「여기에서 약 사백 킬로쯤 되는 곳에 있소.」 하고 파리아가 대답했다.

「겨냥은 나쁘지 않군.」 하고 소장이 말했다. 「만일 모든 수인이 간수들을 사백 킬로쯤 산책을 시키려고 생각하고 간수들도 그러한 산책을 할 마음이 생긴다면 틈을 노려서 도망치기에는 다시없는 기회이지. 그렇게 긴 여행을 하는 동안에는 그러한 기회가 반드시 있는 법이니까.」

「그건 흔히 사용되는 수단이지.」 하고 검찰관이 말했다. 「별로 새로운 수단이라고 자랑할 만한 것은 못 되는군.」

그리고는 신부 쪽을 향해 「음식은 괜찮은가고 물었는데.」 하고 말했다.

「만일 내가 한 말이 사실이라면」 하고 파리아는 말했다. 「나를 자유롭게 해주겠다고 하느님 앞에 맹세하지 않겠소? 그렇게 하면 보물이 묻혀 있는 장소를 가르쳐 주겠소.」

「음식물은 괜찮은가고 묻고 있소.」 하고 검찰관은 다시 한 번 되풀이 말했다.

「그렇게 하면 당신들은 조금도 위험을 무릅쓸 일은 없을 거요. 내가 도망칠 기회를 만들려고 하는 것이 아니라는 것은 알 수 있잖소? 왜냐면 당신들이 그것을 찾기 위해 여행을 떠난 동안 나는 이 감옥에 그냥 남아 있으니까 말요.」

「내 질문에는 전혀 대답을 하지 않는군.」 하고 검찰관은 초조해하면서 말했다.

「당신 역시 내 청원에는 대답을 하지 않았소!」 하고 신부는 소리질렀다. 「그렇다면 내 말을 믿지 않으려고 한 다른 벽창호들과 마찬가지로 당신도 저주를 받으시오! 당신은 내 돈은 필요가 없다고 말했소. 그렇다면 내가 보관해 두기로 하지. 당신은 나에게 자유를 주기를 거부했소. 하지만 하느님이 그것을 주실 거요. 자, 나가요, 이제 나는 더 이상 할 얘기가 없소.」

그렇게 말하고 신부는 몸에 걸쳤던 가리개를 집어던지고 회반죽 조각을 집어 또다시 원속에 들어앉아 아까처럼 선을 그으며 계산을 하기 시작했다.

「무엇을 하고 있는 걸까?」 하고 나가면서 검찰관이 말했다.

「보물을 계산하고 있을 테지요.」 하고 소장이 대답했다.

파리아는 이러한 빈정거림에 대해 한껏 모욕이 담긴 눈으로 응수했다.

사람들이 모두 나갔다. 간수가 문을 잠갔다.

「실제로 뭔가 보물을 가지고 있었을 테지.」 하고 층계를 올라가면서 검찰관이 말했다.

「또는 가지고 있는 꿈을 꾸었겠지요.」 하고 소장이 대답했다. 「그리고 다음날 깨어났을 때는 머리가 돌아 버린 거겠지요.」

162

「하긴 그가 정말로 부자였다면 감옥에 갇히지 않아도 되었을 테니까.」하고 검찰관이 말했다. 이 말은 뇌물의 악습이 횡행하고 있음을 솔직하게 인정하는 것이었다.

파리아 신부의 사건은 이렇게 끝이 났다. 신부는 여전히 감옥에 갇혀 있었다. 그리고 이 순시가 있은 뒤에는 꽤 재미있는 미치광이라는 소문이 한층 더 자자해졌다.

칼리쿨라라든가 네로(모두 로마의 황제)처럼 보물을 기를 쓰고 찾아다니는 사람이라든가 불가능을 추구하는 사람이었다면 이 불쌍한 사나이의 말에 귀를 기울였을 것이다. 그리고 그가 희구하여 마지않는 대기를 호흡하게 하고 그가 그토록 값어치를 두고 있던 공간을, 그토록 높은 대가로 지불하겠다고 말한 자유를 부여해 주었을 것이다. 그러나 현대의 왕들은 확실한 것이라는 범위 안에 웅크리고 있어서 이미 대담한 의지를 가지고 있지 않다. 그들은 자기들이 부여하는 명령에 귀를 기울이고 있는 사람의 귀를 두려워하고 자기들의 행동을 주시하고 있는 사람의 눈을 두려워하고 있다.

그들은 이미 신성(神性)을 가진 자기들의 우월성을 느끼고 있지 않다. 그들은 관(冠)을 쓴 사람에 지나지 않는다. 옛날에는 그들은, 자기들은 주피터 (로마 신화의 최고의 신)의 아들이라고 믿고 있었다. 적어도 그렇게 자칭하고 있었다. 그리고 그들의 아버지인 신의 훌륭한 태도를 약간은 간직하고 있었다. 그래서 사람들도 구름 위의 일은 그렇게 쉽게 비판하지는 않았다.

그러나 오늘날에는 왕들은 간단하게 동료 취급을 받고 있는 것이다. 그런데 전제 정치는 감옥이나 고문 등의 결과가 세상에 알려지는 것을 싫어한다. 고문의 희생자가 뼈가 으깨지고 상처에서 피를 흘리며 세상에 다시 나오는 예는 거의 없다. 정신 병자도 그와 마찬가지여서 정신적인 책고(責苦)의 결과 지하감옥의 진구렁 속에서 발생한 이 궤양은 거의 언제나 그것이 발생한 장소에 조심스럽게 은폐되고 만다. 또는 설사 바깥에 내놓아진다 하더라도 어느 외진 병원에 몰래 넣어지고 그리고 그곳 의사들도 지쳐빠진 간수의 손으로부터 넘겨받은 이러한 추악한 잔해 속에서 인간이나 인간의 사고(思考) 를 인정해 주지는 않는 것이다.

옥중에서 정신 이상자가 된 파리아 신부는 정신이 이상해졌다는 것으로 해서 종신형을 선고받고 만 것이다.

단테스에 대해서는 검찰관은 약속을 이행했다. 소장실로 올라온 검찰관은 수인 명부를 가져오게 했다. 단테스에 관한 항에는 이렇게 적혀 있었다.

에드몽 단테스 : 흉악한 보나파르트 당원, 나폴레옹의 엘바 섬 탈출에 크게 활약했다. 엄중하게 감시하여 극비리에 감금할 것.

이 단테스에 관한 기록은 명부의 다른 부분과는 틀린 필적과 틀린 잉크로 씌어져 있었다. 그것으로 보아 이것은 단테스가 투옥된 뒤에 기입되었음이 분명했다.

범죄의 실상이 너무나도 뚜렷했으므로 어떻게 손을 쓸 수가 없었다. 그래서 검찰관은 괄호 밑에 『사면의 여지 없음』 하고 써넣었다.

그러나 단테스는 검찰관의 이 방문에 의해 말하자면 새로운 희망을 품게 되었다. 그는 투옥되었을 때부터 날짜 헤아리는 것을 잊고 있었다. 그러나 이 검찰관에 의해 하나의 새로운 날짜 헤아리기를 시작하게 되었다. 그리고 단테스는 이 날짜 헤아리기를 잊지 않았다. 그는 천장에서 뜯어낸 회반죽 조각으로 뒤에 있는 벽 위에 1816년 7월 30일이라고 썼다. 그리고 그날부터 날마다 선을 하나씩 그어서 시간 계산을 틀리지 않도록 했다.

날짜가 흘렀다. 다음에는 주(週)가, 그리고 달이 흘렀다. 단테스는 그래도 줄기차게 기다렸다. 그는 우선 보름 동안을 석방 기한으로 잡았다. 검찰관이 그때 보여 준 것으로 생각되는 흥미의 절반을 이 사건 처리에 기울여 준다면 보름이면 충분할 것이라고 그는 생각한 것이었다.

그 보름이 지나갔다. 그래서 그는 검찰관이 파리로 돌아가기 전에 자기의 일을 처리해 주리라고 생각한 것은 상식에 어긋나는 일이라고 생각했다. 파리로 돌아가는 것은 순찰이 완전히 끝난 뒤일 것임이 틀림없다. 순시는 1개월이나 2개월은 걸린다.

그래서 이번에는 보름 대신 기한을 3개월로 잡았다. 다시 그 3개월이 지나자 또 새로운 이유가 머리에 떠올라서 그를 도와 주었다. 그래서 그는 6개월로 정했다. 그러나 그 6개월이 지나가자 지금까지의 날짜를 손꼽아 세어 보니 10개월 반이나 기다렸음을 알 수 있었다.

그리고 그 10개월 동안 감옥에는 아무런 변화도 없었다. 마음을 위로해 줄 뉴스는 아무것도 없었다. 간수에게 물어 보아도 여전히 입을 다물고 있었다.

단테스는 자기의 머리를 의심하기 시작했다. 추억이라고 생각하고 있던 것은 단순한 환상에 지나지 않았던 것이 아닐까 하고 생각하기 시작했다. 자기의 감옥에 모습을 나타내어 자기에게 위안을 주었던 그 천사도 꿈의 날개를 타고 내려왔던 것에 지나지 않는 것처럼 생각되기 시작했다.

그로부터 일 년이 지나자 소장이 전임되어 암 요새의 소장으로 가게 되었다. 그는 많은 부하를 데리고 새 임지로 갔다. 그 가운데는 단테스를 담당했던 간수도 포함되어 있었다.

새 소장이 부임해왔다. 수인의 이름을 기억한다는 것은 너무나도 시간이 걸리는 일이라고 생각한 그는 수인에게 번호를 매겨 부르게 했다. 붙박이 가구가 달린 이 무서운 호텔에는 오십 개의 방이 있었다. 이곳의 숙박인은 자기가 들어 있는 방의 번호로 불리게 되었다. 그래서 불쌍한 청년은 자기의 이름인 에드몽이라든가 성(性)인 단테스라고는 불리지 않게 되었다. 그는 34호라고 불리게 되었다.

15. 34 호와 27 호

단테스는 감옥 안에 버림받고 있는 수인들이 경험하는 불행의 모든 단계를 밟아왔다.

그는 처음에는 오만한 태도를 취하고 있었다. 이것은 희망이 있었기 때문이며 무죄라는 것을 믿는 마음이 있었기 때문이다.

그러다가 그는 자기의 무죄를 의심하게 되었다. 이것은 그를 미치광이라고 치부한 소장의 생각을 다분히 정당한 것으로 만들었다. 마침내 그는 오만의 절정에서 굴러떨어졌다.

그리고 그는 기도를 했다. 그러나 그것은 신에게가 아니라 인간에 대해서였다. 신은 마지막 의지였다. 불행한 인간은 우선 신에게 기도를 해야 하는데도 다른 모든 희망이 상실된 뒤가 아니면 신에게 희망을 구하려고 하지를 않는 것이다.

단테스는 자기의 지하감옥에서 다른 지하감옥으로 옮겨 달라고 청원했다. 설사 더 어둡고 더 깊은 지하감옥이라도 상관없다고 했다. 변화는 아무리 불리한 것이라도 역시 변화임에는 틀림없었다. 그리고 그것은 단테스에게 며칠 동안의 기분 전환을 가져다 줄 것이다.

그는 또 산책을 하며 바깥 공기를 마시게 해달라고, 책, 악기 등을 넣어 달라고 부탁했다. 그러나 어느 하나도 허용되지 않았다. 그러나 그는 개의치 않고 여전히 청원을 계속했다.

그는 새로운 간수에게 말을 걸곤 했다. 이번에 온 간수는 전의 간수보다도 더 입이 무거운 사람이었다. 그러나 타인에게 말을 건다는 것은 설사 상대방이 벙어리라고 해도 역시 즐거운 일이었다. 단테스는 자기 자신의 목소리가 듣고 싶어서 말을 하는 것이었다. 그는 자기 혼자 있을 때 지껄여 보리라고 시도한 적이 있었다. 그러나 그것은 몸서리쳐질 만큼 무서웠다.

단테스는 예전에 자유로웠을 때 곧잘 수인의 방을 상상하며 몸부림을 치곤 했었다. 그 안에서는 부랑자나 강도, 살인자 등이 모여서 모두들 까닭없이 떠들기도 하고 소름끼치는 의리를 내세우기도 하는 등 야비한 기쁨을 맛보고 있었다.

그러나 지금의 그는 오히려 그러한 방에 넣어지기를 바라게끔 되어 있었다. 도무지 입을 열려고 하지 않는 저 무감동한 간수의 얼굴 아닌 다른 얼굴이 보고 싶었던 것이다. 그는 수치스러운 옷이 입혀지고 발목을 사슬에 묶이고 어깨에 문신이 새겨진 저 도형수(徒刑囚)들을 부럽다고 생각했다. 적어도 도형수들은 언제나 동료들과 함께 있을 수가 있었다. 그리고 바깥 공기를 마시며 하늘을 보고 있었다. 도형수들은 참으로 행복했다.

어느 날 단테스는 간수에게 누구든 동료를 한 사람 만들어 달라고 부탁했다. 소문으로 듣고 있는 저 미치광이 신부라도 좋다고 했다. 아무리 간수라는 딱딱한 껍질을 뒤집어 썼다고는 하지만 역시 약간의 인정은 있다. 단테스의 부탁을 받은 이 사나이도 내색은 하지 않았으나 마음속으로는 이런 가혹한 형벌을 받고 있는 불행한 청년에 대해 이따금 가엾게 생각하고 있었다.

그는 34호의 요구를 소장에게 상신했다. 그러나 마치 정치가처럼 신중한 소장은 단테스가 수인들을 모아 놓고 폭동이라도 일으키려 하고 있는 것이다, 동료의 도움을 받아 탈주라도 기도하고 있는 것이 틀림없다고 상상했다. 그래서 그 요구를 거절했다.

단테스는 인간으로서 생각할 수 있는 모든 계책이 바닥나고 말았다. 그래서 그는 앞에서도 말했듯이 신에게로 고개를 돌린 것이다.

이렇게 해서, 이 세상에 흩어져 있는 모든 신앙적인 깊은 생각, 운명에 내몰린 불행한 사람들이 주워 모으는 그러한 생각이 그의 정신을 북돋아 주었다. 그는 어머니가 옛날에 가르쳐 준 기도의 말을 생각해내고 그 속에서 옛날에는 미처 몰랐던 뜻을 발견했다. 그것은, 행복한 사람에게 있어서는 기도는 뜻없는 단조로운 언어의 집합체의 지나지 않지만 어떤 때가 닥치면 고통이 불행한 사람들에게 신에게 말할 때에 사용하는 이 숭고한 말의 뜻을 설명해 주기 때문이다.

그래서 그는 기도했다. 열심히라기보다는 차라리 미친 듯이.

큰소리로 기도를 올리면서 그는 이제 자기의 목소리에 공포를 느끼지 않게 되었다. 그런 때 그는 일종의 황홀한 상태에 빠져들곤 했다. 그는 한마디의 말을 입에 담을 때마다 찬란한 신의 모습을 보았다. 자기의 미천하고 조촐한 생활 속의 모든 행위도 이 전능한 신의 의지에 따른 것으로 생각되었고 따라서 그것을 자기에 대한 훈계로 삼았다. 그리고 이제부터 해야 할 노력에 대해서 생각했다. 그리고 기도의 마지막에는 자칫하면 신보다는 인간을 향해서 말하는 저 이기적인 소망을 외곤 했다.

『우리에게 죄지은 자를 우리가 용서하듯이 우리의 죄도 용서하소서.』

그렇게 열렬한 기도를 올렸지만 단테스는 여전히 감옥에 매인 몸이었다.

그래서 그의 마음은 점점 더 음울해졌다. 두꺼운 구름이 그의 눈앞에 자욱해졌다. 단테스는 교육받지 못한 단순한 사나이였다. 과거는 그에게 있어서, 지식만이 제거해 줄 수 있는 저 어두운 장막으로 뒤덮여 있었다. 지하감옥 속에 혼자 갇혀서 사고(思考)도 메말라 버린 그는 지나간 세월을 다시 되돌이키거나 멸망한 민족을 다시 살려내거나 고대의 도시를 재건하거나 할 수는 없었다. 그것들은 상상력에 의해 위대해지고 시화(詩化)되고 마르틴(19세기의 영국 화가)이 그린 바빌론 거리의 그림처럼 하늘의 불에 의해 비쳐지고 장대한 것이 되어서 우리의 눈앞을 지나쳐가는 것이다.

그러나 그에게 있어서는 과거는 아주 짧고 현재는 무척이나 어둡고 미래는 실로 의심스러운 것에 지나지 않았다.

밝고 활기찼던 저 19년의 생활을 어쩌면 영원한 어둠 속에서 회상하지 않으면 안 되다니!

이제 어떤 기분 전환도 그를 살려 줄 수는 없는 것이다. 정력에 넘쳐 있던 그의 마음, 앞으로의 몇 년을 마음껏 달리려 하고 있던 그의 마음은 지금 조롱 속의 매처럼 감옥에 얽매여 있지 않으면 안 되었다.

그래서 그는 한 가지 생각에 매달려 있었다. 그것은 아무 뚜렷한 이유도 없이 그야말로 가혹한 운명에 의해 깨어지고 만 자기의 행복에 대한 것이었다. 그는 이 생각에 악착같이 매달려 그것을 여기저기로 방향을 바꾸어 보았다.

그리고 단테의 지옥 속에서 저 냉혹한 우고리노(우고리노가 지옥에서 근친의 주검까지 걸신들린 듯이 먹었다는 것이 단테의 《신곡》 지옥 편에 나와 있다)가 로제 대사교의 머리를 씹어먹은 것처럼 그것을 우적우적 걸신들린 듯이 씹었다. 단테스는 지금까지 힘 위에 세워진 단지 일시적인 신앙밖에 가지고 있지 않았다. 그리고 다른 사람들이 성공을 하면 그것을 잃고 말 듯이 그도 또 그것을 상실하고 있었다. 다만 다른 것은 그는 그것을 이용하지 않았다는 것이다.

고통을 지긋이 참은 다음에는 분노가 닥쳐왔다. 에드몽은 간수가 두려운 나머지 뒷걸음질을 쳤을 정도의 과격한 저주의 말을 퍼붓고 자기 몸뚱이를 감옥의 벽에 부딪쳤다. 한 알의 모래, 한 가닥의 짚오라기, 또 조그만 바람까지 공연히 불쾌하게 생각되어서 주위의 모든 것, 특히 자기 자신에 대해서 분격했다.

그때 자기가 보았던 고발장, 빌포르가 자기에게 보여 주고 자기가 손으로 만져 보았던 그 고발장이 생각났다. 그 한 줄 한 줄은 마치 발타자르의 『마네토헤켈 푸파레스』(바빌론의 마지막 왕 발타자르가 향연을 베풀었을 때 벽 위에 이러한 불꽃 문자가 씌어졌다. 직역하면 『세어졌다, 재어졌다, 나누어졌다』. 예언자 다니엘은 이것을 『신은 너의 운수를 헤아렸는데 남은 생명이 얼마 남지 않았다. 너는 저울에 달아졌는데 너무나도 가볍다. 너의 왕국은 분할될 것이다.』 라고 풀었다. 사실 그날 밤 발타자르는 살해되었다)처럼 벽 위에서 불타올랐다.

그는 자기가 이런 지옥의 밑바닥에 떨어진 것은 신의 복수 때문이 아니라

168

사람들의 증오 때문이라고 생각했다. 그는 그러한, 어디의 누군지도 모를 인간에게, 활활 타오르는 상상력으로 생각할 수 있는 최대의 형벌을 가해 주었으면 하고 생각했다. 그리고 가장 무서운 형벌도 그들에게는 아직 너무나 가볍고 너무나 짧은 것처럼 생각되었다. 왜냐하면 그러한 형벌 뒤에는 죽음이 오기 때문이었다. 죽음 속에는 휴식은 없더라도 적어도 휴식과 비슷한 무감각이 있기 때문이었다.

적을 죽게 한다는 것은 적에게 안정을 주는 것이 된다. 따라서 상대방에게 잔혹한 형벌을 주려면 죽음 아닌 다른 수단을 취하지 않으면 안 된다, 그런 생각을 하고 있자니까 그는 음울한 자살의 고정 관념 속에 빠져들었다. 불행의 언덕길을 더듬으면서 이러한 어두운 생각에 부딪친 사람은 그야말로 불행하다. 그것은 죽음의 바다이다. 파란 맑은 물처럼 펼쳐져 있기는 하지만 거기에서 헤엄을 치는 자는 점점 끈적거리는 수렁 속에 발목을 잡히는 것을 깨닫고 그쪽으로 끌려들고 빨려들어가서 마지막에는 삼켜지고 마는 것이다. 한 번 이렇게 되면 신의 구원이 없이는 모든 것이 끝나고 만다. 그리고 애를 쓰면 쓸수록 죽음 속으로 빠져들고 마는 것이다.

그러나 이러한 정신적인 고뇌도 거기에 앞선 고통이나 아마도 그 뒤에 닥칠 형벌에 비하면 별로 무서운 것이 아니다. 그것은 현기증을 일으키게 하지만 일종의 위안이다. 그것은 크게 입을 벌린 심연을 눈앞에 보여 준다. 그러나 그 심연의 밑바닥에는 허무가 있다.

여기까지 오자 단테스는 이러한 생각 속에서 뭔가 위안을 찾을 수 있었다. 그에게는 모든 고뇌, 모든 고통, 그리고 거기에 뒤이어서 오는 여러가지 요괴의 행렬이, 지금 죽음의 천사가 살그머니 발소리를 죽이고 들어온 이 감옥의 한쪽 구석에서 날아가 버린 것처럼 생각되었다.

단테스는 자기의 과거 생활을 차분한 마음으로 바라보고 앞으로의 생활을 두려움을 가지고 바라보았다. 그리고 자기에게 있어서 하나의 피난처라고 생각되는 이 중간의 자리를 선택했다.

『때로』하고 그는 자기 자신에게 말했다. 『원양 항해에 나가 있을 때, 내가 아직도 어엿한 한 인간으로서, 자유롭고 힘찬 인간으로서 타인에게 명령을 내리고 그 명령을 실행케 하고 있을 때, 하늘이 갑자기 구름에 뒤덮이고 바다가 소용돌이치고 천둥이 울리며 하늘의 일각에서 폭풍이 일어나 거대한 독수리가 두 날개로 수평선을 때리듯이 몰아치는 것을 본 적이 있었다. 나는 그때 우리의 배가 무력한 피난처에 지나지 않는다는 것을 느꼈다. 왜냐하면 거인의 손 안에 있는 한 개의 깃털처럼 가벼운 배는 부들부들 떨고 있었기 때문이다.

이윽고 요란한 파도 소리가 들리고 날카로운 칼날 같은 바위가 나타나 나에게 죽음을 예고했다. 죽음은 나를 공포에 몰아넣었다. 나는 온갖 노력을 다하여 죽음에서 벗어나려고 했다. 그리고 인간이 가지고 있는 모든 힘, 뱃사람이 가지고 있는 모든 지혜를 다하여 신과 싸웠다!…… 그것은, 그 무렵은 내가 행복했었기 때문이다. 생명을 되찾는 것이 행복을 되찾는 일이었기 때문이다. 죽음은 내가 원한 것도 아니고 선택한 것도 아니었기 때문이다. 해초나 자갈 위에서 잠든다는 것은 나에게는 괴로운 일로 여겨졌기 때문이다. 자신이 신의 모습과 비슷하게 만들어졌다고 생각하고 있던 나는 죽은 뒤에 갈매기나 민머리독수리의 밥이 된다는 것을 참을 수 없는 일로 생각하였기 때문이다.

그러나 오늘에 와서는 사정이 전혀 다르다. 나에게 생명을 사랑하게 만들어 주고 있던 것은 이제 모두 없어져 버렸다. 지금은 죽음이, 어린 아기를 조용히 흔들어 주고 있는 유모처럼 나에게 미소를 보내오고 있다. 지금에 와서는 나는 스스로 원해서 죽을 수가 있다. 나는 절망과 분노 속에 저문 어느 날 저녁, 방안을 삼천 번 돈 뒤, 즉 삼만 보, 다시 말하면 약 사십 킬로의 길을 걸은 뒤에 잠들 듯이, 지쳐빠진 몸으로 잠을 자는 것이다.』

이러한 생각이 마음속에서 싹트자 그는 지금까지보다도 온순해지고 상냥해졌다. 딱딱한 침대나 검은 빵에도 만족할 수 있게 되었다. 그는 식사를 줄이고 이제 별로 잠도 안 자게 되었다. 이러한 패잔의 생활도, 낡은 옷을 벗어던지듯이 언제라도 자기가 원할 때 버릴 수 있다는 자신이 붙자 이럭저럭 견딜 만한 것으로 생각되었다.

죽는 데는 두 가지 방법이 있었다. 하나는 아주 간단했다. 손수건을 창문 격자에 묶어 놓고 목을 매기만 하면 되었다. 다른 하나는 먹고 있는 체하면서 굶어죽는 방법이었다.

첫번째 방법은 아무래도 싫었다. 그는 해적들은 야비한 사람이라고 교육받으며 자라왔다. 그런데 해적들은 배의 돛 활대에 매달려 죽는 것이었다.

그래서 목을 맨다는 것은 그에게 있어서는 수치스러운 처형처럼 생각되어서 자진해서 그러고 싶은 마음은 생기지 않았다. 그래서 제2의 방법을 택하기로 했다. 그리고 그날부터 당장 실행에 들어갔다.

이런 식으로 이런저런 생각을 하고 있는 동안에 4년이라는 세월이 흘렀다. 그 2년째가 끝날 무렵부터 단테스는 날짜를 헤아리는 것을 그만두었다. 그리고 일찍이 검찰관에 의해 세월의 망각에서 구출된 뒤에 다시 그곳으로 굴러 떨어진 것이었다.

단테스는 『나는 죽고 싶다.』라고 말하고 있었다. 그리고 그 죽는 방법을 선택하고 있었다. 그래서 그는 죽음을 지긋이 바라보고 있었다. 그리고 결심이 흔들릴 것을 두려워하여 이렇게 죽는 것이다라고 굳게 마음을 다져먹었다. 아침 식사, 저녁 식사가 운반되어 올 때마다 그것을 창문 밖으로 던져 버리고 먹은 것처럼 위장하리라고 그는 생각했다.

그는 결심한 대로 실행했다. 하루에 두 번, 하늘밖에 보이지 않는 작은 격자창을 통해 음식을 던져 버렸다. 처음에는 그것이 즐거웠다. 그러던 중에 조금씩 생각을 하게 되었고 나중에는 그것이 아까워졌다. 이 무서운 계획을 수행하기 위해서는 자기 마음에 다짐한 것을 되새기지 않으면 안 되었다. 전에는 그토록 역겨웠던 식사가 극도의 굶주림 때문에 보기만 해도 군침이 돌았고 뭐라 말할 수 없는 구수한 냄새가 코를 찔렀다.

어떤 때는 거의 한 시간이나 음식이 담긴 접시를 손에 들고 썩은 고기 조각이나 역겨운 냄새가 나는 생선, 곰팡이가 낀 검은 빵을 물끄러미 바라보고 있는 때가 있었다. 그것은 삶의 마지막 본능이 아직도 마음속에서 싸우고 있어서 때때로 그의 결심을 부수려고 하고 있는 것이었다.

이렇게 되자 지하감옥도 이미 그렇게 어두운 곳으로만 생각되지는 않았다. 자기의 상태도 지금까지처럼 절망적인 것으로만 생각하지는 않게 되었다.

그는 아직도 젊었다. 스물다섯 또는 스물여섯 살임이 틀림없었다. 아직도 이럭저럭 50년은 더 살 수 있다. 즉 지금까지 살아온 햇수의 두 배는 살 수 있다는 얘기이다. 그 오랜 세월 동안에 어떤 사건이 일어나서 감옥문이 열리고 이프 성의 벽이 무너져내려 자기가 자유로운 몸이 되는지 알 수 없는 것이다 !

그렇게 생각하며 그는 음식물을 입으로 가까이 가져갔다. 그러나 그는 자발적으로 탄타로스(그리스 신화의 제우스의 아들로서 영원한 기갈에 고통받았다)가 되어 그 음식물을 입에서 멀리했다. 굳게 다졌던 결심이 되살아난 것이다. 그의 고귀한 마음은 자기를 비천하게 만드는 것을 두려워하며 맹세를 어김없이 지킨 것이다.

이렇게 그는 가차없이 자기를 학대하여 얼마 남지 않은 생명을 마멸시켜 갔다. 그리고 그러던 어느 날, 운반되어온 저녁식사를 채광창을 통해 바깥으로 던지려고 했으나 그에게는 이미 일어날 힘도 없었다.

다음날, 그는 이미 눈이 보이지 않았다. 귀도 거의 들리지 않았다. 간수는 이 사람이 분명히 중병에 걸린 것이라고 생각했다. 에드몽도 이런 상태라면 머잖아 죽을 수 있을 것이라고 생각했다.

그날은 그런 식으로 지나갔다. 에드몽은 뭔가 마비된 기분, 그러면서도 뭔가 만족스러운 기분이 자기의 체내에 번져가는 것을 느꼈다. 위(胃)의 신경질적인 경련도 가라앉아 있었다. 타는 듯한 목의 갈증도 진정되어 있었다. 눈을 감자 밤의 늪지 위를 날아다니는 도깨비불 같은 많은 불빛이 보였다. 그것은 죽음이라고 불리는 낯선 나라의 황혼이었다.

그날 밤 9시경, 그는 갑자기 자기가 기대고 있는 벽에서 희미하게 들려오는 어떤 소리를 들었다.

감옥 안에서는 여러가지 지저분한 벌레가 소리를 내고 있었다. 단테스는 차츰 이러한 희미한 소리에는 잠을 설치지 않을 만큼 익숙해져 있었다. 그러나 오늘밤은 단식에 의해서 감각이 예민해져 있었던 것일까, 아니면 실제로 소리가 평소보다는 컸던 것일까, 혹은 또 이러한 마지막 순간이 되면 모든 것이 중대한 것으로 여겨지는 것일까, 에드몽은 좀더 분명히 들으려고 고개를 쳐들었다.

그것은 규칙적으로 무엇인가를 긁는 소리였다. 큰 손톱이나 힘센 이빨, 또는 어떤 연장으로 돌이라도 깎고 있는 것 같은 소리였다.

에드몽 단테스의 두뇌 작용은 몹시 약해져 있기는 했으나 항상 수인들의 머리에서 떠나지 않는 자유라는 것에 퍼뜩 생각이 미쳤다. 이 소리는 모든 소리가 그의 귀에서 사라져가려고 하는 바로 그 순간에 들려온 것이다. 그에게는 신이 마침내 그의 고통을 가엾게 여겨 그의 발이 이미 비틀거리면서 무덤으로 들어가려 하고 있을 때 그 가장자리에서 멈추어 서도록 이 소리를 보내 준 것처럼 생각되었다. 그의 친구의 한 사람이, 그가 지성을 다하여 생각해온 한 사람이, 지금 자기를 끔찍이도 생각하여 두 사람 사이를 떼어 놓고 있는 거리를 좁히려고 노력하고 있는 것은 아닐까? 아니, 아니, 그런 일이 있을 까닭이 없지. 에드몽은 확실히 생각을 잘못 하고 있었던 것이다. 그것은 죽음의 문전에서 방황하고 있는 하나의 꿈인 것이다.

그래도 에드몽은 여전히 그 소리에 귀를 기울이고 있었다. 그 소리는 이럭저럭 3시간 동안 계속되었다. 그런 다음 에드몽의 귀에는 무언가가 무너져내리는 소리가 들렸다. 그리고 나서 그 소리는 뚝 그쳤다.

그런 다음 몇 시간 뒤에 그 소리가 한층 더 강하게 그리고 한층 더 가까이에서 들려왔다. 에드몽은 이미 귀에 익은 이 소리에 흥미를 느끼고 있었다. 마침 그때, 갑자기 간수가 들어왔다.

죽으려고 결심하고 나서 약 일주간, 그리고 그 계획을 실행에 옮기기 시작하고 나서 나흘 동안, 에드몽은 이미 간수에게 한마디 말도 걸고 있지 않았다. 어디 몸이 불편하지 않은가고 물어도 대답을 하지 않았고 그가 너무 유심히 들여다보면 벽쪽으로 돌아눕곤 했다.

그러나 오늘은 간수가 저 희미한 소리를 알아듣고 미심쩍게 생각하여 그것을 중지시킬지도 모르는 일이었다. 그렇게 되면 자기에게 있어서는 뭔가 모를 희망 같은 것, 생각만 해도 마지막 순간이 즐거워지는 이 희망을 자기로부터 빼앗아갈지도 모르는 일이었다.

간수는 아침식사를 가지고 온 것이었다.

단테스는 침대 위에서 몸을 일으켜 일부러 큰소리를 질러 간수가 가지고 온 식사가 맛이 없다는 것, 지하감옥이 추워서 견딜 수 없다는 것 등 할 수 있는 모든 악담을 퍼붓기 시작했다. 한층 더 큰 소리로 고함칠 이유를 만들기 위해 이것저것 불평을 늘어놓기도 하고 잔소리를 하기도 했다. 그래서 마침 이날, 앓아 누운 수인을 위해 수프와 새로 구운 빵을 모처럼 청구해서 가지고 온 간수를 조마조마하게 만들고 말았다.

다행히도 간수는 단테스가 흥분해서 헛소리를 하고 있는 것이라고 생각했다. 그는 여느 때와 마찬가지로 음식을 허술한 절름발이 탁자 위에 올려 놓고 나가 버렸다.

그러자 자유로워진 단테스는 기쁨으로 가슴을 두근거리면서 또다시 귀를 기울였다.

소리가 또렷했으므로 이제는 쉽게 들을 수 있었다.

『이제는 의심할 여지가 없다.』 하고 그는 자기 자신에게 타일렀다. 『낮인데도 이러한 소리가 계속되고 있는 것을 보면 나와 똑같은 불행한 수인이 자유로워지려고 노력하고 있는 것이 틀림없다. 아아 ! 만일 내가 가까이에 있다면 어떻게 해서라도 도와 줄 텐데 !』

그러나 이때 갑자기 불행에 길들여지고 좀처럼 세상의 기쁨에 익숙해지지 못한 그의 머릿속은 이러한 희망의 새벽에 직면했으면서도 한 조각의 어두운 구름이 스쳐 지나갔다. 이것은 소장이 고용한 직인들이 이웃 감옥을 수리하는 소리일지도 모른다는 생각이 문득 머리에 떠오른 것이다.

그것을 확인하기는 어려운 일이 아니었다. 그러나 위험을 무릅쓰면서까지 물어 볼 필요는 없었다. 간수가 오기를 기다렸다가 그에게 이 소리를 듣게 하고 그때 그가 어떤 표정을 짓는가를 보는 것도 물론 간단한 일이었다. 그러나 그러한 만족을 자기에게 부여하는 것은 잠깐 동안의 만족을 위해 실로 귀중한 이익을 잃게 되는 결과가 될지도 모른다.

불행하게도 에드몽의 머리에는 마치 텅 빈 종처럼 단 하나의 생각만이 울려퍼지고 있어서 다른 것은 아무것도 들리지 않았다. 그는 완전히 쇠약해져 있었으므로 그의 정신은 마치 아지랭이처럼 떠돌아 하나의 생각을 중심으로 집중할 수가 없었다. 지금의 에드몽에게는 생각을 정리하고 판단력을 명확하게 하기 위해선 단 한 가지 방법밖에 없었다. 그는 간수가 지금 탁자 위에 놓고 간, 아직도 김이 모락모락 나는 수프에 눈길을 주었다. 그리고는 일어서자마자 그쪽으로 비틀거리면서 다가가 주발을 손에 들고는 입술을 거기에 가져다대고 뭐라 말할 수 없는 만족감으로 그 안의 수프를 단숨에 들이켰다.

그러나 그는 용기를 내어 그것만으로 끝냈다. 난파선의 사람들이 구조받았을 때 공복 때문에 쇠약해진 참에 영양이 있는 음식을 너무 많이 먹고 죽었다는 얘기를 그는 들었던 것이다. 에드몽은 거의 입 근처까지 가지고 갔던 빵을 탁자 위에 놓고 다시 침대에 누웠다. 에드몽에게는 이미 죽고 싶은 마음은 없어졌다.

이윽고 그는 머릿속이 다시 맑아지는 것같이 느꼈다. 흐리멍덩하고 거의 걷잡을 수 없던 모든 생각이 머리라는 이 미묘한 바둑판의 틀림없는 제자리에 돌아와 있었다. 이 바둑판의 또 하나의 여분의 눈이 아마도 인간을 동물보다 뛰어난 것으로 만들어 주고 있는 것이리라. 그는 지금은 그 여분의 눈인 이성에 의해 생각하고 그리고 자기의 생각을 온전한 것으로 만들 수가 있었다.

여기에서 그는 자기에게 말했다.

『좋다, 시험해 보자. 하지만 누구에게도 폐를 끼치지 않도록 해야만 한다. 만일 일을 하고 있는 자가 보통의 직인이라면 내가 벽을 두드려 보이기만 하면 누가 무엇 때문에 두드렸는가를 생각해 보기 위해 곧 일을 중지할 것이다. 그러나 그의 일은 합법적인 것일 뿐 아니라 명령을 받은 것이기도 하므로 곧 다시 일을 시작할 것이다. 그러나 그가 만일 수인이라면 내 소리에 소스라쳐 놀랄 것이다. 그리고 오늘밤 모두들 잠이 들었다고 생각될 즈음에 다시 시작할 것이다.』

곧 그는 다시 일어났다. 이번에는 다리도 흔들리지 않았고 눈도 부시지 않았다. 그는 감옥의 한쪽 구석으로 가서 습기로 침식된 돌을 하나 빼냈다. 그리고 다시 돌아와서는 벽의 가장 울리기 쉬운 곳을 두드렸다.

그는 세 번 두드렸다.

한 번 두드린 것으로 소리는 마법에 걸린 것처럼 뚝 그쳤다.

에드몽은 전신의 주의를 기울여 귀를 곤두세웠다. 1시간이 지났다. 2시간이 지났다. 그러나 아무 소리도 이미 들리지 않았다. 에드몽은 벽 저쪽을 조용하게 만들고 만 것이다.

희망에 넘친 단테스는 몇 조각의 빵을 걸신들린 듯이 먹고 몇 잔의 물을 마셨다. 그러자 타고난 강한 체질 덕분에 거의 본래의 자기를 되찾을 수 있었다.

그날은 그렇게 지나갔다. 침묵은 여전히 계속되고 있었다.

밤이 되었는데도 소리는 들려오지 않았다.

『역시 수인이었군.』 하고 단테스는 말할 수 없는 기쁨을 느끼며 자기 자신에게 말했다.

이때부터 그의 머리는 활발하게 움직이게 되었다. 생명력이 다시 활동을 시작했기 때문에 급격하게 회복되었다.

밤은 바스락 소리도 없이 깊어갔다.

에드몽은 밤새 잠을 자지 않았다.

다음날이 되었다. 간수가 식사를 날라왔다. 그는 지금까지의 것을 모두 먹어치우고 있었다. 그래서 새로운 것을 정신없이 먹었다. 그리고 이제는 들려오지 않는 그 소리에 노상 귀를 기울이고 있었다. 이제 영구히 끝난 것이 아닐까 하고 마음이 조마조마했다. 감옥 안을 사, 오십 킬로나 걸어다니고 몇 시간이나 채광 환기창의 철격자를 흔들어대며 벌써 오랫동안 중지했던 운동을 하여 손과 발에 유연성과 힘을 되돌아오게 하고 마치 투기장에 들어가려는 역사(力士)가 팔을 뻗치기도 하고 몸에 기름을 바르기도 하는 것처럼 이제부터의 자기 운명과 격투하기 위한 준비를 했다.

그리고 이렇듯 열띤 활동을 벌이면서도 그 소리가 다시 들려오지 않는가 하고 노상 귀를 기울이곤 했다. 그리고 그는 자유를 찾기 위해서 벌이고 있던 일을 방해한 것이 자기와 마찬가지로 자유를 열망하고 있는 다른 수인이라는 것을 꿰뚫어보지 못하는 상대방 수인의 신중함을 안타깝게 생각했다.

사흘이 지나갔다. 일 분 일 분을 세어나가는 죽도록 괴로운 72시간이 지나갔다.

드디어 어느 날 밤, 간수가 마지막 순찰을 끝내고 돌아간 뒤, 벌써 백 번째쯤 될 것이지만 단테스가 벽에다 귀를 갖다대자, 조용하기만한 돌에 바싹 붙인 그의 머리에 거의 느끼지 못할 정도의 흔들림이 희미하게 대답해온 것처럼 생각되었다.

단테스는 어찔어찔한 머리를 진정시키려고 뒤로 물러나 감옥 안을 몇 바퀴 돌았다. 그리고 귀를 다시 아까 그 자리에 갖다댔다.

이제 의심의 여지는 없었다. 벽 저쪽에서 무슨 일인가가 행해지고 있었다. 저쪽 수인은 지금까지의 방법이 위험하다고 생각하고 다른 방법을 취한 것 같았다. 좀더 안전하게 일을 계속하려고 아마 끌을 집어치우고 지레를 사용하고 있는 것 같았다.

에드몽은 이러한 발견에 고무되어 이 지칠 줄 모르는 사나이를 도와 주리라고 결심했다. 그는 우선 침대를 움직였다. 그 건너편에서 탈출 작업이 벌어지고 있는 것처럼 생각된 것이다. 그는 주위를 둘러보며 뭔가 벽을 무너뜨리고 습기찬 시멘트를 깨어 돌을 뽑아내는 데 사용할 만한 것은 없을까 하고 찾아보았다.

그러나 아무것도 보이지 않았다. 작은 칼도 없고 날이 달린 것은 아무것도 없었다. 다만 있는 것은 창문에 끼워진 철격자뿐이었다. 그러나 그 격자가 단단하게 끼워졌다는 것은 지금까지도 여러 번 확인을 한 터였으므로 새삼 흔들어 볼 필요도 없었다.

감옥 안의 가구란 침대와 의자, 탁자, 그리고 양동이와 물병뿐이었다. 침대에는 쇠로 된 순자(筍子)가 여러 개 달려 있었다. 그러나 그것은 나사로 나무에 단단히 박혀져 있었다. 이 나사를 뽑고 순자를 떼내려면 나사돌리개가 필요했다.

테이블과 의자에는 아무것도 달려 있지 않았다. 양동이에는 처음에는 손잡이가 달려 있었으나 지금은 이미 떨어져 나가고 없었다.

단테스에게는 이제 한 가지 방법밖에 남아 있지 않았다. 그것은 물병을 깨고 그 파편을 뾰죽하게 갈아서 일을 시작하는 것이었다.

그는 물병을 바닥돌에 떨어뜨렸다. 물병은 박살이 났다.

단테스는 뾰족한 파편을 두세 개 골라서 깔짚 속에 숨겼다. 그리고 다른 파편은 바닥 위에 흩어진 채로 버려 두었다. 물병이 깨지는 것은 너무나도 자연스러운 일이어서 별로 의심받을 걱정은 없었다.

에드몽은 밤새 작업을 했다. 그러나 어둠 속에서 하는 일이라 좀처럼 진전되지 않았다. 그럴 수밖에 없는 것이 손으로 더듬어가면서 하지 않으면 안 되고 게다가 곧 단단한 모래바위에 부딪쳐서 그의 허술한 연장은 끝이 무뎌지고 말았다. 그래서 그는 침대를 다시 제자리에 밀어넣고 밤이 새기를 기다렸다. 희망과 함께 참을성도 다시 되돌아와 있었다.

밤새 그는 귀를 기울이고 있었다. 그러자 그의 귀에 낯선 갱부가 지하에서 작업을 계속하고 있는 소리가 들려왔다.

아침이 되자 간수가 찾아왔다. 단테스는 어제밤 물병에서 직접 물을 마시려다 떨어뜨려서 그만 깨고 말았다고 설명했다. 간수는 투덜거리면서 낡은 물병의 파편을 치우려고도 하지 않고 새것을 가지러 갔다.

간수는 곧 돌아왔다. 그리고 앞으로는 좀더 조심해서 사용하라고 말하고는 나가 버렸다.

자물쇠가 삐거덕거리는 소리는 지금까지는 그것이 잠겨질 때마다 가슴이 죄어드는 것 같은 느낌을 받곤 했지만 지금 단테스는 뭐라 말할 수 없는 기쁨으로 그 소리를 들었다. 그는 발소리가 멀어지는 것에 귀를 기울이고 있었다. 그리고 그 발소리가 사라지자 그는 침대 쪽으로 달려가서 그것을 밀어냈다. 그리고 감옥에 스며드는 희미한 광선으로 어제밤의 작업이 허사였음을 깨달았다. 돌 주위의 회반죽을 무너뜨릴 셈이었지만 실은 돌을 무너뜨리려 하고 있었던 것이다.

습기 때문에 회반죽은 부스러지기 쉽게 되어 있었다.

단테스는 회반죽이 파편이 되어서 떨어져 나가는 것을 기쁨으로 가슴 설레면서 바라보았다. 실상 그 파편은 거의 가루에 가까운 것이었다. 그러나 30분쯤 지나자 거의 한 줌 가량이 되었다. 수학자가 계산한다면 이러한 작업을 2년쯤 계속하면 도중에 큰 바위에라도 부닥치지 않으면 육십 센티 사방, 깊이 육 미터의 통로를 팔 수가 있을 것이다.

그래서 단테스는 지금까지의 오랜 세월, 희망과 기도, 그리고 절망 속에서 헛되이 보낸 세월을 어째서 이 일에 사용하지 않았을까, 하고 후회했다.

이 감옥에 갇히고 나서 거의 6년이 되는데 그동안 어떤 일이라도, 설사 그것이 아무리 진전이 안 되는 일이라도 해내지 못했을 까닭이 없었던 것이다! 그렇게 생각하자 그에게는 새로운 기운이 솟았다.

사흘 걸려서 그는 신중에 신중을 거듭한 끝에 겨우 시멘트를 벗기고 돌을 노출시킬 수가 있었다. 벽은 부드러운 돌을 겹쳐 쌓고 그 안에 군데군데 이 벽을 견고하게 하기 위해 단단한 건축용 석재를 박아넣고 있었다. 지금 그는 이 석재의 하나를 거의 드러나게 할 수가 있었던 것이다. 이번에는 이것을 박아넣은 둘레 속에서 흔들거리게 하기만 하면 되는 것이다.

단테스는 손톱으로 그것을 해보았다. 그러나 이러한 일은 손톱으로는 되지 않았다.

그는 물병의 파편을 틈새에 끼워넣었다. 그것을 지레처럼 사용하려고 했으나 그 순간에 깨지고 말았다.

한 시간이나 헛된 시도를 이것저것 해본 끝에 그는 이마에 땀과 고뇌를 내비치면서 일어섰다.

그러나 시작해 놓고 중단할 수가 있을까? 이웃 사람도 아마 지쳤을 테지만 그 이웃 사람이 모든 일을 해내는 데 아무 도움도 주지 못하고 무기력하게 기다리고만 있어도 되는 것일까?

이때 하나의 생각이 그의 머리에 떠올랐다. 그는 꼼짝도 하지 않고 서서 미소를 흘렸다. 땀에 젖었던 그의 이마는 어느새 말라 있었다.

간수는 매일 단테스의 수프를 양철 냄비에 담아 가지고 왔다. 이 냄비에는 그의 수프와 다음 수인의 수프가 들어 있었다. 단테스는 간수가 식사를 배달할 때 자기부터 시작하느냐 또는 다음 동료부터 시작하느냐에 따라 어떤 때는 이 냄비가 가득차 있고 어떤 때는 절반밖에 차 있지 않다는 것을 알게 되었다.

이 냄비에는 쇠로 된 손잡이가 달려 있었다. 단테스는 이 손잡이가 필요하다고 생각하고 있었다. 이 손잡이를 손에 넣기 위해서는 그 댓가로 10년의 목숨을 바쳐야 한다고 해도 그는 그것을 지불했을 것이다.

간수는 냄비 안의 것을 단테스의 접시에 붓고 단테스는 그 수프를 나무 젓가락으로 떠서 마시고는 매일 사용되고 있는 그 접시를 씻는 것이었다.

그날 저녁 단테스는 접시를 문과 테이블의 중간 바닥에 놓았다. 그러자 간수는 들어오다가 거기에 발이 걸려 접시를 산산조각으로 깨고 말았다.

이번에는 단테스에게 잔소리를 할 수 없었다. 물론 접시를 바닥 위에 놓은 것은 단테스의 잘못이었다. 하지만 간수가 발밑을 살피지 않은 것은 그의 실책이었다.

그래서 간수는 수프를 담을 데가 없는가 하고 주위를 두리번거렸다. 그러나 단테스의 것이라고는 이 접시밖에 없었다. 방법이 없었다.

「그 냄비를 두고 가면 되잖소.」 하고 단테스가 말했다. 「내일 아침식사를 가지고 왔을 때 가져가면 될 것 아뇨?」

이러한 조언은 게으른 간수를 기쁘게 했다. 그렇게 하면 올라갔다가 다시 내려오고 그리고 또다시 올라가는 수고를 덜게 된다.

간수는 냄비를 남겨 놓고 나갔다.

단테스는 기뻐서 몸을 부르르 떨었다. 그래서 그는 감옥에서의 습관으로 수프와 수프에 곁들여져 있는 쇠고기를 급히 먹었다. 그리고는 간수가 마음을 고쳐먹고 되돌아오지 않는다는 것을 확인하기 위해 한 시간을 기다린 뒤 침대를 움직여 놓고는 냄비를 손에 들고 그 손잡이 끝을 시멘트를 제거한 건축용 석재와 그것을 둘러싸고 있는 부드러운 돌 사이에 찔러넣고 지렛대처럼 사용하기 시작했다.

돌이 약간 움직이는 것으로 단테스는 일이 순조롭게 진행되고 있음을 알 수 있었다.

실제로 한 시간쯤 뒤에는 돌을 벽에서 떼어낼 수가 있었다. 그러자 거기에 직경 오십 센티 가량의 구멍이 빠끔이 뚫렸다.

단테스는 회반죽을 정성스럽게 모아 방 구석으로 가지고 가서 물병의 파편 하나로 회색의 지면을 긁어 회반죽 위에 흙을 덮었다.

그리고는 우연히, 아니 그 자신이 생각해낸 교묘한 계획에 의해 이렇게도 귀중한 연장이 손에 들어온 이 하룻밤을 이용하려고 그는 필사적으로 파들어 갔다.

날이 밝자 그는 돌을 다시 구멍에 끼워넣고 침대를 벽에 밀어붙이고는 그 위에 누웠다.

아침식사는 빵 하나뿐이었다. 간수가 들어와서 그 빵을 탁자 위에 놓았다.

「아니! 다른 접시는 가져오지 않았소?」 하고 단테스가 물었다.

「물론이지.」 하고 간수는 대답했다. 「너는 뭐든지 깨버리는 사람이니까. 너는 물병을 깨버렸어. 그리고 너 때문에 내가 접시를 깼어. 만일 수인들이 모두 너처럼 물건을 깨버리면 정부도 지탱을 할 수 없을 거야. 너에게는 이 냄비를 남겨 두겠다. 여기에 수프를 따라 주겠다. 그렇게 하면 아마 너도 자기의 살림 도구를 깨지는 않을 테니까.」

단테스는 눈을 들어 하늘을 우러러보았다. 그리고 침구 속에서 두 손을 모두었다.

쇠로 된 손잡이가 자기의 손에 남겨졌다는 것이 그의 마음속에 신에 대한 열렬한 고마움을 불러일으켰다. 지금까지의 생애에서 아무리 큰 행복이 찾아왔을 때도 이토록 고마움을 느낀 적은 없었다. 다만 자기가 일을 시작한 뒤부터 저쪽 수인이 이미 일을 하지 않고 있다는 것을 그는 깨닫고 있었다.

그러나 그런 것은 아무래도 좋았다. 저쪽이 하지 않는다고 해서 이쪽에서도 일을 그만둘 이유는 없었다. 저쪽에서 다가오지 않으면 이쪽에서 다가가면 되는 것이다.

하루 종일 그는 쉬지 않고 일을 했다. 저녁때가 되자 새로운 연장 덕분에 벽에서 열 움큼도 넘는 돌의 파편과 회반죽, 그리고 시멘트를 떼어낼 수가 있었다.

간수가 올 시간이 되자 그는 구부러진 냄비 손잡이를 될 수 있는 대로 곧바로 펴서 그것을 여느 때와 똑같은 장소에 놓아 두었다. 간수는 평소와 같은 배급량의 수프와 고기, 아니 수프와 생선을——왜냐하면 이날은 마침 채식일이었던 것이다——거기에 따라 주고 갔다. 일주일에 세 번 수인들에게는 육식이 금지되었다. 만일 단테스가 날짜를 따지는 일을 훨씬 전부터 단념하고 있지 않았다면 이러한 일도 날짜를 계산하는 하나의 수단이 되었을 것이었다. 간수는 수프를 따라 주고는 곧 나가 버렸다.

이번에야말로 저쪽 사나이가 정말로 작업을 중단했는지 어떤지 알아봐야지 하고 단테스는 생각했다.

그는 가만히 귀를 기울였다.

저쪽의 일이 중단된 뒤부터 사흘 동안 언제나 그러했듯이 이때도 주위는 조용하기만 했다.

단테스는 한숨을 쉬었다. 분명히 상대방은 이쪽을 경계하고 있는 것이다. 그러나 그는 결코 실망하지 않았다. 그리고 밤을 새워 일을 계속했다. 그러나 2, 3시간 지나자 뭔가 장애물에 부닥쳤다.

쇠로 된 손잡이는 더 이상 먹혀들어가지 않았다. 뭔가 평평한 표면에서 그냥 미끄러졌다.

단테스는 그 장애물을 손으로 만져 보았다. 그리고 하나의 큰 들보에 부닥쳤음을 깨달았다.

이 큰 들보는 그가 파들어가기 시작한 구멍을 가로지르고 있다기보다는 오히려 완전히 가로막고 있었다.

이렇게 된 이상 그 위를 파든가 밑을 파는 수밖에 없었다.

불행한 그는 이러한 장애물이 있으리라고는 전혀 생각지도 못했던 것이다. 『오오! 하느님!』 하고 그는 소리질렀다. 『저는 지금까지도 수없이 하느님에게 기도를 했습니다. 그래서 저는 제 기도를 들어 주시리라고 생각하고 있었습니다. 하느님! 하느님은 일찍이 저에게 삶의 자유를 박탈하시고 죽음의 안식마저도 빼앗아가셨습니다. 그리고 그런 뒤에 저를 다시 삶의 길로 불러내셨습니다. 아무쪼록 하느님! 저를 불쌍히 여겨 주십시오. 저를 절망 속에서 죽지 않게 보살펴 주십시오!』

이때 『하느님의 이름과 절망을 동시에 입에 담고 있는 자는 누구냐?』

하는 목소리가 들려왔다. 그것은 땅밑에서 들려오는 것처럼 생각되었다. 그리고 흐릿하게 잠긴 목소리였으므로 그의 귀에는 무덤에서 울리는 목소리처럼 들렸다.

에드몽은 저도 모르게 머리칼이 곤두서는 것을 느꼈다. 그리고는 무릎을 꿇은 채 뒤로 물러섰다.

『오오!』하고 그는 중얼거렸다.『사람의 목소리가 들렸다.』

그는 이 4, 5년 동안 간수 이외의 사람의 목소리는 들은 적이 없었다. 그런데 그에게 있어서 간수는 인간이 아니었다. 그것은 떡갈나무의 문에 덧붙여진 살아 있는 문이었다. 철격자 위에 첨부된 살덩어리의 격자였다.

「하느님의 이름으로!」하고 단테스는 소리질렀다.「지금, 말씀을 하신 분, 당신의 목소리는 나를 놀라게 했습니다만 아무쪼록 말씀을 계속해 주십시오. 당신은 누구십니까?」

「그렇게 말하는 당신은 누구요?」하고 그 목소리가 물었다.

「불행한 수인입니다.」하고 단테스는 즉시 대답했다.

「어느 나라 사람이오?」

「프랑스 인입니다.」

「이름은?」

「에드몽 단테스.」

「직업은?」

「선원입니다.」

「언제부터 여기에 들어왔소?」

「1815년 2월 28일부터입니다.」

「무슨 죄로 들어왔소?」

「저는 무죄입니다.」

「그런데 무슨 명목으로 고발당했소?」

「황제 폐하의 귀환 음모를 도모했다는 겁니다.」

「뭐라고? 황제 폐하의 귀환이라고? 그럼 황제 폐하는 이미 제위(帝位)에 계시지 않단 말이오?」

「1814년 퐁텐블로에서 퇴위하시어 엘바 섬으로 유배당하셨습니다. 그런 것을 전혀 모르시다니 대체 언제부터 이곳에 갇힌 겁니까?」

「1811년부터요.」

단테스는 부르르 몸을 떨었다. 그렇다면 이 사람은 자기보다 4년이나 먼저 투옥된 것이다.

「좋아요. 이제 더 이상 파지 않아도 좋아요.」 하고 목소리가 매우 빠르게 말했다. 「다만 당신이 판 구멍이 어느 정도의 높이에 있는지 그것만 알려 주시오.」

「지면과 비슷한 높이입니다.」

「그 구멍을 어떻게 숨겨 놓았지요?」

「제 침대 뒤에 숨겨 놓고 있습니다.」

「당신이 투옥된 뒤 침대를 옮기려고 들어온 적이 있소?」

「아니요, 한 번도 없어요.」

「당신의 방은 어느 쪽을 향하고 있지요?」

「복도를 향하고 있습니다.」

「그럼 그 복도는?」

「안뜰로 향하고 있습니다.」

「아아!」 하고 목소리가 중얼거렸다.

「오오! 어떻게 되셨습니까?」 하고 단테스는 소리질렀다.

「나는 착오를 했던 거요. 도면이 불완전했기 때문에 혼란을 일으켰던 거요. 컴퍼스의 착오로 허사가 되고 만 거요. 내 설계도에서 생긴 선(線) 하나의 착오가 실제로는 오 미터 가량이나 틀리고 만 거요. 나는 당신이 파고 있는 벽을 감쪽같이 성벽이라고 생각하고 있었단 말요!」

「그럼 바다로 나가시려 한 겁니까?」

「나는 그렇게 하려고 생각하고 있었소.」

「만일 거기에 성공하면요?」

「뛰어들어서 헤엄을 쳤겠지. 그렇게 하면 이 이프 성 근처의 어느 섬 예컨대 돔 섬이라든가 티브랑 섬, 또는 해안에 닿을 수가 있겠지. 그렇게 되면 나는 살아나는 거요.」

「거기까지 헤엄쳐갈 수 있었을까요?」

「하느님이 힘을 주셨을 거요. 하지만 이렇게 된 이상 이제는 모든 것이 틀려 버렸소.」

「모든 것이라고요?」

「그렇소. 조심해서 구멍을 메워요. 이제 일은 중지하고 더는 아무 일도 하지 말고 내 통지를 기다려요.」

「당신이 누구인지…… 그것만이라도 저에게 알려 주세요.」

「나는…… 나는 27호요.」

「당신은 저를 믿지 않으시는 겁니까?」 하고 단테스는 물었다.

에드몽은 쓴웃음 같은 것이 천장을 뚫고 자기에게까지 전달된 것 같은 느낌을 받았다.

「오오! 저는 선량한 기독교도입니다.」 하고 그는 소리질렀다. 상대방이 자기를 버리려 하고 있다는 것을 본능적으로 알아차린 것이다.「그리스도의 이름으로 맹세합니다. 저 간수들에게 털끝만치라도 이 사실을 내비칠 정도라면 저는 차라리 죽고 말 것입니다. 하느님의 이름으로 부탁합니다. 아무쪼록 저에게서 도망치지 마십시오. 맹세코 말씀드리지만 그렇지 않으면 저는 이미 힘이 다 빠져 버렸으므로 벽에 머리를 부딪고 죽고 말 것입니다. 제가 죽으면 당신은 자신에 대해서 가책을 느끼시게 되겠지요.」

「당신은 몇 살이오? 목소리를 들으니 아직 젊은 것 같은데.」

「저는 제 나이를 모릅니다. 이곳에 들어온 뒤로는 세월을 헤아리고 있지 않으니까요. 알고 있는 것은 1815년 2월 28일, 제가 체포된 날에 만 열아홉 살이 되려던 참이라는 것뿐입니다.」

「아직 스물여섯도 안 되었군.」 하고 목소리가 중얼거렸다.「그렇지, 그 나이에는 사람을 배신하는 일은 아직 없는 법이지.」

「오오! 그렇습니다! 맹세합니다.」 하고 단테스는 되풀이했다.「이미 말씀드렸지만 다시 한 번 되풀이하겠습니다. 당신을 배신할 정도라면 저 자신을 갈기갈기 찢어 버릴 것입니다.」

「잘 얘기해 주었소. 나에게 부탁한다고 잘 말해 주었소. 실은 나는 다른 계획을 세우기 위해 당신에게서 멀어지려 하고 있었던 거요. 하지만 당신의 나이를 알고 안심했소. 내가 당신에게로 갈 때까지 기다려 주시오.」

「그것은 언제쯤이 될까요?」

「그러기 위해서는 기회를 봐야만 해요. 내가 신호를 보낼 테니 기다려 주시오.」

「하지만 저를 버리지 말아 주세요. 저를 외톨박이로 만들지 말아 주세요. 당신께서 와주시겠습니까? 아니면 제가 가도 좋을까요? 함께 도망을 칩시다. 만일 도망을 칠 수가 없다면 함께 이야기를 합시다. 당신은 당신이 사랑하고 계시는 사람들의 얘기를, 그리고 저는 제가 사랑하고 있는 사람들의 얘기를. 당신도 누군가를 사랑하고 계시겠지요?」

「나는 이 세상에서 고독한 사람이오.」

「그렇다면 저를 사랑해 주세요. 만일 당신이 젊은 분이라면 저는 당신의 친구가 되겠습니다. 만일 당신이 늙으신 분이라면 저는 당신의 아들이 되겠습니다.

저에게는 아버지가 있습니다. 만일 아직도 살아 계시다면 일흔 살이 되셨을 것입니다. 저는 아버지와 메르세데스라는 아가씨밖에는 사랑하고 있지 않았습니다. 아버지는 지금도 저를 잊지 않았을 겁니다. 그것은 확실합니다. 하지만 아가씨 쪽은 지금도 저를 생각하고 있는지 어떤지 저로서는 알 수가 없습니다. 저는 아버지를 사랑했던 것처럼 당신을 사랑할 것입니다.」

「좋아요.」 하고 수인은 말했다. 「그럼, 내일 다시…….」

이 짤막한 말은 단테스를 안심시키는 어조로 말해졌다. 그는 그것만으로 만족하여 일어서서는 벽에서 뜯어낸 파편을 지금까지와 똑같이 신중하게 처분하고 침대를 벽에다 밀어부쳤다.

이때부터 단테스는 행복한 기분에 잠길 수가 있었다. 이제는 확실하게 혼자가 아닐 수 있는 것이다. 아마도 자유로워질 수 있을지도 모르는 것이다.

최악의 경우, 설사 지금까지와 마찬가지로 수인으로 남더라도 한 사람의 동료가 있는 것이다. 갇힌 신세의 고달픔도 둘이서 나누어 가지면 절반으로 줄 것이다. 둘이서 함께 탄식하는 것은 거의 기도하는 것과 같은 것이다. 둘이서 함께 기도하면 거의 그 기도가 받아들여지는 것과 같은 것이다.

하루 종일 단테스는 기쁨으로 가슴 설레면서 감옥 안을 왔다갔다하고 있었다. 때때로 이 기쁨은 그의 가슴을 메게 했다. 그는 손으로 가슴을 누르면서 침대 위에 걸터앉았다.

복도에서 조금이라도 소리가 들리면 그는 문 쪽으로 달려갔다. 자기가 전혀 모르는, 그러나 이미 친구처럼 사랑하고 있는 사람으로부터 자기가 격리당하는 일이 일어나지는 않을까 하는 걱정이 한두 번 그의 머리를 스쳤다.

그러나 그는 이미 결심하고 있었다. 만일 간수가 침대를 벽에서 끌어내어 구멍을 찾기 위해 몸을 굽히기라도 한다면 물병이 놓여 있던 바닥돌로 머리를 깨부수리라고.

그런 짓을 하면 사형에 처해지리라는 것은 분명히 알고 있었다. 그러나 저 신비로운 소리가 그를 삶으로 되돌이켜 준 그 순간까지 권태와 절망 때문에 죽으려 하고 있었던 것이 아닌가?

저녁때 간수가 찾아왔다. 단테스는 침대에 누워 있었다. 그러는 편이 미완성의 구멍을 지키기 쉽다고 생각했기 때문이었다. 아마 그는 이 귀찮은 방문자를 이상한 눈초리로 본 모양이었다. 간수는 그를 향해 이렇게 말했다.

「아니, 또 정신이 이상해졌나?」

단테스는 대꾸하지 않았다. 감동이 목소리에 나타나 본심을 간파당할 것이 두려웠기 때문이다.

간수는 고개를 저으면서 나가 버렸다.

밤이 되자 단테스는 이웃 사나이가 침묵과 어둠을 이용하여 이야기를 하러 찾아와 주리라고 믿고 있었다. 그러나 그의 기대는 빗나갔다. 밤은 깊어갔으나 어떤 소리도 그의 격렬한 기대에 보답해 주지는 않았다. 그러나 다음날, 간수의 아침 순찰이 끝난 뒤 그가 침대를 벽에서 끌어낸 순간 규칙적인 간격을 두고 똑 똑 똑 세 번 두드리는 소리가 들렸다. 그는 서둘러 무릎을 꿇었다.

「당신인가요?」 하고 단테스는 말했다. 「접니다!」

「간수는 이제 다녀갔소?」 하고 목소리가 물었다.

「네.」 하고 단테스는 대답했다. 「이제는 밤이 되기 전에는 오지 않습니다. 12시간의 자유로운 시간이 있습니다.」

「그럼 시작해도 되겠소?」 하고 목소리가 말했다.

「네 어서요! 지금 당장 시작해 주세요, 부탁입니다!」

반쯤 구멍 안으로 들어간 단테스가 두 손을 짚고 있는 근처의 흙이 순식간에 그의 몸뚱이 밑에서 무너져내리는 것 같은 기분이 들었다. 그래서 그는 뒤로 몸을 뺐다. 그러자 그때 무너진 흙이나 돌덩어리가 그가 판 구멍 밑에 빠끔이 입을 벌리고 있는 구멍으로 와르르 떨어져내렸다. 그리고 그때, 이 어둡고 깊이조차 알 수 없는 구멍의 밑바닥에서 머리가, 어깨가 그리고 마침내는 인간 전체의 모습이 꽤 빠르게 나타나는 것이 보였다.

16. 이탈리아 인 학자

　단테스는 너무나도 오랫동안 기다리고 있던 이 새로운 친구의 팔을 끌어안고 이 감옥에 희미하게 스며들고 있는 빛에 그 전신을 비추어보려고 창문 쪽으로 데리고 갔다.

　그는 몸집이 작은 사나이였다. 머리카락은 늙어서라기보다는 차라리 고생 때문에 하얗게 희어 있었다. 회색의 두꺼운 눈썹 밑에 날카로운 눈이 숨겨져 있고 아직도 검은 수염이 가슴께까지 늘어뜨러져 있었다. 깊은 주름이 새겨진 홀쭉한 얼굴과 특징이 있는 다부진 표정은 이 사나이가 육체의 힘보다도 정신력을 사용하는 데 익숙한 사람이라는 것을 나타내고 있었다. 이마는 흠뻑 땀에 젖어 있었다.

　옷은 처음에 어떤 모양을 하고 있었는지 분간을 할 수 없을 만큼 너덜너덜해져 있었다.

　그의 동작에 어딘가 힘이 있어 보이는 것은 오랜 감옥생활 때문에 까칠해져 있기는 하지만 실제는 좀더 젊다는 것을 말해 주고 있었다. 그러나 적어도 예순다섯 살쯤은 되었을 것 같았다.

　그는 청년의 정열적인 감정의 노출을 그야말로 반가운 듯이 받아들였다. 그의 얼어붙은 영혼은 이 뜨거운 영혼에 접하여 순간 따뜻해지고 용해되기 시작한 것 같았다. 자유로운 몸이 될 수 있으리라고 생각했는데 제 2의 감옥으로 나와 버렸기 때문에 절망은 꽤 컸으나 청년의 성의를 따뜻한 마음으로 고마워했다.

　「우선 처음에」 하고 그는 말했다. 「내가 통해온 길을 당신네 간수들의 눈에서 숨기려면 어떻게 해야 될는지를 생각해야 하네. 이제부터 우리가 무사히 지낼 수 있을지 어떨지는 지금까지의 일을 들통나지 않게 하는 데에 달려 있으니까.」

그렇게 말하면서 그는 구멍을 향해 몸을 수그리고 꽤 무거운데도 쉽게 돌을 들어올려 그것을 구멍에 다시 끼웠다.

「이 돌은 꽤 난폭하게 뽑아졌군.」 하고 그는 고개를 흔들면서 말했다. 「그러니까 연장이 없었구먼?」

「그럼 영감님은」 하고 단테스는 깜짝 놀라면서 물었다. 「그것을 가지고 계셨나요?」

「내가 몇 가지 만들었지. 줄을 제외하고는 필요한 것은 뭐든지 있어. 끌, 집게, 지레.」

「참을성있게 연구해서 만드신 그것들을 구경하고 싶군요.」 하고 단테스가 말했다.

「자, 우선 이것이 끌이라네.」

그러면서 그는 너도밤나무의 조각으로 손잡이를 만든 단단하고 날카로운 날을 가진 끌을 보여 주었다.

「무엇으로 만드셨나요?」 하고 단테스가 물었다.

「침대에 붙어 있는 물림쇠로 만들었지. 이 연장으로 여기까지 오는 길을 팠지. 십오 미터쯤 될걸」

「십오 미터라고요!」 하고 단테스는 겁먹은 듯한 소리를 질렀다.

「낮은 소리로 말해야지. 좀더 목소리를 낮추어서. 감옥의 문간에서 엿듣는 일은 흔히 있으니까.」

「하지만 저 한 사람이라는 것을 그들은 알고 있습니다.」

「그런 것은 문제가 안돼.」

「이곳까시 십오 미터를 팠다고 말씀하셨지요?」

「그렇다네. 그게 대략 내 방과 젊은이의 방 사이의 거리라네. 다만 비례를 측량할 기하학의 도구가 없었기 때문에 곡선의 계산을 잘못 하고 말았지. 십삼 미터의 타원으로 해야 하는 건데 십오 미터의 타원으로 하고 말았거든. 전에도 말했듯이 나는 외벽까지 나가서 그 벽에 구멍을 뚫고 바다로 뛰어들 생각이었어.

나는 젊은이의 방이 향하고 있는 복도 밑을 지나지 않고 그 복도를 따라서 온 셈이지. 내 일은 이것으로 끝장이야. 그럴 수밖에 없는 것이 이 복도는 파수병이 많이 있는 안뜰을 향하고 있으니까.」

「그게 틀림없습니다.」하고 단테스가 말했다.「하지만 이 복도는 제 방의 하나의 면을 끼고 있을 뿐입니다. 제 방에는 네 개의 면이 있습니다.」

「그렇지. 그건 확실히 그래. 하지만 우선 첫째로 바위가 벽으로 되어 있는 하나의 면이 있어. 이 바위에 구멍을 뚫기 위해서는 연장을 갖춘 열 명의 갱부가 10년은 작업을 해야 할걸세. 다른 하나의 면은 형무소장의 방의 토대와 등을 맞대고 있을걸세. 그러면 지하의 창고로 나갈 수 있는데 여기에는 물론 자물쇠가 잠겨 있지. 거기에서 우리는 붙잡히고 말걸세. 그런데 또하나의 마지막 면은, 가만 있자, 어디를 향하고 있을까?」

그 벽에는 총안(銃眼) 같은 채광창이 뚫려 있어서 그곳으로 광선이 스며들게 되어 있었다. 이 채광용 구멍은 앞으로 나감에 따라 점점 좁아져 있고 그 끝은 어린애도 통과할 수 없을 만큼 좁은데다 석 줄로 된 철격자가 달려 있었다. 이런 상황이라 아무리 의심이 많은 간수라도 수인이 이곳을 통해 탈주할 수 있으리라고 생각할 여지는 없었다.

노인은 이러한 의문을 설명하면서 탁자를 창 밑으로 가지고 갔다.

「이 탁자 위에 올라타게.」하고 그는 단테스에게 말했다.

단테스는 그가 이르는 대로 탁자 위로 올라갔다. 그리고 동료의 뜻을 짐작하고는 벽에다 등을 기대고 그에게로 두 손을 내밀었다.

자기 방의 번호는 말했지만 단테스는 아직 그 진짜 이름도 모르는 이 사나이는 나이에 걸맞지 않는 잽싼 동작으로 마치 고양이나 도마뱀처럼 날렵하게 우선 탁자에서 단테스의 손 위로, 손 위에서 다시 어깨 위로 뛰어올랐다. 감옥의 천장은 서 있을 여유가 없었으므로 그는 몸을 둘로 꺾고 제1렬의 철격자로 고개를 내밀었다. 이렇게 하면 위에서 아래를 내려다볼 수가 있었다.

잠시 뒤에 그는 급히 고개를 움츠렸다.

「오오! 이럴 것이라고 짐작을 했었지.」

그러고서 그는 단테스의 몸을 따라 탁자 위로 미끄러져 내리고 그런 다음 바닥으로 뛰어내렸다.

「이럴 것이라니, 어떤 것인데요?」하고 단테스도 그의 옆으로 뛰어내리며 불안한 표정으로 물었다.

노인은 뭔가 가만히 생각에 잠겨 있었다.

「그렇지」하고 그는 말했다.「그래. 젊은이의 감옥은 그 네 번째 면이 바깥 복도를 향하고 있어. 순회로(巡回路) 같은 것이어서 순회하는 자가 지나다니고 보초가 서 있어.」

「확실한가요?」

「방금 병사들의 모자와 총끝이 보였어. 들키면 곤란해서 급히 머리를 움츠렸지만.」

「그래서요?」하고 단테스가 말했다.

「알고 있겠지만 젊은이의 감옥에서 도망친다는 것은 불가능한 일이야.」

「그러면요?」하고 단테스는 다그쳐 묻듯이 말을 계속했다.

「아아.」하고 늙은 수인은 말했다.「모든 것은 하느님의 뜻에 달려 있어!」

노인의 표정에는 깊은 체념의 빛이 떠올랐다.

단테스는 그토록 오래 전부터 바라고 있던 일을 이런 식으로 침착하게 체념하는 이 노인을 감탄섞인 놀라움으로 지켜보았다.

「이렇게 된 이상 영감님은 어떤 분인지 말씀해 주시지 않겠습니까?」하고 단테스는 물었다.

「아아, 그래? 좋지. 자네에게 아무런 도움도 될 수 없게 된 지금에 와서도 자네가 거기에 흥미를 느끼고 있다면.」

「영감님은 저를 위로해 주시는 분이고 저를 지탱해 주시는 분입니다. 영감님은 저에게는 강자 중의 강자처럼 생각됩니다.」

노인은 슬픈 듯이 미소지었다.

「나는 파리아 신부라는 사람이라네.」하고 노인은 말했다.「나는 1811년부터 보다시피 이 이프 성의 수인이 되어 있지. 하지만 그보다도 3년 전부터 페네스토렐레의 성채에 갇혀 있었다네. 1811년에 피에몽테에서 프랑스로 이송되었지.

그 무렵 나는 진작부터 나폴레옹 황제의 뜻대로 되어 있던 운명이 그에게 아들을 주고 요람 속의 그 아들이 로마 왕이 될 것으로 알았지. 앞서 자네가 말한 것은 생각조차 못했던 일이었네. 그러니까 그로부터 4년 뒤에 거상(巨像)이 쓰러졌단 말이지? 그렇다면 지금 프랑스를 통치하고 있는 것은 누구지? 나폴레옹 2세인가?」

「아닙니다. 루이 18세입니다.」

「루이 18세라고? 루이 16세의 동생이로군! 하느님의 뜻은 정말 신비롭군. 앞서 올려 세웠던 자를 끌어내리고 앞서 끌어내렸던 자를 다시 올려 세우니. 하느님의 뜻은 대체 어디에 있단 말인가?」

이런 식으로 한순간 자기 자신의 운명을 잊고 세계의 운명을 걱정하고 있는 이 노인을 단테스는 찬찬히 지켜보고 있었다.

「그렇지! 그래.」 하고 노인은 말을 계속했다.「영국 역시 마찬가지지. 찰즈 1세 다음에는 크롬웰이 나왔어. 크롬웰 다음에는 찰즈 2세가 나오고. 제임즈 2세 다음에는 아마 그 사위나 친척, 또는 오렌지 공이 나오게 되겠지. 또 주총독(州總督)이 왕이 되는 수도 있지. 그렇게 되면 민중에 대한 새로운 양보가 발표되지. 그리고 헌법, 이어서 자유가 부여되고! 여보게, 젊은이, 젊은이는 그것을 볼 수 있게 될 테지.」 하고 그는 단테스 쪽을 돌아보며 그야말로 예언자적인 깊고 빛나는 눈으로 그를 바라보면서 말했다.「젊은이는 아직도 그것을 볼 수 있는 나이라고. 그것을 볼 수 있게 될걸세.」

「그렇겠지요, 만일 여기에서 나갈 수만 있다면요.」

「그래! 맞아.」 하고 파리아 신부는 말했다.「우리는 참 수인이었지. 나는 내가 수인이라는 것을 잊어버리는 순간이 있어. 내 눈은 나를 가둬 놓고 있는 벽을 통해서 보기 때문에 마치 자기가 자유로운 몸인 것같이 생각되거든.」

「그런데 어쩌다가 유폐당하는 신세가 되셨지요?」

「나 말인가? 그것은 나폴레옹이 1811년에 실현하려고 생각하고 있던 계획을 내가 1807년에 꿈꾸었기 때문이지. 마치 저 마키아벨리가 생각하고 있던 것처럼 이탈리아를 약소 전제왕국의 보금자리로 만들고 있던 저 군소 왕국의 한가운데에 탄탄한 일대 제국을 만들려고 했기 때문이지.

그러나 나는 관을 쓴 어리석은 자를 내 체자레 보르쟈라고 생각하고 말았지. 이 사나이는 나를 이해하는 척하고 나를 교묘하게 배반하고 말았거든. 내가 품고 있던 계획은 또 알렉산드르 6세나 클레멘스 7세의 계획이기도 했지. 이러한 계획은 항상 실패하기 마련이라네. 왜냐하면 그들이 하려다가 실패했고 나폴레옹조차도 이룩할 수가 없었으니까. 아무리 생각해도 이탈리아는 저주를 받고 있어!」

그렇게 말하고 노인은 고개를 떨구었다.

단테스는 한 사나이가 어떻게 그런 일을 위해서 자기의 목숨을 위험에 노출시킬 수 있는지 이해할 수가 없었다. 물론 그는 나폴레옹을 만나 보기도 하고 그와 얘기를 나누어 보기도 해서 알고 있었으나 클레멘스나 알렉산드르 6세에 대해서는 전혀 아무것도 몰랐던 것이다. 단테스의 생각은 그의 방에 찾아오는 간수의 의견, 즉 이프 성에 있는 사람 전체의 의견과 일치하는 듯했다. 그래서 물었다.

「영감님은, 저어…… 환자로 알려진 신부님 아니십니까?」

「미치광이로 알려진, 하고 젊은이는 말하고 싶은 것 아닌가?」

「하지만, 저는 그렇게는.」 하고 단테스는 미소를 지으면서 말했다.

「아니, 아니, 그렇다고.」 하고 파리아 신부는 씁쓸하게 웃으면서 말했다. 「나는 미치광이로 통하고 있어. 나는 벌써 오래 전부터 이 감옥에 찾아오는 손님들을 재미있게 해주었지. 장차, 이러한 희망도 없는 고통의 집에 작은 어린애들이 오기라도 하면 나는 그들을 즐겁게 놀게 해줄걸세.」

단테스는 한동안 꼼짝도 하지 못하고 입을 다물고 있었다.

「그럼 도망칠 계획은 중지하셨습니까?」 하고 그는 물었다.

「도망친다는 것은 불가능해. 하느님이 원치 않는 일을 시도한다는 것은 하느님에게 도전하는 일이야.」

「어째서 그렇게 낙심하시지요? 단 한 번의 시도로 성공하려는 것이야말로 하느님에 대한 너무나도 방자한 희망입니다. 이쪽 방향으로 하신 것처럼 다른 방향으로 다시 한 번 시작하실 수는 없습니까?」

「다시 한 번 해보라고 하지만 내가 지금까지 한 일을 알고나 있나? 지금 가지고 있는 연장을 만드는 데만도 4년이나 걸렸다는 것을 알고 있나? 2년 동안이나 화강암처럼 딱딱한 흙을 긁어내고 파냈다는 것을 알고 있나? 처음에는 도저히 움직일 수 없다고 생각하고 있던 돌을 뽑아내지 않으면 안될 때에, 며칠 동안이나 이 거대한 작업에 달라붙어서, 때로는 밤에 돌 그 자체인 것처럼 굳어진 묵은 시멘트를 겨우 일 인치 사방 뜯어낼 수 있었을 때의 기쁨이 어떤 것인지 자네는 알고 있나?

그리고 그 흙이나 돌을 감추기 위해 계단 천장에 구멍을 뚫고 거기에 복도 같은 것을 만들어 파낸 것을 차례로 거기에 묻었다는 것을 알고 있나? 그래서 오늘에는 벌써 그 복도도 꽉 차버려서 한 줌의 모래도 이제는 어디에 감추어야 할지 모르게 되었다는 것을 아는가?

내 작업도 겨우 끝이 나서 이것이 내 작업을 완성하는 힘의 한계라고 느낀 순간에 하느님은 그 목적을 멀리 비켜놓았을 뿐만 아니라 어디인지 내가 모를 곳으로 그것을 가지고 가버리셨단 말이네, 그것을 자네는 알고 있나?

아아! 나는 자네에게 말하겠네, 되풀이해서 말하겠네, 나는 이제부터 나를 자유로운 몸으로 만들기 위한 시도는 아무것도 하지 않겠네. 하느님의 뜻은 내 자유를 영원히 나에게 돌려 주려고 하시지를 않으니까 말일세.」

단테스는 고개를 숙였다. 동료를 얻었다는 기쁨이 탈주를 하지 못해 괴로워하고 있는 이 수인에 대한 동정을 방해하고 있다는 것을 상대방에게 보이고 싶지 않았기 때문이다.

파리아 신부는 에드몽의 침대에 털썩 주저앉았다. 단테스는 그냥 선 채로 있었다.

청년은 지금까지 한 번도 탈주를 생각한 적이 없었다. 처음부터 미리 불가능할 것으로 생각되어 그것을 해보려는 생각조차도 일어나지 않고 본능적으로 그것을 피해 버리고 마는 일이 있는 법이다.

지하를 십오 미터나 파고 그러한 작업에 3년의 세월을 소비하고 설사 그것이 성공했다 하더라도 도달하는 곳은 바다 위에 수직으로 깎아지른 절벽이다. 다행히 보초의 총알에 맞지 않는다 하더라도 십오 미터, 이십 미터, 어쩌면 삼십 미터나 되는 곳에서 뛰어내리면 바위에 머리를 부딪고 죽고 말 것이다.

또 설사 그러한 모든 위험에서 벗어난다 하더라도 바다 위를 사 킬로나 헤엄치지 않으면 안 된다. 그렇게 생각만 해도 체념하기에는 충분했다. 그리고 단테스가 이 체념을 하마터면 죽음으로까지 몰고갈 뻔했다는 것은 이미 서술한 바와 같다.

그러나 청년은 지금, 저토록 놀라운 정력으로 생명에 매달려서 필사적인 결의의 본보기를 보여준 노인을 보며 반성했다. 그리고 자기의 용기를 저울질하기 시작했다. 자기는 해보려고 생각조차 하지 않은 일을 다른 사람이 시도한 것이다. 자기보다 훨씬 나이를 먹고 자기보다도 약하고 그리고 자기보다도 재주없는 사람이 여러가지 수단을 강구하고 참을성있게 해낸 덕분에 이렇게 믿어지지 않을 만큼 공사에 필요한 모든 연장을 손에 넣을 수가 있었던 것이다.

이 공사는 방법이 잘못 되어서 실패로 끝나기는 했다. 그러나 자기가 아닌 다른 사람은 그러한 일을 해낸 것이다.

그렇게 생각하자 단테스로서도 하지 못할 까닭이 없었다. 파리아가 십오 미터를 팔 때 자기는 삼십 미터를 팔 수 있을 것이다. 쉰 살도 넘어서 파리아가 이 작업에 3년을 소비했다면 파리아의 나이의 절반인 자기는 6년을 소비해도 좋을 것이다.

신부이며 학자이며 교회의 사람인 파리아조차도 이프 성에서 돔 섬, 라토노 섬, 혹은 루메르 섬까지 헤엄치는 위험을 무릅쓰기를 두려워하고 있지 않는 것이다. 그런데 선원인 에드몽, 자주 해저의 산호를 따러 가곤 했던 대담한 잠수부인 자기가 사 킬로 정도 헤엄치는 일을 어찌 주저할 필요가 있단 말인가!

사 킬로를 헤엄치는데 몇 시간이나 걸릴까? 한 시간? 그 정도는 아무것도 아니다! 자기는 한 번도 기슭에 올라가지 않고 몇 시간이나 바다에 있었던 경험이 있지 않은가?

아니, 아니, 단테스는 시범자에 의해 용기만 불어넣어지면 되었던 것이다. 다른 사람이 한 일은, 또는 할 수 있었던 일은 단테스도 할 수 있을 것이다.

단테스는 잠시 생각에 잠겼다.

「신부님이 찾고 계셨던 것을 알아냈어요.」 하고 그는 노인에게 말했다.

파리아 신부는 부르르 몸을 떨었다.

「젊은이가?」 하고 그는 말했다. 그리고는 고개를 쳐들었는데 그 모습은 만일 단테스가 한 말이 사실이라면 그의 절망은 곧 사라지리라는 것을 말해 주고 있었다. 「젊은이가, 젊은이가 무엇을 발견했다는 거지?」

「신부님이 여기까지 오시기 위해서 판 구멍은 바깥 복도와 같은 방향으로 뻗어 있겠지요?」

「그래, 맞아.」

「그렇다면 그 사이는 열다섯 걸음쯤밖에 떨어져 있지 않겠지요?」

「기껏 그 정도겠지.」

「바로 그겁니다! 구멍 중간께에 십자가의 팔처럼 횡혈(橫穴)을 하나 팝시다. 이번에야말로 계산을 좀더 정확하게 하지 않으면 안 됩니다. 그렇게 하면 우리는 바깥 복도로 나갈 수가 있습니다. 그러면 파수병을 죽이고 도망을 칩시다. 이 계획이 성공하는 데는 용기와 힘만 있으면 됩니다. 신부님에게는 용기가 있고 저에게는 힘이 있습니다. 참을성이 강한 데 대해서는 특별히 말씀드릴 것까지도 없습니다. 신부님은 실제로 증거를 보여 주셨고 저도 그것을 보여 드릴 수 있습니다.」

「잠깐」하고 신부가 제지했다.「젊은이는 내 용기가 어떤 것인지, 또 내가 힘을 무엇에 쓰려 하고 있는지 모르고 있어. 참을성이 강한 데 대해서 말하면 아침이 되면 밤의 일을 계속하고 밤이 되면 낮의 일을 계속했으니까 꽤 인내력이 강했다고 생각하고 있어.

하지만 젊은이, 이 말을 잘 들어 주었으면 좋겠어. 죄가 없는, 따라서 벌을 받아야 할 이유가 없는 사람을 해방시켜 주는 것이 하느님에게 봉사하는 길이라고 나는 생각하고 있었어.」

「그렇다면!」하고 단테스는 물었다.「사태가 전과 달라졌단 말입니까? 그리고 저를 만나신 뒤에 신부님 자신이 죄를 저지른 사람이라고 인정하게 되었단 말입니까? 어떻습니까?」

「아니, 그런 게 아닐세. 다만 나는 죄를 저지르고 싶지 않단 말이네. 지금까지 나는 물건밖에 상대로 하고 있지 않다고 믿고 있었네. 그런데 지금 젊은이는 나더러 인간을 상대하라고 말했어. 나는 벽에 구멍을 뚫거나 층계를 깨뜨릴 수는 있었어. 하지만 사람의 가슴에 구멍을 뚫거나 인간의 존재를 망가뜨리고 싶지는 않단 말일세.」

단테스는 잠깐 놀라는 몸짓을 했다.

「뭐라고요?」하고 그는 말했다.「자유로운 몸이 될 수 있다는데 그런 데에 신경을 써서 주저하시는 겁니까?」

「그럼 젊은이 자신은」하고 파리아 신부는 말했다.「어째서 어느 날 밤, 테이블 다리로 간수를 때려죽이고 그 옷을 벗겨입고 도망을 치려고 하지 않았지?」

「그런 것은 미처 생각나지 않았기 때문입니다.」하고 단테스는 말했다.

「그건 젊은이가 그런 범죄를 본능적으로 두려워하고 있었기 때문이야. 그런 것이 생각나지 않을 만큼 두려워하고 있었기 때문이야.」하고 노인은 말했다. 「왜냐하면 지극히 단순한, 해도 무방한 일이라도 우리들의 자연스런 욕구는 해도 괜찮은 일의 선을 넘지 않게끔 우리에게 주의를 일깨워 주거든.

선천적으로 피를 흘리기를 좋아하는 호랑이는 그런 것이 성질이기도 하고 목적이기도 하기 때문에 뭔가 하나의 계기만 있으면 되는 거지. 후각으로 먹이가 바로 가까이에 있음을 알게 되지. 그러면 호랑이는 곧 먹이에게 달려들어 그것을 덮치고 갈기갈기 찢어 버리지. 이것이 호랑이의 본능이고 호랑이는 거기에 따르지. 하지만 인간은 그와는 반대로 피를 싫어하거든. 살인을 싫어하게 만드는 것은 사회의 법도가 아니야, 자연의 법칙이지.」

단테스는 황송했다. 그것은 실상 자기도 모르는 사이에 그의 머릿속을, 아니 머리라기보다는 오히려 마음속을 꿰뚫고 지나간 생각을 설명해 준 것이었다. 인간의 생각에는 머리에서 나오는 것과 마음에서 나오는 것이 있는 것이다.

「그리고!」 하고 파리아 신부는 계속했다. 「나는 감옥에 들어온 지 이럭저럭 12년이나 되지만 그동안 지금까지 있었던 유명한 탈옥 사건을 곰곰이 되새겨 보았지. 그런데 탈옥에 성공한 예는 극히 드물거든. 결과가 좋은 탈옥, 성공한 탈옥은 치밀하게 계획되고 천천히 시간을 들여서 준비된 것 뿐이라네. 보포르 공이 방센느의 성에서 탈주한 것도 그렇고 뒤뷔코바 신부가 에베크의 요새에서, 라뛰드가 바스티유 감옥에서 탈주한 것도 모두 그러한 예이지. 그리고 또 재수가 좋았던 경우도 있더군. 이것이 가장 바람직한 탈주이지.

기회를 기다리자고. 나를 믿어 주게. 그리고 그 기회가 오면 즉시 그것을 이용하세.」

「신부님은 기다리실 수가 있었습니다.」 하고 단테스는 한숨을 쉬면서 말했다. 「저 장기간에 걸친 공사는 신부님에게 끊임없는 일을 제공했습니다. 그리고 신부님의 기분을 달래 주는 저 공사를 하시지 않을 때도 희망이 신부님을 위로해 주었습니다.」

「게다가」 하고 신부는 말했다. 「나는 그것만을 하고 있었던 것이 아닐세.」

「그럼 무엇을 또 하고 계셨는가요?」

「글을 쓰기도 하고 공부를 하기도 했지.」

「그럼 종이나 펜, 그리고 잉크를 간수들에게서 얻었나요?」

「아니」 하고 신부는 말했다. 「내가 만들었지.」

「종이나 펜, 그리고 잉크를 신부님이 만드셨다고요?」 하고 단테스는 소리질렀다.

「그렇다니까.」

단테스는 감탄의 눈을 부릅뜨고 이 늙은이를 바라보았다. 그러나 아직도 상대방의 말을 믿지 못하고 있었다. 파리아 신부는 상대방이 아직도 약간은 자기를 의심하고 있다는 것을 알아차렸다.

「젊은이가 내 방에 오면」 하고 노인은 그에게 말했다. 「내가 한 일을 모두 보여 주지. 내가 평생 동안에 한 사색, 탐구, 성찰의 결과이지. 로마의 콜로세움 그늘이나 베네치아의 상 마르코 사원의 기둥 밑, 또는 피렌체의 아르노 강변 등에서 명상한 것을 이 이프 성의 사방의 벽에 둘러싸여서 간수들로부터 그것을 완성할 여가를 얻게 되리라고는 꿈에도 생각지 못했었지. 그것은 『이탈리아에 있어서의 통일 군주국의 가능성에 대하여』라는 제목이지. 아마 사절판(四折判)의 큰 책이 될걸세.」

「그래 그것을 실제로 쓰셨단 말입니까?」

「두 장의 셔츠 위에 썼지. 나는 천을 양피지처럼 매끄럽고 평평하게 만드는 방법을 발견했거든」

「그럼 신부님은 화학자신가요?」

「조금은. 나는 라브와지에(18세기의 프랑스 화학자)를 잘 알고 있었지. 카바니스(18세기의 프랑스 의학자)와도 교제가 있었고.」

「하지만 그런 책을 쓰기 위해서는 역사적인 연구도 하셔야 했을 텐데요? 그런 책을 가지고 계셨나요?」

「로마에서는 내 서재에 오천 권 가량의 책을 가지고 있었지. 그것을 몇 번이나 되풀이해서 읽은 덕분에 올바르게 선택된 백오십 권의 책만 있으면 그것을 통해 인간 지식의 완전한 요약은 아니더라도 적어도 인간이 알고 있으면 도움이 되는 모든 것을 얻을 수 있다는 것을 나는 발견했지.

나는 3년 동안을 이 백오십 권의 책을 되풀이해서 읽는 데에 소비했거든. 그래서 체포되었을 때는 그것들을 거의 암기하고 있었어. 감옥 안에서도 조금만 기억력을 발동시키면 그것을 전부 생각해낼 수가 있었지.

지금 이 자리에서라도 투키디데스, 크세노폰, 플루타크, 티투스 리비우스, 타키투스, 스트라다, 조르난데스, 단테, 몽테뉴, 셰익스피어, 스피노자, 마키아벨리, 보시에 등을 젊은이에게 암송해 보일 수가 있을걸세. 내가 지금 든 것은 가장 중요한 몇 사람에 지나지 않지만 말야.」

「그럼 여러 나라 말을 하실 줄 아는군요?」

「나는 현대의 다섯 가지 언어를 구사할 수 있어. 독일어, 프랑스 어, 이탈리아 어, 영어, 그리고 스페인 어 말일세. 또 고대 그리스 어의 힘을 빌어서 현대 그리스 어도 이해하지. 다만 그리스 어는 말은 잘 못하지만 말야. 하지만 지금 그것을 공부하고 있는 중이라네.」

「공부를 하고 있어요?」 하고 단테스가 말했다.

「그렇다니까. 나는 우선 내가 알고 있는 글자의 단어집을 만들었어. 그리고 그것들을 정리해가지고 짜맞추고 여러가지로 취합해서 이럭저럭 내 생각을 표현할 수 있게 되었어. 나는 거의 일천 단어쯤 알고 있지. 사전에는 일만 어쯤 수록돼 있지만 내게 필요한 것은 일천 어 정도이지. 남을 납득시키지는 못하겠지만 내가 하고 싶은 말을 상대방에게 이해시킬 정도는 되겠지. 그리고 나에게는 그것으로 충분하니까.」

점점 더 놀란 에드몽에게는 이 이상한 노인의 재능이 거의 초인적인 것으로 생각되기 시작했다. 그는 이 사람에게서 무언가 모자라는 것을 찾고 싶었다.

「하지만 아무도 신부님에게 펜을 주지 않았는데 무엇으로 그렇게 방대한 책을 쓰실 수 있었지요?」

「나는 기막히게 멋진 펜을 만들었지. 만일 무엇을 재료로 해서 만들었는가를 알게 되면 사람들은 보통 펜보다도 더 신기해하고 소중히 여기겠지. 채식일에 이따금 나오는 저 큰 대구 대가리의 연골로 만들었다네. 그래서 수요일과 금요일, 그리고 토요일이 오는 것을 언제나 큰 기쁨을 가지고 기다리고 있지. 펜의 여분이 늘어나는 희망을 가질 수 있으니까.

게다가 역사적인 저작은 솔직이 고백하네만 나에게 있어서는 가장 즐거운 작업이라네. 과거 속으로 들어감으로써 현재를 잊어버릴 수가 있으니까. 아무런 속박도 받지 않고 자유로이 역사 속을 거닐고 있노라면 자기가 수인이라는 것도 까마득히 잊어버릴 수가 있으니까 말야.」

「하지만 잉크는요?」 하고 단테스가 물었다. 「무엇으로 잉크를 만드셨지요?」

「내 감옥에는 전에는 난로가 있었다네.」 하고 파리아 신부가 말했다. 「이 난로는 아마 내가 오기 얼마 전에 폐쇄된 것이 틀림없어. 하지만 오랫동안

불을 때고 있었기 때문에 내부는 완전히 검댕이로 뒤덮여 있었어. 이 검댕이를 일요일마다 배급받는 포도주 안에서 녹였지. 그러자 기막힌 잉크가 되더군. 특별히 주의를 요하는 대목은 손가락에 상처를 내어서 피로 쓴 것이지만 말야.」

「언제 그것을 보여 주시겠습니까?」하고 단테스가 물었다.

「젊은이가 원하는 때.」하고 파리아 신부는 대답했다.

「오오! 그럼 지금 곧 보여 주세요!」하고 청년은 소리질렀다.

「그럼 나를 따라와요.」하고 신부는 말했다.

그리고 노인은 지하의 굴속으로 들어가 모습을 감추었다. 단테스도 그 뒤를 따랐다.

17. 신부의 방

몸을 수그리지 않으면 안 되었지만 그런 대로 꽤 쉽게 지하의 통로를 지나 신부의 방까지 통하고 있는 그 길의 반대쪽 끝에 도달했다. 거기서부터는 길이 훨씬 좁아져서 사람 하나가 엎드려서 기어야 겨우 빠져나갈 수 있는 정도의 여유밖에 없었다. 신부의 방에는 납작돌이 깔려 있었다. 신부는 제일 어두운 구석에 있는 납작돌 하나를 드러내고 단테스가 지금 그 결과를 본 저 곤란한 작업을 시작한 것이었다.

방으로 들어가서 일어서자마자 단테스는 곧 주의깊게 방안을 둘러보았다. 얼핏 보았을 때 방안에는 아무것도 특별한 것이 없었다.

「좋아.」하고 신부는 말했다.「아직도 낮 12시 15분이군. 아직 자유로운 시간이 대여섯 시간은 있어.」

단테스는 주위를 둘러보았다. 신부가 이렇게 분명하게 시간을 말하는 것은 어디에 시계가 있기 때문이라고 생각하고 찾아본 것이다.

「이 창문으로부터 들어오는 광선을 보라고.」하고 신부가 말했다.「그리고 벽 위에 내가 그어 놓은 선을 보게나. 지구의 운동과 지구가 태양의 둘레에 그리는 타원형의 운동을 짜맞추어서 만든 이러한 선 덕분에 시계보다도 훨씬 정확하게 시간을 알 수가 있지. 시계는 틀리는 수가 있지만 태양과 지구는 결코 틀리는 일이 없으니까 말야.」

단테스로서는 이러한 설명은 전혀 알 수가 없었다. 태양이 산들의 뒤에서 떠올라 지중해 속으로 가라앉는 것을 보아왔기 때문에 움직이고 있는 것은 태양이지 지구가 아니라고 믿고 있었던 것이다. 자기가 그 위에 살고 있으면서, 더욱이 전혀 깨닫지 못하고 있던 이 지구의 두 가지 운동은 그에게는 거의 있을 수 없는 일인 것처럼 생각되었다. 그는 상대방의 한마디 한마디의 말 속에서 자기가 아직도 어린애였을 때 귀사라토나 고르콩드에 여행을 하여 금광이나 다이아몬드 광의 발굴을 보았을 때와 마찬가지로 실로 기막힌 과학의 신비를 발견했다.

「그럼」하고 그는 신부에게 말했다.「빨리 신부님의 보물을 보여 주시지 않겠습니까?」

신부는 난로 쪽으로 가서 언제나 손에 들고 있는 끌로 한 장의 돌을 벗겼다. 그것은 옛날 난로 바닥이었던 곳이었다. 그 밑에 꽤 깊은 구멍이 파여져 있었다. 그리고 그 구멍 속에 아까 단테스에게 들려 주었던 모든 것이 숨겨져 있었다.

「우선 무엇이 보고 싶지?」하고 신부가 물었다.

「이탈리아 왕국에 대한 대저작을 보여 주십시오.」

파리아는 이 소중한 선반에서 파피루스의 잎처럼 돌돌 만 천으로 된 두루말이를 서너 개 끄집어냈다. 그것은 폭이 거의 사 인치, 길이가 거의 십팔 인치나 되는 천으로 된 띠였다. 이 천띠에는 번호가 매겨져 있고 한쪽 면에 단테스도 읽을 수 있는 문자가 씌어져 있었다. 신부의 모국어인 이탈리아 어로 씌어져 있었으므로 프로방스 태생의 단테스에게도 완전히 이해되었다.

「이것 보게.」하고 신부는 말했다.「이것이 전부라네. 약 일주일 전에 예순여덟 개째의 띠 밑에『끝』이라고 썼지. 셔츠 두 장과 가지고 있던 모든 손수건이 이것으로 변한 거라네. 만일 언제든 내가 자유로운 몸이 되고 이탈리아에 이것을 인쇄하겠다는 인쇄업자가 나타나게 되면 그야말로 나는 유명해질 텐데.」

「그렇군요.」하고 단테스는 대답했다.「저도 그것은 잘 알 수 있습니다.

그런데 이 논문을 쓰는 데 사용하신 펜을 보여 주시겠습니까?」

「자아」 하고 파리아 신부는 말했다. 그리고 길이는 육 인치 가량이고 굵기는 펜의 손잡이 만한 조그만 막대기를 청년에게 보였다. 그 끝에는 아까 단테스에게 얘기한 그 연골이, 아직도 잉크가 묻어 있는 연골이 가느다란 실로 단단히 묶여져 있었다. 그리고 그것은 예사 펜처럼 앞끝이 부리처럼 비죽하고 두 개로 갈라져 있었다.

단테스는 그것을 자세히 살펴보았다. 그리고 이처럼 깔끔하게 다듬을 수 있었던 연장은 대체 무엇일까 하고 주위를 둘러보았다.

「아, 그렇군.」 하고 파리아 신부는 말했다. 「나이프를 찾고 있군그래? 이건 내 걸작품일세. 이것은 여기에 있는 식칼처럼 낡은 쇠 촛대로 만들었다네.」

나이프는 면도처럼 잘 들었다. 식칼은 식칼대로 동시에 단도처럼 사용할 수 있다는 잇점이 있었다.

단테스는 이러한 여러가지 물건을 일찍이 마르세이유의 골동품 가게에서 원양 항해의 선장들이 남양에서 가지고 온 토인의 세공품을 살펴볼 때처럼 주의깊게 바라보았다.

「잉크는」 하고 파리아 신부는 말했다. 「어떻게 만드는지 이미 알고 있지? 필요한 만큼 그 자리에서 만들어 쓴다네.」

「그런데, 한 가지 뜻밖이고 놀라운 것이 있습니다만.」 하고 단테스가 말했다. 「낮동안에만 어떻게 이런 작업을 할 수 있었지요?」

「밤에도 했다네.」 하고 파리아 신부는 대답했다.

「밤에도요? 그럼 신부님은 고양이처럼 밤에도 눈이 똑똑히 보인단 말입니까?」

「아니. 하지만 하느님은 사람의 감각이 빈약한 것을 돕기 위해 지혜를 주셨어. 나는 불빛을 손에 넣을 수 있었다네.」

「어떻게 말입니까?」

「식사 때 가져다 주는 고기에서 기름기를 떼내어 그것을 녹여서 일종의 응고된 기름을 만들었지. 이것 보게, 이것이 내 양초라네.」

그렇게 말하고 신부는 단테스에게 일루미네이션의 조명용 램프와 비슷한 칸데라 같은 것을 보여 주었다.

「하지만 불은요?」

「여기에 돌 두 개와 그을은 천조각이 있어.」

「하지만 불쏘시개는요 ? 」

「나는 피부병에 걸린 척했지. 그래서 유황이 필요하다고 했더니 가져다 주더군.」

단테스는 손에 들고 있던 그러한 물건들을 테이블 위에 놓았다. 그리고 이 노인의 인내력과 정신력에 압도되어 고개를 숙였다.

「이것이 전부가 아니라네.」 하고 파리아 신부는 계속했다. 「모든 보물을 단 한 군데에만 넣어둘 수는 없으니까 말야. 자, 이곳을 닫아 두도록 하세.」

두 사람은 납작돌을 다시 제자리에 놓았다. 신부는 그 위에 모래를 조금 뿌리고 틈새를 가리기 위해 발로 밟아서 굳혔다. 그리고는 침대 쪽으로 가서 그것을 움직였다.

베개가 있는 쪽 뒤에 돌로 거의 안전하게 밀폐된 구멍 하나가 있었다. 그리고 이 구멍 안에는 팔 미터에서 구 미터 가량 되는 줄사닥다리가 있었다. 단테스는 그것을 살펴보았다. 어떤 일을 해도 견뎌낼 것 같은 튼튼한 것이었다.

「이런 훌륭한 것을 만드는 데 필요한 밧줄은 어디에서 입수하셨지요 ? 」 하고 단테스는 물었다.

「우선 내가 가지고 있던 몇 장의 셔츠와 침대 시트를 페네스토렐레의 감옥에 있는 3년 동안에 실로 풀어 놓았었지. 이프 성으로 옮겨질 때 나는 그 풀어 놓은 실뭉치를 감쪽같이 가지고 오는데 성공했어. 그리고 이곳에서 또 같은 작업을 계속했지.」

「하지만 시트에 이미 누비실이 없어졌디는 것을 이무도 눈치채지 못 히던가요 ? 」

「나중에 다시 누벼 놓았으니까.」

「뭣으로 말입니까 ? 」

「이 바늘로.」

그러면서 신부는 누더기옷을 뒤지더니 몸에 지니고 있던 길고 뾰족한, 그리고 아직도 실이 꿰어져 있는 생선뼈를 끄집어내어 단테스에게 보여 주었다.

「그렇지.」 하고 신부는 말을 계속했다. 「나는 처음에 이 철격자를 뜯어내고 창문으로 도망치려고 생각했었네. 이 창문을 보아서도 알겠지만 젊은이의 감옥에 있는 창문보다는 조금 크고 도망칠 때는 좀더 크게 만들 수가 있을걸세.

하지만 나는 이 창문이 안뜰을 향하고 있다는 것을 깨달았지. 그래서 너무나도 모험적인 그 계획은 단념하고 말았다네. 하지만 뜻하지 않았던 경우를 위해서, 아까 얘기한 것 같은 우연한 기회에 주어지는 탈주의 경우에 대비해서 이 사닥다리를 준비해 놓았다네.」

단테스는 사닥다리를 살펴보고 있는 체하면서 지금은 다른 생각을 하고 있었다. 한 가지 생각이 그의 머리에 떠오른 것이다. 이처럼 총명하고 이처럼 머리가 잘 돌아가고 또 이처럼 생각이 깊은 노인이라면 자기 자신도 아직 사정을 잘 모르는 자기의 불행에 관한 수수께끼를 어쩌면 똑똑히 꿰뚫어 볼지도 모른다고 생각한 것이다.

「무슨 생각을 하고 있지 ?」하고 신부는 미소를 지으면서 물었다. 단테스가 멍한 표정을 짓고 있는 것을 극도로 감탄했기 때문이라고 생각한 것이다.

「저는 우선 이런 생각을 했습니다. 그것은 신부님이 이 목적에 도달하시기 위해 얼마나 많은 지혜를 사용하셨을까 하는 것입니다. 그러니까 만일 신부님이 자유로운 몸이라면 어떤 일을 하실 수 있었을까요 ?」

「아마 아무것도 할 수 없었을 테지. 이 충만된 두뇌도 하찮은 일을 위해서 증발하고 말았을 테지. 사람의 지혜 속에 숨겨져 있는 신비로운 광맥을 캐내기 위해서는 불행이 필요한 거라네. 화약을 폭발시키기 위해서 압력이 필요하듯이.

감옥 생활이 여기저기 떠돌고 있던 내 재능을 한 곳으로 집중시켜 준 거라네. 그래서 재능은 좁은 장소에서 서로 맞부딪쳤지. 알고 있겠지만 구름이 서로 부딪치면 전기가 발생한다네. 전기에서는 번개가 발생하고. 그리고 번개에서는 빛이 발생하지.」

「아니요, 저는 아무것도 모릅니다.」하고 단테스는 자기의 무지에 새삼 실망을 느끼면서 말했다. 「신부님이 말씀하신 것 중의 일부분은 저로서는 전혀 이해가 안 갑니다. 그런 학자이신 신부님은 정말로 행복하시군요 !」

신부는 미소지었다.

「젊은이는 아까 두 가지 생각을 하고 있다고 말했지 ?」

「네.」

「그런데 젊은이는 그 첫째 생각밖에 얘기를 안 했어. 그 두 번째는 무슨 생각이지 ?」

「그것은 신부님은 저에게 신상 얘기를 해주셨지만 신부님 쪽에서는 제 신상 얘기를 아직 듣지 못하셨다는 것입니다.」

「젊은이, 당신의 생활은 아직 짧으니까 그리 대단한 사건은 없었을 것으로 아는데.」

「아닙니다. 실로 불행한 일을 당했습니다.」 하고 단테스는 말했다. 「저는 저도 모르는 일 때문에 불행한 일을 당했습니다. 그래서 이 불행을 저에게 뒤집어씌운 자에게 그것을 되돌려 주고 싶습니다. 그렇게 하지 않으면 지금까지도 여러 번 그랬듯이 하느님을 저주하게 될 테니까요.」

「그렇다면 젊은이가 짊어지고 있는 죄는 무고라고 주장하는 건가 ?」

「완전히 무고입니다. 제가 사랑하고 있는 두 사람의 목숨을 걸고, 아버지와 메르세데스의 목숨을 걸고 그것을 맹세합니다.」

「좋아요.」 하고 신부는 구멍을 다시 막고 침대를 본래의 자리로 밀어넣으면서 말했다. 「그럼 젊은이의 얘기를 들어 보기로 하지.」

그래서 단테스는 이야기를 시작했는데 처음에는 인도에 갔던 여행 이야기, 근동 제국으로 두세 번 항해한 여행 이야기에 지나지 않았다. 그러나 이윽고 이야기는 그의 마지막 항해와 루크렐 선장의 죽음, 선장으로부터 대원수에게 전해 달라고 맡겨졌던 보따리와 대원수와의 회견, 대원수로부터 노와르티에 씨에게 보내지는 편지를 맡았던 일에 이르렀다.

그리고 마지막으로 마르세이유에 도착하여 아버지를 만나고 메르세데스와 즐거운 사랑을 속삭였다는 것, 약혼 피로연을 베풀다가 그 자리에서 구인되어 신문을 받아 재판소에 잠시 감금되었다가 마침내 이프 성으로 결정적으로 끌려오게 된 경위를 얘기했다. 여기까지 오자 단테스는 그 뒤의 일은 이미 아무것도 몰랐다. 얼마만큼의 세월을 이 안에서 보냈는지조차 몰랐다.

이야기가 끝나자 신부는 가만히 생각에 잠겼다.

「여기에」 하고 잠시 뒤에 신부가 말했다. 「매우 깊은 뜻을 가진 법률상의 공리(公理)가 있다네. 그것은 아까 내가 말한 것이 되기도 하지만 나쁜 생각을 천부적으로 가지고 태어난 인간이 아닌 한, 인간의 성질은 죄를 싫어한다는 것이지.

그러나 문명은 우리들에게 욕망, 악덕, 부자연스런 욕구를 주어서 이따금 우리들의 선량한 본능을 깔아 눕히고 우리를 악으로 인도하는 역할을 하지. 그래서 다음과 같은 격언이 생긴 거라네. 범인을 발견하려면 우선 그 범죄에 의해서 이익을 보는 자를 찾아라라는 말이 그것이지.

그러니까 말이지, 젊은이가 없어짐으로써 이익을 얻게 되는 자가 있었는가?」

「그런 사람은 하나도 없습니다. 저는 그야말로 보잘것없는 사람이었으니까요.」

「그런 식으로 대답을 하면 안돼. 왜냐하면 그런 대답에는 논리와 철학이 모두 결여되어 있으니까. 계승자에게 있어서의 방해물인 왕으로부터, 견습자에게 있어서의 방해물인 정규 사원에 이르기까지 모든 것은 상대 관계에 있단 말일세.

왕이 죽으면 계승자는 왕관을 이어받게 되지. 상사가 죽으면 견습은 천이백 루블의 봉급을 받는 사람이 되고 이 천이백 루블은 그에게 있어서의 황실비(皇室費)이지. 그것은 그가 생활하는 데 있어서 왕의 천이백만 루블과 비슷할 만큼 필요한 것이니까.

사회 계급의, 최저의 것에서 최고의 것에 이르기까지, 각자는 자기의 주변에 데카르트가 말하는 저 여러가지 세계와 같은 이해 관계의 조그만 세계를 가지고 있어서, 그것이 소용돌이치기도 하고 또 그 원자가 서로 엉겨붙기도 한단 말일세.

다만 이러한 세계는 높은 곳으로 올라갈수록 점점 더 커지게 마련이지. 즉, 나선을 거꾸로 한 것과 같은 것이지. 교묘하게 균형을 유지하고 그 앞 끝으로 정확하게 서 있으니까.

그건 그렇다치고 젊은이의 얘기로 돌아가세. 젊은이는 파라온 호의 선장이 되려는 참이었다고 말했지?」

「그렇습니다.」

「그리고 아름다운 아가씨와 결혼을 하려던 참이었다고?」

「그렇습니다.」

「누군가 젊은이가 파라온 호의 선장이 되지 않기를 바라고 있던 자는

없었는가 ? 누군가 젊은이가 메르세데스와 결혼하지 않기를 바라고 있던
자는 없었는가 ?

　우선 첫번째 질문에 대답해 주게. 순서는 모든 문제를 푸는 열쇠이니까.
누군가 젊은이가 파라온 호의 선장이 되지 않기를 바라고 있던 자는 없었
는가 ?」

　「아아뇨. 저는 배에서는 모든 사람으로부터 사랑을 받았습니다. 만일 선
원들이 선장을 뽑는다면 저를 선출했을 겁니다. 다만 한 사람 저를 원망할
약간의 이유를 가진 사나이가 있었습니다. 그 얼마 전에 그 사나이와 싸움을
했고 저는 결투를 신청했습니다만 상대방은 그것을 거절했습니다.」

　「그거라고 ! 그 사나이의 이름은 뭐지 ?」

　「당그랄입니다.」

　「배에서 맡은 일은 ?」

　「경리 담당입니다.」

　「만일 젊은이가 선장이 되었더라면 그를 그냥 그 자리에 앉혀 두었을까 ?」

　「아닙니다. 제가 마음대로 처리할 수 있었다면 말입니다. 왜냐하면 그의
경리에는 아무래도 부정이 있는 것 같았으니까요.」

　「좋아요. 그럼 젊은이가 루크렐 선장과 마지막으로 얘기할 때 누가 입회한
사람이 있었는가 ?」

　「아니요, 단둘이었습니다.」

　「누군가 그 얘기를 엿들을 수는 있었는가 ?」

　「네, 왜냐하면 문이 열려 있었으니까요. 그리고…… 참, 잠깐 기다려 주
십시오……. 그렇지, 그래, 루크렐 선장이 저에게 대원수 앞으로 보내는 보
따리를 넘겨 주었을 때 마침 당그랄이 그 앞을 지나갔습니다.」

　「좋아.」하고 신부가 말했다.「이것으로 실마리는 잡혔네. 엘바 섬에 기
항했을 때 젊은이는 누군가를 데리고 상륙했었나 ?」

　「아니요, 아무도 데리고 가지 않았습니다.」

　「그리고 젊은이는 편지를 건네받았단 말이지 ?」

　「그렇습니다, 대원수님으로부터의 편지를요.」

　「그 편지는 어떻게 했지 ?」

　「제 종이끼우개 안에 넣었습니다.」

「그럼 젊은이는 그때 종이끼우개를 몸에 지니고 있었나? 공문서를 넣어 두는 종이끼우개를 어떻게 선원이 주머니 속에 간직하고 있었지?」

「신부님 말씀이 옳습니다. 종이끼우개는 배에 놓아 두고 있었습니다.

「그럼 배에 돌아온 뒤에야 편지를 종이끼우개에 넣었단 말이로군?」

「그렇습니다.」

「포르토 페라이온에서 배에 돌아올 때까지 그 편지는 어떻게 하고 있었지?」

「손에 들고 있었습니다.」

「그럼 젊은이가 파라온 호에 탔을 때 사람들은 젊은이가 편지를 가지고 있는 것을 어김없이 보았다는 얘기로군?」

「그렇습니다.」

「당그랄도 보았겠지?」

「그렇습니다. 당그랄도 보았습니다.」

「자, 알겠나? 기억을 잘 정리해 보게. 고소장이 어떤 문구로 씌어져 있었는지 기억하고 있나?」

「기억하다마다요. 세 번이나 되풀이 읽었으니까요. 어구 하나하나를 기억하고 있습니다.」

「그럼 내게 들려 주게.」

단테스는 잠깐 생각을 더듬었다.

「그건 이렇게 되어 있었습니다.」 하고 그는 말했다. 「한 자 한 구도 틀림없습니다.」

검사 각하. 왕실과 신앙에 대해 충실한 저는 나폴리, 포르토 페라이온에 기항하고 오늘 아침 스미르나에서 도착한 파라온 호의 일등 항해사 에드몽 단테스라는 자가 뮬러로부터 왕위 찬탈자에게 보내는 신서를 맡았고 또 왕위 찬탈자로부터 파리의 보나파르트 당 본부에 보내는 신서를 맡아가지고 있음을 알려드립니다.

그의 범죄 증거는 체포되면 분명해지리라고 생각합니다. 왜냐하면 그 신서는 그 자신이 소지하고 있거나 또는 그의 아버지의 집, 또는 파라온 호의 그의 선실에서 발견될 것이기 때문입니다.

신부는 어깨를 움츠렸다.

「지나칠 정도로 분명하군.」하고 그는 말했다.「곧 그것을 깨닫지 못했다니 젊은이는 너무 세상을 모르는 호인이로군.」

「그렇게 생각하시나요?」하고 단테스는 소리질렀다.「아아, 그렇다면 정말 부끄러운 일이군요.」

「당그랄의 평소의 필체는 어떤 것이었지?」

「예쁜 초서체입니다.」

「그 익명의 편지의 서체는 어떠했지?」

「왼쪽으로 기운 서체였습니다.」

신부는 미소를 띠었다.

「필체를 위장했군.」

「위장한 필체치고는 꽤 분방한 글씨였습니다.」

「잠깐 기다리게.」하고 신부는 말하고 펜을, 펜이라기보다는 그가 펜이라고 부르고 있는 물건을 손에 들고 거기에 잉크를 묻히더니 종이 대신 사용하고 있는 천 위에 고소장의 첫 두세 줄을 왼손으로 썼다.

단테스는 뒷걸음질치며 거의 공포에 찬 눈으로 신부를 바라보았다.

「오오! 놀랐습니다!」하고 그는 소리질렀다.「정말 꼭 닮았습니다!」

「그것은 곧 고소장도 왼손으로 씌어졌기 때문이라네. 나는 예전부터 한 가지 사실을 관찰해오고 있었어.」하고 신부는 계속했다.

「무엇을 말입니까?」

「오른손으로 씌어진 글자는 가지각색이지만 왼손으로 씌어진 글자는 모두 비슷비슷하다는 사실을 말일세.」

「신부님은 정말 모든 것을 보고 모든 것을 관찰하셨군요!」

「그건 그렇고, 얘기를 계속하세.」

「아아! 그렇지, 그래야죠.」

「그럼 두 번째 질문으로 들어가겠네.」

「네, 말씀하시지요.」

「젊은이가 메르세데스와 결혼을 하지 않게 되면 누군가 득을 보는 사람이 있는가?」

「있습니다! 그녀를 사랑하고 있는 청년이 있습니다.」

「이름은?」

「페르낭입니다.」

「스페인 식의 이름이로군?」

「카탈로니아 사람입니다.」

「그 사나이가 편지를 썼다고 생각하나?」

「아닙니다! 그는 단도로 나를 찌를 수는 있었겠지만 그 이상의 일은 하지 못할 사람입니다.」

「그렇군. 스페인 인의 기질로 보아서는 그렇겠군. 사람은 죽일 수 있을 테지, 하지만 비겁한 짓은 하지 않을걸세.」

「게다가」하고 단테스는 말했다.「그는 고소장에 씌어 있는 것 같은 자세한 내용은 전혀 모르고 있었을 겁니다.」

「젊은이는 그런 얘기를 아무에게도 하지 않았을 테지?」

「네, 아무에게도 하지 않았습니다.」

「약혼녀에게도 말이지?」

「그렇습니다. 약혼녀에게도 하지 않았습니다.」

「그렇다면 당그랄이 틀림없네.」

「아아! 지금에야 저도 분명히 알 것 같습니다.」

「잠깐 기다리게……. 당그랄은 페르낭을 알고 있었는가?」

「아니요……. 참…… 그렇지…….」

「뭔가?」

「제 결혼 전전날에 두 사람이 함께 팡필 영감네 가게의 정자에서 탁자에 앉아 있는 것을 보았습니다. 당그랄은 다정한 투로 장난을 치고 있었지만 페르낭은 창백한 얼굴을 하고 뭔가 불안한 표정이었습니다.」

「두 사람뿐이었나?」

「아닙니다. 한 사람 더 있었습니다. 저도 잘 알고 있는 사람입니다. 이 사람이 아마 두 사람을 소개했을 겁니다. 카도루스라는 양복점 주인입니다. 하지만 이 사람은 벌써 엉망으로 취해 있었습니다. 잠깐요…… 잠깐만 기다려 주십시오……. 어째서 이게 진작 생각나지 않았을까? 세 사람이 술을 마시고 있던 탁자 근처에 잉크와 종이, 그리고 펜이 있었습니다. (단테스는 손을 이마에 가져다댔다.) 오오, 그렇군! 그 개 같은 놈! 개만도 못한 놈!」

「좀더 다른 것을 알고 싶은가?」하고 신부가 웃으면서 말했다.

「물론입니다! 신부님은 모든 것을 깊이 헤아리시고 어떤 일도 분명하게 꿰뚫어보시니까요.

어째서 제가 한 번밖에 신문을 받지 않았는지, 어째서 제가 재판에 회부되지 않았는지, 그리고 어째서 판결도 없이 이런 형벌을 받게 되었는지 그것을 가르쳐 주십시오.」

「오오! 이것은」하고 신부는 말했다.「이것은 일이 꽤 중대하군. 재판이라는 것은 뭔가 헤아리기 어려운 신비로운 작용을 하는 것이어서 아무래도 핵심을 찌르기는 어렵지. 지금까지의 두 사람에 대해서 우리가 추리한 것은 어린애 장난과도 같은 거지. 하지만 이번 문제에 대해서는 더할 수 없이 정확한 재료를 가르쳐 주지 않으면 나로서도 어떻게 할 수가 없는걸.」

「그럼 저에게 질문을 해주십시오. 사실 신부님은 제 신상에 대해서는 저 자신보다도 더 분명히 아시니까 말입니다.」

「젊은이를 신문한 사람은 누구지? 검사인가, 검사 대리? 아니면 예심 판사인가?」

「검사 대리였습니다.」

「젊은 사람이었는가? 아니면 나이가 많은 사람이었는가?」

「젊은 사람이었습니다. 스물일곱 또는 스물여덟 살 가량 되어 보이는.」

「좋아요! 아직 썩지는 않았지만 야심은 이미 가지고 있는 나이로군.」하고 신부는 말했다.「젊은이에 대한 태도는 어떠했지?」

「엄격하다기보다는 오히려 친절하게 생각되었습니다.」

「젊은이는 모든 얘기를 다 해주었나?」

「네, 모든 것을 다 얘기했습니다.」

「그래, 그의 태도는 신문 도중에 달라지거나 하지는 않았나?」

「저를 위험에 빠뜨린 그 편지를 읽었을 때 잠깐 달라졌습니다. 제 불행에 충격을 받은 것 같았습니다.」

「젊은이의 불행에 대해서 말인가?」

「그렇습니다.」

「그래, 그가 젊은이의 불행을 불쌍하게 여기고 있었다고 분명히 믿고 있나?」

「적어도, 동정해 주고 있다는 큰 증거를 보여 주었습니다.」

「어떤 증거 말인가?」

「저를 위험에 빠뜨리게 만든 단 하나의 서류를 불태워 주었습니다.」

「무엇 말인가? 고소장 말인가?」

「아닙니다. 편지 말입니다.」

「그것은 확실한가?」

「제가 보고 있는 앞에서 불살라 버렸습니다.」

「이렇게 되면 문제는 달라지는걸. 그 사나이는 젊은이가 미처 상상조차 못한 큰 악당일지도 모르겠는데.」

「신부님의 말씀을 들으니까 정말로 무서워집니다!」하고 단테스는 말했다.「그렇다면 이 세상에는 호랑이와 악어만 살고 있다는 얘기가 되는군요.」

「그렇다네. 다만 두 발 달린 호랑이와 악어가 한층 더 위험하지.」

「계속해 주십시오.」

「좋아. 그는 편지를 불태워 버렸다고 젊은이는 말했지?」

「그렇습니다. 그리고 저에게 이렇게 말했습니다.『알겠나! 자네에게 불리한 증거는 이것뿐이야. 이것을 내가 소멸시켜 주지.』라고 말입니다.」

「그런 방법은 너무나 훌륭해서 아무래도 자연스럽지가 않은걸.」

「그렇게 생각하십니까?」

「나는 그렇게 믿네. 그래 그 편지는 누구 앞으로 된 것이었지?」

「파리, 코크 에롱 거리 13번지, 노와르티에 씨입니다.」

「젊은이를 담당했던 검사 대리는 그 편지가 없어짐으로써 무슨 이익이 있었으리라고는 생각되지 않나?」

「글쎄요, 그럴지도 모르겠습니다. 왜냐하면 그 편지에 대해서는 누구에게도 얘기하지 말라고, 그것이 저를 위한 것이라면서 두 번 세 번 저에게 약속을 시켰으니까요. 그리고 주소 위에 씌어진 이름은 절대로 입 밖에 내지 말라고 단단히 다짐을 받았습니다.」

「노와르티에라고 했지?」하고 신부는 되뇌었다.「……노와르티에에, 옛날 에트룰리아 왕비의 궁정에 있던 노와르티에라면 내가 알고 있지, 혁명 때에는 지롱드 당원이었던 그 노와르티에라면. 젊은이의 검사 대리는 이름이 뭐였지?」

「빌포르였습니다.」

신부는 큰소리로 웃었다.

단테스는 깜짝 놀라서 상대방 얼굴을 바라보았다.

「왜 그러십니까?」

「젊은이에게는 이 태양 광선이 보이나?」 하고 신부가 물었다.

「네」

「자! 지금 나에게는 모든 것이 이 투명하고 밝은 태양 광선보다도 더 똑똑히 보인단 말일세. 불쌍한 사람이군! 그 검사 대리가 젊은이에게 친절했었다고?」

「그렇습니다.」

「그 훌륭한 검사 대리가 편지를 불살라 버렸다고?」

「그렇습니다.」

「그 성실한 목자르기 관리의 두목은 자네로부터 노와르티에라는 이름을 절대로 입에 담지 않는다는 다짐을 받았다고?」

「그렇습니다.」

「그 노와르티에라는 사람은, 불쌍하게도 젊은이는 어째서 그렇게 아무것도 보지를 못한단 말인가, 그 노와르티에라는 사람이 누구인지 모르겠어? 그 노와르티에는 바로 그 검사 대리의 아버지였단 말일세!」

설사 벼락이 단테스의 발밑에 떨어져서 거기에 깊은 구덩이가 패이고 그 밑바닥에서 지옥이 입을 벌렸다고 하더라도 이 뜻하지 않았던 말처럼 재빨리 그에게 전격적인 충격을 주지는 못했을 것이다. 이토록 그에게 큰 타격을 주지는 못했을 것이다. 그는 머리가 빠개지려는 것을 막으려는 듯이 두 손으로 머리를 감싸쥐고 벌떡 일어났다.

「그놈의 아버지! 그놈의 아버지!」 하고 그는 소리질렀다.

「그렇다네. 그의 아버지는 노와르티에 드 빌포르라고 한다네.」 하고 신부는 대답했다.

그러자 한 줄기 섬광이 단테스의 머리를 스쳤다. 그리고 그때까지 내내 알 수 없었던 일이 한순간에 환히 드러났다.

신문하고 있을 때의 어딘가 망설이는 듯하던 그 태도하며 편지를 불태워 버린 일, 맹세를 강요하던 일, 겁을 주는 대신 간청하듯이 말하던 그의 거의 애원에 가깝던 말투 등 모든 것이 또렷이 회상되었다.

그는 소리를 지르며 술에 취한 사나이처럼 한순간 비틀거렸다. 그리고는 신부의 감옥에서 자기의 감옥으로 통하는 구멍으로 뛰어가면서 「아아!」 하고 그는 말했다. 「혼자서 차근차근 생각해 보겠습니다.」

자기의 감옥으로 돌아오자 그는 침대 위에 풀썩 고꾸라졌다. 그리고 저녁때 간수가 찾아왔을 때는 그는 침대에 걸터앉아 눈을 한곳에 고정시킨 채 얼굴을 실룩거리며 마치 석상처럼 꼼짝도 하지 않고 입을 다물고 있었다.

그는 몇 시간 동안이나 생각에 잠긴 채——이 몇 시간은 마치 몇 초처럼 빠르게 지나갔다 —— 무서운 결심을 하고 무서운 맹세를 자기 자신에게 한 것이었다!

하나의 목소리가 단테스를 이러한 몽상에서 끄집어냈다. 그것은 파리아 신부의 목소리였다.

신부는 간수가 자기의 감옥을 이미 다녀갔기 때문에 단테스와 저녁식사를 함께 하려고 그를 부르러 온 것이었다. 신부는 미치광이로 인정되고부터는, 특히 재미있는 미치광이로 인정되고서부터는 약간 특별한 대우를 받고 있었다. 가령 일요일에는, 약간의 흰빵과 포도주 작은 한 병을 배급받았다. 마침 이 날은 일요일이었던 것이다. 그래서 신부는 그 빵과 포도주를 젊은 동료에게 나누어 주려고 부르러 온 것이었다. 단테스는 신부의 뒤를 따랐다. 얼굴의 표정은 정상을 되찾고 여느 때와 다름없는 상태가 되어 있었다. 다만 전체적으로 어딘가 긴장된 느낌이 있어 그가 가슴속에 굳은 결심을 간직하고 있음을 말해 주고 있었다. 신부는 그러한 그를 물끄러미 바라보았다. 그러다가 「나는 젊은이가 찾고 있는 것을 돕느라고 그런 말을 한 것을 지금은 후회하고 있네.」 하고 말했다.

「어째서지요?」 하고 단테스는 물었다.

「젊은이의 마음에 지금까지는 없었던 감정을, 복수의 감정을 불어넣은 결과가 되었으니까.」

단테스는 미소를 흘렸다. 그리고 「그럼 다른 얘기를 하지요.」 하고 말했다.

신부는 그래도 한참 동안 그를 바라보고 있었다. 그리고 슬픈 듯이 고개를 흔들었다. 그리고는 단테스가 말한 것처럼 다른 얘기를 시작했다.

이 늙은 수인의 말 속에는 세상의 온갖 고생을 다한 사람들의 말에서처럼 그야말로 많은 교훈이 내포되어 있고 끝간 데 없는 흥미가 있었다. 그러나 그것은 이기적인 것이 아니었다. 이 불행한 노인은 자기의 불행에 대해서는 단 한 마디도 하지 않았다.

단테스는 노인의 한마디 한마디를 감탄하면서 듣고 있었다. 그 어떤 것은 그가 이미 알고 있는 일, 또는 선원으로서의 그의 직업에 관한 것이었다. 또 어떤 것은 그가 전혀 모르는 이야기로서 그것은 남극에서 항해자들을 비추어 주는 저 극광(極光)처럼 청년의 눈에 환상적으로 비쳐진 새로운 풍경이나 새로운 지평선을 보여 주었다. 단테스는 만일 이해력을 가지고 있는 사람이 이토록 도덕적으로도 철학적으로도 또 사회적으로도 높은 지위를 차지하고 즐기고 있는 사람 밑에서 공부를 할 수 있다면 그것은 얼마나 행복한 일일까 하고 생각했다.

「신부님이 알고 계시는 것을 저에게 조금 가르쳐 주실 수 없겠습니까?」 하고 단테스는 말했다. 「저 같은 것과 함께 있으면서 지루하지 않기 위해서도 그렇게 하시는 것이 좋을 것 같습니다. 저처럼 교육도 받지 못하고 능력도 없는 동료를 가지기보다는 혼자 계시고 싶은 것이 신부님의 심정이리라고 지금의 저는 생각하고 있습니다. 만일 제 부탁을 들어 주신다면 이제 탈옥 이야기는 하지 않겠다는 것을 약속드립니다.」

신부는 미소지었다.

「아아! 젊은이」 하고 신부는 말했다. 「인간의 학문이란 극히 한정된 좁은 것이라네. 그래서 만일 내가 젊은이에게 수학, 물리학, 역사, 그리고 내가 구사할 수 있는 서너 가지의 현대어를 가르친다면 젊은이는 내가 알고 있는 모든 것을 아는 것이 될 걸세. 그리고 그 학문을 내 머리에서 젊은이의 머리로 옮기는 데는 2년이면 충분할 걸세.」

「2년이라고요?」 하고 단테스는 말했다. 「그것들을 2년 안에 전부 배울 수 있으리라고 생각하십니까?」

「응용은 할 수 없겠지만 원칙만이라면 충분할걸세. 배우는 것과 안다는 것은 별개의 문제라네. 박식한 자와 학자가 있지. 전자를 만드는 것은 기억력이고 후자를 만드는 것은 철학이라네.」

「그렇다면 그 철학을 배울 수는 없을까요?」

214

「철학은 배워서 얻을 수 있는 것이 아니라네. 철학은 모든 학문을 응용할 수 있는 천재에게만 허용되는 학문의 총화라네. 철학은 빛나고 있는 구름이라네. 그리스도는 이 구름에 발을 걸치고 하늘로 올라갈 수가 있었다네.」

「그러면」하고 단테스가 말했다.「우선 무엇을 가르쳐 주시겠습니까? 저는 빨리 시작하고 싶습니다. 저는 학문에 굶주려 있습니다.」

「모든 것을 가르쳐 주지!」하고 신부는 말했다.

그래서 그날 밤 즉시 두 수인은 교육 계획을 세우고 다음날부터 실행에 들어갔다. 단테스는 기막힌 기억력과 비범한 이해력을 가지고 있었다. 그는 수학적인 재능을 가지고 있었으므로 모든 것을 계산에 의해 이해할 수가 있었다. 또 한편으로는 선원으로서의 시정(詩情)이 무미건조한 숫자나 곧바른 선에 의한 증명 따위의 너무나도 물질적인 점에 정감을 주었다.

게다가 그는 이미 이탈리아 어와 동양에의 몇 차례 항해에서 익혀 현대 그리스 어를 조금 알고 있었다. 이 두 가지 말에 의해 그는 곧 다른 모든 언어의 구조를 알 수 있게 되었다. 그리고 6개월 뒤에는 스페인 어, 영어, 독일어를 알 수 있게 되었다.

그는 공부에 열중하여 자유의 몸이 된다는 데에 신경을 쓰지 않게 된 탓인지 아니면 앞에서도 말했듯이 약속은 어디까지나 지킨다는 성격을 가진 사나이이기 때문인지 파리아 신부에게 맹세한 대로 탈옥에 대해서는 이미 입에 담지 않게 되었다.

이러는 가운데 세월은 흘러갔다. 그에게는 그 동안 배우는 것이 많았기 때문에 순식간의 일처럼 생각되었다. 일 년 뒤에는 그는 완전히 딴 사람이 되어 있었다.

한편 파리아 신부에 대해서이지만 단테스는 이렇게 관찰하고 있었다. 자기가 곁에 있음으로써 옥중 생활에 어느 정도 기분풀이는 되고 있다고는 하지만 그는 날로 더욱 우울해져가고 있는 것이 사실이었다. 노상 하나의 생각이 그의 머리에 달라붙어 있는 것 같았다. 깊은 몽상에 잠기면서 문득 한숨을 쉬는가 하면 느닷없이 벌떡 일어나서 팔짱을 끼고 어두운 표정으로 감옥 안을 왔다갔다하곤 했다.

어느 날 신부는 언제나와 마찬가지로 감옥 안을 몇 십 번이나 돌아다니고 있었으나 갑자기 딱 멈추어 서더니 이렇게 소리질렀다.

「아아! 저 보초만 없다면!」

「신부님이 그것을 원하신다면 없애 버릴 수도 있습니다.」하고 단테스는 말했다. 그는 마치 크리스탈 유리를 통해서 보듯이 신부의 머릿속이 확실히 보여서 신부의 생각을 더듬을 수가 있었다.

「아아! 그 말은 전에도 했어.」하고 신부는 대답했다.「나는 사람을 죽이는 것은 싫어.」

「하지만 이 살인은 실행된다 하더라도 자기 보존의 본능, 자기 방위의 감정에 의해서 이루어지는 것입니다.」

「설사 그렇더라도 나는 할 수가 없네.」

「하지만 신부님은 그것을 생각하고 계신 것이 아닙니까?」

「그것은 언제나 생각하고 있지, 언제나.」하고 신부는 중얼거렸다.

「그리고 그 방법이 발견된 게 아닙니까?」하고 단테스는 다급하게 물었다.

「하긴 그렇지. 복도에 장님이고 벙어리인 보초만 세워 준다면.」

「장님을 만들어 버릴 수도 있습니다. 벙어리로 만들 수도 있습니다.」하고 청년은 딱 부러진 어조로 말했다. 그 말투는 신부를 두렵게 만들었다.

「안돼! 안돼!」하고 신부는 소리질렀다.「그런 일을 저지를 수는 없어.」

단테스는 이 문제에 신부를 붙들어 두고 싶었다. 그러나 신부는 고개를 흔들고 그 이상은 아무런 대답도 하지 않았다.

3개월이 지나갔다.

「젊은이는 힘이 센가?」하고 어느 날 신부가 단테스에게 물었다.

단테스는 거기에는 대답하지 않고 끌을 손에 들고는 그것을 제철(편자)처럼 구부러뜨렸다가 다시 원상대로 펴보였다.

「모든 계책이 허사로 돌아갔다는 것이 판명될 때까지는 보초를 죽이지 않겠다는 것을 약속할 수 있겠나?」

「명예를 걸고 맹세하겠습니다.」

「그렇다면」하고 신부는 말했다.「우리의 계획을 실행에 옮길 수 있을걸세.」

「그것을 실행하는 데는 얼마나 걸릴까요?」

「적어도 1년은 걸릴 테지.」

「그럼 작업에 착수해도 되는 겁니까?」

「당장 착수할 수 있지.」

「아아! 그것 보세요. 우리는 1년을 헛되이 보낸 겁니다!」하고 단테스가 소리질렀다.

「헛되이 보냈다고 생각하나?」하고 신부가 말했다.

「오오! 용서하십시오.」하고 에드몽은 얼굴을 붉히면서 말했다.

「쉿!」하고 신부는 말했다.「인간은 결국 인간일 뿐이야. 하지만 젊은이는 내가 알고 있는 가장 뛰어난 인간의 한 사람이야. 자, 이것이 내 계획이라네.」

그렇게 말하고 신부는 단테스에게 자기가 그린 도면을 보여 주었다. 그것은 신부의 감옥과 단테스의 감옥, 그리고 그 둘을 연결하는 복도의 도면이었다. 그 복도의 한가운데쯤에 광선에서 볼 수 있는 횡혈이 하나 파여져 있다. 이 횡혈을 통해서 두 수인은 보초가 왔다갔다하는 복도 아래에까지 갈 수가 있다.

거기까지 가면 두 사람은 큰 구멍을 파고 복도의 바닥에 깔린 돌 한 장을 벗겨낸다. 그 바닥돌은 결정적인 순간에 병사의 몸무게로 밑으로 빠지고 병사는 구멍 안으로 굴러떨어진다.

떨어진 순간에 눈이 휘둥그래져서 저항도 못 하고 있는 사이에 단테스가 병사에게 달려들어 꽁꽁 묶고 수건으로 재갈을 물린다. 그리고 두 사람은 복도의 창으로 빠져나가 예의 줄사닥다리를 이용하여 외벽을 타고 달아난다. 그러한 순서로 되어 있었다.

단테스는 순뼉을 쳤다. 그의 눈은 기쁨으로 빛났다. 이 계획은 간단했으므로 성공할 것이 틀림없었다.

당장 그날부터 두 사람은 광부의 작업에 착수했다. 이 작업은 오랜 휴식 뒤의 일이었던 만큼, 또 어쩌면 각자의 마음속에 감추어졌던 생각을 실행하는 일이었던 만큼 한층 더 열의를 가지고 추진되었다.

두 사람이 일을 중단하는 것은 간수가 오는 것을 기다리기 위해 각기 자기의 감옥으로 돌아가지 않으면 안될 때뿐이었다. 그리고 간수가 내려오는 것은 희미한 발소리로 그것을 알 수 있었기 때문에 두 사람은 결코 허를 찔리는 일이 없었다.

새로운 구멍에서 파여져서 낡은 복도를 메워 버릴 정도가 된 흙은 조금씩 더할 수 없는 세심한 주의를 기울여 단테스의 감옥의 창문, 또는 파리아 신부의 창문으로 바깥으로 버려졌다. 두 사람은 그것을 정성껏 자잘한 가루로 만들었다. 밤바람은 그것을 멀리 날려 버려 뒤에는 아무것도 남기지 않았다.

연장이라고는 끌과 작은 칼, 나무로 만든 지레뿐인 이러한 작업은 1년 이상이나 계속되었다. 그러는 동안 작업을 하면서도 파리아 신부는 단테스에 대한 교육을 계속했다. 어떤 때는 한 나라의 말로 말하고 또 어떤 때는 다른 나라의 말로 말하고 그리고 곳곳에 광영이라고 불리는 빛나는 자취를 남기고 있는 여러 나라의 역사나 위대한 인물의 역사를 가르쳤다.

게다가 신부는 상류 사회의 사교계 사람이었으므로 그 거동에 쓸쓸함이 깃든 일종의 숭고함이 있었다. 단테스는 선천적으로 타인에게 동화하기 쉬운 성질을 가지고 있었으므로 지금까지 자기에게 결여되어 있던 고상한 예의, 상류 사회 사람들이나 훌륭한 사람들과의 접촉에 의해서밖에는 얻을 수 없는 귀족적인 태도를 배울 수가 있었다.

15개월 걸려서 구멍이 완성되었다. 구멍의 출구는 복도 아래에 만들어졌다. 보초가 왔다갔다하는 발소리가 들렸다. 탈주를 보다 확실한 것으로 하기 위해 달이 없는 어두운 밤을 기다리지 않으면 안 되었던 두 사람에게 있어서 이제는 한 가지 걱정밖에는 없었다. 그것은 시기가 오기 전에 지면이 보초의 무게로 무너지지는 않을까 하는 것이었다.

그러한 사고를 방지하기 위해 토대 안에서 발견한 작은 도리 같은 것을 받침대로 삼으려 했다. 단테스가 그것을 설치하려 하고 있을 때 갑자기, 단테스의 방에 남아서 줄사닥다리를 걸 못을 갈고 있던 파리아 신부가 고통스러운 목소리로 그를 부르고 있는 소리가 들렸다.

단테스는 급히 자기의 감옥으로 돌아갔다. 그러자 창백한 얼굴을 한 신부가 감옥 한가운데에 버티고 선 채 이마에서는 땀을 흘리고 두 손에는 경련을 일으키고 있었다.

「오오!」하고 단테스는 소리질렀다.「어떻게 되신 겁니까? 대체 어떻게 되신 겁니까?」

「빨리, 빨리!」하고 신부가 말했다.「내 말을 들어 주게.」

단테스는 파리아 신부의 납빛으로 변한 얼굴, 푸르스름한 기미가 낀 눈, 하얀 입술, 곤두선 머리카락 등을 보았다. 그리고는 몸서리치며 손에 들었던 끌을 떨어뜨렸다.

「대체 어떻게 되신 겁니까?」하고 에드몽은 소리질렀다.

「나는 틀렸어.」하고 신부는 말했다.「내가 하는 말을 들어 주게. 무서운 병이, 어쩌면 목숨을 앗아갈 병이 나를 사로잡을걸세. 발작을 일으키려는 것을 나 자신이 알 수 있어. 벌써 감옥에 들어오기 일 년 전에도 이 병에 걸렸던 적이 있어. 이 병에는 한 가지 약밖에 없어. 그 약이 있는 곳을 지금 가르쳐 주지. 내 방으로 달려가서 침대 다리를 들어올려 주게. 그 다리는 속이 비어 있고 거기에 반쯤 빨간 액체가 든 조그만 유리병이 있다네. 그것을 가져다 주게.

아니, 그것보다는 차라리, 그렇지, 그건 안돼. 나는 여기에 있다가는 발각될 우려가 있어. 아직 약간은 힘이 남아 있는 동안에 나를 도와서 내 방으로 데려가 주게. 발작이 계속되는 동안에 또 무슨 일이 일어날는지 모르니까 말야.」

이 불행에서 받은 타격은 컸으나 단테스는 침착성을 잃지 않았다. 신부를 끌고 지하의 복도로 내려가 안간힘을 다하여 복도의 반대쪽 끝에 다달아 신부의 방으로 들어가서는 신부를 침대 위에 눕혔다.

「고맙군.」하고 신부는 마치 얼어붙은 물속에서 나온 것처럼 손발을 부들부들 떨면서 말했다.「자, 발작이 일어났어. 나는 간질증에 빠지는 거야. 아마 꼼짝도 할 수 없게 될걸세. 고통을 호소할 수도 없게 될걸세.

그러면서 입에서는 거품을 내뿜고 몸을 경직시킨 채 소리소리 고함을 지를걸세. 내 그 울부짖음이 들리지 않게 해주게. 이것이 중요한 일이야. 왜냐하면 그것이 들리면 아마 방을 바꾸려 들 테니까 말야. 그렇게 되면 영원히 우리는 떨어져야 하니까 말일세.

내 몸이 움직이지 않게 되고 싸늘해지면, 즉 죽은 것처럼 되면 그 순간에 알겠나? 내 이빨을 칼로 비틀어 열고 이 액체를 여덟 또는 열 방울 입속으로 흘려넣어 주게. 어쩌면 나는 되살아날걸세.」

「어쩌면입니까?」하고 단테스는 침통한 어조로 말했다.

「부탁했네! 부탁했어!」하고 신부는 외쳤다.「나는…… 나는…….」

발작이 너무나도 갑작스럽고 격렬했으므로 불행한 수인은 하려던 말을 끝까지 할 수가 없었다.

폭풍이 바다 위를 덮치듯이 순식간에 어두운 그림자가 그의 이마를 뒤

덮었다. 그 발작 때문에 눈은 커지고 입은 뒤틀리고 뺨이 새빨개졌다.

신부는 몸부림치며 거품을 물고 소리를 질렀다.

그러나 단테스는 신부가 이른 대로 이불을 뒤집어씌워 그 고함 소리를 죽였다. 이러한 상태가 두 시간 동안 계속되었다. 그러자 신부는 갑자기 축 늘어져서 마치 무슨 물체의 덩어리처럼 움직이지 않게 되었다. 대리석보다도 더 창백하게 싸늘해졌고 짓밟힌 갈대보다도 더 애처로운 모습이 되었다. 그리고는 마지막 경련으로 몸을 빳빳이 경직시키고 납빛으로 변했다.

에드몽은 이러한 가사 상태가 육체의 내부에까지 도달하여 심장까지 얼어붙게 하기를 기다리고 있었다. 드디어 때가 왔다고 생각되자 그는 칼을 손에 들고 그 날을 이빨 사이에 쑤셔넣고는 꽉 다문 턱을 가까스로 벌려 빨간 액체를 한 방울 한 방울 세면서 열 방울 떨어뜨렸다. 그리고 기다렸다.

한 시간이 지났지만 노인은 꼼짝도 하지 않았다. 단테스는 너무 오래 기다려 때를 놓친 것이 아닌가 하고 걱정했다. 그리고 두 손을 노인의 머리카락 속에 집어넣고 그 얼굴을 가만히 들여다보고 있었다.

겨우 노인의 뺨 위에 발가스름한 기운이 돌기 시작했다. 지금까지 부릅뜬 채 표정이 없던 두 눈이 시력을 되찾고 가냘픈 호흡이 입에서 새어나왔다. 그리고 노인은 몸을 움직였다.

「깨셨다! 깨셨다!」 하고 단테스는 소리질렀다.

병든 노인은 아직도 말을 할 수는 없었다. 그러나 분명히 알아차릴 수 있는 불안한 모습으로 문쪽을 가리켰다. 단테스는 귀를 기울였다. 그러자 간수의 발소리가 들려왔다. 곧 일곱 시가 되려 하고 있었다. 단테스에게는 시간을 헤아릴 여유가 없었던 것이다.

청년은 구멍 입구로 달려가서 기어들어가서는 머리 위에 납작돌을 놓았다. 그리고는 자기의 감옥으로 돌아왔다.

잠시 후에 그의 감옥 문이 열렸다. 간수는 단테스가 여느 때와 마찬가지로 침대에 걸터앉아 있는 모습을 보았다. 간수가 이쪽으로 등을 돌리자마자, 그 발소리가 복도로 사라지자마자 불안해서 견딜 수 없는 단테스는 먹는 것도 잊고 다시 왔던 길을 되돌아갔다. 그리고 머리로 납작돌을 밀어올리고 신부의 방으로 들어갔다.

신부는 의식을 되찾고 있었다. 그러나 힘이 빠진 듯이 축 늘어져서 침대 위에 누운 채였다.

「다시는 못 만나는가 했었지.」하고 신부는 단테스에게 말했다.

「어째서 그런 생각을 하셨을까요?」하고 단테스는 물었다.「그럼 돌아가시리라고 생각한 겁니까?」

「아니. 하지만 젊은이는 도망을 치려면 그 준비는 되어 있으니까. 나는 젊은이가 도망친 줄로만 생각하고 있었다네.」

단테스는 분개하여 볼을 새빨갛게 물들였다.

「신부님을 남겨 두고 말입니까?」하고 그는 소리질렀다.「그런 일을 제가 할 수 있으리라고 정말로 믿고 계셨던 겁니까?」

「지금 나는 내가 잘못 생각하고 있었다는 것을 분명히 알았네.」하고 병든 노인은 말했다.「아아! 나는 이제 완전히 쇠약해졌어. 완전히 지쳐 버렸어. 녹초가 되고 말았어.」

「기운을 내십시오. 다시 전처럼 힘을 내실 수 있어요.」하고 단테스는 파리아 신부의 침대 옆에 앉아 신부의 손을 잡으면서 말했다.

신부는 고개를 저었다.

「지난번에는」하고 신부는 말했다.「발작이 30분간 계속되고 그런 다음에는 공복을 느끼고 나는 혼자서 일어날 수가 있었어. 하지만 오늘은 다리도 오른팔도 움직일 수가 없어. 머리도 제대로 돌아가지를 않아. 이것은 뇌출혈의 조짐이야. 세 번째에는 전신 불수가 되거나 아니면 급사를 하게 될 거야.」

「아니예요, 아니예요, 안심하세요. 신부님은 돌아가시지 않아요. 설사 세 번째 발작이 일어난다고 하더라도 그때는 신부님은 자유로운 몸이 되어 있을 거예요. 그리고 이번처럼 제가 도와드릴 수 있을 거예요. 아니, 이번보다도 더 쉽게요. 돕는 데 필요한 준비가 다 되어 있으니까요.」

「아니, 아니.」하고 노인은 말했다.「착각을 해서는 안돼. 이번 발작으로 나는 종신 금고를 언도받은 꼴이야. 왜냐하면 도망치기 위해서는 걸을 수 있지 않으면 안 되니까.」

「좋습니다! 그렇다면 기다리기로 하지요. 일주일이든 일 개월이든 필요하다면 2개월이라도. 그러는 동안에 다시 힘이 생기겠지요.

탈출 준비는 완전히 되어 있어요. 그 시기를 선택하는 것은 우리의 자유예요. 헤엄을 치실 만한 힘이 회복되면 그날에야말로 우리의 계획을 결행하십시다.」

「나는 이제 헤엄을 칠 수는 없을걸세.」하고 파리아 신부는 말했다.「이렇게 팔이 쑤시고 저린 것은 오늘 하루만의 것이 아니라 영원히 낫지 않을걸세. 들어올려 봐, 축 늘어져서 무거울걸세.」

청년은 노인의 팔을 쳐들어 보았다. 그것은 전혀 감각이 없이 축 늘어져 있었다. 그는 한숨을 쉬었다.

「이제 납득이 되었겠지, 에드몽 군.」하고 신부가 말했다.「내 말을 믿어주게. 나는 내가 하고 있는 말을 분명히 알고 있어. 맨처음 이 발작이 일어났을 때부터 나는 언제나 이 발작에 대해서 생각해왔어.

나는 그것을 예감하고 있었어. 왜냐하면 이것은 우리 집의 유전이니까. 우리 아버지는 세 번째 발작으로 세상을 떠났어. 할아버지도 그랬고. 이 약을 지어 준 의사는 다름아닌 저 유명한 카바니스인데 그도 역시 똑같은 운명을 나에게 예언했어.」

「의사도 틀리는 수가 있습니다.」하고 단테스는 소리질렀다.「게다가 설사 몸이 말을 안 들어도 문제 없습니다. 제가 신부님을 업겠습니다. 그리고 몸을 받쳐가면서 헤엄을 치겠습니다.」

「젊은이」하고 신부는 말했다.「젊은이는 선원이고 헤엄을 잘 아니까 나 같은 무거운 짐을 짊어지고는 팔놀림을 제대로 할 수 없다는 것을 잘 알 텐데. 그런 꿈 같은 생각은 그만두는 게 좋아. 젊은이의 총명한 마음은 그런 일에 속고 있지는 않을 텐데. 나는 자유로워질 때까지 이곳에 남아 있겠네. 이렇게 된 이상 자유로워지는 날은 바로 죽는 날일 테지만 말야. 하지만 젊은이는 도망치게. 여기서 떠나게! 젊은이는 아직 나이도 어리고 날쌔고 힘도 있어. 내 일에 대해서는 걱정하지 않아도 돼. 약속도 이제 지키지 않았도 돼.」

「알겠습니다.」하고 단테스는 말했다.「알겠습니다. 그럼 저도 남겠습니다.」 그리고 그는 일어나서 노인에게 엄숙하게 손을 내밀었다.

「그리스도의 피를 두고 맹세합니다. 저는 신부님이 제 곁에서 떠날 때까지는 신부님 곁을 떠나지 않을 것입니다.」

파리아 신부는 참으로 품위가 있고 솔직한, 그리고 참으로 훌륭한 이 청년을 뚫어지게 바라보았다. 그리고 더할 수 없이 순수한 희생적인 정신으로 빛나고 있는 그의 표정에서 성실한 애정과 거짓없는 맹세를 읽었다. 「좋아」 하고 병든 노인은 말했다. 「친절을 받아들이지. 고맙게 생각하네.」

그리고는 단테스에게 손을 내밀면서 말했다.

「자기 몸의 이익을 돌보지 않는 이러한 희생적인 행위에 대해 젊은이는 틀림없이 언제든 보상을 받게 될걸세. 하지만 나는 도망을 칠 수가 없고 젊은이도 도망을 치지 않겠다고 하니까 복도 밑의 구멍을 막아 두는 것이 가장 중요한 일이네.

보초가 그곳을 거닐다가 지하 복도가 파여져 있는 곳의 울림을 깨닫고 감독관에게 알릴지도 모르는 일이야. 그렇게 되면 우리가 한 일이 탄로나서 우리는 따로따로 격리될걸세. 그 일을 해주게. 나는 유감스럽지만 이제 도와 줄 수가 없네. 하룻밤이 걸리더라도 그 일을 해야만 하네. 그리고 내일 아침 간수가 다녀간 뒤에 나에게로 와주게. 젊은이에게 해두고 싶은 중요한 얘기가 있으니까.」

단테스는 신부의 손을 잡았다. 신부는 미소를 지어 보이며 그를 안심시켰다. 그는 노인에 대한 복종과 존경의 마음을 품으면서 그곳을 나왔다.

18. 보   물

다음날 아침 단테스가 신부의 감옥으로 들어가자 신부는 침착한 표정으로 앉아 있었다. 독방의 좁은 창문을 통해 스며드는 광선 밑에서 지금은 그것밖에 말을 듣지 않는 왼손으로 한 장의 종이를 펼치고 있었다. 그 종이는 오랫동안 조그맣게 말려 있었기 때문에 원통 모양으로 되어 있어서 좀처럼 펼쳐지지 않았다.

신부는 아무 말도 하지 않고 그 종이를 단테스에게 보여 주었다.

「이것은 뭐지요?」 하고 단테스가 물었다.

「잘 보게나.」 하고 신부는 미소를 띠면서 말했다.

「눈을 뜨고 잘 보고 있습니다만.」 하고 단테스는 말했다. 「반쯤 타다 만

종이와 그 위에 이상한 잉크로 고딕체 문자가 씌어져 있는 것이 보일 뿐입니다.」

「이 종이는 말일세.」 하고 파리아 신부는 말했다. 「젊은이를 시험한 뒤니까 지금은 모든 것을 터놓고 얘기하네만, 이 종이는 말이지, 실은 내 보물이라네. 그리고 오늘부터는 그 절반은 젊은이의 것이 되는 거라네.」

식은땀이 단테스의 이마에서 흘러내렸다. 오늘날까지——그것은 얼마나 오랜 세월이었을까!——그는 이 불쌍한 신부를 미치광이라고 소문나게 만든 이 보물에 대해서만은 신부와 아무 얘기도 하지 않으려고 피해오고 있었던 것이다. 본능적으로 섬세한 마음씨를 가지고 있는 단테스는 가슴 아픈 소리를 내는 현(絃)에는 손을 대지 않으려 하고 있었던 것이다. 그리고 파리아 신부 쪽에서도 아무 얘기도 하지 않았었다.

단테스는 노인이 이 얘기를 하지 않게 된 것이 이성이 되돌아왔기 때문이라고 생각하고 있었다. 그런데 오늘 그 괴로운 발작이 있은 뒤 파리아 신부의 입에서 이 말이 불쑥 새어나온 것은 심한 정신착란이 다시 시작되었음을 말해 주고 있는 것이라고 생각되었다.

「신부님의 보물이요?」 하고 단테스는 말을 더듬거렸다.

신부는 빙그레 웃었다.

「그렇다네. 모든 점으로 보아서 에드몽, 자네는 고상한 마음을 가지고 있어. 자네가 지금 얼굴빛을 달리하고 몸을 떠는 것을 보고 나는 자네가 무슨 생각을 하고 있는지 다 알 수 있어.

하지만 안심하게. 나는 결코 미치광이가 아니야. 이 보물은 단테스 군, 실제로 존재하고 있어. 그리고 이것이 내 손에 들어오지 않는다면 당신에게 돌아가게 해주고 싶어.

아무도 내 말에 귀를 기울이려 하지 않았고 나를 믿어 주지도 않았어. 왜냐하면 나를 미치광이로 생각하고 있으니까. 하지만 내가 미치광이가 아니라는 것을 알고 있는 자네만은 내 말을 들어 주기 바라네. 그리고 믿어도 좋다고 생각되면 믿어 주기 바라네.」

『아아!』 하고 단테스는 마음속으로 중얼거렸다. 『마침내 병이 재발한 모양이군! 지금까지는 이런 불행에 부닥치지 않아도 되었는데!』

그리고 이번에는 입 밖으로 소리를 내어 말했다.

「자, 발작 때문에 아마 지치신 모양입니다. 조금 쉬십시오! 내일, 만일 괜찮으시다면 말씀을 듣겠습니다. 하지만 오늘은 간병을 해드리겠습니다. 그저 그렇게만 하겠습니다. 게다가」 하고 그는 미소를 지으면서 계속했다. 「보물 얘기는 지금의 저희에게는 긴급한 일이 아니니까요.」

「아니, 매우 긴급한 일이야, 에드몽 군!」 하고 노인은 대답했다. 「내일, 또는 모레, 세 번째 발작이 일어날는지도 모르는 일이야. 그렇게 되면 모든 것이 끝장이야. 그렇다네, 나는 가끔 열 가족을 행복하게 만들 수 있는 그 부(富)가 나를 박해한 사람들 손에 들어가지 않게 된 것을 생각하고 쓸쓸한 기쁨을 느끼곤 했다네. 그렇게 생각하면 뭔가 복수를 한 것 같은 느낌이 들곤 했지.

나는 밤의 감옥 속에서 갇혀 있는 내 신세에 절망을 느끼면서도 느긋하게 그런 생각을 맛보곤 했다네. 하지만 지금은 자네를 사랑하게 됨으로써 세상을 용서할 마음이 생겼다네. 나는 젊고 장래성이 있는 자네를 보고 자네가 이러한 사실을 안다면 얼마나 행복해질 수 있을까 하고 생각하면서 그것이 사후 약방문이 되지 않을까 두려워하고 있다네. 그 파묻혀 있는 많은 재산을 자네만큼 걸맞는 소유자에게 줄 수 없게 될까 봐 두려워하고 있단 말일세.」

에드몽은 얼굴을 옆으로 돌리고 가만히 한숨을 쉬었다.

「에드몽 군, 자네는 아무래도 내 말을 믿으려 하지 않는군.」 하고 파리아 신부는 말을 이었다. 「내 목소리도 자네를 납득시킬 수는 없었단 말이지? 증거가 필요할 것 같군. 그럼 이 종이를 읽어 보게. 이것은 지금까지 아무에게도 보여 주지 않았던 것일세.」

「내일 읽어 보겠습니다.」 하고 단테스는 미친 노인을 상대하기가 싫어서 말했다. 「그 얘기는 내일 하기로 한 것으로 알고 있습니다만.」

「좋아, 그럼 그 얘기는 내일 하기로 하지. 하지만 이 종이만은 오늘 읽어 주게.」

『상대방을 화나게 해서는 안 된다.』 하고 에드몽은 생각했다.

그리고는 아마 어떤 사고로 반쯤 타버렸을 그 종이를 손에 들고 그는 읽기 시작했다.

이 가격은 로마 화폐를 약 2…… 에큐에

제2의 입구에서 제일 먼 한쪽 구석에
이 보물은 모두 그에게

149×년 4월 25일

「어떤가?」 하고 파리아 신부는 단테스가 다 읽고 나자 곧 말했다.
「하지만」 하고 단테스는 대답했다.
「행은 끊기고 말에는 맥락이 없습니다. 글자가 타버리고 끊겨 있어서 뜻을
잘 알 수가 없습니다.」
「그것은 자네가 지금 처음 읽었기 때문일세. 하지만 나는 여러 날 밤을
이것을 판독하려고 애써서 하나하나의 문장을 원상태로 만들고 하나하나의
생각을 정리했다네.」
「그럼 없어진 부분의 뜻을 아셨단 말인가요?」
「나는 그렇게 믿고 있네. 그래서 자네의 판단도 들려 주었으면 하네. 하지만
우선 이 종이의 유래를 들어 주기 바라네.」
「쉿!」 하고 단테스가 말했다. 「……발소리가 들립니다! ……다가오고
있습니다……. 저는 가겠습니다……. 안녕.」
단테스는 신부의 불행을 점점 더 확실한 것으로 만들 것이 틀림없는 그
얘기와 설명을 듣지 않아도 되게 된 것을 기쁘게 생각하면서 좁은 구멍
속으로 뱀처럼 미끄러져 내려갔다.
파리아 신부는 공포 때문에 오히려 저도 모르게 민첩해져서 납작돌을 발로
밀어 놓고 그 이음새를 숨길 틈이 없었으므로 그 위에 책상다리를 하고
앉았다.
온 것은 소장이었다. 간수로부터 파리아가 급환이라는 얘기를 듣고 어느
정도의 중태인지 자기가 직접 확인을 하려고 온 것이었다.
파리아 신부는 앉은 자세로 소장을 맞이하고 의심받을 만한 몸짓을 피
함으로써 반신을 이미 마비시킨 중풍의 증상을 가까스로 소장의 눈에서 숨길
수가 있었다. 그는 소장이 자기를 불쌍하게 여겨 좀더 위생적인 감옥으로
옮김으로써 자기를 젊은 동료로부터 떼어 놓지는 않을까 두려워하고 있었던
것이다. 그러나 다행히도 그런 일은 벌어지지 않았다. 소장은 마음속으로는
자기도 약간의 애정을 느끼고 있는 이 불쌍한 광인이 단지 가벼운 병에

걸렸을 뿐이라고 믿고 돌아가 버렸다.

한편 단테스는 침대에 앉아서 두 손으로 머리를 끌어안고 흐트러지는 생각을 정리하려 하고 있었다. 신부를 알고 난 뒤부터 그에게는 신부가 모든 점에서 이성적이고 위대하고 논리적인 사람으로 생각되었다. 그런데 이렇듯 모든 점에서 더할 수 없이 총명한 사람이 왜 어느 한 가지 점에 있어서는 이렇게도 몰이성적인 것인지 그로서는 이해할 수가 없었다. 파리아 신부가 보물에 대해서 뭔가 착각을 하고 있는 것일까? 아니면 사람들이 신부에 대해서 잘못 알고 있는 것일까?

단테스는 그날 하루 종일 자기의 감옥에 들어박혀서 신부의 감옥에는 가지 않았다. 그렇게 함으로써 신부가 미치광이라는 것을 믿지 않으면 안 되는 순간을 늦추려고 한 것이었다. 그것이 확실하다는 것을 믿지 않으면 안 된다는 것은 그로서는 아주 무서운 일이었다.

그러나 밤이 되자 파리아 신부는 단테스가 언제나 찾아오는 시간이 지나도 오지 않는 것을 보고는 자기와 청년을 떼어 놓고 있는 공간을 자기 쪽에서 단축시키려고 했다. 노인이 고통스러운 노력을 기울여 몸을 질질 끌고 있는 소리를 듣고 단테스는 부르르 몸을 떨었다. 노인의 다리는 이미 말을 듣지 않게 되어 있었고 한쪽 팔도 사용할 수 없게 되어 있었던 것이다. 에드몽은 노인을 자기 쪽으로 끌어오지 않으면 안 되었다. 왜냐하면 혼자서는 단테스의 감옥으로 통하는 좁은 입구로 들어올 힘이 없었던 것이다.

「끈덕지게 자네를 따라다녀서 미안하네.」 하고 신부는 선의에 넘치는 미소를 띠면서 말했다. 「자네는 내 기막힌 보물의 애기에서 도망쳤다고 생각하고 있겠지. 하지만 그렇게는 안돼. 자, 어서 들어 보게.」

에드몽은 이렇게 된 이상 피할 수는 없는 일이라고 생각했다. 그래서 노인을 침대에 앉게 하고 자기도 조그만 걸상을 끌어당겨 그의 옆에 앉았다.

「알겠나?」 하고 신부는 말했다. 「나는 스파다 추기경——이것은 이 이름으로 불리고 있는 귀족의 마지막 사람이었지만——의 비서이며 심복이며 친구였다네. 내가 이 세상에서 맛본 모든 행복은 이 훌륭한 사람의 덕분이었어.

이 집의 재산은 세상 사람들 입에서 『스파다 같은 부자』라고 일컬어졌고 나도 노상 그 말을 들었지만 이 사람 자신은 부자가 아니었어. 하지만 이 사람은 세상의 소문 그대로 과거의 명성을 간직한 채 생활하고 있었지. 이 사람의 큰 저택은 나에게 있어서는 천국이었어. 나는 이 사람의 조카들을 가르쳤는데 그 사람들이 죽고 말아 이 사람 하나만이 세상에 남게 되었을 때 나는 10년 동안 이 사람이 내게 베풀어 준 은혜에 보답하기 위해 헌신적으로 이 사람에게 봉사할 결심을 했지. 이윽고 나는 추기경의 큰 저택에 대해서 하나에서 열까지 알게 되었지. 나는 자주 추기경이 낡은 서책을 열심히 살피기도 하고 먼지 속에서 집안 대대로 내려오는 서류를 열심히 찾고 있는 것을 보기도 했지.

그래서 어느 날 나는, 그런 쓸데없는 고생으로 나중에 건강을 해치지 말라고 주의를 주었지. 그러자 추기경은 비통한 웃음을 띠면서 나를 물끄러미 바라보더군. 그리고는 로마 시의 역사를 쓴 한 권의 책을 나에게 펼쳐 보였어. 그 안의 법왕 알렉산드르 6세의 전기 제20장에 다음과 같은 내용이 씌어져 있었는데 나는 그것을 결코 잊을 수가 없어.

로마냐의 대전이 끝나고 정복을 이룩한 체자레 보르자(법왕 알렉산드르 6세의 아들)는 이탈리아 전토를 사들이기 위해 돈이 필요해졌어. 법왕 알렉산드르 6세도 프랑스 국왕 루이 12세——루이 12세는 그 무렵 실패의 연속이었으나 그래도 아직 무서운 세력을 가지고 있었지——와의 분규를 타결하기 위해 돈이 필요해졌지. 그래서 뭔가 투기라도 해서 거액의 돈을 만들지 않으면 안 되었는데 당시의 피폐하고 가난한 이탈리아에서는 그것은 무리한 이야기였지.

그래서 법왕은 한 가지 방안을 생각해냈어. 즉 추기경을 새로 두 사람 만들어야겠다고 결심했다네.

로마의 명사 중에서 특히 돈이 많은 두 사람이 선택되었지. 이 투기에 의해 법왕이 손에 넣을 수 있는 것은 다음과 같은 것이었어.

우선 첫째는 지금까지 이 두 사람의 추기경이 가지고 있던 훌륭한 직업이나 지위를 법왕이 자기의 손으로 다른 사람에게 팔 수 있다는 것이었어. 다음에는 이 두 사람의 추기경의 지위에서 막대한 돈을 기대할 수 있다는 것이었지.

다시 이 투기에는 제3의 이익이 남아 있었지. 그것은 이윽고 사실로서 나타났다네.

법왕과 체자레 보르쟈는 우선 추기경으로 삼을 두 사람을 발견했어. 한 사람은 법왕청에서 최고의 직책을 네 개나 독점하고 있던 조반니 로스필료시였고 다른 한 사람은 로마 인 중에서 가장 신분이 높고 가장 돈이 많은 사람 중의 한 사람인 체자레 스파다였지. 두 사람 모두 법왕의 이러한 은총을 받기 위해 어느 정도의 돈이 필요한가를 알고 있었어. 두 사람 모두 야심가였거든.

이렇게 해서 추기경이 발견되자 체자레 보르쟈는 이윽고 두 사람의 지위를 계승하려고 노리고 있는 사람들을 발견했지.

이렇게 해서 로스필료시와 스파다는 추기경이 되기 위해 돈을 지불했고 다른 여덟 사람은 새로 추기경이 된 두 사람이 전에 가지고 있던 지위에 앉기 위해 돈을 지불했지. 이렇게 해서 투기자들의 금고에는 팔십만 에큐의 돈이 들어왔다네.

자, 그러면 여기에서 마지막 투기에 대해서 얘기하지 않으면 안 되겠군. 법왕이 확신했던 대로 다함없는 은총을 받고 추기경 자리에 앉은 로스필료시와 스파다는 감사하는 마음을 구체적으로 표시하기 위해, 또 자기들의 행운을 보다 현실적인 것으로 만들기 위해 로마에 정주하지 않으면 안 되었지. 그래서 법왕과 체자레 보르쟈는 두 추기경을 오찬에 초대하기로 했다네.

그런데 여기에 대해서는 법왕과 그 아들 사이에 의견이 달랐어. 체자레는 언제나 다정한 친구들에게 시도하고 있던 방법의 하나를 사용하려고 생각하고 있었지. 예를 들면 저 유명한 열쇠인데 그것을 사용해서 저 장롱을 열어 달라고 부탁하는 거지. 이 열쇠에는 그것을 만든 직인의 실수로 작은 쇠가시가 달려 있었어. 장롱의 잘 열리지 않는 자물쇠를 억지로 열려고 하면 이 작은 가시에 손가락을 찔리게 되어 있어. 그리고 그 다음날에는 그것이 원인이 되어서 죽고 말지.

그리고 또 하나, 사자의 머리가 달린 반지가 있었어. 악수를 할 때 체자레가 그것을 손가락에 끼지. 그러면 사자는 그러한 은총을 받은 사람의 손을 물게 되어 있어. 그런데 이 상처는 24시간 뒤에는 치명상이 된단 말일세. 체자레는 아버지에게, 추기경들에게 장롱을 열게 하거나 또는 한 사람 한 사람과 다정한 악수를 해주겠다고 제의했지. 하지만 알렉산드르 6세는 거기에 대답해서 이렇게 말했어.

『스파다와 로스필료시 추기경의 경우에는 푸짐한 음식을 대접해도 무방

하다고 생각되는구나. 그만한 비용은 돌아올 테니까. 그리고 너는 잊고 있다만
소화 불량은 곧 그 결과가 나타나기 마련이다. 그러나 찔린 상처나 물린
상처는 하루나 이틀이 지나지 않으면 그 결과를 알 수가 없단다.』

체자레는 이 이론에 지고 말았어. 이렇게 해서 두 추기경은 오찬에 초
대되었지.

식탁은 추기경들이 소문에 들어 알고 있던 아름다운 저택 상 피에트로
인 빈코리 근처 법왕이 가지고 있는 포도원 안에 마련되었다네.

로스필료시는 새로 고위직에 앉은 데에 마음이 들떠서 위장의 상태를 잘
조절하고 그야말로 즐거운 모습으로 나타났지. 하지만 스파다는 조심성이
많은 사람이고 게다가 유망한 청년 사관인 조카를 무척 사랑하고 있었기
때문에 종이와 펜을 꺼내서 유언장을 써놓았지.

그리고 그는 조카에게 사람을 보내서 포도원 근처에서 자기를 기다려
주도록 전하게 했지. 그러나 그 사자는 조카를 만날 수가 없었던 모양이야.

스파다는 이러한 초대연이 어떤 것인지를 알고 있었어. 매우 문화적인
그리스도교가 로마에 들어온 뒤로는 저 백인 대장(百人隊長)이 폭군의 명령을
가지고 와서 『황제는 당신이 죽기를 바라고 계시오.』 하는 것이 아니라 법
왕으로부터의 특별한 사자가 입에 미소를 머금은 채 『법왕께서 당신과 식사를
함께 하기를 바라고 계십니다.』 하고 전하러 오는 것이거든.

스파다는 2시경 상 피에트로 인 빈코리의 포도원으로 갔다네. 법왕은 그를
기다리고 있었어.

그런데 스파다의 눈을 놀라게 한 최초의 인간은 아름답게 차려입은 우아한
조카의 모습이었어. 조카는 이미 체자레 보르쟈로부터 융숭한 대접을 받고
있는 것이었어.

스파다는 파랗게 질렸지. 그리고 빈정거리는 시선을 그에게 던지고 있는
체자레의 표정은 그야말로 네가 예상했던 대로이다, 덫은 완전히 준비되어
있어, 하고 말해 주고 있었어.

사람들은 모두 식탁에 앉았지. 스파다는 조카에게 『내 전갈을 받았나?』
하고 묻는 것이 고작이었어. 조카는 『아니오.』 하고 대답했는데 이때 비로소
이 질문의 뜻을 알았지. 하지만 이미 때는 늦었어. 왜냐하면 그는 사환의
손으로 그를 위해 특별히 만들어진 한 잔의 미주(美酒)를 이미 삼켜 버린

뒤였으니까.

스파다는 그때 다른 술병이 그에게로 가져와져서 가득히 따라지는 것을 보았지.

그리고 그로부터 한 시간 뒤에 의사는 두 사람이 유독성 버섯에 의한 중독사라는 진단을 내렸어. 스파다는 포도원 입구에서 죽고 조카는 자기집 문간에서 아내를 향해 뭐라고 손짓을 하면서 죽어갔지.

체자레와 법왕은 죽은 사람들의 서류를 찾는다는 구실하에 즉시 유산을 차압했어. 하지만 유산으로는 스파다가 다음과 같이 쓴 한 장의 종이밖에 없었어.

　　나는 사랑하는 조카에게 손궤류와 서적을 유증한다. 그 가운데는 구석구석에 금장식이 되어 있는 아름다운 기도서가 있다. 그리운 백부에 대한 기념으로서 보존해 주기 바란다.

유산 상속의 권리를 가진 사람들은 구석구석을 뒤지며 기도서에 감탄하기도 하고 가구류를 서로 빼앗기도 했지. 그리고 결국 돈이 많다고 소문난 스파다가 실은 백부들 중에서 가장 가난하다는 사실에 놀랐어. 보물이라고 할 만한 것은 아무것도 없었어. 있다면 그것은 서고나 연구실 안에 있는 학문적인 보물뿐이었어.

그것이 전부였어. 체자레와 그 아버지인 법왕은 찾고 또 찾고 스파이까지 동원했지만 아무것도 발견되지 않았어. 극히 조금밖에 발견되지 않았어. 아마 일천 에큐 가량의 값어치밖에 없는 귀금속류와 그것과 거의 같은 액수의 화폐밖에는.

하지만 조카는 집에 돌아갔을 때 아내에게 이렇게 말할 만한 시간이 있었어. 『백부님의 서류를 뒤져 봐. 진짜 유언이 틀림없이 있을 거야.』

그래서 사람들은 그 법왕들보다도 더 열심히 찾았지. 하지만 그것은 헛수고였어.

파라티노의 언덕 뒤켠에 두 개의 저택과 한 개의 포도원이 남아 있었어. 하지만 당시에는 부동산은 거의 가치가 없었어. 그래서 이 두 개의 저택과 한 개의 포도원은 탐욕스러운 법왕과 그 아들에게는 고려할 만한 값어치가 없는 것으로 취급되어 가족에게 남겨졌지.

그로부터 몇 년인가의 세월이 흘렀어. 알렉산드르 6세는 사람들이 다 알고 있듯이 실수로 독사(毒死)를 하게 되었지. 체자레도 함께 독을 먹었지만 목숨만은 건졌지.

하지만 피부가 뱀처럼 탈바꿈을 했는데 새로 생긴 피부에는 독의 흔적이 호랑이 가죽의 반점처럼 남아 있었어. 결국 그는 로마를 떠나지 않으면 안 되었고 역사에서도 거의 잊혀져 있는 어느 밤거리의 분규 때문에 누구에게 살해되었는지도 모르게 죽고 말았지.

법왕이 죽고 그 아들이 추방된 뒤 사람들은 대개 스파다 가가 다시 스파다 추기경 시대의 번영을 되찾을 것이라고 얘기하고 있었지. 하지만 그런 낌새는 좀처럼 보이지 않았어. 스파다 가의 생활은 여전히 유복해 보이지 않았어.

영원한 신비가 그 어두운 사건 위에 뒤덮혀 있었어. 그리고 아버지보다도 더 악랄했던 체자레가 두 추기경의 재산을 법왕의 손으로부터 빼앗았다는 소문이 떠돌고 있었어. 나는 지금 두 사람이라고 말했지만 로스필료시 추기경도 아무런 조심을 하지 않았기 때문에 완전히 털려 버리고 말았던 거야. 지금까지의 이야기는」 하고 파리아 신부는 미소를 띠면서 한숨 돌렸다. 「그렇게 엉뚱한 얘기라고는 생각되지 않지 ? 」

「오오」 하고 단테스는 말했다. 「엉뚱하다니요, 오히려 매우 홍미있는 연대기라도 읽고 있는 것 같은 기분이 듭니다. 어서 계속해서 들려 주십시오.」

「그럼 계속하지. 일가도 사람들에게 알려지지 않게 생활하는 데 익숙해졌지. 세월은 흘러갔어. 자손 중의 어떤 사람은 군인이 되고 어떤 사람은 외교관이 되고 어떤 사람은 승려가 되고 또 어떤 사람은 은행가가 되었지. 그리고 어떤 사람은 부자가 되고 어떤 사람은 재산을 탕진하고 말았지. 그 마지막 사람이 내가 비서로 있던 그 스파다 백작이라네.

나는 백작이 노상 재산과 지위가 균형을 이루지 못하고 있음을 탄식하고 있는 소리를 들어야 했어. 그래서 나는 남아 있는 약간의 재산을 종신 연금으로서 예탁하라고 충고했지. 백작은 내 충고를 받아들였어. 그래서 수입은 두 배가 되었지.

예의 기도서도 일가에 남아 있어서 스파다 백작이 그것을 가지고 있었지. 그것은 아버지로부터 아들에게로 물려지고 있었어. 왜냐하면 단 하나의 유언장이라고도 할 수 있는 것 속에 이상한 말이 씌어 있었기 때문에 거룩한 유물처럼 미신적인 존경을 가지고 가족들이 소중하게 지켜왔거든.

그것은 더할 수 없이 아름다운 고딕 풍의 그림으로 장식된 책이었어. 그리고 금으로 장식되어 있어서 꽤나 무거웠기 때문에 장엄한 의식이 있는 날에는 언제나 하인 한 사람이 그것을 받쳐들고 추기경 앞을 걸어가곤 했지. 일가의 문고 속에 수장되어 있는 온갖 종류의 서류——그것은 모두 저 독살된 추기경이 남긴 증서, 계약서, 양피지 등이었지——를 보고 나는 지금까지의 많은 고용인, 집사, 비서가 그랬던 것처럼 나도 그 방대한 서류 묶음을 조사하기 시작했어.

나는 열심히, 그리고 꼼꼼하게 조사해 보았지만 아무것도 발견하지 못했어. 한편으로 나는 보르쟈 가의 역사를 읽어 보았지. 나아가서는 보르쟈 가의 정확한, 거의 일기풍의 역사를 써보았지.

그 유일한 목적은 추기경 체자레 스파다의 죽음에 의해 보르쟈 가의 재산에 뭔가 불어난 것은 없는가 하는 것을 확인하려는 데에 있었어. 하지만 거기에서는 그의 불행의 동반자인 로스필료시 추기경의 재산이 추가된 것밖에는 발견되지 않았어.

그래서 나는 스파다의 유산은 보르쟈 가의 것이 되지도 않고 또 스파다 가의 것도 되지 않은 채, 마치 정령(精靈)에 의해 지켜지며 땅속에서 잠자고 있는 저 아라비아 야화의 보물처럼 주인이 없는 상태로 남아 있는 것은 아닐까 하는 확신을 거의 가지게 되었다네.

나는 계속 찾아보았지. 3백 년 전부터의 일가의 수입과 지출을 몇 번이나 계산해 보았지.

그러나 모든 노력은 허사였어. 전혀 아무것도 알 수가 없었어. 그리고 스파다 백작은 여전히 비참한 생활을 하고 있었어.

그러다가 백작은 죽고 말았지. 백작은 평생 동안 여러가지 물건을 팔아 치웠지만 일가의 기록과 오천 여권의 장서와 예의 기도서는 남겨 놓고 있었어. 그리고 백작은 나에게 그 모든 것에다 현금으로 가지고 있던 로마 화폐 일천 에큐를 곁들여서 유증해 주셨어. 단지 조건으로서 해마다 미사를 걸르지 말 것, 백작 일문의 가계도(家系圖)와 역사를 책으로 쓸 것을 부탁받았어. 그리고 나는 그 약속을 정확하게 지켰어……

안심하게 에드몽 군, 이야기도 거의 끝날 단계니까.

1807년, 내가 체포되기 한 달 전, 그리고 스파다 백작이 돌아가시고 나서 15일 뒤, 즉 5월 25일——어째서 이 추억의 날짜가 내 머릿속에 분명히 남아 있는지 이제 곧 알게 되겠지만——나는 정리중에 있던 이 서류들을 벌써 몇 번째이기는 하지만 다시 차근차근 읽어 보고 있었어.

왜냐하면 저택도 남의 손에 넘어가게 되어서 나는 가지고 있던 일만 이천 루블 가량의 돈과 장서, 그리고 예의 기도서를 가지고 로마를 떠나 피렌체에 안주하기로 되어 있었기 때문일세. 그때 끊임없는 조사 때문에 지치기도 했고 먹은 점심이 얹혀서 속이 나빠졌기 때문에 나는 머리를 두 손 위에 얹고 잠이 들어 버렸다네. 그것은 오후 3시였어.

잠에서 깨었을 때 시계가 6시를 치더군.

나는 고개를 쳐들었어. 나는 캄캄한 어둠 속에 있더군. 불빛을 가져오게 하려고 나는 벨을 눌렀어. 하지만 아무도 오지 않더군.

그래서 나는 내가 직접 불을 켜려고 했지. 이제부터는 무엇이든지 혼자서 하지 않으면 안 되는 철학자의 습관을 터득하지 않으면 안 되었기 때문이지. 나는 한쪽 손으로 거기에 준비되어 있던 양초를 손에 들었어. 그리고 상자 안에 성냥이 없었기 때문에 다른 한쪽 손으로 종이 쪽지를 찾아 난로 위에서 가물가물 타고 있는 꺼져가는 불을 거기에 옮기려고 했지.

하지만 어두웠기 때문에 불필요한 종이로 잘못 알고 귀중한 종이라도 집어서는 곤란하다는 생각에서 나는 잠시 망설였지.

그때, 옆 테이블 위에 놓여 있는 기도서 속에 마치 서표처럼 수백 년 동안이나 이것을 승계해온 사람들의 존경에 의해 언제나 같은 자리에 꽂혀 있는, 위쪽이 노랗게 바랜 낡은 종이쪽지가 생각나더군. 나는 손으로 더듬어서 그 쓸모없는 종이를 찾았지. 그것이 발견되자 나는 그것을 손으로 비틀어서 꺼져가는 불 위에 그것을 가까이 가져가서 불을 당겼지.

그런데 내 손가락 밑에서 불길이 번져옴에 따라 마치 마법처럼 하얀 종이에서 노란 글자가 떠올라 그것이 지면 가득히 나타나더란 말일세.

나는 무서워지더군. 그래서 종이를 손 안에서 비벼서 불을 껐지. 그리고는 난로불에서 직접 양초에 불을 붙이고 뭐라 말할 수 없는 감동으로 그 구겨진 종이를 펼쳐 보았지. 그리고 나는 거기에서 뜨거운 열에 닿을 때 비로소 나타나는 글자가 화학 잉크로 씌어져 있는 것을 확인했다네.

약 3분의 1 가량은 이미 타버리고 난 뒤였어. 오늘 아침 자네가 읽은 종이가 바로 그것일세. 다시 한 번 읽어 보게, 단테스 군. 자네가 다시 한 번 읽으면 내가 끊어진 문구나 불완전한 뜻을 보충해 주지.」

그렇게 말하고 파리아 신부는 그야말로 자랑스러운 듯이 그 종이를 단테스에게 넘겨 주었다. 단테스는 이번에는 걸신들린 듯이 녹물 같은 갈색의 잉크로 씌어진 그 글자를 읽기 시작했다.

오늘 1498년 4월 25일.
법왕 알렉산드르 6세 성하(聖下)로부터
금전으로 추기경의 직분을 나에게
나의 재산을 압수하고, 그리고
벤티볼료 양 추기경과 똑같은 운명을 나에게
나의 포괄 수유자(包括受遺者)인
그가 나와 함께 찾아갔었으므로
몽테 크리스토의 작은 섬 동굴 안에 나는 내가 소유하고 있는
다이아몬드, 보옥류를 묻어 두었다. 이 존재를
이 가격은 로마 화폐로 약 이백만 에큐에
우선 동쪽의 작은 후미에서부터 곧바로 세어서 스무 번째 돌을
두 개의 입구가 있고 보물은 제2의 입구에서 가장 먼 한쪽 구석에
그를 유일한 상속인으로 여겨 이 보물은 모두 그에게

1498년 4월 25일
체

「이번에는」 하고 신부는 말했다. 「이쪽 종이를 읽어 보게.」

그렇게 말하면서 신부는 단테스에게 비슷하게 몇 줄인가의 단편이 적혀 있는 두 번째 종이쪽지를 내밀었다.

단테스는 그것을 받아들고 읽기 시작했다.

오찬의 초대를 받았으나

사게 한 것만으로는 만족하지 않고

독살을 당한 카프랄라

더듬게 할는지도 모르므로

조카 귀드 스파다에게 다음과 같이 유언한다.

숙지하고 있는 장소, 즉

금괴, 금화, 보석류

알고 있는 것은 나뿐이다.

이를 것이다. 이것을 발견하려면

들어올린다. 이 동굴에는

놓여 있다. 나는

유증하는 바이다.

자레 스파다

파리아 신부는 타는 듯한 눈을 단테스에게서 떼지 않았다.

「자아.」 하고 그는 단테스가 마지막 행을 읽고 나자 곧 말했다. 「그 두 개의 단편을 하나로 이어 보게. 그리고 자네 자신이 직접 판단해 보게.」

단테스는 그의 말을 따랐다. 두 개의 단편을 합치자 다음과 같은 문장이 되었다.

오늘 1498년 4월 25일.

법왕 알렉산드르 6세 성하로부터……오찬의 초대를 받았으나……금전으로 추기경의 직분을 나에게……사게 한 것만으로는 만족하지 않고……나의 재산을 압수하고, 그리고……독살을 당한 카프랄라……벤티볼료 양 추기 경과 똑같은 운명을 나에게……더듬게 할는지도 모르므로……나의 포괄 수유자인……조카 귀드 스파다에게 다음과 같이 유언한다.……그가 나와 함께 찾아갔었으므로……숙지하고 있는 장소, 즉……몽테 크리스토의 작은 섬 동굴 안에 나는 내가 소유하고 있는……금괴, 금화, 보석류……다이 아몬드, 보옥류를 묻어 두었다. 이 존재를……알고 있는 것은 나뿐이다. ……이 가격은 로마 화폐로 약 이백만 에큐에……이를 것이다. 이것을 발견하려면……우선 동쪽의 작은 후미에서부터 곧바로 세어서 스무번째 돌을……들어올린다. 이 동굴에는……두 개의 입구가 있고 보물은 제2의 입구에서 가장 먼 한쪽 구석에……놓여 있다. 나는…… 그를 유일한 상속인으로 여겨 이 보물을 모두 그에게……유증하는 바이다.

1498년 4월 25일
체……자레 스파다

「어떤가, 이제 겨우 알 만한가?」하고 파리아 신부가 말했다.

「이것이 추기경 스파다가 쓴 문장인가요? 이것이 모든 사람이 그토록 오랫동안 찾고 있던 유언인가요?」하고 에드몽은 아직도 믿을 수 없다는 듯이 물었다.

「그렇다네. 틀림없이 그렇다네.」

「누가 이렇게 원형대로 만들었는가요?」

「내가 그랬지. 남아 있던 단편에 의존해서 종이의 길이로 행의 길이를 계산하고 뜻이 분명한 부분에서부터 모를 부분을 추리해 나갔지. 위에서 스며드는 희미한 빛에 의존해서 지하의 굴을 뚫고 나가듯이 말일세.」

「그리고 분명한 확신을 가지게 되었을 때 어떻게 하셨습니까?」

「나는 당장 떠나려고 했지. 그리고 이탈리아 왕국 통일에 관한 저작의 첫부분을 가지고 곧 떠났다네. 그런데 그 무렵의 이탈리아 경찰은 그 뒤 나폴레옹이 어린애를 가지게 되고 나서 생각한 것과는 반대로 이탈리아의 각 지방을 분열시킬 생각을 가지고 있었다네. 그래서 경찰은 벌써 오래 전부터 나를 감시하고 있었지.

내가 서둘러 출발했기 때문에 그 진짜 원인은 전혀 꿰뚫어보지 못하고 의심을 가지게 된 거야. 그래서 피온비노로 가는 배를 타려다가 체포되었지. 자, 지금은」하고 파리아 신부는 거의 아버지와도 같은 표정으로 단테스를 보면서 계속했다.「지금은 자네도 나와 똑같이 모든 것을 알게 되었어. 만일 함께 탈주할 수 있다면 보물의 절반은 자네에게 주겠네. 만일 내가 이곳에서 죽고 자네만이 탈주할 수 있다면 보물은 모두 자네의 것일세.」

「하지만」하고 단테스는 망설이면서 물었다.「우리보다도 좀더 정당한 그 보물의 소유자가 이 세상에 있는 것 아닐까요?」

「아니, 아니, 안심하게나. 일가는 완전히 두절되었네. 게다가 최후의 스파다 백작은 나를 상속인으로 지정했다네. 백작은 저 뜻깊은 기도서를 나에게 유증함으로써 그 속에 포함되어 있는 것까지 나에게 유증한걸세.

그러니까 안심하게. 그 보물이 발견되면 우리는 조금도 꺼릴 것 없이 그것을 마음대로 처분할 수가 있어.」

「하지만 그 보물의 가격은…….」

「로마 화폐로 이백만 에큐. 즉 우리들 돈으로는 약 일천삼백만 정도가 될걸세.」

「그런 일은 할 수가 없습니다!」하고 단테스는 그 막대한 금액에 깜짝 놀랐다.

「그런 일은 할 수가 없다니? 그건 또 어째서지?」하고 노인은 말했다. 「스파다 가는 15세기에 있어서 가장 오래 되고 가장 세력이 컸던 가문의 하나라네. 게다가 당시는 투기도 행해지지 않고 공업도 없었던 시대였으므로 이러한 황금이나 보석류를 저축한 것도 별로 신기할 것이 없다네. 오늘날에도 아직 세습 재산으로서 백만의 가치가 있는 다이아몬드나 보석류를 물려받 았으면서 거기에 손을 대지 못하고 굶어 죽어가는 로마의 구가(舊家)가 있다네.」

에드몽은 꿈이라도 꾸고 있는 것 같은 심정이었다. 그는 믿을 수 없다는 마음과 기쁜 마음 사이를 헤매고 있었다.

「내가 오랫동안 이 비밀을 자네에게 숨기고 있었던 것은」하고 파리아 신부는 계속했다. 「우선 자네를 시험해 보고 싶었던걸세. 다음에는 자네를 놀라게 해주고 싶었고. 저 강직증의 발작이 일어나기 전에 탈주할 수 있었다면 나는 자네를 몽테 크리스토 섬으로 데리고 갔을걸세. 하지만 지금에 와서는」 하고 노인은 한숨을 쉬면서 덧붙였다. 「자네가 나를 데리고 가지 않으면 안될걸세. 자, 단테스 군, 내게 고맙다는 말을 해주지 않겠나?」

「그 보물은 신부님 것입니다.」하고 단테스는 말했다. 「그것은 신부님 혼자만의 것입니다. 저에게는 아무런 권리도 없습니다. 저는 신부님의 친척이 아니니까요.」

「자네는 내 아들일세. 단테스 군.」하고 노인은 소리질렀다. 「자네는 내가 갇혀 있는 동안에 생긴 아들이라구. 나는 성직자였으므로 독신 생활을 하지 않으면 안 되었어. 그러나 하느님이, 아버지가 될 수 없는 사나이, 자유로워질 수 없는 수인을 동시에 위로해 주시려고 자네를 내게 보내 주신걸세.」

그렇게 말하며 파리아 신부는 아직도 움직일 수 있는 한쪽 팔을 청년 쪽으로 내밀었다. 청년은 노인의 목을 안고 하염없이 울었다.

19. 세 번째 발작

그토록 오랫동안 신부의 명상의 목표였던 그 보물이 친아들처럼 사랑하고 있는 자의 미래의 행복을 보장하는 것이 된 지금, 신부의 눈에는 그 값어치가 두 배로 늘어났다. 매일처럼 신부는 이 보물의 배당을 꼭 받아 달라고 역설하고 지금 일천삼백만이나 사백만의 돈을 가지고 있으면 자기의 친구들을 얼마나 도와 줄 수 있겠느냐는 것을 설명했다.

그때 단테스의 얼굴이 흐려졌다. 왜냐하면 한때의 복수의 맹세가 마음에 떠올랐기 때문이다. 요즘 세상이라도 일천삼백만이나 사백만의 돈이 있으면 적에게 어떤 위해라도 가할 수 있을 것이라고 생각했기 때문이다.

신부는 몽테 크리스토 섬을 몰랐다. 그러나 단테스는 그것을 잘 알고 있었다. 코르시카 섬과 엘바 섬의 중간, 피아노사에서 이십오 해리 떨어진 곳에 있는 이 섬 앞을 그는 자주 지나다녔다. 또 한 번은 기항한 적도 있었다. 이 섬은 전에도 그러했고 또 지금도 그러하지만 그야말로 무인도였다. 그것은 거의 원추형의 바위로 되어 있고 분화에 의한 지각의 변동으로 해저에서 수면으로 밀어올려져서 생겼다는 느낌을 주는 섬이었다.

단테스는 파리아 신부에게 섬의 지형을 설명했다. 신부는 단테스에게 보물을 찾기 위한 방법에 대해 여러가지 조언을 했다.

그러나 단테스는 노인만큼 감격하지는 않았다. 또 노인만큼 이 이야기를 믿고 있지도 않았다. 물론 신부가 미치광이가 아니라는 것은 지금은 확실했다. 또 신부를 미치광이로 생각하게 만든 그 발견에 도달하기까지의 그의 방법은 단테스에게 그에 대한 존경심을 한층 더 깊게 만들었다.

그러나 그 보물이 전에는 존재했었는지 모르지만 지금도 존재하고 있을지

어떨지는 의심스러웠다. 그리고 보물의 존재가 전혀 근거없는 것은 아니라 하더라도 지금은 이미 없는 것으로밖에 생각되지 않았다.

그러나 운명은 이 수인들로부터 마지막 희망을 빼앗고 그들에게 종신형에 처해졌다는 것을 새삼 깨우쳐 주기라도 하려는 듯이 새로운 불행으로 그들을 덮쳤다.

벌써 오래 전부터 망가지기 시작하고 있던 해안을 따라서 나 있는 복도가 개축된 것이었다.

토대가 보수되고 단테스가 반쯤 메워 놓았던 그 구멍은 큰 바위로 막아지고 말았다.

독자도 기억하고 있겠지만 신부가 청년에게 그러한 주의를 주지 않았더라면 두 사람의 불행은 좀더 큰 것이 되었을 것이다. 왜냐하면 탈주 계획이 드러나 두 사람은 의심할 여지도 없이 따로따로 분리되었을 테니까. 두 사람은 다시 좀더 튼튼하고 좀더 차가운 문으로 닫혀지게 되었을 테니까.

「보십시오.」 하고 청년은 온화하면서도 슬픔을 띤 어조로 신부에게 말했다. 「하느님은 저에게서, 신부님의 말을 빌면 신부님에 대한 저의 헌신이라는 선행까지 거두어가려고 하십니다. 저는 영원히 신부님 곁에 있겠다고 약속했습니다. 그런데 지금 저는 그 약속을 깨려고 해도 깰 수 없게 되었습니다. 이제부터 저에게는 신부님 이상의 보물은 없게 되었습니다. 신부님도 저도 이제 여기에서 나갈 수는 없을 것입니다. 그리고 제 진짜 보물은 몽테 크리스토 섬의 어두운 바위 그늘에서 저를 기다리고 있는 것이 아닙니다. 그것은 신부님의 존재입니다. 설사 간수가 있더라도 하루에 5, 6시간은 신부님과 함께 있을 수 있다는 것입니다. 진짜 보물은 신부님이 제 머릿속에 주입해 주신 저 지혜의 빛입니다. 신부님이 제 기억 속에 심어 주시고 거기에서 언어학적인 가지를 펼치고 성장한 말씀입니다. 신부님이 가지고 계신 깊은 지식이나 분명한 원리로써 알기 쉽게 해주신 여러가지 학문, 그것이 제 보물입니다. 그것으로써 신부님은 저를 부유한 사람, 행복한 사람으로 만들어 주셨습니다.

저를 믿어 주십시오. 그리고 마음을 누그러뜨려 주십시오. 그러한 것이야말로 저에게는 큰 통속에 들어 있는 금이나 상자에 가득히 든 다이아몬드보다도 값어치가 있는 것입니다. 설사 그것들이 아침바다의 표면에 떠돌고 있는 구름처럼, 육지인가 하고 다가감에 따라 기화(氣化)하여 증발하고 사라져 버리는, 믿을 만한 것이 못 되더라도 말입니다.

되도록 오래 신부님이 제 곁에 있어 주시는 것, 신부님의 명쾌한 변설을 듣는 것, 제 정신을 아름답게 하는 것, 제 영혼을 단련하는 것, 만일 제가 자유의 몸이 되었을 때는 모든 위대한 일, 어떤 무서운 일이라도 해낼 수 있게 제 몸을 만들어 두는 일, 처음 제가 신부님을 뵈었을 때 저를 사로잡고 있던 그러한 절망도 끼여들 여지가 없을 만큼 그 일들을 충실하게 만드는 일, 이러한 것들이야말로 저의 행복입니다.

이것은 결코 꿈과 같은 것이 아닙니다. 저의 행복은 정말로 신부님 덕분에 얻을 수 있는 것입니다. 그리고 지상의 어떤 군주도, 예를 들면 체자레 보르쟈 같은 군주라도 저에게서 그것을 빼앗을 수는 없을 것입니다.」

이렇게 해서 두 사람의 불행한 수인에게 있어서는 그날 이후의 날들이 비록 행복한 나날은 아니었다고 하더라도 적어도 꽤 빨리 흘러가 주었다. 파리아 신부는 그토록 오랫동안 보물에 대해서 굳게 침묵을 지키고 있었으나 지금은 기회있을 때마다 그것을 되풀이해서 말해 주었다.

신부 자신이 예측했던 것처럼 오른팔과 왼쪽 다리는 마비된 채 회복되지 않았다. 그래서 자신이 직접 보물을 손에 넣는다는 희망은 이제 거의 포기하고 있었다. 그러나 젊은 동료를 위해 그를 구출하는 것, 그를 탈주시킬 것을 언제나 생각하며 그를 위해 그렇게 해주는 것을 즐기고 있었다.

예의 편지가 없어지거나 잃어버릴 경우를 걱정하여 신부는 단테스에게 그것을 외게 했다. 그리고 단테스는 처음부터 끝까지 완전히 그것을 외었다. 그래서 신부는 제2의 부분을 찢어버렸다. 이렇게 해두면 설사 제1의 부분이 들통나서 압수를 당하더라도 진짜 의미는 알 수 없을 것이기 때문이었다. 때로는 몇 시간이나 단테스에게 여러가지 주의를 주었다. 그것은 단테스가 자유로운 몸이 되었을 때 그에게 도움이 될 주의였다.

이렇게 되고 보니 자유로워질 그날, 그 시간, 그 순간부터 이제는 하나의 생각, 단 하나의 생각밖에 가져서는 안 되었다. 어떻게 해서든지 몽테 크리스토 섬에 도착하여 남들로부터 의심받지 않을 어떤 구실을 찾아 거기에 혼자 남아서 즉시 이상한 동굴을 찾도록 노력하고 제시된 장소를 찾아내지 않으면 안 된다. 제시된 장소는 독자들도 아다시피 제2의 동굴 맨 안쪽의 한구석에 있는 것이다.

어떻든 시간은 빨리 간다고는 할 수 없지만 이럭저럭 견딜 만했다. 앞에서도 말했듯이 파리아 신부는 손발의 작용을 되찾을 수는 없었지만 머리의 작용은 여전히 또렷했다. 그리고 지금까지 상세히 술회한 정신적인 지식 외에 조금씩 수인의 참을성있는 고상한 일, 즉 무(無)에서 무엇인가를 만들어내는 일을 가르쳤다.

이렇게 해서 두 사람은 끊임없이 무엇인가에 몰두해 있었다. 파리아 신부는 자기가 늙어가는 것을 잊기 위해, 그리고 단테스는 거의 사라져가는 자기의 과거, 기억의 밑바닥에서 어둠 속을 헤매는 먼 불빛처럼 가물거리는 과거를 잊기 위해.

이렇게 모든 것은 불행에 직면해서도 전혀 흐트러지는 일 없이 신에 의해 보호되며 기계적으로 조용히 흘러가는 생활에서와 마찬가지로 지나갔다.

그러나 표면은 이렇게 안정되어 있었지만 청년의 마음속에서도 노인의 마음속에서도 어쩌면 많은 충동이 억제되고 많은 탄식이 압살되고 있었을 것이 틀림없다. 그런 것들은 파리아 신부가 혼자 남게 되었을 때, 단테스가 자기의 감옥으로 돌아왔을 때 문득 고개를 쳐들곤 했다.

어느 날 밤 단테스는 자기의 이름이 불려진 것 같아서 퍼뜩 눈을 떴다.

그는 눈을 뜨고 두꺼운 어둠을 꿰뚫어보려고 애를 썼다.

그의 이름, 아니 그의 이름을 부르려고 안간힘을 쓰는 신음 소리가 귀에 들렸다.

그는 불안으로 이마에 땀을 흘리면서 침대 위에 일어나 앉았다. 그리고 귀를 기울였다. 이제 의심의 여지는 없었다. 신음 소리는 신부의 감옥에서 들려오고 있었다.

『아아!』하고 단테스는 중얼거렸다. 『혹시?』

그는 침대를 움직여 돌을 끌어내고 지하 복도로 뛰어들어 저쪽 끝에까지 다가갔다. 납작돌은 올려져 있었다.

앞에서도 서술한 저 미묘한 모양의 흔들거리는 램프 빛으로, 에드몽의 눈에 침대의 가로목에 매달려 아직도 서 있는 창백한 노인의 모습이 보였다. 노인의 표정은 전에 보아서 잘 알고 있는 그 무서운 증상, 처음 보았을 때 그토록 그를 두렵게 만들었던 증상에 의해 일그러진 형상이 되어 있었다.

「자아!」하고 완전히 체념한 신부는 말했다.「알겠지? 더 이상 아무 말도 할 것이 없어.」

에드몽은 비통한 고함을 질렀다. 그리고 완전히 마음의 안정을 잃고 문 쪽으로 달려가면서「누구 좀 와줘요! 누구 좀 와줘요!」하고 소리질렀다.

파리아 신부에게는 그러는 그의 팔을 붙들어 만류할 만한 힘이 아직도 남아 있었다.

「가만 있어!」하고 노인은 말했다.「그렇지 않으면 모든 것이 수포로 돌아가고 말아. 이제부터는 자네의 일만을 생각하자고. 이곳 감옥 생활을 이럭저럭 견딜 만한 것으로 만드느냐, 또는 탈옥을 가능하게 만드느냐를 생각하세.

내가 여기서 한 일을 자네가 혼자서 다시 하려면 앞으로 몇 년이라는 긴 세월이 걸릴걸세. 그리고 우리가 공모하고 있다는 것을 간수들이 눈치채는 날엔 그야말로 모든 것이 끝장나고 말아.

하지만 안심하게. 내가 없어지면 이 감옥은 오랫동안 비워둘 까닭이 없어. 어느 불행한 사나이가 내 뒤를 물려받게 될 테지. 그 사나이에게는 자네가 구원의 천사처럼 여겨질걸세. 아마도 그 사나이는 자네처럼 젊고 강하고 참을성이 있어서 자네가 탈주하는 것을 도와 줄걸세.

나는 그것을 방해하고 있었던 셈이지. 지금까지 자네에게 달라붙어서 자네의 활동을 방해하고 있던 반송장 같은 나는 이제 없어지는 거야. 확실히 하느님은 자네를 위해 무엇인가를 해주실 거야. 자네에게서 빼앗은 것 이상의 것을 갚아 주실 거야. 드디어 내가 죽을 때가 왔어.」

에드몽은 그저 두 손을 모두고 이렇게 소리지를 수밖에 없었다.

「오오! 오오! 그런 말씀은 하지 말아 주세요!」

그리고 그는 뜻하지 않았던 타력으로 한순간 꺾였던 힘을, 노인의 말로 다시 용기를 되찾았다.

「오오!」하고 그는 말했다.「전에 한 번 도와 드린 일이 있습니다. 다시 한 번 도와 드리겠습니다!」

그래서 그는 침대 다리를 들어올려 아직도 3분의 1쯤 빨간 액체가 들어 있는 예의 약병을 끄집어냈다.

「보세요!」하고 그는 말했다.「아직도 이 구급약이 남아 있잖아요! 자,

빨리 빨리, 이번에는 어떻게 해야 하는지를 가르쳐 주세요. 무슨 새로운 방법이라도 있습니까? 말씀해 주세요, 제가 듣고 있어요.」

「이제 가망은 없어.」 하고 파리아 신부는 고개를 저으면서 말했다. 「하지만 어떻든 해보지. 하느님은 자기가 만드신 인간이, 그 마음속에 생명에 대한 애착을 이렇게도 깊이 심어 주신 인간이, 때로 아무리 고통스럽더라도 이렇게까지 존귀한 목숨을 지키려고 모든 노력을 다하기를 바라고 계시니까.」

「오오! 그렇습니다! 그렇습니다!」 하고 단테스는 소리질렀다. 「제가 도와 드리겠습니다. 맹세코 도와 드리겠습니다!」

「좋아. 그럼 해보게! 몸이 점점 식고 있어. 피가 머리로 올라오는 것 같은 느낌이 들어. 이가 덜거덕거리고 뼈가 산산이 흩어지는 것 같은 그 무서운 떨림이 벌써 전신을 엄습하고 있어. 이제 5분이 지나면 발작이 일어나고 15분 뒤에는 나는 이미 시체가 되어 있을걸세.」

「오오!」 하고 단테스는 고통으로 가슴이 찢기는 듯한 느낌으로 소리질렀다.

「지난번처럼 해주게. 다만 이번에는 그렇게 오래 기다리지 않아도 될걸세. 지금은 생명의 모든 탄력이 완전히 망가졌으니까. 죽음은」 하고 노인은 마비된 팔과 다리를 보여 주면서 말을 계속했다. 「이미 그 작업을 반밖에 남겨 놓지 않고 있어. 지난번에는 열 방울이었지만 이번에는 열두 방울을 먹여 주게. 그리고, 그러고도 정신이 돌아오지 않으면 나머지 전부를 먹여 주게. 그럼 침대로 옮겨 주게. 이제는 도저히 서 있을 수가 없으니까.」

에드몽은 노인을 부축하여 침대에 가만히 앉혔다.

「이제는」 하고 신부는 말했다. 「자네는 비참한 내 생활의 유일한 위안이야. 하늘이 자네를 내게 보내 주신 것은, 약간 늦은 감은 있지만 헤아릴 수 없는 가치를 지닌 선물이었어. 나는 그것을 하늘에 감사하고 있어. 지금 영원히 자네와 헤어지면서 나는 자네에게 걸맞는 모든 행복, 모든 번영을 기원하네. 내 아들아, 나는 너를 축복한다!」

청년은 무릎을 꿇고 머리를 노인의 침대에 조아렸다.

「하지만 내가 마지막 순간에 하는 말을 잘 들어 주기 바란다. 하느님은 지금 나를 위해서 거리도 장애물도 제거해 주셨다. 나에게는 그것이 제2의 동굴 깊숙히 있는 것이 보인다. 내 눈은 대지의 밑바닥을 꿰뚫고 많은 보물의 빛으로 해서 부시기만 하다. 네가 요행히 도망칠 수 있다면 세상 사람들 모두가 미치광이 취급을 하고 있던 이 불쌍한 승려가 실은 미치광이가 아니었다는 것을 기억해 다오. 그리고 몽테 크리스토 섬으로 달려가서 우리의 보물을 이용하는 것이다. 그것을 이용하는 것이다. 너는 너무나도 고생을 많이 했다.」

격심한 떨림이 엄습하여 노인의 말은 거기서 끊겼다. 단테스는 얼굴을 들었다. 노인의 눈이 벌겋게 충혈되어 있었다. 마치 피의 파도가 가슴에서 이마로 올라가는 것 같았다.

「안녕! 안녕!」하고 노인은 경련을 일으킨 것처럼 청년의 손을 잡으면서 말했다.「그럼 안녕!……」

「아닙니다, 아직 아닙니다.」하고 청년은 소리질렀다.「오오 하느님, 우리를 저버리지 마십시오. 신부님을 도와 주십시오……. 저에게…… 힘을 주십시오…….」

「쉿! 쉿!」하고 빈사 상태에서 신부는 중얼거렸다.「내가 살아 났을 때 따로따로 격리당하면 곤란하니까」

「과연 그렇군요. 오오 안심하십시오. 반드시 도와 드리겠습니다! 그리고 고통은 심한 것 같지만 그래도 전보다는 조금 편안하신 것 같습니다.」

「그건 네 착각이다! 고통은 적다. 그것은 고통을 느낄 힘이 없어졌기 때문이다. 네 나이 때는 생명에 믿음을 가질 수가 있다. 믿는다는 것, 희망을 가질 수 있다는 것이 청년의 특권이다. 하지만 노인에게는 죽음이 좀더 뚜렷하게 보이는 것이다. 오오! 벌써 저만치…… 저만치 다가왔다……. 이제 마지막이다……. 눈이 보이지 않는다……. 머리가 희미해졌다……. 단테스 군, 손을!…… 안녕!…… 안녕!……」

그리고 최후의 노력으로 전신의 힘을 다하여 몸을 일으키며「몽테 크리스토 섬!」하고 말했다.

「몽테 크리스토 섬을 잊어선 안돼.」

그리고는 다시 침대 위에 풀썩 쓰러졌다.

발작은 끔찍했다. 뒤틀린 사지, 부풀어 오른 눈꺼풀, 피거품, 꼼짝도 하지 않는 육체. 조금 전까지는 총명한 사람이 거기에 누워 있었는데 지금은 그러한 것이 죽음의 자리에 누워 있는 것이었다.

단테스는 램프를 들어서 베개맡에 비져나와 있는 돌 위에 놓았다. 그 흔들리는 불꽃은 요상하고 환상적인 빛으로 일그러진 얼굴과 빳빳하게 굳어서 움직이지 않는 몸을 비추고 있었다. 단테스는 용기를 내어 가만히 지켜보면서 구급약을 사용할 순간을 기다리고 있었다.

그는 때가 왔다고 생각되자 칼을 들고 이빨을 비틀어 열었다. 저항은 지난번보다 약했다. 한 방울, 또 한 방울, 열 방울까지 세고는 기다렸다. 병 안에는 지금 부운 양의 거의 배 가량이 남아 있었다.

그는 10분을 기다리고, 15분을 기다리고, 30분을 기다렸다. 그러나 몸은 전혀 움직이지 않았다. 단테스는 부들부들 떨며 머리칼을 곤두세우고 이마에 식은땀을 흘리면서 심장의 고동으로 초(秒)를 헤아리고 있었다.

드디어 마지막 시도를 할 때가 왔다고 생각했다. 그는 병을 파리아 신부의 자줏빛 입술로 가지고 갔다. 턱은 비틀어 열 것도 없이 벌려진 채 있었으므로 남은 약을 모두 입속으로 흘려넣었다.

약은 마치 전류라도 통한 것 같은 효과를 나타냈다. 격심한 떨림이 노인의 사지를 요동시키고 두 눈이 오싹할 만큼 크게 떠지고 외마디 소리 비슷한 한숨이 새어나왔다. 그리고는 떨리는 전신이 조금씩 본래의 상태로 되돌아 왔다.

다만 눈만은 떠진 채였다.

반 시간, 한 시간, 한 시간 반이 흘렀다. 그 불안한 한 시간 반 동안, 단테스는 노인 위에 몸을 수그리고 손을 심장에 대고 있었는데 그 심장이 차츰 식어가고 고동 소리가 차츰 희미해져가는 것을 느낄 수 있었다. 드디어 아무것도 살아 있는 것이 없게 되었다. 심장의 마지막 고동이 그치고 얼굴이 납빛으로 변했다. 눈은 떠진 채였으나 그 눈빛에는 생기가 없었다.

아침 6시였다. 주위가 밝아오기 시작하고 창백한 광선이 독방 안으로 스며들어 꺼져가는 램프 빛을 흐릿하게 했다. 이상한 반영이 시체의 얼굴 위를 스쳐 때때로 아직도 살아 있는 것 같은 착각을 느끼게 했다. 낮과 밤이 이렇게 다투고 있는 동안은 단테스도 아직 의심할 수가 있었다. 그러나 낮이 승리를 차지하자 그는 시신과 단둘뿐이라는 것을 분명히 알게 되었다.

이때 도저히 저항할 수 없는 깊은 공포가 그를 사로잡았다. 그는 이제 침대 밖으로 축 늘어져 있는 신부의 손을 잡고 있을 수가 없게 되었다. 또 몇 번을 감겨 주어도 다시 떠지고 마는, 움직이지 않는 하얀 눈을 보고 있을 수도 없게 되었다. 그는 램프를 끄고 그것을 조심스럽게 감추고는 납작돌을 자기의 머리 위에 되도록 교묘하게 올려 놓고 거기에서 빠져나왔다.

게다가 이제는 시간이 없었다. 곧 간수가 오게 되어 있었다.

그날 간수는 먼저 단테스의 감옥으로 왔다. 그리고 단테스의 감옥에서 나와서 아침식사와 깔짚을 가지고 파리아 신부의 감옥으로 갔다.

그러나 단테스는 이 사건을 알고 있는 듯한 눈치는 전혀 보이지 않았다.

간수는 나갔다.

단테스는 저 불행한 신부의 감옥 안에서 어떤 일이 일어날는지 알고 싶어서 견딜 수가 없었다. 그래서 지하 복도로 기어들어갔는데 마침 그때 간수가 큰소리를 질러 도움을 청하고 있는 것이 들렸다.

이윽고 다른 간수들이 달려왔다. 그리고 병사 특유의 저 무겁고 규칙적인 발소리가 들려왔다. 그 발소리는 근무중이 아닌 때도 마찬가지였다. 병사들에 이어서 소장이 달려왔다.

에드몽의 귀에 그 위에서 시체를 움직이고 있는 침대의 삐걱임 소리가 들렸다. 얼굴에 물을 끼얹으라고 명령하고 있는 소장의 목소리가 들렸다. 소장은 물을 끼얹어도 수인이 숨을 되돌리지 않는 것을 보자 의사를 부르러 보냈다. 소장은 나갔다. 동정하고 있는 듯한 말이 단테스의 귀에 들려왔다. 그러나 거기에는 비웃음이 섞여 있었다.

「에그, 가엾어.」 하고 한 사람이 말했다. 「이것으로 저 미치광이도 그의 보물이 있는 곳으로 가게 되었군. 황천길이 무사하기를 빌어 줘야지!」

「몇 백만의 대금이 있어도 수의는 살 수 없을걸.」 하고 다른 사나이가 말했다.

「하지만」 하고 제3의 목소리가 말했다. 「이프 성의 수의는 비싼 것이 아니라고.」

「아마 어쩌면」 하고 최초의 사나이가 말했다. 「신부님이니까 얼마쯤 돈을 들일는지도 모를걸.」

「그럼 자루에 넣어질는지도 모르겠군.」

에드몽은 귀를 기울여 한마디도 놓치지 않았다. 그러나 이러한 말들에서 별다른 것은 알 수 없었다. 이윽고 목소리가 사라졌다. 거기에 있던 패거리가 감옥에서 나간 것 같았다.

그러나 그는 아직도 들어갈 용기가 나지 않았다. 시체를 지키기 위해 간수가 남아 있을지도 모르는 일이었으므로.

그래서 그는 숨을 죽이고 가만히 있었다.

이럭저럭 한 시간이 지나자 침묵 속에 희미한 소리가 들리더니 그것이 차츰 커졌다.

소장이 의사와 몇몇 사관을 거느리고 되돌아온 것이었다.

한순간 조용했다. 이것은 분명히 의사가 침대에 다가가 시체를 조사하고 있는 것이다.

이윽고 질문이 시작되었다.

의사는 수인이 죽게 된 병에 대해서 설명하고 이제는 완전히 숨이 끊어졌다고 진단했다.

질문과 대답은 무척 형식적으로 교환되고 있었다. 그것은 단테스를 분개시켰다. 저 불쌍한 신부에 대해서 자기가 가지고 있는 애정의 몇 분의 일이라도 그들이 가져 주어도 괜찮을 텐데 하는 생각이 들었기 때문이다.

「그래요? 불쌍하게 됐군요.」 하고 소장은 노인이 확실하게 죽었다는 의사의 진단에 대해 대답했다.

「온순하고 해롭지 않은, 미치광이이기는 했으나 유쾌한, 특히 감시하는 데 애를 먹이지 않는 수인이었는데.」

「그렇고말고요.」 하고 간수가 말했다. 「전혀 감시를 안 해도 이 사나이는 탈주 계획 같은 것은 생각도 안 하고 이곳에 오십 년이라도 있었을 겁니다. 제가 보증할 수 있습니다.」

「그런데」 하고 소장이 또 입을 열었다. 「당신은 죽었다고 믿고 계시지만 저의 책임으로서, 뭐 당신의 전문 분야를 의심하는 것은 아닙니다만 수인이 확실히 죽었는지 어떤지를 확인하지 않으면 안 됩니다.」

한순간 조용해졌다. 단테스는 여전히 귀를 기울이고 의사가 다시 한 번 시체를 조사하고 있군, 하고 생각했다.

「자, 이제 안심하십시오.」 하고 의사가 말했다. 「죽었습니다. 책임지고 말씀드립니다.」

「아시리라고 생각하지만」 하고 소장은 그래도 끈질기게 말했다. 「이 수인 같은 경우에는 단순한 검진만으로는 만족할 수 없습니다. 겉보기는 어떻든 법률로 정해진 절차만은 밟아 주시지 않으면 안 됩니다.」

「그럼 인두를 달구어 주십시오.」 하고 의사가 말했다. 「사실 쓸데없는 일입니다만.」

인두를 달구라는 명령을 듣고 단테스는 부르르 몸을 떨었다.

바쁘게 움직이는 발소리, 문이 삐걱이는 소리, 감옥 안을 왔다갔다하는 소리가 들렸다. 그리고 잠시 뒤에 간수 하나가 이렇게 말하면서 되돌아 왔다.

「숯불과 인두를 가지고 왔습니다.」

잠시 조용해졌으나 이윽고 살을 태우는 소리가 들려오고 숨이 막히고 가슴이 답답해지는 냄새가 단테스가 조심조심 귀를 갖다대고 있는 벽을 통해 스며들어왔다.

사람의 살이 불태워지는 이 냄새로 청년의 이마에는 땀이 배었다. 그는 금세라도 까무라칠 것만 같았다.

「보셨지요? 확실히 죽었습니다.」 하고 의사가 말했다. 「이런 식으로 발뒤꿈치를 태워 보면 분명히 알 수 있습니다. 이것으로 이 불쌍한 미치광이도 광증이 치료되고 감옥에서도 해방된 것입니다.」

「파리아라는 이름 아니었던가요?」 하고 소장을 따라온 사관 한 사람이 말했다.

「그래요, 그의 얘기로는 꽤 오랜 가문이라고 하더군요. 게다가 그는 대단한 학자여서 예의 보물 문제만 제외하면 모든 점에서 꽤 사리를 분별하는 사나이였지요. 하지만 이 보물 문제에 관한 한 정말 애를 먹였지요.」

「우리 의사들의 전문 용어로는 편집광(偏執狂)이라는 것이지요.」 하고 의사가 말했다.

「뭔가 이 사나이의 일로 애를 먹은 일은 없었나?」 하고 소장은 지금까지 신부에게 식사를 날라다 주던 간수에게 물었다.

「아니오, 한 번도 없었습니다.」 하고 간수는 대답했다. 「그야말로 한 번도 없었습니다. 오히려 옛날에는 여러가지 재미있는 이야기를 해서 저를 즐겁게 해주었습니다. 어떤 때는 제 아내가 병을 앓고 있는데 처방을 가르쳐 줘서 덕분에 제 아내의 병이 나은 적도 있었습니다.」

「아니, 저런.」 하고 의사가 말했다. 「동업자를 진찰하고 있는 줄은 정말 몰랐군. 아무쪼록 소장님」 하고 그는 웃으면서 덧붙였다. 「그러한 신분에 알맞는 취급을 해주시지 않겠습니까?」

「알겠습니다, 안심하십시오. 되도록 새 자루를 마련해서 정중하게 싸주도록 하지요. 그러면 되겠습니까?」

「그것도 소장님 입회하에 하지 않으면 안 됩니까?」 하고 간수가 물었다.

「물론이지. 하지만 서둘러 주게. 하루종일 이런 방 안에 있을 수는 없으니까.」

또다시 사람들이 왔다갔다하는 발소리가 들렸다. 이윽고 천을 만지는 소리가 단테스의 귀에까지 들려왔다. 침대의 용수철이 삐거덕거렸다. 무거운 물건을 들어올리는 사람의 발소리 같은 묵직한 소리가 바닥돌 위에서 났다. 그리고는 침대 위에 그 무거운 물건을 다시 얹었는지 또 한 번 침대가 삐거덕거렸다.

「그럼 오늘밤에.」 하고 소장이 말했다.

「미사를 올릴 겁니까?」 하고 사관 하나가 물었다.

「그게 불가능하게 되었어요.」 하고 소장이 대답했다. 「감옥의 교회사(敎誨師)가 어제 일주일쯤 이에르에 여행을 하고 싶다고 말하길래 수인들의 일은 그동안 제가 책임지기로 하고 허락을 했습니다. 신부도 이렇게 서두르지 않았더라면 죽은 이를 위한 기도를 받을 수 있었을 텐데.」

「뭘요.」 하고 의사는 이 직업을 가진 사람에게 흔히 있는 불신심(不信心)을 드러내며 말했다. 「이 사나이도 성직자입니다. 하느님도 이 사나이의 직업을 고려해 주시겠지요. 신부를 지옥에 떨어뜨리는 심술궂은 일을 하면서 기뻐하지는 않겠지요.」

이런 익살에 모두들 소리를 내어 웃었다.

그러는 동안에도 시체를 싸는 작업은 계속되었다.

「그럼 오늘밤에!」 하고 그 작업이 끝나자 소장은 말했다.

「몇 시에 말입니까?」 하고 간수가 물었다.

「10시나 11시경에.」

「시체에 감시자를 붙여 놓을까요?」

「그럴 필요는 없어. 살아 있을 때처럼 감옥 문을 닫아 두기만 하면 돼.」

거기에서 발소리는 멀어지고 목소리도 작아졌다. 문에서 절렁절렁 울리는 자물쇠 소리와 빗장 걸리는 소리가 들리고 고독의 침묵보다도 더 음울한 죽음의 침묵이 모든 것에 스며들어왔다. 얼음처럼 싸늘한 청년의 마음속에도 그 침묵은 스며들어왔다.

그는 천천히 바닥돌을 머리로 들어올렸다. 그리고 재빠르게 감옥 안을 한 번 둘러보았다.

감옥 안은 텅 비어 있었다. 단테스는 지하 복도에서 나왔다.

20. 이프 성의 묘지

침대 위에 길게 눕혀지고 창문으로 스며드는 어렴풋한 빛에 희미하게 비쳐지고 있는 허술한 자루가 있었다. 그 큰 자루 밑에는 어슴푸레하게 길고 딱딱한 모양이 보이고 있었다. 이것이 파리아 신부의 수의였다. 간수들이 말하고 있던 매우 값싼 수의였다. 이렇게 해서 모든 것은 끝난 것이었다. 단테스와 그 늙은 친구의 사이는 이미 물질적으로 따로따로 떨어지고 만 것이다.

죽음의 저편을 보는 것처럼 떠져 있던 그 눈도 그는 이미 볼 수가 없었다. 숨겨진 것을 가리고 있던 베일을 그를 위해서 제거해 준 그 바지런한 손도 그는 이제 잡아 볼 수가 없었다. 그가 그토록 힘껏 매달려 있던 친절하고 좋은 반려였던 파리아 신부는 이제는 그의 기억 속에만 있는 것이다. 그래서 단테스는 이 무서운 침대 머리맡에 앉아서 슬프고 어두운, 그리고 괴로운 우울 속으로 빠져들어갔다. 이제는 혼자뿐이다! 또다시 혼자가 되고 말았다! 그는 다시 예전처럼 침묵 속에 잠겨서 허무와 얼굴을 맞대고 있지 않으면 안 되게 된 것이다!

이제는 외톨박이이다! 여태까지 그를 지상과 연결시켜 주고 있던 사람은 이제는 볼 수도 없고 그 목소리를 들을 수도 없는 것이다! 이렇게 된 마당에는 파리아 신부처럼 저 고통의 슬픈 문을 통과하지 않으면 안 된다고 하더라도 차라리 하느님에게로 다가가 인생의 수수께끼를 물어 보는 것이 낫지 않을까?

자살에 대한 생각이, 전에 신부에 의해 내쫓겨지고 신부의 존재에 의해 멀리 밀려났던 그 생각이, 지금 파리아 신부의 시체 옆에 마치 망령과도 같이 되돌아왔다.

『만일 내가 죽을 수 있다면』하고 그는 자기 자신에게 말했다.『그 사람이 간 곳으로 가서 틀림없이 그를 만날 수 있을 것이다. 하지만 어떻게 하면 죽을 수 있을까? 뭐, 그거야 간단하지.』하고 그는 웃으면서 말했다.『나는 여기에 이러고 있다가 맨 먼저 들어온 놈에게 덤벼들어 목을 조르기만 하면 돼. 그러면 나는 단두대에 올려질 것이니까.』

그러나 크나큰 괴로움에도 큰 폭풍 때와 마찬가지로 두 개의 큰 파도머리 사이에 깊은 골이 있다. 단테스는 그러한 치욕적인 죽음을 생각하고는 뒷걸음질쳤다. 그리고는 그러한 절망에서 순식간에 생명과 자유에 대한 격렬한 갈망으로 옮겨갔다.

『죽어? 그것은 안돼!』하고 그는 소리질렀다.『그토록 애써 살아오고 그토록 고통을 겪어왔는데 이제 와서 죽음을 택하다니! 죽는 것도, 옛날, 그러니까 몇 년 전, 그러한 결심을 했던 그 당시라면 그것도 좋았다. 그러나 지금에 와서는 그것은 자기의 비참한 운명을 한층 더 비참하게 만들 뿐이다. 싫다! 나는 살고 싶다. 마지막까지 싸우고 싶다.

그렇다, 나는 빼앗긴 그 행복을 되찾고 싶다! 죽기 전에 처벌하지 않으면 안될 악인들이 있다는 것을 잊고 있었다. 또 보답하지 않으면 안될 친구들이 있다는 것도 잊고 있었다. 하지만 이러고 있어서는 나는 이곳에서 잊혀지고 만다. 나는 파리아 신부처럼 되지 않고서는 이 감옥에서 나갈 수가 없을 것이다.』

그러나 이러한 말을 자신에게 하던 에드몽은 갑자기 꼼짝도 하지 않았다. 별안간 어떤 생각이 떠오르고 더욱이 그 생각에 겁을 먹은 듯이 가만히 한곳을 응시하고 있었다. 그러다가 갑자기 일어나서 현기증이라도 생긴 듯이 손을 이마로 가져갔다. 그리고는 감옥 안을 두세 번 빙글빙글 돌고 침대 앞으로 돌아와 걸음을 멈추었다…….

『오오!』하고 그는 중얼거렸다.『누가 이런 생각을 나에게 가져다 주었을까? 하느님, 당신입니까? 여기에서 자유로이 나갈 수 있는 사람은 죽은 사람밖에 없으니까 나는 죽은 사람이 되어야지.』

이러한 필사적인 결심을 뒤집을 겨를이 없도록 하려고 그는 즉시 지저분한 자루 위에 몸을 수그리고 파리아 신부가 만든 칼로 그것을 헤쳐 열고 시체를 꺼내어 자기의 감옥에까지 운반해갔다. 그리고 그것을 자기의 침대 위에 뉘었다. 그리고는 언제나 자기가 뒤집어쓰고 있는 누더기를 머리에 씌우고 침구로 몸을 감싼 뒤 얼음처럼 차가운 이마에 마지막 키스를 했다. 이미 사고 작용이 없기 때문에 보기에도 무서운, 떠진 채로 있는 눈을 감기고 머리를 벽 쪽으로 향하게 했다.

이렇게 해놓으면 간수가 저녁식사를 가지고 왔을 때 여느 때와 마찬가지로 그가 자고 있는 것으로 알 것이 틀림없었다. 그리고 나서 그는 다시 지하 복도로 들어가 침대를 벽에까지 끌어당기고 신부의 감옥으로 돌아갔다. 그리고 선반 안에서 바늘과 실을 꺼내들고 자루 안에 발가벗은 몸뚱이가 들어가 있는 것처럼 보이기 위해 입고 있던 누더기를 벗어던진 뒤 헤쳐진 자루 안으로 기어들어갔다. 그리고는 시체가 들어가 있던 위치에 어김없이 자기의 몸을 뉘고 안에서 바느질을 해서 헤쳤던 자리를 꿰맸다.

만일 이때 운수 사납게 누가 들어오기라도 했다면 그의 심장의 고동 소리가 들렸을 것이 틀림없다.

단테스는 저녁 순시가 끝날 때가지 기다릴 수도 있었을 것이다. 그러나 그 동안에 소장의 생각이 달라져서 시체를 실어내가지 않을까 걱정스러웠던 것이다.

그렇게 되면 그의 마지막 희망도 사라지고 만다.

그러나 어떻든 지금 그의 계획은 이미 끝나 있었다.

그는 이렇게 할 작정이었다.

만일 운반하는 도중에 무덤을 파는 인부들이 송장이 아니라 살아 있는 인간을 떼메고 있다는 것을 깨닫게 된다면 자기라는 것을 간파당하기 전에 칼을 휘둘러 자루를 위에서부터 아래로 찢어발기고 그들이 공포에 떨고 있는 틈을 노려서 도망을 치리라. 그들이 붙잡으려고 덤빈다면 칼을 휘둘러 그들을 해치리라.

만일 묘지까지 실려가서 구덩이 안에 넣어진다면 상관 않고 흙을 덮게 하리라. 그런 다음 인부들이 가버리기가 무섭게 부드러운 흙을 밀어젖히고 도망치리라. 흙이 밀어젖혀질 만큼 무겁지 않으면 다행이련만.

하지만 예상과 달리 흙이 너무 무거우면 질식해서 죽고 말 것이다. 그러면 또 그런 대로 좋지 않은가! 그것으로 모든 것이 끝나고 말 테니까.

단테스는 어제부터 아무것도 먹은 것이 없었다. 그러나 이날 아침에도 배가 고프다고는 생각하지 않았다. 지금도 그랬다. 자기가 놓여 있는 입장이 너무나도 불안정했기 때문에 다른 생각을 할 여유가 없었다.

단테스에게 닥치고 있는 첫째 위험은 7시에 저녁식사를 가지고 오는 간수가 사람이 바뀌었다는 것을 깨닫는 일이었다. 다행한 것은, 그는 사람을 대하기가 싫은 때라든가 몹시 지쳐 있을 때는 언제나 자리에 누운 채 간수를 맞이하고 있었다. 그리고 그런 때에 간수는 빵과 수프를 탁자 위에 놓은 채 말도 걸지 않고 나가 버리곤 했다.

그러나 오늘은 간수가 여느 때처럼 가만 있지를 않고 단테스에게 말을 걸지도 모르는 일이었다. 그리고 단테스가 대답을 하지 않는 것을 보고 침대로 다가와 모든 것을 발견하게 될지도 모르는 일이었다.

저녁 7시가 가까워오자 단테스는 정말로 무서워졌다. 단테스는 한쪽 손을 가슴에 대고 요란하게 두근거리는 심장의 고동을 누르려 했다. 그리고 다른 한쪽 손으로 관자놀이를 타고 내리는 땀을 닦았다.

때때로 전율이 온몸을 엄습하고 얼음처럼 차가운 바이스가 심장을 꽉 죄었다.

그래서 그는 이대로 죽는 것이 아닌가 하고 생각했다. 시간은 흘러갔으나 성 안에는 별다른 일이 일어나지 않았다. 그래서 단테스는 첫번째 위험을 넘겼다는 것을 알았다. 재수가 좋았다.

마침내 소장이 결정한 시간이 된 것이리라, 사람들의 발소리가 층계에서 들려왔다. 에드몽은 드디어 결정적인 순간이 다가왔군, 하고 생각했다. 그는 전신의 용기를 불러일으켜 호흡을 죽였다. 이 호흡과 마찬가지로 격렬하게 두근거리는 맥박도 억누를 수가 있다면 얼마나 좋을까!

발소리가 문 앞에서 멎었다. 발소리는 이중이었다. 단테스는 무덤파는 인부 두 사람이 자기를 실어내기 위해서 왔다는 것을 알았다. 들것을 내려놓는 소리가 들렸으므로 이 추측은 확실한 것이 되었다.

문이 열렸다. 흐릿한 불빛이 단테스의 눈에까지 미쳤다. 자기를 감싸고 있는 천을 통해 침대로 다가오고 있는 두 개의 그림자가 보였다. 세 번째의 그림자는 큰 각등(角燈)을 들고 문간에 서 있었다. 두 사람의 인부는 침대로 다가와 각기 자루의 양쪽 끝을 붙들었다.

「깡마른 노인치고는 꽤 무겁군!」하고 머리 쪽을 든 사나이가 말했다.

「뼈는 해마다 반 파운드씩 무거워진다고 하니까.」하고 다리 쪽을 든 사나이가 말했다.

「매달았나?」하고 첫번째 사나이가 물었다.

「쓸데없는 무게를 처음부터 매달 만큼 바보는 아니라네.」하고 두 번째 사나이가 말했다. 「그쪽에 가서 매달면 돼.」

「그것도 그렇군. 그럼 가자고.」

『뭣을 매단다는 것일까?』하고 단테스는 의아해했다.

죽음을 가장한 그는 침대에서 들것으로 옮겨졌다. 단테스는 감쪽같이 송장 흉내를 내려고 몸을 빳빳하게 경직시켰다.

그는 들것 위에 실려졌다. 그리고 장례 행렬은 큰 각등을 손에 든 사나이의 인도를 받으면서 곧장 층계를 올라갔다.

갑자기 상쾌하고 거친 밤바람이 몸에 스며들었다. 단테스는 그것이 북풍이라는 것을 알았다. 그것은 기쁨과 함께 불안에 찬 갑작스러운 감각이었다.

들것을 맨 사나이들은 이십 보쯤 가더니 걸음을 멈추고 들것을 지면에 내려놓았다.

한 사람이 그곳을 떠났다. 단테스의 귀에는 돌바닥에 울리는 그 구두 소리가 들렸다.

『대체 여기는 어디일까?』하고 단테스는 생각했다.

「꽤 무거운걸.」하고 들것 언저리에 걸터앉으며 단테스 옆에 남아 있는 사나이가 말했다.

단테스의 최초의 생각은 도망칠까, 하는 것이었다. 그러나 다행히 그 생각은 버렸다.

「불을 비쳐 줘, 이 멍청아.」하고 그곳을 떠난 사나이가 소리질렀다. 「캄캄해서 뭐가 보여야 찾지.」

무척 난폭한 말투였으나 각등을 든 사나이는 순순히 그 말에 따랐다.

『무엇을 찾고 있는 걸까?』하고 단테스는 궁금해했다. 『아마 삽을 찾는 모양이지.』

안심한 듯한 고함 소리가 들렸다. 찾고 있던 것이 발견된 것이다.

「겨우 찾았나?」하고 한 사람이 말했다. 「수월한 일이 아니로군.」

「그래, 정말.」하고 한 사람이 대답했다. 「하지만 죽은 사람이야 기다린다고 해서 손해 볼 것이 없지.」

이런 말을 하면서 그는 에드몽에게로 다가왔다. 에드몽은 자기 옆에 뭔가 무거운 것이 놓여지는 소리를 들었다. 그와 동시에 밧줄이 발을 단단히, 아플 정도로 묶었다.

「어때, 매달았나?」하고 아무것도 하지 않고 서 있던 사나이가 물었다.

「단단히 붙들어맸네.」하고 상대방이 대답했다. 「안심하라고.」

「그럼, 가세.」

들것은 다시 들려지고 그들은 다시 걸었다.

약 오십 보쯤 가다가 그들은 걸음을 멈추고 문 하나를 열었다. 그리고는 다시 걷기 시작했다. 이 성이 세워져 있는 큰 바위에 파도가 부딪쳐서 부서지는 소리가 전진함에 따라 단테스의 귀에 차츰 똑똑하게 들려왔다.

「날씨가 사납군!」하고 한 사람이 말했다. 「이런 밤엔 바다 위도 싫은걸.」

「그래, 이런 상태라면 신부님도 흠뻑 젖겠는걸.」하고 상대방이 말했다. 그리고 그들은 큰소리로 웃었다.

단테스에게는 이런 농담이 무슨 뜻인지 잘 알 수가 없었다. 그러나 그의 머리카락은 곤두섰다.

「자, 다 왔어!」하고 첫번째 사나이가 말했다.

「좀더 앞으로, 좀더 앞으로.」하고 두 번째 사나이가 말했다. 「왜 지난번의 그놈도 도중에 걸려서 바위에 부딪쳐 으깨지는 바람에 다음날 소장한테 태만한 놈이라고 꾸중을 듣잖았나.」

다시 너댓 걸음을 더 올라갔다. 그런 다음 단테스는 머리와 발이 들려져서 앞뒤로 흔들어지는 것을 느꼈다. 그들은 목소리를 맞추어 소리질렀다.

「하나.」

「둘.」

「셋!」

그와 동시에 단테스는 자기의 몸이 터무니없이 넓은 공간으로 던져지는 것을 느꼈다. 그리고 상처받은 새처럼 허공을 가르며 심장을 얼어붙게 하는 공포와 함께 밑으로 밑으로 떨어지는 것을 느꼈다.

무언지는 모르지만 낙하를 촉진하는 무거운 것에 끌려가면서도 떨어지는 데에 백 년이나 걸리는 것처럼 생각되었다.

그러나 마침내 그는 무서운 소리와 함께 마치 화살과도 같이 얼음처럼 차가운 물속으로 떨어졌다. 그 순간 외마디 소리를 질렀으나 거의 동시에 물속으로 들어갔기 때문에 목소리는 지워지고 말았다.

단테스는 바다 속에 던져진 것이었다. 그리고 발에 묶여진 삼십육 파운드의 무게에 이끌려 바다 밑으로 가라앉아갔다.

바다가 이프 성의 묘지였던 것이다.

21. 티브랑 섬

단테스는 망연자실하여 거의 숨도 막혀 있었다. 그러나 호흡을 꾹 참고 있을 만한 정신력은 남아 있었다. 그리고 앞에서도 말했듯이 어떤 일이 일어나도 대비할 수 있도록 오른손에 칼을 쥐고 있었기 때문에 그것으로 재빨리 자루를 찢고 팔을 꺼내고 머리를 내밀었다. 발에 묶인 무게를 끌어올려 보려고 여러 가지로 애썼으나 여전히 바다 밑으로 끌려들어갔다. 그래서 몸을 굽혀 두 다리에 묶인 밧줄을 찾았다. 그리고 마지막 힘을 다하여 바야흐로 숨이 끊어지려는 순간에 그 밧줄을 끊을 수가 있었다.

그래서 그는 다리를 힘껏 차면서 수면으로 떠오를 수가 있었다. 누름돌은 하마터면 그의 수의가 될 뻔한 허름한 천을 밑모를 바다 밑으로 끌고 들어갔다.

단테스는 숨을 들이쉴 만한 시간을 가진 뒤 다시 한 번 물속으로 들어갔다. 그가 하지 않으면 안될 첫번째 조심은 발각되는 일을 피하는 것이었다.

두 번째로 수면에 모습을 나타냈을 때 그는 이미 던져진 곳에서 적어도 오십 보는 떨어져 있었다.

머리 위에는 폭풍우를 몰아오고 있는 어두운 하늘이 보였다. 그리고 바람이 빠르게 날아가고 있는 구름떼를 몰고 가서 이따금 하나의 별로 한층 더 파랗게 보이는 하늘의 작은 한쪽 구석을 드러내곤 했다.

앞에는 어둡고 요란한 소리를 내는 큰 바다가 펼쳐져 있고 폭풍우가 다 가왔음을 알리듯이 큰 파도가 넘실거리고 있었다.

그리고 뒤에는, 바다보다도 검고 하늘보다도 검게, 마치 불길한 망령처럼 화강암의 거인이 우뚝 솟아 있었다. 그 어두운 돌출부는 먹이를 사로잡으려고 내밀고 있는 팔뚝처럼 보였다. 그리고 제일 높은 바위 위에서는 각등이 두 사람의 그림자를 비추어 주고 있었다.

단테스에게는 이 두 사람이 불안스러운 모습으로 바다 위를 내려다보고 있는 것처럼 보였다. 실제로 그 야릇한 무덤파기 인부들은 공간을 가로지르고 그가 외친 그 소리를 들었을 것이 틀림없었다. 그래서 단테스는 다시 물속으로 들어갔다. 그리고 꽤 오랫동안 물속을 헤엄쳐갔다.

이것은 옛날에 그가 곧잘 하곤 하던 것이었다. 그리고 파로 곶의 후미에서 언제나 주변에 모인 많은 구경꾼을 감탄시키곤 했었다. 사람들은 언제나 그를 마르세이유에서 으뜸가는 수영의 달인이라고 칭찬을 아끼지 않았었다.

다시 해변에 모습을 나타냈을 때 이미 각등의 불빛은 보이지 않았다.

우선 방향을 정하지 않으면 안 되었다. 이프 성 주위에 있는 섬 중에서 가장 가까운 곳은 라토노 섬과 포메그 섬이었다. 그러나 이 두 섬에는 사람이 살고 있었다. 돔의 작은 섬에도 사람이 살고 있었다. 따라서 가장 안심되는 곳은 티브랑 섬과 루메르 섬이었다. 이 두 개의 섬은 이프 성에서 일 해리쯤 되는 곳에 있었다.

단테스는 이 두 개의 섬 중의 어느 하나에 가리라고 결심했다. 하지만 차츰 깊어가는 어둠 속에서 어떻게 이 섬들을 발견할 수 있을 것인가?

마침 그때 프라니에의 등대 불빛이 별처럼 깜박이는 것이 보였다.

이 등대를 목표삼아 곧바로 전진하면 그 바로 왼쪽에 티브랑 섬이 있었다. 따라서 조금 왼쪽으로 치우쳐서 헤엄쳐 나가면 티브랑 섬에 도달할 것이었다.

그러나 지금도 말한 것처럼 이프 성에서 이 섬까지는 적어도 일 해리는 되었다.

감옥 안에서 파리아 신부는 이따금 단테스가 실망한 나머지 축 늘어져 있는 것을 보고는 이렇게 말하곤 했었다.「단테스 군, 그렇게 무기력해져서는 안돼. 힘을 길러 두지 않으면 도망칠 때 물에 빠지고 말아.」

무겁고 괴로운 바닷물 속에서 이 말이 단테스의 귀에 울려왔다. 그래서 재빨리 해면에 떠올라 정말로 힘이 없어졌는지 어떤지를 확인하기 위해 양손을 번갈아 빼가며 헤엄을 치기 시작했다. 그리고 어쩔 수 없는 무활동 때문에 힘과 민첩성이 조금도 상실되지 않은 것을 알게 되자 매우 기뻤다. 그리고 어렸을 때 곧잘 물속에서 장난을 친 것처럼 지금도 자기는 물을 마음대로 다룰 수 있다는 것을 느꼈다.

게다가 공포라는 강박감, 저 발빠른 추적자가 단테스의 힘을 배가시켰다. 그는 파도에 몸을 맡기면서 뭔가 소리가 들려오지는 않는가 하고 귀를 기울였다. 그리고 파도머리에 올라탈 때마다 재빨리 눈을 돌려 바다 위를 한 바퀴 둘러보며 두꺼운 어둠 속을 주시했다. 다른 파도보다 조금 높은 파도가 닥칠 때마다 추적해오는 배가 아닌가 하고 긴장했다.

그래서 노력을 두 배로 늘렸다. 이렇게 해서 확실히 이프 성으로부터는 멀어졌으나 그것을 되풀이하는 가운데 힘이 급격히 약해졌다.

그래도 그는 계속 헤엄쳐 나갔다. 이미 저 무서운 성은 밤의 연무 속에 가려져 있었다. 똑똑히 분간할 수가 없게 되어 있었다. 다만 그것이 있다는 것만은 느낄 수 있었다.

한 시간이 지났다. 그 동안 단테스는 전신에 넘치는 자유에의 갈망에 힘입어서 마음속으로 정한 방향으로 파도를 가르고 계속 헤엄쳤다.

『어떻게 된걸까?』하고 그는 자기 자신에게 말했다.『벌써 이럭저럭 한 시간은 헤엄을 쳤다. 물론 맞바람이니까 속력이 4분의 1쯤은 떨어졌겠지. 그렇더라도 방향만 틀리지 않았다면 지금쯤 티브랑 섬에서 그리 멀지는 않을 텐데……. 하지만 만일 방향을 잘못 잡은 거라면!……』

오싹 하고 전신이 떨렸다. 몸을 쉬기 위해 잠시 떠 있으려고 했다. 그러나 바다는 점점 더 거칠어졌다. 그래서 곧 그런 한가한 휴식은 취할 수 없다는 것을 알았다.

『좋아!』하고 그는 말했다.『하는 데까지 해보자, 팔이 떨어져 나갈 때까지 해보자, 경련이 일어날 때까지 해보자. 그리고 여의치 않으면 빠져 죽으면 그만이다！』

그래서 힘껏, 절망에 내몰리면서 헤엄을 계속했다.

갑자기, 지금까지도 어둡던 하늘이 한층 더 어두워지고 두껍고 무거운 구름이 자기 쪽으로 덮쳐오는 것처럼 생각되었다. 그리고 동시에 무릎에 심한 통증이 느껴졌다. 상상력은 번개처럼 빠르게, 총알에 맞았군, 이제 총소리가 들려오겠지, 하는 생각을 낳게 했다. 그러나 총소리는 들리지 않았다. 단테스는 손을 뻗었다. 그리고 뭔가 저항하는 것을 느꼈다. 그는 아프지 않은 쪽의 다리를 오므려 보았다. 그러자 지면에 닿았다. 그때서야 그는 지금까지 구름이라고 생각하고 있던 것이 무엇인가를 알게 되었다.

그로부터 이십 보쯤 앞에 불길이 활활 타오르다가 갑자기 화석이 된 것 같은 이상한 모양의 큰 바위가 솟아 있었다. 그것은 티브랑 섬이었다.

단테스는 일어서서 몇 걸음 앞으로 나갔다. 그리고 하느님에게 감사하면서 뾰족한 화강암 위에 몸을 뉘었다. 이러한 바위도 지금의 그에게는 어떤 부드러운 침대보다도 더 부드럽게 생각되었다.

이윽고 그는 완전히 지쳐 있었으므로 바람도 폭풍도 때마침 내리기 시작한 비도 개의치 않고 스르르 잠이 들고 말았다. 그것은 육체는 지쳐 있으나 정신은 뜻하지 않았던 행복을 똑똑히 의식하고 있는 사나이의 기분좋은 잠이었다.

그로부터 한 시간 뒤 단테스는 요란한 천둥 소리에 잠을 깼다. 폭풍은 공간에서 미쳐 날뛰며 하늘을 격렬하게 때리고 있었다. 때때로 번개가 마치 불뱀처럼 하늘에서 내려와 광대한 혼돈의 세계의 물결처럼 끊임없이 밀려 오는 파도와 구름을 비쳐 주곤 했다.

단테스의 뱃사람으로서의 눈은 틀림없었다. 그는 두 개의 섬 중의 첫번째 섬인 티브랑 섬에 정확히 도착한 것이었다. 그는 이 섬이 풀도 나무도 없는 불모의 섬으로서 조그마한 피난 장소도 없다는 것을 알고 있었다. 그러나 폭풍이 가라앉으면 다시 한 번 바다에 뛰어들어서 루메르 섬까지 헤엄쳐 갈 수가 있을 것이다. 루메르 섬은 여기와 마찬가지로 불모의 땅이기는 하지만 여기보다는 넓고 따라서 살기 좋을 것이 틀림없었다.

앞으로 비죽이 돌출해 있는 바위 하나가 단테스에게 일시적인 피난처를 만들어 주었다. 그는 그곳에 몸을 숨겼다. 거의 그와 동시에 폭풍이 세차게 휘몰아쳤다.

단테스는 자기가 몸을 숨기고 있는 바위가 떨고 있는 것을 느낄 수 있었다. 파도는 이 거대한 피라밋의 기슭에서 부서져 그가 있는 곳까지 물보라를 뿌렸다. 그는 안전하기는 했지만 이 요란한 음향과 눈부신 번개 속에서 일종의 현기증을 느꼈다. 그는 섬이 자기의 몸 밑에서 떨며 마치 닻을 내리고 있는 배처럼 금세라도 그 닻줄이 끊어져서 자기를 거대한 선풍 속으로 휩쓸고 들어갈 것만 같은 기분을 느꼈다. 이때 그는 자기가 지난 24시간 동안 아무것도 먹지 않았다는 것을 깨달았다. 배가 고프고 목이 말랐다.

그는 손과 얼굴을 내밀어 바위 웅덩이에 괴어 있는 빗물을 마셨다

그가 몸을 일으켰을 때였다. 신의 눈부신 옥좌 밑까지 하늘이 찢어진 것처럼 번개가 번쩍 하고 빛나고 주위가 환하게 비쳐졌다. 이 번갯불로 루메르 섬과 크로아질 곳의 중간, 자기가 있는 곳에서 4분의 1해리쯤 되는 곳에 파도의 정점에서 깊은 골짜기로 떨어지는 유령처럼 폭풍과 파도에 농락당하고 있는 조그만 어선이 보였다. 그런가 했더니 그것은 다른 파도의 꼭대기에 다시 한 번 모습을 나타내고 화살처럼 빠르게 이쪽으로 다가왔다.

단테스는 소리를 지르려고 생각했다. 위험하다는 것을 승무원에게 알릴 수 있는 무슨 헝겊 조각이라도 없는가 하고 찾아보았다. 그러나 그들 쪽에서도 위험이 다가오고 있다는 것을 잘 알고 있었다.

다시 한 번 번갯불이 번쩍였을 때 청년의 눈에는 돛대나 밧줄에 매달려 있는 네 사람의 모습이 보였다. 다섯 번째 사나이는 망가진 키의 손잡이를 붙들고 있었다.

그가 본 이 사람들도 아마 그를 보았을 것이 틀림없었다. 왜냐하면 필사적인 고함 소리가 윙윙 울리는 거센 바람에 실려 그의 귀에까지 들려왔기 때문이다.

마치 갈대가 비틀려진 것 같은 돛대 꼭대기에는 너덜너덜해진 한 장의 돛이 펄럭펄럭 공중에서 울고 있었다. 갑자기 그것을 지탱하고 있던 밧줄이 끊어지고 돛은 검은 구름을 배경으로 떠오른 하얗고 큰 새처럼 하늘의 어두운 저쪽으로 날아가고 말았다.

그와 동시에 우지직우지직 하는 무서운 소리가 들렸다. 죽음에 직면한 이들의 외마디 소리가 단테스의 귀에 들려왔다.

그는 마치 스핑크스처럼 바다를 향해 돌출해 있는 바위에 매달리면서

심연을 내려다보고 있었는데 그때 다시 번쩍거린 번갯불에 의해 부서진 작은 배와 그 파편 사이에 떠돌고 있는 절망적인 얼굴, 그리고 하늘을 향해 치켜들고 있는 팔을 보았다.

다음 순간 모든 것이 어둠 속에 파묻혀졌다. 이 무서운 광경은 그야말로 일순간의 일이었다.

단테스는 자기 자신이 바다로 굴러떨어질 위험을 무릅쓰고 매끄러운 바위의 경사면을 타고 내렸다. 그는 어둠 속에서 눈을 부릅뜨고 귀를 기울였다. 그러나 아무 소리도 들리지 않고 아무것도 보이지 않았다. 외치는 소리도 없고 몸부림치고 있는 사람의 모습도 없었다. 다만 폭풍만이, 크나큰 신의 조화인 폭풍만이 바람과 함께 외치고 파도와 함께 소용돌이치고 있었다.

이윽고 조금씩 바람이 가라앉았다. 하늘은 서쪽으로 큰 회색의 구름을, 폭풍에 의해 빛이 바랜 구름을 실어나르고 있었다. 창공이 반짝반짝 빛나는 별과 함께 다시 나타났다.

이윽고 동쪽에서 불그스름한 한 줄기의 긴 띠가 수평선 위에 짙은 감색의 파도를 그려냈다. 파도는 춤추고 있었다. 그러자 갑자기 한 줄기 광선이 소용돌이치는 파도머리 위를 쏜살같이 달려 그것을 황금의 갈기로 바꾸어 놓았다.

밤이 샌 것이다.

단테스는 이 장대한 광경을 앞에 놓고 그저 멍하니 서 있었다. 마치 난생 처음 보는 광경 같은 기분이었다. 실상 이프 성에 유폐된 뒤로는 이러한 광경은 완전히 잊고 있었던 것이다.

그는 이프 성 쪽을 돌아보았다. 그리고 동시에 바다와 육지를 천천히 둘러보았다.

저 음침한 건물은 감시하고 명령하고 있는 것 같은, 미동도 하지 않는 것만이 가지고 있는 위압적인 모습으로 물결 사이에 삐져나와 있었다.

아침 5시쯤인 것 같았다. 바다는 여전히 차츰 가라앉고 있었다.

『2, 3시간 뒤에는』하고 에드몽은 자기 자신에게 말했다.『간수는 내 감옥에 가서 저 불쌍한 사람의 시체를 발견하고는 나를 찾으려 들겠지. 하지만 내가 발견되지 않으니까 경보를 내리겠지.

그렇게 되면 그 구멍과 지하 복도가 발견될 테지. 그리고 나를 바다에 던진 놈들, 아마 내 고함 소리를 들었을 그놈들이 조사를 받게 되겠지. 그리고 즉시 무장한 병사를 가득 실은 몇 척인가의 배가 그렇게 멀리는 도망가지 못했을 탈주자의 뒤를 추적하겠지. 대포가 모든 해안에 울려퍼지고 발가벗은 채 배를 곯고 헤매고 있는 자에게는 절대로 숙소를 제공해서는 안 된다는 포고령을 내릴 테지.

마르세이유의 탐정과 경찰은 경보를 받고 해안 수색을 시작하고 이프 성의 소장은 해상을 수색하겠지.

그렇게 되면 해상에서 내몰리고 육지로 올라가면 포위되어서 나는 대체 어떻게 되는 거지

배가 고프다. 춥다. 나를 지켜 줄 칼까지도 헤엄치는 데 방해가 되어서 버리고 말았으니…….

이제는 이십 프랑의 상금을 노리는 농부에게라도 발각되는 날엔 이대로 인도되고 말 테지. 나에게는 이제 힘도 없다. 좋은 생각도 떠오르지 않고 무엇을 어떻게 하리라는 결심도 서지 않는다.

오오! 하느님! 제가 충분히 고생을 했는지 어떤지 굽어 살피십시오. 그리고 저 자신이 한 것 이상의 일을 하느님이 저에게 해주실 수 있는지 없는지를 생각해 주십시오.』

에드몽이 힘이 다 빠지고 머릿속도 텅 비어서 일종의 착란 상태에 빠진 채 이프 성 쪽을 불안스럽게 바라보면서 이러한 기도를 올리고 있을 때 포메그 섬의 첨단에 한 척의 조그만 배가 나타난 것이 보였다.

그것은 라틴 돛을 수평선에 선명하게 그려내며 마치 파도를 스치면서 날아가는 갈매기와도 같았다. 뱃사람의 눈이었으므로 아직도 어슴푸레한 해상에 떠 있는 배가 제노바의 소형선이라는 것을 알 수 있었다. 그것은 마르세이유 항을 출범한 것으로서 그 뾰족한 뱃머리는 반짝반짝 빛나는 파도를 가르며 불룩한 선체를 위해 길을 내주면서 난바다 쪽으로 나가고 있었다.

『아아!』 하고 단테스는 소리질렀다. 『질문을 받고 탈주자라는 것이 알려져서 마르세이유로 송환당할 걱정만 없다면 저 배까지 30분이면 충분히 갈 수 있을 텐데! 어떻게 할까? 뭐라고 말하면 될까? 어떻게 꾸며대면 저들이 속아 줄까?

저들은 모두 밀수를 하고 있는 자들이다. 반쯤 해적 같은 무리들이다. 연안 무역이니 뭐니 하면서 연안을 휩쓸고 다니는 놈들이다. 한푼도 생기지 않는 좋은 일을 하기보다는 나를 팔아넘기려 할 것이 틀림없다.

기다려 보자.

하지만 더 이상 기다릴 수는 없다. 배가 고파서 죽을 지경이다. 앞으로 몇 시간만 더 지나면 남아 있는 약간의 힘마저 모두 탈진해 버릴 것이다. 게다가 이제는 간수가 감옥에 올 시간이다. 아직 경보는 내려지지 않았다. 아마 저놈들은 아무것도 눈치를 채지는 못할 것이다.

어제밤 폭풍으로 난파한 그 조그만 배의 선원이라고 해도 어쩌면 믿어 줄 것이다. 그런 거짓말도 사실로 여겨질 것이다. 모두 바다에 가라앉고 말았으니 그건 거짓말이라고 나설 놈도 없을 것이다. 그렇다!』

그렇게 말하면서 단테스는 그 조그만 배가 부서진 근처를 바라보았다. 그리고는 부르르 몸을 떨었다. 바위 모서리에 침몰한 배의 한 선원이 쓰고 있던 빨간 색의 차양없는 모자가 걸려 있었다. 그리고 그 바로 옆에 선골(船骨)의 파편이 떠돌고 있었다. 바다는 그것을 섬 기슭으로 밀어붙였다가는 다시 또 밀어붙이고 있었다. 그것은 마치 힘없는 파성(破城)망치를 두들기고 있는 것 같았다.

단테스의 결심은 순간적으로 이루어졌다. 그는 다시 바다로 뛰어들어 모자가 있는 쪽으로 헤엄쳐가서 그것을 머리에 쓰고는 파편 하나에 매달렸다. 그리고 배가 진행하고 있는 쪽으로 헤엄치기 시작했다.

『자, 이제 살게 되었다!』 하고 그는 중얼거렸다.

그리고 그 확신이 그에게 다시 힘을 주었다.

이윽고 그는 돛배가 바람을 거의 정면으로 받으면서 이프 성과 프라니에 등대 사이를 비스듬히 항진하고 있음을 깨달았다. 순간 그는 배가 해안을 따라 항진하지 않고 코르시카나 사르지니아로 가기 위해 난바다로 나가는 것은 아닐까 하고 걱정했다. 그러나 이윽고 그 진행 방향으로 보아 이탈리아로 가는 배처럼 자로스 섬과 카라자레뉴 섬 사이를 진행하려 하고 있음을 알았다.

그러는 동안에도 헤엄치는 사람과 배의 거리는 조금씩 가까워졌다. 비스듬히 항진하는 배는 단테스에게서 일 킬로쯤 떨어진 곳까지 와 있었다. 그는 파도 위로 머리를 내밀고 조난 신호로서 모자를 흔들었다.

그러나 배에서는 아무도 그것을 눈치채지 못했다. 이때 배가 방향을 바꾸어 다른 쪽으로 항진하기 시작했다. 단테스는 소리를 질러 부르려고 했다. 그러나 거리를 눈으로 재어 보고는 그 목소리도 바닷바람에 날려지고 파도 소리에 지워져서 배에까지는 미치지 못할 것임을 알았다.

그는 이때 선골의 파편 위에 올라탈 생각을 하게 된 것은 참으로 다행이라고 기뻐했다. 이렇게 몸이 지쳐 가지고는 돛배에 도달할 때까지 도저히 힘이 지탱될 것 같지 않았다. 그리고 흔히 그런 일이 있는 것처럼 배가 그를 발견하지 못하고 지나친다면 또다시 섬 기슭까지 되돌아간다는 것은 도저히 불가능했을 것이다.

단테스는 배의 진로에 대해서는 거의 확신이 있었으나 배가 방향을 바꾸어 이쪽을 향해 올 때까지 불안한 눈으로 배의 움직임을 지켜보고 있었다.

단테스는 배를 맞이하러 헤엄치기 시작했다. 그러나 그가 배에 당도하기 전에 배가 다시 진로를 바꾸기 시작했다.

단테스는 곧 마지막 힘을 다하여 물 위에 거의 일어서다시피 하고는 모자를 흔들며 조난한 선원이 흔히 그렇게 하는 저 비통한 소리를 질렀다. 그것은 마치 무슨 바다의 마귀 같은 절규였다.

이번에는 그의 모습이 발견되고 그의 목소리가 전해졌다. 배는 전진을 멈추고 뱃머리를 그에게로 돌렸다. 그리고 거의 동시에 한 척의 보트를 내리려고 준비하고 있는 것이 보였다.

이윽고 두 사람의 선원이 탄 보트가 두 개의 노로 파도를 가르면서 그에게로 다가왔다. 그래서 단테스는 이제는 그럴 필요가 없다고 생각되어 지금까지 붙들고 있던 선골의 파편을 놓아 버렸다. 그리고 자기를 맞이하러 와준 사람들과의 거리를 좁히려고 힘을 다해 헤엄치기 시작했다.

그러나 그는 이제는 거의 다해가고 있던 자기의 힘을 너무 과신하고 있었다. 이때 그는 그 재목이 얼마나 자기에게 도움이 되고 있었던가를 알았다. 그러나 그 재목은 이미 자기보다 백 보쯤 전방에서 표류하고 있었다. 팔이 경직되기 시작하고 다리가 유연성을 잃고 몸의 움직임이 딱딱하고 가슴이 답답해왔다.

그는 또다시 소리를 질렀다. 두 사람의 노잡이는 힘을 배가했다. 그 중의 한 사람이 이탈리아 어로 『기운을 내! 기운을!』 하고 소리질렀다.

그 목소리가 그의 귀에 들어왔을 때 파도가 그의 머리를 덮쳤다. 그에게는 이미 그것을 타고 넘을 힘이 없었다. 그는 소용돌이치는 파도 사이로 가라앉았다.

그는 물에 빠진 사람이 흔히 그렇게 하듯이 필사적으로 마구 물장구를 쳐서 또다시 수면에 모습을 나타냈다. 그리고는 세 번째 고함을 질렀다. 아직도 발목에 그 누름돌이 매달려 있는 것처럼 자꾸만 바다로 끌려들어가는 것을 느꼈다.

파도가 머리 위를 덮쳤다. 그리고 그에게는 물을 통해서 검은 반점이 있는 납빛 하늘이 보였다.

필사적으로 몸부림쳐서 그는 다시 수면에 떠올랐다.

그때 그는 누구에겐가 머리털을 붙잡힌 것을 느꼈다. 그러나 그 다음은 이미 아무것도 보이지도 들리지도 않았다. 기절한 것이다. 다시 눈을 떴을 때 단테스는 자기가 돛배의 갑판 위에 있음을 깨달았다. 배는 항진을 계속하고 있었다. 그의 최초의 시선은 배가 어느 방향으로 가고 있는가를 확인하려고 했다. 배는 이프 성에서 점점 더 멀어져가고 있었다.

단테스는 지칠 대로 지쳐 있었으므로 그의 환희의 부르짖음도 고통의 신음으로 받아들여졌다.

지금도 말했듯이 그는 갑판에 뉘어져 있었다. 선원 한 사람이 담요로 그의 손발을 문질러 주었다. 다른 한 사람, 아까 『기운을 내!』하고 소리질러 주던 선원은 그의 입에 물통 꼭지를 대고 액체를 부어넣어 주고 있었다. 세 번째 사나이는 수로안내인 겸 선장 같은 연배의 사나이였는데 자기 나름의 동정심으로 그를 지켜보고 있었다. 어제는 용케 피했지만 내일은 자기를 덮칠지도 모를 불행을 생각하는 사람들이 느끼는 그런 동정심이었다.

물통 안에 있던 몇 방울인가의 람주는 청년의 쇠할 대로 쇠한 심장을 되살려 주었다. 그리고 선원이 그의 앞에 무릎을 꿇고 담요로 문질러 주었으므로 손발이 한결 부드러워졌다.

「대체 당신은 누구요?」하고 선장이 서툰 프랑스 어로 물었다.

「바르타 출신의 선원이에요.」하고 단테스는 서툰 이탈리아 어로 대답했다. 「시라쿠사에서 포도주와 파노린을 싣고 오던 길이에요. 그런데 모르지우 곶에서 어제밤의 돌풍을 만나 보시다시피 저쪽 바위에서 배가 산산조각이 나고 말았어요.」

「어디서부터 헤엄쳐왔지?」

「저기 보이는 바위에서부터요. 나는 다행히도 거기에 매달릴 수가 있었어요. 선장은 불쌍하게도 머리가 깨지고 말았어요. 동료도 세 사람 모두 익사하고 말았어요. 살아 남은 것은 아마 나 한 사람뿐일 거예요. 그때 당신들의 배가 나타난 거예요. 저 무인도에서 오랫동안 구조를 기다려야 하게 되지는 않을까 하는 생각에서 죽을 각오를 하고 배의 파편에 매달려서 이 배에까지 헤엄쳐 오려고 했어요.

정말 고맙습니다. 덕분에 살아났습니다. 당신들 중의 한 분이 내 머리털을 붙잡았을 때 나는 거의 죽어가고 있었어요.」

「그건 날세.」하고 삭삭하고 명랑한 얼굴에다 검고 긴 구레나룻을 기른 선원이 말했다. 「하마터면 가라앉을 뻔했는데 정말 다행이었어.」

「그렇습니다.」하고 단테스는 그 선원에게 손을 내밀면서 말했다. 「그렇습니다. 다시 한 번 감사드립니다.」

「그런데 말이지!」하고 그 선원은 말했다. 「조금 주춤했다고. 십오 센티나 되는 그 수염, 삼십 센티나 되는 그 머리털을 보고서 말야. 이건 정말 온전한 사람의 모습이 아니라 산적을 연상케 했으니까 말야.」

단테스는 이프 성에 유폐된 이후 한 번도 머리를 자른 일이 없고 수염을 깎은 적도 없다는 것을 생각했다.

「그래요.」하고 그는 말했다. 「실은 어떤 위험한 일을 당했을 때 산타마리아 델 피에 데 라 그로타 사원에 가서 머리털도 수염도 10년간은 자르지 않겠다고 맹세를 했습니다. 오늘은 마침 그 기한이 끝나는 날이었지요. 그 기념할 만한 날에 나는 하마터면 물에 빠져 죽을 뻔한 거지요.」

「그런데 이제부터 당신을 어떻게 하면 좋지?」하고 선장이 물었다.

「오오!」하고 단테스는 대답했다. 「좋으실 대로 하세요. 타고 있던 배는 가라앉고 선장도 죽고 말았습니다. 보시다시피 나는 목숨은 건졌지만 그야 말로 몸뚱이 하나만 남았습니다. 하지만 다행히도 한 사람 몫은 충분히 해낼 수 있는 선원이니까 첫 기항지에서 나를 내려 주세요. 어느 상선에라도 일자리를 찾을 테니까요.」

「당신은 지중해를 잘 알고 있소?」

「나는 어려서부터 지중해를 항해했어요.」

「정박 장소는 잘 알고 있소?」

「아무리 어려운 항구라도 대개는 눈을 감고도 드나들 수 있다고 생각합니다.」

「저어, 선장님.」하고 아까 단테스에게 『기운을 내!』하고 소리지른 선원이 말했다.「만일 이 사람 얘기가 사실이라면 계속 이 배에서 일을 하게 하는 것이 좋지 않을까요?」

「하긴 그렇군, 그 말이 사실이라면 말이야.」하고 선장은 조금 미심쩍은 듯이 말했다.「보기에는 꽤 쓸 만한 것 같은데. 할 수 있는 데까지 한다면 그럴 수도 있지.」

「약속한 것 이상의 일을 해보이겠습니다.」하고 단테스는 말했다.

「좋아, 좋아.」하고 선장은 웃으면서 말했다.「곧 그것을 확인하도록 하지.」

「언제라도 원하시는 때에.」하고 단테스는 일어나서 말했다.「그런데 어디로 가시는 거지요?」

「리보르노에」

「야아! 그렇다면 이렇게 매번 방향을 바꾸면서 귀중한 시간을 허비하기보다 간단하게 맞바람을 비스듬히 받으면서 가면 될 텐데요?」

「그러면 리옹 섬에 부딪칠걸?」

「아닙니다. 삼십오륙 미터 이상 떨어져서 통과할 수 있습니다.」

「그럼 키를 부탁하겠네.」하고 선장이 말했다.「당신의 솜씨를 보도록 하지.」

청년은 키 앞에 앉아 배가 말을 잘 듣는지 어떤지를 확인하기 위해 키를 가볍게 밀어 보았다. 배는 썩 예민하다고는 할 수 없었으나 이럭저럭 말을 들어 줄 것임을 확인하고는「활대의 밧줄과 당김 줄!」하고 큰소리로 명령을 내렸다.

승무원인 네 사람의 선원은 각기 자기의 부서로 달려갔다. 선장은 그들이 하는 일을 유심히 지켜보고 있었다.

「당겨!」하고 단테스는 계속해서 명령했다.

선원들은 꽤 정확하게 그 명령에 따랐다.

「다음에는 단단히 묶어!」

이 명령도 앞의 두 명령과 마찬가지로 실행되었다. 조그만 배는 지금까지처럼 비스듬히 항진하지 않고 리옹 섬 쪽으로 항진하기 시작했다. 그리고 단테스가 말한 대로 섬을 거의 우현 삼십오륙 미터 떨어져서 통과했다.

「잘했어!」하고 선장이 말했다.

「잘했어!」하고 선원들이 되풀이했다.

모두들 감탄하면서 그를 지켜보고 있었다. 그의 눈은 총명한 빛을 되찾고 몸에는 누구도 생각지 못했을 정도의 힘이 넘쳐났다.

「어떻습니까?」하고 단테스는 키를 놓으면서 말했다.「적어도 이 항해 중에는 얼마쯤 도움이 될 것 같군요. 리보르노에 도착해서 더 이상 내가 필요치 않다고 생각되시거든, 그래도 좋습니다, 거기에서 내려 주십시오. 그리고 처음에 받는 몇 달 분의 급료에서 그때까지의 식비와 빌려입은 옷값을 지불하겠습니다.」

「좋아, 좋아.」하고 선장은 말했다.「그렇게 사리가 분명하다면 어떻게 타결을 지어 보세.」

「요컨대 제구실을 하는 사나이입니다.」하고 단테스는 말했다.「동료들과 똑같은 급료를 받을 수 있다면 그것으로 족합니다.」

「그래선 안돼.」하고 단테스를 바다에서 구출해 준 선원이 말했다.「당신은 우리보다 훨씬 일을 잘 할 수 있어.」

「야코포, 자네가 상관할 일이 아냐.」하고 선장이 말했다.「자기가 좋다고 생각하는 급료로 약속하면 되는 거야.」

「그야 그렇지만」하고 야코포가 말했다.「그저 내 생각을 말했을 뿐이라고요.」

「그럼 그런 소리를 할 동안에 이 발가벗은 젊은 친구에게 바지와 옷을 빌려 주게. 자네, 갈아입을 옷을 가지고 있지?」

「갈아입을 옷은 없지만」하고 야코포가 말했다.「셔츠와 바지라면 있어요.」

「그것만 있으면 충분합니다.」하고 단테스는 말했다.「정말 고맙습니다.」

야코포는 승강구를 미끄러지듯이 내려갔다. 그리고 곧 셔츠와 바지를 가지고 올라왔다. 단테스는 뭐라 형언할 수 없는 기쁜 마음으로 그것을 몸에 걸쳤다.

「자, 그 밖에 뭐 필요한 건 없나?」하고 선장이 말했다.

「빵 한 조각과 아까 마신 맛좋은 럼주를 다시 한 모금. 꽤 오랫동안 아무것도 먹지 못해서 말입니다.」

　사실 벌써 이럭저럭 40시간이나 아무것도 먹은 것이 없었다.

　선원이 한 조각의 빵을 가지고 왔다. 야코포가 물통을 내밀었다.

　「키를 우로 한껏 꺾어!」하고 선장이 키잡이 쪽을 돌아보면서 소리질렀다.

　단테스는 물통을 입으로 가져가면서 같은 쪽을 보았다. 그러나 물통은 입에까지 닿지 않았다.

　「아니!」하고 선장이 말했다.「이프 성에서 무슨 일이 있었을까?」

　아니나다를까 조그만 흰 구름이——이 흰 구름이 단테스의 주의를 사로잡은 것이었다 ——이프 성의 남쪽 포대의 총안을 에워싸고 나타난 참이었다.

　곧 이어 먼 포성이 배에까지 들려왔다.

　선원들은 고개를 들고 서로 얼굴을 마주보았다.

　「무슨 신호일까?」하고 선장이 말했다.

　「아마 어제밤 수인이 도망친 모양이지요.」하고 단테스가 말했다.「그 때문에 내려지는 경보일 겁니다.」

　그런 소리를 하면서 물통을 입에 대고 있는 청년을 선장은 흘끔 바라보았다. 그러나 청년은 물통 속의 술을 침착하게, 그야말로 맛있게 음미하고 있었다. 그래서 잠깐 선장의 가슴에 떠올랐던 의심은 곧 사라지고 말았다.

　「어지간히 독한 람주로군.」하고 단테스는 땀이 흐르는 이마를 셔츠 소매로 닦으면서 말했다.

　『어떻든』하고 선장은 그를 바라보면서 중얼거렸다.『이 사나이가 그렇다고 하더라도 오히려 잘됐지 뭔가. 배포가 두둑한 놈이 손안에 들어왔으니까.』

　피곤하다는 것을 구실로 단테스는 키가 있는 곳에 앉아 있게 해달라고 말했다. 키잡이는 일을 교대로 할 수 있을 것 같아 내심 기뻐하면서 선장의 생각을 눈으로 물었다. 선장은 키를 새 동료에게 맡겨도 좋다고 끄덕여 주었다.

　이렇게 해서 단테스는 그 자리를 차지하고 앉아 마르세이유 쪽을 지긋이 바라보았다.

　「오늘은 며칠이지?」하고 이프 성이 보이지 않게 되었을 때 단테스는 옆에 와서 앉은 야코포에게 물었다.

　「2월 28일이라네.」하고 야코포가 대답했다.

「몇 년?」하고 단테스는 다시 물었다.

「뭐라고? 몇 년이냐고? 몇 년이냐고 물었어?」

「그래.」하고 청년은 말했다.「몇 년이냐고 물었어.」

「몇 년인지 잊었나?」

「어제밤 너무 무서운 일을 당해가지고.」하고 단테스는 웃으면서 말했다. 「하마터면 정신을 잃을 뻔했어. 그래서 기억이 희미해졌어. 그래서 몇 년의 2월 28일인가고 묻고 있는 거야.」

「1892년이라네.」하고 야코포는 대답했다.

그러니까 14년 전의 바로 오늘 단테스는 체포된 것이었다.

열아홉 살 때 이프 성에 갇힌 그는 서른세 살이 되어서 거기에서 나온 것이다.

고통으로 일그러진 미소가 그의 입술에 떠올랐다. 『틀림없이 자기가 죽었다고 생각하고 있을 메르세데스는 그 뒤 어떻게 되었을까?』하고 그는 생각했다.

그리고 자기를 이토록 오랫동안 감옥에서 썩게 만든 그 세 사람을 생각하자 그의 눈에는 증오의 불길이 타올랐다.

그는 당그랄, 페르낭, 그리고 빌포르에 대해서 감옥 안에서 굳게 다진 그 집념 깊은 복수의 맹세를 다시 한 번 마음에 새겼다.

더욱이 이 맹세는 이제 헛된 위협이 아니었다. 왜냐하면 지중해의 어떤 발빠른 돛배라도 지금 돛에 가득히 바람을 안고 리보르노로 향하고 있는 이 작은 돛배를 따라잡을 수는 절대로 없을 테니까.

22. 밀수꾼들

단테스는 배에 구조된 지 하루도 지나기 전에 상대방의 정체를 이미 간파했다.

쥐느 아메리 호——이것이 이 제노바의 작은 돛배의 이름이었다——의

중후한 인상을 풍기는 선장은 파리아 신부의 가르침을 받은 것 같은 사나이는
아니었으나 지중해라고 불리고 있는 이 큰 호수의 주변에서 통용되고 있는
거의 모든 나라의 말을 알고 있었다. 아랍 어에서부터 프로방스 어까지 알고
있었다.

그래서 이 선장은 언제나 번거롭고 때로는 버릇없는 통역 등의 손을 빌리지
않고 해상에서 만난 배나 해안에서 좌초하고 있는 것을 구해 준 작은 배,
이름도 없고 나라도 없고 뚜렷한 직업도 없이 언제나 항구 가까이에 있는
안벽의 돌 위에 모여 있는, 출처도 알 수 없는 이상한 수입, 즉 하느님으로부터
직접 부여받고 있다고 밖에 생각할 수 없는 수입으로 살아가는 무리——
왜냐하면 그들은 이렇다 할 생활 수단을 가지고 있지 않으니까——들과 쉽게
타결을 짓곤 했다. 단테스가 밀수선에 타게 되었다는 것은 독자들도 짐작했을
것이다.

그래서 선장은 처음 단테스를 배에 건져 올렸을 때는 약간 경계심을 갖고
있었다. 선장은 연안의 모든 세관리들에게 잘 알려져 있었다. 그래서 선장은
처음에는 단테스를 세관의 스파이라고 생각하고 이런 교묘한 수단으로 자
기들의 비밀을 캐내려고 하는군, 하고 생각했다.

그러나 섬의 바로 옆을 통과했을 때 그가 멋지게 해낸 훌륭한 솜씨를 보고
선장은 완전히 안심했다.

그리고 이프 성의 성채 위에 군모의 깃털 같은 저 가벼운 연기가 보이고
그 먼 포성이 들렸을 때 선장은 한순간 지금 배에 태운 이 사나이는 왕처럼
자신의 출입을 예포로 마중받는 사나이가 아닌가 하고 생각했다. 실제로
그렇게 생각하는 편이 세관리라고 생각하기보다는 훨씬 마음이 놓였다. 그
러나 이 신참자가 어디까지나 침착한 것을 보고는 이러한 두 번째 추측도
처음의 추측과 마찬가지로 곧 무산되고 말았다.

이렇게 해서 단테스는 선장에게는 자기의 신분을 간파당하지 않고 자기
쪽에서는 선장의 신분을 간파하여 훨씬 유리한 입장에 놓여 있었다.

늙은 선장이나 동료들이 어느 방향에서 따지고 들더라도 그는 꾹 버티고
서서 사실 얘기는 한마디도 하지 않았다.

그는 마르세이유 못잖게 잘 알고 있는 나폴리나 마르타 섬에 대해서 시
시콜콜 얘기해 주었다. 그리고 기막히게 분명한 기억력으로 처음에 한 말을

조금도 틀리지 않게 되풀이했다. 그래서 이 제노바 인 선장은 빈틈없는 사람이기는 했으나 에드몽에게는 감쪽같이 속고 말았다.

거기에는 단테스의 유연한 태도, 항해에 관한 풍부한 경험, 특히 그야말로 교묘한 사술(詐術)이 한몫을 단단히 했다.

게다가 이 선장은 머리가 좋은 사람이 그렇듯이 자기가 알아야 할 일 외에는 알려고 하지 않고, 믿는 것이 유리한 일 외에는 믿으려고 하지 않는 사나이였다.

서로가 이러한 입장에 놓인 가운데 배는 리보르노 항에 도착했다.

에드몽은 여기에서 하나의 새로운 시험을 해보지 않으면 안 되었다. 그것은 14년 동안 자기의 모습을 보지 않았는데 지금 과연 자기가 자기의 모습을 분간할 수 있는지 어떤지 시험해 보고 싶다는 것이었다.

청년 시절의 자기에 대해서는 꽤 분명하게 모습을 기억하고 있었다. 그러나 지금은 성인이 된 자기의 모습을 보려고 하는 것이었다.

배의 동료들로부터는 그는 이미 한 사람의 성인으로 취급되고 있었다. 단테스는 지금까지 몇 번인가 이 리보르노에 상륙한 일이 있었다. 그래서 상 페르디난드 거리의 이발소를 알고 있었다. 그는 머리와 수염을 깎기 위해서 이발소로 들어갔다.

이발사는 긴 머리와 짙은 수염을 가진, 마치 티치아노(16세기의 이탈리아 화가)가 그린 아름다운 얼굴을 연상케 하는 이 사나이를 경탄의 눈으로 쳐다보았다. 당시에는 아직도 이렇게 긴 머리와 수염을 기르는 일은 유행하고 있지 않았다. 오늘날 같았으면 이렇게 멋진 머리털과 수염을 가진 사나이가 스스로 그것을 깎아 달라고 말한다면 아마 이발소에서 깜짝 놀랐을 것이다.

이발사는 별로 의견다운 말을 늘어놓지도 않고 작업에 착수했다.

이발사의 작업이 진행되어 턱 근처도 깨끗이 다듬어지고 머리털도 보통의 길이로 잘려지자 단테스는 거울을 빌려 자기의 모습을 들여다보았다.

앞에서도 말했듯이 그는 서른세 살이 되어 있었다. 그리고 최근 14년간의 감옥 생활은 그의 얼굴에 큰 정신적 변화를 가져다 주고 있었다.

이프 성에 수용될 무렵의 단테스는 인생에의 안이한 첫걸음을 내디뎌 미래는 다만 과거의 자연스러운 연장이라고만 생각하고 있던 행복한 청년의 저 둥그스름하고 생글거리는 밝은 얼굴이었다. 그러나 지금은 그것이 완전히 달라져 있었다.

달걀 모양의 얼굴은 길어지고 생글거리던 입가에는 굳은 결의를 나타내는 강인한 선이 새겨져 있었다. 눈썹은 수심어린 한 가닥의 주름 밑에 활 모양을 그리고 있었다.

눈에는 깊은 슬픔이 감추어지고 그 슬픔의 밑바닥에서 때때로 인생을 비관하고 증오하는 어두운 빛이 뿜어나오고 있었다.

오랫동안 밝은 빛과 태양 광선으로부터 격리되어 있던 얼굴에는 윤기가 없고 그 때문에 검은 머리털에 둘러싸인 그 얼굴에는 북국인 같은 귀족적인 아름다움이 감돌고 있었다.

게다가 그가 몸에 지닌 깊은 지식은 얼굴 전체에 지적인 차분한 빛을 부여하고 있었다. 또한 그는 태어나면서부터 키가 컸지만 항상 그 힘을 체내에 집중시키고 있는 사람 같은 늠름함이 더해져 있었다.

전에는 신경질적이고 날씬한, 우아한 모습을 하고 있었지만 지금은 뚱뚱하고 근육질의 다부진 체격이 되어 있었다. 그 목소리는 기도와 흐느낌, 그리고 저주 때문에 완전히 달라져서 어떤 때는 이상할 만큼 부드럽게 떨리고 어떤 때는 거칠게 거의 쉰 목소리처럼 울렸다.

게다가 노상 어슴푸레하거나 캄캄한 속에만 있었기 때문에 그의 눈은 밤중에도 하이에나나 승냥이처럼 똑똑히 사물을 분간할 수 있는 불가사의한 힘을 가지고 있었다.

에드몽은 자기의 모습을 들여다보면서 미소지었다. 자기의 가장 친한 친구라도──하지만 그것은 아직도 친구가 있을 경우의 얘기지만──자기를 알아볼 수는 없을 것이다. 자기 자신도 알아볼 수가 없으니까.

쥐느 아메리 호의 선장은 에드몽같이 훌륭한 가치를 지닌 사나이를 어떻게든지 자기의 부하로 남겨 두고 싶다는 생각에서 곧 지불하게 될 이익 배당 중에서 얼마쯤 선불을 해주겠다고 말했다.

단테스는 그것을 받아들였다. 이발소에서 처음으로 모습을 변화시킨 단테스는 그곳을 나서자 우선 한 가게에 들어가서 선원복을 한 벌 사기로 했다. 그것은 사람들이 다 알고 있듯이 지극히 간단한 복장이었다. 흰 바지와 가로줄 무늬의 셔츠, 그리고 테없는 빨간 모자, 그것이 전부였다.

단테스는 그러한 복장으로 야코포에게서 빌어입은 셔츠와 바지를 돌려 주러 가고 쥐느 아메리 호의 선장 앞에 모습을 나타냈다. 거기에서 그는 또다시 선장에게 자기의 신상 얘기를 되풀이하지 않으면 안 되었다.

이렇게 세련되고 멋진 선원복 차림을 한 것을 보고 선장은 이것이 머리에 해초를 뒤집어쓰고 흠뻑 젖어 있던 저 털보 사나이, 발가벗은 채 죽어가던 것을 갑판으로 건져 올린 사나이라고는 도저히 생각할 수 없었다.

그야말로 사람이 좋아보이는 데에 마음이 끌린 선장은 계약을 바꾸고 싶다고 제의했다. 그러나 단테스는 머릿속에 계획이 있었으므로 3개월 만이라면 응하겠다고 대답했다.

그건 접어 두고, 일각의 시간도 헛되이 하지 않는다는 습관이 몸에 밴 선장의 명령에 복종하고 있는 쥐느 아메리 호 승무원의 활동은 대단한 것이었다. 리보르노에 도착해서 겨우 일주일밖에 안 되었는데 쥐느 아메리 호의 불룩한 선체에는 날염한 모슬린, 금제된 무명, 영국 화약, 세관에서 봉인하는 것을 잊은 담배 등으로 꽉 차 있었다. 이것들을 자유항인 리보르노에서 실어내어 코르시카 섬의 해안에 내려놓으면 거기에서 대기하고 있던 투기사들이 그것을 프랑스로 실어가도록 일이 짜여져 있는 것이었다.

배는 출항했다. 단테스는 또다시 감옥 안에서 이따금씩 꿈에 본 청춘 시절의 첫 무대였던 이 푸른 바다의 파도를 헤치면서 항진했다. 오른쪽에 고르고네, 왼쪽에 피아노사를 뒤로 하면서 파오리(18세기의 코르시카의 지사)와 나폴레옹의 조국 쪽으로 항진해 나갔다.

다음날, 여느 때와 마찬가지로 아침 일찍 갑판에 올라간 선장은 단테스가 선벽에 기대어 아침 태양에 장미빛으로 물든 화강암질의 바위산을 이상한 표정으로 물끄러미 바라보고 있는 것을 발견했다. 그것은 몽테 크리스토 섬이었다.

쥐느 아메리 호는 우현에서 삼 킬로 가량 떨어진 곳에 있는 섬을 바라보면서 코르시카로 가는 진로를 계속 항진하고 있었다.

단테스는 그 이름이 머릿속에서 쟁쟁하게 울리고 있는 이 섬의 바로 옆을 지나면서 여기에서 바다 속으로 뛰어들기만 하면 30분 뒤에는 약속된 저 땅에 당도할 수가 있을 텐데 하고 생각하고 있었다.

그러나 보물을 찾기 위한 연장도, 그것을 지키기 위한 무기도 없는데 저 섬에 간들 무엇을 할 수 있을까? 게다가 선원들은 뭐라고 할 것인가?

선장은 또 어떻게 생각할 것인가? 때를 기다리지 않으면 안 되었다.

다행히도 단테스는 기다릴 줄을 알고 있었다. 그는 지금까지 14년 동안이나 자유를 기다리고 있었던 것이다. 자유로워진 지금 재물을 손에 넣기 위해 반 년이나 일 년쯤 기다리는 것은 아무것도 아니었다.

설사 재물이 없는 자유라고 하더라도 그것을 준다고 하면 어떻게 그것을 받아들이지 않을 것인가?

게다가 저 재물은 전혀 가공적인 것이 아닐까? 저 불쌍한 파리아 신부의 미친 머릿속에 태어난 그 재물은 신부와 함께 죽어 버린 것은 아닐까?

물론 스파다 추기경의 편지는 이상할 만큼 정확한 것이기는 했다.

단테스는 그 편지를 처음부터 끝까지 마음속에서 되뇌어 보았다. 그는 그 편지의 한 귀절도 잊고 있지는 않았다. 저녁때가 되었다. 단테스는 석양이 가져다 주는 온갖 색조를 보면서 섬이 달라져가고 그것이 이윽고 모든 사람들에게는 어둠 속으로 가라앉는 것을 보고 있었다. 그러나 감옥의 어둠에 익숙해진 눈을 가지고 있는 그는 계속 그것을 보고 있었다. 왜냐하면 그는 맨 나중까지 갑판에 남아 있었으니까.

다음날은 아레리아 근처에서 모두 깨어났다. 이날은 하루 종일 비스듬히 항진했다. 저녁때가 되자 해안에 등불이 켜졌다. 그 등불의 위치에 따라 화물을 양륙해도 좋은지 어떤지를 알게 되어 있었다. 배의 비스듬한 도리에는 깃발 대신 신호등이 걸려지고 배는 해안으로부터의 사정 거리에까지 접근해 갔다.

아마 일단 유사시에 대비한 것이겠지만 육지에 접근할 때 선장이 두 개의 작은 장포(長砲)를 대좌에 얹어 놓는 것을 단테스는 보았다. 이것은 퓌지 드 랑파르(소총보다 조금 큰 총) 비슷한 것으로서 별로 큰소리를 내지 않고 네 개를 합치면 일 파운드의 무게가 되는 탄환을 천 보 가량의 거리에까지 발사할 수 있는 것이었다.

그러나 이날 밤은 그러한 신중성은 필요없었다. 모든 일은 지극히 평온한 가운데 무사히 이루어졌다. 네 척의 란치가 소리도 없이 배에 다가왔다. 배에서도 아마 거기에 경의를 표하기 위해서 란치를 한 척 내렸다. 이 다섯 척의 란치가 부지런히 움직여 아침 2시에는 모든 화물이 쥐느 아메리 호로부터 육지에 올려졌다.

선장은 빈틈이 없는 사나이였으므로 그날 밤 안에 특별 수당의 분배가 이루어졌다. 각자는 토스카나 화폐로 백 리블의 배당을 받았다. 이것은 거의 팔십 프랑에 해당하는 돈이었다.

그러나 일은 이것으로 끝난 것이 아니었다. 배는 진로를 사르지니아로 잡았다. 빈 배에 다시 짐을 실으러 가는 것이었다.

두 번째 일도 최초의 일과 마찬가지로 성공했다. 쥐느 아메리 호는 정말 재수가 좋았다.

이번의 짐은 루카 공국(公國)으로 운반하는 것이었다. 그 대부분은 하바나의 엽궐련, 그리고 헤레스와 마라가의 포도주였다.

그런데 여기에서 쥐느 아메리 호 선장의 영원한 적인 세관과의 사이에 분규가 일어났다. 세관리 한 사람이 사살되고 두 사람의 선원이 부상당했다. 단테스가 그중의 하나였다. 한 발의 총알이 그의 왼쪽 어깨를 관통한 것이었다.

단테스는 이 조그만 분규를 거의 즐기는 기분이 되었고 상처를 입고도 기쁘기조차 했다.

이 작은 분규와 이 부상, 즉 이 거친 교사는 자기가 어떤 눈으로 위험을 보고 있는지, 어떤 용기로 고통을 견디고 있는지를 그에게 가르쳐 주었다. 그는 위험을 웃으면서 보았다. 그리고 총알을 맞았을 때 그는 그리스의 철학자처럼 『고통이여, 너는 나쁜 것은 아니다.』라고 말했다.

그것뿐이 아니었다. 치명상을 입은 세관리를 보고도 격투 때문에 흥분해 있었던 탓인지, 아니면 인간적인 감정이 완전히 메말라 있었던 탓인지 그는 거의 아무런 느낌도 받지 않았다. 단테스는 지금 자기가 나가려고 생각하고 있는 길 위에 서 있었다. 그리고 지향하고 있는 목표를 향해 무서운 기세로 돌진하고 있었다. 그의 심장은 그의 가슴속에서 화석처럼 굳어져가고 있었다.

한편 야코포는 그가 쓰러진 것을 보고는 죽은 것으로 생각하고 즉시 달려와서 그의 몸을 일으켰다. 그리고 친절한 동료로서 간호를 해주었다.

이러고 보니 이 세상은 팡그로스 박사(볼테르의 《캉디드》에 나오는 낙천적인 인물)가 생각하고 있었던 것만큼 좋은 것은 아니었으나 단테스가 생각하고 있던 것만큼 나쁜 것도 아니었다. 왜냐하면 동료가 죽으면 그만큼 많은 몫이 돌아올 텐데도 이 사나이는 단테스가 죽지는 않았는가 하고 이토록 마음

아파하지 않는가.

다행히도 지금 말했듯이 단테스는 단지 부상을 당했을 뿐이었다. 사르지니아의 노파로부터 밀수꾼들이 산, 어떤 계절에 채취된 한 약초 덕분에 상처는 곧 아물었다. 그래서 단테스는 야코포를 시험해 보리라고 생각했다. 간호를 해준 데 대한 보답으로 자기 몫을 그에게 주겠다고 제의했다. 그러나 야코포는 펄펄 뛰며 그것을 거절했다.

처음 만났을 때부터 자기에게 보여 준 이러한 동정적인 헌신에 의해 단테스는 야코포에 대해 약간의 애정을 품게 되었다. 그러나 야코포는 그 이상의 것은 절대로 바라지 않았다. 그는 본능적으로 단테스가 지금의 신분보다도 훨씬 더 뛰어난 인간이라는 것을 헤아리고 있었다. 단테스 자신은 그러한 것을 다른 동료들에게는 잘 숨기고 있었는데 말이다. 그리고 이 고지식한 야코포는 단테스가 보여 준 아주 조그만 친절에도 충분히 만족하고 있었다.

그래서 오랜 항해에서 배가 순풍에 돛을 달고 푸른 바다 위를 미끄러져 나가 키잡이밖에 필요가 없을 때는 단테스는 해도를 손에 들고 일찍이 저 파리아 신부가 자기에게 가르쳐 준 것처럼 이번에는 자기가 야코포를 상대로 교사가 되어 주었다.

그는 해안의 지세를 말해 주고 자석의 변화를 설명하고 우리의 머리 위에 펼쳐진 커다란 책, 사람들이 하늘이라고 부르고 하느님이 그 푸른 빛깔 위에 다이아몬드의 글자로 쓰신 큰 책을 읽는 법을 가르쳤다.

야코포가 「나처럼 보잘것없는 선원이 그런 것을 알아서 무슨 소용이 있지?」하고 물으면 에드몽은 대답했다.

「그건 아무도 몰라. 자네도 언젠가는 선장이 될지 모르는 거야. 자네와 같은 나라에서 태어난 보나파르트는 황제가 되지 않았느냔 말야!」

깜빡 잊고 있었지만 야코포는 코르시카 태생의 사나이였다.

이런 식으로 잇따라 항해를 계속하는 동안에 2개월 반이 지났다. 단테스는 전에는 대담한 선원이었지만 지금은 숙련된 연안 항해자가 되어 있었다. 그는 연안의 모든 밀수꾼들과 낯익은 사이가 되어 있었다. 그리고 이들 반쯤 해적이나 다름없는 무리가 서로의 연락에 사용하고 있는 비밀 암호도 모두 외고 있었다.

그는 몇 차례나 몽테 크리스토 섬 앞을 왕래했다. 그러나 단 한 번도 그곳에 상륙할 기회는 찾을 수가 없었다.

그래서 그는 결심했다.

쥐느 아메리 호 선장과의 계약이 끝나는 대로 자기 돈으로 한 척의 작은 배를 세내어(지금의 단테스는 그것을 할 수 있었다. 이곳저곳을 항해하는 동안에 약 일백 피에스타의 돈을 모을 수가 있었던 것이다) 어떻게든 구실을 만들어 몽테 크리스토 섬으로 가리라고 생각했다.

섬에 상륙하면 완전히 자유롭게 수색을 할 수 있을 것이다.

아니, 완전히 자유롭게라고는 할 수 없을지도 모른다. 왜냐하면 배를 저어서 그를 섬에까지 데려다 주는 무리들에 의해 염탐당할지도 모르는 일이므로.

그러나 이 세상에서는 위험을 무릅쓰지 않고서는 아무 일도 할 수가 없다. 감옥 생활은 그를 신중한 인간으로 만들어 놓고 있었다. 가능하다면 위험을 무릅쓰지 않고 일을 끝내고 싶었다. 그러나 여러가지로 생각을 해보았으나 허사였다. 아무리 상상력이 풍부한 그로서도 저 소망의 섬으로 가기 위해서는 누구에겐가 배를 저어 달라고 하는 것 외에 다른 방법이 떠오르지 않았다. 단테스가 이래저래 망설이고 있을 때 그를 완전히 신용하여 자기의 부하로 계속 붙들어 두기를 원하고 있던 선장이 어느 날 밤 그의 팔을 붙들고 올료 거리의 술집으로 데리고 갔다. 이곳은 리보르노의 밀수꾼 중에서도 유력자들이 언제나 모이는 장소였다.

여기에서는 언제나 연안 작업의 거래가 이루어지고 있었다. 단테스는 지금까지도 두세 번 이 바다의 거래소에 와본 일이 있었다. 그리고 주위가 무려 팔천 킬로에 이르는 연안 지방에서 모인 대담한 해적들을 보며, 모였는가 하면 뿔뿔이 흩어지는 이 무리들을 자기의 뜻대로 움직일 수 있는 인물이 나타난다면 얼마나 큰 세력을 마음대로 누릴 수 있을까 하는 생각을 하곤 했었다. 이번에는 하나의 큰 작업에 대한 얘기였다. 터키 융단이나 동양의 직물, 그리고 캐시미어 등을 가득 실은 배가 있는데 어디든 무역을 할 수 있는 중립 지대를 물색하여 그 물건들을 프랑스의 해안으로 실어 보내자는 계획이었다.

이것이 성공했을 경우의 배당은 엄청나게 컸다. 한 사람 앞에 오십 내지 육십 피에스타에 달했다.

쥐느 아메리 호의 선장은 물건을 양륙할 장소로서 몽테 크리스토 섬을 제의했다. 이 섬은 완전한 무인도로서 군대도 없고 세관리도 없으며 메르크리우스 신에 의해 사교도(邪敎徒)가 말하는 올림푸스(그리스의 산으로서 그곳에 신들이 살고 있었다고 전해지고 있다) 시대로부터 바다의 한가운데에 놓여 있는 것 같은 섬이었다. 메르크리우스 신은 상인과 도둑의 신으로서 이 두 계급은 오늘에는 별로 뚜렷하지는 않더라도 어떻든 별개의 것으로 되어 있으나 옛날에는 같은 범주에 속해 있었던 모양이다.

단테스는 몽테 크리스토 섬이라는 이름을 듣고 너무 기뻐서 자기도 모르게 부르르 몸을 떨었다. 그는 자기의 감동을 감추기 위해 슬며시 일어나 담배 연기가 자욱한 술집 안을 한 바퀴 돌았다. 그곳에서는 그가 알고 있는 나라의 모든 방언이 프랑크 어(프랑스, 이탈리아, 스페인, 터키, 아랍 어 등이 혼합된 언어)와 뒤섞여 있었다.

그가 아직도 의논을 하고 있는 두 사람 곁으로 돌아오자 몽테 크리스토 섬에 기항한다는 것과 내일 밤 당장 그 일을 위해서 떠난다는 것이 이미 결정되어 있었다.

단테스는 의견을 말해 달라는 요구를 받게 되자 이 섬은 모든 점으로 보아서 안전하다는 것, 그리고 큰 일을 성공시키기 위해서는 신속하게 일을 추진해야 할 것이라고 진언했다.

이렇게 해서 정해진 프로그램은 그대로 결정되어 변경되지 않았다. 다음날 밤에는 이미 출범할 채비를 끝냈고 바다가 조용하고 순풍만 불어 준다면 다음다음날 밤에는 그 무인도에 도착할 수 있게 되어 있었다.

23. 몽테 크리스토 섬

드디어 단테스는 오랫동안 가혹한 운명에 시달려온 자에게 때로 부여되는 뜻하지 않았던 행운 덕분에 간단하고 자연스러운 방법으로 그 목적을 이룰 수 있게 되어 누구의 의심도 받지 않고 목적하는 섬에 상륙할 수가 있게 되었다.

그토록 기다리고 기다리던 출발까지 이제는 하룻밤밖에 남지 않았다.

단테스는 지금까지 몹시 열에 들뜬 밤을 몇 번이나 지낸 일이 있지만 이날 밤도 그랬다. 밤새 지금까지의 모든 행운과 불운이 차례로 그의 마음에 떠올랐다. 눈을 감으면 불꽃 같은 문자로 벽면 가득히 씌어진 추기경 스파다의 편지가 보였다.

한순간 깜빡 잠이 들면 도통 터무니없는 꿈이 그의 머릿속에서 소용돌이쳤다. 그는 에메랄드의 바닥돌, 루비의 벽, 다이아몬드의 종류석 모양의 동굴 속으로 내려갔다. 진주가 마치 지하수 스며나오듯이 한 방울 한 방울 떨어져 내리고 있었다.

에드몽은 황홀해져서 저도 모르게 주머니에 보석을 쓸어담았다. 그러나 밝은 곳으로 나와 보았더니 이 보석들은 평범한 돌로 바뀌어 있었다. 그래서 그는 몽롱하게 보았을 뿐인 그 동굴로 다시 한 번 가려고 했다. 그러나 길은 아무리 걸어가도 꼬불꼬불 돌아들기만 하고 입구는 이미 보이지 않았다. 그는 지칠 대로 지친 기억 속에서 일찍이 아라비아의 어부를 위해서 알리바바의 기막힌 동굴을 열어 준 그 불가사의한 마법의 말(《아라비안 나이트》 속에 나오는 말.『열려라 참깨』)을 찾아내려고 했지만 아무리 애써도 생각이 나지 않았다.

모든 노력은 허사로 돌아갔다. 사라진 보물은 다시 지상의 정령의 것이 되고 말았다. 한때는 그것을 빼앗을 수 있을 것 같은 느낌이 들기도 했는데.

다음날이 되었으나 전날 밤과 거의 마찬가지로 열에 뜬 기분이었다. 그러나 논리로 상상력을 보충했다. 그리고 그때까지는 아직도 머릿속에 희미하게 맴돌고 있던 하나의 계획을 반듯하게 세울 수가 있었다.

저녁때가 되었다. 그와 동시에 출발 준비가 시작되었다. 이 준비는 단테스에게 있어서는 마음의 동요를 숨기는 하나의 수단이 되었다. 그는 어느새 자신이 마치 선장이기라도 하듯이 동료들에게 명령을 내리게 되어 있었다. 그의 명령은 언제나 명쾌하고 정확했고 게다가 실행하기가 쉬웠으므로 동료들은 그의 말에 잘 따랐을 뿐만 아니라 기꺼이 복종했다.

늙은 선장은 그가 하는 대로 내버려 두었다. 선장 역시 단테스가 다른 선원들보다도, 그리고 자기 자신보다도 뛰어난 인간이라는 것을 인정하고 있었다. 그는 당연히 이 청년에게 자기의 뒤를 물려 주었으면 하고 생각하고 있었다. 그리고 번듯하게 짝을 지어서 그를 자기 밑에 묶어 둘 수 있는 딸이 없음을 유감으로 생각하고 있었다.

저녁 7시에 모든 준비가 갖추어졌다. 7시 10분, 꼭 등대에 불이 켜지는 시간에 배는 등대 밑을 돌았다.

바다는 조용했다. 상쾌한 동남풍을 받으면서 배는 검푸른 하늘 밑을 항진해 나갔다. 그 검푸른 하늘에도 신은 별이라는 등대를 하나하나 켜나갔다. 그리고 그 하나하나는 각기 하나의 세계를 형성하고 있었다.

단테스는 동료들을 향해 이제는 잠자리에 들어도 괜찮다, 키는 자기가 맡겠다고 말했다.

마르타 인(선원들은 그를 이렇게 부르고 있었다)이 이렇게 말하면 그것으로 일은 끝난 것이다. 그들은 마음놓고 잠자리에 들었다.

단테스에게는 이따금 이런 일이 있었다. 즉 고독 속에서 세상에 던져졌기 때문에 때때로 못 견디게 고독해지고 싶은 것이다. 그런데 어두운 밤의 암흑에 감싸여 끝없이 펼쳐진 침묵 속에서 하느님의 보살핌을 받으면서 혼자 바다 위를 떠돌고 있는 배의 고독만큼 크고 시적인 고독이 또 있을까?

이제 고독은 그의 사색으로 채워지고 밤은 그의 환상으로 밝혀지고 침묵은 그의 희망으로 활기를 부여받고 있었다.

선장이 눈을 떴을 때 모든 돛에 바람을 가득 안고 배는 달리고 있었다. 아무리 작은 돛도 바람을 머금고 팽팽하니 부풀어 있었다. 한 시간에 십 킬로의 속력이었다.

몽테 크리스토 섬은 수평선 위에 점점 크게 그 모습을 드러내고 있었다.

에드몽은 배의 지휘권을 선장에게 돌려 주었다. 그리고 대신 해먹에 잠을 자러 갔다. 그러나 밤새 잠을 안 잤는데도 단 한순간도 눈을 붙일 수가 없었다.

2시간 뒤에 그는 다시 갑판으로 올라왔다. 배는 마침 엘바 섬을 지나치고 있었다. 마레차나 난바다에서 녹색의 평평한 피아노사 섬 북쪽을 달리고 있었다. 파란 하늘에 몽테 크리스토 섬의 불꽃 모양의 봉우리가 우뚝 솟아 있었다.

단테스는 피아노사 섬을 오른쪽으로 지나치기 위해 키잡이에게 키를 왼쪽으로 한껏 꺾으라고 명령했다. 이렇게 하면 항로를 이삼 해리 단축시킬 수 있다고 계산한 것이다.

저녁 5시경이 되자 섬을 완전히 바라볼 수가 있었다. 석양이 던지는 광선이 가져다 주는 맑은 공기 탓으로 섬의 세부까지도 잘 보였다.

에드몽은 이 거대한 바위덩어리가 선명한 장미빛에서 짙은 청색으로까지 황혼의 모든 색조로 변화해가는 것을 뚫어지게 바라보았다. 때때로 얼굴이 벌겋게 달아올랐다. 이마가 새빨개지고 빨간 구름 같은 것이 눈앞을 스쳐 지나갔다.

주사위를 던지는 순간에 전재산을 걸고 있는 도박사도 지금 희망의 절정에서 있는 단테스가 느끼고 있는 만큼의 고뇌를 느껴 본 일은 아마도 없었을 것이다.

밤이 되었다. 10시에 배는 기슭에 닿았다. 이곳에서의 회합에 쥐느 아메리 호가 맨 먼저 도착한 것이었다.

단테스는 평소에는 자제력을 가진 사나이였으나 지금은 도저히 가만히 있을 수가 없었다. 그는 맨 먼저 기슭에 뛰어내렸다. 만일 저 브루투스(시저를 찌른 사나이)처럼 할 수 있었다면 대지에 입을 맞추었을 것이다.

완전히 밤이 되어 있었다. 그러나 11시가 되자 달이 바다 속으로부터 떠올라 자잘한 파도를 은빛으로 빛나게 했다. 그리고 달이 솟아오름에 따라 달빛은 새하얀 빛의 폭포가 되어서 페리온 산(테사리아에 있는 높은 산으로서 하늘로 올라가려는 거인이 이 산을 다른 산 위에 쌓아올렸다고 한다)처럼 겹쳐쌓인 바위 위에서 희롱하기 시작했다.

이 섬은 쥐느 아메리 호의 선원들에게 있어서는 꽤 친숙한 섬이었다. 언제나 기항하는 섬의 하나였다.

단테스는 근동으로 가는 항해 때는 언제나 이 섬을 바라보면서 지나쳤지만 아직 한 번도 상륙을 해본 적은 없었다.

그는 야코포에게 물었다.

「오늘밤은 어디에서 밤을 지내지?」

「그야 갑판이지 어디긴 어디야.」 하고 야코포는 대답했다.

「하지만 동굴 안이 좋지 않을까?」

「어디에 있는 동굴 말인가?」

「섬에 있는 동굴 말이야.」

「동굴이 있다는 말은 못 들었는데.」하고 야코포는 말했다.

식은땀이 단테스의 이마에 배었다.

「몽테 크리스토 섬에는 동굴이 없단 말인가 ?」하고 그는 물었다.

「없어.」

단테스는 순간 아찔했다. 그러나 다음 순간 그는 생각했다. 그 동굴은 그 뒤 어떤 사고 때문에 메워졌을 테지. 또는 그 추기경 스파다가 경계하느라고 막아 버렸을지도 모를 일이라고.

이렇게 된 이상 그 보이지 않게 된 입구를 발견하는 것이 제일 긴요한 일이다. 그러나 밤에 그것을 찾는다는 것은 무리한 얘기였다. 그래서 그것을 찾는 일은 다음날에 하기로 했다. 그런데 이때 해상 이 킬로 지점에서 신호가 올랐다. 그에 대해 쥐느 아메리 호에서도 똑같은 신호로 대답했다. 이것은 일을 시작할 때가 왔음을 말해 주는 것이었다.

뒤에 온 배는 와도 괜찮다는 신호에 마음을 놓고 곧 유령 같은 하얀 모습을 소리도 없이 나타내어 기슭에서 이백 미터도 떨어지지 않은 곳에 닻을 내렸다.

곧 운반이 시작되었다.

단테스는 일을 하면서 이런 생각을 하고 있었다. 지금 자기의 귀가 마음에 희미하게 중얼거리고 있는 끊임없는 생각을 조금이라도 입 밖에 낸다면 그야말로 모두들 그 한마디에 환성을 지르며 기뻐할 것이 틀림없으리라고.

그는 그 큰 비밀을 결코 누설하지는 않았으나 자기가 여기저기 뛰어다니거나 끈덕지게 묻거나 세밀하게 관찰하거나 노상 무언가를 걱정하고 있는 것을 그들에게 보여 줌으로써 어쩌면 이미 본심을 드러내어 의심을 받고 있는 것은 아닐까 하는 두려움을 느끼고 있었다. 다행한 것은, 적어도 이런 경우에는 고통스러웠던 과거가 그의 얼굴 위에 지울 수 없는 슬픔의 흔적을 남기고 있어서 그 어두운 그림자 밑에 힐끗 떠오른 기쁨의 빛을 아주 순간적인 것으로 만들어 주었다.

그래서 아무도 의심하는 사람은 없었다.

그 다음날, 단테스가 소총과 탄환, 그리고 화약을 가지고 바위에서 바위로 뛰어다니는 야생의 염소를 사냥하러 가고 싶다고 말했을 때 동료들은 그것을 단테스가 사냥을 좋아하기 때문이거나 혼자가 되고 싶기 때문일 것이라고 생각해 주었다.

따라가고 싶다고 말한 것은 야코포 이외에는 없었다. 단테스는 그것을 거절할 수 없었다. 거절하면 의심을 받을 우려가 있었기 때문이다.

그러나 일 킬로도 가기 전에 한 마리의 새끼 염소를 사살한 것을 기화로 야코포를 시켜 그것을 동료들에게 가지고 가게 했다. 그리고 그것이 맛있게 구워지면 총을 한 방 쏘아서 자기에게 신호를 보내 달라고 부탁했다. 이 불고기에다 말린 과일 약간과 몽태 푸르티아노의 포도주 한 병만 있으면 식단은 완전한 것이 되는 셈이다.

단테스는 이따금 뒤를 돌아보면서 계속 걸었다. 한 개의 바위 꼭대기에 도달한 그의 눈에 아득히 먼 아래 쪽에서 야코포를 만난 동료들이 에드몽의 멋진 솜씨 덕분에 훌륭한 요리가 추가된 점심 준비를 이미 열심히 시작하고 있는 것이 보였다.

에드몽은 잠시, 남달리 뛰어난 인간의 저 부드럽고 구슬픈 미소를 띠면서 그들을 물끄러미 바라보고 있었다.

『2시간이 지나면』 하고 그는 말했다. 『그들은 오십 피에스타의 재산을 가지고 떠난다. 그리고 다시 오십 피에스타를 손에 넣기 위해 목숨을 건 작업을 한다. 그리고는 육백 리블의 재산을 가지고 돌아가서 어딘가의 거리에서 군주가 된 것처럼 뽐내기도 하고 관리처럼 으시대면서 그 재산을 모두 탕진하고 말 것이다. 오늘 나는 희망이 있기 때문에 그들의 재산을 경멸한다. 그런 것은 나에게는 빈약한 것으로밖에는 보이지 않는다. 그러나 내일이 되어서 이 희망이 좌절되어 어쩌면 이 빈약한 재산을 더없는 행복으로 여기지 않으면 안 될는지도 모른다……. 아니, 아니!』 하고 단테스는 소리질렀다. 『그런 일은 없다. 학자이며 절대로 실수가 없는 저 파리아 신부가 단지 이것만 실수를 저지른다는 것은 있을 수 없다. 그리고 이렇게 비참하고 형편없는 생활을 계속해야 한다면 죽는 것이 차라리 낫다.』

이렇게 단테스는 3개월 전까지는 단지 자유만을 원하고 있었지만 이제는 그 자유만으로는 만족하지 못하고 재물을 갈망하고 있었다. 그것은 단테스의 죄는 아니었다. 오히려 죄는 신에게 있는 것이다. 신은 인간의 힘에 한계를 지으면서 동시에 인간에게 무한한 욕망을 지니게 한 것이다!

단테스는 암벽과 암벽 사이의, 길이라고도 할 수 없는 길, 격류에 의해 패어지고 어쩌면 사람의 발에 밟힌 적도 없을 것 같은 작은 길을 더듬으면서 아마도 동굴이 있었던 것이 틀림없다고 생각되는 곳으로 전진해갔다. 해안을 따라 조그만 것에도 진지한 주의를 기울여 살피며 가는 동안에 몇몇 바위 위에 사람의 손으로 만들어진 듯한 긁힌 자국 같은 것이 발견된 것처럼 느껴졌다.

정신적인 것 위에는 망각의 옷을 입히고 물질적인 것 위에는 이끼의 옷을 입히는 『시간』도 규칙적으로 만들어진 이러한 표지, 아마도 무언가 흔적을 남기려고 한 이러한 표지는 고스란히 그대로 남겨 둔 것 같았다.

그러나 이러한 표지는 이따금 큰 꽃다발처럼 꽃을 가득히 달고 있는 도금양 (桃金孃) 덤불 밑이나 다른 것에 기생하고 있는 지의(地衣) 밑에 가려져 있었다. 그래서 단테스는 가지를 헤치고 이끼를 들어올리면서 그를 또 하나의 미궁으로 인도하는 표지를 찾지 않으면 안 되었다. 그러나 이러한 표지는 어떻든 단테스에게 희망을 주고 있었다.

이러한 표지들은 저 추기경이 무슨 이변(異變)이 생겼을 경우에——물론 추기경도 이토록 완전한 이변이 생기리라고는 예상조차 하지 못했을 테지만——조카를 위해 만들어 놓았을 것이 틀림없었다.

이 쓸쓸한 장소는 보물을 숨기려고 생각한 사람에게는 안성마춤의 장소였다. 그러나 이러한 표지가 그 사람을 위해서 만들어진 장본인 아닌 다른 사람의 주목을 끈 일은 없었을까? 뭔가 어두운 불가사의를 간직하고 있는 이 섬은 그 기막힌 비밀을 충실하게 지켜올 수 있었을까?

그러나 항구에서 이럭저럭 육십 보쯤 떨어진 곳에서, 토지의 기복에 의해 여전히 동료들 쪽에서는 보이지 않는 단테스는 거기에서 표지가 사라져 버린 것을 느꼈다.

그런데도 거기에는 동굴 같은 것은 없었다. 튼튼한 토대 위에 올라앉아 있는 둥글고 큰 바위, 표지가 인도하고 있는 목표다운 것은 단지 그것뿐이었다.

그래서 에드몽은 자기는 목적지에 도달한 것이 아니라 어쩌면 출발점에 서 있는지도 모른다고 생각했다. 그래서 그는 지금 온 길을 되돌아갔다.

그러는 사이에 동료들은 점심 준비를 하고 있었다. 샘에 물을 푸러 가고 빵과 과일을 육지로 운반하고 새끼 염소 고기를 굽고 있었다. 그들이 임시 변통으로 만든 구이꼬치에서 마침 새끼 염소를 뽑아내려 하고 있을 때 영양처럼 날렵하고 대담한 단테스가 바위에서 바위로 건너뛰고 있는 모습이 보였다.

그래서 그들은 신호의 총을 쏘았다. 단테스는 곧 방향을 바꾸어 그들 쪽으로 달려왔다. 그러나 사람들이 마치 날아오는 듯한 그의 모습을 눈으로 쫓으며 능숙하다고는 하나 너무나도 무모한 행동에 미간을 찡그리고 있는데 마치 그러한 걱정이 적중한 것처럼 에드몽이 발을 헛디뎠다. 한 바위 꼭대기에서 비틀거렸는가 했더니 앗 하고 외마디 소리를 지르며 모습이 보이지 않게 되었다.

선원들은 일제히 달려 나왔다. 자기들보다 뛰어난 사람이라고는 생각하면서도 그를 사랑하고 있었기 때문이다. 그러나 맨 먼저 달려온 것은 야코포였다.

야코포는 단테스가 피투성이가 되어 거의 정신을 잃고 쓰러져 있는 것을 발견했다. 사오 미터 높이에서 굴러떨어진 것이 틀림없었다. 그는 단테스의 입에 몇 방울의 람주를 흘려넣어 주었다. 그러자 전에도 그처럼 잘 들은 이 약은 이번에도 똑같은 효과를 나타냈다.

에드몽은 눈을 떴다. 그리고는 무릎이 몹시 쑤시고 머리가 무겁고 허리가 견디기 어려울 만큼 아프다고 호소했다. 모두들 그를 해변으로 실어 옮기려고 했다. 그러나 그의 몸에 손을 대며 야코포가 이런저런 지시를 하고 있었음에도 불구하고 그는 신음 소리를 내며 실려가는 것을 도저히 견딜 수가 없다고 말했다.

단테스가 점심 식사를 할 수 없으리라는 것은 다른 사람들도 다 알 수 있었다. 그러나 그는 동료들에게 자기와 마찬가지로 점심을 굶을 필요는 없으니 어서들 돌아가라고 말했다. 자기는 조금 쉬기만 하면 괜찮을 것이다. 나중에 다시 왔을 때는 틀림없이 편안해진 자기를 발견하게 될 것이라고 말했다.

선원들은 스스러워하지 않았다. 선원들은 그때 배가 고팠다. 새끼 염소의 냄새는 그들에게까지 풍겨오고 있었다. 게다가 뱃사람들 사이에서는 딱딱한 인사치레 같은 것은 필요없었던 것이다.

한 시간쯤 뒤에 동료들은 되돌아왔다. 그 사이 단테스가 할 수 있었던 일은 십 보쯤의 거리를 엉금엉금 기어서 이끼가 낀 바위에 몸을 기댄 것뿐이었다.

그러나 단테스의 상처는 가라앉기는커녕 그 아픔이 더해진 것 같았다. 선장은 아침 동안에 이곳을 출발하여 피에몽테와 프랑스와의 국경, 니스와 프레쥐스의 중간에 짐을 부리지 않으면 안 되었으므로 단테스에게 어떻게든 일어나도록 노력해 보라고 부탁했다. 단테스는 이 부탁에 응하기 위해 초인적인 노력을 했다. 그러나 그 노력을 할 때마다 신음 소리를 지르고 얼굴이 파래지면서 쓰러졌다.

「허리를 삐었군.」하고 선장은 나직한 목소리로 말했다.「하지만 어쩌는 수 없어! 이 친구는 좋은 동료야. 버리고 갈 수는 없어. 자, 어떻게 해서든 배에까지 옮겨 보자고.」

그러나 단테스는 조금만 몸을 움직여도 죽는 시늉을 하면서 이런 고통을 참느니 차라리 이대로 죽어 버리는 것이 낫겠다고 말했다.

「좋아.」하고 선장은 말했다.「어떤 일이 있어도 자네처럼 좋은 동료를 간호도 하지 않고 남겨 둘 수는 없어. 출발은 밤까지 늦추기로 하겠어.」

선장의 이 제안에 누구 한 사람 반대는 하지 않았으나 모두들 깜짝 놀랐다. 선장은 매우 엄격한 사나이였으므로 계획을 중지하거나 실행을 연기하거나 하는 것은 이번이 처음 있는 일이었던 것이다.

그래서 단테스는 자기 때문에 지금까지 배에서 지켜져 온 규칙이 깨지는 것은 차마 견딜 수 없는 일이라고 말했다.

「아닙니다.」하고 그는 선장에게 말했다.「제가 실수한 겁니다. 실수를 한 데 대한 보상은 제가 해야만 합니다. 비스킷 조금하고 총 한 자루, 화약, 그리고 탄환을 조금 남겨 주시지 않겠습니까? 새끼 염소를 죽이거나 제 신변을 지키기 위해서 필요합니다. 그리고 곡괭이를 한 개 부탁합니다. 저를 데리러 오는 것이 너무 늦을 때는 집 같은 것을 지으렵니다.」

「하지만 굶어 죽을지도 모르는데?」하고 선장이 말했다.

「차라리 그러는 편이 낫습니다.」하고 에드몽은 대답했다.「조금만 몸을 움직여도 이렇게 아플 정도라면 말입니다.」

선장은 배를 돌아보았다. 배는 조그만 항구 안에서 출범 준비를 하면서 흔들거리고 있었다. 채비만 끝나면 언제든지 바다로 나갈 수 있는 상태였다.

「대체 우리는 어떻게 하면 좋겠나?」하고 선장은 말했다.「이런 식으로 자네를 팽개쳐 두고 갈 수도 없고 그렇다고 이대로 여기에 있을 수도 없고.」

「아무쪼록 가주세요, 가주세요!」하고 단테스는 소리질렀다.

「적어도 일주일 동안은 오지 못할걸세.」하고 선장은 말했다.「게다가 자네를 마중하러 오려면 우리의 예정된 항로를 변경하지 않으면 안될 테고 말야.」

「그럼 이렇게 하면 어떨까요?」하고 단테스가 말했다.「만일 오늘부터 이삼 일 안에 이 해역으로 오게 되어 있는 어선이나 배를 만나게 되면 제 부탁을 해주시지 않겠습니까? 리보르노까지 데려다 준다면 이십오 피에스타를 지불하겠어요. 만일 그런 배를 만나지 못하면 저를 데리러 와주세요.」

선장은 고개를 가로저었다.

「저, 선장님. 모든 것이 원만하게 해결될 방법이 있습니다.」하고 야코포가 말했다.「선장님은 출발하십시오. 제가 뒤에 남아서 환자를 간호할 테니까요.」

「그럼 나하고 남아서 자기 몫을 단념하겠다는 건가?」하고 단테스가 말했다.

「물론이지.」하고 야코포는 말했다.「조금도 후회하지 않겠네.」

「아아, 야코포, 자네는 정말 좋은 친구로군.」하고 에드몽은 말했다.「하느님이 틀림없이 자네의 그 친절에 보답해 주실걸세. 하지만 나에게는 아무도 필요없어. 정말 고마워. 하루나 이틀 쉬면 몸은 다시 회복될 테지. 그리고 근처 바위 틈에서 타박상에 잘 듣는 약초가 발견될 테고.」

단테스의 입술 위에 야릇한 미소가 잠깐 떠올랐다. 그는 진심으로 야코포의 손을 꼭 잡아 주었다. 그러나 뒤에 남으리라, 혼자서 남으리라는 결심은 끝내 굽히지 않았다.

밀수꾼들은 단테스가 원하는 대로 하게 하고 몇 번이나 뒤를 돌아보면서 멀어져갔다. 그리고 돌아볼 때마다 진심에서 우러나는 온갖 작별의 신호를 보냈다. 거기에 대해 단테스는 다만 손을 흔들어 대답했다. 마치 몸의 다른 부분은 조금도 움직일 수 없다는 듯이.

그리고는 그들의 모습이 보이지 않게 되자,『이상한 일이군.』하고 단테스는 웃으면서 중얼거렸다.『우정의 표시라든가 희생적인 행위는 오히려 저런 사람들 속에 있으니 말야.』

그래서 그는 지금까지 그의 눈에서 바다를 가로막고 있던 한 개의 바위 꼭대기까지 조심조심 몸을 끌고 갔다. 그리고 거기에서 준비를 끝낸 돛배가 닻을 올리고 막 하늘로 날아오르려는 갈매기처럼 아름다운 모습을 천천히 움직이고 있는 것을 보고 있었다.

한 시간쯤 지나자 배는 완전히 보이지 않게 되었다. 적어도 그가 있는 곳에서는 그것을 볼 수 없었다.

그러자 단테스는 황량한 바위산에 돋아 있는 도금양이나 유향수(乳香樹) 사이를 뛰어다니는 새끼 염소보다도 나긋나긋하게 가벼운 몸짓으로 일어났다. 그리고 한쪽 손에 총, 다른 한쪽 손에 곡괭이를 들고 바위 위에서 발견한 표지가 끝나고 있는 그 바위 쪽으로 달려갔다.

『자, 이제야말로』하고 그는 파리아 신부로부터 들은 아라비아의 어부 이야기를 생각하면서 소리질렀다.『자, 열려라 참깨!』

24. 눈부신 세계

태양은 그날 하루 운행의 거의 3분의 1지점에 와 있었다. 그리고 5월의 격렬하고 뜨거운 광선은 주변의 바위를 내리쬐어서 바위 자신도 더위를 느끼고 있는 것 같았다.

히드의 덤불에 숨어 있는 수천 마리의 매미는 단조롭고 끊임없는 울음 소리를 내고 있었다. 도금양과 올리브 잎은 바람에 흔들리며 거의 금속적인 소리를 내고 있었다. 단테스가 뜨거운 화강암 위를 한 발자국씩 내디딜 때마다 에메랄드 같은 도마뱀이 도망을 쳤다. 아득히 먼 경사면에서 야생의 염소가 뛰놀고 있는 것이 보였다. 이들 염소는 때로 사냥꾼들을 이 근처까지 끌어들였다. 한마디로 말하면 이 섬에도 살고 있는 것, 살아 있는 것이 있었다. 그럼에도 불구하고 단테스는 신이 굽어보는 가운데 오직 자기 한 사람만이 살아 있는 것 같은 느낌이었다.

그는 어째서인지 두려움 비슷한 느낌을 받았다. 그것은 사막 가운데 있으면서도 자기를 물끄러미 바라보고 있는 눈이 있는 것 같은 기분이 드는 저 백일(白日)에 대한 경계심이었다.

이러한 기분은 아주 강했으므로 이제부터 일에 착수하려는 때에 에드몽은 문득 걸음을 멈추고 곡괭이를 내려놓았다. 그리고는 총을 손에 들고 다시 한 번 섬의 제일 높은 바위 위로 기어올라갔다. 그리고 거기에서 주위를 아주 멀리까지 둘러보았다.

그러나 이때 그의 주의를 끈 것은 집까지 똑똑히 바라보이는 저 시적인 코르시카 섬도 아니고 그 너머에 보이는 사람들에게 거의 알려져 있지 않은 사르지니아 섬도 아니었다. 웅대한 추억을 지닌 엘바 섬도 아니었고 또 뱃사람의 훈련을 쌓은 눈이라면 저 아름다운 제노바 항이나 리보르노의 상항(商港) 등이 보이는 저 수평선에 펼쳐져 있는 아련한 해안선도 아니었다는 것을 여기에 밝혀 두지 않으면 안 된다. 그가 눈여겨 살핀 것은 오늘 아침 날이 샐 무렵에 떠나간 돛배와 지금 막 출범한 돛배의 모습이었다.

최초의 돛배는 보니파쵸의 해협으로 사라지려는 참이었다. 그리고 제2의 돛배는 반대의 진로를 취해 코르시카 섬의 기슭을 따라 바야흐로 섬을 돌아가려는 참이었다.

이것을 보고 에드몽은 안도의 숨을 쉬었다.

그래서 그는 좀더 가까이, 자기를 둘러싸고 있는 것에 시선을 던졌다. 그는 자기가 원추형으로 된 섬의 가장 높은 곳에 마치 큰 대석 위의 가느다란 입상(立像)처럼 서 있음을 확인했다. 아래에는 사람의 그림자조차도 보이지 않는다. 주위에는 한 척의 배도 보이지 않는다. 섬 기슭에 들이치는 파란 바다와 그리고 영원히 들이치는 그러한 파도로 은빛 테두리를 그리고 있는 해안선밖에는 보이지 않는다.

그래서 그는 빠른 걸음으로, 그러나 세심한 주의를 기울이면서 내려갔다. 아까는 그처럼 그럴 듯하게 연극을 해냈으나 지금은 실제로 사고가 일어날 것에 대비하여 충분히 경계하고 있었다.

앞에서도 말했듯이 단테스는 바위 위에 남겨진 표지를 거꾸로 더듬어 나갔다. 그리고 그 선이 고대의 『물의 정(精)의 샘』과도 같이 사람의 눈에 띄지 않는 작은 후미에서 끝나고 있는 것을 보았다.

그 후미는 입구가 꽤 넓고 가운데가 꽤 깊어서 스페로날 형의 조그만 배라면 그곳에 들어가서 숨을 수도 있게 되어 있었다. 그래서 그는 파리아 신부가 아주 교묘하게 더듬어 보인 그 가능성의 미로에서 귀납의 실마리를 찾아 스파다 추기경이 사람의 눈에 띄지 않게 이 후미에 들어와 작은 배를 이곳에 숨겨 놓고 저 표지의 선을 따라 그 선이 끝나는 곳에 그의 보물을 묻었을 것이 틀림없다고 생각했다.

이렇게 추측했으므로 단테스는 다시 그 원형의 바위 옆으로 되돌아갔다.

다만 한 가지 사실이 에드몽을 불안하게 만들고 그가 역학에 대해서 가지고 있는 모든 생각을 뒤집어엎었다. 그것은 어떻게 해서 이토록 거대한, 아마도 오천 파운드나 육천 파운드는 되어 보이는 바위를, 어떤 거대한 힘을 사용하지 않고 이 대석 같은 것 위에 올려 놓을 수 있었을까 하는 것이었다.

갑자기 한 가지 생각이 떠올랐다.

바위를 끌어올린 것이 아니라 위에서 떨어뜨렸을 것이 틀림없다고 그는 생각했다.

그래서 그는 바위 위로 뛰어올라가 처음에 그것이 놓여 있었음직한 장소를 찾았다.

아니나다를까 그는 곧 하나의 완만한 경사가 만들어져 있는 것을 발견했다. 바위는 본래 있던 곳에서 미끄러져 내려 지금의 자리에 놓이게 된 것이었다. 그 쐐기로서 또 하나의 보통의 포석 정도의 큰 돌이 사용되고 있었다. 그 이음매를 감추기 위해 작은 돌과 자갈을 꼼꼼하게 박아 놓고 있었다. 이러한 석공다운 잔재주는 부식토로 가려졌고 다시 거기에 풀이 돋아나고 이끼가 끼었고 도금양이나 유향수의 씨앗이 떨어져 낡은 바위는 마치 땅에 박혀 있는 것처럼 보였다.

단테스는 조심스럽게 흙을 제거했다. 그러자 그 교묘한 세공의 흔적이 보였다. 아니, 보이는 것 같았다.

그래서 그는 곡괭이로 시간의 힘에 의해 굳어진 이 중간의 벽을 무너뜨리기 시작했다.

10분쯤 후에 벽은 무너졌다. 그리고 팔이 들어갈 정도의 구멍이 뚫렸다.

단테스는 근처에 있는 제일 큰 올리브 나무를 잘라 가지를 치고 그것을 구멍 안에 집어넣어 지렛대 대신 사용했다.

그러나 바위는 너무나도 무겁고 게다가 밑에 있는 바위가 쐐기처럼 단단히 박혀 있어서 설사 헤라클레스의 힘이라 하더라도 사람의 힘으로서는 그것을 움직일 수 있을 것 같지 않았다.

단테스는 그래서 쐐기 같은 돌을 처치하지 않으면 안 되겠다고 생각했다. 하지만 어떻게 처치한담?

그는 난처한 사람이 곧잘 그렇게 하듯이 주위를 둘러보았다. 그러자 야코포가 놓고 간, 화약이 가득 든 염소 뿔이 눈에 들어왔다.

그는 빙그레 웃었다. 『좋아, 이 무서운 착상을 실행에 옮겨야지.』하고 그는 생각한 것이다.

그는 곡괭이를 사용하여 위의 바위와 아래 바위의 사이를 파고 공병이 팔을 너무 지치지 않게 하기 위해서 곧잘 하듯이 화약의 통로를 만들고 거기에 화약을 재웠다. 그리고는 손수건의 실을 풀어서 거기에 초석을 발라 도화선을 만들었다.

그 도화선에 불을 당기고 단테스는 멀리 도망갔다.

이윽고 폭발했다. 위의 바위는 일순간에 헤아릴 수 없는 엄청난 힘으로 밀어올려지고 아래 바위는 산산조각이 났다.

단테스가 처음에 만든 조그만 구멍으로는 무수한 벌레가 벌벌 떨면서 기어나왔다. 그리고 이 신비로운 길의 파수꾼 같은 큰 뱀 한 마리가 푸르스름한 몸을 꿈틀거리면서 기어나와서는 어디론가 사라졌다

단테스는 다가갔다. 위의 바위는 지금은 받쳐 주는 바위가 없어졌기 때문에 바다 쪽으로 기울어져 있었다. 대담한 탐구자인 그는 바위를 끼고 한 바퀴 돌아 가장 흔들거리고 있는 부분을 골라 그 한 모서리에 지렛대를 쑤셔넣고 시지프스(코린토스의 왕. 지옥에서 끊임없이 굴러떨어지는 바위를 산꼭대기로 밀어올리는 형벌을 받았다)처럼 전신의 힘을 다하여 바위를 밀었다.

폭발의 힘으로 이미 움직여진 바위는 건들건들 흔들렸다. 단테스는 다시 갑절로 노력을 기울였다. 그것은 신들의 아버지에게 싸움을 걸기 위해 산을 뽑은 그 거인을 연상케 했다.

마침내 바위는 그 힘에 져서 구르기 시작했다. 도중에 몇 번 팅기면서도 계속 굴러내려 끝내는 바다에 삼켜져서 보이지 않게 되었다.

그런 뒤에는 원형의 장소가 나타났다. 그리고 네모난 바닥돌의 중앙에 박혀진 쇠고리가 똑똑히 드러나보였다.

단테스는 기쁨과 놀라움의 환성을 질렀다. 최초의 시도로 이런 기막힌 결과가 얻어진 일은 일찍이 없었던 일이었다.

그는 계속하려고 했다. 그러나 다리가 부들부들 떨리고 심장이 몹시 뛰고 새빨간 구름이 눈앞에 아른거렸기 때문에 부득이 손을 멈추고 그 자리에 서 있었다.

그러나 이러한 망설임도 아주 잠시뿐이었다. 에드몽은 지레를 고리에 넣고 힘껏 들어올렸다. 그러자 바닥돌은 빠끔이 입을 벌렸고 거기에 층계 같은 가파른 경사가 나타났다. 그리고 그것은 점점 어두워지는 동굴의 암흑 속으로 통하고 있었다.

다른 사람 같았으면 냉큼 뛰어들어 기쁨의 환성을 질렀을 것이다. 그러나 단테스는 참고 거기에 머물렀다. 그는 창백한 얼굴이 되며 의심하기 시작했다.

『자아』하고 그는 자기 자신에게 말했다.『사내답게 행동하자! 지금까지 불운에 익숙해진 나다. 기대가 어긋났다고 해서 실망해서는 안돼. 그렇지 않으면 지금까지 고생해온 보람이 없어지는 거다!

마음은 따뜻한 숨결의 희망으로 부풀 대로 부풀면 냉정한 현실로 돌아와서 거기에 갇혀질 때 곧 깨지고 만다! 그렇다, 파리아 신부는 꿈을 꾸고 있었던 것이다. 추기경 스파다는 이 동굴 속에 아무것도 묻어 놓지 않은 것이다. 어쩌면 이곳에 온 일조차도 없는 것이다.

또는 왔었다고 하더라도 저 대담무쌍한 사기꾼이고 끈질긴 악당인 체자레 보르쟈가 추기경을 뒤따라와서 그 표지를 발견하고 나와 마찬가지로 그 표지를 따라 더듬어와서 이 바위를 들어올리고 나보다 먼저 이 속으로 내려가서 나중에 온 나에게는 이미 아무것도 남기지 않았는지도 모르는 일이다.』

그는 어둡고 끝없이 계속되어 있을 것 같은 입구를 가만히 들여다보면서 잠시 그 자리에 선 채 생각에 잠겨 있었다.

『자, 이제 아무것도 기대하고 있지 않은 지금은, 뭔가 희망을 가진다는 것은 어리석은 일이라는 것을 납득하게 된 지금은 이 모험의 계속이란 나에게 있어서 다만 호기심의 문제일 뿐이다. 그것뿐이다.』

그는 아직도 가만히 선 채 생각에 잠겨 있었다.

『그렇다, 그렇다, 이 사건은 그야말로 저 왕족의 산적(체자레 보르쟈를 말함)의 빛과 어둠이 교차한 생애에 어울리는 사건이다. 그의 다채로운 생애를 형성하고 있는 이상한 사건의 하나로서 어울리는 일이다.

　마치 꿈과도 같은 이 사건은 다른 사건과도 당연히 연결되어 있는 것이다. 그렇다, 보르쟈는 어느 날 밤, 한 손에 횃불, 다른 한 손에 검을 들고 이곳으로 찾아왔을 것이다. 그리고 그에게서 이십 보쯤 떨어진 곳에, 아마 이 바위 근처에, 음울하고 무서운 얼굴을 한 두 사람의 경찰관이 하늘과 육지와 바다를 경계하면서 파수를 보고 있었을 것이다. 그러는 사이에 그들의 주인은 지금 내가 하려는 것처럼 손에 든 횃불로 어둠을 물리치면서 안으로 들어갔을 것이다. 그렇다, 하지만 비밀을 알아 버린 경찰관들을 체자레는 어떻게 처치했을까?』하고 단테스는 자기에게 물어 보았다.

　『그렇지.』하고 그는 미소지으면서 자기 자신에게 대답했다.『그들은 아라리크 왕(초대 서(西)고트 왕, 이탈리아 원정 도중에 죽었는데 병사들은 시체가 더러워지지 않도록 하기 위해 한때 강의 흐름을 막아서 강바닥에 매장했다)을 매장한 자들과 같은 꼴을 당한 것이다. 매장당한 자와 함께 매장되고 만 것이다.』

　『하지만.』하고 그는 혼잣말을 계속했다.『그가 와서 보물을 찾아내서 가지고 갔다고 한다면, 이탈리아를 솜엉겅퀴에 비유하여 그것을 한 장씩 벗겨 먹은 보르쟈의 일이다, 일부러 바위를 본래 있던 토대 위에 다시 올려 놓은 시간 낭비는 하지 않았을 것 아닌가. 어떻든 내려가 보자.』

　그래서 그는 의심스러운 미소를 입술에 띠고 인간의 지혜가 뱉는 마지막 말『어쩌면!』을 입에 담으면서 아래로 내려갔다.

　그런데 단테스가 거기에서 본 것은 예기했던 것 같은 어두운 암흑과 부패하고 혼탁한 공기가 아니라 푸르스름하게 밝은 부드러운 광선이었다. 그 공기와 빛은 단지 지금 생긴 입구에서 스며들고 있는 것만은 아니었다. 바깥지면에서는 보이지 않는 바위의 틈새로 스며들고 있었다. 그리고 그 틈새로 파란 하늘이 보이고 그 하늘을 배경으로 떡갈나무의 흔들리는 가지와 덤불에 얽혀 있는 덩굴이 마치 뭔가가 장난을 치고 있는 것처럼 보였다.

　이 동굴의 공기는 습기가 있다기보다는 따뜻했고 맥빠진 냄새가 풍긴다기보다는 오히려 좋은 냄새가 났고 기온도 바깥 대기에 비해 태양 광선과 푸르스름한 광선 정도의 차이밖에는 없었다. 이러한 동굴에 잠시 서 있으니까 앞에서도 말한 것처럼 어둠에 익숙해진 단테스의 눈은 동굴의 훨씬 안쪽까지 내다볼 수가 있었다. 동굴은 화강암으로 되어 있고 그 반짝거리는 절단면은 마치 다이아몬드처럼 빛나고 있었다.

『아니, 저런!』하고 단테스는 쓴웃음을 지으면서 말했다.『추기경이 남겨 준 보물이란 필시 저것이로군. 사람 좋은 신부는 이 반짝거리는 벽을 꿈속에서 보고 그런 터무니없는 희망을 품었던 거로군.』

그러나 단테스는 외우고 있는 유언장의 문구를 생각해냈다. 거기에는 『제2의 입구에서 가장 먼 한쪽 구석』이라고 씌어져 있었다.

단테스는 지금 겨우 제1의 동굴에 들어왔을 뿐이었다. 이제부터 제2의 동굴을 찾지 않으면 안 되었다.

단테스는 자기가 지향할 방향을 정했다. 제2의 동굴은 당연히 섬의 내부로 들어가게 되어 있을 것이다. 그는 바위층을 조사하여 그 입구가 있을 듯한 벽을 두드려 보았다. 물론 그 입구는 주의에 주의를 거듭하여 숨겨져 있을 것이 틀림없었다.

한동안 곡괭이는 바위에 둔한 소리를 울릴 뿐이었다. 그 둔한 소리를 듣고 있자니까 단테스의 이마에는 땀이 배었다. 그러다가 겨우 이 참을성 많은 광부는 그의 부름에 대해 화강암 벽면의 어느 한 부분이 다른 부분보다도 무겁고 깊은 반향으로 대답한 것 같은 느낌을 받았다.

그는 타는 듯한 눈을 벽면에 가까이 가져갔다. 그리고는 수인 특유의 날카로운 감각으로 다른 사람 같았으면 아마도 깨닫지 못했을 사실을 알아냈다. 거기에 하나의 입구가 있는 것이 틀림없다는 것을 확인한 것이다.

그러나 체자레 보르쟈와 마찬가지로 시간의 가치를 알고 있는 단테스는 헛된 작업을 하지 않기 위해 벽의 다른 부분을 곡괭이로 시험하고 총의 개머리판으로 지면을 조사하고 이상하다고 생각되는 곳의 모래를 파헤쳐 보았다. 그러나 아무것도 발견되지 않았으므로 그에게 희망을 안겨 준 소리가 난 곳으로 다시 돌아갔다.

그는 또다시 아까보다도 한층 더 힘을 주어 곡괭이를 휘둘렀다.

그러자 그는 기묘한 사실을 깨달았다. 곡괭이를 내리칠 때마다 벽화를 그리기 위해서 사용하는 도료 같은 것이 솟아올라서는 비늘처럼 벗겨져 내리고 그 아래에 보통의 포석 같은 회고 무른 돌이 드러나기 시작한 것이다.

바위의 입구를 화강암과 다른 성질을 가진 돌로 막고 그 돌 위에 도료를 칠하여 그 도료의 표면을 빛깔도 결정(結晶)도 그야말로 화강암처럼 보이게 해놓고 있었던 것이다.

단테스는 그래서 곡괭이 끝으로 쿡쿡 찔러 보았다. 그러자 그 끝이 벽 속에 만들어진 문에 일 인치쯤 들어가 박혔다.

그렇다, 여기를 파보지 않으면 안 된다.

이것은 사람의 마음속에 있는 불가사의한 신비일 테지만 파리아 신부가 한 말이 틀리지 않았다는 증거가 굳어져서 안심이 되면 될수록 그의 지친 마음은 점점 더 의심이 깊어지고 거의 실망조차 느끼는 것이었다. 이러한 새로운 경험으로 새로운 힘이 부여될 터인데도 그는 남아 있는 힘조차 빼앗기고 말았다.

곡괭이는 그의 손에서 거의 떨어져 내릴 듯이 힘없이 내리쳐지고 있었다. 그는 곡괭이를 내려놓고 이마의 땀을 닦으면서 밝은 바깥으로 나갔다. 누군가가 엿보고 있지는 않은가 하고 확인하기 위해서라고 스스로에게 타이르고 있기는 했으나 실은 금세라도 기절할 것만 같아서 바깥 공기를 쐬고 싶었기 때문이다.

섬에는 사람의 그림자조차 없었다. 중천에 떠 있는 태양이 그 불길로 섬을 내리덮고 있는 것 같았다. 멀리에서는 조그만 어선이 점점이 사파이어 빛깔의 바다 위에 돛을 펼치고 있었다.

단테스는 아직 아무것도 먹고 있지 않았다. 그러나 이러한 때에 식사를 한다는 것은 답답하게만 생각되었다. 그는 람주를 한 모금 마셔 기운을 되찾고 동굴로 되돌아갔다.

아까는 그처럼 무겁게 느껴지던 곡괭이가 지금은 가벼워졌다. 그는 그것을 펜대라도 집어올리듯이 가볍게 들어올려 다시 힘차게 작업을 계속했다.

곡괭이를 몇 번 내리치자 그 돌들은 서로 집착되어 있지는 않고 다만 쌓아올려져 있을 뿐이며 그 위를 아까 말한 것처럼 도료로 가려져 있을 뿐이라는 것을 알게 되었다.

그는 그 틈새의 하나에 곡괭이 끝을 집어넣고 손잡이에 무게를 실었다. 그러자 돌은 경첩이 떨어져 나간 듯이 거기에서 빠져서 발밑으로 굴러 떨어졌다. 그것을 보자 그는 기뻐서 어쩔 줄 몰랐다.

이렇게 되면 돌을 하나하나 곡괭이 끝에 걸어서 끄집어내기만 하면 되는 것이다. 그리고 돌은 처음에 굴러 떨어진 돌 옆에 차례로 굴러 떨어졌다.

제1의 입구가 열렸을 때도 그는 들어가려고 마음만 먹었다면 곧 들어갈 수 있었다. 그러나 한동안 뜸을 들였다. 그것은 조금이라도 오래 희망에 매달리고 싶어서 사실을 확인할 시간을 늦춘 것이었다.

이번에도 조금 망설인 뒤에 마침내 제1의 동굴에서 제2의 동굴로 들어갔다.

제2의 동굴은 제1의 동굴보다도 천장이 낮고 어둡고 음침했다. 공기는 지금 뚫린 입구로밖에는 들어오지 않고 제1의 동굴에서는 없다는 것이 의외로 느껴졌던 독기가 느껴졌다. 단테스는 외기가 이 썩은 공기를 새롭게 만들어 주기를 기다렸다가 천천히 안으로 들어갔다.

입구 왼쪽에 깊고 어두운 한쪽 구석이 있었다.

그러나 앞에서도 말했듯이 단테스의 눈에 어둠은 없었다.

그는 제2의 동굴의 안쪽을 살폈다. 그러나 제1의 동굴과 마찬가지로 안에는 아무것도 없었다.

만일 보물이 있다고 한다면 저 어두운 한쪽 구석에 묻혀져 있을 것이 틀림없었다.

불안한 순간이 다가왔다. 육십 센티의 흙을 판다. 그것이 단테스에게 있어서는 더할 수 없는 기쁨이 되느냐 아니면 더할 수 없는 절망이 되느냐의 갈림길이었다.

그는 그 한쪽 구석으로 갔다. 그리고는 갑자기 결심이 선 것처럼 용기를 내어 파기 시작했다.

다섯 번째가 여섯 번만에 곡괭이가 쇠에 닿은 것 같은 소리를 냈다.

뭔가 불행을 알리는 경종도, 사람을 전율케 하는 조종(弔鐘)도 그것을 듣는 사람의 마음을 이렇게까지 감동시키지는 못했을 것이다. 설사 거기에서 아무것도 발견되지 않았다고 하더라도 단테스는 이토록 얼굴색을 달리하지는 않았을 것이다.

이번에는 이미 탐지한 장소의 옆을 탐지해 보았다. 반응은 마찬가지였으나 소리가 달랐다.

『나무 상자에 쇠로 된 테가 둘러져 있는 모양이군.』 하고 그는 말했다.

이때 그림자 하나가 잽싸게 햇빛을 가로막으면서 지나쳐갔다.

단테스는 곡괭이를 내려놓고 총을 집어들고는 입구를 통해 바깥으로 뛰어나갔다.

한 마리의 야생 암염소가 동굴의 첫번째 입구 위를 뛰어넘어 거기에서 몇 걸음 떨어진 곳에서 풀을 뜯어먹고 있었다.

이것은 저녁식사를 확보할 다시없는 기회였다. 그러나 단테스는 총소리로 사람의 주의를 끌게 되지는 않을까 두려워했다.

그는 한순간 생각에 잠겼다. 그리고는 한 개의 수지가 많은 나무를 잘라 아까 밀수꾼들이 점심식사의 고기를 구운 뒤 아직도 꺼지지 않고 있는 화톳불로 가서 거기에 불을 당겼다. 그리고 그 횃불을 들고 되돌아왔다.

그는 이제부터 보이는 것은 아무리 작은 것이라도 놓치지 않으리라고 결심했다.

그는 횃불을 아직도 충분히 파지 않은 불완전한 구멍에 접근시켰다. 그리고는 자기의 생각이 틀리지 않았다는 것을 확인했다. 곡괭이는 쇠와 나무 위를 번갈아가며 때리고 있었던 것이다. 그는 횃불을 지면에 꽂아 놓고 다시 작업에 착수했다.

순식간에 세로 일 미터, 가로 육십 센티 가량의 지면이 파여지고 흙이 제거되었다.

그러자 단테스는 거기에서 무늬를 조각한 쇠테가 둘러쳐진 떡갈나무 재목으로 된 상자를 발견했다.

뚜껑 한가운데는 흙에 묻혀 있었는데도 광택이 없어지지 않은 은판에 스파다 가의 문장이 빛나고 있었다. 즉 일반적인 이탈리아의 방패와 똑같은 타원형의 방패 위에 세로로 한 자루의 칼이 놓여지고 그 위쪽에 추기경의 모자가 놓여 있는 문장이었다.

단테스는 그것을 쉽게 분간할 수가 있었다. 파리아 신부가 몇 차례나 그것을 그려 보여 주었기 때문이다.

이제 의심할 여지는 없었다. 보물은 확실히 거기에 있는 것이다. 빈 상자를 이토록 조심스럽게 다시 묻어 둘 까닭은 없는 것이다.

곧 상자 주위의 흙이 제거되었다. 그리고 단테스는 두 개의 자물쇠 사이에 있는 가운데 자물쇠와 양쪽 옆구리에 달린 손잡이가 차례로 나타나는 것을 보았다. 그 모든 것에는 당시의 습관으로 무늬가 조각되어 있었다. 그 무렵에는 장식만 베풀어져 있으면 아무리 하찮은 금속이라도 귀중히 여겨졌던 것이다.

단테스는 그 상자의 손잡이를 붙들고 들어올리려고 했다. 그러나 도저히 그렇게 할 수가 없었다.

단테스는 그것을 열어 보려고 했다. 그러나 자물쇠가 여러 개 잠겨 있었다. 이들 충실한 파수꾼은 그들의 보물을 넘겨 주고 싶지 않다고 말하고 있는 것 같았다.

단테스는 곡괭이의 뾰족한 끝을 상자와 그 뚜껑 사이에 집어넣고 손잡이에 힘을 주었다. 그러자 뚜껑은 삐걱소리를 낸 뒤에 펑 하고 벗겨졌다. 판자에 큰 구멍이 뚫리자 쇠붙이 따위는 문제가 아니었다. 그들 쇠붙이는 끈질긴 손톱으로 판자에 달라붙어 있었으나 차례로 판자에 상처를 내면서 떨어져 나갔다. 마침내 상자가 열렸다.

눈앞이 어질어질할 정도의 광열(狂熱)이 단테스를 사로잡았다. 그는 총을 집어들고 거기에 탄환을 재운 뒤 자기의 바로 곁에 놓았다. 그리고 우선 그는 눈을 감았다. 상상 속의 찬란한 밤에 밝은 하늘에서 셀 수 있는 별보다도 더 많은 별을 보려는 어린애들이 그렇게 하듯이.

그리고 그것을 다시 열었을 때 그는 저도 모르게 현기증을 느꼈다.

상자는 셋으로 나뉘어져 있었다.

첫번째 구획에는 사슴빛으로 반사하는 금화가 번쩍번쩍 빛나고 있었다.

두 번째 구획에는 잘 닦이지 않은 지금(地金)이 가지런히 늘어져 있었다. 그것은 꽤 무거워서 값어치가 있다는 것뿐, 도무지 금인 것처럼 보이지가 않았다.

마지막으로 세 번째 구획에는 다이아몬드, 진주, 루비 등이 거의 가득히 들어 있어서 에드몽이 손으로 들어올리자 반짝반짝 빛나는 폭포처럼 쏟아지며 싸라기눈이 유리창에 부딪히는 소리를 냈다.

단테스는 떨리는 손으로 이들 황금이나 보석을 만져보고 쓰다듬어 보았다. 그리고 그것들 속에 손을 들이밀어 보고 일어나서는 정신이 돈 사나이처럼 부르르 흥분하면서 동굴 밖으로 뛰쳐나왔다.

그는 바다가 보이는 바위 위로 뛰어올라갔다. 그러나 아무것도 보이지 않았다. 그는 혼자였다. 지금까지 들어본 적도 없을 정도의, 계산조차 할 수 없는, 꿈과 같은 재물을 손에 넣었으면서 그는 완전히 혼자였다.

꿈을 꾸고 있는 것일까? 정말로 깨어나 있는 것일까? 덧없는 꿈을 꾸고 있는 것은 아닐까? 아니면 현실을 단단히 움켜쥐고 있는 것일까?

그는 다시 한 번 황금을 보고 싶었다. 그러나 그것을 가만히 보고 있을 수 있는 힘은 없을 것 같은 느낌이 들었다.

그는 잠시 동안 이성이 도망가려는 것을 막으려는 것처럼 두 손으로 머리 위를 받치고 있었다. 그리고는 섬의 끝에서 끝까지 길도 선택하지 않고(도통 이 섬에 길은 없었다) 어디랄 것도 없이 마구 뛰어다니며 그 고함 소리와 몸짓으로 야생의 염소를 쫓기도 하고 바닷새에게 겁을 주기도 했다.

그렇게 한 바퀴를 돌고는 여전히 의심을 품으면서 돌아왔다. 그리고 제1의 동굴에서 제2의 동굴로 뛰어들었으나 그 황금과 다이아몬드의 보고는 여전히 눈앞에 있었다.

이번에는 그는 무릎을 꿇고 뛰는 가슴을 떨리는 두 손으로 누르며 신만이 알 수 있는 기도의 말을 읊조렸다.

이윽고 그는 자기가 안정을 되찾았음을 느꼈다. 따라서 행복한 기분이 되었다. 왜냐하면 이때 비로소 자기의 행운이 믿어지기 시작했기 때문이다.

그래서 그는 자기의 재산을 계산하기 시작했다. 거기에는 각기 이 파운드에서 삼 파운드의 무게가 나가는 황금의 지금이 천 개나 되었다. 그리고 오늘의 돈으로 환산하여 각기 팔십 프랑의 가치가 있는 법왕 알렉산드르 6세나 그 선조들의 초상이 들어 있는 금화가 이만 오천 개나 쌓여 있었다.

이때 그는 간막이는 아직도 절반밖에 비지 않았다는 것을 깨달았다. 마지막으로 그는 두 손으로 열 웅큼 진주나 보석 그리고 다이아몬드를 헤아렸는데 그것들의 대부분은 당시의 가장 솜씨 좋은 귀금속 직인에 의해 세공되어 있어서 그 고유의 가치 외에 훌륭한 미술품으로서의 가치도 지니고 있었다.

단테스는 해가 그늘져서 조금씩 어두워지는 것을 느꼈다. 그는 동굴 안에 있다가는 갑자기 습격을 당하는 일이 있지는 않을까 두려웠다. 그래서 총을 들고 밖으로 나왔다. 비스킷 한 개와 약간의 포도주로 저녁식사를 때웠다. 그리고는 돌을 다시 본래의 자리에 놓고 그 위에 몸을 뉘었다. 그런 식으로 몸으로 동굴의 입구를 가리고 가까스로 몇 시간 잠을 잤다.

이날 밤이야말로 이 격렬한 감정을 가진 사나이가 지금까지의 생애에서 두세 번 경험한 적이 있는, 즐겁기도 하고 동시에 무섭기도 한 밤의 하나였다.

25. 미지의 사나이

아침이 되었다. 단테스는 눈을 뜬 채 오랫동안 이 시간을 기다리고 있었다. 최초의 광선이 스며들기 시작하자 그는 일어나서 어제와 마찬가지로 섬의 가장 높은 바위 위로 올라가서 주위의 동태를 살폈다. 어제와 마찬가지로 사람의 그림자 하나 보이지 않았다.

에드몽은 내려가서 돌을 들어올리고 모든 주머니에 보석을 쑤셔넣었다. 그리고는 상자의 판자와 쇠붙이를 될 수 있는 대로 본래의 모습대로 만들어 놓고 위에다 흙을 덮은 뒤 그 흙을 밟아서 단단하게 굳히고 다시 그 위에 모래를 덮어 파일군 흙이 다른 흙과 똑같아 보이게 만들었다.

그리고는 동굴에서 나와 바닥돌을 본래대로 덮어놓고 여러가지 크기의 돌을 모아 바닥돌 위에 놓았다.

돌과 돌의 틈새에는 흙을 넣고 거기에 도금양이나 히드를 심어 그것들이 본래부터 거기에 돋아 있었던 것처럼 보이기 위해 물을 주고 근처에 남아 있는 자기의 발자국을 지웠다.

그리고는 동료들이 돌아오기를 초조한 마음으로 기다리고 있었다. 실상 지금은 이미 구렁이가 아무 소용도 없는 보물을 지키고 있는 것처럼 이 몽테크리스토 섬에서 이러한 황금이나 다이아몬드를 보면서 꾸물거리고 있을 때가 아니었다.

이제야말로 인생으로, 사람들 사이로 돌아가서, 인간이 자유로이 쓸 수 있는 힘 가운데서 최상 최대의 것인 재물이 이 세상에서 부여해 주는 지위나 세력, 그리고 금력을 사회 안에서 획득해야 할 때이다.

밀수꾼들은 6일 만에 돌아왔다. 단테스는 멀리에서 항구와 쥐느 아메리호의 항진을 보고 있었다. 그는 부상한 피로쿠테테스(트로이 전쟁에서 활약한 그리스의 용사)처럼 몸을 질질 끌고 항구까지 마중하러 갔다. 그리고 동료들이 다가오자 아직도 아프기는 하지만 훨씬 나아졌다고 얘기했다.

그리고 이번에는 그들로부터 모험담을 들었다. 그러나 멋지게 성공했다. 그러나 짐을 부릴까말까했을 때 툴롱의 경비선이 항구로부터 이쪽으로 온다는 정보가 있었다. 그래서 쏜살같이 도망을 쳤다. 배를 모는 데 뛰어난 재주를 가진 단테스가 지휘하지 않고 있음을 모두들 안타깝게 생각했다. 실상 그러는 중에 추적하는 배가 모습을 나타냈다. 그러나 마침 밤이라서 코르시카 섬의 곶을 끼고 돌아 종적을 감출 수가 있었다.

결국 그렇게 나쁜 항해는 아니었다. 모두들, 특히 야코포는 그가 참가하지 않음으로써 오십 피에스타의 배당금을 받지 못하게 된 것을 동정해 주었다.

에드몽은 본심을 결코 드러내 보이지 않았다. 같이 참가했더라면 받게 되었을 이익금의 액수를 듣고서도 미소조차 짓지 않았다. 그리고 쥐느 아메리 호는 단지 그를 데리러 몽테 크리스토 섬으로 돌아왔으므로 그는 즉시 그날 밤 안으로 승선하여 리보르노에 있는 선장에게 가기로 했다.

리보르노에 도착하자 그는 유태인의 가게에 가서 그가 가지고 있는 다이아몬드 중에서 가장 작은 것 네 개를 개당 오천 프랑씩에 팔았다. 유태인은 단순한 선원이 어떻게 이런 것을 손에 넣었는지 물어 볼 수도 있었다. 그러나 그는 그것을 묻지 않았다. 왜냐하면 개당 일천 프랑이나 돈을 벌 수 있었으니까.

다음날 그는 새 배 한 척을 사서 야코포에게 주었다. 그리고 거기에 덧붙여 새 승무원을 고용하라면서 일백 피에스타를 얹어 주었다. 그리고 그 교환 조건으로서 마르세이유에 가서 메이랑 거리에 살고 있는 루이 단테스라는 노인과 카탈로니아 마을에 살고 있는 메르세데스라는 아가씨의 근황을 조사해 달라고 부탁했다.

야코포는 마치 꿈이라도 꾸고 있는 것 같은 기분이었다. 단테스는 그래서 그에게 말했다. 실은 가족이 생활에 필요한 돈을 주지 않기 때문에 그만 일시적인 기분으로 뱃사람이 되었으나 리보르노에 왔더니 자기를 유일한 상속인으로 지명해 준 백부의 유산을 상속하게 되었다고.

단테스는 높은 교양을 지니고 있었기 때문에 이러한 이야기를 그야말로 그럴 듯하게 할 수가 있었다. 그래서 야코포는 털끝만치도 동료가 자기를 속이고 있다고는 생각하지 않았다.

한편 에드몽과 쥐느 아메리 호의 계약이 끝나 있었으므로 그는 선장에게 그만두겠다는 뜻을 표명했다. 선장은 처음에는 만류하려고 했으나 야코포와 마찬가지로 상속의 이야기를 듣고는 단테스의 결심을 뒤집으려는 생각을 포기했다.

다음날 야코포는 마르세이유를 향해 출범했다. 몽테 크리스토 섬에서 단테스와 만나기로 약속했다.

같은 날 단테스는 쥐느 아메리 호의 승무원들에게 적잖은 정표를 하고 작별을 고했다. 선장에게는 언제든 다시 소식을 전하겠다고 약속하고 어디로 간다는 말도 없이 그곳을 떠났다.

단테스는 제노바로 간 것이었다.

그가 제노바에 도착했을 때 어떤 영국인이 주문한 조그만 요트의 시운전이 행해지고 있었다. 그 영국인은 제노바 인이 지중해에서 으뜸가는 배목수라는 소문을 듣고 제노바 인이 만든 요트를 사려고 생각한 것이었다.

영국인은 사만 프랑을 내겠다고 말하고 있었다. 그러나 단테스는 배를 그날로 당장 인도해 주면 육만 프랑을 주겠다고 말했다. 영국인은 배가 완성되기를 기다리는 동안 스위스 여행을 떠나고 있었다. 3주일이나 한 달 뒤가 아니면 돌아오지 않는다는 얘기였다. 배목수는 그때까지라면 한 척 더 만들 수 있는 여유가 있을 것이라고 생각했다. 단테스는 배목수를 데리고 유태 인의 가게로 가서 유태 인과 함께 가게 안으로 들어갔다. 이윽고 유태 인은 배목수에게 육만 프랑의 돈을 건네 주었다.

배목수는 자기가 승무원들을 모아 주겠노라고 단테스에게 말했다. 그러나 단테스는 자기는 언제나 혼자서 항해하는 습관이 있다고 말하고 그 호의를 고맙다면서 거절했다.

그리고 한 가지 부탁하고 싶은 것이 있다고 말하고 선실의 침대밑에 비밀의 장롱을 만들고 그 안에 또한 비밀스러운 세 개의 간막이를 만들어 달라고 말했다. 그리고 그 간막이의 치수를 건네 주었다. 그것은 그 다음날에 곧 완성되었다.

2시간 뒤, 단테스는 언제나 혼자서 항해하는 습관을 가진 스페인 귀족을 보고 싶어하는 구경꾼들의 전송을 받으면서 제노바 항을 출범했다.

단테스는 능숙하게 조종했다. 키를 사용하며 키에서 전혀 이탈하지 않고 배를 자유자재로 조종하고 있었다. 마치 배 자신도 이해력을 가지고 있어서 조금만 자극이 주어져도 곧 거기에 따르는 것 같았다. 단테스도 마음속으로 과연 제노바 인이 세계 제일의 배목수라고 일컬어지는 것도 무리는 아니라고 감탄하고 있었다.

구경꾼들은 이 작은 배가 보이지 않게 될 때까지 전송하고 있었다. 그리고 그런 다음에는 대체 어디로 가는 걸까 하고 서로 토론을 시작했다. 어떤 사람은 코르시카 섬일 것이라고 말하고 어떤 사람은 엘바 섬일 것이라고 말했다. 또 어떤 사람은 스페인일 것이다, 내기를 걸어도 좋다고 우겼고 어떤 사람은 아프리카일 것이 분명하다고 말했다. 그러나 몽테 크리스토 섬의 이름을 들먹인 사람은 하나도 없었다.

단테스가 향한 곳은 물론 그 몽테 크리스토 섬이었다.

그는 이틀째가 저물 무렵에 섬에 도착했다. 배는 정말로 기막힌 돛배로서 섬까지의 거리를 35시간 만에 달렸다. 단테스는 해안의 지형을 완전히 알고 있었으므로 항구로는 들어가지 않고 예의 작은 후미에 닻을 내렸다.

섬에는 사람의 그림자라곤 없었다. 단테스가 떠난 뒤 이 섬에 배를 대었던 사람은 없는 것 같았다. 그는 보물이 있는 곳으로 갔다. 모든 것은 그가 남기고 갔던 그대로의 상태로 있었다.

다음날, 막대한 재산이 요트로 옮겨져 세 개의 비밀 장롱의 간막이에 넣어졌다.

단테스는 일주일을 기다렸다. 그 사이 그는 섬 주위에서 요트를 몰며 조마사가 말을 살피듯이 배의 상태를 조사했다. 그래서 일주일이 다 갔을 때는 배의 장점과 결점을 완전히 알게 되었다. 단테스는 그 장점을 살리고 결점을 보완하리라고 생각했다.

8일째에 단테스는 작은 배가 모든 돛을 활짝 펼치고 섬 쪽으로 오는 것을 발견했다. 그것이 야코포의 배라는 것을 알았다. 그는 신호를 보냈다. 2시간 뒤 배는 요트 옆으로 다가왔다.

에드몽의 두 가지 질문에 대해 각각 슬픈 대답을 가져왔다.

아버지는 이미 돌아가셨다는 것이었다.

메르세데스의 행방은 알 수가 없었다.

에드몽은 이 두 가지 뉴스를 태연한 얼굴로 듣고 있었다. 그러나 곧 섬으로 올라갔다. 누구도 따라오지 말라고 단호히 말했다.

2시간 뒤에 그는 돌아왔다. 야코포의 배에서 일하는 두 선원이 조종을 돕기 위해 그의 요트로 옮겨 타게 되었다. 그래서 단테스는 진로를 마르세이유로

잡으라고 명령했다.

그는 아버지의 죽음을 예상하고 있었다. 그러나 메르세데스는 대체 어떻게 된 것일까?

자기의 비밀을 털어놓지 않고서는 자기의 대리인에게 충분한 지시를 줄 수는 없었다. 그 밖에도 또 여러가지 알고 싶은 일이 있었다. 그러나 그러기 위해서는 그는 자기 자신에게 의존하는 수밖에 없었다.

리보르노의 이발소에서 거울을 들여다보았을 때 그는 자기가 남에게 탄로날 걱정이 없다는 것을 알았다. 게다가 지금에 와서는 마음 먹은 대로 어떤 변장이라도 할 수가 있었다.

그래서 어느 날 아침, 요트는 뒤에 조그만 배를 거느리고 대담하게도 마르세이유 항으로 들어왔다. 그리고 그 지긋지긋한 어느 날 밤, 이프 성으로 가는 배에 태워졌던 그 장소의 바로 정면에 닻을 내렸다.

헌병 하나가 검역선을 타고 다가오는 것을 보았을 때는 단테스도 조금 몸이 떨렸다. 그러나 곧 완전히 평정을 되찾고 리보르노에서 구입한 영국인 패스포트를 보였다. 프랑스에서는 자국의 패스포트 이상으로 존중시되고 있던 이 외국의 패스포트 덕분에 그는 쉽사리 상륙할 수 있었다.

라 카누비에르 거리로 올라가서 단테스가 맨 처음에 본 것은 옛날의 파라온 호 선원 중의 한 사람이었다. 이 사나이는 전에 그의 부하로서 일을 하고 있던 선원으로서 그가 얼마나 변했는가를 그 자신에게 안심시키기 위해서 나타난 것이나 다름없었다.

단테스는 그 사나이에게 곧바로 걸어가서 이런저런 질문을 해보았다. 거기에 대해서 사나이는 대답했는데 그 말에도 얼굴에도 자기에게 말을 걸고 있는 사나이가 전에 만난 적이 있는 사람이라는 것을 눈치챈 흔적은 전혀 보이지 않았다.

단테스는 그 선원에게 여러가지를 알려 준 보답으로 한 장의 화폐를 주었다. 잠시 뒤에 그 고지식한 사나이가 자기를 따라오고 있는 발소리가 들렸다.

단테스는 돌아보았다.

「실례합니다, 선생님.」 하고 선원은 말했다. 「착각을 하신 것 아닙니까? 사십 수우를 주시려고 하셨을 테지만 이건 사십 프랑입니다.」

「그렇군요.」 하고 단테스는 말했다. 「내가 착각을 했습니다. 하지만 당신의 정직성에는 정말 사례를 해야겠군요. 한 장을 더 드릴 테니까 동료들과 함께 내 건강을 축복하면서 한 잔 마시도록 하시지요.」

선원은 깜짝 놀라 에드몽의 얼굴을 뚫어지게 쳐다보면서 고맙다는 인사조차도 잊고 있었다. 그리고는 그가 사라지는 뒷모습을 바라보다가 혼잣말로 중얼거렸다.

「인도에서 돌아온 부자일까?」

단테스는 계속 걸었다. 한 걸음마다 그의 가슴은 새로운 감동으로 벅차올랐다. 어린 시절의 모든 추억, 영원히 그의 마음에서 지워지지 않을 추억이 광장의 한쪽 구석, 길모퉁이, 네거리의 마차 정지 표석에서 생생하게 되살아났다. 노와이유 거리의 변두리까지 와서 메이랑 거리가 눈에 들어왔을 때 그는 무릎이 와들와들 떨리며 그대로 쓰러질 것만 같았다. 그리고 하마터면 마차에 치일 뻔했다.

마침내 그는 아버지가 전에 살고 있던 집에까지 왔다. 옛날 아버지가 정성스레 격자에 얽어놓고 있던 다락방의 말방울풀이나 금련화는 그 그림자조차도 없었다.

그는 한 그루의 나무에 몸을 기댔다. 그리고 잠시 동안 생각에 잠기면서 그 가난하고 조그만 집의 맨 위층을 물끄러미 바라보고 있었다. 마침내 그는 그 입구 쪽으로 다가가서 문지방을 넘어서서는 빈 방은 없는가고 물었다. 그리고 사람이 세를 들어 있어도 좋으니까 육층의 방을 보여 달라고 오랫동안 버티면서 부탁했다. 끝내 문지기도 굽혀서 육층으로 올라가더니 부탁하는 사람이 있다면서 그곳에 살고 있는 사람에게 그곳의 방 두 개를 볼 수 있도록 허락을 받아 주었다.

그 작은 집에 살고 있는 사람은 젊은 부부로서 겨우 일주일 전에 결혼을 했다고 한다.

그 젊은 두 사람을 보면서 단테스는 깊은 한숨을 쉬었다.

게다가 단테스에게 아버지의 방을 회상시켜 주는 것은 아무것도 없었다. 벽지도 달라져 있고 그가 세밀한 부분까지 똑똑히 기억하고 있는 모든 낡은 가구, 어렸을 때부터 눈에 익은 그 가구류도 모두 없어졌다. 벽만이 옛날 그대로였다.

단테스는 침대 쪽을 보았다. 그것은 아버지가 살고 있을 때와 똑같은 장소에 놓고 있었다. 단테스의 눈은 저도 모르게 눈물에 젖었다. 아마도 노인은 이곳에서 자기 아들의 이름을 부르면서 숨을 거두었으리라.

젊은 부부는 엄격한 이마를 가진 사나이가 눈썹 하나 까딱하지 않고 두 볼에 눈물을 흘리고 있는 것을 깜짝 놀라면서 보고 있었다. 그러나 어떤 고뇌에도 저마다 신성한 이유가 있게 마련이므로 그들은 이 미지의 사나 이에게 아무 말도 묻지 않았다. 그리고 그 자리를 피해 주어 마음껏 울게 해주었다. 그리고 그가 돌아가려고 하자 두 사람은 그를 배웅하면서 언제라도 찾아오고 싶을 때 찾아오라고, 이 가난한 집은 기꺼이 맞이할 거라고 말해 주었다.

그 아래층을 지날 때 에드몽은 문간에 서서 이곳에 살고 있던 양복점 주인 카도루스가 지금도 살고 있는지 어떤지를 물었다. 그러나 문지기는 그 사람은 장사에 실패해서 지금은 베르가르드에서 보켈로 가는 가도에서 조그만 여 인숙을 경영하고 있다고 대답했다.

단테스는 아래로 내려가서 이 메이랑 거리의 가옥 소유주의 번지를 물었다. 그리고는 그 집에 가서 자기는 윌모어 경이라는 사람이라고 말하고(그의 패스포트에는 실제로 그런 이름과 칭호가 적혀 있었다) 이 작은 집을 이만 오천 프랑에 사들였다. 그것은 실제의 가격에 비하면 적어도 일만 프랑은 더 비쌌다. 그러나 단테스는 비록 오십만 프랑이라고 했더라도 역시 사들였을 것이 틀림없다.

그날중으로 육층의 젊은 부부는 계약서를 만든 공증인으로부터 새로운 소유주가 지금까지와 동일한 집세로 이 집의 어느 방을 선택해도 좋다, 다만 그 조건으로서 지금 살고 있는 두 개의 방은 양도해 주었으면 좋겠다고 말하고 있다는 통고를 받았다.

이 이상한 사건은 메이랑 거리에 언제나 드나들고 있는 사람들 사이에서 일주일 이상이나 화제가 되고 있었다. 그리고 갖가지 억측이 난무했으나 하나도 정확한 것은 없었다.

그러나 더욱 사람들의 생각을 혼란케 만든 것은 메이랑 거리의 집에 들 어갔던 그 사람이 그날 저녁 카탈로니아 마을 안을 산책하다가 어느 한 가난한 어부의 집에 들러 거기에 한 시간 이상이나 머물면서 최근 15, 6년 동안에 죽은 사람들이나 또는 없어진 사람들의 소식을 꼬치꼬치 캐물었다는 사실이었다.

그 다음날, 그가 찾아가서 여러가지를 물어 본 그 집의 주인은 그 사례로서 후릿그물 두 개와 트롤망 하나가 달린 새로 만든 카탈로니아 풍의 배를 한 척 받았다.

이것을 받은 그 소박한 사람들은 이 인심 좋은 사람에게 고맙다는 인사를 하고 싶었다. 그러나 그 사람은 집에서 나가자 선원 한 사람에게 뭐라고 명령을 하고는 말을 타고 에쿠스 문을 통해 마르세이유를 떠나고 말았다.

26. 퐁 뒤 가르의 여인숙

나처럼 남프랑스를 걸어서 여행을 해본 사람들은 베르가르드 마을에서 보켈 시로 가는 거의 중간, 베르가르드보다는 보켈 시 쪽으로 여인숙 하나가 있고 조그만 바람에도 덜렁덜렁 소리가 나는 양철 간판 위에 가르 교(橋)의 그로테스크한 모형이 매달려 있는 것을 보았을 것이다.

이 조그만 여인숙은 론 강의 줄기에서 보면 길 왼쪽에 있고 강에 등을 돌리고 있었다. 그리고 랑독 지방에서 뜰이라고 부르고 있는 것이 달려 있었다. 즉 나그네가 들어오는 입구가 있는 쪽과는 반대되는 쪽이 둘러쳐진 마당을 향해 있고 거기에는 몇 그루의 비쩍 마른 올리브 나무와 잎이 모래먼지로 허옇게 된 몇 그루의 야생 무화과 나무가 마치 땅에 기듯이 자라고 있었다.

그리고 그것들 사이에 야채로서 마늘이나 고추, 채지 등이 심어져 있었다. 그 한쪽 구석에 잊혀진 보초 같은 모습으로 큰 우산 모양의 소나무 한 그루가 그야말로 쓸쓸하게 그 부드러운 가지를 뻗치고 있었다. 그리고 부채꼴로 펼쳐진 그 가지끝은 삼십 도의 태양열을 받아 메마른 소리를 내고 있었다.

크고작은 이러한 나무들은 북풍이 부는 방향으로 자연스럽게 기울어져 있었다. 이 북풍은 프로방스 지방의 세 가지 골칫거리 중의 하나이다. 다른 두 가지는 알고 있는 사람도 있고 모르는 사람도 있겠지만 뒤랑스 강(론 강의 지류로서 자주 범람한다)과 지방 의회이다.

큰 모래 호수를 연상케 하는 주변 벌판의 이곳저곳에는 밀이 듬성듬성 자라고 있었다. 이것은 이 지방 농부가 취미삼아 심은 것이 틀림없었다. 그 줄기는 이 쓸쓸한 고장에서 길을 헤매는 나그네를 날카롭고 단조로운 노래로 전송하는 매미들의 횃대 구실을 하고 있었다.

약 7, 8년 전부터 이 여인숙은 부부에 의해 경영되고 있었다. 고용되고 있는 사람은 토리네트라는 방시중을 드는 하녀와 파코라고 하는 마굿간지기뿐이었다. 보켈에서 에그 모르트까지 운하가 개통된 뒤로는 수레의 운송은 완전히 선박에게 빼앗겼고 또 마차도 승합 마차가 되어 버려 여인숙의 일은 이 두 사람만으로도 충분했다.

이 운하는 그것이 생겼기 때문에 경기가 없어진 이 불행한 여인숙 주인의 억울함을 더욱 부추기듯이 이 운하에 물을 흘려 보내고 있는 론 강과 이 운하 때문에 통행인이 끊긴 가도 사이의, 앞에서 간단하지만 극명하게 묘사한 바 있는 이 여인숙에서 약 백 보쯤 떨어진 지점을 통과하고 있었다.

이 작은 여인숙을 경영하고 있는 사람은 마흔 살에서 마흔다섯 살 사이의 사나이로서 키가 크고 여윈데다 신경질적으로 움푹 꺼진 반짝거리는 눈과 매부리코, 그리고 육식수처럼 하얀 이는 그야말로 남국의 사나이 같은 타입이었다.

초로의 나이인데도 아직 희어지려 하지 않는 머리털은 턱밑의 목걸이 같은 모양의 수염과 마찬가지로 더부룩하니 곱슬거리고 백발은 하나둘씩 눈에 띌 정도였다.

자연스럽게 볕에 그을은 그 얼굴빛은 아침부터 밤까지 집앞 문간에 서서 걸어오는 손님이나 마차를 탄 손님이 오지는 않는가 하고 지켜보는 습관이 생긴 뒤로는 한층 더 적갈색으로 변했다. 그러나 그런 식으로 기다리고 있었으나 거의 언제나 기대는 어긋나기만 했다. 그는 그렇게 하고 있는 동안 이글거리는 태양 광선을 피하기 위해 스페인의 노새 달구지꾼처럼 빨간 손수건을 머리에 쓰고 있었다. 이 사나이는 우리가 이미 옛날에 익숙해졌던 저 가스파르 카도루스였다.

소녀 시절의 이름이 마드렌 라델인 그의 아내는 그와는 반대로 얼굴빛이 푸르고 깡마른 선병질적인 여자였다.

아를르 근처에서 태어난 그녀는 그 지방의 여자가 전통적으로 그렇듯이 미모의 소유자였으나 에그 모르트의 못이나 카마르그의 늪 근처에 살고 있는 사람들에게 공통된 저 음성 열병의 발작으로 거의 쉴새없이 시달려 아름다운 얼굴은 차츰 쇠퇴하고 있었다. 그녀는 거의 언제나 이층에 있는 구석방의 안락 의자에 누워 있거나 침대에 기대어서 몸을 부들부들 떨고 있었다.

한편 남편은 여느 때와 마찬가지로 현관 문에서 손님을 기다리고 있었다. 그런데 그는 지키고 있는 이 시간을 기꺼이 연장하고 있었다. 왜냐하면 까다로운 마누라와 얼굴을 맞대고 있으면 언제 끝날지도 모르는 불평이 그를 괴롭히기 때문이었다.

이러한 불평에 대해서 남편은 언제나 마치 철학자와도 같은 말로 대꾸하고 있었다.

「닥쳐! 카르콘트! 이것도 하느님의 뜻이라고.」

이 별명은 마드렌 라델이 사롱과 랑베스크 사이에 있는 카르콘트 마을에서 태어난 데에 유래하고 있었다. 대개의 경우 사람을 부를 때 본명보다도 별명을 사용하는 이 지방의 습관에 따라 남편은 자기의 난폭한 말투에 비해 마드렌이라는 이름은 너무나도 부드럽고 상냥해 보이기 때문에 이런 별명을 사용하고 있었다.

그러나 하느님의 뜻에 대해 그야말로 체념한 듯한 말을 하고는 있지만 이 여인숙의 주인이 저 지긋지긋한 보켈의 운하로 초래된 이 가난의 고통을 느끼지 않고 있다고 생각해서는 안 된다. 또 마누라로부터 노상 들어오고 있는 불평에 대해 불사신이었다고 생각해서는 안 된다.

그는 모든 남프랑스의 사람들과 마찬가지로 조심스럽고 별로 욕망은 가지고 있지 않았지만 외면적인 일에 대해서는 허영심이 강했다.

그래서 경기가 좋았던 시절에는 소의 낙인제(烙印祭)나 괴수상(怪獸像)의 행렬 때는 반드시 그 자신은 카탈로니아와 안다루샤 계통의 아름다운 남국의 옷을 입고 아내에게는 아를르의 여자가 입고 있는 그리스나 아라비아 계통의 저 매혹적인 의상을 갖추게 한 뒤 그녀를 데리고 곧잘 모습을 나타내곤 했었다.

그러나 그러던 중에 시계줄, 목걸이, 여러가지 빛깔의 허리띠, 자수를 놓은 조끼, 비로드의 저고리, 멋진 장식 자수를 놓은 양말, 여러가지 빛깔을 조화시킨 게트르, 은으로 된 잠그개가 달린 구두 등이 하나씩 없어져갔다.

그래서 가스파르 카도루스는 이제 옛날 같은 행세를 할 수가 없게 되어 자기도 아내도 세속적인 사치는 모두 단념하고 말았다. 그러한 즐거운 소동이 가난한 여인숙에까지 들려오는 것을 그는 마음속으로 괴로워하면서 듣고 있었다. 이 여인숙도 지금은 이것으로 돈을 벌려고 하기보다는 몸을 의지할 장소로서 경영하고 있는 것이었다.

그런데 카도루스가 여느 때와 마찬가지로 아침 한때를 문 앞에 서서 몇 마리의 닭이 모이를 쪼고 있는 잔디에서 남북으로 달리고 있는, 인적이 없는 가도의 양쪽 끝을 우울한 눈으로 보고 있노라니까 갑자기 아내의 날카로운 목소리가 들려왔으므로 문간을 떠나지 않으면 안 되었다.

그는 투덜거리면서 안으로 들어가 이층으로 올라갔다. 그러나 문은 크게 열어 놓은 채 두었다. 지나가는 나그네에게 이 문을 잊지 말아 달라고 유인하는 것처럼.

카도루스가 집 안으로 들어가자 지금 얘기한 넓은 가도, 그가 바라보고 있던 길은 마치 한낮의 사막과도 같이 아무것도 없는 쓸쓸한 공간이 되었다. 길은 두 줄로 늘어선 야윈 가로수와 함께 하얗게 끝도 없이 이어져 있었다. 하루중의 다른 시간을 마음대로 선택할 수 있는 나그네라면 굳이 이렇게 무서운 사하라 사막에 일부러 발을 들여 놓는 사람은 없을 것이다.

그러나 만일 이때 카도루스가 평소의 그 장소에 있었더라면 베르가르드 쪽에서 한 사람의 기수와 한 마리의 말이 나타나기 시작한 것을 목격했을 것이다. 사람과 말은 완전히 호흡이 맞는 듯한 친숙한 모습으로 다가왔다. 말은 거세마(去勢馬)로서 즐거운 듯이 걷고 있었다. 기수는 신부로서 정오의 태양이 뜨겁게 내리쬐는데도 검은 옷을 입고 뿔이 세 개 달린 모자를 쓰고 있었다. 사람과 말은 평온한 속보로 다가오고 있었다.

문 앞에 오자 사람과 말이 멈춰 섰다. 말이 사람을 멈추었는지 사람이 말을 멈추었는지는 알 수가 없었다. 어떻든 사람은 말에서 내려 고삐를 당기면서 하나의 경첩으로 고정시켜 놓은 망가진 빈지문의 멈춤쇠에 그것을 붙들어 매러 갔다. 그리고는 빨간 무명 손수건으로 이마의 땀을 닦으면서 현관문 쪽으로 가더니 손에 들고 있는 지팡이의 쇠붙이가 달린 앞끝으로 문지방을 세 번 두드렸다.

312

　그러자 곧 크고 검은 개가 일어나 마구 짖어대면서 날카로운 흰 이를 드러내고 대여섯 걸음 다가왔다. 이러한 적의에 찬 대항의 몸짓은 이 개가 사람에 익숙하지 못하다는 것을 말해 주고 있었다.
　곧 무거운 발소리가 벽을 따라서 나 있는 나무 층계를 요동시켰다. 그리고 그 층계를 이 초라한 여인숙의 주인이 몸을 숙이고 등을 이쪽으로 돌리면서 내려왔다.
　「어서 오십시오!」 하고 카도루스는 깜짝 놀라면서 말했다. 「어서 오십시오! 이봐, 짖지 마, 마르고탄! 무서워하실 것 없습니다, 나으리. 짖기는 하지만 물지는 않으니까요. 포도주를 드릴까요? 워낙 지독한 더위라서……. 아니, 이것 참 실례했습니다.」 하고 카도루스는 상대방 나그네가 누구인가를 보고는 말을 끊었다. 「실례했습니다. 뉘신지 미처 알아보지를 못해서. 무엇을 필요로 하시는지요? 무엇을 드릴까요, 신부님? 뭐든지 말씀만 하십시오.」
　신부는 이상할 정도의 관심을 보이며 2, 3초 동안 상대방의 얼굴을 뚫어지게 바라보았다. 여인숙 주인의 주의력을 자기 쪽에 집중시키려 하고 있는 것 같았다. 그러나 주인의 얼굴에는 대답이 없는 것을 놀라워하고 있는 것 이외의 표정은 없었다. 그것을 보고 신부는 상대방을 놀라게 하는 것은 이 정도로 충분하리라고 생각했다. 그리고 지독한 이탈리아 사투리로 말했다.
　「당신은 카도루스 씨가 아닙니까?」
　「그렇습니다만.」 하고 주인은 말했다. 이 질문에는 아까의 침묵보다도 더 놀라는 것 같았다. 「제가 가스파르 카도루스입니다만.」
　「가스파르 카도루스……. 그래, 확실히 그것이 주인장의 이름이지요? 당신은 옛날 메이랑 거리에 살고 있었지요? 오층에 있는 방에.」
　「네.」
　「양복점을 하고 있었지요?」
　「그렇습니다만. 하지만 장사가 잘 안 돼서요. 마르세이유라는 고장은 지독하게 더워서…… 마지막에는 아마 사람들이 옷을 안 입게 될 겁니다. 그런데 참, 덥다는 얘기가 나왔으니 말입니다만 신부님, 뭔가 시원한 것을 드시지 않겠습니까?」
　「그렇군, 당신네 집에서 가장 좋은 포도주를 한 병 주시오. 그것을 마신 뒤에 또 얘기를 나누도록 하지요.」

「알겠습니다, 신부님.」 하고 카도루스는 말했다.

이 기회를 놓치지 않고 남아 있는 카올 산 포도주의 마지막 한 병을 팔아치우려고 카도루스는 급히 홀 겸 주방으로 되어 있는 이 일층 방의 바닥에 만들어져 있는 뚜껑 널판을 들어올렸다.

5분쯤 뒤에 주인이 다시 모습을 나타냈을 때 신부는 걸상에 앉아 긴 탁자 위에 팔꿈치를 짚고 있었다. 그리고 저 마르고탄은 여느 때와는 달리 이 이상한 나그네가 뭔가 먹을 것 같다는 것을 느끼고 화해를 한 것처럼 그의 넓적다리 위에 여윈 목과 나른한 눈을 내밀고 있었다.

「당신은 혼자 사시오?」 하고 신부는 자기 앞에 포도주 병과 잔을 놓고 있는 주인에게 물었다.

「글쎄요, 혼자라고 해도 좋겠지요, 신부님. 아내가 있기는 하지만 아무것도 도와 주지를 않으니까요. 불쌍하게도 카르콘트는 언제나 앓고 있어서 말입니다.」

「오오, 당신은 결혼을 하셨군요!」 하고 신부는 뭔가 흥미있는 듯이 말했다. 그리고 이 가난한 집의 허름한 가구를 헐값으로 평가하고 있는 듯한 눈으로 주위를 둘러보았다.

「신부님, 지독한 가난이라고 생각하시겠지요?」 하고 카도루스가 한숨을 쉬면서 말했다.

「하지만 어쩌는 수 없지요. 이 세상에서 행복을 붙잡으려면 정직하기만 해서는 안 되니까요.」

신부는 쏘는 듯한 날카로운 눈으로 상대방을 바라보았다.

「그렇습니다 신부님, 정직하다는 점에서는 나도 남에게 자랑을 할 수 있습니다만」 하고 주인은 신부의 시선을 마주 받으면서 고개를 아래위로 흔들고 가슴에 한 손을 놓고 말했다. 「하지만 요즘 세상은 누구나가 정직한 것은 아니니까요.」

「당신이 자랑하는 게 사실이라면 게서 더 좋은 일이 없지요.」 하고 신부는 말했다. 「왜냐하면 이것은 내가 확신하고 있는 일이지만 조만간 정직한 사람에게는 포상이 돌아가고 악한 사람은 벌을 받게 될 테니까요.」

「당신은 신부님이니까 그런 말씀을 하시지요. 신부님이기 때문에 그런 말씀을 하시는 거예요.」 하고 카도루스는 씁쓸한 표정을 지으면서 되풀이했다.「하지만 신부님의 말씀을 믿고 안 믿고는 사람들의 자유이지요.」

「그런 얘기를 해서는 안 됩니다.」하고 신부는 말했다.「왜냐하면 이렇게 말하는 내가 당장 지금 한 말의 증거를 당신에게 보여 드릴지도 모르니까 말입니다.」

「뭐라고요?」하고 카도루스는 깜짝 놀란 표정으로 말했다.

「우선 먼저, 당신이 진짜로 내가 찾고 있는 사람인지 아닌지를 확인하지 않으면 안 됩니다.」

「어떤 증거를 원하시는지요?」

「당신은 1814년이나 15년에 단테스라는 선원을 알고 있었나요?」

「단테스라고요?…… 알고 있다뿐인가요, 그 불쌍한 에드몽은 내 친구 중의 한 사람이었어요!」하고 카도루스는 소리질렀다. 그의 얼굴은 순식간에 벌겋게 상기되었다. 한편 신부의 엄격하고 맑은 눈은 크게 떠지며 상대방을 완전히 감싸 버리는 것처럼 보였다.

「그래요, 틀림없이 에드몽이라고 했어요.」

「그렇습니다, 에드몽입니다. 확실히 그렇습니다! 내가 가스파르 카도루스인 것처럼 확실합니다. 그 불쌍한 에드몽은 어떻게 됐지요?」하고 여인숙 주인은 계속했다.「그를 만나 보신 적이 있습니까? 아직 살아 있습니까? 자유로운 몸이 되었습니까? 행복하게 살고 있습니까?」

「감옥 안에서 죽었습니다. 발에 쇳덩어리를 질질 끌며 툴롱 감옥의 수인들보다도 더 절망적인 가운데 좀더 비참하게 죽었습니다.」

카도루스의 얼굴은 지금까지는 벌겋게 상기되어 있었으나 갑자기 무서울 만큼 창백해졌다. 그는 뒤돌아섰다. 신부의 눈에 그가 모자처럼 쓰고 있던 빨간 손수건 끝으로 눈물을 닦고 있는 것이 보였다.

「불쌍하게도!」하고 카도루스는 중얼거렸다.「그것 보세요, 신부님, 내가 아까 말한 얘기의 증거가 여기에 또 하나 있는 셈이에요. 하느님은 악인에게밖에는 친절하지가 않단 말입니다, 아아!」하고 카도루스는 남프랑스 인에게 흔히 있는 저 과장된 말투로 계속했다.「세상은 점점 더 나빠지기만 해요. 이럴 바에는 하느님이 하늘에서 이틀 동안 화약을 뿌리고 한 시간 동안 불을 퍼부어서 모든 것을 불태워 버리는 게 차라리 나을 텐데.」

「그 청년을 진심으로 좋아하고 있는 것 같군요?」하고 신부는 물었다.

「네, 정말 좋아하고 있었지요.」 하고 카도루스는 말했다.「한때 그 사람의 행복을 시기하고 있었던 것은 후회하고 있지만 말입니다. 하지만 그 뒤로는 맹세코 말씀드리지만 그 사나이의 불행한 운명을 정말 불쌍하다고 생각하고 있었습니다.」

잠시 침묵이 계속되었다. 그 사이 신부의 움직이지 않는 눈은 한순간도 놓치지 않고 주인의 얼굴 표정을 관찰하고 있었다.

「신부님은 그 불쌍한 사나이를 알고 계시군요?」 하고 카도루스는 계속했다.

「나는 하느님의 마지막 도움을 주기 위해서 임종의 자리에 불려갔었습니다.」 하고 신부는 대답했다.

「그래 어째서 죽었나요?」 하고 카도루스는 목을 졸린 것 같은 목소리로 물었다.

「설흔 살의 사나이가 옥사를 했다면 죽인 것은 감옥 이외에 또 있을까요?」

카도루스는 이마에서 흘러내리는 땀을 닦았다.

「그런데 아무래도 이상한 것은」 하고 신부는 계속했다.「단테스 군이 죽음의 자리에서 그리스도 상의 발에 입을 맞추면서 자기는 어째서 붙잡혀 왔는지 진짜 이유를 알 수가 없다고 몇 번이나 나에게 맹세를 한 사실입니다.」

「참말이에요, 참말이에요.」 하고 카도루스는 중얼거렸다.「그 사람은 알 수가 없었어요. 그래요, 신부님, 그 불쌍한 사나이가 한 말은 거짓이 아니예요.」

「그래서 나는 그 사람에게서 부탁을 받았어요. 자기 자신이 밝힐 수 없었던 불행의 이유를 분명히 밝혀 달라, 그리고 또 자기에 대한 추억에 무슨 오점이라도 남아 있다면 그것을 깨끗이 씻어 달라는 부탁을 말입니다.」

그렇게 말하면서 점점 더 움직이지 않게 된 신부의 눈은 카도루스의 얼굴 위에 나타난 그야말로 우울한 표정을 뚫어질 듯이 바라보았다.

「똑같이 불행한 처지에 있었던 영국인 부자로서」 하고 신부는 이야기를 계속했다.「두 번째 왕정 복고 때 출옥한 사람이 무척 값이 나가는 다이아몬드를 가지고 있었는데 그 사람이 출옥할 때 그것을 단테스 군에게 주고 나갔습니다. 전에 자기가 앓아 누웠을 때 마치 형제처럼 간병해 준 데 대한 사례로 말입니다. 단테스 군은 그것을 이용해서 간수들을 매수하는 일을 하지 않고——물론 간수란 놈들은 그것을 받고도 나중에 배신하는 경우가 흔히 있지만 말입니다——그것을 소중하게 간직해왔습니다. 감옥에서 나갈 때를 위해서였지요. 감옥에서 나가면 그 다이아몬드를 팔기만 해도 재산은 확실하게 장만되니까요.」

「그럼 말씀하신 것처럼」하고 카도루스는 눈을 반짝반짝 빛내면서 물었다. 「그건 무척 값이 나가는 다이아몬드로군요?」

「모든 것은 상대적인 문제이지만 말입니다.」하고 신부는 대답했다. 「단테스 군에게 있어서는 엄청난 값어치가 있는 것이었지요. 그 다이아몬드는 오만 프랑이라고 평가받고 있었으니까 말입니다.」

「오만 프랑이라고요?」하고 카도루스는 말했다. 「그렇다면 호두알만한 크기의 것이겠군요?」

「아니, 그렇게까지 크지는 않아요.」하고 신부는 말했다. 「당신 자신의 눈으로 확인해 보세요. 여기에 가지고 왔으니까요.」

카도루스는 신부의 옷 밑에서 지금 말한 물건을 찾기라도 하는 듯한 동작을 취했다.

신부는 안주머니에서 검은 상어가죽으로 된 조그만 상자를 꺼내어 뚜껑을 열었다. 그리고는 카도루스의 어찔어찔한 눈앞에 훌륭하게 세공된 반지에 박혀 있는 기막힌 다이아몬드를 들이댔다.

「이것이 오만 프랑의 값어치가 있는가요?」

「반지는 별도로 하고요. 반지만도 상당한 값어치가 있지요.」하고 신부는 말했다.

그런 다음 신부는 상자 뚜껑을 닫고 주머니 속에 집어넣었다. 그러나 그 다이아몬드는 카도루스의 마음속에서 여전히 찬란한 빛을 발하고 있었다.

「하지만 어떻게 그 다이아몬드가 신부님 손에 들어갔지요?」하고 카도루스가 물었다. 「그럼 에드몽이 신부님을 상속인으로 삼았나요?」

「그렇지 않습니다. 나는 그의 유언을 집행하는 사람입니다. 자기에게는 세 사람의 친구와 한 사람의 약혼녀가 있었다고 그는 말했습니다. 네 사람 모두 자기의 일을 몹시 걱정하고 있을 것이 틀림없다, 그 친구 중의 한 사람은 카도루스라는 사람이고…….」

카도루스는 부르르 몸을 떨었다.

「다른 한 사람은」하고 신부는 카도루스가 흥분한 것은 전혀 깨닫지 못한 체하면서 계속했다.「두 사람째는 당그랄이라는 사나이이고 세 번째는 자기의 경쟁자이기는 했지만 역시 자기를 사랑해 주었다고 그는 말했습니다.」

악마 같은 미소가 카도루스의 표정을 빛나게 했다. 그리고 신부의 말을 제지하는 듯한 몸짓을 했다.

「잠깐 기다려 주세요.」하고 신부는 말했다.「끝까지 말을 하게 해주세요. 뭔가 깨닫는 일이 있으면 나중에 얘기해 주세요. 세 번째는 자기의 경쟁 자이기는 했지만 역시 자기를 사랑해 주었다, 그 사나이의 이름은 페르낭 이라고 했다, 그리고 자기의 약혼녀는, 그 이름은…… 아아 그 약혼녀의 이름을 깜빡 잊었군요.」하고 신부는 말했다.

「메르세데스예요.」하고 카도루스가 말했다.

「아아! 그래요, 그래요.」하고 신부는 한숨을 억누르면서 말했다.「메르 세데스예요.」

「그래서요?」하고 카도루스는 말했다.

「주전자에 물을 좀 주시지 않겠습니까?」하고 신부가 말했다.

카도루스는 부랴부랴 신부의 말에 따랐다.

신부는 컵에 물을 따라서는 꿀꺽꿀꺽 마셨다.

「어디까지 얘기를 했던가요?」하고 그는 컵을 탁자에 놓으면서 말했다.

「약혼녀의 이름은 메르세데스라는 데까지요.」

「참, 그랬었지. 그런데 당신이 마르세이유에 가주었으면 좋겠어요……. 이것도 단테스 군의 말이에요, 아시겠어요?」

「잘 알겠습니다.」

「이 다이아몬드를 팔아서 그 대금을 다섯으로 나누어 이 지상에서 자기를 사랑해 준 다섯 사람에게 주었으면 좋겠다고 했어요!」

「어째서 다섯 사람에게 나누어 주지요?」하고 카도루스가 말했다.「신 부님은 네 사람의 이름밖에 듣지 않았는데요.」

「다섯 번째 사람은 돌아가셨다고 들었기 때문이에요……. 다섯 번째 사람은 단테스 군의 아버지예요.」

「아아! 과연 그렇군요.」하고 카도루스는 마음속에서 싸우고 있는 감정에 조마조마하면서 말했다.「아아! 그렇습니다, 그 노인은 불쌍하게도 돌아가셨습니다!」

「그 얘기는 마르세이유에서 들었습니다.」 하고 신부는 무관심한 표정을 지으면서 말했다.「하지만 돌아가신 것은 꽤 오래 전의 일이라 자세한 얘기는 듣지 못했습니다…… 당신은 노인이 돌아가신 무렵의 일을 뭔가 알고 있습니까?」

「오오!」 하고 카도루스는 말했다.「나보다 잘 알고 있는 사람은 없어요…… 그럴 수밖에 없는 것이 우리는 이웃에 살았으니까요…… 아아! 그래요, 아들이 없어진 뒤 이럭저럭 일 년쯤 지났을 때 노인은 돌아가셨어요.」

「하지만 어째서 돌아가셨나요?」

「의사는 그 병을…… 그렇지, 틀림없이 위장염이라고 했어요. 노인을 알고 있던 사람들은 모두 노인은 슬픈 나머지 돌아가셨다고 말하고 있었어요……. 하지만 노인이 죽는 것을 거의 보다시피한 내가 보기에는 노인이 죽은 것은…….」

카도루스는 도중에 입을 다물었다.

「어째서 돌아가셨나요?」 하고 신부는 불안스럽게 되풀이했다.

「그래요, 굶어 죽었어요!」

「굶어 죽다니요?」 하고 신부는 걸상에서 벌떡 일어나면서 말했다.「굶어 죽다니요? 아무리 하찮은 동물도 굶어 죽는 법은 없는데! 거리를 방황하고 있는 개도 인정이 있는 사람에게서 빵을 얻어먹게 마련인데. 한 사람의 인간이, 그리스도교를 믿는 인간이 그리스도교 신자라고 자칭하는 사람들의 한가운데서 굶어 죽는 일이 있을 수 있을까요? 오오, 그런 일은 있을 수가 없어요!」

「저는 다만 그렇게 말씀드렸을 뿐이에요.」 하고 카도루스는 대답했다.

「당신, 그래선 안 돼요.」 하고 층계 쪽에서 목소리가 들려왔다.「이상한 일에 끼여드는 건 좋지 않아요.」

두 사람은 돌아보았다. 그러자 난간의 기둥 사이에 병으로 야윈 카르콘트의 얼굴이 보였다. 그녀는 거기까지 몸을 끌고 나와서 맨 윗단에 걸터앉아 무릎 위에 턱을 괸 채 두 사람의 얘기를 듣고 있었던 것이다.

「당신이야말로 쓸데없는 참견은 말아요!」 하고 카도루스는 말했다.「신부님이 이것저것 물으시는데 예의상으로라도 알려 드리는 것이 당연하지 무슨 얘기요!」

「그것도 그렇지만, 조심스럽게 거절하는 쪽이 좋을 거예요. 어떤 속셈으로 당신에게 말을 시키는 건지 알 수 없는 일이니까 말예요. 당신은 참 어수룩한 데가 있어요.」

「좋은 일로 묻고 있어요, 그건 제가 책임질게요, 아주머니.」 하고 신부는 말했다. 「바깥 양반은 그저 정직하게 대답만 해주면 돼요. 아무것도 두려워할 게 없어요.」

「두려워할 것은 없다고요? 그렇지요! 사람들은 언제나 처음에는 감언이설로 꾀어가지고 이런저런 얘기를 하게 해놓고 나중에는 약속 같은 것은 아랑곳도 하지 않고 가버리죠. 그리고 어느 날 아침, 어디선지도 모르게 엉뚱한 불행이 불쌍하게도 집안에 날아들곤 하지요.」

「안심하세요, 아주머니, 맹세코 말하지만 나로 해서 당신들에게 불행이 닥치는 일은 없을 테니까요.」

카르콘트는 뭐라고 알아들을 수 없는 말을 중얼거리고 있었으나 잠시 처들고 있던 머리를 다시 무릎 위에 떨어뜨리고는 열 때문에 덜덜 떨면서 남편에게 멋대로 지껄이게 했다. 그러나 한마디도 놓치지 않으려는 듯이 그냥 그곳에 있었다.

그 사이에 신부는 물을 꿀꺽꿀꺽 마시고 기분을 가라앉혔다.

「그렇다면」 하고 신부는 말을 계속했다. 「그 불행한 노인은 그렇게 죽을 만큼 모든 사람들로부터 버림받고 있었나요?」

「오오!」 하고 카도루스는 말했다. 「카탈로니아 마을의 메르세데스나 모렐 씨는 노인을 저버리고 있었던 것이 아닙니다. 하지만 불쌍한 노인은 페르낭에게는 뿌리 깊은 반감을 가지고 있었지요. 그 페르낭은」 하고 카도루스는 짓궂은 미소를 흘리면서 계속했다. 「단테스가 친구의 한 사람이라고 신부님에게 말한 사나이입니다만.」

「그럼, 그렇지 않았단 말입니까?」 하고 신부가 말했다.

「가스파르! 가스파르!」 하고 층계 위에서 마누라가 속삭였다. 「말을 조심해요.」

카도루스는 초조한 몸짓을 취했다. 그리고 자기의 말을 가로막은 마누라에게는 아무 대꾸도 하지 않고 「단테스의 여자를 원하고 있었는데 어떻게

320

친구가 될 수 있단 말입니까?」하고 신부에게 대답했다.

「사람이 좋은 단테스는 이런 놈들을 모두 친구라고 말하고 있었군요…….
불쌍한 단테스!…… 하지만 결국은 아무것도 몰랐던 쪽이 좋았을 테죠.
죽음의 순간에 그런 놈들을 용서한다는 것은 무척 괴로웠을 테니까요…….
남들은 뭐라고 하든 나는」하고 카도루스는 일종의 조야한 시적 기분이 섞인
그 특유의 말투로 계속했다.「살아 있는 사람의 증오보다는 죽은 사람의
저주가 훨씬 더 무섭습니다.」

「바보 같은 사람!」하고 카르콘트가 말했다.

「그렇다면」하고 신부는 계속했다.「페르낭이 단테스 군에게 무엇을 했는지
알고 계시군요?」

「알고 있다마다요!」

「그럼 그것을 얘기해 주세요.」

「가스파르」하고 마누라가 말했다.「당신은 주인이니까 좋을 대로 하세요.
하지만 나를 믿고 있다면 아무 말도 하지 않는 게 좋을 거예요.」

「이번에는 당신 말이 그럴 듯하군.」하고 카도루스가 말했다.

「그럼 아무 말도 하고 싶지 않단 말이군요?」하고 신부가 따지듯이 말했다.

「해봤자 아무 소용도 없는걸요!」하고 카도루스가 말했다.「단테스가
아직도 살아 있어서 나한테 와서 누가 친구이고 누가 적인가를 분명히 알고
싶다고 말한다면 나도 이런 말은 하지 않을 겁니다. 하지만 신부님 얘기로는
그는 지금은 이미 땅속에 잠들어 있어요. 이제는 미워할 수도, 원수를 갚을
수도 없단 말입니다. 그러니 그런 것은 모두 잊어버립시다.」

「그렇다면」하고 신부는 말했다.「당신이 말한 그런 값어치 없는 가짜
친구에게 우정에 보답하는 선물을 주는 것이 좋다는 얘기입니까?」

「그렇습니다, 신부님 말씀이 옳습니다.」하고 카도루스는 말했다.「게다가
지금의 그 무리들에게는 에드몽의 선물 따위는 아무것도 아닙니다. 큰 바다의
물 한 방울 같은 거지요!」

「그리고 그 사람들은 당신 같은 사람은 당장에 비틀어 넘어뜨릴 수도 있고.」
하고 마누라가 카도루스에게 말했다.

「어째서 말입니까? 그렇다면 그 사람들은 돈이 많은 세력가가 되었단
말입니까?」

「그럼, 그 사람들이 어떻게 되었는지 모르고 계십니까?」

「모릅니다. 그것을 얘기해 주지 않겠습니까?」

카도루스는 잠시 생각에 잠긴 것 같았다.

「아니, 얘기하자면 너무 길어서 말입니다.」하고 그는 말했다.

「얘기를 하고 안 하고는 당신의 자유입니다.」하고 신부는 전혀 무관심한 투로 말했다.「나도 당신의 걱정을 존중하기로 하지요. 게다가 당신의 그러한 태도도 선량한 사람의 그것입니다. 이제 이 이야기는 그만둡시다. 그런데 나는 무슨 일로 왔더라? 그렇지, 그건 아주 간단한 일이었군. 이 다이아 몬드를 팔면 되는 것을.」

그렇게 말하면서 그는 안주머니에서 다이아몬드를 꺼내어 상자 뚜껑을 열었다. 그리고 카도루스의 황홀해하는 눈앞에서 번쩍번쩍 빛나게 했다.

「이봐, 와서 보라고!」하고 카도루스가 목쉰 소리로 마누라에게 말했다.

「다이아몬드라고?」하고 카르콘트는 말하면서 일어나더니 꽤 확실한 걸음걸이로 층계를 내려왔다.「이 다이아몬드, 어떻게 된 거예요?」

「그럼 듣고 있지 않았어?」하고 카도루스가 말했다.「단테스가 우리에게 보내 준 거라고. 우선 자기의 아버지, 그리고 친구로서 페르낭, 당그랄, 그리고 나까지 세 사람, 그리고 약혼녀인 메르세데스에게 말이야. 이 다이아몬드는 오만 프랑의 값어치가 있다고.」

「어머! 예쁜 보석이로군요!」하고 그녀는 말했다.

「그럼 그 금액의 5분의 1이 우리의 것이 된단 말이군요?」하고 카도 루스가 말했다.

「그렇습니다.」하고 신부가 대답했다.「게다가 단테스의 아버지 몫이 추 가됩니다. 그것을 네 사람이 나누면 되는 겁니다.」

「어째서 네 사람이지요?」하고 카르콘트가 물었다.

「어째서라뇨, 당신들 네 사람은 단테스 군의 친구이니까.」

「배신자를 친구라고 할 수는 없지요.」하고 이번에는 마누라가 나직한 목소리로 중얼거렸다.

「그래, 그렇지.」하고 카도루스가 말했다.「나도 그렇게 말했다고. 어쩌면 범죄라고 해도 좋을 배신 행위를 한 놈에게 사례를 하다니 하느님을 모욕하는 일이지 뭔가.」

「그건 당신 생각대로 하겠습니다.」 하고 신부는 다이아몬드를 안주머니에 넣으면서 부드러운 어조로 말했다. 「그럼 에드몽 군의 친구들 주소를 가르쳐 주세요. 그 사람의 마지막 뜻을 실행에 옮기고 싶으니까요.」

큰 땀방울이 카도루스의 이마에서 흘러내리고 있었다. 그는 신부가 일어나서 말에게 눈짓으로 신호를 보내기 위해서인지 문께로 갔다가 다시 돌아오는 것을 보았다.

카도루스와 마누라는 뭐라고 말할 수 없는 착잡한 표정으로 얼굴을 마주보았다.

「다이아몬드는 고스란히 우리 것이 될 수도 있을 것 같은데?」 하고 카도루스가 말했다.

「그렇게 생각해요?」 하고 마누라가 말했다.

「신부님이 거짓말이야 안 하겠지.」

「그럼, 당신 하고 싶은 대로 해요.」 하고 마누라가 말했다. 「나는 참견하지 않을 테니까.」

그렇게 말하고 그녀는 여전히 부들부들 떨면서 층계를 올라갔다. 몹시 더웠으나 그녀는 덜걱덜걱 소리나게 이를 떨고 있었다.

마지막 단에서 그녀는 잠깐 멈춰 서서 「잘 생각해서 해요, 가스파르!」 하고 말했다.

「벌써 결심했어.」 하고 카도루스가 말했다.

카르콘트는 후우 한숨을 내쉬고 자기 방으로 들어갔다. 그녀가 안락의자에 이르러 털썩 주저앉을 때까지 그녀의 발 밑에서 천장이 삐거덕거리고 있었다.

「어떻게 결심했습니까?」 하고 신부가 물었다.

「신부님에게 모든 것을 말씀드리기로 결심했습니다.」 하고 카도루스가 대답했다.

「사실, 그러는 것이 좋으리라고 생각합니다.」 하고 신부가 말했다. 「나는 당신이 숨기고 싶어하는 것을 꼭 들어야 하겠다는 것은 아닙니다. 다만 그 사람의 선물을 그 사람이 바라는 대로 분배할 수 있도록 나를 인도해 주면 되는 것입니다.」

「나도 그렇게 하고 싶습니다.」 하고 카도루스는 기대와 탐욕으로 두 볼을 빨갛게 물들이면서 대답했다.

「그럼, 얘기를 들어 봅시다.」하고 신부가 말했다.

「잠깐 기다려 주십시오.」하고 카도루스가 말했다.「이야기의 가장 흥미 있는 곳에서 방해를 받으면 불쾌합니다. 게다가 신부님이 여기에 오신 것을 남들에게 알릴 필요도 없고요.」

그렇게 말하고 그는 입구로 가서 문을 닫고 그리고는 조심스럽게 빗장까지 질렀다.

그 사이에 신부는 편안한 자세로 이야기를 들을 수 있는 장소를 골랐다. 그리고 자기가 그림자 속에 있을 수 있도록 방의 구석 쪽에 자리를 잡고 앉았다. 그래서 상대방의 얼굴 위에 광선이 정면으로 비쳤다. 신부는 고개를 숙이고 두 손을 깍지낀다기보다는 오히려 경련적으로 꽉 움켜쥐고 귀를 기울여 들을 자세를 취했다.

카도루스는 걸상을 끌어당겨서 신부의 정면에 앉았다.

「내가 억지로 권하지 않았다는 것은 기억해 둬야 해요!」하고 카르콘트의 떨리는 목소리가 말했다. 마치 마루바닥을 통해서 이제부터의 장면이 환히 꿰뚫어보이기라도 한 것 같았다.

「알았어, 알았어.」하고 카도루스가 말했다.「더 이상 말하지 않아도 돼. 책임은 내가 질 테니까.」

그렇게 말하고 그는 이야기를 시작했다.

27. 이야기

「우선」하고 카도루스가 말했다.「한 가지 약속을 해주시지 않으면 안 되겠습니다.」

「뭔데요?」하고 신부는 물었다.

「그것은 지금부터 제가 하는 이야기를 어떤 일에 이용하시더라도 제가 이야기했다는 것은 절대 비밀로 해달라는 것입니다. 왜냐하면 지금부터 이야기하는 사람들은 돈많은 세력가여서 손가락만 까딱해도 저 같은 사람은 박살이 나게 되어 있으니까요.」

「안심하십시오.」 하고 신부는 말했다. 「나는 신부입니다. 참회는 내 가슴 속에서 지워지고 맙니다. 우리의 친구의 마지막 뜻을 훌륭하게 수행하는 것 이외에는 아무런 목적도 없다는 것을 기억해 주십시오.

자, 미움을 가미하지 않음과 동시에 주관도 섞지 마시고 얘기해 주시기 바랍니다. 진실을 모두 밝혀 주십시오. 나는 당신이 지금부터 이야기하는 사람들은 알지도 못하거니와 또 앞으로도 영원히 알 수 없을 겁니다. 게다가 나는 이탈리아 인이지 프랑스 인이 아닙니다. 또 나는 하느님에게 봉사하고 있지 인간에게 봉사하고 있는 것이 아닙니다. 다만 죽어가는 인간이 당부한 마지막 뜻을 수행하기 위해서 수도원에서 나왔으니까 이 일이 끝나면 다시 그곳으로 돌아갑니다.」

이러한 분명한 약속은 카도루스를 조금 안심시킨 것 같았다.

「자, 그러면」 하고 카도루스는 말했다. 「얘기를 시작하겠습니다만 우선 저 불쌍한 에드몽이 진실한 친구라고 생각하고 있던 자들의 우정에 대해 진짜 내막을 말씀드리지 않으면 안 되겠습니다.」

「단테스 군의 아버지 얘기부터 해주시지 않겠습니까?」 하고 신부가 말 했다. 「단테스 군은 깊은 애정을 바치고 있던 그 노인 얘기를 언제나 나에게 하곤 했으니까요.」

「정말 불쌍한 일입니다.」 하고 카도루스는 고개를 저으면서 말했다. 「처음 부분은 아마 알고 계실 줄로 생각됩니다만.」

「알고 있습니다.」 하고 신부는 대답했다. 「마르세이유의 조그만 술집에서 체포될 때까지의 일은 단테스 군이 얘기해 주었습니다.」

「라 레젤브 정이에요! 아아! 그래요! 마치 어제의 일처럼 기억에 새 로워요.」

「약혼 피로연 석상에서의 일 아니었던가요?」

「그래요. 식사는 즐겁게 시작되었습니다만 슬프게 끝났습니다. 네 명의 병사를 거느린 경부가 찾아와서 단테스를 붙잡아갔지요.」

「거기까지는 나도 알고 있습니다.」 하고 신부는 말했다. 「단테스 군 자신도 완전히 자기와 관계된 일밖에는 모르더군요. 왜냐하면 아까 말씀드린 그 다섯 명 중의 누구와도 그 뒤로는 만난 적도 없고 또 소식을 들은 적도 없기 때문이지요.」

「그런데 단테스가 붙잡혀가자 모렐 씨가 사정을 알아보러 갔습니다. 그러나 알아낸 사실은 실로 슬픈 일이었습니다. 아버지는 혼자서 집으로 돌아와 울면서 예복을 챙겨 넣고는 하루종일 방안을 왔다갔다하면서 밤이 되어도 잠자리에 들려고 하지 않았습니다. 나는 바로 노인의 방 아래층에 살고 있었기 때문에 밤새 방안을 서성거리는 발소리를 들을 수가 있었습니다.

나까지 잠을 잘 수가 없더군요. 불쌍한 노인의 슬픔을 생각하자 뭐라고 말할 수 없는 안타까운 심정이 되어서 말입니다. 노인의 한 발짝 한 발짝이 마치 내 가슴을 짓누르기라도 하는 것처럼 심장이 답답해져서 말입니다.

다음날 메르세데스는 마르세이유에 가서 빌포르 씨에게 도움을 청했습니다. 그러나 아무것도 얻은 것은 없었습니다. 그녀는 돌아오는 길에 노인에게 들렀습니다. 노인이 완전히 맥을 못 추고 잠자리에도 들지 않고 하룻밤을 꼬박 새운 데다 전날부터 아무것도 먹지 않은 것을 보고는 자기 집으로 데리고 가서 보살펴 주려고 생각했지요. 그러나 노인은 끝내 그것을 받아 들이지 않았습니다.

『아니다, 나는 이 집에서 떠나지 않는다. 불쌍한 아들놈이 누구보다도 사랑하고 있던 사람은 나다. 그러니까 감옥에서 나오면 맨 먼저 나를 보러 달려올 테니까 말이다. 만일 내가 여기에서 기다리지 않는다면 아들놈이 뭐라고 하겠니?』하고 말하면서 말입니다.

나는 그러한 얘기를 모두 층계참에서 듣고 있었습니다. 메르세데스가 노인의 결심을 돌려서 모시고 가기를 바라고 있었기 때문이지요. 그 발소리가 밤새 머리 위에서 울리기 때문에 나는 잠시도 쉴 수 없었으니까 말입니다.」

「하지만 당신 자신은 노인의 방으로 찾아가서 위로를 해드리지는 않았습니까?」하고 신부가 물었다.

「하지만 신부님!」하고 카도루스는 대답했다.「위로를 받고 싶어하지 않는 사람은 위로할 수가 없는 법입니다. 그런데 노인은 위로를 받고 싶어하지 않았어요.

게다가 어째서인지 모르지만 내 얼굴을 보기조차 싫어하는 것 같은 눈치였어요. 하지만 어느 날 밤, 노인이 흐느껴 울고 있는 소리를 듣고는 도저히 참을 수가 없어서 위로 올라갔지요. 하지만 문간까지 갔을 때는 노인은 이미 울고 있지 않았습니다.

그리고 기도를 하고 있었습니다. 그때의 감동적인 말은, 애원의 말은, 도저히 내 입으로는 표현할 수가 없습니다. 그것은 애처로운 것 이상이었습니다. 괴로운 것 이상이었습니다.

그래서 나는 신앙을 가진 사람도 아니고 예수회의 수도사도 싫어하는 사람이었지만 그때는 이렇게 생각했지요. 내가 외톨박이이고 하느님으로부터 아들을 점지받지 못한 것은 정말로 고마운 일이라고 말입니다.

왜냐하면 만일 내가 아버지의 입장에서 그 불쌍한 노인 같은 슬픈 꼴을 당했다면 아무리 생각해도 그 노인이 하느님에게 한 것 같은 말은 생각나지 않아서 더 이상 괴로워하고 싶지가 않아 느닷없이 바다에 몸을 던져 버렸을 테니까요.」

『불쌍한 아버지!』 하고 신부는 중얼거렸다.

「노인은 날로 더 외로워졌습니다. 모렐 씨와 메르세데스는 노상 찾아오곤 했지만 문은 계속 잠겨 있었습니다. 확실히 방안에 있는데도 대답을 하지 않는 것이었습니다.

그러다가 어느 날, 희한하게도 노인은 메르세데스를 맞아들였습니다. 그리고 불쌍한 아가씨가 자신은 절망하고 있으면서도 노인을 위로하려고 하자 『얘 아가야, 그애는 죽었단다. 우리가 그애를 기다리는 것이 아니라 그애가 우리를 기다리고 있단다. 나는 정말 행복하구나. 가장 나이가 많은 내가 맨 먼저 그애를 만날 수 있을 테니까 말이다.』 하고 말하더군요.

아무리 이쪽이 친절하더라도 이쪽의 마음을 우울하게 해주는 사람에게는 점점 발길이 멀어지는 법입니다. 마지막에는 노인은 정말 외톨박이가 되고 말았습니다.

때때로 낯선 사람이 그 노인의 방으로 올라가는 것밖에 보이지 않게 되었습니다. 그 사람들은 무슨 보따리 같은 것을 감추어가지고 돌아가곤 했습이다. 그 보따리가 무엇이었는지 나중에야 알게 되었습니다. 노인은 생활에 필요한 돈을 마련하기 위해서 가진 것을 조금씩 팔고 있었던 것입니다.

마지막에는 노인은 허름한 누더기옷까지 팔아야만 했습니다. 집세가 석 달치나 밀렸습니다. 집 주인은 방을 비워 달라고 말했습니다. 노인은 일주일만 기다려 달라고 부탁했습니다. 그래서 집주인도 그것을 양해했습니다. 나는 이러한 경위를 모두 알고 있었습니다. 왜냐하면 집주인은 돌아가는 길에 꼭 나한테 들르곤 했으니까요.

그로부터 사흘 동안은 여느 때와 마찬가지로 발소리가 들렸습니다. 그런데 나흘째가 되었을 때 아무 소리도 이미 들리지 않게 되었습니다. 나는 용기를 내어 올라가 보았습니다. 그랬더니 문은 잠가져 있었습니다. 하지만 열쇠 구멍으로 들여다보았더니 몹시 야위어서 창백해진 노인의 얼굴이 보였습니다.

그래서 나는 노인이 중태라고 생각해서 모렐 씨에게 알리고 메르세데스에게 달려갔습니다. 두 사람 모두 즉시 달려왔습니다. 모렐 씨는 의사를 데리고 왔습니다. 의사는 위장염이라는 진단을 내리고 단식을 명했습니다. 나는 그 자리에 있었습니다만 의사의 이 말을 들을 때의 노인의 미소는 언제까지나 잊을 수 없을 것입니다.

그때부터 입구의 문은 노상 열려진 채 있었습니다. 이제 식사를 안 해도 된다는 구실이 생겼기 때문이었습니다. 의사가 단식을 명령했으니까 말입니다.」

신부는 신음 비슷한 소리를 내었다.

「이 얘기에 꽤 흥미를 느끼시는 것 같군요 ?」 하고 카도루스가 말했다.

「그래요.」 하고 신부는 대답했다. 「정말 불쌍한 얘기군요.」

「그런 다음 메르세데스가 또 찾아왔을 때 노인의 모습이 너무나도 이상했으므로 처음 왔을 때와 마찬가지로 노인을 자기의 집으로 모셔가려 했습니다. 모렐 씨도 같은 의견이어서 억지로라도 노인을 데리고 가려고 했습니다. 그러나 노인이 너무나도 큰소리로 고함을 질렀기 때문에 두 사람은 무서워졌습니다.

메르세데스는 노인의 베개맡에 남았습니다. 모렐 씨는 난로 선반 위에 지갑을 놓고 간다는 것을 아가씨에게 눈짓으로 알리고는 돌아갔습니다. 그러나 노인은 의사의 명령을 방패삼아 아무것도 먹으려고 하지 않았습니다. 마침내 절망과 단식의 9일이 지난 뒤 자기를 불행하게 만든 사람들을 저주하면서 죽고 말았습니다. 그때 노인은 메르세데스에게 『만일 에드몽을 만나게 되면 나는 그의 행복을 빌면서 죽었다고 전해 다오.』 하고 말했습니다.」

신부는 일어나서 떨리는 손을 바싹 마른 목에 갖다대면서 방안을 두 번 돌았다.

「그래 당신 생각으로는 노인의 사망 원인이……」

「굶어 죽은 거예요, 신부님. 굶어 죽은 거예요.」하고 카도루스는 말했다. 「이것은 우리 두 사람이 그리스도교의 신자인 것과 마찬가지로 확실한 일이에요.」

신부는 경련이 일어난 손으로 아직 물이 절반 남아 있는 컵을 들어 그것을 단숨에 쭉 들이키고는 다시 자리에 앉았다. 눈은 빨갛게 충혈되고 볼은 창백해져 있었다.

「이 무슨 불행이람!」하고 신부는 목쉰 소리로 말했다.

「하느님은 전혀 모르시고 다만 인간들에 의해 꾸며진 일이었던 만큼 한층 더 큰 불행입니다.」

「그럼 그 인간들의 애기로 옮겨갑시다.」하고 신부는 말했다.「하지만 아시겠습니까?」하고 신부는 거의 위협하는 듯한 어조로 말했다.「당신은 모든 것을 이야기하겠다고 약속했지요? 자, 아들을 절망 끝에 죽게 하고 아버지를 굶어 죽게 만든 인간들이란 대체 누구입니까?」

「그것은 단테스를 시기한 두 사람의 사나이입니다. 페르낭과 당그랄이지요. 한 사람은 사랑 때문에, 한 사람은 야심 때문에 그를 시기했지요.」

「그런데 그 질투는 어떤 형태로 나타났는가요?」

「놈들은 에드몽을 보나파르트 당의 스파이라고 밀고한 것입니다.」

「하지만 두 사람 가운데 어느 쪽이 밀고했지요? 어느 쪽이 진짜 죄인이지요?」

「두 사람 모두예요, 신부님. 한 사람이 편지를 쓰고 다른 한 사람이 그것을 우편으로 부쳤어요.」

「그래 그 편지는 어디에서 씌어졌지요?」

「결혼 전날 그 라 레젤브 정에서요.」

『흠, 그렇군, 그렇군.』하고 신부는 중얼거렸다.『아아, 파리아 신부! 파리아 신부! 당신은 인간이나 사물을 너무나 잘 아십니다!』

「뭐라고 하셨지요? 신부님」하고 카도루스가 물었다.

「아니, 아무것도 아니예요.」하고 신부는 대답했다.「자, 애기를 계속해 주세요.」

「당그랄이 자기의 필적을 속이기 위해 왼손으로 밀고장을 썼고 페르낭이 그것을 부친 거예요.」

「그렇다면」 하고 갑자기 신부가 소리질렀다. 「당신도 그 자리에 있었단 말이군요?」

「제가요?」 하고 카도루스는 허를 찔려가지고 허둥대며 말했다. 「누가 그런 소리를 하던가요?」

신부는 자기가 너무 흥분했다는 것을 깨달았다.

「아니, 누가 그런 것은 아니고」 하고 신부는 말했다. 「하지만 너무 자질구레한 점까지 알고 계셔서 그 자리에서 보고 있었던 것은 아닌가 하고요.」

「아니, 사실이 그래요.」 하고 카도루스는 목을 졸린 것 같은 목소리로 말했다. 「나도 거기에 있었어요.」

「그런데도 당신은 그런 수치스러운 일에 반대하지 않았단 말입니까?」 하고 신부는 말했다. 「그렇다면 당신도 공범자인 셈이군요.」

「아닙니다, 신부님.」 하고 카도루스는 말했다. 「놈들은 둘이서 내가 이성을 잃도록 술을 먹였어요. 나는 이미 모든 것이 안개 같은 것을 통해서밖에는 보이지 않았어요. 나는 그러한 경우에 사람으로서 할 수 있는 말은 모두 다 했어요. 하지만 놈들 둘은 이것은 단지 장난일 뿐이다, 이런 장난을 해봤자 별다른 변화는 없을 것이라고 말했어요.」

「다음날 그것이 어떤 결과가 되었는지 눈으로 보셨지요? 그런데도 당신은 아무 얘기도 하지 않았어요. 체포되었을 때도 그 자리에 있었으면서 말입니다.」

「네, 신부님, 나는 거기에 있었습니다. 나는 말을 하려고 했습니다. 모든 것을 털어놓으려고 생각했습니다. 하지만 당그랄이 나를 제지했습니다.

『혹시 그가 죄인이고 정말로 엘바 섬에 들러서 파리의 보나파르트 당 본부에 보내지는 편지를 맡아 가지고 있고 그 편지를 가지고 있다는 것이 발견되는 날엔 그를 변호한 사람은 모두 똑같은 공범자로 몰리게 되는 거야.』 하고 그는 나에게 말했습니다.

솔직이 말해서 그 당시의 정치는 무서웠기 때문에 나는 잠자코 있었습니다. 비겁했다는 것은 솔직이 인정합니다. 하지만 죄를 짓지는 않았습니다.」

「알았어요. 즉 사건을 되어가는 대로 보고 있었다는 얘기군요?」

「그래요, 신부님.」하고 카도루스는 대답했다. 「나는 그것을 밤낮없이 후회하고 있어요. 나는 언제나 하느님에게 용서를 빌고 있어요. 내 일생을 통해 정말로 자기를 탓하지 않으면 안될 일은 단지 이것 하나뿐이고 게다가 어쩌면 이것이 지금의 불운을 가져오게 된 원인이 된 것처럼 생각되기도 해서 더더욱 나는 하느님에게 빌고 있어요.

나는 그때의 일시적인 이기주의에 대한 죄갚음을 하려고 생각하고 있어요. 그래서 카르콘트가 뭐라고 불평을 말하면 나는 언제나 이렇게 말해 주곤 해요. 『잠자코 있어. 이것도 하느님의 뜻이야.』라고 말입니다.」

그렇게 말하고 카도루스는 진심으로 후회하고 있다는 듯이 고개를 숙였다.

「좋아요.」하고 신부는 말했다. 「당신은 솔직하게 얘기해 주었어요. 그렇게까지 자기를 탓하고 있으니까 하느님은 틀림없이 용서해 주실 겁니다.」

「하지만 운이 나쁘다 보니까.」하고 카도루스는 말했다. 「단테스는 죽고 말았습니다. 그러니 나는 그에게서 용서를 받을 수는 없게 되었습니다.」

「하지만 단테스 군은 아무것도 알고 있지 못했소…….」하고 신부는 말했다.

「그러나 지금은 아마 알고 있을 겁니다.」하고 카도루스는 말했다. 「죽은 사람은 뭐든지 알고 있다고 하니까요.」

잠시 침묵이 계속되었다. 신부는 일어나서 생각에 잠긴 채 방안을 왔다 갔다했다. 그러다가 다시 본래의 자리로 돌아와서 앉았다.

「당신은 벌써 두서너 차례 모렐 씨인가 하는 사람의 이름을 거론했지요?」하고 신부는 말했다. 「그 사람은 어떤 사람이지요?」

「그 사람은 파라온 호의 선주로서 단테스의 주인이었던 사람입니다.」

「그런데 그 사람은 이 슬픈 사건이 일어났을 때 어떤 역할을 했지요?」하고 신부는 물었다.

「정직하고 용기가 있고 그리고 애정이 있는 사람으로서의 역할을 수행해 주었습니다. 몇 차례나 단테스를 위해서 애를 쓰셨습니다. 황제가 돌아오시자 편지를 쓰기도 하고 탄원서를 내기도 하고 마지막에는 직접 담판까지 벌였습니다.

그래서 제2 왕정 복고가 이루어지자 보나파르트 당원이라고 해서 몹시 박해를 당했습니다.

그리고 아까도 말씀드렸지만 몇 차례나 단테스의 아버지에게 찾아와서 자기의 집으로 데려가려고 했습니다. 그리고 죽기 전날인가 전전날에는, 이것도 아까 말씀드렸습니다만, 난로 선반 위에 지갑을 남겨 놓고 가셨습니다. 그 돈으로 사람들은 노인의 빚을 갚고 장례식을 치를 수가 있었습니다.

이렇게 해서 불쌍한 노인은 살아 있을 때와 마찬가지로 누구에게도 폐를 끼치지 않고 죽을 수가 있었습니다. 그 지갑은 제가 아직도 가지고 있습니다. 빨간 레이스가 달린 큰 지갑이지요.」

「그래서」 하고 신부는 물었다. 「그 모렐 씨는 아직도 살아 계신가요?」

「네.」 하고 카도루스가 대답했다.

「그렇다면」 하고 신부는 말했다. 「그분은 하느님의 축복을 받고 계실 것이 틀림없군요. 유복하고…… 행복하게 살고 계시겠지요?」

카도루스는 쓴웃음을 지었다.

「그렇지요, 나와 비슷하게 행복하지요.」

「그럼 모렐 씨가 불행하단 말입니까?」 하고 신부는 소리질렀다.

「비참하다 못해 암담한 상태에 빠져 계시답니다, 신부님. 게다가 명예롭지 못한 꼴을 당하려 하고 있답니다.」

「그건 무슨 뜻인가요?」

「실은 이렇답니다.」 하고 카도루스는 계속했다. 「25년간이나 일을 하시고 마르세이유 상업계의 가장 명예로운 지위를 얻고 계시면서 빈털터리가 되신 겁니다.

2년 동안에 다섯 척의 배를 잃고 세 번이나 은행 파산을 당했습니다. 그래서 지금은 옛날에 그 불쌍한 단테스가 지휘했던 파라온 호가 양홍(洋紅 : 붉은 염료)과 쪽을 실고 인도에서 돌아오는 것이 마지막 남은 희망으로 되어 있습니다. 만일 이 배도 지금까지와 마찬가지로 어떤 사고를 만나 돌아오지 못하게 된다면 그야말로 파산입니다.」

「그리고 그 불쌍한 분에게는」 하고 신부가 물었다. 「부인이나 자녀가 있겠지요?」

「네. 이런 불행을 당하면서도 부인은 마치 성녀(聖女)처럼 행동하고 계십니다. 따님은 사랑하는 사람과 곧 결혼을 하게 되어 있는데 그쪽 집에서는 파산한 집의 딸과는 결혼을 시킬 수가 없다고 말하고 있습니다.

그리고 아드님이 계십니다. 육군 중위이지요. 아시겠지만 이러한 부인과 자녀가 있다는 것은 불쌍하게도 모렐 씨의 괴로움을 누그러뜨리기는커녕 오히려 그것을 배가시키고 있는 셈입니다. 혼자몸이라면 머리에 총알 한 방만 쏘면 그것으로 모든 것이 끝날 텐데 그럴 수가 없으니 말입니다.」

「가혹한 일이군!」하고 신부는 중얼거렸다.

「하느님은 인간의 좋은 행실에 대해 보상해 주신다고 했지만 실제는 이런 상황이랍니다.」하고 카도루스는 말했다.「보십시오, 지금 말씀드린 것 이외에는 아무것도 나쁜 짓을 한 적이 없는 나도 이렇게 찢어지게 가난한 생활을 하고 있으니까요.

마누라가 열병으로 죽어가고 있어도 아무것도 해줄 수가 없으니 저 단테스의 아버지처럼 굶어 죽고 말겠지요. 그런데도 페르낭과 당그랄은 호화롭기 그지없는 생활을 하고 있으니 정말 기가 찰 노릇이지요.」

「그건 또 무슨 얘깁니까?」

「놈들에겐 모든 일이 순조롭게 돼간단 말입니다. 정직한 사람은 모든 게 나쁜 쪽으로만 굴러가는데 말입니다.」

「당그랄은 어떻게 되었나요? 이놈이 가장 지독한 악인이지요! 악의 장본인은 이 사나이이지요?」

「어떻게 되었느냐고요? 놈은 마르세이유를 떠났습니다. 놈은, 놈의 죄를 모르고 계시는 모렐 씨의 추천으로 어느 스페인 은행에 서기로 들어갔습니다. 그리고 스페인 전쟁 때 프랑스 군의 물자 조달 관계의 일부를 떠맡아 한 재산 만들었습니다. 그리고 그 돈으로 땅 투기를 해서 자본을 세 배, 네 배로 늘렸습니다.

그 은행의 딸과 결혼했지만 사별하게 되어서 어느 과부와 재혼을 했습니다. 그런데 이 과부가 나르곤느 부인이라고, 지금의 국왕의 시종으로서 국왕이 무척 좋아하는 세르비유 씨의 딸입니다. 그래서 놈은 백만장자가 되었고 남작의 작위를 받았습니다. 그래서 놈은 지금 당그랄 남작이 되어서 몽 블랑 거리에 훌륭한 저택을 가지고 있습니다. 마굿간에는 말이 열 마리, 대기실에는 하인이 여섯 명, 금고에는 몇 백만이 있는지 모른다는 백만장자입니다.」

「아아!」하고 신부는 이상한 투의 목소리로 말했다.「그래서 그는 행복한가요?」

「아아! 행복하냐고요? 그야 아무도 모르지요. 행인지 불행인지는 벽의
비밀이지요. 벽에는 귀는 있지만 혀는 없으니까요. 큰 재산만 있으면 행복
하다고 한다면 당그랄은 행복할 테지요.」

「그럼 페르낭은요?」

「페르낭은 당그랄과는 또 다르지요!」

「하지만 돈도 없고 교육도 없는 보잘것없는 카탈로니아의 어부가 어떻게
재산을 만들었지요? 솔직이 말해서 나로서는 알 수가 없군요.」

「그건 아무도 모르지요. 그에게는 뭔가 남이 모르는 불가사의한 비밀이
있었을 겁니다.」

「하지만 겉으로 볼 때 어떤 단계를 더듬어서 그런 큰 재산과 높은 지위를
얻었을까요?」

「그 양쪽을 모두 손에 넣었으니까요! 재산과 지위를 함께 손에 넣었으
니까요?」

「마치 소설 같은 얘기군요.」

「사실 소설 같지요. 들어 보세요. 그러면 아시게 될 겁니다.

페르낭은 황제가 돌아오시기 며칠 전에 군대에 징집되었지요. 부르봉 왕조
시대에는 카탈로니아 마을 사람들은 군대에 나가지 않아도 되었지요. 그러나
나폴레옹이 돌아오자 비상 소집이 내렸지요. 그래서 페르낭은 꼼짝없이 병
역에 복무하게 되었습니다. 나도 징집을 당했지만 페르낭보다는 나이도 많고
게다가 갓 결혼한 처지여서 해안 방비에 돌려지는 것으로 끝났습니다.

그러나 페르낭은 주력 부대에 편입되었고 그 연대와 함께 국경 방면으로
떠나 리니 전투에 참가했습니다.

전투가 있었던 다음날 밤, 그는 어떤 장군의 숙사 입구에서 보초를 서고
있었습니다. 이 장군이란 자는 진작부터 적과 내통하고 있던 놈이었습니다.
마침 그날 밤 장군은 영국군에 가세하기로 되어 있었습니다. 장군은 페르
낭에게 따라오라고 유인했습니다. 페르낭은 그 유인에 따라서 자기의 근무를
버리고 장군을 따라갔습니다.

만일 나폴레옹이 계속 제위에 머물러 있었다면 페르낭은 군법 회의에
회부되었겠지만 부르봉 왕조가 들어서는 바람에 그것이 오히려 그에게는
유리하게 작용했습니다.

　그는 소위가 되어 프랑스로 돌아왔습니다. 그리고 예의 장군이 계속 뒤를 받쳐 주었기 때문에 1823년의 스페인 전쟁 때는 대위가 되어 있었습니다. 즉 그것은 당그랄이 최초의 투기를 시작한 무렵이었습니다.

　페르낭은 본래 스페인 인이었으므로 그의 모국인들의 동태를 살피러 마드리드로 파견되었습니다. 그는 마드리드에서 당그랄과 재회해서 여러가지를 의논했습니다. 그는 장군에게 마드리드와 지방의 왕당파에 대한 원조를 약속했었는데 훌륭히 그 약속을 성립시키고 또 이쪽에서도 여러가지 교환 약속을 주어 그의 연대를 그만이 알고 있는 길로부터 왕당의 군대가 지키고 있는 좁은 길로 인도했습니다.

　결국 이때의 짧은 전투에서 공을 세웠다고 해서 트로카델로를 점령한 뒤에 대령으로 임명되었고 레종 도뇌르 훈장과 백작의 칭호를 받게 되었습니다.」

　「운명이로군! 이것이 운명이라는 것이로군!」 하고 신부는 중얼거렸다.

　「그렇습니다. 하지만 들어 보세요. 이야기는 아직 끝난 것이 아니니까요. 스페인 전쟁이 끝나자 유럽에는 긴 평화가 계속될 것 같은 기미가 보였고 페르낭의 앞길도 이제 한계에 달한 것처럼 보였습니다.

　그러던 참에 그리스가 단독으로 터키에 반항하여 독립 전쟁이 시작되었습니다. 모든 사람들의 눈은 아테네로 향해졌고 그리스 인에 동정하여 원조의 손길을 뻗치는 것이 유행처럼 되었습니다. 프랑스 정부도 공개적으로 그리스 인을 수호하지는 않았지만 아시다시피 개인으로서 그리스에 출정하는 것은 묵인하고 있었습니다. 그래서 페르낭은 여전히 군적을 가진 채로 그리스 군에 종군하겠다고 지원했고 또 허가를 받았습니다.

　얼마 뒤에 사람들은 모르셀 백작——그는 자기를 이렇게 불렀습니다——이 교도(教導) 담당 장군이라는 자격으로 알리 파샤 군대에 들어갔다는 것을 알게 되었습니다.

　아시다시피 알리 파샤는 살해되었습니다. 그러나 죽기 전에 페르낭의 공적에 보답하기 위해 막대한 돈을 그에게 주었습니다. 그는 그것을 가지고 프랑스로 돌아왔고 그리고 중장이 되었습니다.」

　「그래서 지금은요?」 하고 신부가 물었다.

　「그래서 지금은」 하고 카도루스는 이야기를 계속했다.「파리의 에르데 거리 27번지에 훌륭한 저택을 가지고 있습니다.」

신부는 입을 벌린 채 잠시 망설이고 있는 것 같았으나 지긋이 자기를 억제하면서 말했다.

「그런데 메르세데스는 종적을 감추었다고 들었습니다만」

「종적을 감추어요 ?」하고 카도루스는 말했다.「그렇지요, 햇님이 다음날에 좀더 예쁘게 반짝이면서 떠오르기 위해 모습을 감추는 것처럼 그렇게 말이지요.」

「그렇다면 그 아가씨도 한 재산 만들었단 말입니까 ?」하고 신부는 야릇한 미소를 띠면서 물었다.

「메르세데스는 지금은 파리에서도 일류에 속하는 귀부인의 한 사람이 되어 있어요.」하고 카도루스가 말했다.

「계속해 주세요.」하고 신부는 말했다.「마치 꿈이야기라도 듣고 있는 것 같군요. 하지만 나는 지금까지 꽤 기묘한 일들을 많이 보아왔기 때문에 당신의 이야기를 듣고도 그다지 놀랍지는 않습니다만.」

「메르세데스는 처음 한동안은 에드몽이 붙잡힌 타격으로 낙심하고 있었습니다. 아까도 말씀드린 대로 아가씨는 빌포르 씨에게 탄원도 하고 단테스의 아버지에게 아낌없이 봉사를 하기도 했습니다.

이렇게 아가씨가 절망하고 있을 때 또다시 새로운 슬픔이 덮쳤습니다. 페르낭이 군대에 끌려 나간 것입니다. 아가씨는 페르낭이 저지른 죄는 몰랐기 때문에 오빠처럼 생각하고 있었던 겁니다.

페르낭마저 없게 되자 메르세데스는 외톨박이가 되었습니다.

눈물 속에서 석 달이 지났습니다. 에드몽으로부터도 소식이 없고 페르낭에게서도 소식이 없었지요. 자기의 눈으로 똑똑히 본 것은 노인이 절망 속에서 죽어갔다는 것뿐이었습니다.

어느 날 저녁, 그녀는 언제나와 마찬가지로 한쪽은 마르세이유, 한쪽은 카탈로니아 마을로 통하는 두 갈래 길의 모퉁이에 하루종일 앉아 있다가 여느 때와는 달리 몹시 지쳐가지고 자기의 집으로 돌아왔습니다. 이 두 갈래 길의 어느 쪽으로부터도, 연인도 친구도 돌아오지는 않았습니다. 또 어느 쪽으로부터도 소식은 없었습니다.

그때 갑자기 귀에 익은 발소리가 들린 것처럼 생각되었습니다. 불안한 마음으로 돌아보았을 때 입구의 문이 열리며 소위의 군복을 입은 페르낭의 모습이 나타났습니다.

그 사람은 아가씨가 울면서 생각하고 있던 사람의 절반의 값어치도 없는 사람이었습니다. 하지만 지금까지의 생활의 일부분을 차지하고 있던 사람이 돌아와 준 것입니다.

메르세데스는 반가운 생각에 페르낭의 손을 잡았습니다. 그런데 페르낭 쪽에서는 메르세데스가 자기를 사모하고 있는 것으로 생각했습니다. 그러나 그것은, 자기는 이제 이 세상에서 외톨박이가 아니다, 오랜 고독한 생활 끝에 가까스로 친구를 만났다는 기쁨에 지나지 않았던 것입니다.

물론 이것은 말씀드리지 않으면 안 되겠습니다만 메르세데스도 결코 페르낭이 싫지는 않았던 것입니다. 다만 사랑하고 있지 않았다는 것뿐입니다. 다른 사나이가 메르세데스의 마음을 전부 움켜쥐고 있었던 것입니다. 그러나 이 다른 사나이가 없어졌다…… 행방 불명이 되었다…… 어쩌면 죽었는지도 모른다…… 거기까지 생각하자 메르세데스는 울고불고 슬픔으로 팔을 비틀며 몸부림을 쳤습니다.

옛날에는 남들이 우회적으로 얘기를 해도 떨쳐 버릴 수 있었던 이 생각이 지금은 자연스럽게 마음에 떠올랐습니다. 게다가 단테스의 아버지도 언제나 입버릇처럼 『에드몽은 죽었어. 왜냐하면 죽지 않았다면 나한테 돌아올 텐데 돌아오지를 않으니까 말야.』 하고 말하고 있었으니까요.

앞에서도 말씀드린 것처럼 노인은 그 뒤 돌아가셨습니다. 만일 노인이 살아 있었더라면 메르세데스는 아마 다른 남자의 마누라가 되지는 않았을 것입니다. 노인이 부정(不貞)을 비난했을 테니까요.

페르낭도 그것을 잘 알고 있었습니다. 그래서 노인이 죽었다는 얘기를 듣고 다시 돌아왔습니다. 이번에는 중위가 되어 있었습니다. 처음에 왔을 때는 사랑의 말 같은 것은 한마디도 입밖에 내지 않았었습니다. 그러나 이번에는 자기가 사랑하고 있다는 것을 상기시켰습니다.

메르세데스는 6개월만 대답을 기다려 달라고 부탁하고 단테스가 돌아오기를 기다리며 그를 생각하여 한없이 울었습니다.」

「결국」 하고 신부는 쓴웃음을 지으면서 말했다. 「일 년 반을 기다린 것이 되는군요. 아무리 사랑받고 있던 남자라도 그 이상 기다리라고는 요구할 수 없을 테지요.」

그리고 나서 신부는 저 영국 시인의 말을 중얼거렸다. 「약한 자여, 너의 이름은 여자이니라!……」

「6개월이 지나자」하고 카도루스는 이야기를 계속했다. 「아쿠르의 교회에서 결혼식이 거행되었습니다.」

「에드몽 군과 식을 올리기로 되어 있던 그 교회로군요.」하고 신부는 중얼거렸다. 「상대가 달라졌다는 것뿐이로군.」

「그래서 메르세데스는 결혼을 했습니다.」하고 카도루스는 계속했다. 「사람들의 눈에는 그녀가 침착한 것처럼 보였지만 라 레젤브 정 앞을 지날 때 기절하고 말았습니다. 그곳은 일 년 반 전에 지금도 아직 사랑하고 있는 남자와——자기의 마음속을 깊이 들여다본다면 지금도 아직 사랑하고 있었지요——약혼 피로연을 베풀었던 장소이니까요. 페르낭은 한층 더 행복해졌습니다. 하지만 전보다는 침착하지를 못했습니다. 그 무렵에 나는 그를 만났는데 그는 노상 에드몽이 돌아올까 봐 무서워하고 있었습니다. 그래서 페르낭은 곧 아내를 이 고장에서 떠나게 하고 자기도 이곳을 떠날 생각을 했습니다. 카탈로니아 마을에는 위험한 추억이 너무 많기 때문입니다. 그래서 결혼 후 일주일 만에 그들은 마을을 떠났습니다.」

「그래 그 뒤 메르세데스를 만나신 일이 있습니까?」하고 신부가 물었다.

「네, 스페인 전쟁 때 페르피냥에서 만났습니다. 페르낭이 그곳에 남겨 두고 갔거든요. 그녀는 애를 가르치고 있었습니다.」

신부는 부르르 몸을 떨었다.

「자기의 애 말입니까?」

「그렇습니다.」하고 카도루스는 대답했다. 「알베르라는 애였습니다.」

「하지만 애를 가르친다고 하면」하고 신부는 계속했다. 「그녀 자신이 교육을 받았겠군요? 그녀는 단지 어부의 딸로서 아름답기는 하지만 배운 것은 없다고 단테스 군이 말하고 있었던 것 같은데.」

「그 친구 참!」히고 카도루스는 말했다. 「자기 약혼녀의 일을 그렇게까지 모르고 있었다니! 만일 왕관이 이 세상에서 가장 아름답고 가장 현명한 여자의 머리 위에 씌워지는 것이라면 메르세데스는 여왕님이 될 수 있는 여자예요. 그녀의 재산이 커짐에 따라서 그녀도 훌륭하게 성장했어요. 그림을 배우고 음악을 배우고 모든 것을 배워서 익혔지요.

하지만 여기에서만의 얘기이지만 그녀가 그렇게 한 것은 결국은 기분을 달래기 위해, 잊어버리기 위해서였다고 생각해요. 가슴속의 것을 몰아내기 위해 머릿속에 여러가지 것을 집어넣었다고 생각해요. 이렇게 된 이상 모든 것을 말씀드리지 않을 수 없군요.」 하고 카도루스는 이야기를 계속했다. 「재산과 명예는 확실히 그녀를 위로해 주었습니다. 그녀는 부자가 되고 백작 부인이 되었습니다. 하지만…….」

카도루스는 여기에서 입을 다물었다.

「하지만, 뭡니까?」 하고 신부가 재촉했다.

「하지만 그 사람은 확실히 행복하지는 않다고 생각해요.」 하고 카도루스가 말했다.

「누가 당신을 그렇게 생각하게 만들었습니까?」

「실은 말입니다, 제가 몹시 불행하게 되었을 때 옛날 친구라면 어떻게 좀 도와 주리라고 생각하고 당그랄에게 찾아갔었습니다. 그런데 놈은 만나 주지도 않더군요. 그래서 페르낭에게 가보았습니다. 페르낭이라는 놈은 하인을 시켜서 일백 프랑을 던져 주었을 뿐입니다.」

「그럼 어느 쪽도 만나지를 못했군요?」

「그렇습니다. 하지만 모르셀 부인만은 나를 만나 주었습니다.」

「어떻게요?」

「밖으로 나오니까 내 발밑에 지갑이 하나 떨어져 있었습니다. 안에는 이십오 루이(일 루이는 이십 프랑)가 들어 있었습니다. 깜짝 놀라서 쳐다보았더니 미늘창을 닫고 있는 메르세데스의 모습이 보였습니다.」

「그럼 빌포르 씨는요?」 하고 신부는 물었다.

「아아! 그분은 내 친구가 아니어서 그 사람에 대해서는 잘 모릅니다. 나는 그 사람에게는 아무것도 부탁한 적이 없습니다.」

「하지만 어떻게 되었는지 정도는 알 수 있지 않습니까? 그리고 에드몽 군의 불행에 어떤 관계가 있는지 정도는요?」

「아니, 모릅니다. 알고 있는 것은 단지 에드몽을 체포시키고 나서 얼마 뒤에 상 메랑 양과 결혼을 하고 곧 마르세이유를 떠났다는 것뿐입니다. 아마도 다른 사람들과 마찬가지로 행복하게 되었겠지요. 아마도 당그랄처럼 부자가 되고 페르낭처럼 존경받는 신분이 되었겠지요. 나만이 이렇게 지금껏 가난하고 비참하고 하느님으로부터도 잊혀지고 있는 겁니다.」

「그것은 당신의 착각입니다.」하고 신부는 말했다.「하느님은 때로 심판을 쉬고 계실 때는 잊고 있는 것처럼 보입니다. 하지만 어떤 때가 닥치면 하느님은 반드시 생각을 해내십니다. 여기에 그 증거가 있습니다.」

그렇게 말하고 신부는 안주머니에서 다이아몬드를 꺼내어 카도루스에게 내밀었다.

「자아」하고 신부는 말했다.「이 다이아몬드를 받아 주세요. 이것은 당신의 것입니다.」

「뭐라고요? …… 저 한 사람의!」하고 카도루스는 소리질렀다.「설마 놀리시는 건 아니겠지요?」

「이 다이아몬드는 에드몽 군의 친구들 사이에서 나누어 가지게 되어 있었습니다. 하지만 에드몽 군에게는 단 한 사람의 친구밖에 없었습니다. 그래서 나눌 필요가 없게 된 것입니다. 자, 이 다이아몬드를 받아서 파십시오. 되풀이해서 말하지만 이것은 오만 프랑의 값어치가 있습니다. 그만한 돈이면 당신도 이 가난한 살림에서 헤어날 수가 있을 겁니다.」

「아아! 신부님」하고 카도루스는 주뼛거리며 한쪽 손을 내밀고 다른 한쪽 손으로 이마에서 솟는 땀을 훔치면서 말했다.「아아, 신부님은 한 인간을 행복하게도 만들고 낙담하게도 만들면서 재미있어 하는 것은 아닐 테지요?」

「나는 행복이란 어떤 것인지, 낙담이란 어떤 것인지 분명히 알고 있습니다. 그러한 인간의 감정을 농락하면서 즐거워하는 일은 나는 할 수가 없습니다. 자, 이것을 받아 주세요, 하지만 그 대신…….」

어느 새 다이아몬드에 손을 대고 있던 카도루스는 손을 움츠렸다.

신부는 빙그레 웃었다.

「그 대신」하고 신부는 계속했다.「모렐 씨가 단테스의 아버지네 난로 선반 위에 놓고 갔고 당신이 지금도 갖고 계시다는 그 빨간 비단 지갑을 저에게 양보해 주시지 않겠습니까?」

카도루스는 점점 더 놀라면서 떡갈나무 재목으로 된 큰 선반 쪽으로 가서 그것을 열더니 빛바랜 빨간 비단으로 된 갸름한 지갑을 가지고 와서 신부에게 주었다. 그 지갑에는 옛날에는 도금이 되어 있었던 구리로 된 두 개의 고리가 달려 있었다.

신부는 그것을 받아들고는 그 대신 다이아몬드를 카도루스에게 주었다.

「오오! 신부님은 하느님 같으신 분입니다.」 하고 카도루스는 소리질렀다. 「에드몽이 이 다이아몬드를 신부님에게 맡겼다는 것은 아무도 모릅니다. 따라서 신부님은 그것을 그대로 자기의 것으로 만들 수도 있었습니다.」

『그렇군, 당신 같았으면 그렇게 했을지도 모르겠군.』 하고 신부는 아주 낮은 목소리로 중얼거렸다.

신부는 일어나서 모자와 장갑을 손에 들었다.

「그런데」 하고 신부는 말했다. 「당신의 얘기는 참말일 테지요? 모든 것을 믿어도 좋겠지요?」

「보십시오, 신부님」 하고 카도루스는 말했다. 「저쪽 벽 구석에 성목(聖木)으로 된 예수님이 계십니다. 이쪽 선반 위에는 마누라의 성경책이 있습니다. 아무쪼록 그것을 갖다 주십시오. 나는 예수님 쪽으로 손을 내밀고 그 성경책에 걸고 맹세합니다. 내 영혼의 구원에 걸고, 그리스도교도로서의 신앙에 걸고 맹세합니다. 최후의 심판의 날에 수호의 천사님이 하느님에게 들려 주시는 그대로, 모두 사실 그대로를 이야기했다는 것을 맹세합니다!」

「좋습니다.」 하고 신부는 카도루스의 말투로 보아 그가 사실을 말하고 있다는 것을 믿으면서 말했다. 「좋습니다! 그 돈이 당신에게 도움이 되기를 빕니다. 안녕히 계십시오. 나는 이제부터 서로가 서로를 괴롭히는 인간의 세계에서 멀리 떨어진 곳으로 돌아갑니다.」

그렇게 말하고 신부는 카도루스의 감격과 흥분에서 겨우 벗어나 자기가 직접 입구의 문에 걸린 빗장을 벗기고는 바깥으로 나갔다. 그리고 말에 올라타고는 허둥거리면서 열심히 작별 인사를 하고 있는 여인숙 주인에게 마지막 인사를 했다. 그리고 아까 왔던 곳으로 다시 사라졌다.

카도루스가 돌아서자 거기에 카르콘트가 서 있었다. 아까보다도 한층 더 파란 얼굴을 하고 몸을 부들부들 떨고 있었다.

「내가 들은 얘기, 참말이에요?」 하고 그녀는 말했다.

「뭐가 말요? 우리에게만 다이아몬드를 준다는 얘기 말이오?」 하고 카도루스는 기쁜 나머지 마치 미친 사람 모양으로 말했다.

「그래요.」

「참말이고말고. 이것 봐, 여기에 있어.」

여인은 잠시 그것을 보고 있었으나 이윽고 나직한 목소리로 말했다.
「하지만, 혹시 가짜라면?」
카도루스는 파랗게 질리며 비틀거렸다.
「가짜……」 하고 그는 중얼거렸다. 「가짜…… 하지만 어떻게 저 사나이가 가짜 다이아몬드를 내 손에 쥐어 줄 수 있단 말요?」
「한푼도 들이지 않고 당신의 비밀을 캐내기 위해서죠. 당신도 참 어수룩하다고!」
카도루스는 이러한 추측에 그만 한방 얻어맞은 것 같아 잠시 멍하니 서 있었다.
「그렇지.」 하고 그는 잠시 뒤 모자를 집어들고 그것을 머리에 두른 빨간 손수건 위에 눌러 쓰면서 말했다. 「지금부터 가서 알아보고 오겠소.」
「어떻게 말예요?」
「지금 보켈에는 장이 섰어요. 파리에서 많은 보석상이 몰려와 있어요. 지금부터 가서 감정을 받아야지. 당신은 가게를 지키고 있어요. 2시간 뒤에 돌아올 테니까.」
그렇게 말하고 카도루스는 집에서 뛰쳐나가 지금 낯선 사나이가 간 것과는 반대쪽 길을 달려갔다.
「오만 프랑!」 하고 뒤에 혼자 남은 카르콘트는 중얼거렸다. 「어떻든 상당히 큰 돈이군……. 하지만 한 재산이라고는 할 수가 없지.」

28. 형무소의 장부

베르가르드에서 보켈로 통하는 가도에서 지금 말한 것 같은 장면이 벌어진 다음날, 나이는 서른에서 서른두 살 사이로 생각되는, 엷은 청색의 연미복에 연노란색 바지, 거기에다 흰 조끼를 걸쳐입은 그야말로 영국인다운 풍채와 억양을 가진 사나이가 마르세이유 시장 앞에 모습을 나타냈다
「시장님」 하고 그는 말했다. 「나는 로마의 톰슨 앤드 프렌치 상회의 지

배인입니다. 우리 상회는 10년 전부터 마르세이유의 모렐 부자상회와 거래 관계에 있어서 이럭저럭 십만 프랑 가량의 돈을 여기에 쏟아넣고 있습니다. 모렐 상회가 파산에 직면하고 있다는 소문을 들었기 때문에 불안해져서 이 상회의 형편을 알고 싶어 일부러 로마에서 왔습니다.」

「확실히」하고 시장은 대답했다.「최근 4, 5년 동안 모렐 상회가 계속 불행을 당하고 있다는 것은 나도 잘 알고 있습니다. 잇따라 네다섯 척의 배를 없애고 서너 차례 은행 파산을 당했습니다. 나 자신도 약 일만 프랑의 채권자이지만 그 사람의 재정 상태에 대해 말씀드릴 권리는 가지고 있지 않습니다. 시장으로서 모렐 씨를 어떻게 생각하느냐고 물으신다면 그 사람은 지나치게 엄격할 만큼 성실한 사람이며 지금까지 약속한 일은 모두 반드시 정확하게 지켰다고 대답하겠습니다.

내가 당신에게 대답할 수 있는 것은 이것뿐입니다. 만일 그 이상의 것을 알고 싶으시다면 형무소 검찰관 보빌 씨에게 물어봐 주세요. 그 사람은 노와이유 거리 15번지에 살고 계십니다. 그 사람은 틀림없이 모렐 상회에 이십만 프랑을 투자하고 계신 것으로 알고 있습니다. 이 금액은 나보다 훨씬 많은 것이니까 만일 진짜로 무슨 걱정되는 일이 있다고 한다면 아마 그 점에 대해서는 나보다 잘 알고 계시리라고 생각합니다.」

영국인은 이러한 더없이 미묘한 배려를 잘 알았다는 듯이 인사를 하고 시장실에서 나갔다. 그리고는 영국인 특유의 걸음걸이로 시장이 일러 준 거리 쪽으로 걸어갔다.

보빌 씨는 사무실에 있었다. 그의 모습을 보았을 때 영국인은 흠칫 놀란 몸짓을 했다. 이 사람 앞에 서는 것은 이것이 처음은 아니라는 투였다. 그러나 보빌 씨 쪽은 절망에 사로잡혀 머릿속이 현재의 걱정거리로 뒤죽박죽되어 있어서 기억력에도 상상력에도 과거의 일을 생각할 여유 따위는 없었다.

영국인은 영국인 특유의 침착한 태도로 마르세이유 시장에게 했던 질문을 거의 똑같은 문구로 되풀이했다.

「오오!」하고 보빌 씨는 소리질렀다.「미안하지만 당신의 걱정은 거의 사실입니다. 그래서 나도 보시다시피 이렇게 비관하고 있습니다. 나는 모렐 상회에 이십만 프랑을 투자했습니다. 이 이십만 프랑의 돈은 보름 뒤에 결혼할 딸의 지참금으로서 이 달 15일에 십만 프랑, 내달 15일에 십만 프랑 돌려받게 되어 있었습니다. 그래서 모렐 씨에게 이 돈을 틀림없이 돌려 주도록 말해 두었지만 30분쯤 전에 모렐 씨가 찾아와서 대답하기를 상회의 파라온 호가 15일까지 돌아오지 않으면 이 변제는 불가능해질지도 모른다는 것이었습니다.」

「하지만」 하고 영국인은 말했다. 「그것은 단지 변제 연기 같은 것이라고 생각됩니다만.」

「아니! 그것은 차라리 파산 같은 것입니다!」 하고 절망한 보빌 씨는 소리질렀다.

영국인은 잠시 생각에 잠긴 듯했으나 이윽고 말했다.

「그렇다면 그 채권이 걱정되시는군요?」

「없어진 것으로 생각하고 있습니다.」

「그렇다면! 제가 그것을 사들이겠습니다.」

「당신이요?」

「그렇습니다. 제가요.」

「하지만 한껏 할인을 하라고 하시겠지요?」

「아닙니다. 이십만 프랑으로 사겠습니다. 우리 상회는」 하고 영국인은 웃으면서 덧붙였다. 「그런 혹독한 거래는 하지 않습니다.」

「그럼 지불 방법은 어떻게 하시겠습니까?」

「현금으로 하겠습니다.」

그렇게 말하면서 영국인은 호주머니에서 보빌 씨가 잃어버리지 않을까 걱정하고 있던 금액의 두 배쯤이나 되는 지폐 뭉치를 꺼냈다.

기쁜 기색이 얼핏 보빌 씨의 얼굴에 떠올랐다. 그러니 그는 지긋이 지기를 억제하면서 말했다.

「미리 말씀드립니다만 아마도 이 금액의 육 할도 댁의 손에 들어가지 않으리라고 생각합니다만.」

「그것은 저와는 상관없는 일입니다.」 하고 영국인은 대답했다. 「그것은 제가 대표로서 사무를 취급하고 있는 톰슨 앤드 프렌치 상회의 문제입니다. 어쩌면 상회로서는 경쟁 상대의 파산을 촉진하는 쪽이 이익일는지도 모릅니다. 그러나 제가 알고 있는 것은 양보받은 채권에 대해 지금 지불을 한다는 것뿐입니다. 다만 수수료만은 받아야 하겠습니다만.」

「아아! 이르다 뿐입니까, 그것은 너무나 당연한 일이지요.」하고 보빌 씨는 소리질렀다.「수수료는 보통 일 분 오 리입니다. 이 분을 원하시나요? 삼 분? 아니면 오 분? 아니, 좀더 원하시나요? 말씀만 해주십시오.」

「이것 보십시오.」하고 영국인은 웃으면서 대답했다.「나도 우리 상회와 마찬가지로 그런 식의 거래는 하지 않습니다. 내가 원하는 수수료는 전혀 성질이 다릅니다.」

「말씀하십시오. 기꺼이 받아들이겠습니다.」

「당신은 형무소 검찰관으로 계시지요?」

「네, 14년 이상 근무하고 있습니다.」

「수인의 출입을 적은 장부를 갖고 계시지요?」

「물론입니다.」

「그 장부에는 수인에 관한 기록도 적혀 있겠지요?」

「수인 한 사람 한 사람에 대한 기록이 있습니다.」

「실은 나는 로마에서 어떤 신부님으로부터 교육을 받았습니다만 그 신부님이 갑자기 행방불명되셨습니다. 그 뒤 신부님이 이프 성에 유폐되었다는 얘기를 들었습니다. 그래서 그 사람의 죽음에 대해 몇 가지 자세한 것을 알고 싶습니다만.」

「이름을 뭐라고 했나요?」

「파리아 신부입니다.」

「아아! 분명히 기억하고 있습니다!」하고 보빌 씨는 소리질렀다.「미치광이였지요.」

「그런 소문이 있더군요.」

「오오! 정말로 미치광이였습니다.」

「그럴지도 모르겠군요. 그런데 어떤 종류의 미치광이였나요?」

「자기는 막대한 보물이 숨겨져 있는 장소를 알고 있으니까 자기를 방면해 준다면 거액의 돈을 정부에 기부하겠다고 말하고 있었지요.」

「불쌍하게도! 그런데 이젠 돌아가셨나요?」

「그렇습니다. 벌써 이럭저럭 5, 6개월이 지났습니다. 지난 2월의 일이었으니까.」

「기억력이 대단하시군요. 달까지 똑똑히 기억하고 계시다니.」

「제가 그것을 기억하고 있는 것은 실은 그 불쌍한 사람이 죽었을 때 거기에 이어서 아주 기묘한 사건이 일어났기 때문입니다.」

「그 사건을 들려 주시지 않겠습니까?」하고 영국인은 호기심에 찬 표정으로 부탁했다. 만일 이때 주의깊은 관찰자가 있었다면 침착한 그의 얼굴 위에 그러한 표정이 떠오른 것을 보고 적잖이 놀랐을 것이다.

「들려드리다마다요. 신부의 감옥은 옛날의 보나파르트 당원이 갇혀 있던 감옥에서 십사 미터 내지 십오 미터 가량 떨어져 있었습니다. 이 사나이는 1815년에 나폴레옹이 프랑스로 돌아오는 데에 큰 공을 세운 사람 중의 하나로서 아주 대담무쌍하고 위험한 놈이었지요…….」

「허어!」하고 영국인은 맞장구를 쳤다.

「그래요, 대단한 놈이었지요.」하고 보빌 씨는 계속했다.「저 자신도 1816년인가 17년에 그 사나이를 만나 볼 기회가 있었습니다. 호위병의 보호를 받지 않고서는 그의 감옥까지 내려갈 수가 없었습니다. 나는 그 사나이에게서 강한 인상을 받았기 때문에 죽을 때까지 그 얼굴을 잊을 수가 없을 겁니다.」

영국인은 거의 상대방이 눈치채지 못할 정도로 희미한 웃음을 지었다.

「그런데, 당신의 이야기로는」하고 영국인은 말했다.「두 사람의 감옥은…….」

「십오 미터 가량 떨어져 있었습니다. 그런데 에드몽 단테스가…….」

「그 위험한 사나이의 이름인가요?……」

「그렇습니다, 에드몽 단테스라고 했습니다. 그는 연장을 입수했는지 아니면 자기가 직접 연장을 만들었던 모양입니다. 왜냐하면 두 사람의 수인이 서로 오고간 지하 복도가 발견되었으니까요.」

「그 복도는 아마 탈옥할 목적으로 만들어진 것일 테지요?」

「바로 그렇습니다. 그런데 놈들에게는 불행스럽게도 파리아 신부가 강직증으로 그만 죽고 말았던 것입니다.」

「알겠습니다. 그래서 탈옥 계획은 수포로 돌아가고 말았겠군요?」

「죽은 신부에게는 바로 그렇습니다.」하고 보빌 씨는 대답했다.「하지만 살아 남은 자에게는 그렇지도 않았습니다. 그 단테스라는 사나이는 이것을 이용해서 탈주하려고 생각한 것입니다. 놈은 아마 이프 성에서 죽은 사람은 모두 보통의 묘지에 매장되는 것으로 생각했던 모양입니다. 놈은 시체를 자기

감옥으로 옮겨 놓고 시체가 들어 있는 자루 속에 자기가 대신 들어가서 매장 시간이 다가오기를 기다리고 있었습니다.」

「그건 정말 죽느냐 사느냐의 모험이군요. 용기 있는 사람이 아니고서는 도저히 흉내조차 낼 수 없는 일이군요.」 하고 영국인은 말했다.

「오오! 놈이 위험천만한 사나이라는 것은 이미 말씀드렸습니다. 그런데 다행스럽게도 놈은 정부가 놈에게 가지고 있던 공포를 자기 손으로 스스로 제거해 준 것입니다.」

「그건 무슨 뜻인가요?」

「네? 이해가 안 되십니까?」

「모르겠는걸요.」

「이프 성에는 묘지가 없습니다. 죽은 사람은 그저 발목에 삼십육 파운드의 쇳덩어리를 달고 바다로 집어던지게 되어 있는 겁니다.」

「그래서요?」 하고 영국인은 아무래도 이해가 안 된다는 듯이 다시 물었다.

「그래서 놈에게도 삼십육 파운드의 쇳덩어리를 달고 바다로 집어던졌지요.」

「참말입니까?」 하고 영국인은 소리질렀다.

「참말이고말고요.」 하고 검찰관은 얘기를 계속했다. 「벼랑 위에서 밑으로 던져졌다는 것을 느꼈을 때 놈이 얼마나 놀랐을지 이해되시지요? 그때의 놈의 얼굴이 보고 싶더군요.」

「그건 무리한 주문이겠지요?」

「아니 별로.」 하고 보빌 씨는 이십만 프랑이 확실하게 되돌아오게 된 데에 기분이 좋아져서 말했다. 「상상만 해도 충분히 알 수 있어요.」

그렇게 말하고는 큰소리로 웃었다.

「나도 알 것 같군요.」 하고 영국인은 말했다.

그리고 나서 영국인도 웃었는데 그것은 그야말로 영국인다운 웃음이었다. 즉 일종의 쓴웃음이었다.

「그래서」 하고 먼저 냉정을 되찾은 영국인이 말을 계속했다. 「도망친 사나이는 물에 빠져서 죽었겠군요?」

「그렇겠지요.」

「그렇게 해서 이프 성의 형무소장은 사나운 사나이와 미치광이를 한꺼번에 처치한 셈이 되었군요?」

「그렇게 된 셈이지요.」

「하지만 이러한 사건에는 무슨 조서 같은 것이 만들어져 있을 텐데요?」 하고 영국인이 물었다.

「그렇습니다, 네, 그래요. 사망 증서라는 것이 있어요. 만일 단테스에게 친척이 있다면 생사를 확인하고 싶어할 수도 있으니까요.」

「그렇게 되면 친척들은 마음 놓고 그의 재산을 상속할 수 있겠군요. 그는 확실히 죽은 거군요? 틀림이 없겠군요?」

「틀림없어요. 만일 친척되는 사람이 원한다면 언제든지 증명서는 떼어 줄 겁니다.」

「그렇게 해줘야 되겠지요.」 하고 영국인은 말했다. 「그건 그렇고 장부에 관한 얘기로 돌아가도록 하지요.」

「참 그랬군요. 쓸데없는 얘기를 하느라고 그만 옆길로 샜군요. 미안합니다.」

「미안하다고요? 뭐가 말입니까? 지금의 그 얘기 말입니까? 천만에요. 아주 신기하고 불가사의한 얘기였어요.」

「정말 그래요. 그런데 당신은 그 불쌍한 신부에 관한 모든 기록을 보시고 싶은 거지요? 그 신부는 그야말로 온후하기 이를 데 없는 사람이었지요?」

「그렇게 생각해 주시니 감사합니다.」

「제 서재로 가시지요. 그것을 보여 드리겠습니다.」

그래서 두 사람은 보빌 씨의 서재로 들어갔다.

거기에는 모든 것이 반듯하게 정돈되어 있었다. 장부는 각각 자기의 번호에, 서류는 각각 자기의 상자 속에 보관되어 있었다.

검찰관은 자기의 팔걸이의자에 영국인을 앉히고 그의 앞에 이프 성에 관한 장부와 서류를 놓고 천천히 띠를 끌러 주었다. 그리고 나서 자기는 한쪽 구석에 앉아 신문을 읽기 시작했다.

영국인은 쉽게 파리아 신부에 관한 서류를 찾을 수 있었다. 그러나 그는 보빌 씨에게서 들은 이야기에 강한 흥미를 느낀 것 같았다. 왜냐하면 최초의 서류를 대충 읽어 보고는 에드몽 단테스에 관한 서류가 일괄되어 있는 곳까지 페이지를 계속 뒤져나갔기 때문이다.

거기에는 모든 것이 빠짐없이 갖추어져 있었다. 고소장, 신문 조서, 모렐 씨의 청원서, 빌포르 씨의 의견서까지.

그는 고소장을 살그머니 접어서 호주머니 안에 집어넣고는 신문 조서를 읽어 보고 거기에 노와르티에의 이름이 나와 있지 않은 것을 확인했다. 그리고는 1815년 4월 10일짜로 된 모렐 씨의 청원서를 읽어 보았다. 그 속에서 모렐 씨는 검사 대리의 권고에 따라 단테스가 황제에게 봉사한 공적을 선의를 가지고 과장하고 있었다. 왜냐하면 나폴레옹이 다시 군림하고 있었기 때문이다. 그 공적을 빌포르의 증명서도 명백한 것으로 뒷받침하고 있었다. 여기에서 그는 모든 것을 똑똑히 알게 되었다. 즉 나폴레옹 앞으로 보낸 이 청원서는 빌포르에 의해 묵살되고 제2 왕정 복고 시대가 오자 이 검사에 의해 무서운 무기가 된 것이다. 그래서 그는 서류를 펼쳐 나가면서 자기의 이름 옆에 괄호를 하고 다음과 같이 씌어져 있는 것을 보고도 이미 놀라지 않았다.

에드몽 단테스 : 포악한 보나파르트 당원. 나폴레옹의 엘바 섬 탈출에 크게 활약했다. 엄중 감시하고 극비리에 감금할 것.

이 몇 행 뒤에 다른 필적의 글자로 다음과 같이 적혀 있었다.
『위의 각서를 읽음. 사면의 여지 없음.』
다만 그는 괄호 안의 필적과 모렐 씨의 청원서 밑에 씌어진 의견의 필적을 비교하여 이것들이 동일한 것이라는 사실, 즉 빌포르의 손에 의해 씌어졌다는 확신을 얻었다.

그런데 각서에 덧붙여진 마지막 문구는 아마도 단테스의 입장에 일시적으로 관심을 가진 누군가 다른 검찰관에 의해 씌어진 것이지만 지금 얘기한 것 같은 의견서가 있었기 때문에 그 관심도 오래 계속되지는 못했을 것이라고 영국인은 생각했다.

이미 말한 것처럼 검찰관은 파리아 신부의 제자가 조사를 하는 데 방해가 되지 않기 위해 멀리 떨어져서 〈백기 신문(白旗新聞)〉을 읽고 있었다.

그래서 그는 당그랄이 라 레젤브 정의 정자에서 쓴, 2월 27일 오후 6시부로 받았다는 마르세이유 우체국의 소인이 적힌 고소장을 영국인이 접어서 호주머니에 집어넣는 것을 눈치채지 못했다.

그러나 여기에서 말해 두겠지만 설사 그가 그러한 현장을 보았다고 하더라도 이런 서류 따위는 별로 문제삼지도 않고 자기의 이십만 프랑 쪽을 중대시하여 영국인이 한 일은 잘못된 일이기는 하지만 결코 말하지는 않았을 것이다.

「잘 봤습니다.」 하고 영국인은 크게 소리가 나게 장부를 덮으면서 말했다. 「덕분에 필요한 것을 알았습니다. 그럼 이제는 내가 약속을 이행하지 않으면 안 되겠군요. 간단한 채권 양도서를 써주십시오. 그 양도서에 전액을 받았다는 내용을 첨부해 주십시오. 그러면 즉시 현금을 넘겨 드리겠습니다.」

그렇게 말하면서 그는 자기가 앉았던 자리를 보빌 씨에게 양보했다. 보빌 씨는 즉시 거기에 앉아 서둘러 양도서를 쓰기 시작했다. 그러는 동안 영국인은 정리함의 언저리 위에서 지폐를 세고 있었다.

29. 모렐 상회

모렐 상회의 내부 모습을 잘 알고 있다가 몇 년 전에 마르세이유를 떠난 사람이 만일 이 시기에 돌아왔다면 그 엄청난 변화를 인정했을 것이 틀림없다.

한때는 이를테면 경기의 상승기에는 상회에서 활기와 자유로운 공기, 그리고 행복의 숨결이 발산하고 창문의 커튼 뒤에는 유쾌한 사람들의 얼굴이 보이고 복도에는 귀 뒤에다 펜을 꽂은 사무원들이 바쁘게 오가는 모습이 보였다. 또 안뜰에는 짐이 잔뜩 쌓여 있고 운송하는 사람들의 떠드는 소리와 웃음소리가 울리고 있었는데 지금은 한눈으로도 거기에는 뭔가 쓸쓸한 죽음의 그림자 같은 것이 떠돌고 있는 것을 볼 수 있다.

인기척이 없고 썰렁한 복도, 아무것도 쌓여 있지 않는 안뜰에는 옛날 사무실에 그렇게 많던 사무원 중에서 단 두 사람밖에는 남아 있지 않았다.

한 사람은 임마누엘 레이몽이라고 하는 스물서너 살의 청년으로서 모렐 씨의 딸을 사랑하고 있으며 양친이 어떻게 해서든 가게를 그만두게 하려고 했으나 말을 듣지 않고 가게에 남아 있었다. 다른 한 사람은 코쿠레스라고 하는 경리 담당의 외꾸눈 노인이었다. 코쿠레스란 이름은 지금은 거의 인기척이 없는 이 가게에 옛날 북적거릴 만큼 많던 젊은 사무원들이 지어 준 별명으로서 지금은 완전히 본명처럼 통용되고 있었다. 따라서 오늘에 와서는 누가 본명을 부르더라도 그는 돌아보지 않을 정도가 되어 있었다.

코쿠레스는 여전히 모렐 씨에게 봉사하고 있었다. 그런데 이 고지식한 노인의 지위에 기묘한 변화가 일어났다. 그는 경리 담당의 지위에 오름과 동시에 사환의 신분으로 떨어진 것이다.

그래도 코쿠레스는 지금까지와 마찬가지로 선량하고 참을성있게 헌신적으로 일했다. 그러나 계산에 관한 한 그는 결코 양보하지 않았다. 이 점에 있어서만은 누구에게도, 설사 상대가 모렐 씨라고 하더라도 그는 끝내 자기의 소신을 지켜 나갔다. 그는 피타고라스의 표밖에는 몰랐다. 그리고 사람들이 아무리 그 표를 뒤집거나 그에게 계산 착오를 일으키게 하려 해도 그는 완전히 그 표를 알고 있었다.

모렐 상회를 엄습한 우울한 분위기 속에서 코쿠레스만은 태연했다. 그러나 오해해서는 안 된다. 이런 태연한 태도는 결코 애정이 결여되어 있기 때문이 아니었다. 그것은 그가 움직일 수 없는 확신을 가지고 있기 때문이었다. 세상에서 흔히 듣는 이야기에, 난파할 운명의 배에서는 쥐들이 자꾸만 달아나 닻을 올릴 때가 되면 그런 손님은 하나도 없게 된다고들 한다. 마치 그와 똑같아서 지금까지 선주의 가게 덕분에 살아오고 있던 사무원이나 고용인들이 앞에서도 말했듯이 조금씩 가게와 창고에서 사라져갔다.

그러나 코쿠레스는 그들이 떠나가는 것을 보고만 있었을 뿐, 어째서 떠나는가 하는 원인 같은 것은 생각해 보려고도 하지 않았다.

코쿠레스에게 있어서는 모든 것은 앞에서도 말했듯이 결국은 숫자의 문제였다. 모렐 상회에 들어와서 20년간 그는 지불은 즉시, 그리고 규칙적으로 이루어지는 것을 보아왔다. 따라서 풍부한 물을 가진 강물에서 움직이고 있는 물레방아를 가진 방앗간 주인이 그 강물의 흐름이 멈추는 일을 생각할 수 없듯이 그는 이러한 규칙적인 업무가 정지된다거나 지불이 끊기는 일은 생각조차도 해보지 않았다. 실제에 있어서도 지금까지 코쿠레스의 이러한 확신을 뒤집은 일은 한 번도 없었다. 지난달 말에도 수지 결산은 어김없이 이루어졌다. 코쿠레스는 모렐 씨가 계산 착오로 칠십 상팀의 손해를 보고 있음을 지적했다. 그리고 바로 그날 초과된 십사 수우를 모렐 씨에게 반환했다. 모렐 씨는 쓸쓸한 미소를 지으면서 그것을 받아들고 거의 비어 있는 서랍에 넣고 나서 이렇게 말했다.

「고맙군, 코쿠레스, 당신은 나무랄 데 없는 경리 담당이야.」

코쿠레스는 더할 수 없이 기쁜 마음으로 물러갔다. 왜냐하면 마르세이유의 나무랄 데 없는 인물인 모렐 씨로부터 칭찬받는다는 것은 오십 에큐의 특별수당을 받은 것보다도 더 고마운 일이었기 때문이다.

그러나 지난달 말에는 이렇게 잘 헤쳐나올 수 있었는데도 그때 이후로 모렐 씨는 고통스럽게 꾸려나가지 않으면 안 되었다. 지난달 말을 위해서 그는 모을 수 있는 돈을 모조리 긁어모았던 것이다. 그래서 그는 자기가 이러한 최후 수단에 호소하고 있는 것이, 경제적으로 궁지에 처해 있다는 소문이 마르세이유 시중에 퍼질 것을 우려했다.

그래서 그는 자기가 직접 보켈의 시장에 나가 아내와 딸의 보석류 약간과 자기의 은그릇 일부를 팔았다. 이러한 희생에 의해 이번에도 모렐 상회의 명예는 구제되었다.

그러나 금고 안은 완전히 비어 있었다. 신용은 원래 이기적인 것이어서 세상 소문에 겁을 먹고 갑자기 움츠러들고 말았다. 이달 15일에 보빌 씨에게 갚지 않으면 안 되는 십만 프랑, 그리고 내달 15일에 지불하지 않으면 안 되는 십만 프랑을 만들기 위해서는 모렐 씨는 파라온 호의 귀항을 기다리는 수밖에는 아무런 방법도 없었다. 파라온 호가 귀항길에 올랐다는 것은 파라온 호와 동시에 출항했다가 무사히 입항한 배에 의해 이미 알려져 있었다.

그러나 파라온 호와 똑같이 캘커타를 출항한 그 배는 이미 보름 전에 돌아왔는데 파라온 호에 대해서는 아무런 정보도 들어오지 않았다.

모렐 상회가 마침 이런 상태에 빠져 있는 때에 로마의 톰슨 앤드 프렌치 상회의 대리인이, 이미 말한 것 같은 중요한 거래를 보빌 씨를 상대로 끝낸 다음날, 모렐 씨 앞에 나타났다.

임마누엘이 그를 맞아들였다. 이 청년은 새로운 손님이 있을 때마다 간이 조마조마했다. 왜냐하면 새로운 손님은 반드시 새로운 채권자였고, 불안한 나머지 상회주에게 형편을 물으러 오는 것이었기 때문이다.

청년은 이러한 방문으로 자기의 주인이 곤혹스러워하는 것을 어떻게 해서든지 막고 싶었다. 그는 이 새로운 손님에게 무슨 용무인가고 물었다. 그러나 손님은 임마누엘 씨에게는 아무 말도 할 수 없다, 모렐 씨와 직접 이야기하고 싶다고 말했다.

임마누엘은 한숨을 쉬며 코쿠레스를 불렀다. 코쿠레스가 들어왔다. 청년은 코쿠레스에게 이 미지의 손님을 모렐 씨에게 안내하라고 지시했다.

코쿠레스는 앞장 서서 걸어갔다. 미지의 손님은 그 뒤를 따라갔다.

층계 중간에서 두 사람은 열여섯, 일곱 살쯤 되어 보이는 아름다운 아가씨를 만났다. 아가씨는 불안스러운 눈으로 미지의 사나이를 바라보았다.

코쿠레스는 아가씨의 그러한 표정을 눈치채지 못했다. 그러나 미지의 손님은 그것을 알아차린 것 같았다.

「모렐 님은 방에 계시겠지요, 줄리 아가씨?」 하고 경리 담당은 물었다.

「네, 아마 계실 거예요.」 하고 소녀는 멈칫거리면서 말했다. 「하지만 가 보세요, 코쿠레스 아저씨. 그리고 아버지가 계시면 손님의 성함을 말씀드 리도록 하세요.」

「이름을 말씀드려도 소용없을 겁니다, 아가씨.」 하고 영국인이 대답했다. 「모렐 씨는 내 이름을 모르십니다. 아버지의 상회와 거래관계가 있는 로마의 톰슨 앤드 프렌치 상회의 지배인이라고만 말씀해 주세요.」

소녀는 파랗게 질려가지고 내려갔다. 코쿠레스와 미지의 손님은 층계를 올라갔다.

소녀는 임마누엘이 있는 사무실로 들어갔다. 코쿠레스는 언제나 자기가 열쇠를 가지고 있어서 마음대로 주인의 방에 드나들 수 있었으며 그것으로 삼층의 층계참 구석에 있는 문을 열고 응접실로 손님을 안내한 뒤 제2의 문을 열어 자기가 들어가고는 그것을 닫았다. 그리고 톰슨 앤드 프렌치 상회의 이 심부름꾼을 잠시 혼자 있게 두었다가 다시 모습을 나타내고는 들어오 시라는 몸짓을 했다.

영국인은 들어갔다. 그리고 모렐 씨가 탁자 앞에 앉아 장부의 부채가 기입되어 있는 무서운 난을 들여다보며 얼굴이 파랗게 질려 있는 모습을 보았다.

낯선 손님의 모습을 보자 모렐 씨는 장부를 덮고 일어섰다. 그리고 손님에게 의자를 권하고 상대방이 자리에 앉는 것을 보고는 자기도 앉았다.

이 이야기가 시작되었을 무렵에는 서른여섯 살이었고 지금은 쉰 살을 바라보는 이 훌륭한 상인은 14년 동안에 완전히 달라져 있었다.

머리는 하얘지고 이마에는 수심어린 주름이 잡혀 있었다. 그리고 옛날에는 그토록 다부지고 그야말로 결단력 있어 보이던 눈이 지금은 멍하니 불안정해 보였고 하나의 생각이나 한 인간에게 주의를 집중하지 않으면 안 되는 것을 두려워하고 있는 것 같았다.

영국인은 분명히 동정이 섞인 호기심으로 그를 바라보고 있었다.

「그런데」 하고 모렐 씨는 상대방이 말똥말똥 쳐다보고 있는 데에 기분이 언짢아진 듯한 모양으로 「무슨 하실 얘기가 있으시다고요?」 하고 말했다.

「그렇습니다. 제가 어디서 왔는지는 알고 계시겠지요?」

「경리 담당자의 얘기로는 톰슨 앤드 프렌치 상회에서 오셨다더군요.」

「맞습니다. 톰슨 앤드 프렌치 상회는 이 달과 내달 두 달 동안에 프랑스에서 삼사십만 프랑을 지불하지 않으면 안 됩니다. 그래서 당신이 무척 착실하고 꼼꼼한 분이라는 것을 알고 있기 때문에 당신이 서명한 증서를 전부 모아 가지고 그 기한이 올 때마다 내가 그것을 지불받아 그것으로 우리쪽의 지불로 제시하도록 위임받았습니다.」

모렐 씨는 가슴 밑바닥에서 새어나오는 한숨을 쉬었다. 그리고는 땀이 촉촉히 밴 이마에 손을 가져갔다.

「그렇다면」 하고 모렐 씨는 물었다. 「내 서명이 든 어음을 가지고 계시는군요?」

「그렇습니다. 상당한 액수에 달하는 것입니다.」

「어느 정도의 액수인가요?」 하고 모렐 씨는 애써 침착한 목소리로 물었다.

「우선 여기에」 하고 영국인은 호주머니에서 한 다발의 서류를 꺼내면서 말했다. 「형무소 검찰관인 보빌 씨로부터 양도받은 이십만 프랑의 양도 증서가 있습니다. 이 금액을 보빌 씨로부터 차용하신 것을 인정하십니까?」

「물론입니다. 그것은 이럭저럭 5년 전에 그분이 사 분 오 리의 이식으로 내 상회에 투자하신 것입니다.」

「그래 지불은 어떻게 하시기로 하셨나요?」

「이 달 15일에 절반, 내달 15일에 나머지 절반을 갚기로 했습니다.」

「그렇군요. 그리고 이 달말에 지불하지 않으면 안 되는 삼만 이천오백 프랑이 또 있군요. 그것은 당신이 서명하신 어음으로서 제3자인 소유자로부터 우리가 양도받은 것입니다.」

「그것도 인정합니다.」 하고 모렐 씨는 말했다. 난생 처음으로 서명을 더럽히게 되는 것이 아닌가 하고 생각되자 부끄러움으로 얼굴이 빨개졌다. 「그것이 전부인가요?」

「아니오, 또 내달말에 지불할 것으로서 이 어음이 있습니다. 이것은 마르세이유의 파스칼 상회와 와일드 앤드 터너 상회로부터 양도받은 것으로서 금액은 약 오만 오천 프랑입니다. 이것들을 합치면 이십팔만 칠천오백 프랑이 됩니다.」

이러한 금액이 거론되고 있는 동안 불쌍한 모렐 씨가 얼마나 고통스러워 했는가는 도저히 입으로는 말할 수가 없다.

「이십팔만 칠천오백 프랑!」 하고 모렐 씨는 기계적으로 되풀이했다.

「그렇습니다.」 하고 영국인은 대답했다. 「그런데」 하고 잠시 잠자코 있다가 말을 계속했다. 「숨김없이 말씀드리면 지금까지 당신이 한 번도 실수를 하신 적이 없는 성실한 분이라는 것은 충분히 인정하고 있습니다만 마르세이유의 일반적인 소문으로는 사업이 벽에 부딪쳤다고들 하고 있습니다.」

이런 식으로 거의 난폭하게 나오는 말에 모렐 씨의 얼굴은 새파랗게 질렸다. 「실은」 하고 그는 말했다. 「내가 아버지로부터 이 가게를 물려받은 지가 벌써 24년 이상 되었고 아버지 자신도 35년간 이 상회를 경영하셨지만 그동안 모렐 부자의 서명이 든 어음이 우리 상회의 경리에서 지불되지 않은 일은 단 한 번도 없었습니다.」

「그것은 잘 알고 있습니다.」 하고 영국인은 대답했다. 「하지만 성실한 사나이와 사나이끼리의 대화로서 툭 까놓고 솔직하게 말씀해 주시지 않겠습니까? 이 어음들도 지금까지와 마찬가지로 틀림없이 지불해 주시겠습니까?」

모렐 씨는 부르르 몸을 떨었다. 그리고는 옛날의 자기보다도 더 분명한 태도로 이야기하는 상대방을 뚫어지게 쳐다보았다.

「그렇게 솔직하게 물으시니까」 하고 그는 말했다. 「나도 솔직하게 대답하지 않으면 안 되겠군요. 그렇습니다, 만일 내 희망대로 배가 무사히 돌아오면 지불이 가능합니다. 왜냐하면 배만 돌아오는 날엔 잇따라 일어난 사고 때문에 실추된 신용도 되찾을 수가 있을 테니까요. 하지만 만일 불행히도 저 파라온 호가, 내 마지막 희망이 상실되는 날엔……」

불쌍한 선주의 눈에 눈물이 홍건히 괴었다.

「그렇게 되면」 하고 상대방이 물었다. 「만일 그 마지막 희망이 상실되면요?……」

「그때는」 하고 모렐 씨는 계속했다. 「말씀드리기 괴로운 일이지만……. 하지만 이제는 불행에도 익숙해졌습니다. 부끄러움에도 익숙해져야 하겠지요……. 그렇게 되면 지불을 일시 정지하는 수밖에 없겠지요.」

「그런 경우에 당신을 도울 수 있는 친구분은 없는가요?」

모렐 씨는 쓸쓸한 미소를 지었다.

「장사의 세계에는」 하고 그는 말했다. 「아시다시피 친구라는 것이 없습니다. 있는 것은 거래선뿐입니다.」

「정말 그렇더군요.」 하고 영국인은 중얼거렸다. 「그래서 당신에게는 이제 한 가지 희망밖에는 없는 셈이군요?」

「단 한 가지지요.」

「그나마 마지막 희망이겠군요.」

「그렇지요, 마지막 희망이지요.」

「그럼, 그 희망이 깨어졌을 때는요?……」

「파산이지요, 완전히 파산이지요.」

「내가 이곳에 찾아올 때 배 한 척이 항구에 들어왔습니다만.」

「그건 나도 알고 있습니다. 내가 이렇게 영락했는데도 충실하게 나를 도와 주는 청년이 시간을 내어서 집 위에 있는 감시대로 올라가 좋은 소식을 맨 먼저 나에게 가져다 주려고 지켜봐 주고 있는데 그 청년이 배가 들어온 것을 알려 주었습니다.」

「그런데 그것은 당신의 배가 아니었습니까?」

「네, 그것은 보르도의 배인 지롱드 호입니다. 이것도 인도에서 오기는 했지만 내 배는 아닙니다.」

「어쩌면 파라온 호를 알고 있어서 무슨 소식을 가지고 왔는지도 모르겠군요.」

「사실을 말씀드리면 내 세 돛짜리 배의 소식을 듣는다는 것은 정확히 모르고 있는 것과 마찬가지로 나로서는 무서운 일입니다. 분명히 모르고 있는 동안은 아직 희망이 있으니까요.」

그리고 나서 모렐 씨는 가냘픈 목소리로 덧붙였다.

「이렇게 늦는 것은 아무래도 이상합니다. 파라온 호는 2월 5일에 캘커타를 출범했습니다. 벌써 한 달 전에 돌아왔어야 마땅합니다.」

「저 소리는 뭐지요?」하고 영국인이 귀를 기울이면서 말했다.「저 소동은 뭐지요?」

「오오! 또 무슨 일이 일어났소!」하고 모렐 씨는 파랗게 질리면서 소리질렀다.

실상 층계 쪽에서 큰소리가 들려오고 있었다. 사람들이 왔다갔다하고 있었다. 비통한 고함 소리까지 들리고 있었다.

모렐 씨는 문을 열기 위해 일어나려 했다. 그러나 일어날 만한 힘이 없었다. 그래서 다시 털썩 팔걸이의자에 주저앉았다.

두 사람은 그대로 마주 앉아 있었다. 모렐 씨는 손발을 부들부들 떨고 있었다. 손님은 깊은 연민을 얼굴에 나타낸 채 그러한 그를 바라보고 있었다. 소동이 멎었다. 그러나 모렐 씨는 뭔가를 기다리고 있는 것 같았다. 소동에는 원인이 있었던 것이다. 그러니까 그 결과가 있을 것이었다.

손님의 귀에는 누군가가 살그머니 층계를 올라와 그 발소리가, 그것은 여러 사람의 발소리였는데, 층계참 위에서 멎은 것처럼 생각되었다.

첫번째 문의 열쇠구멍에 열쇠가 꽂히더니 문의 경첩이 삐걱이는 소리가 들렸다.

「저 문의 열쇠를 가지고 있는 것은 두 사람밖에 없는데」하고 모렐 씨는 중얼거렸다.「코쿠레스와 줄리뿐인데.」

그와 동시에 제2의 문이 열리며 얼굴이 창백해지고 두 뺨을 눈물로 적신 소녀가 나타났다.

모렐 씨는 부들부들 떨면서 자리에서 일어났다. 그리고는 의자의 팔걸이에 기대었다. 왜냐하면 서 있을 수가 없었기 때문이다. 뭔가 물어 보려고 해도 목소리가 나오지 않았다.

「아아! 아버지!」하고 소녀는 두 손을 모아쥐면서 말했다.「용서해 주세요. 언짢은 소식을 알려 드리지 않으면 안 되게 되었어요.」

모렐 씨의 얼굴은 무서울 만큼 창백해졌다. 줄리는 아버지의 팔 안에 몸을 던졌다.

「아버지! 아버지!」하고 그녀는 말했다. 「아무쪼록 기운을 내세요!」

「그럼 파라온 호가 침몰했다는 거냐?」하고 모렐 씨는 목을 졸리운 것 같은 목소리로 물었다.

딸은 대답하지 않았다. 그러나 머리를 아버지의 가슴에 파묻은 채 끄덕거렸다.

「그럼, 타고 있던 사람들은?」하고 모렐 씨가 물었다.

「구조되었어요.」하고 딸은 말했다. 「아까 항구에 들어온 보르도의 배에 구조되었어요.」

모렐 씨는 체념과 그리고 숭고한 감사의 표정을 띠면서 두 손을 하늘을 향해 높이 쳐들었다.

「고맙습니다, 하느님.」하고 모렐 씨는 말했다. 「이것으로 하느님의 응징은 저 한 사람만으로 끝났습니다.」

영국인은 침착하게 앉아 있기는 했으나 눈에는 눈물이 글썽거렸다.

「들어들 오게.」하고 모렐 씨는 말했다. 「알고 있어, 자네들이 모두 거기에 있다는 것을.」

아니나다를까 그 말이 미처 끝나기도 전에 모렐 부인이 흐느껴 울면서 들어왔다. 임마누엘이 그 뒤를 따라 들어왔다. 응접실 구석에는 반쯤 발가벗은 칠팔 명의 선원이 굳은 표정을 하고 서 있었다.

이 사나이들을 보자 영국인은 부르르 몸을 떨었다. 그리고는 그들 쪽으로 다가갈 듯이 한 걸음 앞으로 내디뎠다. 그러나 곧 생각을 고쳐 반대로 서재의 맨 안쪽, 가장 어두운 구석으로 몸을 숨겼다.

모렐 부인은 팔걸이의자에 가서 앉더니 남편의 한쪽 손을 자기의 두 손 안에 감싸쥐었다. 줄리는 아버지의 가슴에 기댄 채였다. 임마누엘은 한가운데에 서서 모렐 부녀와 문간에 있는 선원들 사이를 중재하고 있는 것 같았다.

「어쩌다가 그렇게 됐지?」하고 모렐 씨가 물었다.

「페누롱, 이쪽으로 와요.」하고 임마누엘이 말했다. 「자초지종을 말씀드려요.」

햇볕에 적동색으로 그을은 늙은 선원은 너덜너덜한 모자를 두 손으로 움켜쥐면서 앞으로 나왔다.

「안녕하세요. 선주님!」하고 그는 마치 어제 마르세이유를 떠났다가 엑스나 툴롱에서 돌아온 것 같은 투로 인사를 했다.

「안녕하세요, 영감!」하고 선주는 눈물 속에서도 미소를 억제하지 못하면서 말했다.「그런데, 선장은 어디에 있지요?」

「선장은 모렐 선주님, 병이 나서 팔마에 남아 있어요. 하지만 하느님의 도움으로 별일은 없을 겁니다. 5, 6일 지나면 선주님이나 우리처럼 건강한 모습으로 돌아올 겁니다.」

「그것 참 다행이군…….그럼 얘기를 들어 봅시다, 페누롱.」하고 모렐 씨는 말했다.

페누롱은 입담배(씹는 담배)를 오른쪽 볼에서 왼쪽 볼로 옮기고 한쪽 손으로 입을 가리며 옆을 향해 거무스름한 침을 퉤 하고 응접실 쪽으로 뱉고는 한 걸음 앞으로 나서서 허리를 흔들며 이야기를 시작했다.

「마침 그때 우리는 브랑 곶과 부아야도르 곶의 한가운데쯤을 남남서의 알맞은 바람을 받으면서 달리고 있었습니다. 일주일쯤 잔잔한 바다 때문에 애를 먹은 뒤끝이었지요. 그때 고마르 선장이 제 옆에 와서, 저는 키를 잡고 있었습니다만, 이렇게 말하는 것이었습니다.『이것 봐, 페누롱, 저기 수평선에 나타난 구름을 어떻게 생각하지?』하고 말입니다.

마침 그때 저도 그 구름을 보고 있었기 때문에『저 구름 말인가요, 선장? 보통 구름보다는 이동이 빠르군요. 게다가 뭔가를 몰고 오지 않을 구름치고는 지나치게 검고요.』하고 말했지요.

『나도 그렇게 생각하네. 조심해야겠어. 이제부터 불어오는 바람에는 너무 돛이 많아…….자, 맨 위의 돛을 감고 앞의 기운 돛대의 돛을 내려.』하고 선장은 말했습니다.

마침 그때, 그 명령이 아직 실행되기 전에 바람이 불어닥쳐서 배는 옆으로 기울기 시작했습니다.

『좋아! 아직도 돛이 많아. 큰 돛을 감아!』하고 선장은 말했습니다. 5분이 지나자 큰 돛은 감아졌습니다. 배는 앞돛대의 돛과 가운데 돛, 제2의 접장(接薔) 돛만으로 달리고 있었습니다.

『이봐, 페누롱, 왜 그렇게 머리를 흔들고 있지?』하고 선장은 저에게 물었습니다.

『내가 선장이라면 이런 곳에서 우물쭈물하고 있지는 않을 텐데요.』하고 저는 선장에게 말했습니다.

『자네 말이 맞아. 이제 곧 돌풍이 불어올걸세.』하고 선장은 말했습니다.

『천만에요, 저기에 나타난 것을 단순한 돌풍이라고 생각하면 큰코 다쳐요. 저건 영락없는 폭풍이에요. 그렇지 않다면 내 눈은 옹이 구멍이에요!』하고 저는 선장에게 말했습니다.

왜냐하면 저 몽트르동의 모래먼지처럼 바람이 휘몰아쳐오는 것이 보였기 때문입니다. 하지만 다행히 이쪽도 보통 솜씨가 아니거든요.

『가운데 돛을 두 개 줄여! 당김 밧줄을 느슨하게 하고 바람을 향해 활대를 돌려서 가운데 돛을 내리고 도르래로 활대를 조여!』하고 선장은 소리질렀습니다.』

「그 근처에서는 그렇게 해서는 안 되지요.」하고 영국인이 말했다. 「나 같으면 돛을 네 개 줄이고 앞돛대의 돛은 거두어 버리고 말 겁니다.」

뜻하지 않았던, 너무나도 정곡을 찌른 이 목소리에 일동은 저도 모르게 부르르 떨었다.

페누롱은 한쪽 손을 눈 위에 대고 선장의 조종법을 이렇게도 냉정하게 비판한 사나이를 멀끔히 바라보았다.

「하지만 우리는 그보다도 더 멋지게 해냈어요.」하고 늙은 선원은 상대방에게 약간의 경의는 표하면서도 이렇게 말했다. 「뒤쪽의 기운 돛대 돛을 감고 폭풍 앞을 가로지르려고 바람의 방향을 따라 키를 잡았어요. 그리고 10분 뒤에는 가운데 돛을 감고 돛 없이 달렸지요.」

「그런 위험을 저지르기에는 배가 너무 낡았어요.」하고 영국인이 말했다.

「정말 그래요! 그래서 우리는 당했어요. 마치 악마에게 조종당하고 있는 것처럼 12시간 동안이나 흔들리던 끝에 결국은 물이 스며들기 시작했어요.

『페누롱, 아무래도 가라앉을 것 같네. 키는 나에게 맡기고 자네는 화물창에 내려가 보게.』하고 선장은 말했습니다.

저는 선장에게 키를 넘겨 주고 내려갔습니다. 벌써 삼 피트나 침수하고 있었습니다. 저는 펌프다! 펌프! 하고 소리지르면서 달려올라갔습니다.

그러나 아아! 이미 때는 늦었습니다. 우리는 모두 배수 작업을 시작했습니다. 하지만 퍼내면 퍼낼수록 물은 점점 불어만 갔습니다.

『제길! 빌어먹을! 가라앉을 테면 가라앉으라지. 어차피 사람은 한 번은 죽게 마련이니까!』하고 4시간이나 애를 쓴 끝에 저는 말했습니다. 그러자 선장이 말하더군요.

『뭐야, 페누롱, 자네는 그런 모범을 동료들에게 보일 건가? 좋아, 기다리고 있어!』

그렇게 말하고 선장은 자기의 선실에 있는 두 자루의 권총을 가지러 갔습니다.

『펌프 옆을 떠나는 놈은 머리에 한 방 먹일 테다!』하고 선장은 말했습니다.』

「훌륭하군.」하고 영국인은 말했다.

「빈틈없는 분별만큼 기운을 돋궈 주는 것은 없더군요.」하고 선원은 말을 계속했다.

「게다가 그러는 중에 하늘도 밝아지고 바람도 그치더군요. 하지만 물은 여전히 불어났습니다. 대단하지는 않지만 1시간에 이 인치 정도씩 불어나더군요. 하지만 결국 불어나는 것입니다. 1시간에 이 인치라면 별로 대단한 것 같지 않은데 말입니다. 하지만 12시간이면 이십사 인치. 이십사 인치라면 이 피트이지요. 그 이 피트와 먼저 침수해 있던 삼 피트를 합치면 오 피트지요. 배 밑창에 오 피트의 물이 괸다면 이건 그야말로 수종병입니다.

『자, 이제 그만하지.』하고 선장은 말했습니다.

『모렐 선주님도 우리를 나무라지는 않으실 테지. 우리는 배를 살리기 위해 할 수 있는 모든 일을 다했으니까. 자, 이번에는 사람들을 살리지 않으면 안돼. 자, 모두들 보트에 타라고, 자, 빨리, 빨리!』하고 선장은 우리를 재촉했습니다.』

「저, 모렐 선주님.」하고 페누롱은 이야기를 계속했다.「우리는 파라온 호를 정말 아끼고 있었습니다. 하지만 뱃사람은 아무리 자기의 배를 아낀다고는 해도 역시 자기의 목숨이 더 아까운 법입니다. 그래서 우리는 선장에게 두 번 다시 같은 말을 되풀이하게 하지 않았습니다. 게다가 말입니다. 배가 우리를 불쌍히 여겨『빨리 가줘, 자 빨리 가줘!』하고 재촉하는 것 같았습니다. 불쌍한 파라온 호가 말하고 있는 그대로였습니다. 우리들 발 밑에서 정말로 배가 가라앉고 있는 것이 느껴졌습니다. 재빨리 보트를 내리고는 우리들 여덟 사람은 모두 보트에 탔습니다.

선장은 마지막에 내렸습니다. 아니, 내려오지를 않은 겁니다. 배를 떠나고 싶지 않았던 거죠. 그래서 제가 선장의 허리를 번쩍 안아서 동료들 쪽으로 집어던졌습니다. 그리고 저도 뛰어내렸습니다.

바로 그때였습니다. 제가 뛰어내리자마자 갑판이, 현측이 있는 마흔여덟 개분의 대포를 한꺼번에 쏘아낸 것 같은 소리를 내며 뻐개졌습니다.

그로부터 10분 뒤에는, 배는 뱃머리를 물속에 처박았고 그런 다음 고물도 가라앉았습니다. 그리고는 자기의 꽁지를 쫓는 강아지처럼 빙글빙글 돌며 자 안녕, 부글부글 부글부글!…… 그리고는 모든 것이 끝났습니다. 파라온 호의 모습은 이미 우리들 앞에 보이지 않았습니다!

우리는 사흘 동안 마시지도, 먹지도 못했습니다. 그래서 누가 먼저 다른 동료들에게 먹혀야 할지 제비를 뽑자고 얘기하고 있을 때에 지롱드 호가 나타난 것입니다. 우리는 신호를 보냈습니다. 저쪽에서는 우리를 알아보고 우리쪽으로 진로를 돌리고는 보트를 내어서 구조해 주었습니다.

모렐 선주님, 대강 이렇게 되었습니다. 뱃사람으로서 맹세합니다만 제가 한 얘기에 거짓은 없습니다! 그렇지, 여보게들?」

모두들 동의하는 수근거림을 교환하고 있는 것만 보더라도 페누롱이 사실을 그대로 말하고 세밀한 점까지 생생하게 그려내어 다른 사람들의 승인을 얻고 있다는 것을 알 수 있었다.

「훌륭했어, 제군.」 하고 모렐 씨가 말했다. 「자네들은 정말 기특한 사람들이야. 그리고 나는 벌써 오래 전부터 나에게 닥친 불행은 누구의 탓도 아니고 모두 운명의 소행이라는 것을 알고 있다네. 모든 것은 하느님의 뜻이지 인간의 실책이 아니야. 하느님의 뜻을 찬양하세. 그런데 자네들에게 주어야 할 급료는 얼마였지?」

「오오! 그 얘기는 그만둡시다, 모렐 선주님.」

「아니, 안돼. 얘기해 줘.」 하고 선주는 쓸쓸한 미소를 지으면서 말했다.

「그렇다면, 3개월 분을 받게 되어 있지만…….」 하고 페누롱이 말했다.

「코쿠레스, 이 기특한 사람들에게 이백 프랑씩 지불해 주게. 오늘과 같은 경우가 아니었더라면 이보게들.」 하고 모렐은 계속했다. 「그것 외에 각자 앞으로 이백 프랑씩의 상여금을 주라고 덧붙이는 건데……. 하지만 지금은 경기가 몹시 나쁘다네. 약간 남아 있는 돈도 이미 내 것이 아니니까. 아무쪼록 용서해 주게. 나를 원망하지 말아 주게.」

페누롱은 감동해서 울 듯한 표정을 지었다. 그리고는 동료들 쪽으로 가서 뭔가 수근수근 얘기를 나누고는 곧 되돌아왔다.

「그 일이라면 모렐 선주님.」 하고 그는 입속의 담배를 반대쪽으로 옮기고는 아까와 마찬가지로 응접실 쪽으로 퉤 하고 침을 뱉었다.

「그 일이라면…….」

「무슨 얘긴지 해보게.」

「돈 문제 말입니다만…….」

「그래서?」

「그래서 모렐 선주님! 동료들은 지금으로선 각자 오십 프랑씩이면 충분하고 나머지는 기다리자고 말하고 있습니다.」

「고맙네, 제군, 고마워.」 하고 모렐 씨는 크게 감동하여 소리질렀다. 「제군은 정말 훌륭한 마음씨를 가진 사람들이야. 하지만 받아 주게. 제발 받아 주게. 그리고 어디든 좋은 일자리가 발견되면 그쪽으로 가주게. 이제부터 자네들은 자유로운 몸이야.」

이 마지막 말은 이 기특한 선원들을 몹시 놀라게 했다. 그들은 어찌할 바를 모르고 서로 얼굴을 쳐다보았다. 페누롱은 숨이 막혀서 하마터면 입 담배를 삼켜 버릴 뻔했다. 다행히도 곧 손가락을 목구멍에 집어넣을 수가 있었다.

「뭐라고요? 모렐 선주님.」 하고 그는 목을 졸리운 듯한 목소리로 말했다. 「뭐라고요? 우리를 해고한단 말씀입니까? 그럼 우리가 마음에 안 든단 말씀입니까?」

「천만에」 하고 선주는 말했다. 「마음에 안 들다니, 그게 무슨 소린가. 나는 자네들을 해고하겠다는 것이 아니야. 하지만 어쩔 수 없잖은가. 나에게는 이미 배가 없고 따라서 선원이 필요없게 되었단 말일세.」

「뭐라고요? 배가 없다고요?」 하고 페누롱은 말했다. 「그렇다면 또 만들면 될 것 아닙니까? 우리는 기다리겠습니다. 고맙게도 우리는 고생에는 이골이

난 사람들이니까요.」

「페누롱, 나에게는 이제 배를 만들게 할 돈이 없다네.」하고 선주는 쓸쓸한 미소를 지으면서 말했다. 「그래서 자네들의 말은 정말 고맙지만 받아들일 수가 없다네.」

「돈이 없으시다면 우리에게 급료를 주실 필요는 없어요. 우리는 저 불쌍한 파라온 호처럼 돛 없이 달릴 거예요! 그러면 되는 거예요!」

「이제 그만, 이제 그만.」하고 모렐 씨는 감동으로 목이 메이면서 말했다. 「자, 제발 부탁이니까 이제 그만 돌아들 가게. 경기가 좋아지면 다시 만나세. 자, 임마누엘.」하고 모렐 씨는 덧붙였다. 「모두들 데리고 나가서 내가 원하는 대로 지불이 끝나는 것을 지켜봐 주게.」

「다시 뵙게 되겠지요, 모렐 선주님?」하고 페누롱이 말했다.

「글쎄, 나도 그렇게 되기를 바라네. 자, 어서들 가게.」

그런 다음 모렐 씨는 코쿠레스에게 눈짓을 했다. 코쿠레스는 앞장 서서 걸었다. 선원들은 경리 담당의 뒤를 따랐고 그 뒤를 다시 임마누엘이 따라갔다.

「자아」하고 선주는 아내와 딸에게 말했다. 「잠시 혼자 있게 해주겠소? 손님과 할 얘기가 있으니까.」

그렇게 말하고 그는 톰슨 앤드 프렌치 상회의 대리인이 있다는 것을 눈으로 알렸다. 그 손님은 앞에서 서술한 몇 마디를 했을 뿐 그 동안 내내 한쪽 구석에서 서성거리고 있었다.

두 여자는 지금까지 완전히 잊고 있었던 이 낯선 손님 쪽으로 시선을 던졌다. 그리고는 방에서 나갔다.

그러나 딸은 나갈 때 손님 쪽으로 애원이 담긴 아름다운 눈길을 보냈다. 손님은 거기에 대해 미소로 대답했다. 만일 냉정한 관찰자가 얼음같이 차가운 그의 얼굴에 이러한 미소가 떠오른 것을 보았다면 적잖이 놀랐을 것이다. 두 사나이만이 뒤에 남았다.

「자아」하고 모렐 씨는 다시 팔걸이의자에 털썩 주저앉고는 말했다. 「당신은 모든 것을 보시고 모든 것을 들으셨습니다. 그러니까 제가 당신에게 말씀드릴 수 있는 것은 이제 아무것도 없습니다.」

「나는 지금」하고 영국인은 말했다. 「지금까지와 똑같은 부당한 불행이 또다시 당신에게 닥친 것을 보았습니다. 그래서 나는 이미 당신을 도와 드렸으면 하고 생각하고 있었는데 그 결심이 더욱 굳어졌습니다.」

「뭐라고요, 손님?」하고 모렐 씨는 말했다.

「자아」하고 손님은 말을 이었다.「나는 당신의 중요한 채권자의 한 사람이었지요?」

「적어도 지불 기일이 제일 가까운 어음을 가지고 계십니다.」

「내게 지불의 유예를 희망하시지는 않습니까?」

「유예만 해주신다면 제 명예는 구제됩니다. 따라서 제 목숨도.」하고 모렐 씨는 말했다.

「어느 정도의 유예를 희망하시는지요?」

모렐 씨는 망설였다.

「2개월.」

「알았습니다.」하고 손님은 말했다.「3개월 유예해 드리지요.」

「하지만 톰슨 앤드 프렌치 상회 쪽에서…….」

「걱정하실 것 없습니다. 모든 것은 제가 책임집니다. 오늘은 6월 5일이 지요?」

「그렇습니다.」

「그럼 이 증서들에 모두 9월 5일이라고 다시 써주십시오. 9월 5일 오전 11시에(이때 시계는 아침 11시를 가리키고 있었다) 내가 여기에 찾아오겠습니다.」

「기다리고 있겠습니다.」하고 모렐 씨는 말했다.「그때 지불하겠습니다만 만일 그것이 불가능할 때는 나는 살아 있지 않을 겁니다.」

이 마지막 말은 무척 나직한 목소리로 했기 때문에 손님의 귀에는 들리지 않았다.

증서는 고쳐 씌어지고 낡은 증서는 찢겨졌다. 이렇게 해서 불쌍한 선주는 마지막 자금 조달을 위한 3개월의 여유가 생긴 셈이다.

영국인은 영국인 특유의 침착한 태도로 모렐 씨의 고맙다는 인사를 받으며 작별을 고했다. 모렐 씨는 그를 축복하면서 문간까지 배웅했다.

층계 위에서 영국인은 줄리를 만났다. 소녀는 층계를 내려가는 듯한 태도를 취하고 있었으나 실은 그를 기다리고 있었던 것이다.

「오오, 손님!」하고 그녀는 두 손을 모두고 말했다.

「아가씨」하고 손님은 말했다. 「언젠가…… 뱃사람 신드바드……라고 서명이 된 편지를 받게 될 것입니다. 그러면 그 편지에 씌어 있는 것을 하나하나 실행해 주시기 바랍니다. 이런 부탁이 이상하게 생각될지도 모르겠지만 말입니다.」

「네, 알았습니다.」하고 줄리는 대답했다.

「실행하겠다고 약속해 주시는 거죠?」

「맹세합니다.」

「좋습니다! 그럼 잘 있어요, 아가씨. 언제까지나 지금과 같은 상냥하고 깨끗한 아가씨로 있어 주세요. 하느님은 틀림없이 그 포상으로 임마누엘 군을 아가씨의 남편으로 주실 겁니다.」

줄리는 희미하게 외마디 소리를 지르며 앵두처럼 빨개졌다. 그리고 쓰러지지 않으려고 난간을 붙들었다.

손님은 그녀에게 작별의 몸짓을 해보이면서 걸어갔다.

뜰에서 그는 페누롱을 만났다. 페누롱은 두 손에 각각 백 프랑씩 돈꾸러미를 들었지만 차마 발길이 떨어지지 않는 모양이었다.

「영감, 날 따라오시오.」하고 그는 페누롱에게 말했다. 「하고 싶은 얘기가 있소.」

30. 9월 5일

모렐 씨가 전혀 예기조차 하지 못했던 때에 톰슨 앤드 프렌치 상회의 대표자가 양해해 준 이 유예는 불쌍한 선주에게는 운명이 마침내 그를 귀찮게 괴롭히는 일에 지쳐서 행복이 돌아온 것처럼 생각되었다.

그날로 즉시 그는 그러한 자초지종을 아내와 딸 그리고 임마누엘에게 얘기해 주었다. 이리하여 가족들 사이에선 안심이라고까지는 할 수 없지만 약간의 희망이 되살아났다.

그러나 불쌍하게도 모렐 씨의 거래선은 이토록 호의적인 타협을 제시해
준 톰슨 앤드 프렌치 상회만 있는 것은 아니었다. 그가 말한 대로 장사의
세계에는 거래선은 있어도 친구는 없었다. 곰곰히 되새겨 보아도 그에게는
자기에 대한 톰슨 앤드 프렌치 상회의 관대한 조치가 잘 납득되지 않았다.
그의 파산을 재촉해서 원금의 육 할이나 팔 할을 회수하기보다는 삼십만
프랑에 가까운 부채를 짊어진 사나이를 도와서 3개월 뒤에 그 삼십만 프랑을
고스란히 받는 쪽이 훨씬 유리하다는, 현명하고도 이기적인 생각을 했을 것이
틀림없다고 밖에는 해석되지 않았다.

불행하게도 모렐 씨의 모든 거래선은 그에 대한 증오심 때문인지, 아니면
눈이 멀었기 때문인지 그러한 생각을 해주지 않았다. 어떤 거래선은 반대의
생각까지 했다. 그래서 모렐 씨가 서명한 어음은 어김없이 경리 담당 앞으로
돌아왔다. 그리고 그것들은 영국인으로부터 부여받은 유예 덕분에 코쿠레
스를 통해 즉석에서 지불되었다. 그래서 코쿠레스는 여전히 예의 침착한
태도로 일을 계속할 수가 있었다.

그러나 모렐 씨만은 만일 15일에 보빌 씨의 십만 프랑, 그리고 30일에,
이것도 형무소 검찰관의 것과 마찬가지로 유예받은 삼만 이천오백 프랑의
어음을 지불하지 않으면 안 되었다고 한다면 이 달부터 벌써 파산자가 되었을
것이라고 생각하며 부르르 몸을 떨었다.

마르세이유 상업계 전체의 의견은 잇따라 엄습한 불운에 압도되어 모렐
씨는 이제 더 이상 버틸 수가 없으리라는 데에 일치하고 있었다. 그래서
그의 월말 지불이 여느 때와 마찬가지로 정확하게 이루어진 것을 보고 크게
놀랐다. 그러나 그것만으로 사람들의 마음에 신용이 돌아오지는 않았다.
사람들은 모두 파산의 청원이 내달 말까지 연기된 데에 지나지 않는다고
보고 있었다.

그 달은 돈마련을 위한 필사적인 노력 속에 지나갔다. 옛날엔 그의 어음은
어느 날짜든 믿고 사람들이 인수해 주었다. 아니, 오히려 요청받기까지 했
었다. 그러나 지금은 90일 지불의 어음으로 거래를 하려고 했으나 어느 은
행에서도 받아 주지 않았다. 다행히도 모렐 씨 자신이 기대할 수 있는 돈이
있었는데 그것이 들어왔다. 그래서 7월말도 이럭저럭 약속을 지킬 수 있었다.

그런데 톰슨 앤드 프렌치 상회의 대표자 모습은 그 뒤 마르세이유에서는

보이지 않았다. 모렐 씨를 방문한 다음날인가 다음다음날부터 그는 보이지 않게 되었다.

게다가 그는 마르세이유에서는 시장과 형무소 검찰관, 그리고 모렐 씨 외에는 누구와도 접촉하지 않았기 때문에 지금의 세 사람이 가지고 있는 각기 다른 추억 외에는 그가 마르세이유에 왔었다는 흔적은 남아 있지 않았다.

그리고 파라온 호의 선원들은 어딘가에 계약이 된 것 같았다. 왜냐하면 그들의 모습도 보이지 않았으니까.

병이 나서 팔마에 남아 있던 고마르 선장이 병이 나아서 돌아왔다. 그는 모렐 씨에게 찾아가는 것을 망설이고 있었다. 그러나 모렐 씨는 선장이 돌아온 것을 알고 자기 쪽에서 만나러 갔다. 이 훌륭한 선주는 페누롱의 이야기로 재난 때에 보인 선장의 용감한 행위를 사전에 알고 있었기 때문에 그를 위로해 주려고 생각한 것이었다. 그리고 고마르 선장이 자기 스스로는 도저히 받으러 올 것 같지 않은 그의 급료를 가져다 주었다.

층계를 내려가려고 했을 때 모렐 씨는 올라오고 있는 페누롱과 갑자기 마주쳤다. 페누롱은 보아 하건대 돈을 멋지게 쓴 것 같았다. 왜냐하면 옷차림이 완전히 새것으로 꾸며져 있었던 것이다. 선주의 모습을 보자 이 훌륭한 키잡이는 몹시 허둥거렸다. 그는 층계참의 제일 구석에 몸을 기대고 입속의 담배를 왼쪽에서 오른쪽으로, 오른쪽에서 왼쪽으로 옮겨가며 당황한 듯한 큰 눈을 두리번거리면서 모렐 씨가 언제나와 마찬가지로 진심을 담고 내민 악수에 대해 주뼛거리면서 마주 쥐었을 뿐이었다.

모렐 씨는 페누롱이 이렇게 멋쩍어 하는 것이 그의 고급스러운 복장 탓이려니 생각했다. 이렇게 멋을 부릴 수 있을 만큼 돈을 주지 못한 것은 사실이었다. 그렇다면 어떤 배와 계약이 된 것일 테지. 그래서 이미 파라온 호에게 복상(服喪)하고 있지 않음을 부끄러워하고 있는 것인지도 몰랐다. 그리고 그는 고마르 선장에게 자기의 행운을 알리고 새 주인으로부터의 제안을 전하러 온 것인지도 몰랐다.

「모두들 좋은 친구야.」 하고 모렐 씨는 떠나면서 말했다. 「자네들의 새 주인이 내가 자네들을 사랑한 것처럼 사랑해 주기를, 그리고 그분이 나보다도 행복하기를 빌겠네.」

8월은 끊임없이 낡은 차용금의 증서를 다시 쓰고 새 빚을 얻기 위해 동분서주하는 가운데 지나갔다. 8월 20일에 마르세이유에서는 그가 역마차를 탔다는 것이 사람들에게 알려졌다. 그래서 사람들은 드디어 이 달말에는 파산 청원서가 제출되기 때문에 그런 비참한 장면에 자리를 같이 하기가 싫어서 모든 것을 지배인인 임마누엘과 경리 담당인 코쿠레스에게 맡기고 도망친 것이 틀림없다고 생각하고 있었다. 그러나 사람들의 예상과는 달리 8월 30일이 되자 지불이 여느 때와 마찬가지로 시작되었다. 코쿠레스는 호라티우스의 작품 속의 재판관처럼 침착하게 격자 저편에 모습을 나타냈다. 그리고 제출되는 서류를 평소와 마찬가지로 신중하게 조사하고 전부 정확하게 지불했다. 게다가 모렐 씨가 예상하고 있던 반제금이 두 건이나 있었으나 코쿠레스는 선주 개인의 어음과 마찬가지로 이것도 어김없이 지불했다.

사람들은 이제는 어떻게 된 영문인지 알 수가 없게 되었다. 그러나 나쁜 소문을 퍼뜨리는 사람들에게 흔히 있는 끈질김으로 파산은 9월 말일까지 연기된 것이라고 여전히 떠들고 다녔다.

모렐 씨는 9월 1일에 돌아왔다. 가족들은 큰 불안에 휩싸여서 그를 기다리고 있었다. 이 파리 여행에서 그의 마지막 구원의 길이 열릴 것이었다. 모렐 씨는 당그랄에게 기대를 걸고 있었다. 당그랄은 지금은 백만 장자이지만 옛날에는 그의 은혜를 입은 사람인 것이다. 왜냐하면 모렐 씨의 추천으로 스페인의 은행가에게 소개되었고 그것이 막대한 재산을 만드는 단서가 된 것이다.

사람들의 소문으로는 그는 오늘날 육백만 또는 팔백만의 재산이 있고 무한한 신용을 얻고 있다는 것이었다. 따라서 자기의 호주머니는 조금도 축내지 않고 모렐 씨를 구제할 수도 있을 것이었다. 즉, 차용금에 대한 보증만 서주면 되는 것이다. 그렇게 하면 모렐 씨는 구제될 수 있는 것이다.

모렐 씨는 벌써 오래 전부터 당그랄을 생각하고는 있었다. 그러나 사람은 누구에게나 아무리 억제하려 해도 억제할 수 없는 본능적인 혐오감이라는 것이 있게 마련이다. 그래서 모렐 씨는 이 마지막 수단에 호소하는 것을 될 수 있는 대로 뒤로 미루고 있었다. 모렐 씨의 예상은 그야말로 적중했다. 그는 거절이라는 부끄러운 꼴을 당하고 상처받은 마음을 안은 채 돌아온 것이었다.

예상했던 일이었으므로 모렐 씨는 집에 돌아와서는 한마디 불평도 말하지 않고 상대방을 비난하지도 않았다. 그는 눈물을 흘리면서 아내와 딸에게 키스를 했고 임마누엘에게 다정하게 손을 내밀었다. 그리고는 삼층 사무실로 올라가서 들어박힌 채 코쿠레스를 불러들였다.

「이번에야말로 드디어 파산인 모양이야.」하고 두 여인은 임마누엘에게 말했다.

그리고 그녀들은 잠시 의논한 뒤 줄리가 님의 병영에 있는 오빠에게 즉시 돌아와 달라는 편지를 쓰기로 결정했다.

불쌍한 여인들은 자기들에게 닥치는 타격에 저항하기 위해서는 전신의 힘을 필요로 한다는 것을 본능적으로 느끼고 있었다.

게다가 막시밀리안 모렐의 나이는 아직도 겨우 스물세 살이었으나 이미 아버지에게 대해서는 큰 영향력을 가지고 있었다.

그는 의지가 강하고 비뚤어진 것을 싫어하는 청년이었다. 그의 장래의 일을 결정할 때 아버지는 미리 그에게 그것을 강요하지 않고 다만 아들의 취미를 물었다. 그는 군인이 되고 싶다고 말했다.

그래서 그는 공부를 열심히 하여 이공과 대학의 경쟁 시험에 합격했고 졸업을 하자 제53연대 소속의 소위가 되었다. 임관된 지 벌써 일 년이 지났고 다음 기회에는 중위로 승진할 것이 이미 결정되어 있었다.

연대에서의 막시밀리안 모렐은 단지 군인에게 부과된 의무뿐 아니라 사람으로서 지키지 않으면 안 되는 의무도 엄격하게 실행하는 인간으로 널리 알려져 스토아 철학자라는 별명으로 불리고 있었다. 물론 그를 이렇게 부르고 있는 많은 사람들은 남이 부르는 것을 듣고 따라 부르고 있을 뿐, 그것이 무슨 뜻인지는 몰랐다.

어머니와 누이동생은 뭔가 중대한 일이 자기들에게 닥치려 하고 있다는 것을 느끼고 자기들의 힘이 되어 주기를 바라는 마음에서 그를 부른 것이었다.

지금 중대한 사태에 직면해 있다는 그녀들의 느낌은 틀리지 않았다. 왜냐하면 모렐 씨가 코쿠레스와 사무실로 들어간 지 얼마 안 되어 코쿠레스가 창백한 얼굴로 부들부들 떨며 허둥대는 표정으로 뛰쳐 나오는 것을 줄리는 보았다.

코쿠레스가 그녀 옆을 지나치려 했을 때 그녀는 무슨 일인가고 물어 보려 했다. 그러나 할아버지는 평소의 그답지 않게 급히 층계를 뛰어 내려가면서 두 팔을 허공에 쳐들고 소리질렀다.

「오오! 아가씨! 아가씨! 이 무슨 청천벽력 같은 일입니까! 아아, 이런 무서운 불행이 닥쳐올 줄이야!」

잠시 뒤에 그가 두세 권의 큰 장부와 지갑, 그리고 돈이 든 자루를 들고 올라가는 것을 줄리는 보았다.

모렐 씨는 장부를 조사하고, 지갑을 열고, 자루 안의 돈을 세었다.

지금 있는 돈이 모두 합쳐서 육천 프랑에서 팔천 프랑, 5일까지 들어올 돈이 사오천 프랑이었다. 즉, 이십팔만 칠천오백 프랑의 어음에 대해 아무리 많게 어림잡아도 일만 사천 프랑의 돈밖에 되지 않았다. 단지 이것만으로 해결할 수는 없는 일이었다.

그러나 저녁식사를 하러 내려왔을 때 모렐 씨는 꽤 침착을 되찾은 것 같았다. 그러나 이러한 침착한 태도는 낙심한 태도보다도 두 여성을 더 겁먹게 했다.

저녁식사를 끝내면 모렐 씨는 평소에는 외출을 하는 것이 보통이었다. 포세앙 클럽에 가서 커피를 마시고 세마포르 신문을 읽곤 하는 것이었다. 그러나 이 날은 외출도 하지 않고 다시 사무실로 올라갔다.

코쿠레스는 완전히 얼이 빠진 듯한 모습이었다. 하루의 몇 시간인가를 삼십 도의 태양 밑에서 모자도 쓰지 않고 뜰에 있는 돌 위에 앉아 있는 것 같았다.

임마누엘은 어떻게 해서든지 여자들을 안심시키려고 했으나 생각처럼 말이 나오지 않았다. 그는 집안 상태를 너무나 잘 알고 있었기 때문에 큰 파국이 모렐 가에 덮쳐오는 것을 느끼지 않을 수 없었다.

밤이 되었다. 두 여성은 모렐 씨가 사무실에서 내려오면 자기들의 방에 들르리라고 생각하고 자지 않고 깨어나 있었다. 그러나 그녀들은 모렐 씨가 아마 자신을 부를 것을 두려워해서인지 발소리를 죽인 채 방문 앞을 지나가는 소리를 들었다.

그녀들은 귀를 기울였다. 모렐 씨는 자기의 방으로 들어가자 안으로 문을 잠갔다.

모렐 부인은 딸에게 어서 가서 자라고 일렀다. 그리고 줄리가 나가고 나서 30분쯤 있다가 그녀는 일어서서 구두를 벗고 남편이 무엇을 하고 있는지 열쇠구멍으로 들여다보려고 살그머니 복도로 나갔다.

복도로 나가자 그녀는 사람의 그림자가 슬그머니 사라지는 것을 보았다. 그것은 줄리였다. 그녀도 마찬가지로 불안해서 어머니보다도 먼저 와 있었던 것이다.

딸은 모렐 부인 곁으로 다가왔다. 그리고는「뭔가를 쓰고 계세요.」하고 말했다.

두 여성은 말을 안 해도 서로의 마음을 알 수 있었다.

모렐 부인은 열쇠구멍에까지 몸을 수그렸다. 과연 모렐 씨는 뭔가를 쓰고 있었다. 그러나 부인은 딸이 미처 깨닫지 못한 것을 깨달았다. 그것은 남편이 인지를 붙인 종이 위에 쓰고 있다는 것이었다.

유언장을 쓰고 있는 것이라는 무서운 생각이 퍼뜩 머리를 스쳤다. 전신이 부들부들 떨렸다. 그러나 꾹 참고 아무 말도 하지 않았다.

다음날, 모렐 씨는 완전히 침착을 되찾은 것처럼 보였다. 여느 때와 마찬가지로 사무실에 앉아 있고 점심식사를 하러 내려왔다. 그러나 저녁식사 뒤에는 딸을 자기 옆에 앉히고 딸의 머리를 두 손으로 안은 채 오랫동안 자기의 가슴에 꼭 껴안고 있었다.

그날 밤 줄리는 어머니에게, 아버지가 보기에는 침착한 것 같았으나 심장이 몹시 뛰고 있었다고 말했다.

거의 비슷한 상태로 다시 이틀이 지났다. 9월 4일 밤, 모렐 씨는 딸에게 그녀가 가지고 있는 사무실 열쇠를 돌려 주었으면 좋겠다고 말했다.

그 말을 듣고 딸은 부르르 몸을 떨었다.

어떤 불길한 예감이 든 것이다. 그녀가 언제나 가지고 있었고 어렸을 때 나쁜 짓을 하다가 꾸중을 들었을 때 외에는 회수당한 일이 없는 열쇠를 어째서 돌려 달라는 것일까?

딸은 모렐 씨의 얼굴을 빤히 쳐다보았다.

「이 열쇠를 회수하시겠다니 아버지, 제가 무슨 나쁜 일을 했는가요?」

「그런 일은 없다. 네가 무슨 일을 했다고. 다만 내가 필요해서 그런다.」하고 불쌍한 모렐 씨는 이런 순진한 질문에 저도 모르게 눈물을 흘리면서 말했다.

줄리는 열쇠를 찾는 척했다.

「제 방에 두고 온 것 같아요.」하고 그녀는 말했다.

그리고는 방을 나왔다. 그러나 곧 자기 방으로 가지 않고 층계를 내려와서는 임마누엘이 있는 곳으로 의논하러 갔다.

「그 열쇠를 아버님에게 돌려 드려서는 안 돼요.」 하고 임마누엘이 말했다. 「그리고 내일 아침에는 될 수 있는 대로 아버님 곁을 떠나지 말도록 하세요.」

그녀는 임마누엘에게 그 이유를 물어 보려고 했다. 그러나 그는 아무것도 알고 있지 않았다. 혹은 알고 있으면서도 말을 하고 싶지 않았던 것인지도 몰랐다.

9월 4일부터 5일에 걸친 밤 동안 모렐 부인은 문에 귀를 갖다댄 채 밤을 지샜다. 새벽 3시까지 남편이 방안을 초조한 걸음으로 왔다갔다하는 소리가 들렸다.

3시가 되어서야 겨우 남편은 잠자리에 들었다.

어머니와 딸은 함께 밤을 새웠다. 전날부터 밤까지 두 사람은 막시밀리안이 돌아오기를 기다리고 있었다.

8시에 모렐 씨가 두 사람의 방으로 들어왔다. 그는 침착해 보였다. 그러나 전날에 흥분했던 흔적이 파랗게 굳어진 얼굴 위에 뚜렷이 남아 있었다.

여자들에게는 잘 잤는지 어떤지를 물을 만한 용기도 없었다.

모렐 씨는 아내에게 대해서는 여느 때보다도 더 다정하게, 딸에게는 여느 때보다도 더 아버지답게 행동했다. 그는 딸을 아무리 바라보아도, 아무리 입을 맞추어도 싫지 않을 것 같은 기분이었다.

줄리는 임마누엘의 주의를 상기했다. 그래서 아버지가 방에서 나갈 때 뒤따라가려고 했다. 그러나 아버지는 부드럽게 그녀를 되밀었다. 그리고는 「어머니 옆에 있어 드려라.」 하고 말했다.

줄리는 거기에 반대하려고 했다.

「나는 네가 그래 주기를 바란다.」 하고 모렐 씨는 말했다.

모렐 씨가 딸에게 『나는 네가 그래 주기를 바란다.』라고 말한 것은 이것이 처음이었다. 그러나 그 말투에는 그야말로 아버지다운 다정함이 깃들어 있었기 때문에 줄리는 한 걸음도 앞으로 내디딜 수가 없었다.

그녀는 꼼짝도 하지 못하고 말없이 그 자리에 서 있었다. 잠시 뒤에 문이 다시 열렸다. 그녀는 자기가 누군가의 두 팔에 껴안기고 이마에 입술이 와 닿는 것을 느꼈다.

그녀는 눈을 들었다. 그리고 기쁨의 소리를 질렀다.

「어머, 막시밀리안 오빠!」 하고 그녀는 소리질렀다.

이 고함 소리를 듣고 모렐 부인도 달려와 아들의 팔 안에 몸을 던졌다.

「어머니」 하고 청년은 모렐 부인과 누이동생을 번갈아 쳐다보면서 말했다. 「어떻게 된 겁니까? 무슨 일이 있었습니까? 편지를 보고 깜짝 놀라서 달려왔습니다.」

「줄리야.」 하고 모렐 부인은 청년 쪽을 눈으로 가리키면서 「아버지에게 막시밀리안이 돌아왔다고 말씀드려라.」 하고 말했다.

딸은 방에서 뛰쳐나갔다. 그러나 층계의 맨 첫 단에 발을 올려 놓았을 때 손에 한 통의 편지를 든 사나이를 발견했다.

「줄리 모렐 양이 아닌가요?」 하고 그 사나이가 강한 이탈리아 발음으로 말했다.

「그렇습니다만.」 하고 줄리는 더듬거리면서 말했다. 「하지만 무슨 용건 인지요? 나는 당신을 모르는데요.」

「이 편지를 읽어 주십시오.」 하고 사나이는 한 통의 편지를 내밀면서 말 했다.

줄리는 망설이고 있었다.

「아버님 신상의 안전과 관계된 편지입니다.」 하고 심부름꾼은 말했다.

아가씨는 사나이의 손에서 나꿔채듯이 그 편지를 빼앗아들었다.

그리고는 급히 펼쳤다. 그리고 읽었다.

이 편지를 보시는 대로 메이랑 거리로 가서서 15번지를 찾아가 문지 기에게 육층의 열쇠를 요구하고 그 방에 들어가서 난로 선반 위에 놓여 있는 빨간 비단 레이스의 지갑을 가져오십시오. 그리고 그것을 아버지에게 건네 드리십시오.

그 지갑은 무슨 일이 있어도 11시가 되기 전에 아버지 손에 건네지지 않으면 안 됩니다.

당신은 내 말에 무조건 복종하겠다고 약속하셨습니다. 그 약속을 상기 하시기 바랍니다.

뱃사람 신드바드

아가씨는 기쁨의 고함 소리를 지르고 눈을 들어 이 편지를 가져온 사나이에게 어떻게 된 일인지 물어 보려고 그를 찾았으나 그 사나이의 모습은 이미 보이지 않았다.

그녀는 다시 한 번 읽어 보려고 편지 위에 눈길을 주었다. 거기에 추신이 적혀 있음을 깨달았다.

그녀는 읽어 보았다.

이 일은 당신 자신이 혼자서 하시지 않으면 안 됩니다. 만일 당신이 누군가를 데리고 오거나 또는 대리인을 보내시면 문지기는 그러한 일은 모른다고 대답할 것입니다.

이 추신은 아가씨의 기쁜 마음을 완전히 잡쳐 버리고 말았다. 무슨 무서운 일이 있는 것은 아닐까? 어떤 함정이 마련되어 있는 것은 아닐까? 그녀는 순진했으므로 그녀 나이 또래의 위험이 어떤 것인지를 몰랐다. 그러나 위험을 두려워하는 마음은 위험의 정체를 몰라도 있는 법이다. 가장 큰 공포를 느끼게 하는 것은 실은 자기가 모르는 위험인 것이다.

줄리는 망설였다. 그래서 누군가와 의논을 하리라고 생각했다.

그러나 그녀가 도움을 청하러 간 것은 어머니도 오빠도 아니었다. 이상한 감정의 작용으로 그녀는 임마누엘에게로 갔다.

그녀는 아래로 내려가서 임마누엘에게 톰슨 앤드 프렌치 상회의 대리인이 아버지를 찾아왔던 날의 일을 이야기했다. 층계 위에서 생겼던 일을 이야기하고 그때의 약속을 들려 주고 편지를 보여 주었다.

「가지 않으면 안 돼요, 아가씨.」 하고 임마누엘은 말했다.

「가야만 해요?」 하고 줄리는 중얼거렸다.

「그래요. 내가 함께 갈게요.」

「하지만 혼자서 와야만 한다고 씌어 있잖아요?」 하고 줄리가 말했다.

「결국 혼자서 가시는 것이 됩니다.」 하고 청년은 대답했다. 「나는 뮈제 거리의 모퉁이에서 기다리고 있겠습니다. 돌아오는 것이 늦어서 걱정이 되면 마중을 갈게요. 안심하세요, 이상한 놈이 있으면 혼찌검을 내줄 테니까!」

「그럼, 임마누엘」 하고 아가씨는 망설이면서 말했다. 「여기에 씌어 있는 대로 하는 것이 좋겠다고 당신은 생각하는 거죠?」

「그래요, 심부름꾼은 아버님의 신상의 안전과 관계된 일이라고 말했다면서요?」

「하지만 임마누엘, 아버지가 어떤 위험을 당하신다는 얘기지요?」 하고 아가씨는 물었다.

임마누엘은 한순간 망설였다. 그러나 일각이라도 빨리 그녀에게 결심을 하게 해야 한다는 생각이 앞섰다.

「실은 말입니다.」 하고 그는 그녀에게 말했다. 「오늘은 9월 5일이지요?」

「그래요.」

「오늘 11시에 아버지는 약 삼십만 프랑의 돈을 지불하지 않으면 안 되게 되어 있어요.」

「네, 그것은 알고 있어요.」

「그런데」 하고 임마누엘은 말했다. 「금고에는 일만 오천 프랑의 돈도 없어요.」

「그러면 어떻게 되는 거죠?」

「오늘 11시까지 누군가 아버님을 도와 주는 사람이 나타나지 않으면 정오에는 아버님은 파산을 선언하지 않으면 안 돼요.」

「어머! 큰일이네요! 그럼, 빨리 가요, 빨리!」 하고 소리지르면서 아가씨는 청년을 끌고 나갔다.

이러는 사이에 모렐 부인은 모든 것을 아들에게 얘기해 주었다.

청년은 잇따른 불행으로 집안 살림에 큰 변화가 있었던 것은 알고 있었다. 그러나 사태가 이렇게까지 절박한 줄은 미처 모르고 있었다.

그는 멍해졌다.

그러나 갑자기 그는 방에서 뛰쳐나가 급히 층계를 뛰어올라갔다. 아버지가 사무실에 있으리라고 생각했기 때문이었다. 그러나 아무리 노크를 해도 대답이 없었다.

그가 사무실 문 앞에 서 있노라니까 아래층 거실의 문이 열리는 소리가 났다. 그는 돌아보았다. 그러자 거기에 아버지의 모습이 보였다. 모렐 씨는 곧바로 사무실로 돌아가지 않고 자기의 거실로 들어갔다가 지금 거기에서 나오는 참이었다.

모렐 씨는 막시밀리안의 모습을 보고 놀라서 소리를 질렀다. 아들이 돌아온 것을 그는 모르고 있었던 것이다. 그는 프록코트 밑에 감춘 것을 왼쪽 팔로 누르면서 그 자리에 섰다.

막시밀리안은 급히 층계를 뛰어내려가 아버지의 목을 껴안았다. 그러나 그는 퍼뜩 뒷걸음질쳤다. 아버지의 가슴에 댄 오른손만은 그대로 두고.

「아버지」하고 그는 마치 죽은 사람처럼 시퍼런 얼굴로 말했다. 「어째서 권총을 두 자루나 프록코트 밑에 숨기고 계시지요?」

「아아! 들키지 않을까 걱정하고 있었는데!」하고 모렐 씨는 말했다.

「아버지! 아버지! 아아! 어쩌자고 이런 권총을 갖고 계시지요?」하고 청년은 소리질렀다.

「막시밀리안」하고 모렐 씨는 아들의 얼굴을 뚫어지게 바라보면서 대답했다. 「너는 사나이다. 명예를 알고 있는 사나이다. 따라오너라. 이유를 얘기해 줄 테니까.」

그렇게 말하고 모렐 씨는 확실한 걸음걸이로 사무실로 올라갔다. 막시밀리안은 비틀거리면서 뒤따랐다.

모렐 씨는 문을 열고 아들이 들어오자 그것을 닫았다. 그리고는 응접실을 가로질러 책상에 다가가서는 권총을 그 구석에 놓았다. 그리고 펼쳐진 채로 있는 장부를 손가락 끝으로 아들에게 가리켰다.

장부 위에는 현재의 재산 상태가 정확하게 씌어져 있었다.

모렐 씨는 30분 뒤에는 이십팔만 칠천오백 프랑의 돈을 지불하지 않으면 안 되게 되어 있다.

그러나 모두 합쳐서 일만 오천이백오십칠 프랑의 돈밖에는 없었다.

「읽어 보아라.」하고 모렐 씨는 말했다.

청년은 장부를 읽었다. 그리고 한동안 뒤통수를 얻어맞은 사람처럼 정신을 잃고 있었다.

모렐 씨는 아무 말도 하지 않았다. 이러한 냉혹한 숫자에 대해 이제 와서 덧붙일 말이 있을까?

「아버지」하고 잠시 뒤에 청년이 말했다. 「이런 불행에 빠질 때까지 온갖 수단을 다 강구해 보셨습니까?」

「물론이지.」 하고 모렐 씨는 대답했다.

「돈이 들어올 가망은 있는가요?」

「전혀 없다.」

「재원이 없어진 거로군요?」

「모두 없어졌다.」

「그럼 30분 뒤에는 우리 집의 명예가 더럽혀지는군요?」 하고 막시밀리안은 침울한 목소리로 말했다.

「피는 불명예를 씻어 준다.」 하고 모렐 씨가 말했다.

「아버지 말씀이 옳습니다. 아버지의 마음은 잘 알겠습니다.」

그리고는 권총 쪽으로 손을 내밀었다.

「아버지 것이 한 자루, 제 것이 한 자루 있습니다. 고맙습니다!」 하고 그는 말했다.

모렐 씨는 그 손을 붙들었다.

「어머니나…… 누이동생은 어떻게 되는 거니?…… 누가 돌본다는 거니?」

전율이 청년의 전신을 휩쓸었다.

「아버지」 하고 그는 말했다. 「저더러 살아 남으라는 말씀입니까?」

「그렇다, 그렇게 말하고 있는 거다.」 하고 모렐 씨는 대답했다. 「왜냐하면 그것이 네 의무이기 때문이다. 너는 침착하고 올바른 정신을 가지고 있다. 막시밀리안…… 너는 보통 사나이와는 다르다. 나는 너에게 지시나 명령은 하지 않겠다. 다만 이렇게 말해 두지. 현재의 상태를, 아무 관계없는 제3자로서 잘 생각해 봐. 너 자신이 그것을 판단해야 한다.」

청년은 잠시 생각에 잠겨 있었다. 그러는 중에 맑은 체념의 빛이 뉴에 나타났다. 그는 천천히, 쓸쓸해 보이는 동작으로 자기의 계급을 나타내고 있는 견장을 잡아뗐다.

「알겠습니다.」 하고 그는 모렐 씨에게 손을 내밀면서 말했다. 「아버지, 마음놓고 돌아가십시오! 저는 살아 남을 테니까요.」

모렐 씨는 아들의 무릎에 몸을 던지려고 했다. 그러나 막시밀리안은 아버지를 자기 쪽으로 끌어당겼다. 이렇게 해서 두 개의 고상한 심장은 서로 맞닿은 채 고동치고 있었다.

「이건 내 과오가 아니라는 것을 알고 있을 테지?」 하고 모렐 씨가 말했다.

막시밀리안은 미소지었다.

「아버지, 저는 아버지가 지금까지 제가 안 사람 중에서 가장 성실한 사람이라는 것을 알고 있습니다.」

「좋아, 이것으로 할 얘기는 다했다. 자, 어머니와 누이동생 곁으로 가보아라.」

「아버지」 하고 청년은 한쪽 무릎을 바닥에 짚고 말했다. 「저를 축복해 주십시오!」

모렐 씨는 아들의 머리를 두 손으로 안아 자기 쪽으로 끌어당기고는 몇 번이나 거기에 입술을 댔다.

「좋아, 좋아!」 하고 그는 말했다. 「나로서도, 또 어느 한 점 나무랄 데가 없던 삼대에 걸친 선조의 대표자로서도 너를 축복해 주마. 알겠냐, 선조가 내 입을 빌어서 말씀하신다고 생각하고 잘 듣거라.

불행이 파괴해 버린 건물은 자비로우신 하느님이 다시 세워 주실 것이다. 내가 이런 식으로 죽는 것을 보면 아무리 냉혹한 사람이라도 너를 가엾게 여길 테지. 나에게는 거절한 유예도 너에게는 아마 부여해 줄 테지. 그때에는 사람들로부터 부끄러움을 모르는 사람이라는 말을 듣지 않도록 노력해라. 일을 하는 것이다, 일을. 열심히 용기를 내어서 싸우는 거다. 너도, 어머니도, 누이동생도, 생활을 극도로 긴축시키는 거다. 내가 빚을 갚지 않으면 안 되는 사람들의 돈이 하루하루 네 손 안에서 불어가도록 말이다.

파산 선고가 해제되는 날이야말로, 즉 이 서재에서 네가 『아버지는 내가 오늘 해낸 일을 해낼 수 없었기 때문에 돌아가셨습니다. 그러나 아버지는 내가 그것을 해낼 것을 알고 계셨기 때문에 조용히 돌아가셨습니다.』라고 말할 수 있는 그날이야말로 정말로 반가운 축복할 만한 날이라는 것을 잘 생각해 다오.」

「오오! 아버지, 아버지.」 하고 청년은 소리질렀다. 「하지만 어떻게 해서든지 살 길을 찾으실 수는 없는가요?」

「내가 살아 있으면 모든 것이 달라진다. 동정은 의혹으로 변하고 연민은 증오로 변하고 나는 이미 약속을 어긴 사나이에 지나지 않게 된다. 결국 파산자에 지나지 않게 된다.

내가 죽으면 사정은 반대가 된다. 그것을 잘 생각해 다오, 막시밀리안, 내

주검은, 불행했지만 정직한 인간의 주검이 되는 것이다. 살아 있으면 친구들조차 이 집에 근접하지 않게 될 것이다. 죽으면 마르세이유 사람 전체가 눈물을 흘리면서 나를 무덤까지 전송해 줄 것이다. 만일 살아 있으면 너도 내 이름을 부끄럽게 여기게 될 것이다. 죽으면 너는 고개를 높이 쳐들고 『나는 태어나서 처음으로 자기의 약속을 지키지 못했기 때문에 자살한 사람의 아들입니다.』라고 떳떳하게 말할 수 있는 것이다.」

청년은 신음했다. 그러나 체념한 것 같았다. 이번에도 마음속은 어떤지 모르지만 머리에서는 이해할 수 있었던 것이다.

「그럼」하고 모렐 씨는 말했다.「나를 혼자 있게 해다오. 여자들이 오지 않게 해주기 바란다.」

「다시 한 번 누이동생을 만나 주시지 않겠습니까?」하고 막시밀리안은 부탁했다.

청년은 최후의 은밀한 희망을 아버지와 누이동생의 회견에 기대하고 있었다. 그래서 그렇게 말한 것이었다.

모렐 씨는 고개를 가로저었다.

「그애는 오늘 아침에 만났다. 벌써 이별의 인사는 끝났다.」

「뭔가 특별히 남기실 말은 없습니까?」하고 막시밀리안은 굳어진 목소리로 말했다.

「그래, 있다, 네가 꼭 수행해 줘야 할 일이.」

「말씀해 주세요, 아버지.」

「단 한 집, 톰슨 앤드 프렌치 상회가 동정에서인지 아니면 이기심 때문인지, 사람의 마음은 분명히 읽을 수 없지만, 어쨌든 내게 연민을 표시해 주었다. 그 대리인이 이제 10분 뒤면 이십팔만 칠천오백 프랑의 어음 지불을 받으러 오는데 이 사람은 나에게 3개월의 유예를 승낙해 주었다. 아니, 그쪽에서 먼저 제의해 주었어. 따라서 이 상회에 맨먼저 갚아 주도록 해라. 그리고 그 사람에게 고맙다는 인사도 잊지 말고.」

「네, 아버지.」하고 막시밀리안은 말했다.

「그럼, 다시 한 번 고별 인사를 하자.」하고 모렐 씨는 말했다.「자, 그럼 가봐라. 나는 혼자 있고 싶다. 유언장은 침실 책상의 서랍 안에 넣어 두었다.」

청년은 이제 의지의 힘은 있으나 실행할 힘은 없어 그저 멍하니 서 있었다.

「봐라, 막시밀리안.」하고 아버지가 말했다.「내가 너처럼 군인이라고 가정해 봐라. 그리고 보루를 점령한다는 명령을 받고 그것을 점령하기 위해서는 내가 죽지 않으면 안 된다는 것을 너도 알고 있었다고 가정해 봐라. 그런 경우에는 아까도 말한 것처럼 『가세요, 아버지, 살아 남는다는 것은 불명예입니다. 치욕을 당하느니 죽는 편이 낫습니다!』라고 말해 줄 것 아니냐?」

「네, 그렇습니다.」하고 청년은 말했다. 그리고 아버지를 두 팔로 꽉 끌어안으면서 「가세요, 아버지.」하고 말했다.

그리고는 방에서 뛰쳐나갔다.

아들이 나가 버리자 모렐 씨는 잠시 그 자리에 선 채 문을 물끄러미 바라보고 있었다. 그리고는 손을 뻗쳐 초인종 끈을 쥐고 잡아당겼다.

잠시 뒤에 코쿠레스가 모습을 나타냈다.

그것은 이미 지난날의 코쿠레스가 아니었다. 이 사흘 동안, 뚜렷한 증거를 눈앞에 보면서 그는 완전히 풀이 죽어 있었다. 모렐 상회가 지불을 정지한다는 생각은 20년의 세월이 그의 머리 위에 얹혀진 이상으로 그의 허리를 굽게 했다.

「코쿠레스 군」하고 모렐 씨는 뭐라 형언할 수 없는 어조로 말했다.「자네는 대기실 쪽에 있어 주게. 그리고 석 달 전에 오셨던 그 분, 왜 자네도 보았지? 톰슨 앤드 프렌치 상회의 대리인이 오시면 나에게 안내해 주게.」

코쿠레스는 대답하지 않았다. 다만 끄덕거리고 대기실 쪽으로 가서는 자리에 앉아 기다렸다.

모렐 씨는 또다시 의자에 앉았다. 그의 눈은 기둥시계로 향했다. 아직 7분이 남아 있었다. 바늘은 믿을 수 없을 만큼 빨리 움직였다. 그에게는 그 바늘의 움직임이 눈에 보이는 것 같았다.

아직 나이는 젊은데, 또는 잘못된 것인지는 모르지만 적어도 외면적으로는 올바른 추론의 결과, 이 세상에서 사랑하고 있는 모든 사람들로부터 헤어지고 가정의 모든 즐거움도 부여받고 있는 이 인생으로부터 떠나려고 하고 있는 그의 가슴속에 이 최후의 순간에 오가고 있는 것은 그야말로 뭐라고 표현할 수 없는 것이다. 어떻게든지 그것을 알려고 한다면 땀이 배어 있기는 하지만 체념의 빛이 보이는 그의 이마, 눈물에 젖어 있기는 하지만 하늘로 향해지고 있는 그의 눈을 보지 않으면 안 되었을 것이다.

시계 바늘은 계속 움직이고 있었다. 두 자루의 권총에는 탄알이 재워져 있었다. 그는 손을 뻗쳐 그 한 자루를 집어들었다. 그리고는 딸의 이름을 중얼거렸다.

그리고 죽음의 무기를 내려놓고 펜을 들고는 몇 자 적었다.

귀여운 딸에게 한 이별의 말이 불충분했던 것처럼 생각된 것이다.

그리고 나서 기둥시계를 쳐다보았다. 그는 이미 분이 아니라 초로 세고 있었다.

그는 권총을 다시 손에 들었다. 입을 반쯤 벌리고 눈은 시계바늘에 집중시키고 있었다. 그리고 자기가 작동한 격철 소리에 부르르 몸서리쳤다.

이때 한층 더 싸늘한 땀이 이마에 흐르고 한층 더 심한 고뇌가 가슴을 죄었다.

이때 층계 쪽 문의 경첩이 삐걱거리는 소리가 들렸다.

그리고 사무실 문이 열렸다.

시계가 11시를 치려 하고 있었다.

모렐 씨는 돌아보려고도 하지 않았다. 그는 코쿠레스의 『톰슨 앤드 프렌치 상회의 대리인 되시는 분이』라는 말을 기다리고 있었다.

그리고 권총을 입으로 가져갔다…….

갑자기 고함 소리가 들려왔다. 그것은 딸의 목소리였다.

그는 돌아보았다. 그리고 줄리의 모습을 확인했다. 저도 모르게 권총을 떨어뜨렸다.

「아버지!」 하고 딸은 숨을 할딱거리며 기쁨으로 거의 실신할 것처럼 소리를 질렀다. 「살았어요! 아버지는 살아났어요!」

그녀는 손에 빨간 비단 레이스의 지갑을 높이 쳐들면서 아버지의 팔 안으로 뛰어들었다.

「뭐라고? 살았다니 무슨 뜻이냐?」

「그래요, 살았어요! 자, 이것 보세요.」 하고 딸은 말했다.

모렐 씨는 지갑을 손에 들고 부르르 몸을 떨었다. 그것이 자기의 것이었다는 것을 희미하게 생각해낸 것이다.

그것을 여니 가운데 한쪽 옆에 이십팔만 칠천오백 프랑의 어음이 들어 있었다. 그 어음은 지불이 끝난 것으로 되어 있었다.

다시 한쪽 옆에는 개암나무 열매만한 다이아몬드가 들어 있고 거기에 곁들어진 조그만 양피지에는 『줄리의 지참금』이라고 씌어 있었다.

모렐 씨는 이마에 손을 얹었다. 꿈을 꾸고 있는 것은 아닐까 하고 생각했다. 마침 그때 기둥시계가 11시를 쳤다.

그 하나하나는 심장에 울리는 강철의 쇠망치 소리처럼 느껴졌다.

「줄리야, 연유를 설명해 다오.」하고 그는 말했다. 「어디서 이 지갑을 찾았니?」

「메이랑 거리 15번지에 있는 집의 육층에 있는 허름하고 조그만 방의 난로 선반 위에 있었어요.」

「그럼 이 지갑은 너의 것은 아니지 않니?」하고 모렐 씨는 소리질렀다.

줄리는 그날 아침에 받은 편지를 아버지에게 내밀었다.

「그래서 너는 혼자서 그 집에 갔었니?」하고 모렐 씨는 읽고 나더니 말했다.

「임마누엘이 따라와 주었어요, 아버지. 그 사람은 뮈제 거리의 모퉁이에서 기다리고 있기로 했는데 이상하게도 제가 돌아올 때는 거기에 없었어요.」

「모렐 아저씨!」하고 목소리 하나가 층계 쪽에서 고함을 질렀다. 「모렐 아저씨!」

「그이의 목소리예요.」하고 줄리가 말했다.

그와 동시에 임마누엘이 들어섰다. 그 얼굴은 기쁨과 감동으로 뒤범벅이 되어 있었다.

「파라온 호예요!」하고 그는 소리질렀다. 「파라온 호예요!」

「뭐라고? 파라온 호라고? 자네, 머리가 어떻게 된 것 아닌가, 임마누엘? 난파한 것을 잘 알면서 그게 무슨 소린가?」

「파라온 호예요! 파라온 호의 입항을 알리고 있어요! 파라온 호가 항구로 들어오고 있어요.」

모렐 씨는 다시 의자에 털썩 주저앉았다. 전신에서 힘이 빠져나간 것이다. 그의 머리는 연속적으로 일어나는 이러한 믿어지지 않고 들어 본 적도 없는 동화 같은 사건을 정리할 수가 없었다.

그러나 잇따라 아들이 들어왔다.

「아버지」하고 막시밀리안은 소리질렀다. 「아버지는 파라온 호가 침몰했다고 말씀하셨지요 ? 하지만 감시인은 파라온 호가 나타났다는 것을 알리고 있습니다. 이제 곧 입항한다고 사람들은 말하고 있어요.」

「만일 그것이 사실이라면」 하고 모렐 씨는 말했다. 「그것은 하느님의 기적이라고 할 수밖에 없다! 있을 수 없는 일이다! 있을 수 없는 일이다!」

그러나 그것은 현실이었고, 더욱이 도저히 믿을 수 없는 것은 자기의 손 안에 있는 지갑과 지불이 끝난 어음과 기막힌 다이아몬드였다.

「아아! 주인님!.」 하고 코쿠레스가 말했다. 「파라온 호라니, 대체 어떻게 된 일일까요 ?」

「자, 우리 모두」 하고 모렐 씨가 일어나면서 말했다. 「함께 가보는 게 어때 ? 만일 이것이 잘못된 뉴스라면 하느님, 아무쪼록 저희들을 불쌍히 여기소서.」

모두들 아래로 내려갔다. 층계 중간에서 모렐 부인이 기다리고 있었다. 불쌍하게도 부인은 올라올 용기가 없었던 것이다.

그들은 이윽고 라 카누비엘 거리로 나갔다.

항구 거리에는 사람들이 떼를 이루고 있었다.

군중은 길을 열어 모렐 씨가 지나가도록 해주었다.

「파라온 호다! 파라온 호다!」 하고 사람들은 저마다 소리를 지르고 있었다.

이상한 일이기는 하지만 틀림없이 고물에 하얀 글자로 『파라온 호, 마르세이유, 모렐 부자상회』라고 씌어진 배가——예전의 파라온 호와 완전히 동일한 형으로서 역시 마찬가지로 양홍(洋紅)——염료와 쪽을 실은 한 척의 배가 생 장의 탑 앞에 닻을 내리고 돛을 걷어올리고 있었다. 갑판 위에서는 고마르 선장이 명령을 내리고 선원장인 페누롱이 모렐 씨 쪽으로 신호를 보내고 있었다.

이제 의심의 여지는 없었다. 눈과 귀가 그것을 증명해 주었고 다시 만 명의 구경꾼이 그 증명을 도와 주고 있었다.

이 기적을 눈앞에 본 마르세이유 시민들의 박수 갈채 속에서 모렐 부자가 부두에서 서로 얼싸안고 있을 때 검은 수염으로 얼굴의 절반이 가려진 사나이가 잠시 오두막 뒤에 숨어서 이러한 정경을 감동하면서 지켜보고 있었다. 그리고 그는 다음과 같이 중얼거렸다.

『고상한 마음을 지닌 분이여, 아무쪼록 행복하게 사십시오. 당신이 지금까지 하신, 그리고 앞으로도 하실 선행에 의해 하느님의 은혜를 입게 되시기를! 그리고 제 감사의 마음도 당신의 선행과 마찬가지로 남모르는 것이 되어지기를!』

그리고 이 사나이는 기쁨과 행복에 넘친 미소를 지으면서 지금까지 숨어 있던 장소를 떠났다. 그리고는 사람들이 모두 이 사건에 정신을 빼앗기고 있으므로 누구의 관심도 끌지 않은 채 잔교 대신 마련된 작은 층계를 내려가 큰소리로 세 번 이름을 불렀다.

「야코포! 야코포! 야코포!」

그러자 한 척의 보트가 와서 그를 태우고는 사치스러운 장비가 갖추어진 요트까지 싣고 갔다. 그는 마치 선원과도 같은 날렵한 동작으로 그 요트의 갑판에 뛰어올랐다.

그는 거기에서 다시 한 번 모렐 씨의 모습을 바라보았다. 모렐 씨는 기쁨의 눈물에 젖어 군중의 한 사람 한 사람과 진심어린 악수를 나누고 있었다. 그리고 누구인지도 모르는 자선가에게 멍한 눈으로 감사를 표시하고 있었다. 그는 그 자선가를 하늘 위에서 찾고 있는 것 같았다.

『그러면』 하고 낯선 사나이는 말했다. 『친절이여, 인도여, 감사여, 가거라……. 사람의 마음을 기쁨으로 넘치게 하는 모든 감정이여, 가거라! …… 나는 하늘을 대신하여 착한 사람에게 보답했다……. 그러면 이번에는 복수의 신이여, 악당들을 응징하기 위해 나에게 당신의 자리를 양보해 주십시오!』

이렇게 말하고는 그는 신호를 보냈다. 그러자 이 출발의 신호를 기다리고 있기나 했던 것처럼 요트는 순식간에 난바다로 향했다.

31. 이탈리아…… 뱃사람 신드바드

1838년 초쯤 피렌체에 파리 상류 사회의 두 청년이 체재하고 있었다. 한 사람은 알베르 드 모르셀 자작이고 다른 한 사람은 프랑츠 데피네 남작이었다. 두 사람 사이에는, 그해 사육제를 로마에서 지내기로, 프랑츠는 이미 4년

가까이나 이탈리아에서 살고 있었으므로 알베르의 안내를 맡기로 의논이
되어 있었다.

로마에 가서 사육제를 지낸다는 것은 그렇게 쉬운 일이 아니었다. 특히
민중 광장이나 캄포 바치노에서 노숙하기가 싫은 경우에는 더욱이 그랬다.
그래서 그들은 스페인 광장에서 런던 호텔을 경영하고 있는 파스토리니에게
편지를 내어 지내기에 편한 방을 마련해 달라고 부탁했다.

파스토리니가 회신을 보내어 삼층에 있는 방 두 개와 한 개의 작은 방
밖에는 준비할 수가 없다, 단 하루에 일 루이라는 싼 요금으로 해주겠다고
말해왔다. 두 청년은 그것을 받아들였다. 그리고 그때까지는 아직도 날짜가
남아 있었으므로 그것을 이용하여 알베르는 나폴리로 여행을 떠났다. 프랑
츠는 피렌체에 머물러 있었다.

프랑츠는 한때 메디나 가가 세력을 떨치고 있던 이 도시의 생활을 잠시
즐기기도 하고 카지노라고 불리는 낙원을 천천히 방황하기도 하고 피렌체의
자랑인 귀인의 저택에 초대받기도 한 뒤 문득 기분 전환을 하고 싶어서
나폴레옹의 고향인 코르시카에는 이미 가보았으니까 이번에는 나폴레옹이
호시탐탐 기회를 노리고 있었던 엘바 섬에 가보리라고 생각했다.

그래서 어느 날 밤, 그는 리보르노 항에 매놓았던 소형선의 쇠고리를 풀고는
망토를 걸치고 배 밑에 누워 선원들에게 단 한마디「엘바 섬으로!」하고
말했다.

배는 둥지를 떠나는 바닷새처럼 항구를 벗어났다. 그리고 다음날에는 프
랑츠를 포르토 페라이온에 상륙시켰다.

프랑츠는 영웅이 남긴 모든 발자취를 더듬으며 황제가 살고 있던 이 섬을
횡단하여 마르차나로 나가 거기에서 배를 탔다.

육지를 떠나 2시간쯤 지나자 그는 다시 피아노사에서 상륙했다. 자고새의
큰 떼가 거기에서 그를 기다리고 있다는 확실한 정보가 있었기 때문이다.

사냥은 어설프게 끝났다. 프랑츠는 겨우 비쩍 마른 자고새 몇 마리를
쏘아맞혔을 뿐이었다. 고생만 하고 애쓴 보람은 없는 꼴이 되어 꽤 불쾌한
얼굴을 하고 배로 돌아왔다.

「아아! 각하가 원하신다면」하고 선장이 말했다.「무척 사냥거리가 많은
곳이 있습니다만.」

「그게 어딘데?」

「저쪽에 섬이 보이지요?」하고 선장은 손가락으로 남쪽을 가리키며 아름다운 쪽빛으로 물든 바다 한가운데에 떠있는 원추형의 섬을 가리키면서 말했다.

「그래, 뭐라고 하는 섬이지?」하고 프랑츠가 물었다.

「몽테 크리스토 섬이라고 합니다.」하고 선장이 대답했다.

「하지만 저 섬의 수렵 허가는 받지 않았는걸.」

「각하, 그런 것은 필요없습니다. 무인도이니까요.」

「그건 놀라운걸.」하고 청년은 말했다.「지중해 한가운데에 무인도가 있다는 건 이상한 일이로군.」

「아니, 당연한 일입니다, 각하. 저 섬은 암초로 되어 있어서 섬을 온통 뒤져도 경작할 수 있는 땅이란 한 평도 없으니까요.」

「그래, 누가 소유하고 있지?」

「토스카나 령입니다.」

「어떤 사냥거리가 있지?」

「몇천 마리나 되는 야생의 염소가 있습니다.」

「그럼 그것들이 돌을 핥으며 살고 있는가?」하고 프랑츠는 의심스럽다는 듯한 미소를 띠면서 말했다.

「아닙니다. 돌틈에 돋아 있는 히드나 도금양, 유향을 먹으면서 살아가고 있습니다.」

「그럼, 나는 어디에서 자는 거지?」

「동굴 속에 들어가 지면에서 주무시든가 망토를 뒤집어쓰고 배에서 주무시면 됩니다. 그리고 만일 각하가 그렇게 하라고 말씀만 하신다면 사냥이 끝나는 대로 배를 출발시킬 수도 있습니다. 아시다시피 밤에도 낮과 마찬가지로 돛을 펼 수 있고 돛이 소용없으면 노를 저을 수도 있으니까요.」

친구와 만나기까지는 아직도 충분한 여유가 있었고 로마의 숙소도 걱정이 없었으므로 프랑츠는 최초의 사냥이 실패로 돌아간 것을 벌충할 수도 있는 이 제안을 받아들였다.

그가 승낙하자 선원들은 수근수근 뭔가를 의논하고 있었다.

「왜들 그러지?」하고 그는 물었다.「무슨 별다른 일이라도 일어났나?」

갈 수 없는 이유라도 생겼나?」

「아닙니다.」 하고 선장은 대답했다. 「다만 각하에게 저 섬은 결석 재판을 받고 있다는 것을 사전에 말씀드리지 않으면 안 되겠습니다.」

「무슨 뜻이지, 그건?」

「무슨 얘기인고 하니 몽테 크리스토 섬은 무인도이고 이따금 코르시카나 사르지니아, 또는 아프리카 등에서 오는 밀수꾼이나 해적들의 기항지로 되어 있기 때문에 어쩌다가 우리가 저 섬에 있었던 것이 알려지게 되면 리보르노에 돌아가서 6일 동안의 정선(停船) 명령을 받게 됩니다.」

「제길! 사정이 완전히 달라졌군! 6일간이라고? 꼭 하느님이 이 세상을 만드시는 데 소요한 날짜와 같군. 그건 조금 긴걸.」

「하지만 각하가 몽테 크리스토 섬에 오셨다는 것을 누가 말하겠습니까?」

「그렇지! 적어도 나는 아닐 테니까.」 하고 프랑츠는 소리질렀다.

「우리도 역시 말하지 않을 겁니다.」 하고 선원들이 말했다.

「그럼 몽테 크리스토 섬으로 가세.」

선장은 조종을 지휘했다. 뱃머리를 섬으로 돌렸다. 배는 그 방향으로 달리기 시작했다.

프랑츠는 그 작업이 끝나기를 기다리고 있었다. 그리고 배가 진로를 취하여 돛이 미풍을 머금고 네 명의 선원 가운데 세 사람이 뱃머리, 한 사람이 키로, 각기 자기 부서로 돌아가자 그는 다시 이야기를 시작했다.

「이봐, 가에타노.」 하고 그는 선장에게 말했다. 「지금 자네는, 몽테 크리스토 섬은 해적의 은신처가 되어 있다고 말했지? 그것은 염소보다도 훨씬 취향이 다른 사냥거리로 생각되는군.」

「그렇습니다, 각하. 사실이 그렇습니다.」

「밀수꾼이 있다는 것은 잘 알고 있었네. 하지만 알제의 점령과 섭정 정치가 멸망한 뒤로는 해적은 이미 쿠퍼(19세기의 미국 소설가)나 캡틴 마리아트(19세기의 영국 소설가)의 소설 속에밖에는 존재하지 않는 것으로 알고 있었는데.」

「그것은 각하의 착각입니다. 산적들이 법왕 레오 12세에 의해 퇴치되었다고 하면서도 매일처럼 로마의 성문 근처에서 여행자를 기다렸다가는 털곤 하는 것과 마찬가지로 해적들 역시 틀림없이 있습니다. 약 반 년 전에 법왕청

주재 프랑스의 대리 대사가 베레톨리 근처에서 노상 강도를 만났다는 얘기를 못 들으셨습니까?」

「들었네.」

「그렇다면 각하가 우리들처럼 리보르노에 살고 계시다면 상품을 실은 작은 배나 영국의 깨끗한 요트가 바스티아나 포르토 페라이온, 또는 치비타 베키아에서 기다리고 있어도 도무지 돌아오지 않는다, 어떻게 됐는지도 모른다, 아마 어딘가의 바위에 충돌했을 것이 틀림없다는 등의 소문을 이따금 들으시게 될 겁니다.

그런데 그 배가 충돌한 바위라는 것은 실은 뱃전이 낮고 폭이 좁은 배로서 거기에는 여섯 명에서 여덟 명 정도의 사나이가 타고 있어서 어둡고 폭풍이 부는 밤에 사람이 살지 않는 쓸쓸한 작은 섬 위에 숨어 있다가 마치 숲속에 숨어 있던 산적이 역마차를 세우고 강탈하듯이 배를 덮쳐서 물건을 빼앗는 것입니다.」

「하지만 어째서」 하고 프랑츠는 배 밑바닥에 누운 채 물었다.「그런 봉변을 당한 자가 고발을 하지 않는 것일까? 그러한 해적들에 대해 프랑스나 사르지니아 또는 토스카나 정부의 보복을 요구하지 않는걸까?」

「어째서냐고요?」

「그래, 어째서지?」

「그것은 이래서입니다. 해적들은 우선 훔칠 만한 물건을 상선이나 요트로부터 자기들의 배로 옮겨 싣습니다. 그리고는 승무원의 손발을 묶고 각자의 목에 이십사 파운드의 쇳덩어리를 매단 뒤 붙잡은 배의 용골에 큰 나무통만한 구멍을 뚫고 갑판으로 올라와서는 갑판의 승강구를 모두 닫습니다. 그리고는 자기들의 배로 돌아갑니다.

10분쯤 지나면 배가 신음 소리를 내기 시작합니다. 그리고는 조금씩 가라앉습니다. 우선 한쪽 뱃전이 가라앉고 그리고는 반대쪽 뱃전이 가라앉습니다. 그런 다음 조금 떠오르는가 하면 다시 가라앉습니다. 그리고는 차츰 밑으로 가라앉습니다.

갑자기 대포 소리 같은 요란한 소리가 울립니다. 그것은 안에 들어가 있던 공기가 갑판을 날려 버리는 소리입니다. 그러면 배는 물에 빠진 사람이 몸부림치듯이 빙글빙글 돌면서 움직입니다. 그리고 움직일 때마다 무거워집니다. 이윽고 비어 있는 틈새에 꽉 차 있던 물이 큰 말향고래의 콧구멍에서 뿜어나오는 물기둥처럼 열려 있는 입으로부터 뿜어나옵니다.

마침내 배는 최후의 고통스러운 허덕임 소리를 지르고 마지막으로 빙그르르 한 바퀴 돌고는 깊은 바다 속으로 큰 깔때기 같은 웅덩이를 만들면서 삼켜져 들어가고 맙니다.

그렇게 조금씩 웅덩이가 없어지다가 어느새 완전히 없어집니다. 이렇게 해서 5분쯤 지나면 조용한 바다 밑바닥으로 가라앉은 배를 찾으려면 하느님의 눈이 아니고서는 불가능하게 됩니다.」

「이만하면 아시겠지요?」하고 선장은 미소를 지으면서 덧붙였다.「어째서 배가 항구로 돌아오지 않는지, 왜 승무원이 고소하지 않는지 말입니다.」

만일 가에타노가 사냥을 제안하기 전에 이 얘기를 했었다면 프랑츠는 이것을 실행하는 것을 재고했었을지도 모른다. 그러나 일단 발을 내디딘 지금에 와서는 되돌아간다는 것이 비겁하게 생각되었다.

그는 별로 위험을 무릅쓰는 일을 좋아하지는 않았으나 위험이 눈앞에 닥쳤을 때는 침착하게 그것과 싸울 수 있는 사나이였다. 또 인생에 있어서의 위험을 결투의 상대처럼 생각하며 자기의 움직임을 정확하게 계산하고 자기의 힘을 음미하며 비겁하다고 보이지 않을 정도로 숨을 돌리기 위해서 쉬고, 자기에게 유리한 태세라고 생각되면 한 방에 상대방을 쓰러뜨리는 냉정한 의지의 소유자였다.

「그런가!」하고 그는 말했다.「나는 시칠리아 섬이나 카라부리아를 횡단한 일도 있고 다도해를 두 달 이상이나 항해한 일도 있지만 산적이나 해적 같은 것은 그림자조차도 본 적이 없는걸.」

「그러니까 각하의 계획을 중지시키기 위해서 말씀드린 것이 아닙니다.」하고 가에타노는 말했다.「물어 보시기 때문에 말씀드렸을 뿐입니다.」

「그랬었군, 가에타노. 자네 얘기는 무척 재미있었네. 되도록 오래 듣고 싶었을 정도야. 그러니까 몽테 크리스토 섬으로 가도록 하세.」

그럭저럭 하고 있는 동안 배는 쾌적하게 달려 목적지에 접근하고 있었다. 기분 좋은 미풍이 불어오고 있었다. 그리고 배는 한 시간에 육, 칠 노트의 속력으로 달리고 있었다. 다가감에 따라 섬은 바다 속으로부터 쑥쑥 솟아오르고 있는 것처럼 생각되었다. 그리고 해가 질 무렵의 투명한 공기를 통해 마치 무기고에 쌓인 포탄처럼 바위 덩어리가 겹쳐져 있는 것이 보였다.

그리고 그 틈새에 빨간 히드와 푸른 나무들이 보였다. 선원들은 침착한 것처럼 보였지만 분명히 경계를 게을리하지 않고 있었다. 그리고 그 눈은 배가 미끄러져가는 넓은 거울 같은 해면을 뚫어지게 바라보고 있었다. 수평선에는 몇 척의 어선이 하얀 돛을 파도 위의 갈매기처럼 흔들거리고 있는 것이 보일 뿐이었다.

몽테 크리스토 섬까지 앞으로 십오 해리쯤밖에 안 남은 시점에서 태양이 코르시카 섬 저쪽으로 지기 시작하고 있었다. 코르시카의 산들이 오른쪽에 나타나 톱니 같은 검은 그림자를 하늘에 선명하게 그려내고 있었다. 거인 아다마스톨(카몬이스의 서사시에 나오는, 희망봉을 수호하는 거인)과 비슷한 그 바위산은 배 앞에 위협이라도 하듯이 솟아 있었다. 그리고 배에서 바라보이던 태양을 가로막고 산꼭대기만이 금빛으로 빛나고 있었다. 차츰 어둠이 해면에서부터 피어올라 바야흐로 꺼져가려고 하는 마지막 빛을 몰아내려 하고 있는 것 같았다.

이윽고 광선은 원추형의 정상에까지 내몰려 마치 화산의 불기둥처럼 잠시 동안 그곳에 머물러 있었다. 마침내 솟아오르는 어둠은 기슭을 침범할 때와 마찬가지로 차츰 정상까지 침범하고 말았다. 그리고 섬은 이제 점점 더 시커매지는 회색의 산처럼밖에는 보이지 않게 되었다. 그리고 30분 뒤에는 캄캄한 어둠으로 변했다.

다행히도 선원들은 이곳 해역에는 익숙해져 있어서 토스카나 군도의 암초는 아무리 작은 것이라도 알고 있었다. 그렇지 않았다면 깊은 어둠이 배를 완전히 감싸고 있는 속에서 프랑츠도 불안을 느끼지 않을 수 없었을 것이다. 지금 코르시카 섬은 완전히 모습을 감추고 몽테 크리스토 섬까지도 분간할 수가 없게 되어 있었다. 그러나 선원들은 삵괭이처럼 어둠 속을 꿰뚫어보는 능력을 갖고 있는 것 같았다. 그리고 키를 잡고 있는 수로 안내인은 털끝만한 망설임도 보이지 않고 있었다.

해가 지고 나서 이럭저럭 한 시간쯤 지났을 때 프랑츠는 왼쪽으로 4분의 1 해리쯤 되는 곳에 검은 그림자가 보인 것처럼 생각되었다. 그러나 그것이 무엇인지는 분간할 수가 없었으므로 구름을 육지로 착각하거나 하여 선원들의 웃음을 사지는 않을까 해서 아무 말도 하지 않았다.

그러나 갑자기 하나의 큰 빛이 해안에 나타났다. 육지가 구름과 비슷한 일은 있어도 이 불은 결코 유성은 아니었다.

「저 불은 무엇일까?」하고 프랑츠는 물었다.

「쉿!」하고 선장이 말했다.「저것은 불입니다.」

「하지만 섬에는 사람이 살고 있지 않다고 했잖아?」

「정착민이 없다고 했을 뿐이지요. 게다가 밀수꾼들의 기항지라고도 말씀드렸고요.」

「그렇다면 또 해적들의 것인가?」

「그렇습니다, 해적들의 것입니다.」하고 가에타노는 프랑츠의 말을 되풀이했다.「그래서 저는 섬을 지나치도록 명령해 놓았습니다. 저것 보십시오. 불은 이미 우리들의 뒤쪽에 보입니다.」

「하지만 저 불은」하고 프랑츠는 계속했다.「걱정하기보다도 안심해도 좋다는 표지로 생각되는데. 발견되는 것이 두렵다면 저렇게 불을 피우고 있을 까닭이 없잖은가?」

「아니오, 그것은 이유가 안 됩니다.」하고 가에타노는 말했다.「만일 각하가 어둠 속에서도 섬의 위치를 알 수 있다면 저 장소에 있는 저 불은 피아노사에서도 보이지 않고 다만 난바다에서만 보일 뿐이라는 것을 아실 수 있을 겁니다.」

「그렇다면 저 불이 악당들이 있는 증거라고 걱정하고 있는 건가?」

「그것은 확인하지 않으면 안 됩니다.」하고 가에타노는 여전히 지상의 불을 유심히 바라보면서 말했다.

「어떻게 확인한다는 거지?」

「이제 곧 아시게 됩니다.」

그렇게 말하면서 가에타노는 동료들과 5분 가량 무언가 의논하더니 그것이 끝나자 모두들 잠자코 있는 가운데 키를 돌려 배는 일순간에 방향을 바꾸었다. 그리고는 지금까지 온 길로 되돌아갔다. 방향을 바꾸고 나서 몇 초 뒤에는 불은 지형의 변화로 가려졌고 다시는 보이지 않았다.

그러자 수로 안내인은 키를 돌려 다시 새로운 방향으로 배를 몰았다. 배는 눈에 띄게 섬에 접근하여 오십 보도 떨어지지 않은 곳까지 왔다.

가에타노는 돛을 내렸다. 그러자 배는 멎었다.

이러한 일은 모두 조용한 침묵 속에서 이루어졌다. 게다가 진로를 바꾼 뒤에는 배 안에서는 아무도 입을 여는 사람이 없었다.

이 모험을 제안한 가에타노는 모든 책임을 자기가 떠맡고 있었다. 네 사람의 선원은 노를 준비하여 일단 유사시에는 힘껏 저어가려는 태세를 분명히 보이면서 선장에게서 눈을 떼지 않았다. 다행히도 주위는 캄캄했기 때문에 저어가는 것은 어려운 일이 아니었다.

프랑츠는 우리도 알고 있는 저 침착한 태도로 자기의 무기를 살펴보고 있었다. 그는 이연발의 총 두 자루와 기병총 한 자루를 가지고 있었다. 그는 거기에 탄알을 재우고 방아쇠를 확인했다. 그리고는 기다렸다.

그 사이에 선장은 웃도리와 셔츠를 벗고 바지를 허리 주위에 꽉 죄었다. 처음부터 맨발이었기 때문에 구두와 양말을 벗는 수고는 덜 수 있었다. 그는 그러한 복장이 되자, 아니, 복장을 벗어던지고는 손가락을 입술에 대어 절대로 조용히 하고 있으라는 신호를 보냈다.

그리고는 바다 속으로 슬그머니 미끄러져 들어가 소리를 내지 않도록 극도로 주의를 기울이면서 기슭 쪽으로 헤엄을 치기 시작했다. 다만 헤엄을 친 뒤에 남는 인광처럼 빛나는 줄기로 그가 전진해가는 것이 보일 뿐이었다.

이윽고 그 흔적조차 보이지 않게 되었다. 가에타노는 섬에 올라간 것이 틀림없었다.

반 시간 동안이나 배 위의 무리는 꼼짝도 하지 않고 가만히 있었다. 그러자 섬 기슭 가까이에 아까와 똑같은 빛의 줄기가 나타나더니 배 쪽으로 다가왔다. 잠시 뒤에 가에타노가 물을 가르며 배로 돌아왔다.

「어떻든가?」하고 프랑츠와 네 사람의 선원은 입을 모아 물었다.

「그게 말입니다!」하고 그는 말했다.「스페인의 밀수꾼들이더군요. 하지만 코르시카의 산적이 두 사람 함께 있었습니다.」

「그래, 그 두 사람의 코르시카 산적과 스페인 밀수꾼들은 뭣들 하고 있던가?」

「그것은 각하」하고 가에타노는 그야말로 자기에게는 그리스도교도 같은 이웃사랑의 마음이 있기라도 하다는 듯한 투로 말했다.「사람은 서로 도와가면서 살아가지 않으면 안 되지요. 흔히 있는 일이지만 산적들은 육지에서 헌병이나 기병에게 쫓기고 있습니다. 때마침 거기에 배가 발견되는 일이

있습니다. 그 배에는 우리들처럼 인정미 있는 사람이 타고 있습니다. 놈들은
바다에 떠 있는 이러한 집 안에 숨겨 달라고 부탁합니다. 쫓기고 있는 불쌍한
놈을 어떻게 도와 주지 않을 수 있겠습니까? 그래서 태워 주지요. 그리고는
안전하기 이를 데 없는 난바다로 나가 버립니다.

　그렇게 해준다고 해서 우리가 손해를 볼 것도 없고 게다가 남을 도울 수가
있으니까요. 적어도 우리와 비슷한 자를 도망칠 수 있게 해주는 거지요.
그러면 그러한 무리들은 때가 오면 우리가 베푼 일을 잊지 않고 있다가 그
보답으로 호기심 많은 놈들의 방해를 받지 않고 짐을 부릴 수 있는 장소를
가르쳐 주기도 한답니다.」

　「이것 큰일이군!」하고 프랑츠는 말했다.「그렇다면 친애하는 가에타노
군, 자네도 약간은 밀수를 하고 있군그래?」

　「어쩔 수 없는 일이지요, 각하.」하고 그는 뭐라 말할 수 없는 미소를
흘리면서 말했다.「뭐, 여러가지 일을 하고 있지요. 어떻게든지 살아가지
않으면 안 되니까요.」

　「그렇다면 자네도 지금 몽테 크리스토 섬에 있는 무리들과 아는 사이라는
얘기로군?」

　「그렇다고도 할 수 있지요. 우리들 뱃놈은 비밀결사원처럼 조그만 신호로도
서로 알 수가 있지요.」

　「그럼 우리가 상륙해도 아무런 걱정도 할 필요가 없다는 얘기로군?」

　「절대로 없습니다. 밀수꾼들은 도둑놈이 아닙니다.」

　「하지만 코르시카의 산적이 두 사람 있다고 하지 않았나?」하고 프랑츠는
사전에 모든 위험을 고려하면서 말했다.

　「괜찮습니다!」하고 가에타노는 말했다.「놈들이 산적이라고 해서 놈들이
나쁜 것이 아닙니다. 정부가 나쁜 것입니다.」

　「그건 어째서지?」

　「그야, 놈들은 『해치웠다』는 이유 하나로 쫓기고 있으니까요. 단지 그것
뿐이지요. 코르시카 인에게는 선천적으로 타고난 복수라는 성질이 있으니
까요!」

　「『해치웠다』란 무슨 뜻이지? 사람을 죽였다는 뜻인가?」하고 프랑츠는
여전히 탐색하는 투로 물었다.

「적을 죽였다는 뜻이지요.」하고 선장은 말했다. 「이건 성질이 전혀 다른 이야기입니다.」

「그렇다면」하고 청년은 말했다. 「밀수꾼들과 산적의 대접을 받으러 가 볼까? 제대로 영접해 주겠지?」

「물론입니다.」

「저쪽의 인원은?」

「네 명입니다, 각하. 게다가 산적이 두 사람 있으니까 도합 여섯 명입니다.」

「좋아, 꼭 우리하고 동일한 인원이군. 저쪽이 악의를 품고 이상한 짓을 해오더라도 힘은 일 대 일이다. 그러니까 놈들을 혼내 줄 수도 있을 것이다. 자, 이번에야말로 몽테 크리스토 섬으로 올라가자고.」

「알겠습니다, 각하. 하지만 얼마쯤 조심하면서 가는 것을 용서해 주십시 오.」

「좋고말고, 좋고말고! 네스톨(트로이 전쟁의 그리스의 지혜로운 장군)처럼 현명하게, 율리시즈(트로이 전쟁의 그리스의 영웅, 오딧세우스의 이름)처럼 신중하게 행동하게. 용서할 정도가 아니라 얼마든지 권장하겠네.」

「그렇다면 조용히!」하고 가에타노가 말했다.

모두들 입을 다물었다.

프랑츠처럼 모든 일을 정확하게 관찰하는 사람에게 현재의 상태는 위험한 것은 아니었으나 역시 중대한 무언가가 숨겨져 있는 것처럼 생각되었다. 자기는 지금 더할 나위 없는 깊은 어둠에 휩싸여서 바다 한가운데에 혼자 있는 것이다. 주위에 있는 선원들도 자기를 잘 알고 있는 사람들은 아니다. 따라서 자기에게 헌신적으로 봉사해 줄 이유는 하나도 없다.

게다가 그들은 자기가 복대(腹帶) 속에 수천 프랑의 돈을 가지고 있다는 것을 알고 있다. 그리고 가지고 싶어하는 것은 아닐지도 모르지만 적어도 호기심에 찬 눈으로 자기의 훌륭한 무기를 눈여겨보고 있다.

자기는 그러한 사람들 외에는 호위해 주는 사람 하나 없이 섬에 상륙하려 하고 있는 것이다. 이 섬은 무척 종교적인 이름을 가지고 있지만(몽테 크 리스토는 그리스도의 산이라는 뜻) 밀수꾼이나 산적들의 손에 의해 그리스도가 골고다의 언덕에서 받은 것과 똑같은 대우(그리스도는 이 언덕 위에서 십자가에 못박혔다)밖에는 받을 수 있을 것 같지 않았다. 바다 속 깊이 가라앉혀진 선박 이야기도 낮 동안은 과장이라고 생각되었으나 밤이 되자 한층 더 진실인 것처럼 생각되었다. 그래서 어쩌면 쓸데없는 걱정일는지도 모르지만 어떻든 이러한 이중의 위험 사이에 끼여서 그는 선원들의 동태에 주의를 기울이며 손에 총을 단단히 움켜 쥐고 있었다.

이러고 있는 동안에 선원들은 다시 돛을 달고 지금까지 왔다갔다하느라 뱃자국이 난 곳으로 항진해갔다. 이미 약간은 어둠에 익은 프랑츠는 배가 우회하고 있는 화강암의 큰 덩어리를 분간할 수 있었다. 그리고 한 개의 바위 모퉁이를 지나치자 마침내 불이 보였다. 그것은 지금까지보다도 밝게 타오르고 있었고 그 주위에는 대여섯 명의 사나이가 앉아 있었다.

모닥불의 반사는 바다 위 백 보 가량의 거리까지 미치고 있었다. 가에타노는 배를 반사광이 미치는 범위 안에 들어가지 않도록 조심하면서 그 빛을 끼고 전진했다. 그리고 배가 모닥불의 정면에 오자 그 방향으로 뱃머리를 돌려 어부의 노래를 큰소리로 부르면서 빛의 고리 안으로 용감하게 돌진했다. 그가 혼자서 노래를 부르고 다른 사람들은 후렴만을 합창하고 있었다.

노래 소리를 듣자 모닥불 주위에 앉아 있던 무리가 즉시 일어나 잔교로 몰려들었고 배를 뚫어지게 바라보았다. 분명히 그들은 배에 탄 인원이 몇 명인지 또 무엇 때문에 온 것인지를 확인하려는 것 같았다.

이윽고 그들은 그것을 알아낸 모양으로 기슭에 서 있는 한 사람만을 남기고 나머지는 새끼염소의 통구이를 하고 있던 모닥불 주위로 돌아가서 앉았다.

배가 기슭에서 이십 보쯤 떨어진 곳까지 왔을 때 기슭에 있던 사나이가 그 기총으로 순찰대를 기다리고 있던 보초 같은 동작을 기계적으로 취했다. 그리고는 사르지니아의 사투리로「누구냐!」하고 소리질렀다.

프랑츠는 침착하게 두 발의 탄알을 재웠다.

가에타노가 기슭의 사나이와 뭐라고 두세 마디 주고받았다. 프랑츠는 그 뜻을 알 수가 없었으나 분명히 자기에 관한 얘기임에 틀림없었다.

「각하」하고 선장이 물었다.「성함을 분명히 알려 드릴까요? 아니면 신분을 감추시겠습니까?」

「이름은 절대로 밝히지 말아 주게. 그저 즐기느라고 여행을 하고 있는 프랑스 인이라고 말해 주게.」하고 프랑츠는 대답했다.

가에타노가 이 대답을 전하자 감시하는 사나이는 모닥불 앞에 앉아 있는 사나이들 중의 하나에게 뭔가를 명령했다. 그러자 그 사나이는 곧 일어나서 바위 사이로 자취를 감추었다.

주위는 조용하기만 했다. 모든 사람은 제각기 자기 일만을 생각하고 있는 것 같았다. 프랑츠는 상륙할 일을, 선원들은 돛의 일을, 밀수꾼들은 새끼염소의 일을. 그러나 겉으로는 무관심한 체하면서 서로가 서로를 유심히 관찰하고 있었다.

떠나갔던 사나이가 갑자기 모습을 감추었던 쪽과는 정반대 쪽에서 나타났다. 그는 망을 보던 자에게 머리로 뭐라고 신호를 보냈다. 그러자 망을 보던 자는 배를 향해 단 한 마디 「사코모디」라고 외쳤다.

이탈리아 어의 『사코모디』는 번역하기가 힘든 말이었다. 어서 오세요, 들어오세요, 잘 오셨습니다, 편하게 하세요, 자유롭게 하세요, 등의 의미를 동시에 가지고 있다. 그것은 한 가지 언어에 실로 많은 뜻이 있어서 상인 귀족을 놀라게 한 몰리에르의 터키 어(몰리에르의《상인 귀족》에 그러한 장면이 있다) 같은 것이다.

선원들은 이 말을 두 번 다시 반복케 하지 않았다. 노를 네 번 저었을 뿐으로 배는 육지에 닿았다. 가에타노는 해변으로 뛰어내려 다시 두세 마디 망을 보는 자와 낮은 목소리로 말을 주고받았다. 동료는 한 사람 한 사람 배에서 내렸다. 마지막은 프랑츠의 차례였다.

그는 총 한 자루를 등에 비스듬히 메고 있었다. 그리고 다른 한 자루는 가에타노가 가지고 기병총은 선원 중의 한 사람이 가지고 있었다. 그의 복장은 그야말로 예술가풍이고 또 멋쟁이 같기도 했다. 그래서 맞이하는 쪽에서는 아무런 의심도, 따라서 아무런 불안도 품지 않았다.

사람들은 배를 기슭에 묶고 적당한 야영지를 찾으려고 몇 발짝 걸었다. 그러나 아마도 사람들이 향한 방향이 망을 보고 있는 밀수꾼들에게는 형편이 좋지 않았던 것이리라. 감시자가 가에타노를 향해 소리질렀다.

「그쪽으로는 가지 말아 줘요.」

가에타노는 변명의 말을 중얼거렸다. 그리고 별로 고집을 부리지 않고 반대쪽으로 나갔다. 두 사람의 선원이 길을 비추기 위해 모닥불이 있는 곳으로 가서 횃불에 불을 당겼다.

사람들은 삼십 보쯤 걸어가서는 바위에 둘러싸인 조그만 평지에서 걸음을 멈추었다. 그 바위들은 마치 걸상처럼 패어져 있는 것으로서 앉아서 망을 볼 수 있는 작은 감시소 같았다. 주위에는 부식포의 층이 있고 몇 그루의 작은 떡갈나무와 도금양의 덤불이 있었다. 프랑츠는 횃불을 내려 아래를 비추었다. 거기에는 재가 쌓여 있었다. 그래서 이 편안한 장소를 최초에 발견한 것은 자기가 아니라 이곳은 몽테 크리스토 섬에 찾아오는 무리가 언제나 사용하고 있는 장소의 하나라는 것을 알았다.

뭔가 사건이 일어나지는 않을까 하는 염려는 이제 없었다. 일단 상륙하여 섬에 있는 무리의 친절하다고는 할 수 없지만 적어도 무관심한 태도를 보고 그의 걱정은 완전히 사라졌다. 그리고 이웃 야영지에서 구워지고 있는 새끼염소의 냄새를 맡고는 그의 걱정은 식욕으로 바뀌고 말았다.

그는 이러한 뜻하지 않았던 일을 슬쩍 가에타노에게 귀띔했다. 그러자 가에타노는 배에는 빵도 포도주도 여섯 마리의 자고새도 있고 그것을 굽기 위해 좋은 불도 있으므로 만찬 정도는 쉽게 장만할 수가 있다고 대답했다.

「게다가」하고 그는 덧붙였다.「만일 각하가 저 새끼염소의 냄새를 아무래도 떨쳐 버릴 수 없다고 하신다면 이쪽 새를 두 마리 주고 대신 염소 고기를 한 조각 얻어올 수도 있습니다.」

「그렇게 해주게, 가에타노, 그렇게 해주게.」하고 프랑츠는 말했다.「자네는 그야말로 교섭하는 일에는 선천적으로 천재이니까.」

그러는 동안에 선원들은 히드를 몇 아름이나 잡아빼고 도금양과 떡갈나무로 땔감을 만들어 거기에 불을 붙였으므로 그럴싸한 모닥불이 만들어졌다.

프랑츠는 여전히 새끼염소의 냄새를 맡으면서 선장이 돌아오기를 기다리고 있었다. 그러는 참에 선장이 모습을 나타내어 뭔가 골똘히 생각하면서 그의 옆으로 다가왔다.

「왜 그러나?」하고 그는 물었다.「뭔가 이상한 일이라도 생겼나? 우리 제의를 받아들이지 않던가?」

「아니요, 그 반대입니다.」하고 가에타노는 말했다.「당신이 프랑스의 젊은 분이라고 두목에게 말했더니 당신을 만찬에 초대하겠다고 했습니다.」

「뭐라고?」하고 프랑츠는 말했다.「그 두목이란 자는 예의바른 사나이로군. 사양할 이유는 없지. 게다가 우리도 자기 몫을 가지고 갈 테니까 말야.」

「아닙니다, 그럴 필요는 없습니다. 저녁식사의 요리는 충분히 있으니까요.

아니, 그 정도가 아니라 넘쳐날 만큼 있으니까요. 다만 집으로 찾아가는 데 대해 이상한 조건을 달았습니다.」

「뭐? 집이라고!」하고 청년은 말했다.「그럼 그는 집을 지었단 말인가?」

「아니요. 하지만 사람들의 얘기로는 몹시 편안한 거처를 가지고 있다고 합니다.」

「그럼, 자네는 그 두목을 알고 있나?」

「소문은 들은 적이 있습니다.」

「좋은 소문인가, 나쁜 소문인가?」

「양쪽 모두입니다.」

「제길! 그래서 그 조건이란 것은 뭔가?」

「각하에게 눈가리개를 하고 두목이 직접 그 거처로 안내할 때까지 그것을 떼어서는 안 된다는 것입니다.」

이 제안 뒤에 무엇이 숨겨져 있는가를 알아내려고 프랑츠는 가에타노의 눈속을 살펴보았다.

「아니, 전혀!」하고 가에타노는 프랑츠의 생각에 대답하여 말했다.「그렇습니다, 천천히 생각해 주십시오.」

「자네 같으면 어떻게 하겠나?」하고 프랑츠가 물었다.

「나 같으면 빼앗길 것은 하나도 없으니까 물론 가지요.」

「응낙한단 말이지?」

「네, 호기심으로라도요.」

「그렇다면 그 두목의 집에는 뭔가 희한한 것이라도 있는가?」

「글쎄, 들어 보십시오.」하고 가에타노는 목소리를 낮추어 말했다.「사람들의 말이 진짜인지 어떤지를 모르겠습니다만…….」

그는 말을 하려다 말고 누가 듣고 있지는 않은가 하고 주위를 한 바퀴 둘러보았다.

「그래, 사람들은 어떤 말을 하고 있지?」

「그 두목은 피티 궁전 따위는 발밑에도 미치지 못하는 호화로운 지하실에 살고 있다고 합니다.」

「마치 꿈나라 얘기 같군!」하고 프랑츠는 다시 앉으면서 말했다.

「아니요! 꿈이 아닙니다.」하고 선장은 계속했다.「정말로 있는 이야기

입니다. 상 페르디낭 호의 수로 안내인인 카마가 한 번 안에 들어가 본 일이
있습니다. 그런 보물은 동화 속밖에는 없다고 깜짝 놀라면서 나왔습니다.」

「그렇다면, 알겠나」 하고 프랑츠는 말했다. 「자네는 그런 말을 해서 나를
알리바바의 동굴(《아라비안 나이트》에 나오는 도둑들의 장소)에 들어가게 하
려고 하고 있는걸세 !」

「나는 다만 남들에게서 들은 말을 하고 있을 뿐입니다, 각하.」

「그렇다면 초대에 응하라고 권고하고 있는 거지 ?」

「오오 ! 그렇게 말씀드리고 있는 것은 아닙니다 ! 각하가 알아서 좋을
대로 하십시오. 이러한 경우에는 나는 의견 따위는 제시하고 싶지 않으니
까요.」

프랑츠는 잠시 생각하고 있었다. 그리고 그런 정도의 부자라면 불과 수천
프랑밖에 가지고 있지 않은 자기에게 위해를 가할 일도 없으리라고 생각했다.
게다가 훌륭한 요리에도 구미가 당겼기 때문에 응낙하기로 했다.

가에타노는 회답을 가지고 갔다.

그런데, 앞에서도 말했듯이 프랑츠는 용의주도한 사나이였다. 그래서 신
비에 싸인, 정체를 알 수 없는 그 초청자에 대해 될 수 있는 대로 자세한
것을 알아 두고 싶었다. 그래서 그는 자기가 가에타노와 이야기를 하고 있는
동안 자기 일에 긍지를 느끼는 사람만이 갖는 저 진지한 표정으로 자고새의
털을 뽑고 있던 한 사람의 선원을 돌아보며 이 근처에는 배 같은 것은 하나도
안 보이는데 저 사람들은 무엇을 타고 왔을까 하고 물었다.

「그 대답은 아주 간단합니다.」 하고 선원은 말했다. 「저 사람들이 타고
있는 배라면 잘 알고 있어요.」

「훌륭한 배인가 ?」

「각하도 세계 일주를 하실 때는 꼭 그런 배에 타시게 되기를 빌겠습니다.」

「어느 정도의 크기인데 ?」

「이럭저럭 일백 톤 정도일 겁니다. 물론 이것은 유람을 위한 배로서 영
국인이 요트라고 부르고 있는 거지요. 하지만 튼튼하게 만들어져 있어서
폭풍이 아무리 불어도 끄떡도 없지요.」

「어디서 만든 거지 ?」

「그건 알 수 없어요. 하지만 아마 제노바일 거라고 생각됩니다만.」

「어떻게 해서 밀수꾼의 두목이」하고 프랑츠는 말을 계속했다.「자기의 장사에 사용하는 요트를 대담하게도 제노바에서 만들게 했을까?」

「나는」하고 선원은 말했다.「그 요트의 주인을 밀수꾼이라고는 말하지 않았는데요.」

「아아, 그렇지. 하지만 가에타노는 분명히 그렇게 말했던 것 같은데.」

「가에타노는 그 사람들을 멀리에서 보았을 뿐이지 누구하고도 이야기를 한 적은 없어요.」

「밀수꾼의 두목이 아니라고 한다면 대체 어떤 인간일까?」

「여행을 즐기고 있는 돈 많은 사람이에요.」

이런 식으로 사람들의 해석이 각기 다른 것을 보니 이 인물은 점점 더 불가사의한 인물이라고 프랑츠는 생각했다.

「그래, 이름은 뭐라고 하지?」

「이름을 물어 보면 자기는 뱃사람 신드바드라고 대답하지요. 하지만 그게 진짜 이름일까요?」

「뱃사람 신드바드?」

「그래요.」

「그래, 어디에 살고 있지?」

「바다 위지요.」

「어느 나라 사람이지?」

「그건 몰라요.」

「만난 적이 있는가?」

「네, 이따금.」

「어떤 사람이지?」

「그것은 각하 자신이 판단하시는 게 좋을 겁니다.」

「그래, 어디에서 나를 만나자는걸까?」

「아마 가에타노가 각하에게 말씀드린 지하의 궁전일 테지요.」

「그런데 자네는 이곳에 배를 대었을 때, 그리고 섬에 사람이 없다는 것을 알았을 때 그 불가사의한 궁전에 들어가 보고 싶은 호기심은 일어나지 않았나?」

「그야 일어났지요, 각하.」하고 선원은 대답했다.「그것도 한두 번이 아니었지요. 하지만 언제나 고생만 하고 허탕을 쳤어요. 이곳저곳 동굴을 찾아다녔지만 작은 오솔길 하나 발견되지 않았어요. 게다가 소문에 의하면 문은 열쇠가 아니라 주문(呪文)으로 열린다고 하더군요.」

『나는 점점 더 《아라비안 나이트》 속에 휘말려 들었는걸.』 하고 프랑츠는 중얼거렸다.

「각하가 기다리십니다.」 하고 그의 배후에서 목소리가 들렸다. 그것은 망을 보던 그 자의 목소리라는 것을 알 수 있었다.

그 사나이는 요트의 승무원 두 사람을 동반하고 있었다.

프랑츠는 대답을 하는 대신 손수건을 꺼내어 말을 건 사나이에게 건네주었다.

사나이는 단 한마디도 말을 하지 않고 실례가 되지 않게끔 신경을 쓰면서 프랑츠의 눈에 눈가리개를 했다. 그리고 어떤 일이 있어도 그것을 떼지 말라는 다짐을 받았다.

프랑츠는 맹세했다.

그러자 두 사나이가 좌우에서 그의 팔을 꼈다. 프랑츠는 이렇게 해서 두 사나이의 인도를 받으며 망을 보던 사나이의 뒤를 따라갔다.

삼십 보쯤 걸어가자 새끼염소의 구수한 냄새가 점점 강해졌으므로 야영지 앞을 지나고 있다는 것을 알았다. 그로부터 다시 오십 보쯤 이끌려갔다. 그곳은 확실히 아까 가에타노가 제지당했던 방향이었다. 이것으로 제지당한 이유를 알았다.

이윽고 공기의 변화로 지하에 들어왔다는 것을 알았다. 조금 더 걸어가자 뭔가가 삐걱거리는 소리가 들렸다. 그리고 공기의 느낌이 다시 달라지며 뜨뜻미지근하고 향긋한 냄새가 풍겨왔다.

마지막으로 발이 두꺼운 융단 위에 올라선 것을 느꼈다. 안내인들은 그의 팔을 놓았다. 한순간 사방이 모두 조용해졌다. 이윽고 외국 사투리가 섞이기는 했지만 정확한 프랑스 어로 말하는 목소리가 들렸다.

「잘 오셨습니다. 이제 손수건을 떼시지요.」

독자 제군도 아시리라고 생각하지만 프랑츠는 이 권고를 두 번 다시 되풀이하게 하지 않았다. 그는 손수건을 떼었다. 그러자 그의 앞에는 나이가 서른여덟에서 마흔 살쯤으로 보이는 한 사나이가 서 있었다. 그는 튀니지 사람 같은 복장을 하고 있었다. 즉, 푸른 비단으로 된 긴 술이 달린 빨간 공기 모양의 두건, 전체에 금자수를 입힌 검은 나사천으로 된 웃도리, 낙낙한 적갈색의 바지, 웃도리와 마찬가지로 금자수를 입힌 같은 빛깔의 게트르, 노란 터키 슬리퍼를 신고 있는 몸차림에다 몸통을 훌륭한 캐시미어 천으로 꽉 죄고 끝이 뽀족한 작은 단검을 허리에 차고 있었다.

이 사나이의 얼굴은 거의 납빛이라고 해도 좋을 만큼 창백했는데 기가 막히게 아름다웠다. 눈은 사람을 찌를 듯이 날카로웠다. 이마와 거의 같은 높이에서 비죽이 나온 곧바른 코는 그 기품으로 보아서 그리스 형이었다. 이는 진주처럼 희어서 검은 코수염 밑에서 한층 더 아름답게 돋보이고 있었다.

다만 얼굴의 창백한 빛깔은 이상했다. 오랫동안 무덤 안에 갇혀 있었기 때문에 사람의 혈색을 되찾지 못하고 있는 것 같은 빛깔이었다.

키는 그렇게 크지는 않았으나 전체적으로 잘 조화된 몸매였다. 그리고 남프랑스의 사람처럼 손과 발은 아주 작았다.

그러나 방금 아까 가에타노의 이야기를 꿈나라 얘기라고 했던 프랑츠를 깜짝 놀라게 한 것은 호화로운 실내 장식이었다.

방 전체에 금빛의 꽃자수가 놓아진 진홍빛 터키 비단이 입혀져 있었다. 안쪽에는 일종의 소파가 있고 그 위에는, 칼집에는 도금이 되어 있고 손잡이에는 보석을 박아넣은 아라비아의 도검이 장식되어 있었다.

천장에는 아름다운 모양과 빛깔의 베네치아 제 유리램프가 매달려 있고 발 밑에는 터키 융단이 깔려 있어서 발 뒤꿈치까지도 파묻힐 것만 같았다. 그리고 프랑츠가 들어온 입구와 낮보다도 밝게 불이 켜져 있는 듯한 옆방으로 통하는 또 하나의 입구 앞에는 묵직한 커튼이 드리워져 있었다.

주인은 잠시 프랑츠를 놀라는 대로 그냥 두었다. 그러나 자기가 관찰을 당하고 있는 만큼 자기 쪽에서도 상대방을 관찰하고 있었다. 상대방의 동작 하나하나를 놓치지 않았다.

「아니 정말」 하고 그는 가까스로 입을 열었다. 「이곳으로 맞아들이는데 그토록 조심을 한 점, 진심으로 사과드립니다. 실은 대개 언제나 이 섬에는 사람이 없기 때문에 만일 이 거처의 비밀이 알려지게 되면 내가 돌아왔을 때 혹시 이 임시 거처가 짓밟혀 있어서 불쾌한 생각을 갖게 되지는 않을까 염려하기 때문입니다. 이러한 거처가 없어지는 그 자체를 두려워하고 있는 것은 아니지만 내가 원할 때 속세를 벗어날 수 있다는 편안한 마음을 가질 수 없게 되는 것이 두렵기 때문입니다.

자, 이제부터 이런 곳에서 기대하지 않으셨을 것들, 즉 입에 맞으실 듯한 저녁식사와 꽤 기분좋은 침대를 제공함으로써 아까의 불쾌감을 잊게 해드리고 싶습니다.」

「아니, 이건 정말」 하고 프랑츠는 대답했다. 「그런 인사까지 하실 것은 없습니다. 불가사의한 궁전에 들어가는 인간은 언제나 눈가림을 당한다는 것을 나도 알고 있습니다. 《위그노》(아이아베어의 오페라)의 라울도 그러니까요. 그리고 실제로 불평 같은 것은 없습니다. 보여 주시는 것은 모두 《아라비안 나이트》에 나오는 것 같은 이상한 사건의 연속이니까요.」

「아아! 나도 루크르스(로마의 장군으로서 식도락가로 알려져 있었다)처럼 『만일 찾아오실 것을 알고 있었다면 충분한 준비를 하고 있었을 것을.』 하고 말씀드리지 않으면 안 되겠습니다. 어떻든 이곳은 은자의 암자 같은 곳입니다. 아무쪼록 자유롭게 사용하십시오. 마침 되어 있는 것이지만 저녁식사를 올리겠습니다. 알리, 준비는 되었나?」

그와 거의 동시에 커튼이 위로 올려졌다. 간소한 흰 옷을 입은, 흑단(黑檀) 같이 검은 누비아 인이 주인에게 식당 준비가 갖추어졌음을 알렸다.

「그러면」 하고 주인은 프랑츠에게 말했다. 「당신의 의견은 어떠신지 모르지만 나는 상대방의 성함도 직함도 모르는 채 2시간 또는 3시간 마주 앉아 있다는 것은 아무래도 거북하게 느껴집니다. 하지만 손님을 대접하는 예의를 존중하여 성함도 직함도 묻지 않기로 하겠습니다. 다만 무엇이든 호칭을 제시해 주시지 않겠습니까? 그러는 편이 대화를 나누기에 편리하니까요. 부담을 느끼시지 않게 하기 위해 우선 나부터 말씀드리면 나는 사람들로부터 뱃사람 신드바드라고 불리고 있습니다.」

「그렇다면 나는」 하고 프랑츠는 말했다. 「알라딘의 역할을 하기 위해서는 저 유명한 수수께끼의 램프를 가지고 있지 않을 뿐이니까 우선 알라딘이라고 불러 주십시오. 그렇게 하면 어떤 정령(精靈)에 의해 이곳으로 실려오고 싶은 이 동양풍의 세계에서 우리는 벗어나지 않고 있을 수가 있으니까요.」

「그렇다면 알라딘 씨.」 하고 이 정체를 알 수 없는 주인은 말했다. 「들으신 바와 같이 식사 준비가 되었습니다. 자, 아무쪼록 식당으로 드시지요. 그럼 앞에 서서 안내를 하겠습니다.」

그렇게 말하고 신드바드는 커튼을 쳐들더니 프랑츠의 앞에 서서 안으로 들어갔다.

프랑츠는 꿈의 세계에서 다시 꿈의 세계로 걸어갔다. 테이블 위에는 기막힌 요리들이 얹혀져 있었다. 그는 그러한 가장 중요한 것을 확인하고는 주위를 둘러보았다. 이 식당도 지금까지 있던 거실 못잖게 호화로운 것이었다. 전부 대리석으로 만들어지고 매우 값비싼 고대의 돋을새김으로 장식되어 있었다. 장방형의 방 양쪽 끝에는 두 개의 훌륭한 상(像)이 머리 위에 바구니를 얹고 서 있었다. 그 바구니에는 훌륭한 과일이 피라밋처럼 담겨져 있었다. 그것들은 시칠리아의 파인애플, 말라가의 석류, 바레알 제도의 오렌지, 프랑스의 복숭아, 튀니지의 대추야자 열매 등이었다.

저녁식사의 요리는 코르시카의 개똥지빠귀를 곁들인 꿩 불고기, 멧돼지 넓적다리 살의 조림, 새끼염소 고기의 버터구이, 훌륭한 가자미, 큰 왕새우 등이었다.

큰 접시들 사이에는 가벼운 요리를 담은 작은 접시가 나왔다.

큰 접시는 은으로 만든 것이고 작은 접시는 일본제의 도기였다.

프랑츠는 꿈이 아닌가 하고 눈을 비볐다.

알리만이 시중을 들 수 있도록 허용되고 있었다. 그리고 그 역할을 정확하게 수행하고 있었다. 손님은 그 사실을 주인에게 칭찬했다.

「그렇습니다.」 하고 주인은 여유있는 태도로 요리를 음미하면서 말했다. 「그렇습니다, 이 사나이는 헌신적으로 나에게 봉사하고 있는 불쌍한 사나이입니다. 내가 자기 목숨을 살려 준 것을 기억하고 있는 것입니다. 꽤나 목을 소중히 여기고 있었던 모양으로 나 때문에 목이 잘리지 않은 것을 고마워하고 있지요.」

알리는 주인에게 다가와 그 손을 잡고는 입술을 가져다댔다.

「신드바드 씨」 하고 프랑츠는 말했다. 「버릇없는 부탁입니다만 언제 그런 선행을 하셨는지요 ?」

「아아 ! 그건 아주 간단한 이야기입니다.」 하고 주인은 대답했다. 「이 불쌍한 사나이는 이런 피부 빛깔을 가진 사나이에게는 허용되어 있지 않은 행동, 즉 튀니지 왕의 후궁 근처를 방황하고 있었던 모양입니다. 그래서 왕은 혀와 손, 그리고 목을 자르는 형벌을 언도했습니다. 첫날에 혀, 둘째 날에 손, 셋째 날에 목을 자르는 것입니다. 나는 평소부터 벙어리 사환을 두었으면 하고 생각하고 있었습니다. 그래서 그가 혀를 잘린 뒤 왕에게 찾아가서 왕이 그 전날 몹시 부러운 표정으로 바라보고 있던 이연발의 총과 교환하는 조건으로 이 사나이를 양보해 달라고 제의했습니다. 왕은 이 불쌍한 사나이를 꼭 처치하고 싶어했으므로 한동안 망설이고 있었습니다. 그래서 나는 전에 왕의 칼을 여지없이 박살낸 영국제 사냥칼을 총에 곁들여서 드리겠다고 했습니다. 그랬더니 왕도 체념하고 손과 목을 용서해 주더군요.

다만 두 번 다시 이 사나이가 튀니지에 발을 들여 놓지 않는다는 조건을 달았습니다. 하지만 그런 조건을 달 필요는 없었습니다. 왜냐하면 아무리 멀리에서라도 아프리카의 해안이 보이기만 하면 즉시 배 밑바닥으로 도망쳐서 아프리카가 보이지 않게 될 때까지는 거기에서 끌어낼 수가 없었기 때문입니다.」

프랑츠는 주인이 잔혹할 만큼 유쾌한 기분으로 이런 얘기를 해준 것을 대체 어떻게 해석해야 할 것인가 하고 한동안 말없이 생각하고 있었다.

「그럼 당신은 이름을 빌리고 계시는 저 용감한 신드바드처럼 언제나 여행을 하고 계신 겁니까?」 하고 프랑츠는 화제를 바꾸어서 물었다.

「그렇습니다. 더욱이 이 맹세는 도저히 그런 것은 불가능하리라고 생각하고 있던 무렵에 세운 것입니다.」 하고 주인은 미소를 지으면서 말했다. 「나는 그러한 맹세를 몇 가지 세웠습니다. 그것들도 모두 차례로 실현되리라고 생각하고 있습니다.」

신드바드는 그러한 말을 냉정하기 이를 데 없는 침착한 태도로 하고 있었으나 그 눈에서는 이상하리만큼 잔인한 빛이 뿜어나오고 있었다.

「지금까지 무척 고생을 하셨군요?」 하고 프랑츠가 물었다.

신드바드는 부르르 몸을 떨고 상대방을 뚫어지게 바라보았다.

「어째서 그렇게 생각하시지요?」 하고 그는 물었다.

「모든 점으로 보아서요.」 하고 프랑츠는 대답했다. 「당신의 목소리에서, 눈에서, 창백한 얼굴빛에서, 그리고 이러한 당신의 생활 그 자체에서요.」

「아닙니다! 나는 내가 알고 있는 한에서는 가장 행복한 생활을 보내고 있습니다. 마치 터키의 왕 같은 생활을 보내고 있습니다. 나는 창조의 왕입니다. 나는 어떤 한 장소가 마음에 들면 그곳에 머뭅니다. 싫어지면 다른 곳으로 떠납니다.

나는 새처럼 자유롭습니다. 새처럼 날개를 가지고 있습니다. 내 주변에 있는 사람은 단 하나의 신호로 나에게 복종합니다. 때로는 수배된 산적이나 쫓기고 있는 죄인을 도와 줌으로써 인간이 만든 법률을 비웃는 일도 하곤 합니다.

게다가 나에게는 나만의 재판권이 있습니다. 상급 재판권도 있고 하급 재판권도 가지고 있습니다. 그것은 유예도 없고 상소도 허용되지 않는, 벌을 주든가 또는 무죄를 선언하는 재판권으로서 아무도 거기에 참견할 수 없습니다.

아아! 만일 당신이 내 이러한 생활을 한 번 경험하시게 되면 다른 생활 따위는 이제 싫어져서 두 번 다시 저런 세상에는 돌아가지 않을 것입니다. 물론 뭔가를 수행해야만 하는 계획이라도 있다면 얘기는 다릅니다만.」

「예를 들면 복수 같은 것 말입니까?」하고 프랑츠는 말했다.

이 누군지도 모를 사나이는 상대방의 가슴 밑바닥까지 뚫어볼 듯한 날카로운 시선을 던졌다.

「복수란 또 어째서인가요?」하고 그는 반문했다.

「실은」하고 프랑츠는 대답했다.「아무래도 그 모습이 사회로부터 박해를 받아 거기에 대한 무서운 복수를 생각하고 계신 사람처럼 생각되어서 말입니다.」

「그렇지만」하고 신드바드는 희고 날카로운 이를 드러내 보이면서 야릇한 웃음을 띠고 말했다.「당신의 상상은 들어맞지 않았습니다. 보시다시피 나는 일종의 자선가입니다. 어쩌면 머잖아 아페르 씨나『작고 푸른 외투를 입은 사나이』(모두 당시의 유명한 자선가인 듯)와 경쟁을 하러 파리로 가게 될 것입니다.」

「그럼 그쪽으로 여행하시는 것은 처음입니까?」

「그렇습니다, 처음입니다. 호기심이 없는 사람처럼 보이겠지요? 하지만 가는 것이 늦었다고 해서 내 탓은 아닙니다. 언젠가는 반드시 갈 겁니다!」

「곧 떠나실 계획은 없습니까?」

「아직 모릅니다. 어떤 계획을 세우고는 있지만 그것이 아직 분명하지 않기 때문에. 그것이 분명해지면.」

「당신이 가서 계실 때 나도 파리에 있고 싶군요. 몽테 크리스토 섬에서 이런 융숭한 대접을 받았으니까 나도 할 수 있는 만큼의 보답을 하고 싶군요.」

「기꺼이 받고 싶습니다만」 하고 주인은 말했다. 「하지만 유감스럽게도, 가더라도 아마 몰래 미행을 하게 될 것 같군요.」

이러한 대화를 하는 동안에 식사는 진행되었다. 그러나 이 식사는 단지 프랑츠만을 위한 것인 듯했다. 왜냐하면 손님이 맛있게 먹고 있는 데 비해 주인은 이 기막힌 요리의 단지 한두 접시에 잠깐 손을 댔을 뿐이었으니까.

마지막으로 알리가 디저트를 가지고 왔다. 아니, 가지고 왔다기보다는 입상 위에 있던 바구니를 테이블 위에 옮겨 놓았다.

그리고 그는 두 개의 바구니 사이에 은받침에 도금을 하고 역시 도금을 한 뚜껑이 달린 한 개의 작은 잔을 놓았다.

알리가 이 잔을 가지고 왔을 때의 공손한 태도는 프랑츠의 호기심을 자극했다. 그는 뚜껑을 열어 보았다. 안에는 안젤리카의 잼 비슷한, 푸르스름하고 흐물흐물한 것이 들어 있었다. 하지만 이것은 지금까지 구경조차 한 적이 없는 것이었다.

그는 다시 뚜껑을 닫았다. 그러나 뚜껑을 열기 전과 마찬가지로 이 잔 속에 든 것이 무엇인지 전혀 알 수 없었다. 그래서 주인 쪽을 보았더니 주인은 그가 실망한 모습을 미소를 지으면서 바라보고 있었다.

「이 조그만 그릇에 들어 있는 것이 어떤 음식인지 모르시겠지요 ? 어떻습니까 ? 또 호기심이 생기지 않습니까 ?」 하고 주인은 말했다.

「정말 그렇습니다.」

「그럼 말씀드리지요. 이 녹색의 잼 비슷한 것은 헤베(그리스 신화의 청춘의 여신)가 아버지인 제우스의 밥상에 올렸다는 진짜 신의 음식입니다.」

「하지만 그 신의 음식도」 하고 프랑츠는 말했다. 「인간의 손에서 손으로 옮겨지는 동안에 아마도 천상에서의 명칭을 잃고 인간적인 이름으로 변했을 테지요. 일반적인 속된 말로는 뭐라고 불리는 겁니까 ? 그런데 나는 이것에는 별로 식욕을 느끼지 않습니다만.」

「즉 그것은 ! 우리의 기원은 물질이라는 것을 증명하고 있는 것입니다.」

하고 신드바드는 큰소리로 말했다. 「그런데 우리는 흔히 행복의 옆을 지나치면서도 그것이 눈에 들어오지 않고 또 보려고도 하지 않습니다. 또는 그것이 눈에 들어오고 또 보았다고 하더라도 그것을 분명히 인정할 수가 없습니다.

만일 당신이 실제가(實際家)이고 황금이 당신의 신이라면 이것을 맛보십시오. 그러면 페루나 구제라토 또는 고르곤다의 금광이 당신 앞에 열려올 것입니다. 또 당신이 공상가이고 시인이라고 하더라도 이것을 맛보십시오. 그러면 가능성을 가로막고 있는 울타리가 없어지고 무한한 세계가 열려서 몽환의 끝없는 나라를 무념무상(無念無想)의 상태로 산책할 수 있습니다.

또 당신이 야심가이고 지상의 명예를 추구하는 사람이라고 하더라도 역시 이것을 맛보십시오. 한 시간도 지나기 전에 당신은 왕자(王者)가 될 수 있을 것입니다. 그것도 프랑스라든가 스페인, 또는 영국 같은 유럽의 한쪽 구석에 파묻혀 있는 조그만 왕국의 왕자가 아니라 세계의 왕, 우주의 왕, 창조의 왕이 될 수 있는 것입니다. 당신의 왕좌는 사탄이 예수를 채어간 산 위에 만들어질 것입니다. 더욱이 악마를 찬양할 필요도 없고 그의 발톱에 키스를 하도록 강요당하는 일도 없이 지상의 모든 왕국의 최고 주권자가 될 수 있는 것입니다.

어떻습니까? 내 말이 당신의 마음을 끌어당기지 않습니까? 더구나 그것은 아주 쉽게 할 수 있는 일입니다. 즉 이렇게 하기만 하면 되는 것입니다. 보십시오.」

그렇게 말하고 그는 지금 장황하게 그 효능을 설명한 것이 들어 있는 도금한 작은 잔의 뚜껑을 열고 커피용 숟가락으로 그 마법의 잼을 떠서는 그것을 입으로 가져갔다. 그리고는 눈을 반쯤 감고 머리를 뒤로 젖히면서 천천히 음미했다.

프랑츠는 상대방이 그 신기한 것을 삼킬 때까지 그대로 잠시 바라보고 있었다. 그리고는 상대방이 다시 정신을 차리는 것을 보고는 「그런데 그 희한한 것은 대체 무엇입니까?」 하고 물었다.

「당신은 『산의 노인』 이야기를 들어 보신 적이 있습니까?」 하고 주인은 물었다. 「필립 오귀스트를 암살하려고 했던 그 사나이 말입니다.」

「물론입니다.」

「그렇다면 그 사나이가 초목이 무성하게 우거진 골짜기에서 세력을 떨치고 있었던 사실도 아시겠군요? 『산의 노인』이라는 훌륭한 이름은 실은 그 골짜기 위에 솟아 있는 산에서 온 것이지요.

그런데 그 골짜기에는 핫센 벤 사바가 만든 멋진 많은 동산이 있고 그 동산 속에는 이곳저곳에 정자가 있었습니다. 그는 자기가 선정한 사람들을 이 정자에 초청해서 마르코 폴로가 쓴 바에 의하면 어떤 종류의 풀을 먹였다고 합니다.

그러면 그들은 언제나 초목에 꽃이 피어 있고 익은 과일이 열려 있고 그리고 언제나 처녀들이 있는 낙원으로 끌려가곤 했다는 것입니다. 그런데 그러한 행복한 청년들이 현실이라고 생각하고 있던 것은 실은 꿈이었던 것입니다.

그러나 그 꿈은 아주 즐겁고 사람을 황홀하게 만드는, 실로 육감적인 꿈이었으므로 그들은 그 꿈을 가져다 준 사람에게 몸도 마음도 다 바치고 하느님의 명령에 따르듯이 그 사람의 명령에 따랐고 지정받은 상대를 쓰러뜨리기 위해 땅 끝까지도 갔습니다.

끝내는 그들도 고통을 당하면서 죽었지만 죽음은 곧 지금 당신 앞에 내놓은 영초(靈草)가 맛뵈기를 보여 준 저 환락의 세계로 들어가는 하나의 과도기에 지나지 않는다는 것만을 생각하며 불평 한마디 하지 않고 죽었다는 것입니다.」

「그렇다면」 하고 프랑츠는 소리질렀다. 「저 하시시(인도 대마에서 채취한 마약)로군요 ! 아아, 그거라면 알고 있습니다. 물론 이름만이지만요.」

「바로 그것입니다, 알라딘 씨. 이것은 하시시입니다. 하시시 중에서도 알렉산드리아의 가장 고급스럽고 가장 순수한 것입니다. 『세계는 이 행복한 상인에게 감사한다.』라는 문구를 내건 궁전이라도 만들어 주지 않으면 안될 이 방면의 제1인자인 하시시 제조의 명인(名人) 아부고르가 만든 것입니다.」

「당신의 그 찬사가 진짜인지 과장인지 나 자신이 직접 시험해 보고 싶어지는군요.」 하고 프랑츠가 말했다.

「아무쪼록 당신 자신이 시험해 보십시오. 자, 서슴지 마시고 시험해 보십시오. 하지만 최초의 경험만으로 중단해서는 안 됩니다. 무슨 일에 있어서나 그러하지만 감각을 새로운 인상에, 즉 온화하다든가 격렬하다든가 슬프다든가 기쁘다든가 하는 인상에 길들이지 않으면 안 됩니다.

효험이 기막힌 이 음식에 대해서도 인간의 천성이 반대합니다. 천성은 기쁨을 위해서는 만들어지지 않고 괴로움에 매달려 있기 때문에 반대하는 것입니다. 이 천성이라는 것을 극복하지 않으면 안 됩니다. 현실이 꿈에 종속되지 않으면 안 됩니다. 그렇게 되면 꿈이 주인이 되어서 지배하게 됩니다. 꿈이 생활이 되고 생활이 꿈이 됩니다. 그러면 이러한 변화에 의해 어떤 차이가 생기게 될까요! 곧, 현실 생활의 고통과 인공 생활의 즐거움을 비교하여 이제 산다는 것은 싫다, 언제까지나 꿈을 꾸고 싶다고 생각하게 될 것입니다. 그리고 이러한 생활을 떠나서 속인의 세계로 돌아오게 되면 나폴리의 봄을 떠나서 라프랜드의 겨울로 돌아온 것 같은 느낌이 들 것입니다. 낙원에서 지상으로 천국에서 지옥으로 떨어진 것 같은 느낌이 들 것입니다. 그러면 하시시를 음미해 보십시오! 자, 어서요!」

거기에 대답하는 대신 프랑츠는 이 불가사의한 곤죽 같은 것을 한 숟가락, 주인과 비슷한 분량만큼을 떠서 입으로 가져갔다.

「이런!」하고 그는 효험이 기막히다는 이 잼을 삼키고는 말했다.「그 결과가 당신이 말씀하신 만큼 기분이 좋은 건지 어떤지는 아직 모르겠지만 맛은 말씀하신 것처럼 좋다고는 생각되지 않는군요.」

「그것은 당신의 미각이 그 기막힌 맛에 길들여지지 않았기 때문입니다. 보십시오, 굴이든 차든, 흑맥주든 송로 버섯이든, 나중에는 그 맛을 알게 되어서 좋아하게 되지만 처음부터 그것을 좋아하게 되었을까요?

로마 인이 어째서 꿩고기를 아위(阿魏)로 양념하는지, 중국인이 어째서 제비집을 먹는지 아십니까? 아아! 모르시는군요! 하시시도 마찬가지입니다. 일주일 만이라도 좋으니까 계속해서 드셔 보십시오. 오늘은 아마도 기분이 언짢고 토할 것만 같은 이 맛이 실은 세계의 어떤 음식도 따를 수 없는 미묘함을 가지고 있다는 것을 아시게 될 것입니다.

어떻든 옆방으로 가십시다. 옆방은 당신의 방으로 준비했으니까요. 알리가 커피를 가져다 줄 것입니다. 그리고 담뱃대도 가져올 것입니다.」

두 사람은 일어났다. 그리고 스스로 신드바드라고 일컫고 작자도 또 손님과 마찬가지로 뭐라고든 부르지 않으면 안 되기 때문에 때때로 이 이름으로 부르고 있던 사나이가 하인에게 뭐라고 명령하고 있는 동안에 프랑츠는 옆방으로 들어갔다.

이 방의 장식은 지금까지의 다른 방처럼 돈이 든 점에서는 마찬가지였으나 훨씬 더 간소했다. 방은 원형으로 되어 있고 주위에는 큰 소파가 놓여 있었다. 그리고 소파도 벽도 천장도 바닥도, 더할 수 없이 부드러운 융단과도 같은, 보드랍고 포근한 모피로 입혀져 있었다.

거기에는 또 더부룩한 갈기를 가진 아트라스 산의 사자 가죽이나 강렬한 색조의 줄무늬가 있는 벵갈 산 호랑이 가죽, 그리고 단테의 작품에 나오는 것 같은 예쁜 반점이 있는 케이프타운의 표범 가죽, 또 시베리아의 곰 가죽이나 노르웨이의 여우 가죽 등도 있었다. 그리고 이러한 가죽들은 사치스럽게 겹쳐져 있어서 마치 두꺼운 잔디를 걷고 있는 듯한 기분이 되어 푹신한 침대 위에서 쉬는 듯한 느낌을 갖게 했다.

두 사람은 소파 위에 누웠다. 손이 미치는 곳에 라오(담뱃대의 설대)가 재스민으로, 물부리가 호박(琥珀)으로 된 긴 담뱃대가 몇 개 놓여 있었다. 그것들은 모두 같은 담뱃대로 두 번 다시 피울 필요가 없도록 하기 위해 준비해 놓은 것이었다.

두 사람은 그것을 하나씩 집어들었다. 알리가 거기에 불을 붙였다. 그리고는 커피를 가지러 갔다.

잠시 동안 침묵이 계속되었다. 신드바드는 아까의 대화중에도 그러했지만 머리에서 떠나려고 하지 않는 것 같은 어떤 생각에 잠겨 있었다. 그리고 프랑츠도 말없이 황홀한 기분에 잠겨 있었다. 그것은 고급 담배를 피우고 있을 때 연기와 함께 모든 고뇌가 사라지고 그 대신 영혼의 모든 꿈이 초래되는 저 황홀한 경지와 거의 다름없었다.

알리가 커피를 가지고 왔다.

「어떤 것을 좋아하시는지요?」 하고 주인이 물었다. 「프랑스 풍의 것입니까, 터키 풍의 것입니까? 짙은 것이 좋습니까, 엷은 것이 좋습니까? 설탕은 넣습니까, 넣지 않습니까? 걸른 것으로 할까요, 끓인 것으로 할까요? 원하시는 것을 드리겠습니다. 어떤 것이든 모두 준비되어 있으니까요.」

「터키 풍의 것을 주십시오.」 하고 프랑츠가 대답했다.

「역시 당신답군요.」 하고 주인이 말했다. 「그것으로 당신이 동양의 생활을 즐길 소지를 가지고 있다는 것을 알 수 있습니다. 아아! 동양인은 사실 산다는 것을 알고 있는 유일한 인간입니다! 나도」 하고 그는 예의 야릇한 미소를 지으면서 덧붙였다. 프랑츠는 그 미소를 간과하지 않았다. 「나는 파리에서의 용무가 끝나면 동양으로 가서 죽을 장소를 찾아볼까 생각하고 있습니다. 그 무렵 나를 만나실 생각이 계시다면 카이로나 바그다드, 또는 이스파한 근처를 찾아 주시면 될 겁니다.」

「그야말로」하고 프랑츠는 말했다. 「그것은 쉬운 일일 것 같군요. 어쩐지 날개가 돋아난 기분이 드는군요. 이 날개로 하루 동안에 세계 일주를 할 수 있을 것 같습니다.」

「아니, 저런! 하시시가 효과를 나타내기 시작했군요. 자, 자, 날개를 펼쳐서 도원경으로 날아가십시오. 아무것도 두려울 것은 없습니다. 내가 지켜봐 드리지요. 만일 이카로스의 날개처럼 당신의 날개가 태양의 열에 녹는다면 (이카로스가 밀납으로 날개를 만들어 그것을 몸에 붙이고 날았는데 태양에 너무 접근했기 때문에 납이 녹아 바다에 떨어졌다는 이야기가 그리스 신화에 있다) 내가 아래서 받쳐 드리지요.」

그리고 그는 알리를 향해 아랍 어로 두세 마디 뭐라고 말했다. 알리는 알았다는 몸짓을 했다. 그리고 뒤로 물러섰으나 그 자리에서 떠나가지는 않았다.

프랑츠의 몸속에서는 불가사의한 변화가 일어나고 있었다. 이날 하루 동안의 육체적인 피로와 오늘밤의 사건으로 마음에 생긴 불안은, 졸음이 밀려오는 것이 희미하게 느껴질 정도로 의식이 남아 있는 휴식의 최초의 순간에서처럼 사라져가고 있었다.

그의 육체는 물질이 아닌 가벼움을 얻은 것처럼 생각되었다. 정신은 지금까지 경험한 적도 없을 만큼 명쾌해지고 감각은 그 작용을 배가한 것처럼 생각되었다. 수평선은 시간이 감에 따라 넓어져갔다. 그러나 그것은 그가 잠에 빠지기 전에 본, 황막하고 공포가 감돌고 있는 어두운 수평선이 아니라 바다의 푸르름과 태양의 반짝임, 그리고 미풍이 가져다 주는 향기가 감돌고 있는, 푸르고 맑은, 그리고 활짝 열린 수평선이었다.

다음에, 선원들의 노래에 따라, 악보에 기록하면 틀림없이 멋진 악곡이 될 맑은 노래에 따라, 몽테 크리스토 섬이 파도 위에 위협적인 모습을 보이고 있는 암초로서가 아니라 사막 저편의 오아시스처럼 눈앞에 나타났다.

그리고 배가 접근함에 따라 그 노래 소리는 한층 더 흥겨워졌다.

　사람의 마음을 야릇하게 어지럽히는 불가사의한 그 음악은 마치 로렐라이 같은 선녀가 거기에 사람의 넋을 유인하듯이 또는 안피온(제우스의 아들로서 테베 도시의 벽을 쌓았다. 그가 하프를 켜자 돌이 저절로 운반되었다고 한다) 같은 마술사가 거기에 하나의 도시를 건설하려 하고 있는 것처럼 이 신의 섬에서 피어오르고 있었던 것이다.

　마침내 배가 기슭에 닿았다. 아무런 노력도 없이, 동요도 없이, 마치 입술이 입술에 닿는 것 같았다. 그래서 그는 이 매력적인 음악이 여전히 계속되고 있는 가운데 동굴 속으로 들어갔다. 그는 층계를 대여섯 개 내려섰다. 아니, 내려선 것같이 느껴졌다. 그리고 저 키르케(호메로스의 《오딧세우스》에 나오는 마녀로서 사람에게 미약을 먹여 돼지로 변하게 했다)의 동굴 주위에 감돌고 있었을 것이 틀림없는, 기분좋고 향기로운 공기를 삼켰다. 그 공기는 사람의 마음을 꿈꾸듯 황홀하게 만드는 향기와 감각을 불태워 버릴 듯한 열기로 충만되어 있었다.

　그리고 그는 잠에 빠지기 전에 본 모든 것, 저 불가사의한 주인인 신드바드에서 벙어리 하인인 알리에 이르기까지, 모든 것을 다시 눈앞에 보았다. 그렇게 생각하고 있을 때 모든 것이 불빛이 사라진 환등의 마지막 그림자처럼 몽롱해지고 사라져 버린 것처럼 생각되었다. 그리고 밤속에서 잠이나 쾌락을 지켜보고 있는, 창백하고 고풍스러운 램프 빛에 비쳐지고 있을 뿐인 입상(立像)의 방에 있는 자기를 발견했다.

　그 입상들은 확실히 매혹적인 눈과 선정적인 미소, 그리고 풍부한 머리칼을 가진, 모양이 아름다우며 육감적이기도 하고 시적이기도 한 얼마 전의 그 입상임에 틀림없었다. 그것은 프뤼네와 클레오파트라 그리고 메사리나였다. 세계에 알려진 세 사람의 창녀였다. 그리고 이들 음란한 상의 한가운데에 마치 한 줄기의 깨끗한 광선처럼 올림푸스의 신들 중의 그리스도교의 천사처럼 맑은 하나의 그림자가, 조용한 하나의 그림자가, 더러워진 대리석상을 앞에 놓고 그 더러움을 모르는 이마를 숨기고 있는 것 같은 상냥한 하나의 환영(幻影)이 살그머니 들어왔다.

　그러자 그에게는 이들 세 개의 상이 그녀들의 세 개의 사랑을 단 하나의 사나이를 향해 쏟고 있는 것처럼 생각되었다. 그리고 그 사나이는 자기 자신인 것처럼 생각되었다. 그녀들은 그가 두 번째 잠에 빠지려고 하는 침대로 다가왔다. 하얗고 긴 옷으로 발을 감싸고 가슴을 드러내고 머리카락을 물결처럼 흐트러뜨리고 옛날의 신들이라면 아마 저항을 하지 못하고 성자(聖者)만이 겨우 저항할 수 있었을 그러한 자태로.

그리고 그녀들은 작은 새를 노리고 있는 뱀의 눈 같은, 꼼짝도 하지 않는, 타는 듯한 눈을 가지고 있었다. 그는 자기가 그러한 포옹처럼 고뇌스럽고 입맞춤처럼 쾌락적인 눈길에 몸을 맡기고 있는 것 같은 느낌이 들었다.

프랑츠에게는 자기가 눈을 감으려 하고 있는 것처럼 생각되었다. 그리고 자기의 주위에 마지막 시선을 던졌을 때 저 깨끗한 상이 완전히 가려지려 하고 있는 것을 본 것 같은 느낌이 들었다. 그런 뒤에는 눈은 현실의 것에 대해 감겨지고 감각이 도저히 생각조차 할 수 없는 인상에 대해 눈을 떠갔다.

그것은 예언자가 선택받은 사람들에게 약속한 것 같은 끊임없는 쾌락이며 쉼없는 애무였다. 그리고 석상의 모든 입술이 숨을 쉬고 모든 가슴이 뜨거워지고 마침내 처음으로 하시시의 위력을 안 프랑츠의 메마른 입술 위에 뱀처럼 차갑고 나긋나긋한 입상의 입술이 와닿는 것을 느꼈을 때 그 애무는 거의 숨이 막힐 만큼 답답하고 그 쾌락은 거의 고문(拷問)처럼 생각되었다. 그러나 난생 처음으로 경험한 이러한 애무를 팔로 물리치려고 하면 할수록 그의 감각은 점점 더 신비로운 꿈의 매력에 끌려들어갔다. 그래서 영혼까지도 주어 버렸을 정도의 격렬한 싸움 뒤에 그는 완전히 몸을 내맡기고 말았다. 그리고 마침내는 대리석 연인들의 입맞춤과 지금까지 본 적도 없는 이 꿈의 매력에 사로잡힌 끝에 쾌락 때문에 정력도 다하고 완전히 지쳐서 숨을 헐떡이며 거기에 쓰러지고 말았다.

32. 깨어남

프랑츠가 제정신으로 돌아왔을 때 주위의 것은 아직도 꿈의 연속인 것처럼 생각되었다. 그는 자기가 무덤 속에 있는 것이라고 생각했다. 거기에는 마치 연민의 눈길 같은 햇빛이 희미하게 스며들고 있었다.

손을 뻗치자 돌이 만져졌다. 그는 상체를 일으켰다. 깨닫고 보니까 자기는 외투를 입은 채 무척 부드럽고 짙은 향기를 발산하는 마른 히드를 깔고 누워 있었다.

환영은 모두 사라지고 말았다. 그리고 그 조상(彫像)들도 마치 꿈속에서 무덤을 빠져나온 망령에 지나지 않았던 것처럼 눈을 뜸과 동시에 사라져 버리고 없었다.

그는 햇빛이 스며드는 쪽으로 두세 걸음 걸어갔다. 꿈은 불안에 차 있었으나 거기에 이은 현실은 조용하기만 했다. 그는 자기가 지금 동굴 안에 있다는 것을 깨닫고 입구 쪽으로 걸어갔다. 그리고 아치형으로 된 출입문의 틈새를 통해 푸른 하늘과 새파란 바다를 보았다. 하늘과 물은 아침 햇빛에 반짝거리고 있었다. 해안에서는 선원들이 앉아서 뭔가 이야기를 나누면서 웃고 있었다. 기슭에서 열 걸음쯤 떨어진 바다 위에는 닻을 내린 배가 출렁출렁 흔들거리고 있었다.

그대로 선 채 그는 잠시 동안 이마 위를 스치는 미풍의 상쾌함을 맛보고 있었다. 기슭으로 밀려와서는 바위 위에 하얀 물거품을 레이스 모양으로 남기고 가는 파도의 아련한 소리에 귀를 기울이고 있었다. 무엇을 생각하는 일도 없이 자연의 물상 속에 있는 이 거룩할 정도의 매력에 멍하니 넋을 빼앗기고 있었다. 이러한 매력은 기묘한 꿈에서 깨었을 때는 유별나게 절실히 느껴지는 것이었다. 이윽고 조금씩, 외계에 있는 이토록 조용하고 이토록 맑은, 그리고 이토록 크나큰 생활이 자기가 꾼 꿈의 황당무계함을 일깨워 주었다. 그리고 갖가지 일들이 기억 속에 되살아났다.

그는 섬에 도착했을 때의 일, 밀수꾼의 수령에게 안내된 일, 호화로운 물건들로 넘쳐 있던 지하 궁전의 일, 기막힌 만찬, 그리고 한 숟가락의 하시시 등을 생각해냈다.

그러나 지금 이렇게 백일하의 현실에 직면해 있노라니까 그러한 일들도 모두 적어도 일 년쯤 전에 일어난 일인 것처럼 생각되었다. 그 정도로 그가 꾼 꿈은 뇌리에 생생하게 살아 있어서 마음속에 큰 자리를 차지하고 있었다. 그래서 그의 상상력은, 눈길과 입맞춤으로 그의 하룻밤을 즐거운 것으로 만들어 준 저 환상의 여인들 중의 하나를 어떤 때는 선원들 사이에 앉히고 어떤 때는 바위 위를 건너게 하고 혹은 또 배 위에 흔들흔들 세워 보기도

했다. 그나저나 머리는 완전히 자유로이 작용하고 몸도 완전히 회복되고 두뇌에는 아무런 답답함도 느껴지지 않았다. 뿐만 아니라 전신에 무언가 편안한 기분이 넘쳐나고 대기와 햇빛을 가득히 빨아들이는 큰 힘이 어느 때보다도 더 솟구쳐 오르고 있었다.

그는 쾌활하게 선원들 쪽으로 다가갔다.

그의 모습을 발견하자 선원들은 곧 일제히 일어났다. 그리고 선장이 그에게로 다가왔다.

「신드바드 님께서」 하고 선장은 그에게 말했다. 「안부를 전해 달라고 말씀하셨습니다. 또 작별 인사를 할 수 없게 된 것을 유감으로 생각한다는 뜻을 전해 달라고 하셨습니다. 하지만 긴급한 용무로 말라가에 가지 않으면 안 되게 된 것을 아시면 아마 용서해 주실 거라고 하셨습니다.」

「아아, 그렇다면 가에타노 군」 하고 프랑츠는 말했다. 「그건 모두 실제로 있었던 일이었군그래. 나를 이 섬에 맞아 주고 왕후와 같이 융숭한 대접을 해주고 내가 자고 있는 동안에 떠나가 버린 인물이 현실적으로 존재하고 있었군그래.」

「사실이고말고요. 저것 보세요, 저기 돛을 활짝 편 그분의 조그만 요트가 멀어져가고 있어요. 망원경으로 보시면 승무원들 사이에서 틀림없이 그분의 모습이 보일 겁니다.」

그렇게 말하면서 가에타노는 팔을 뻗쳐 코르시카 섬의 남단 쪽으로 향해 가는 조그만 배를 가리켰다.

프랑츠는 망원경을 꺼내어 핀트를 맞추고 나서 가에타노가 말한 방향을 바라보았다.

가에타노의 말이 틀림없었다. 선미 쪽에 정체 모를 이상한 인물이 이쪽을 향해 역시 손에 망원경을 들고 서 있었다. 어제 그의 앞에 나타났을 때와 조금도 다르지 않은 옷을 입고 작별의 표시로 손수건을 흔들고 있었다.

프랑츠도 손수건을 꺼내어 상대방이 하는 대로 그것을 흔들어 작별 인사를 보냈다.

잠시 뒤에 한 줄기의 가벼운 연기가 그 배의 선미 쪽에서 피어오르더니 조용히 선미를 떠나 천천히 하늘로 올라갔다. 이윽고 한 발의 희미한 포성이 프랑츠의 귀에까지 들려왔다.

「보세요, 아시겠지요？」하고 가에타노가 말했다.「작별 인사를 하고 계십니다.」

프랑츠도 카빈총을 들고는 하늘을 향해 한 방 쏘았다. 그러나 그 총성은 요트와 해안 사이의 거리를 넘어 저쪽까지는 들릴 것 같지도 않았다.

「그런데 뭔가 시키실 일은 없습니까？」하고 가에타노가 말했다.

「우선 횃불을 만들어 주게.」

「네？ 아, 알겠습니다.」하고 선장은 대답했다.「마법의 방의 입구를 찾아 보시고 싶은 거지요？ 알겠습니다, 각하. 그렇게 하시고 싶다면 원하시는 대로 횃불을 만들어 드리겠습니다. 하지만 저도 예전에 지금의 각하가 하고 계시는 그런 생각에 사로잡혀서 세 번인가 네 번 그런 변덕을 일으킨 일이 있었습니다. 하지만 끝내는 단념하고 말았습니다. 이봐 조반니.」하고 그는 말했다.「횃불을 하나 만들어서 각하에게 갖다 드려.」

조반니는 명령을 따랐다. 프랑츠는 그 횃불을 손에 들고 가에타노를 거느리고 동굴 안으로 들어갔다.

그는 아직도 구겨진 채로 있는 히드의 깔개를 보고 자기가 눈을 뜬 곳이 그곳이라는 것을 알았다. 그러나 동굴 표면의 벽에 횃불을 샅샅이 비추어 보아도 소용이 없었다. 그저 군데군데 남아 있는 기름연기의 흔적으로 보아 자기보다도 먼저 벌써 여러 사람이 마찬가지로 무익한 탐색을 시도했다는 것 외에는 아무것도 알아낼 수가 없었다.

그러나 그는 마치 『미래』와도 같이 내다볼 수 없는 이 화강암 벽을 아주 작은 부분까지도 살펴보지 않고 지나치지는 않았다. 조그마한 균열이라도 있으면 반드시 거기에 사냥칼의 날을 밀어넣어 보았다. 튀어나온 데가 있으면 혹시 그곳이 꺼져들어가지는 않는가 하고 반드시 그 위를 눌러 보았다. 그러나 모든 노력은 허사로 끝났고 아무런 결과도 얻지 못한 채 이 탐색에 두 시간을 허비했다.

끝내는 그도 단념했다. 가에타노는 그것 보라는 듯 우쭐한 표정을 지어 보였다.

프랑츠가 다시 해안으로 되돌아왔을 때 요트는 이미 수평선 저쪽에 다만 희고 작은 한 점으로밖에는 보이지 않았다. 그는 망원경으로 보았다. 그러나 그 망원경으로도 무엇 하나 분간할 수가 없었다.

가에타노가 주의를 환기시키는 바람에 프랑츠는 염소 사냥을 위해 이곳에 왔다는 것을 새삼스럽게 깨달았다. 그는 그것을 까마득히 잊고 있었던 것이다. 그는 총을 붙잡고 즐거움을 위해서라기보다도 오히려 의무를 다한다는 듯이 섬 안을 뛰어다니기 시작했다. 그리고 15분 쯤 뒤에는 암염소 한 마리와 새끼 염소 두 마리를 잡았다. 그러나 그 염소들은 영양처럼 야생적이고 날렵하기는 했으나 국내에서 가축으로 사육하고 있는 염소와 너무나도 비슷해서 프랑츠에게는 사냥거리를 잡았다는 기분이 들지 않았다.

게다가 그는 좀더 강렬한 다른 생각에 마음을 빼앗기고 있었다. 어제밤의 그는 그야말로 저 《천일야화》 속에 나오는 한 편의 주인공이었다. 그래서 그의 마음은 어쩔 수 없이 저 동굴 쪽으로 되끌려갔다.

그래서 최초의 탐색이 무위로 끝났음에도 불구하고 그는 가에타노에게 새끼 염소 한 마리를 구워 놓도록 명령하고는 또다시 탐색을 시작했다. 이 두 번째 탐색은 꽤 오랫동안 계속되었다. 왜냐하면 그가 되돌아왔을 때는 새끼 염소는 이미 다 구워져서 식사 준비가 완전히 끝나 있었기 때문이다.

프랑츠는 어제밤 그 불가사의한 주인으로부터의 만찬 초대를 들었던 장소에 앉았다. 그의 눈에는 아직도 파도머리 위에서 흔들리는 갈매기처럼 그 조그만 요트가 코르시카 섬을 향해 항진하고 있는 것이 보였다.

「그런데」 하고 그는 가에타노에게 말했다. 「신드바드 씨는 말라가로 간다고 자네는 말했지만 나에게는 어쩐지 포르토 베코로 곧장 갔을 것처럼 생각되는데.」

「벌써 잊으셨나요?」 하고 선장은 대답했다. 「승무원 가운데에는 현재 코르시카의 산적 두 사람이 있다고 말씀드렸는데요.」

「그랬었지, 참! 그래서 그 두 사람을 내려 주려는 것이로군.」 하고 프랑츠는 말했다.

「그렇습니다. 정말 그 분은」 하고 가에타노는 큰소리로 말했다. 「사람들의 얘기로는 신도 악마도 두려워하지 않는다는 겁니다. 게다가 단 한 사람의 불쌍한 사람을 위해서도 일부러 오십 해리나 우회하는 사람이라는 겁니다.」

「하지만 그런 서비스를 하면 그렇게 도움을 받은 사람이 속한 나라의 관리와 말썽이 생기지는 않을까?」 하고 프랑츠는 말했다.

「홍, 그럴까요?」 하고 가에타노는 웃으면서 말했다. 「관리들이 그분에게 무엇을 할 수 있단 말입니까? 그분은 놈들 따위는 전혀 문제삼고 있지도 않습니다.

시험삼아 한 번 쫓아가 보시지요. 그분의 요트는 보통 배와는 다릅니다. 말하자면 나는 새지요. 프리게이트(돛으로 달리는 전함)가 십이 노트라고 한다면 삼 노트나 더 빠르니까요. 게다가 그분은 육지에 올라가기만 하면 그것으로 끝납니다. 어디에 가든지 자기편이 없는 곳이 없으니까요.」

이러한 여러가지 이야기 중에서 가장 분명한 것은 프랑츠를 초대해 준 그 신드바드라는 귀인은 지중해 연안 일대의 밀수꾼이나 산적들과 관계를 가지고 있다는 것이었다. 이 한 가지 사실만 가지고도 이 사나이의 신분은 무척 기괴한 것이라고 생각하지 않을 수 없었다.

이제 프랑츠를 몽테 크리스토 섬에 붙들어 두는 것은 아무것도 없었다. 동굴의 비밀을 캐낼 수 있을지도 모른다는 기대는 이제 완전히 없어져 버렸다. 그래서 자기의 식사가 끝나면 곧 떠날 수 있도록 선원들에게 배를 준비하라고 명령하고 서둘러 식사를 했다.

그로부터 30분 뒤, 그는 배를 타고 있었다.

그는 요트를 마지막으로 한 번 바라보았다. 요트는 지금 막 포르토 베코 만에 자취를 감추려는 찰나였다.

그는 출발 신호를 내렸다.

배가 움직이기 시작했을 때 요트의 그림자는 사라지려 하고 있었다.

그 요트의 모습과 함께 어제밤의 현실도 그 흔적이 사라지려 하고 있었다. 그 만찬도, 신드바드도, 하시시도, 조상(彫像)도, 모든 것이 프랑츠에게 있어서는 하나의 꿈속으로 사라지려 하고 있었다.

배는 하루 낮과 밤을 계속 달렸다. 그리고 다음날 태양이 떠올랐을 때 몽테 크리스토 섬도 이미 자취를 감추고 있었다.

일단 육지에 올라가자 프랑츠는 적어도 한동안은 지금까지의 갖가지 일들을 잊고 피렌체에 가서 여러가지 오락이나 의례적인 용건을 끝낸 뒤 로마에서 자기를 기다리고 있는 친구와 재회할 일밖에는 이미 생각하고 있지 않았다.

이렇게 해서 그는 출발했고 토요일 밤에는 역마차로 세관 광장에 도착했다.

방은 앞에서도 말했듯이 이미 예약되어 있었으므로 다만 파스토리니의 호텔로 가기만 하면 되었다. 그런데 그것이 좀처럼 쉬운 일이 아니었다. 왜냐하면 거리에는 군중이 넘쳐 있고 로마는 이미 큰 행사를 앞두었을 때의 둔한 신음 소리 같은 뜨거운 술렁임에 휩싸여 있었기 때문이다. 그런데 로마에는 한 해 동안 네 개의 큰 행사가 있었다. 사육제, 성주간(聖週間 : 부활제를 앞둔 일주간), 성체제(聖體祭), 그리고 성 베드로의 축제일이다.

일 년 중의 그 밖의 때에는 거리는 이를테면 삶과 죽음의 중간 상태라고도 할 평소의 활기 없는 침체에 빠져들고 거리 전체가 이승과 저승 사이의 일종의 정류장 비슷한 모습으로 바뀐다. 뭐라 말할 수 없는 정류장, 시정(詩情) 과 독특한 취향으로 가득찬 휴식장. 프랑츠는 지금까지도 대여섯 번 그러한 경험이 있는데 그때마다 한층 더 멋지다고 느꼈고 점점 더 몽환적인 느낌을 받곤 했던 것이었다.

가까스로 그는 점점 더 불어나서 술렁임을 더해가는 군중을 헤치고 호 텔까지 당도했다.

처음에 방을 물어 보자 예약이 끝난 역마차의 마부나 만원인 여관 주인에게 흔히 있는 건방진 태도로 이 런던 호텔에는 이제 방이 없다는 대답이 돌 아왔다. 그래서 그는 주인인 파스토리니에게 명함을 보내고 동시에 알베르 드 모르셀을 불러 달라고 했다. 이 방법은 주효했다.

파스토리니가 직접 달려와서 기다리게 한 데 대해 사과하고 보이들을 호되게 나무라고는 이미 다른 손님을 붙들고 있던 안내인의 손에서 촛대를 뺏아들고 그를 알베르에게로 안내하려고 했다. 그때 마침 알베르가 마중을 나왔다.

잡아 놓은 방은 작은 거실 두 개로서 거기에 욕실이 달려 있었다. 이 두 개의 거실은 길가에 면해 있었는데 파스토리니는 그것을 무척 대단한 일인 것처럼 떠들어댔다. 그 층의 다른 방은 전부 시칠리아 인이나 마르타 인이라고 생각되는 한 부자가 몽땅 빌리고 있었다. 그러나 주인도 그 손님이 지금 말한 그 두 나라 중의 어느 쪽 사람인지 확실한 것은 모르고 있었다.

「아니, 좋아요, 파스토리니.」 하고 프랑츠가 말했다. 「그런데 뭣이든 좋으 니까 두 사람에게 밥을 먹여 줘요. 그리고 내일부터 당분간 마차가 한 대 필요한데.」

「식사는」 하고 주인은 대답했다. 「지금 곧 드릴 수 있습니다. 하지만 마차

쪽은……」

「뭐? 마차 쪽은……이라니?」하고 알베르가 소리질렀다.「잠깐, 이것 봐요, 잠깐! 농담이 아닐세, 파스토리니! 우리는 무슨 일이 있어도 마차가 한 대 필요하다고.」

「나으리」하고 주인은 말했다.「최선을 다해서 구해 보도록 하겠습니다. 저로서는 고작 이렇게밖에 말씀 드릴 수 없습니다.」

「그래, 회답은 언제 할 수 있소?」하고 프랑츠가 물었다.

「내일 아침입니다.」하고 주인은 대답했다.

「에이 빌어먹을!」하고 알베르가 말했다.「돈을 더 내면 되겠지. 문제는 돈이라고. 뻔한 일이야. 드레이크나 아롱 쪽에서는 평일에는 이십오 프랑, 일요일이나 축제일에는 삼십 프랑이나 삼십오 프랑을 받고 있어. 그러니까 하루의 구전으로서 오 프랑을 내면 사십 프랑이 되는 셈이지. 이만하면 되겠지?」

「설사 그 배를 내신다고 해도 어쩌면 구할 수 없을 거라고 생각합니다만.」

「그렇다면 내 수레에 말을 달면 되네. 여행으로 다소 파손되기는 했지만 그런 대로 괜찮아.」

「말도 구할 수 있을 것 같지가 않습니다만.」

알베르는 영문을 알 수 없는 대답을 들은 사람 같은 얼굴로 프랑츠를 물끄러미 바라보았다.

「알겠어, 프랑츠? 말이 없다는군그래.」하고 그는 말했다.「하지만 역마 차의 말이라면 구할 수 있을 테지?」

「그 말도 벌써 2주일 전부터 계약자가 있습니다. 이제 남은 것은 역마차의 업무에 절대 필요한 것밖에는 없어서……」

「이봐, 자네는 어떻게 해야 한다고 생각하나?」하고 프랑츠가 물었다.

「나는 말이지, 자기의 지혜가 미치지 못하는 일이 일어났을 때는 언제까 지나 그 일로 골치를 앓지 않고 다른 일을 생각하기로 하고 있어. 저녁식사 준비는 되어 있나, 파스토리니?」

「네, 각하.」

「그럼 우선 저녁식사를 하기로 하세.」

「하지만 마차와 말은 어떻게 하지?」하고 프랑츠가 말했다.

「안심하게. 그런 것은 저절로 손안에 들어오게 되어 있어. 요는 돈이 문젤세.」

이렇게 해서 알베르는 지갑이 두둑히 부풀어 있는 이상, 또는 돈지갑 속에 돈이 꽉 차 있는 이상, 이 세상에는 무엇 하나 불가능한 일은 없다고 믿는 저 훌륭한 철학을 가지고 저녁식사를 끝내고 침대에 들어가 푹 잤다. 그리고 육두 마차를 타고 사육제를 구경하고 돌아다니는 꿈을 꾸었다.

33. 로마의 산적

다음날 프랑츠가 먼저 눈을 떴다. 눈을 뜨자 곧 그는 초인종을 눌렀다.

초인종이 아직 울리고 있는 동안에 주인인 파스토리니 자신이 방으로 들어왔다.

「이것 정말」 하고 주인은 그야말로 자랑스러운 듯이 프랑츠가 묻는 것을 기다리려고도 하지 않고 말했다. 「어제, 아무것도 약속은 하지 않았지만 그때부터 필시 이렇게 되리라고 생각하고 있었기 때문에. 각하, 얘기가 너무 늦었습니다. 로마에는 이제 단 한 대도 마차는 없습니다. 물론 마지막 사흘간의 얘기이기는 합니다만.」

「역시」 하고 프랑츠는 말했다. 「즉, 마차가 꼭 필요한 날에는 마차가 없단 말이로군?」

「어떻게 됐어?」 하고 알베르가 방에 들어오면서 물었다. 「마차가 없어?」

「그렇다네.」 하고 프랑츠가 대답했다. 「그야말로 적중했어.」

「아니, 이런. 자네의 영원한 도시란 정말 대단한 곳이로군!」

「즉, 각하」 하고 파스토리니는 손님들에 대해 이 그리스도교 세계의 수도를 위엄있는 것으로 만들어 놓을 생각으로 말했다. 「즉, 일요일 아침부터 화요일 밤까지만은 마차가 없다는 이야기입니다. 하지만 오늘부터 그때까지라면 원하신다면 오십 대라도 구할 수 있습니다만.」

「뭐. 그렇게라도 할까?」 하고 알베르가 말했다. 「오늘은 목요일이야. 오늘부터 일요일까지의 사이에 무슨 일이 일어날지 모르니까.」

「일만 명에서 일만 이천 명 가량의 손님이 들이닥칠 테니까.」하고 프랑츠가 대답했다.「그렇게 되면 점점 더 어려워질 것이 틀림없지.」

「이것 보게.」하고 알베르가 말했다.「현실을 즐기는 거야. 앞일을 놓고 끙끙 앓는 일은 그만두자고.」

「하다못해」하고 프랑츠가 물었다.「창문은 하나 빌릴 수 있을 테지 ?」

「어느 쪽으로 향한 ?」

「그야 물론 코르소 거리로 향한 거지 !」

「저런저런, 창문이라고요 ?」하고 파스토리니는 외쳤다.「안 돼요, 전혀 안 돼요 ! 도리아관 육층에 하나 남아 있었지만 그것도 하루 이십 체키노로 러시아의 어떤 공작이 빌리고 말았어요.」

두 청년은 어이가 없어서 서로 얼굴을 마주보았다.

「여보게 자네」하고 프랑츠가 알베르에게 말했다.「최선책을 가르쳐 줄까 ? 베네치아에 가서 사육제를 보내는 거야. 적어도 거기에는 마차는 없더라도 곤돌라는 있으니까.」

「아니, 절대로 안 돼.」하고 알베르는 소리질렀다.「나는 로마에서 사육제를 보려고 작정하고 있었으니까. 죽마를 타고서라도 이곳에서 볼 거야.」

「허허 !」하고 프랑츠가 외쳤다.「그거 멋진 생각이군. 특히 촛불을 불어서 끄는 데는 안성마춤이겠군. 흡혈귀로 분장한 익살꾼이나 랜드 지방의 사람 같은 가장을 하자고. 틀림없이 성공할 거야.」

「나으리들은 역시 일요일까지 마차가 필요하시겠지요 ?」

「당연한 얘기지 !」하고 알베르는 말했다.「집달리의 서기처럼 로마의 거리를 터덜터덜 걸어다닐 수 있다고 생각하나 ?」

「그럼 즉시 뜻이 이루어지도록 어떻게든 해보겠습니다.」하고 파스토리니가 말했다.「하지만 미리 말씀드리지만 마차는 하루에 육 피에스타는 내셔야 할 겁니다.」

「알겠나, 파스토리니 군 ?」하고 프랑츠가 말했다.「나는 이웃 백만 장자와는 다르니까 이번에는 내 쪽에서 미리 말해 두겠네. 어떻든 내가 로마에 온 것은 이것으로 네 번째니까 평일에는 얼마, 일요일과 축제일에는 얼마라고 마차의 삯을 정확히 알고 있다네. 오늘과 내일 그리고 모레까지의 3일분으

424

로서 십이 피에스타를 지불함세. 그래도 아직 자네는 꽤 벌이가 될 테니까 말야.」

「하지만 각하!」하고 파스토리니는 항변하려는 듯이 말했다.

「자, 이제 됐어.」하고 프랑츠가 말했다.「그렇지 않으면 내가 직접 자네의 마차꾼과 값을 흥정하러 가겠네. 그 마차꾼은 나도 잘 알고 있으니까. 오랜 단골이지. 지금까지 내 돈을 꽤 착취해 먹었거든. 그러니까 언제든 또다시 뺏어먹을 수 있다는 생각에서 내가 지금 말한 값으로 응낙해 줄걸세. 그렇게 되면 자네는 차액을 취할 수 없게 돼. 하지만 그것은 자기가 나쁜 거야.」

「아니, 그러실 것 없습니다, 각하.」하고 이탈리아 인 사기꾼이 진 것을 인정했을 때와 같은 비굴한 미소를 띠며 파스토리니가 말했다.「어떻든 열심히 해보겠습니다. 아마 만족하시게 될 거라고 생각합니다.」

「좋아, 진작 그렇게 나와야지.」

「마차는 언제부터 필요하시지요?」

「한 시간 후부터.」

「그럼 한 시간 후에 입구에 대령시키도록 하겠습니다.」

한 시간 뒤 약속대로 마차가 두 청년을 기다리고 있었다. 그것은 허술한 승합마차를 이 축제를 위해서 포장이 달린 사륜 마차로 격상시킨 것이었다. 그러나 아무리 겉모양이 초라하더라도 만일 마지막 3일 동안에라도 이런 탈 것을 구할 수 있었다면 두 청년은 얼마나 기뻐했을 것인가.

「각하.」하고 프랑츠가 창문으로 얼굴을 내민 것을 보고 안내인이 소리 질렀다.「특별 마차를 저택에 대어 드릴까요?」

이탈리아 풍의 과장된 말투에는 익숙해져 있는 프랑츠였으나 처음에는 저도 모르게 주위를 둘러보았다. 그러나 그 말은 틀림없이 자기를 향해서 한 말이었다.

프랑츠가 각하이고 특별 마차라는 것은 승합 마차이며 저택이라는 것은 런던 호텔을 두고 한 말이었던 것이다.

이 국민의 발라맞추는 천분은 이러한 간단한 말속에서도 엿볼 수 있었다.

프랑츠와 알베르는 아래로 내려갔다. 특별 마차는 저택에 대어졌다. 두 사람의 각하는 의자 위에 길게 다리를 뻗었다. 안내인은 뒷좌석에 올라탔다.

「각하, 어디로 모실까요?」

「말할 것도 없이 우선 상 피에트로 사원이지. 다음에 콜로세움.」하고 알베르가 그야말로 파리 사람다운 어조로 말했다.

그러나 알베르는 다음의 한 가지 사실을 모르고 있었다. 즉 상 피에트로 사원을 구경하려면 꼬박 하루가 걸린다는 것, 다시 그것을 자세히 보고 다니려면 꼬박 한 달이나 걸린다는 것을. 그래서 그날은 단지 상 피에트로 사원을 구경하는 것으로 끝났다.

갑자기 두 청년은 해가 기울기 시작한 것을 깨달았다.

프랑츠는 시계를 꺼내 보았다. 4시 반이었다.

두 사람은 곧 호텔로 되돌아왔다. 호텔 입구에서 프랑츠는 마부에게 8시에 다시 떠날 수 있도록 준비해 놓으라고 일렀다. 알베르에게 낮에는 상 피에트로 사원을 보여 주었으니까 이번에는 달밤의 콜로세움을 보여 주고 싶었던 것이다. 누구나 이미 방문한 적이 있는 도시를 친구에게 보여 줄 때는 옛날 자기의 애인이었던 여자를 보여 줄 때와 같은 취향을 나타내는 법이다.

그래서 프랑츠는 예정된 코스를 마부에게 설명했다. 우선 포폴로 문으로 나가서 외벽을 따라 전진, 성 조반니 문으로 해서 돌아온다. 그렇게 하면 콜로세움은 아무런 예비 개념도 없이 볼 수가 있다. 그리고 카피토레의 신전, 공공 광장, 세프티미우스 세웰스(로마의 황제)의 개선문, 안토니우스 황제와 파우스티나 황후의 사원, 사쿠라 가도 등을 도중에 차례로 보고 갔기 때문에 콜로세움의 위용이 반감되는 일도 없게 되는 것이다.

두 사람은 식탁에 앉았다. 파스토리니는 기막힌 식사를 내놓겠다고 약속하고 있었다. 그러나 그 만찬은 그저 그런 정도의 것이었고 그렇다고 특별히 트집잡을 것도 없었다.

식사가 끝나갈 무렵에 파스토리니 자신이 들어왔다. 프랑츠는 처음에 식사를 칭찬받고 싶어서 온 것이라고 생각하고 그것을 말하려고 했다. 그러나 그것을 말하려는 순간 상대방으로부터 제지를 당했다.

「각하.」하고 파스토리니가 말했다.「만족하셨다니 기쁩니다. 하지만 제가 온 것은 그 때문이 아니고……」

「마차가 발견되었다는 얘기라도 하러 왔나?」하고 알베르가 궐련에 불을 붙이면서 말했다.

「천만에요, 각하. 이제 그 생각은 그만 단념하시는 게 좋으리라고 생각합니다만. 로마에서는 모든 일은 할 수 있느냐, 없느냐, 둘 중 하나입니다. 할 수 없다고 말씀드린 이상 그것으로 끝난 것입니다.」

「파리 같으면 좀더 융통성이 있는데 말야. 안 된다고 하면 금액의 두 배를 내놓지, 그러면 당장 원하던 것이 손에 들어오게 되어 있지.」

「저도 프랑스 사람들이 그렇게 말씀하시는 것을 듣고 있습니다.」 하고 파스토리니는 약간 기분이 상해가지고 말했다.「그래서 저로서는 어째서 프랑스 분들이 일부러 여행 같은 것을 하는지 아무래도 이해되지 않습니다.」

「그러게 말야.」 하고 알베르는 그런 일에는 개의치 않는다는 투로 연기를 천장으로 내뿜으며 안락의자에 몸을 젖히고 의자의 다리 두 개로 몸을 흔들거리면서 말했다.「여행을 하는 것은 우리들처럼 머리가 이상한 사람들이든가 바보들임에 뻔하지. 온전한 사람은 엘데 거리의 저택이나 브르바르드 간이나 카페 드 파리를 떠나지는 않지.」

알베르가 지금 말한 그 거리에 살고 있으면서 매일매일 당시 유행하던 브르바르의 산책을 즐기고, 보이들과 얼굴을 익히지 않고는 식사를 얻어먹을 수 없는 단 한 집의 카페에서 매일처럼 저녁식사를 하는 것은 말할 것도 없는 일이다.

파스토리니는 잠시 입을 다물고 있었다. 분명히 그는 지금 상대방의 대답에 대해 여러가지로 생각하고 있었으나 물론 그 뜻은 잘 알 수 없었다.

「자, 그건 그렇다치고」 하고 이번에는 프랑츠가 파리의 지리를 곰곰히 생각하고 있는 파스토리니의 생각을 가로막으며 말했다.「자네는 무슨 용건으로 여기에 왔지? 무슨 목적으로 왔는지 그것을 말해 주지 않겠나?」

「아아, 참. 실은 이런 일입니다. 8시에 마차를 대령하라고 말씀하셨습니까?」

「그래. 그런데 왜?」

「콜롯세오에 가신다고요?」

「그러니까 즉 콜리제 말인가?」

「같은 말입니다.」(모두 콜로세움을 말함. 콜롯세오는 이탈리아 어, 콜리제는 프랑스 어.)

「그랬었지.」

「그래서 마부에게 포폴로 문으로 나가서 성벽을 빙 돌아 성 조반니 문으로

해서 돌아오자고 일러 놓으셨나요 ?」

「응, 그렇게 일러 놓았지.」

「실은 말입니다, 그 코스가 곤란하게 되었습니다.」

「곤란하다니 ?」

「곤란하지는 않더라도 어떻든 매우 위험합니다.」

「위험해 ? 그건 또 무슨 뜻이지 ?」

「저 유명한 루이지 반파 때문입니다.」

「대체 주인장, 그 유명한 루이지 반파란 어떤 놈이지 ?」 하고 알베르가
물었다. 「로마에서는 제법 유명한지 모르겠지만, 알겠나 ? 파리에는 전혀
알려져 있지 않다네.」

「뭐라고요 ? 모르신다고요 ?」

「유감스럽지만 그렇다네.」

「한 번도 그 이름을 들어 보신 적이 없단 말입니까 ?」

「응, 한 번도.」

「그렇다면 말씀드리지요. 실은 산적인데 이 사나이에 비하면 데츄자리스
라든가 가스파로네의 일당 같은 것은 마치 성가대의 어린애 같은 것이지요.」

「조심하게, 알베르.」 하고 프랑츠가 말했다. 「마침내 산적이 나타나신 모
양이니 !」

「미리 말해 두지만 주인장, 지금부터 자네가 무슨 말을 하든 나는 조금도
믿지 않을 테니까. 자, 그러니 얼마든지 떠들어 보게. 들어 주지.『옛날, 옛날,
그 어떤 곳에……』 하고 말이야.」

　주인인 파스토리니는 두 청년 중에서도 분별이 있어 보이는 프랑츠 쪽을
돌아보았다. 이 고지식한 주인의 입장도 인정해 주지 않으면 안될 것이다.
그는 지금까지 꽤 많은 프랑스 인을 숙박시켜 오기는 했지만 그들의 약삭빠른
일면만은 아무래도 이해할 수 없었던 것이다.

「각하.」 하고 그는 매우 무거운 어조로 지금 말한 것처럼 프랑츠를 향해
말을 꺼냈다. 「만일 저를 거짓말쟁이라고 생각하신다면 말씀드리려고 생각
했던 것을 이야기해도 소용이 없을 겁니다. 하지만 이것만은 분명히 말씀드릴
수 있습니다. 실은 각하들을 위해서 이야기하려는 것입니다.」

「알베르는 자네를 거짓말쟁이라고는 하지 않았네.」 하고 프랑츠는 대답

했다.「다만 자네의 이야기를 곧이듣지 않겠다고 했을 뿐이야. 하지만 나는 자네의 얘기를 믿겠네. 그러니까 안심하고 얘기해 보게.」

「하지만 각하, 아시겠지만 제 얘기가 거짓말이 아닌가 의심을 하고 계시다면……」

「이것 봐.」 하고 프랑츠는 말했다.「자네는 카산도라(그리스 신화의 여자 예언자로서 트로이의 함락을 예언했으나 아무도 그것을 믿지 않았다)보다도 신경질적이로군. 카산도라는 예언자였지만 아무도 그녀에게 귀를 기울여 주지 않았어. 하지만 자네는 적어도 듣는 사람의 절반을 확보하고 있어. 그러니까 자, 앉아서 그 반파 씨라는 사람이 어떤 인물인지 차근차근히 얘기해 보게.」

「아까도 말씀드렸듯이 각하, 저 유명한 마스토릴라 이후 들어 본 적이 없는 산적입니다.」

「그래서 내가 마부에게 포폴로 문으로 나가서 성 조반니 문으로 해서 돌아오라고 한 명령과 그 산적이 어떤 관계가 있다는 거지?」

「즉」 하고 파스토리니가 대답했다.「최초의 문으로 나가실 수는 있겠지만 나중의 문으로 돌아오실 수 있을지 어떨지는 매우 의심스럽게 생각되어서 말입니다.」

「어째서지?」 하고 프랑츠가 물었다.

「왜냐하면, 밤이 되면 시문(市門)에서 오십 보만 나가도 이미 안전하지 않기 때문입니다.」

「정말입니까?」 하고 알베르가 소리질렀다.

「자작님」 하고 자기 말의 진실성을 알베르가 의심하는 데에 파스토리니는 또다시 화를 내면서 말했다.「저는 당신에게 말씀드리고 있는 것이 아닙니다. 함께 오신 분에게 말씀드리고 있는 것입니다. 이쪽 분은 로마라는 곳을 잘 알고 계시고 이런 얘기가 농담이 아니라는 것을 알고 계시니까 말입니다.」

「여보게 자네.」 하고 알베르가 프랑츠를 향해 말했다.「이건 또 기막힌 모험이 발견됐군그래. 권총하며 나팔총하며 이연발총 따위를 마차에 가득 싣고 떠나는 게 어떻겠나?

루이지 반파가 우리를 붙잡으러 나오면 반대로 우리가 놈을 사로잡아 버리세. 그리고 로마로 끌고 와서 법왕님에게 바치자고. 그러면 법왕님은 이토록 큰 공로를 세운 포상으로 무엇을 원하는가고 물으실 테지. 그러면 우리는 아주 담담하게 마차 한 대와 마굿간의 말 두 필을 달라고 얘기하는 거야. 그리고 그 마차를 타고 사육제를 구경한다 그걸세.

아마도 로마의 민중이 크게 감격해서 카피토레의 언덕에서 우리의 머리에 관을 씌우고 저 크루티우스나 호라티우스 코쿠레스 같은 조국의 수호자라고 떠받들는지도 모르지만, 그건 별도로 하고라도 말일세.」

알베르가 이런 얘기를 장황하게 늘어놓고 있는 동안 파스토리니는 뭐라고 형용할 수 없는 표정을 짓고 있었다.

「그러면 우선」 하고 프랑츠가 알베르에게 물었다. 「마차에 싣고 가자는 그 권총이나 나팔총 또는 이연발총은 어디서 구하지?」

「내가 가지고 있는 무기고에서가 아닌 것만은 사실이지.」 하고 알베르가 말했다. 「어떻든 텔라치나에서 단도에 이르기까지 빼앗기고 말았으니까. 그런데 자네 쪽은 어떤가?」

「나 역시 아쿠아펜덴테에서 똑같은 꼴을 당했다네.」

「허어! 이봐요, 주인장.」 하고 알베르는 그때까지 피우고 있던 궐련을 끄고 다른 궐련에 불을 붙이면서 말했다. 「이건 도적들에게 있어서는 아주 유리한 얘기가 아닌가? 이건 아무래도 도적들과 한패가 되어 준 것같이 나에게는 생각되는 걸.」

아마도 파스토리니는 이 농담을 불온한 것으로 생각한 것이 틀림없었다. 왜냐하면 거기에 대해서는 대꾸조차 하지 않았으니까.

그리고 자기만은 얘기가 통하는 분별있는 사람과 상대하겠다는 듯이 여전히 프랑츠를 향해 말을 했다.

「각하도 아시겠지만 산적에게 습격당했을 때는 대항하지 않는 것이 관례입니다.」

「뭐라고?」 하고 알베르가 소리질렀다. 한마디 말도 못 해보고 호락호락 빼앗긴다는 것은 그의 용기가 허락지 않았다. 「뭐라고? 대항을 하지 않는 것이 관습이라고?」

「그렇습니다. 왜냐하면 아무리 대항을 해도 소용 없으니까요. 열두 명의 도적이 도랑이나 오두막집, 또는 수도(水道) 속에서 뛰쳐나와 일제히 총을 겨누면 대체 어떻게 하실 작정입니까?」

「흥, 빌어먹을！ 죽기밖에 더하겠어！」하고 알베르가 소리질렀다.

주인은『아무리 생각해도 함께 오신 분은 머리가 어떻게 되었군요.』하고 말하고 싶은 듯이 프랑츠 쪽을 돌아보았다.

「이보게, 알베르」하고 프랑츠가 말했다. 「자네의 대답은 아주 훌륭하네. 코르네이유의 저『아들이여, 기꺼이 죽어라.』(코르네이유의《오라스》에 나오는 대사)라는 말에 못지않네. 하지만 오라스가 그렇게 대답한 것은 로마가 위기에 처한 때였기 때문이야. 그래서 그만한 가치가 있었던 거지. 하지만 우리의 경우는 그저 단순히 기분을 만족시킬 뿐이지 뭔가. 고작 한때의 기분을 위해서 목숨을 위험에 노출시킨다는 건 어리석은 일이야.」

「아아, 페르 바코！（『바카스에 맹세코』라는 이탈리아 어 감탄사,『신에 맹세코』정도의 뜻） 바로 그렇습니다！ 이야기는 이렇게 되지 않으면 안 됩니다.」하고 파스토리니는 소리질렀다.

알베르는 라크리나 크리스티(술 이름)를 한 잔 따라서 뭐라고 뜻모를 말을 중얼거리면서 찔끔찔끔 마셨다.

「그럼 파스토리니」하고 프랑츠가 말했다. 「이것으로 내 동행자의 마음도 가라앉았고 또 내가 얼마나 온화한 성질의 사람인가 하는 것도 알았을 테니까 그 루이지 반파라는 나으리가 어떤 사나이인지 어디 좀 얘기를 해보게. 양치기인가, 귀족인가？ 젊은 사나이인가, 노인인가？ 왜소한 사람인가, 거인인가？ 설명해 주지 않겠어？ 어쩌다 사교계에서 만나든가 할 경우의 조반니 스보가르나 랄라처럼 하다못해 그 사나이라는 것을 알 수 있게 말일세.」

「각하, 자세한 것을 정확하게 알고 싶으시면 저에게 물어 보시는 것이 가장 좋습니다. 왜냐하면 저는 아직 어렸을 때의 루이지 반파를 알고 있으니까요. 전에 한 번 저 자신이 페렌티노에서 아라톨리로 가던 도중 그 사나이에게 붙들린 적이 있습니다. 하지만 다행스럽게도 그 사나이는 제가 소꿉친구였다는 것을 기억해냈습니다. 그래서 몸값을 받기는커녕 아주 멋진 시계를 저에게 주고 게다가 자기의 신상 얘기를 들려 주고는 저를 놓아 주었습니다.」

「그 시계를 좀 구경시켜 주게.」하고 알베르가 말했다.

파스토리니는 조끼 주머니에서 훌륭한 브레네(프랑스의 유명한 시계 제작자)의 시계를 꺼냈다. 거기에는 제작자의 이름과 파리 제라는 각인, 그리고 백작의 관이 새겨져 있었다.

「이것입니다.」하고 그는 말했다.

「흠!」하고 알베르는 말했다. 「그것 참 좋군. 나도 거의 같은 것을 가지고 있는데……」그렇게 말하고 그는 조끼 주머니에서 시계를 끄집어냈다. 「이건 삼천 프랑이나 주었다고.」

「자, 얘기를 들어 보세.」하고 프랑츠가 안락의자를 끌어당기고는 파스토리니에게도 자리를 권했다.

「앉아도 괜찮을까요?」하고 주인이 말했다.

「물론이지!」하고 알베르가 말했다. 「설교사도 아닐 테고 서서 얘기할 수는 없잖아.」

주인은 이제부터 자기의 얘기를 들어 줄 상대방 한 사람 한 사람에게 공손하게 절을 하고 나서 자리에 앉았다. 그것은 루이지 반파의 일이라면 어떤 것을 묻더라도 대답을 해드리겠습니다라는 뜻의 절이었다.

「그런데」하고 프랑츠는 파스토리니가 입을 열려고 한 순간에 그것을 가로막고 말했다. 「자네는 아직 어렸을 때의 루이지 반파를 알고 있다고 말했지? 그렇다면 아직 젊은 놈이란 말인가?」

「네? 젊은 놈이냐고요? 그렇고말고요. 아직 겨우 스물두 살이니까요. 아직도 앞날이 창창한 건강한 사나이지요. 안심하십시오!」

「어떤가 알베르? 스물두 살에 벌써 명성을 떨치다니 대단한 인물 아닌가?」

「응, 확실히 그렇군. 그 나이라면 알렉산드르 대제도, 케사르도, 또 나폴레옹만 하더라도 나중에는 다소 유명해졌지만 아직 그 정도는 되지 못했었으니까 말야.」

「그렇다면」하고 프랑츠가 주인을 향해 말했다. 「이제부터 듣게 될 이야기의 주인공이라는 사람은 아직도 스물두 살밖에 되지 않았단 말이지?」

「방금도 말씀드린 것처럼 겨우 그 나이입니다.」

「거인인가? 왜소한 사나인가?」

「키는 중간 정도입니다. 이쪽 각하하고 대략 비슷한 정도지요.」하고 주인은 알베르를 가리키면서 말했다.

「비교해 주어서 황송하군.」하고 알베르가 절을 꾸벅했다.

「자, 파스토리니, 얘기를 계속하게.」하고 프랑츠는 친구의 신경질에 살 웃음을 지으면서 말했다.「그래, 대체 어떤 계급에 속해 있던 사나이지?」

「파레스토리나와 가브리 호 사이에 있는 상 페리체 백작의 농원에서 일하고 있던 양치기였습니다. 출생지는 팡피날라이고 다섯 살 때에 백작 집안에 일을 하러 들어왔지요. 그 아버지도 아나니의 양치기인데 약간이나마 자기의 양을 가지고 있어서 그 양의 털이나 유제품을 로마로 가지고 나와서 팔아가지고 생계를 꾸려나가고 있었지요.

아직 어렸을 때부터 반파는 어딘가 특이한 성격의 아이였습니다. 어느 날, 그것은 일곱 살 때의 일인데 파레스토리나의 사제님에게 찾아가서 글자 읽는 법을 가르쳐 달라고 부탁했습니다. 이것은 쉬운 일이 아니었습니다. 왜냐하면 이 양치기 소년은 잠시도 양떼 곁을 떠날 수가 없었으니까요.

그런데 그 사제님은 너무나도 빈약해서 사제를 둘 수가 없는 가난하고 작은 마을로 매일 미사를 올리러 다니고 계셨습니다. 이 마을은 어엿한 이름조차 없이 그저 델 보르고(보르고란 이탈리아 어로 마을이라는 뜻)라고 불리고 있을 뿐이었습니다. 그래서 사제님은 반파에게 마을에서 돌아가는 길에 들르면 가르쳐 주겠다, 그러나 그 공부는 아주 짧은 시간이니까 충분히 이용하지 않으면 안 된다, 라고 말씀하셨습니다.

어린이는 기꺼이 승낙했습니다.

매일처럼 루이지는 양떼에게 풀을 먹이러 파레스토리나에서 보르고로 통하는 가도로 데리고 갔습니다. 매일, 아침 9시에 사제님은 그곳을 지나다가 양치기 소년을 도랑 옆에서 만났고 그 소년은 사제님의 기도서를 교과서 삼아 공부했습니다.

3개월이 지나자 글자를 읽을 수 있게 되었습니다.

그러나 그것으로 끝난 것이 아닙니다. 이번에는 글자 쓰는 것을 익히지 않으면 안 되었습니다.

사제님은 로마의 습자 선생에게 굵은 글자, 중간 정도의 글자, 가는 글자 등 세 가지 종류의 알파벳을 만들어 달랬습니다. 그리고 반파에게 이 알파벳을 교본 삼아 뾰족한 쇠꼬치를 사용해서 돌 위에서 익히면 된다고 가르쳐 주 었습니다.

그날 밤 즉시 양떼를 농원으로 데리고 돌아가자 반파 소년은 파레스토리나의 자물쇠집으로 달려가서 굵은 못을 한 개 얻어 그것을 달구어 두들겨서 동그랗게 만들고 옛날의 가느다란 단검 같은 것을 만들었습니다.

다음날, 그는 석판을 긁어모아 공부를 시작했습니다.

3개월 뒤에는 글자를 쓸 수 있게 되었습니다.

사제님은 이 소년의 깊은 지력(知力)에 놀라고 재능에 감탄해서 포상으로서 필기장 몇 권과 펜 한 상자, 나이프 한 개를 주었습니다.

다시 새로운 공부가 시작되었습니다. 그러나 앞의 것에 비하면 그것은 아무것도 아니었습니다. 일주일 뒤에는 저 단검 같은 철필과 마찬가지로 펜을 사용할 수 있게 되었습니다.

사제님이 이 얘기를 상 페리체 백작에게 했더니 백작은 그 소년을 만나보고 싶다고 말씀하시고 자기 앞에서 글자를 읽게도 하고 쓰게도 해보고 나서 관리인에게 소년을 하인들과 함께 식사하게 하라고 이르고 매달 이 피에스타씩 수당을 주도록 하셨습니다.

그 돈으로 루이지는 책이나 연필을 샀습니다.

사실 그는 모든 일에 타고난 모방의 재능을 발휘했습니다. 그리고 어렸을 때의 죠트처럼 석탄 위에 자기의 양이나 나무, 집 등을 그렸습니다.

그리고 다시, 나이프 끝으로 나무를 깎아서 여러가지 형태의 것을 새기는 일을 시작했습니다. 저 인기 조각가인 피넬리도 처음에는 이렇게 시작했습니다.

그 무렵 여섯 살인가 일곱 살, 즉 반파보다 조금 어린 여자애가 역시 파레스토리나의 근처 농원에서 양치기를 하고 있었습니다. 그애는 발몬토네 태생의 고아로서 이름은 테레자라고 했습니다.

두 애는 언제나 만나서는 가지런히 앉아서 양쪽의 양이 뒤섞여서 함께 풀을 뜯고 있는 것을 놓아 둔 채 이야기도 나누고 웃고 놀곤 했습니다. 이윽고 저녁때가 되면 두 사람은 상 페리체 백작의 양과 첼베토리 남작의 양을 나누어 가지고 내일 아침 다시 만나기로 약속을 하고 각기 자기 농원으로 헤어져서 돌아갔습니다.

다음날이 되면 두 사람은 그 약속을 지켰습니다. 이렇게 두 사람은 함께 성장했습니다.

반파는 열두 살, 테레자는 열한 살이 되었습니다.

그러는 동안에도 두 사람이 가지고 태어난 소질은 제각각 발달해갔습니다.

반파는 이렇게 외톨박이이고 예술에 대한 취미를 끝없이 펴나가고 있었지만 한편으로는 갑자기 울적해지기도 하고 충동적으로 흥분하기도 하고 변덕스럽게 화를 내기도 하고 언제나 사람을 깔보는 듯한 태도를 보이고 있었습니다. 팡피날라, 파레스토리나, 발몬토네의 소년들은 누구 하나 그를 제압하지 못했을 뿐만 아니라 동료가 될 수조차도 없었던 것입니다. 자기 쪽에서는 절대로 꺾이지 않고 상대방에게 일방적으로 요구만 하는 자기 본위의 기질이 어떤 우정이나 호의도 그로부터 멀어지게 했던 것입니다.

다만 테레자만이 말 한 마디 눈짓 하나, 몸짓 하나로 이 완고한 기질의 사나이를 마음대로 움직일 수 있었습니다. 그녀의 손에 걸리면 맥없이 무너지면서도 상대가 사나이인 경우에는 그것이 누구든 마치 꺾이지 않겠다는 듯이 빳빳하게 경직돼 버리는 성격의 사나이였습니다.

테레자는 이와는 반대로 활발하고 민첩하고 명랑한 소녀였지만 한편으로는 무척 멋을 내는 아가씨였습니다. 루이지가 상 페리체 백작의 지배인으로부터 받는 이 피에스타도, 또 조그만 조각 세공을 로마의 장난감 가게에 팔아서 버는 돈도 모두 진주 귀걸이라든가 유리 목걸이, 금사슬 등으로 둔갑하고 말았습니다. 이렇게 돈을 잘 쓰는 이 친구 덕분에 테레자는 로마 근교에서 가장 아름다운 멋쟁이 아가씨가 된 것입니다.

두 아이는 여전히 매일처럼 함께 지냈고 가지고 태어난 소박한 본능이 지향하는 대로 성장해갔습니다. 그런 식이어서 두 사람의 대화나 소망, 그리고 공상 속에서는 반파는 언제나 선장 아니면 대장, 또는 총독이 되어 있었습니다. 그리고 테레자 쪽은 부자가 되어 뛰어나게 아름다운 옷을 입고 산뜻한 제복을 입은 많은 하인들의 시중을 받는 자신을 상상하고 있었습니다. 그리고 하루 종일 이런 식으로 자기들의 장래를 덧없는 꿈으로 장식한 뒤 두 사람은 작별을 고하여 각기 양떼를 오두막으로 데리고 가서 그러한 꿈의 정상에서 초라한 현실로 되돌아가곤 하는 것이었습니다.

어느 날, 양치기 소년은 백작의 지배인에게 늑대 한 마리가 사비네의 산에서 내려와 자기의 양떼 주위를 배회하고 있는 것을 보았다고 말했습니다. 지배인은 소년에게 총 한 자루를 주었습니다. 사실 반파는 이것이 필요했던 것입니다.

우연히도 이 총은 기막힌 브레서 총으로서 영국제 카빈 총과 비슷한 사정 거리를 가진 것이었습니다. 다만 어느 날, 백작이 상처 입은 여우를 때려 죽이려다가 그 개머리판을 망가뜨렸기 때문에 그대로 폐물로 방치해 두었던 것이었습니다.

반파처럼 조각을 잘 하는 소년에게 이러한 일은 아무것도 아니었습니다. 그는 원래의 개머리판을 조사해가지고 자기의 마음에 들게 하려면 어떻게 고쳐야 하는가를 생각하고 개머리판을 새로 만들었습니다. 거기에는 아주 멋진 장식이 새겨져 있어서 거리에 나가서 그 나무 부분만 팔더라도 아마 십오 피에스타나 이십 피에스타는 받을 수 있었을 것입니다.

하지만 그에게는 그것을 팔 생각은 전혀 없었습니다. 총은 이 소년의 오랫동안의 꿈이었던 것입니다. 자유 대신 독립이 존중되고 있는 나라에서는 용기 있고 체력 있는 사람이 맨 먼저 가지고 싶어하는 것은 무기입니다. 이것이 있으면 남을 공격할 수도 있고 자기 몸을 지킬 수도 있습니다. 그리고 이것을 가지고 있는 사람은 무서운 인간으로 여겨져서 곧잘 상대방에게 공포감을 줄 때도 있습니다.

그런데 이때부터 반파는 틈이 나면 자주 총쏘는 연습을 했습니다. 화약과 탄알을 사들였고 모든 것이 그의 표적이 되었습니다. 예를 들면 사비네의 산 중턱에 자라고 있는 빈약한 잿빛의 올리브 나무 줄기라든가 저녁에 굴에서 기어나와 밤 먹이를 찾기 시작하는 여우라든가 그리고 하늘을 나는 독수리 따위가 모두 그랬지요. 이윽고 반파의 솜씨는 기막히게 향상되었습니다. 그래서 처음에는 총소리를 듣고 무서워하던 테레자도 무서워하지 않게 되었고 자기의 젊은 친구가 마치 손으로 탄알을 그곳으로 가져가듯이 겨냥한 곳에 정확히 총알을 쏘아넣는 것을 보고 재미있어하게 되었습니다.

어느 날 저녁, 두 사람이 언제나 앉아 있는 장소 바로 옆에 있는 전나무 숲에서 정말로 늑대 한 마리가 나왔습니다. 그러나 들판에서 채 열 발짝도 움직이기 전에 벌써 사살되고 말았습니다.

반파는 이 멋진 명중이 크게 자랑스러워 늑대를 어깨에 메고 농원으로 가지고 갔습니다.

이러한 여러가지 일로 해서 루이지는 그 농원 근처에서 유명해졌습니다. 뛰어난 인간에게는 어디를 가나 숭배자가 생기게 마련입니다. 근처에서는 이 양치기 소년을 가리켜 사십 킬로 사방의 지역에서 가장 솜씨좋고 가장 강한, 그리고 가장 배짱이 두둑한 사람이라고들 이야기했습니다.

한편 테레자도 좀더 많은 사람들 사이에서 사비네 지방 제일의 아름다운 아가씨라고 일컬어졌지만 그녀에게 단 한마디라도 허튼 수작을 부리는 사람은 하나도 없었습니다. 왜냐하면 모든 사람들이 그녀는 반파의 사랑을 받고 있다는 것을 알고 있었으니까요.

그렇다고는 하지만 이 두 사람이 사랑을 고백한 적은 한 번도 없었습니다. 두 사람은 마치 가지런히 돋아난 두 그루의 나무처럼 지면 밑에서는 서로 뿌리가 뒤얽히고 지상에서는 가지를 뒤섞고 공중에서는 좋은 향기를 함께 뿜으면서 자라온 것입니다. 다만 상대방의 얼굴을 보고 싶어하는 생각은 양쪽이 똑같았습니다. 이런 생각은 이윽고 하나의 욕구가 되어서 두 사람은 단 하루라도 만나지 않고 지낼 정도라면 차라리 죽는 편이 낫다고 생각하게 되었습니다.

테레자는 열여섯, 반파는 열일곱 살이 되었을 때입니다.

마침 그 무렵 레피니 산에 근거지를 둔 산적 일당의 얘기가 뻔질나게 사람들의 입에 오르내리게 되었습니다. 로마 근처에서 도둑이 근절된 일은 아직껏 한 번도 없었습니다. 때로 수령이 없는 일은 있습니다. 하지만 일단 수령이 나타나면 곧 도당이 형성되는 것입니다.

저 유명한 쿠크메트는 아브루치 산중에서 내몰려 나폴리 왕국에서 진짜 전쟁 비슷한 일까지 벌인 뒤 거기에서도 쫓겨나 만프레드(13세기의 시칠리아 왕)처럼 가릴리아노 강을 건너 손니노와 유페르노 사이의 아마지네 강변까지 도망쳐왔습니다.

이 사나이는 도당을 재편성하겠다고 생각하고 데체자리스나 가스파로네를 자기의 본으로 삼았습니다. 그리고 머잖아 그들의 세력을 능가하고야 말리라고 생각하고 있었습니다. 파레스토리나와 프라스카티 그리고 팡피날라의 젊은이 몇 사람이 자취를 감추었습니다. 모두들 처음에는 걱정했지만 곧 그들이 쿠크메트의 일당에 가담했다는 것이 알려졌습니다.

얼마 뒤, 쿠크메트는 일반 사람들의 주의를 끌게 되었습니다. 이 산적 수령의 여러가지 대담한 행동과 분개하지 않고는 견딜 수 없는 잔인한 소행이 세인들 사이에서 평판이 나 있었습니다.

어느 날 그는 아가씨 한 명을 납치해왔습니다. 그것은 프로지노네의 측량사의 딸이었습니다. 산적들의 율법은 분명합니다. 아가씨는 우선 납치해온 사나이의 것이 되고 그리고 남은 사람끼리 제비를 뽑아 차례로 일당의 농락물이 되고 마지막에는 버림을 받거나 또는 죽게 되는 것입니다.

만일 아버지가 딸을 되살 수 있을 만한 부자인 경우에 산적은 사자를 보내어 몸값을 흥정합니다. 붙잡혀 있는 딸의 목숨이 그 사자의 생명을 보증하는 담보가 되는 것입니다. 그리고 아버지가 몸값을 거부하면 딸은 돌이킬 수 없는 위험을 당하게 되는 것입니다.

그런데 그 딸에게는 쿠크메트의 일당에 가담하고 있는 연인이 있었습니다. 카르리니라는 이름의 사나이였습니다.

아가씨는 이 젊은이의 모습을 확인하고는 그쪽으로 두 팔을 뻗으며 이제는 살았다고 생각했습니다. 그러나 불쌍하게도 카르리니 쪽은 연인의 모습을 보자 가슴이 찢어지는 듯한 느낌을 받았습니다. 왜냐하면 이제부터 자기의 연인이 어떤 꼴을 당하게 될지 충분히 헤아릴 수 있었기 때문입니다.

그래도 그는 쿠크메트가 좋아하는 부하였고 3년 동안이나 위험을 함께 무릅쓰며 살아왔고 한 번은 쿠크메트의 머리 위에서 이미 칼을 쳐들고 있는 헌병을 권총으로 쏘아 쓰러뜨려서 목숨을 건져 준 적도 있었던 터라 아마도 쿠크메트가 약간은 자기에게 인정을 베풀어 주리라고 생각했습니다.

그래서 그는 수령을 옆으로 데리고 갔습니다. 그러는 동안 아가씨는 숲의 공터 한가운데에 있는 소나무 줄기에 기대어 앉아 로마 지방 농부집 딸의 그 아름다운 쓰개를 베일삼아 산적들의 음란한 시선으로부터 얼굴을 가리고 있었습니다.

젊은이는 모든 것을 털어놓았습니다. 납치되어온 아가씨와의 사랑, 서로 마음이 변하지 않기로 맹세했다는 것, 그리고 가까이에 있게 되면서부터 매일 밤 어떤 식으로 폐허에서 밀회를 거듭해왔는가 하는 것을 모두 얘기했습니다.

실은 마침 그날 밤, 카르리니는 쿠크메트의 심부름으로 이웃 마을에 갔었기 때문에 밀회 장소에 가지 못했던 것입니다. 그런데 쿠크메트의 이야기로는 우연히 그가 그 밀회 장소에 갔다가 아가씨를 납치해왔다는 것이었습니다.

카르리니는 수령에게 자기를 위해 특례를 만들어 리타에게 손을 대지 말아 달라고 부탁하고 아버지는 부자이니까 몸값은 충분히 지불할 것이라고 말했습니다.

쿠크메트는 이 부탁을 들어줄 듯한 눈치였습니다. 그리고 프로지노네의 리타의 아버지에게 사자로 보낼 양치기를 한 사람 찾아오라고 명령했습니다.

그래서 카르리니는 무척 기뻐하며 아가씨에게 가서 이제는 괜찮다고 알려 주었습니다. 그리고 아버지에게 편지를 써서 일의 자초지종을 알리고 몸값으로 삼백 피에스타가 정해졌다고 이르라고 아가씨에게 말했습니다.

아버지에게는 빠듯한 유예 기간으로서 12시간이 주어졌습니다. 즉 다음날 아침 9시까지라는 것입니다.

편지가 작성되자 카르리니는 곧 그것을 가지고 사자를 찾으러 들판을 향해 달려갔습니다.

그는 마침 양떼를 우리 속에 넣으려 하고 있던 목동을 발견했습니다. 산적들의 사자는 거리와 산 사이, 미개 생활과 문명 생활의 중간에서 살아가는 양치기로 정해져 있는 것입니다.

그 목동은 한 시간 안으로 반드시 프로지노네까지 가겠다고 약속하고 곧 떠났습니다.

카르리니는 연인에게 이 소식을 전하려고 기쁜 마음으로 되돌아왔습니다.

일당의 무리들은 공터에 모여서 공물(貢物)로서 농부들로부터 징수해온 식량으로 요란한 저녁식사를 차려 먹고 있었습니다. 그는 이 명랑한 무리들 속에서 쿠크메트와 리타의 모습을 찾았지만 두 사람의 모습은 어디에도 보이지 않았습니다.

그는 두 사람은 어디에 있는가고 물었습니다. 그러자 산적들은 와아 하고 웃었습니다. 식은땀이 카르리니의 이마에서 흐르고 그는 머리카락이 오싹하는 불안에 휩싸였습니다.

그는 다시 한 번 물었습니다. 그러자 동료 한 사람이 오르비에트 술을 컵에 철철 넘치게 따르고는 그것을 그에게로 내밀면서 말했습니다.

『용감한 쿠크메트와 아름다운 리타의 건강을 위해서!』

그때 카르리니는 여자의 비명 소리를 들은 것 같은 느낌이 들었습니다. 그는 모든 것을 깨달았습니다. 컵을 빼앗아 그것을 내민 사나이의 얼굴에 집어던지고는 비명 소리가 들려온 쪽으로 달려갔습니다.

백 보쯤 가니까 풀숲 모퉁이에 리타가 쿠크메트의 팔에 안겨 기절해 있는 것이 눈에 띄었습니다.

카르리니의 모습을 보자 쿠크메트는 두 손에 권총을 들고 일어섰습니다.

두 산적은 한순간 마주 노려보았습니다. 한쪽은 음탕한 웃음을 입가에 띠고 있었고 다른 한쪽은 이마가 송장처럼 창백해져 있었습니다.

금세라도 두 사람 사이에는 무언가 무서운 일이 일어날 것 같았습니다. 그러나 이윽고 조금씩 카르리니의 얼굴이 나른해졌습니다. 옆구리의 권총에 걸려 있던 손이 옆으로 축 늘어졌습니다.

리타는 그러는 두 사람 사이에 누워 있었습니다.

달빛이 이 장면을 비추고 있었습니다.

『어떻게 됐어?』하고 쿠크메트가 말했습니다.『하라는 대로 하고 왔어?』

『그랬어요, 두목.』하고 카르리니가 대답했습니다.『내일 9시까지 리타의 아버지가 돈을 가지고 올 겁니다.』

『그것 잘 됐군. 그럼 그때까지 모두들 함께 유쾌하게 밤을 보내자고. 이애는 귀여운 아가씨로군. 정말 네 놈의 취미는 그럴 듯해, 카르리니. 그러니까, 나는 나 혼자 즐기자는 사람이 아니니까 이제부터 동료들이 있는 곳으로 가서 이번에는 여자가 누구의 것이 될지 제비를 뽑도록 하세.』

『그렇다면 아가씨를 평소의 규칙대로 다루자는 겁니까?』하고 카르리니는 물었습니다.

『이 여자만을 특별 취급할 이유도 없잖아.』

『내가 그만큼 부탁했기 때문에, 나는 틀림없이…….』

『자네가 다른 놈들보다 얼마니 잘났디는 건가?』

『그야 그렇지만.』

『뭐, 안심하게.』하고 쿠크메트는 말했습니다.『조금 빠르고 늦는 차이는 있지만 언젠간 네 차례도 돌아올 테니까.』

카르리니는 이가 부스러질 만큼 입을 꽉 물었습니다.

『그러면』하고 쿠크메트는 밥을 먹고 있는 동료들 쪽으로 한 걸음 내디디면서 말했습니다.『가보게.』

『나중에 갈게요…….』

쿠크메트는 카르리니에게서 눈을 떼지 않은 채 그 자리에서 떠났습니다.

아마 뒤에서 습격하지 않을까 두려워했던 것 같습니다. 하지만 카르리니의 모습에는 전혀 적의(適意) 같은 것은 보이지 않았습니다.

그는 팔짱을 끼고 기절해 있는 리타 옆에 버티고 서 있었습니다.

한순간 쿠크메트는 카르리니가 여자를 안고 도망치려는 것은 아닌가 하고 생각했습니다. 그러나 그런 것은 이제 아무래도 좋았습니다. 리타는 이미 자기의 뜻대로 해버렸고 돈만 하더라도 삼백 피에스타를 동료들과 나누면 새 발의 피만큼밖에 안 되니까 그에게 있어서는 큰 문제가 아니었던 것입니다.

그래서 그는 그대로 공터로 되돌아갔습니다. 그런데 놀랍게도 카르리니가 그와 거의 동시에 되돌아온 것입니다.

『제비 뽑기다! 제비 뽑기다!』하고 수령의 모습을 보자 산적들이 일제히 소리질렀습니다.

사나이들의 눈은 모두 취기와 음욕으로 번질번질 빛나고 몸은 모닥불에 빨갛게 비쳐서 마치 악마와도 같았습니다.

그들의 요구는 당연한 것이었습니다. 그래서 수령은 알았다는 듯이 고개를 끄덕거렸습니다.

모든 사람의 이름이 적힌 종이 쪽지가 모자 속에 넣어졌습니다. 카르리니의 이름도 함께 넣어졌습니다. 그리고 일당 중의 제일 나이 어린 자가 이 즉석 추첨함에서 쪽지를 한 장 꺼냈습니다.

그 쪽지에는 디아보라쵸의 이름이 적혀 있었습니다. 그것은 아까 카르리니에게 수령을 위해서 건배를 하게 하려다 그 대답으로 컵으로 얼굴을 얻어맞은 그 사나이였습니다.

그 사나이의 관자놀이에서 입에 걸쳐 큰 상처가 빠끔이 나서 피가 줄줄 흐르고 있었습니다.

디아보라쵸는 자기가 뜻하지 않은 행운을 잡은 것을 알고 켈켈켈 하고 웃었습니다.

『두목님』하고 그는 말했습니다.『아까 카르리니란 놈은 두목님의 건강을 위해서 건배하자고 했더니 거절했습니다. 이번에는 어디 내 건강을 위해서 마시라고 말해 주십시오. 내가 말하기보다는 두목님이 말해야 승복할 테니까요.』

누구나 카르리니가 화를 내리라고 생각하고 있었습니다. 그러나 일동은 깜짝 놀랐습니다. 그는 한 손에 컵을 들고 다른 한 손에 술병을 들고는 컵에 술을 가득히 따르고 『디아보라쵸, 자네의 건강을 위해서.』라고 침착한 목소리로 말한 것입니다. 그리고는 단숨에 쭉 들이켰는데 그 손은 조금도 떨리고 있지 않았습니다.

그리고 나서는 모닥불 옆에 가서 앉더니 『밥을 주게.』 하고 말했습니다. 『뛰어다녔더니 배가 고프군.』

『카르리니 만세!』 하고 산적들은 소리를 질렀습니다.

『그렇게 나와야지. 그것이 동료간의 우의라는 거지.』

그렇게 말하고 일동은 다시 모닥불을 에워쌌습니다. 그러자 디아보라쵸는 나갔습니다.

카르리니는 아무 일도 없었던 것처럼 마시고 먹었습니다.

산적들은 이 침착한 태도를 이해할 수 없어서 그저 놀라는 표정으로 그 얼굴을 바라보고 있었습니다. 바로 그때 등 뒤에서 무거운 발자국 소리가 들렸습니다.

뒤돌아보자 아가씨를 팔에 안은 디아보라쵸의 모습이 눈에 들어왔습니다.

아가씨는 고개를 뒤로 젖히고 머리카락은 땅바닥에까지 늘어뜨려져 있었습니다.

모닥불이 던져 주는 빛의 고리 안으로 그 두 사람이 들어옴에 따라 아가씨의 얼굴이 창백하고 또 산적의 얼굴도 창백한 것을 알 수 있었습니다.

갑자기 나타난 이러한 모습에 뭔가 심상치 않은 느낌이 있었기 때문에 산적들은 모두 자기도 모르게 자리에서 일어났습니다. 다만 카르리니만은 자리에 앉은 채 주위에 아무 일도 일어나지 않은 것처럼 여전히 먹고 마시고 있었습니다.

디아보라쵸는 조용한 가운데 앞으로 나와서는 리타의 몸뚱이를 수령의 발밑에 내려놓았습니다.

이때 일동은 아가씨의 얼굴과 산적의 얼굴이 창백한 이유를 알았습니다.

리타의 왼쪽 유방 밑에 단도가 손잡이까지 깊게 박혀 있었습니다.

일동의 눈은 카르리니에게로 향했습니다. 그의 허리에 찬 칼집은 비어 있었습니다.

『흐흠』 하고 수령이 말했습니다. 『카르리니가 뒤에 남은 이유를 이제 알겠군.』

원래 거친 사람은 과감한 행동의 값어치를 아는 법입니다. 아마도 이 산적들 중의 어느 누구도 지금 카르리니가 한 것 같은 일은 할 수 없었을 테지만 그래도 카르리니가 한 일은 이해할 수 있었던 것입니다.

『어때!』 하고 이번에는 카르리니도 일어나 한 자루의 권총에 손을 대고 시체 쪽으로 다가가면서 말했다. 『아직도 이 여자를 내 차례라고 덤빌 놈이 있어?』

『없네.』 하고 수령이 말했습니다. 『여자는 네 것이야!』

그래서 이번에는 카르리니가 여자를 안아올려 모닥불이 던져 주는 빛의 고리 밖으로 운반해갔습니다.

쿠크메트는 여느 때와 마찬가지로 파수를 세웠습니다. 그리고 산적들은 각기 외투를 뒤집어쓰고 모닥불 둘레에 누웠습니다.

한밤중에 파수꾼이 경보를 전했습니다. 즉시 수령도 동료도 깨어 일어났습니다.

리타의 아버지가 직접 딸의 몸값을 가지고 찾아온 것이었습니다.

『자아』 하고 아버지는 쿠크메트에게 돈지갑을 내놓으면서 말했습니다. 『삼백 피에스타 들어있네. 딸을 돌려 주게.』

그러나 수령은 돈을 받지 않고 뒤따라오라고 눈짓을 했습니다.

노인은 하라는 대로 했습니다. 두 사람은 가지들 사이로 달빛이 새어드는 나무숲 속을 걸어갔습니다. 이윽고 쿠크메트는 걸음을 멈추고 손을 뻗쳐 한 그루의 나무 밑둥에 기대어 있는 두 사람을 노인에게 가리켜 보였습니다.

『자아』 하고 그는 노인에게 말했습니다. 『카르리니에게서 딸을 돌려받아요. 이유는 놈이 얘기해 줄 거요.』

그렇게 말하고 그는 동료들 쪽으로 돌아갔습니다.

노인은 꼼짝도 안 하고 물끄러미 바라보고 있었습니다. 뭔가 영문을 모를, 그러면서도 엄청나게 큰, 들어 본 적도 없는 불행이 자기 몸에 닥쳐온 것을 느끼고 있었습니다.

이윽고 그는 뭔지 분명치 않은 흐릿한 그 사람의 그림자 쪽으로 두세 걸음 다가갔습니다.

자기 쪽으로 다가오는 노인의 발소리를 듣고 카르리니는 얼굴을 들었습니다. 그리고 노인의 눈에도 두 사람의 모습이 아까보다는 분명하게 보이기 시작했습니다.

한 여자가 땅 위에 누워서 앉아 있는 사나이의 무릎에 머리를 얹어 놓고 있었습니다. 그리고 남자는 여자의 몸 위에 몸을 수그리고 있었습니다. 남자가 얼굴을 들었으므로 가슴에 단단히 안고 있는 그 여자의 얼굴이 보이기 시작했습니다.

노인은 그것이 자기 딸이라는 것을 알았습니다. 그리고 카르리니도 노인이 누구인지를 알았습니다.

『기다리고 있었습니다.』하고 산적은 리타의 아버지를 향해 말했습니다.

『불쌍한 놈! 무슨 짓을 했어?』

그렇게 말하며 노인은 가슴에 단도를 꽂힌 채 피투성이가 되어 창백해져서 꼼짝도 하지 않는 리타를 겁먹은 눈으로 바라보고 있었습니다.

달빛이 딸의 얼굴을 비추고 푸르스름한 빛으로 그 몸을 비쳐 주고 있었습니다.

『쿠크메트가 따님을 욕보였어요.』하고 산적이 말했습니다.『그래서 나는 따님을 사랑하고 있었기 때문에 죽였어요. 쿠크메트 다음에 모든 사람에게 농락당하게 되어 있었기 때문에 말입니다.』

노인은 한마디도 안 했지만 그 얼굴은 마치 유령처럼 창백해졌습니다.

『자아』하고 카르리니가 말했습니다.『제가 한 일이 잘못된 것이라면 따님의 원수를 갚으십시오.』

그렇게 말하고 그는 아가씨의 가슴에서 단도를 뽑아들고 일어서서는 노인 옆으로 다가가 한손으로 그것을 내밀면서 한쪽 손으로 저고리를 헤쳐 맨 가슴을 드러냈습니다.

『잘했네.』하고 노인은 나직한 목소리로 말했습니다.『자, 키스를 해다오. 아들아.』

카르리니는 눈물을 흘리면서 연인의 아버지 팔에 몸을 던졌습니다. 이것은 이 잔인한 사나이가 흘린 최초의 눈물이었습니다.

『자, 그러면』하고 노인이 카르리니에게 말했습니다.『나를 도와서 딸을 매장해 주게.』

카르리니는 곡괭이 두 개를 가지러 갔습니다. 그리고 아버지와 연인은 한 그루의 떡갈나무 밑둥에 구멍을 파기 시작했습니다. 우거진 나뭇가지가 딸의 무덤을 가려 주리라고 생각한 것이었습니다.

무덤을 다 파고는 우선 아버지가, 다음에 연인이 각각 아가씨에게 키스를 하고 나서 한 사람이 발을, 다른 한 사람이 어깨를 붙잡고 아가씨의 시체를 구멍 안에 내려놓았습니다.

그리고 두 사람은 각각 무덤의 양쪽에 무릎을 꿇고 죽은 사람의 명복을 비는 기도를 외었습니다.

이윽고 그것이 끝나자 두 사람은 구멍이 메워질 때까지 유해 위에 흙을 덮었습니다.

그리고 나서 노인은 손을 내밀고 『고맙다, 아들아.』 하고 카르리니에게 말했습니다. 『그럼 나를 혼자 있게 해주게.』

『하지만……』 하고 카르리니가 말했습니다.

『내버려 둬주게. 이것은 명령일세.』

카르리니는 노인의 분부대로 동료들이 있는 곳으로 돌아가 외투로 몸을 감쌌습니다. 그리고 이윽고 다른 동료들과 마찬가지로 깊은 잠에 빠졌습니다.

그런데 그 전날, 야영지를 바꾸기로 결정되어 있었습니다.

밤이 새기 한 시간 전에 쿠크메트는 부하들을 깨워 출발 명령을 내렸습니다.

그러나 카르리니는 리타의 아버지가 어떻게 되었는지를 확인하기까지는 숲을 떠나려 하지 않았습니다.

그는 노인과 헤어진 장소로 가보았습니다.

그랬더니 노인은 딸의 무덤을 가리고 있는 떡갈나무 가지에 목을 매고 죽어 있었습니다.

그는 거기에서 노인의 시체와 아가씨의 무덤에 걸고 반드시 두 사람의 원수는 갚고야 말겠다고 맹세했습니다.

그러나 그는 이 맹세를 수행할 수 없었습니다. 왜냐하면 그로부터 이틀 뒤에 로마의 헌병대와 충돌했을 때 카르리니는 살해되고 말았기 때문입니다.

다만 적을 향하고 있으면서 등에 총알을 맞았다는 것이 아무래도 이상했습니다.

그러나 카르리니가 쓰러졌을 때 쿠크메트가 카르리니의 십 보쯤 뒤에 있었다는 것을 한 산적이 동료들에게 실토함으로써 이 의심도 풀렸습니다.

프로지노네의 숲에서 철수하던 날 아침, 어둠 속에서 카르리니의 뒤를 밟은 쿠크메트는 그가 무덤과 노인의 시체 앞에서 다짐하는 맹세를 듣고 말았던 것입니다. 그래서 빈틈이 없는 이 사나이는 선수를 쳤던 것입니다.

이 무서운 산적의 수령에 대해서는 이에 못지않은 흥미있는 얘기가 아직 이 밖에도 수없이 많이 전해지고 있습니다.

그래서 폰디에서 페르지아에 걸친 지방에서는 쿠크메트의 이름만 듣고도 사람들은 무서워 떨었던 것입니다.

이러한 이야기는 테레자와 반파 사이에서도 가끔 화제가 되곤 했습니다.

아가씨는 이러한 얘기를 들으면 몹시 무서워했습니다. 그러나 그러한 그녀를 반파는 백발백중의 자랑스러운 총을 두드려 보이면서 미소를 지어보이며 안심시키곤 했습니다. 그리고 그래도 아직 아가씨가 무서워하면 백 보쯤 떨어진 곳의 마른 가지에 앉아 있는 까마귀 등을 가리키며 총을 겨냥하여 쏘았습니다. 그러면 까마귀는 총알에 맞아 나무 밑등에 떨어졌습니다.

그런데 그러는 동안에도 세월은 자꾸만 흘렀습니다. 두 사람은 반파가 스무 살, 테레자가 열아홉 살이 되면 결혼하기로 정해져 있었습니다. 두 사람 모두 고아였으므로 다만 주인의 허가만 받으면 되었던 것입니다. 그리고 각기 허가를 요청하여 승낙을 받고 있었습니다.

어느 날, 두 사람이 장래의 계획에 대해 얘기를 하고 있노라니까 총소리가 두세 번 들려왔습니다. 그리고 갑자기 두 사람이 언제나 양에게 풀을 먹이고 있는 들판 옆의 숲속으로부터 한 사람의 사나이가 뛰쳐나와서 두 사람 쪽으로 달려왔습니다.

목소리가 상대방에게 들릴 만한 곳까지 오자 『나는 쫓기고 있소.』 하고 그 사나이가 소리질렀습니다. 『나를 숨겨 줘요.』

두 사람은 쫓기고 있는 그 사람이 산적임이 틀림없다는 것을 분명히 알았습니다. 그러나 로마의 농민과 산적 사이에는 선천적으로 상통하는 것이 있어서 농민은 언제나 산적을 도와 주려는 마음을 가지고 있습니다.

그래서 반파는 아무 소리도 하지 않고 자기들의 동굴 입구를 막고 있는 바위로 달려가서 바위를 앞으로 끌어당겨 입구를 열고는 아무도 모르는 이 은신처에 몸을 숨기도록 그 쫓기고 있는 사나이에게 신호를 보내고 사나이가 들어가자 바위를 다시 본래대로 옮겨 놓았습니다. 그리고 자기는 테레자

옆으로 돌아가서 앉았습니다.

그러자 그와 거의 동시에 말을 탄 네 사람의 헌병이 숲 언저리에 모습을 나타냈습니다. 그 중의 세 사람은 도망친 사나이를 찾고 있는 모양이었고 다른 한 사람은 붙잡은 한 산적의 목을 움켜잡고 질질 끌고 있었습니다.

세 사람의 헌병은 주위를 둘러보고 젊은 두 사람의 모습이 눈에 띄자 말을 달려 쫓아왔습니다. 그리고는 물었습니다.

두 사람은 아무것도 보지 못했다고 말했습니다.

『유감이군.』하고 반장이 말했습니다.『우리가 찾고 있는 것은 수령인데 말이야.』

『쿠크메트?』하고 저도 모르게 루이지와 테레자는 동시에 큰소리로 물었습니다.

『그렇다네.』하고 반장이 대답했습니다.『놈의 목에는 로마 금화로 일천 에큐의 상금이 붙어 있으니까 자네들이 붙잡는 것을 도와 주면 오백 에큐는 자네들의 것인데 말이야.』

젊은 두 사람은 서로의 눈을 쳐다보았습니다. 반장은 순간 희망을 가졌습니다. 로마 금화의 오백 에큐는 삼천 프랑에 해당합니다. 삼천 프랑이라면 이제부터 결혼을 하려는 두 사람의 가난한 고아에게는 그야말로 큰 재산입니다.

『그래요? 그건 유감인데요.』하고 반파는 말했습니다.『하지만 우리는 못 보았어요.』

그래서 헌병들은 주위를 이리저리 찾아다녔지만 결국 허사로 끝났습니다. 이윽고 그들은 차례로 자취를 감추고 말았습니다.

그래서 반파는 바위가 있는 곳으로 가서 열어 주었습니다. 쿠크메트가 나왔습니다.

쿠크메트는 화강암의 틈새를 통해 젊은 두 사람이 헌병들과 이야기하고 있는 것을 보고 있었습니다. 그리고 그 대화의 내용으로 미루어 루이지와 테레자가 결코 자기를 인도하지 않으리라는 것을 짐작하고 있었습니다. 그 래서 그는 주머니에서 금화가 잔뜩 들어 있는 돈지갑을 꺼내어 두 사람 앞에 내밀었습니다.

그러나 반파는 고개를 번쩍 쳐들었습니다. 한편 테레자는 이 지갑에 가득

들어 있는 금화가 있다면 호화로운 보석이나 아름다운 옷을 얼마나 많이
살 수 있을까 하고 눈을 반짝거렸습니다.

　쿠크메트는 그야말로 교활한 악마였습니다. 뱀의 모습을 하는 대신 산적의
모습을 취한 악마였습니다. 그는 테레자의 이 눈빛을 재빨리 포착하고 그녀
속에서 그야말로 이브의 딸다운 여자를 발견했습니다. 그리고는 그야말로
은인에게 인사를 한다는 투로 몇 번이나 몇 번이나 두 사람 쪽을 돌아보면서
숲으로 돌아갔습니다.

　그로부터 며칠이 지났지만 그 뒤 쿠크메트의 모습을 본 사람도 없고 그
소문도 전혀 들을 수가 없었습니다.」

34. 반　파

「사육제의 시기가 다가왔습니다. 상 페리체 백작은 성대하게 가면 무도회를
열 것을 발표했고 로마 시내의 최상류 멋쟁이들은 모두 초대받았습니다.

　테레자는 이 무도회를 보고 싶어서 견딜 수가 없었습니다. 그래서 루이지는
보호자인 예의 지배인에게 자기들 두 사람이 사환들 속에 몰래 섞여서 무
도회에 나갈 수 있게 해달라고 부탁했습니다. 이 부탁은 받아들여졌습니다.

　이 무도회는 특별히 백작이 사랑하는 딸 카르멜라 아씨를 기쁘게 해주기
위해 연 것이었습니다. 카르멜라 아씨는 나이도 키도 테레자와 비슷했고 또
테레자는 적어도 용모에 있어서는 카르멜라 아씨에게 뒤떨어지지 않았습
니다.

　무도회가 열린 날 밤, 테레자는 가장 아름다운 옷을 입고 가장 훌륭한
핀, 가장 잘 반짝이는 유리 세공으로 치장했습니다. 그것은 프라스카티 지방
여성의 몸차림이었습니다.

　루이지는 축제일에 로마 지방의 농부가 입는 아주 화려한 옷을 입고 있
었습니다.

　두 사람 모두 허가를 받았으므로 많은 사환이나 농부들 사이에 섞여 있

었습니다.

연회는 기가 막히게 훌륭한 것이었습니다. 별장에는 불빛이 휘황하게 켜져 있었을 뿐만 아니라 숱한 빛깔의 제등이 뜰의 나무라는 나무에 모조리 매달려 있었습니다. 따라서 곧 초대객들은 저택 안에서 테라스로 테라스에서 다시 뜰의 작은 길로 쏟아져 나왔습니다.

네거리마다에 악대가 준비되어 있었습니다. 그리고 서서 음식을 먹는 장소가 마련되고 차가운 음료가 제공되고 있었습니다. 산책하던 사람들이 걸음을 멈추면 카드릴의 쌍이 당장에 형성되어 아무데서나 춤을 추었습니다.

카르멜라 아씨는 소니노 여인의 의상을 입고 있었습니다. 모자에는 진주가 가득히 박혀 있고 머리핀은 황금과 다이아몬드, 띠는 큰 꽃무늬를 여러 개 수놓은 터키 비단, 저고리와 치마는 캐시미어, 앞치마는 인도 머슬린, 코르셋의 단추는 모두 보석이었습니다.

그녀의 동반자 두 사람은 각각 네투노 여자, 리치아 여자의 의상을 입고 있었습니다.

로마에서도 유수한 부호이고 게다가 명문 출신의 네 청년이 다른 어느 나라에서도 볼 수 없는 저 이탈리아 풍의 허물없는 태도로 그녀들 옆에 붙어 있었습니다. 이 청년들은 각기 아르바노, 벨레토리, 치비타 카스테라나, 솔라의 농부로 분장하고 있었습니다.

이러한 농부의 의상들도, 또 농촌 여성을 본뜬 의상들도 모두 황금과 보석으로 반짝반짝 빛나고 있었던 것은 말할 것도 없습니다.

카르멜라 아씨는 비슷한 의상을 걸친 사람들끼리 카드릴을 추려고 했지만 여자가 한 사람 모자랐습니다.

카르멜라 아씨는 주위를 한 바퀴 둘러보았지만 손님으로 온 여자들 가운데는 자기나 자기의 동반자와 비슷한 분장을 한 사람은 하나도 없었습니다.

상 페리체 백작이 시골 여자들 속에 섞여서 루이지의 팔에 매달려 있는 테레자를 딸에게 가리켰습니다.

『아버지, 괜찮을까요?』하고 카르멜라가 말했습니다.

『물론이지.』하고 백작이 대답했습니다.『사육제 아니냐!』

카르멜라 아씨는 자기에게 뭐라고 말을 하면서 옆에 붙어 있던 한 청년 쪽에 몸을 숙이고 테레자를 가리키면서 뭐라고 두세 마디 속삭였습니다.

청년은 그녀의 아름다운 손이 가리키는 방향을 바라보고 나서 알았다는 몸짓을 해보이고 테레자에게로 가서 백작의 영양이 리드하는 카드릴에 가담해 줄 수 없느냐고 부탁했습니다.

테레자는 타오르는 불길이 얼굴을 스치는 것 같은 느낌을 받았습니다. 그녀는 눈으로 루이지의 의향을 물었습니다. 거절할 수는 없는 일입니다. 루이지는 붙들고 있던 테레자의 팔을 슬그머니 놓았습니다. 그리고 테레자는 그 멋진 기사에게 이끌려 그 자리를 떠나 바들바들 떨면서 귀족들의 카드릴에 가담했습니다.

확실히 예술가의 눈으로 보면 테레자의 반듯하고 간소한 의상은 카르멜라 아씨나 그 동반자들의 의상과는 전혀 다른 취향이었을 것이 틀림없습니다. 그러나 테레자는 상스럽고도 멋을 좋아하는 아가씨였습니다. 그래서 머슬린의 자수, 띠에 끼운 종려나무의 가지, 캐시미어의 눈부신 광택에 도취되고 사파이어나 다이아몬드의 반짝임에 이미 넋을 잃고 있었습니다.

한편 루이지는 마음속에 지금까지 한 번도 느껴 보지 못한 감정이 끓어오르는 것을 느꼈습니다. 그것은 둔한 아픔과도 같은 것으로 처음에는 심장을 깨물고 그리고는 혈관 속을 떨면서 돌아다니고 끝내는 전신으로 번져나가는 것이었습니다.

그는 테레자와 그 상대방의 일거일동을 아주 조그만 것도 놓치지 않으려고 눈으로 쫓고 있었습니다. 두 사람의 손이 서로 스치기라도 하면 그만 눈이 아찔하고 혈관이 거세게 물결치고 귓가에서 종이 요란하게 울리고 있는 것 같은 기분이 되었습니다.

두 사람이 이야기라도 하면, 테레자는 상대방의 말을 겁먹은 듯이 눈을 내리깔고 듣고 있었지만 루이지는 상대방 미청년의 불타는 듯한 눈에서 그 말이 테레자를 기쁘게 해주려는 것이 틀림없다고 생각했고 그러자 대지가 발 밑에서 빙글빙글 돌며 지옥으로부터의 목소리에 살인이나 암살의 생각이 불어넣어지는 것 같은 느낌을 받았습니다.

그래서 그러한 미친 사람 같은 기분에 끌려들어가서는 안 된다고 생각하고 기대고 있던 산울타리를 한쪽 손으로 꽉 붙들고 다른 한쪽 손으로 띠에 꽂은, 손잡이에 조각이 되어 있는 단도를 부들부들 떨면서 꽉 움켜쥐고 있었습니다. 그리고 자기도 모르는 사이에 몇 번인가 그 단도를 뽑아들려고 했던 것입니다.

루이지는 질투하고 있었던 것입니다. 테레자가 그 타고난 바람기와 태깔스러운 성질에 못 이겨 자기로부터 달아날지도 모른다고 생각한 것입니다.

그러는 동안에도 이 시골 아가씨는 처음에는 주뼛거리며 거의 겁을 먹고 있었지만 이윽고 완전히 안정을 되찾았습니다.

앞에서도 말했듯이 테레자는 미인이었습니다. 그뿐이 아닙니다. 테레자에게는 매력이 있었습니다. 그것도 일부러 꾸민 조작된 매력보다도 훨씬 사람의 마음을 끄는 자연 그대로의 매력이었습니다.

그래서 그녀는 카드릴의 인기를 거의 혼자서 차지하고 말았습니다. 따라서 그녀가 상 페리체 백작의 따님을 부러워하고 있었다고 하더라도 카르멜라 아씨 쪽에서도 테레자에게 시샘을 느끼고 있지 않았다고는 할 수 없었지요.

그런 상태였으므로 상대역의 미청년은 온갖 비위를 다 맞추면서 아까 그녀를 맞이하러 갔던 장소, 지금 루이지가 기다리고 있는 장소로 그녀를 데리고 갔습니다.

카드릴을 추고 있는 동안 테레자는 두세 번 루이지 쪽으로 시선을 던져 그때마다 그가 붉으락푸르락하면서 얼굴에 경련을 일으키고 있는 것을 보고 있었습니다. 한 번은 반쯤 칼집에서 뽑혀진 단도의 칼날이 마치 불길한 번개처럼 그녀의 눈을 어질어질하게 만들었을 정도였습니다.

그래서 그녀는 거의 부들부들 떨면서 연인의 팔을 붙들었다는 것입니다.

카드릴은 큰 성공을 거두었습니다. 그래서 당연히 다시 한 번 추자는 이야기가 나왔습니다. 카르멜라 아씨만이 반대했습니다. 하지만 상 페리체 백작이 부드럽게 딸에게 부탁을 했으므로 그녀도 끝내는 승낙했습니다.

곧 상대 청년의 한 사람이 테레자를 데리러 왔습니다. 그녀가 없으면 카드릴이 이루어지지 않았기 때문입니다. 하지만 그때는 이미 그녀의 모습은 보이지 않았습니다.

실상 루이지는 이 두 번째 시련에는 도저히 이겨낼 수 없으리라는 것을 느꼈던 것입니다. 그래서 반은 설득조로, 반은 우격다짐으로 테레자를 뜰안의 다른 장소로 데리고 갔던 것입니다. 테레자는 마지못해 거기에 따랐습니다. 그러나 청년의 흐트러진 표정이나 입술이 경련하면서 잠자코 있는 것을 보고 상대방의 마음속에 무언가 심상치 않은 일이 일어나고 있다는 것을 알았습니다.

그리고 그녀 자신도 어쩐지 마음이 가라앉지 않는 것을 느끼고 있었습니다.

그래서 자기는 아무것도 나쁜 짓은 하지 않았지만 루이지가 자기를 탓하는 것도 무리는 아니라고 생각하고 있었습니다. 하지만 무엇을 탓하고 있는지 그녀는 분명히 알 수가 없었습니다. 그러면서도 역시 탓하는 것이 당연하다고 생각하고 있었습니다.

그러나 테레자가 몹시 놀란 것은 루이지가 여전히 잠자코 있다는 것이었습니다. 그리고 그날 밤 내내 끝내 한마디의 말도 그의 입에서는 나오지 않았습니다. 다만 밤의 냉기 때문에 손님들이 뜰에서 철수하고 이번에는 저택 안에서의 축하연을 위해 별장의 문이 닫혀지자 그는 테레자를 집까지 바래다 주었습니다. 그리고 그녀가 집으로 들어가려 할 때『테레자』하고 그는 말했습니다.『아까 상 페리체 백작의 따님과 마주보면서 춤을 추고 있을 때 무엇을 생각하고 있었지?』

『나는』하고 아가씨는 타고난 솔직한 마음으로 대답했습니다.『아가씨가 입고 있는 것 같은 옷을 입을 수 있다면 목숨을 반쯤 내던져도 아까울 것이 없다고 생각하고 있었어요.』

『그럼, 테레자의 상대 남자는 뭐라고 말했어?』

『그런 것은 나만 그럴 마음이 생긴다면 얼마든지 손에 넣을 수 있다, 내가 한마디만 해주면 된다고 말했어요.』

『확실히 그래.』하고 루이지는 대답했습니다.『너는 입으로 말하고 있는 만큼 그게 정말로 가지고 싶니?』

『그래요.』

『좋아. 그런 내가 구해 주지.』

아가씨는 놀라서 얼굴을 들고 뭐라고 물어 보려 했습니다. 그러나 그의 얼굴이 너무나도 어둡고 무서운 형상을 하고 있었으므로 말은 입술 위에서 얼어붙고 말았습니다.

게다가 그렇게 말하자마자 그는 벌써 어디론가 가고 있었던 것입니다.

테레자는 밤의 어둠 속에서 사나이의 모습이 안 보일 때까지 물끄러미 전송하고 있었습니다. 그리고는 모습이 보이지 않게 되자 한숨을 쉬면서 집 안으로 들어갔습니다.

그날 밤 아마도 하인이 조심스럽지 못하게 등불을 끄는 것을 잊어버렸던 모양이지요. 엄청난 사건이 일어났습니다. 상 페리체의 별장, 꼭 카르멜라 아씨의 방 근처에서 불이 난 것입니다.

한밤중, 불길의 빛 때문에 눈을 뜬 아씨는 침대에서 뛰어내려 실내복을 걸치고는 출입문으로 해서 도망치려고 했습니다. 그러나 중간에 빠져나가야만 하는 복도는 이미 불길에 싸여 있었습니다. 그래서 아씨는 큰소리로 사람 살리라고 고함치면서 방으로 되돌아갔는데 그때 갑자기 지상에서 육 미터나 되는 방의 창문이 열렸습니다. 그리고는 한 젊은 농부가 방으로 뛰어들어와서는 아씨를 팔에 안고 무릇 사람의 재주라고는 생각되지 않을 만큼 빠른 솜씨로 잔디 위에까지 옮겨 놓았습니다. 아씨는 거기에서 정신을 잃고 말았습니다.

아씨가 정신을 차렸을 때 아버지가 눈앞에 서 있었습니다. 하인들도 남김없이 아씨를 둘러싸고 보살펴 주고 있었습니다. 별장은 한쪽 귀퉁이가 완전히 타버리고 말았지만 카르멜라 아씨가 무사했기 때문에 그런 것은 아무것도 아니었습니다 !

사람들은 사방을 뒤져 아씨를 구해 준 사람을 찾았습니다. 그러나 그 구원자는 두 번 다시 모습을 나타내지 않았습니다. 모든 사람에게 물어 보았지만 그 사나이의 모습을 보았다는 사람은 하나도 없었습니다. 카르멜라 아씨도 정신이 없었으므로 그가 누구였는지 전혀 알 수 없었던 것입니다.

그건 그렇다치고 백작은 엄청난 부자였으므로 카르멜라 아씨가 경험한 위험——그것도 이처럼 기적적으로 면할 수가 있었기 때문에 백작으로서는 진짜 재난이라기보다는 오히려 신의 새로운 은총처럼 생각되었지만——을 제외한다면 화재로 인한 손해 따위는 전혀 문제가 아니었습니다.

그 다음날 여느 때와 똑같은 시간에 젊은 두 사람은 예의 숲 언저리에서 만났습니다. 루이지가 먼저 와 있었습니다. 그는 아주 쾌활하게 아가씨를 맞이했습니다. 어제밤의 일 같은 것은 완전히 잊어버린 것 같았습니다. 테레자 쪽은 눈에 띄게 깊은 생각에 잠겨 있었습니다. 하지만 루이지의 그러한 유쾌한 모습을 보고 자기도 애써 스스럼없는 태도를 취했습니다. 물론 무엇인가에 마음이 흐트러지지 않는 한 명랑한 것이 그녀의 본래의 성격이었던 것입니다.

루이지는 테레자의 팔을 옆에 끼고 저 동굴의 입구 쪽으로 데리고 갔습니다. 그곳에 도착하자 그는 발을 멈추었습니다. 아가씨는 뭔가 달라진 데가 있다는 것을 깨닫고 그의 얼굴을 뚫어지게 쳐다보았습니다.

『테레자』 하고 루이지가 말했습니다.『어제밤 너는 백작의 따님과 같은 옷을 얻기 위해서라면 어떤 희생을 치러도 좋다고 얘기했지?』

『네』 하고 테레자는 놀라서 대답했습니다.『하지만 그런 희망을 갖다니 내 머리가 어떻게 됐던 것 같아요.』

『그리고 나는 이렇게 대답했지? 『좋아, 내가 구해 주지.』라고 말야.』

『네』 하고 아가씨는 루이지의 한 마디 한 마디에 점점 더 놀라면서 대답했습니다.『하지만 루이지가 그렇게 말한 것은 아마 나를 기쁘게 해주려고 생각했기 때문일 거예요.』

『내가 너에게 약속을 해놓고 지키지 못했던 적은 지금까지 한 번도 없었어, 테레자.』 하고 루이지는 자랑스럽게 말했습니다.『동굴 안으로 들어가서 옷을 입으라고.』

이렇게 말하고 그는 바위를 치우고는 양쪽에 켜진 촛불에 훌륭한 거울이 비쳐지고 있는 동굴 안을 보여 주었습니다. 루이지가 손수 만든 탁자 위에는 진주 목걸이와 다이아몬드 핀이 여러 개 늘어놓여 있고 곁에 있는 의자에는 그 밖의 여러가지 의상이 놓여 있었습니다.

테레자는 기뻐서 소리를 질렀습니다. 그리고 이러한 의상을 어떻게 어디서 구했는지 따위는 물어 볼 생각도 않고, 또 루이지에게 고맙다는 말을 하는 것도 잊은 채 의상실로 돌변한 동굴 안으로 뛰어들어갔습니다.

그녀가 안으로 들어가자 루이지가 그 뒤에서 바위를 다시 본래대로 돌려 놓았습니다. 왜냐하면 그곳에서 파레스토리나 방면으로의 전망을 가로막고 있는 조그만 언덕 위에 말을 탄 한 나그네의 모습이 나타났기 때문입니다. 나그네는 길을 모르겠다는 듯이 남국 지방의 원경에 흔히 있는 저 선명함으로, 파란 하늘에 뚜렷이 그 모습의 윤곽을 드러내면서 한순간 멈춰 섰습니다.

루이지의 모습을 발견하자 그 나그네는 말을 달려 다가왔습니다.

루이지의 생각은 틀리지 않았습니다. 그 나그네는 파레스토리나에서 티볼리로 가는 도중이었는데 길을 몰랐던 것입니다.

젊은이는 나그네에게 길을 가르쳐 주었습니다. 그러나 거기에서 4분의 1 마일쯤 간 곳에서 길이 세 갈래로 나뉘어 있어서 거기까지 가서 다시 길을 잃을지도 모른다면서 나그네는 루이지에게 안내해 줄 수 없겠는가고 부탁했습니다.

　루이지는 외투를 벗어 땅에 내려 놓고 카빈총을 어깨에 걸쳤습니다. 이렇게 무거운 옷을 벗어 홀가분해지자 말의 걸음으로도 따라가기 어려운 정도의 산사나이 특유의 빠른 걸음걸이로 나그네 앞에 서서 걸었습니다.

　10분쯤 걷자 루이지와 나그네는 아까 말한 네거리까지 왔습니다.

　거기까지 오자 그는 마치 황제와도 같이 장중한 몸짓으로 손을 뻗쳐 세 갈래 길 중에서 나그네가 가야 할 길을 가리켰습니다.

　『이 길입니다.』 하고 그는 말했습니다.

　『나으리, 이제는 틀릴 까닭이 없습니다.』

　『자 고마웠어.』 하고 나그네는 동전 몇 개를 양치기 젊은이에게 내밀면서 말했습니다.

　『괜찮습니다.』 하고 루이지는 손을 움츠리면서 말했습니다. 『도움이 되어 드리고 싶어서 했을 뿐이지 돈을 바래서가 아닙니다.』

　『하지만』 하고 나그네는 말했습니다. 이 나그네는 도회인의 노예 근성과 시골 사람의 자존심의 차이를 잘 알고 있는 것 같았습니다. 『돈은 받지 않더라도 선물 정도는 받아줄 수 있겠지?』

　『네, 그거라면 얘기는 다릅니다.』

　『그렇다면』 하고 나그네는 말했습니다. 『이 베네치아의 금화를 두 개 받아 주지 않겠소? 이것을 약혼자에게 주어서 귀걸이를 한 쌍 장만하도록 해요.』

　『그렇다면 나으리 쪽에서도 이 단도를 받아 주세요.』 하고 양치기 젊은이는 말했습니다. 『아르바노에서 치비타 카스테라나에 걸쳐서 손잡이에 이것보다 훌륭한 조각이 있는 단도는 결코 없을 겁니다.』

　『받아 두겠소.』 하고 나그네는 말했습니다. 『하지만 이렇게 되면 내가 고맙다는 말을 해야겠는걸. 이 단도는 지금 준 금화 두 개보다 더 값어치가 있으니까.』

　『장사꾼의 경우라면 아마 그럴 테지요. 하지만 내 손으로 조각한 나로서는 고작 일 피에스타 정도가 알맞는 가격이에요.』

　『자네의 이름은 뭐지?』 하고 나그네가 물었습니다.

　『루이지 반파.』 하고 양치기 젊은이는 마치 『마케도니아 왕 알렉산드로스』 라고 대답하는 듯한 태도로 말했습니다.

『나으리의 이름은요?』

『나 말인가.』 나그네는 말했습니다.『내 이름은 뱃사람 신드바드라네.』
프랑츠는 놀란 나머지 소리를 질렀다.

「뱃사람 신드바드라고!」하고 그는 말했다.

「그렇습니다.」하고 파스토리니는 대답했다.「그게 그 나그네가 반파에게
자기의 이름이라면서 가르쳐 준 이름이지요.」

「그런데, 자네는 그 이름에 무슨 할 말이 있나?」하고 알베르가 참견했다.
「아주 좋은 이름이지 뭔가. 그 사나이가 이름을 따온 저 전설적인 인물의
여러가지 모험담에서는 솔직히 말해서 나는 어렸을 때 꽤 즐거움을 느끼곤
했네.」

프랑츠는 더 이상 구애되지 않았다. 이 뱃사람 신드바드라는 이름은 독자도
잘 알고 있으리라고 생각하지만 프랑츠의 마음속에 전날 몽테 크리스토
백작이라는 이름을 들었을 때와 마찬가지로 숱한 추억을 되살려 준 것이었다.

「자, 이야기를 계속해 주게.」하고 그는 주인에게 말했다.

「반파는 돈 같은 것은 문제가 아니라는 듯한 태도로 그 금화 두 개를
호주머니에 넣고 지금 왔던 길을 천천히 되돌아갔습니다. 동굴까지 이제
이삼백 보 남은 지점까지 왔을 때 그는 뭔가 외마디 소리를 들은 것 같은
느낌이 들었습니다.

그는 걸음을 멈추고 그 외마디 소리가 어느 방향에서 들려오는가 하고
귀를 기울였습니다.

그때 곧 그는 자기의 이름을 부르는 소리를 들었습니다.

그 외마디 소리는 동굴 쪽에서 들려오고 있었습니다.

그는 영양처럼 달려 나갔습니다. 달려가면서 총에 탄알을 재고 불과 일
분도 지나기 전에 아까 나그네의 모습을 발견한 언덕과는 반대쪽에 있는
작은 언덕 위로 올라갔습니다.

거기까지 오자『사람 살려!』라는 외마디 소리가 한층 더 또렷하게 들
렸습니다.

그는 아래쪽을 바라보았습니다. 그러자 어떤 사나이가 마치 반인반마(半
人半馬)의 네소스가 디아네일라(그리스 신화에 나오는 헤라클레스의 아내. 네
소스에게 납치되려다 남편에게 구제되었다)를 나꿔채가듯이 테레자를 납치해

456

가는 것이 아니겠습니까?

숲쪽으로 향해 가는 그 사나이는 동굴에서 숲까지의 길을 이미 4분의 3 가까이 가고 있었습니다.

반파는 거리를 재보았습니다. 사나이는 적어도 그보다 이백 보쯤 앞서서 가고 있었습니다. 상대방이 숲에 도착하기 전에 따라잡는다는 것은 도저히 무리였습니다.

양치기 젊은이는 마치 발에서 뿌리가 돋아난 것처럼 멈춰 섰습니다. 그는 총의 개머리판을 어깨에 대고 사나이 쪽으로 천천히 총신을 들고 잠시 도 망쳐가는 상대방의 모습을 총구로 쫓는가 했더니 이윽고 한 방 쏘았습니다.

사나이는 갑자기 멈춰 서더니 풀썩 무릎을 꺾었습니다. 그리고 테레자와 함께 쓰러졌습니다.

그러나 테레자는 곧 일어났습니다. 사나이는 쓰러진 채 단말마의 경련과 함께 몸부림치고 있었습니다.

반파는 곧 테레자를 향해 달려갔습니다. 왜냐하면 죽어가고 있는 사나이 에게서 열 발짝쯤 떨어졌는가 했더니 그녀도 발이 말을 안 듣게 되어서 또다시 풀썩 주저앉고 말았기 때문입니다. 그래서 젊은이는 적을 쓰러뜨린 탄알이 자기의 약혼녀까지도 동시에 다치게 하지 않았는가 하고 무서운 불안에 휩싸였던 것입니다.

다행히도 그렇지는 않고 다만 두려움 때문에 테레자의 다리에 힘이 빠졌던 것뿐이었습니다. 루이지는 그녀가 무사하다는 것을 분명히 확인하고 나서 상처 입은 사나이를 돌아보았습니다.

사나이는 두 주먹을 불끈 쥐고 고통 때문에 입을 일그러뜨리고 단말마의 땀을 흘리면서 머리카락을 곤두세우고 지금 막 숨을 거둔 참이었습니다.

그 눈은 부릅뜬 채여서 몸서리가 쳐질 정도였습니다.

반파는 시체 옆으로 다가가서 그 사람이 쿠크메트라는 것을 알았습니다.

이 산적은 젊은 두 사람의 도움을 받아 살아난 그날부터 테레자를 생각하며 그녀를 자기의 것으로 만들고야 말겠다고 다짐했던 것입니다. 그날부터 그는 내내 아가씨를 노리고 있었던 것입니다. 그리고 젊은이가 나그네에게 길을 가르쳐 주려고 그녀를 혼자 남기고 간 틈을 타서 아가씨를 납치, 이제 여자는 자기의 것이라고 생각하고 있는 순간에 절대적으로 확실한 눈으로 겨냥한 반파의 탄알에 심장을 관통당하고 만 것입니다.

반파는 한동안 시체를 바라보고 있었지만 희미한 마음의 동요조차 그 얼굴에는 나타나 있지 않았습니다. 그러나 테레자는 아직도 바들바들 떨면서 가까스로 조금씩 산적의 시체 쪽으로 다가가 연인의 어깨 너머로 머뭇거리면서 그것을 흘끗 바라보았습니다.

잠시 뒤에 반파는 연인 쪽을 돌아보았습니다.

『야아!』하고 그는 말했습니다. 『옷을 갈아입었군. 정말 멋진데. 그럼 이번에는 내가 멋을 부릴 차례로군.』

실제로 테레자는 머리 꼭대기에서 발끝까지 상 페리체 따님의 옷을 입고 있었습니다.

반파는 쿠크메트의 시체를 팔에 안고는 그것을 동굴 안으로 운반했습니다. 그러는 동안 이번에는 테레자가 밖에서 기다리고 있었습니다.

만일 이때 누군가 또 다른 나그네가 이 근처를 지나고 있었다면 기묘한 광경을 목격했을 것입니다. 양치기 아가씨가 캐시미어의 옷을 입고 귀걸이, 진주 목걸이, 다이아몬드 핀, 사파이어, 에메랄드, 루비 등의 단추를 몸에 달고 양떼를 지키고 있었으니까요.

아마도 그 나그네는 프로리앙(18세기 프랑스의 동화 작가)의 옛날로 돌아간 듯한 느낌을 받았을 것입니다. 그리고 파리로 돌아가서 사비네 산맥의 기슭에서 알프스의 양치기 아가씨가 앉아 있는 것을 보았다고 주장했을 것입니다.

15분쯤 지나자 반파가 동굴에서 나왔습니다. 그의 옷차림도 이런 종류의 것으로는 테레자의 옷차림 못잖게 멋있는 것이었습니다.

금단추가 달린 석류빛의 비로드 웃도리, 앞면 가득히 자수를 놓은 비단 조끼, 목에 감아서 묶은 로마 풍의 스커프, 금실과 빨강이나 녹색의 비단실로 수를 놓은 폭약 띠, 무릎 밑을 다이아몬드의 잠그개로 고정시킨 하늘빛의 비로드 반바지, 알록달록한 무수한 당초무늬를 배합한 사슴 가죽으로 된 게트르, 그리고 가지각색의 리본을 매단 모자. 시계가 두 줄 띠로 매달려 있고 멋진 단도가 탄약띠에 꽂혀 있었습니다.

테레자는 자기도 모르게 감탄의 소리를 질렀습니다. 이러한 차림을 한 반파의 모습은 레오폴 로베르(19세기 스위스의 화가. 다비드의 제자)나 또는 쉬네스(19세기 프랑스의 화가. 다비드의 제자)가 그린 인물과 비슷했습니다.

그는 쿠크메트가 입고 있던 옷을 그대로 몸에 걸친 것이었습니다.

젊은이는 자기 모습이 약혼녀의 마음에 미친 효과를 깨달았습니다. 자랑스러운 미소가 그의 입술에 떠올랐습니다.

『그러면』 하고 그는 테레자를 향해 말했습니다.『이제부터 설사 어떤 일이 있더라도 나와 운명을 함께 할 각오가 있소?』

『물론이에요!』 하고 아가씨는 정신없이 외쳤습니다.

『어디에 가든 나를 따라올 거요?』

『세계의 끝까지라도!』

『그렇다면 내 팔을 잡아. 떠날 테니까. 한시도 지체할 수 없어.』

아가씨는 어디로 데려갈 것인가고 묻지도 않고 연인의 팔 밑으로 자기의 팔을 꿰었습니다. 왜냐하면 이때 그녀에게는 그의 모습이 신처럼 아름답고 자랑스럽게 그리고 또 힘이 있어 보였기 때문입니다.

이렇게 해서 두 사람은 몇 분 뒤에는 숲 언저리를 지나 숲속으로 헤치고 들어갔습니다.

말할 것도 없이 반파는 이 산속의 샛길이라는 샛길은 모두 알고 있었습니다. 그래서 뚫려진 길은 하나도 없었으나 다만 나무들과 덤불의 모양만 보고서도 어디로 가야 할 것인가를 잘 알아 조금도 망설이는 일 없이 숲속으로 전진해갔습니다. 두 사람은 약 한 시간 반 동안 이렇게 걸어갔습니다.

이때 두 사람은 숲속의 가장 우거진 곳에까지 왔습니다. 강바닥이 드러나 보일 만큼 바싹 마른 계류가 깊은 골짜기로 통하고 있었습니다. 반파는 이 기묘한 길을 더듬어갔습니다. 험악한 양쪽 기슭 사이에 나 있는 소나무의 깊은 그림자로 어두워진 그 길은 내려가기가 쉽다는 점을 제외하면 베르질리우스의 저 아베르노의 샛길과 똑같았습니다.

테레자는 쓸쓸하고 사람의 그림자 하나 없는 이 장소를 보고 또다시 무서워져서 안내해 주는 연인의 몸에 바싹 다가붙었습니다. 그러나 사나이가 여전히 똑같은 걸음걸이로 걷고 그 얼굴에도 침착한 모습이 떠오른 것을 보고 자기의 마음의 동요를 감출 수 있는 힘이 솟아났습니다.

갑자기 두 사람의 전방 열 걸음쯤 되는 곳에서 한 사나이가 지금까지 그 그늘에 숨어 있던 나무에서 빠져나오듯이 모습을 나타내고는 반파를 향해

총을 겨누었습니다.

『꼼짝 말아!』하고 사나이는 소리쳤습니다.『한 발짝이라도 움직이면 쏠 테다!』

『농담하지 말어!』하고 반파는 상대를 우습게 보는 듯한 투로 손을 들고 말했지만 테레자는 벌써 무서움을 감추지 못하고 반파의 몸에 찰싹 달라붙었습니다.『늑대끼리 서로 잡아먹자는 건가?』

『네놈은 누구냐?』하고 그 파수꾼 사나이가 물었습니다.

『나는 상 페리체 농원의 양치기 루이지 반파다.』

『대체 무슨 용건이냐?』

『로카 비안카(흰바위라는 뜻) 공터의 네 동료들과 할 이야기가 있다.』

『그럼 날 따라와.』하고 파수꾼은 말했습니다.『아니, 네놈은 직접 장소를 알고 있으니까 앞에 서서 걸어.』

반파는 산적의 이러한 경계심을 경멸하는 듯한 엷은 웃음을 띠고 테레자와 함께 앞에 서서 지금까지와 다름없는 침착한 걸음걸이로 계속 걸었습니다.

5분쯤 걸어가자 산적이 두 사람에게 걸음을 멈추라는 신호를 보냈습니다.

젊은 두 사람은 하라는 대로 했습니다.

산적은 세 번쯤 까마귀의 울음소리를 흉내냈습니다.

그러자 역시 똑같은 까마귀의 울음소리가 거기에 대답했습니다.

『좋아.』하고 산적은 말했습니다.『자, 계속 걸어도 좋아.』

루이지와 테레자는 다시 걷기 시작했습니다.

그러나 전진함에 따라 테레자는 와들와들 떨면서 연인의 몸에 더욱더 달라붙었습니다. 아니나다를까 나무들 사이로 무기가 보이고 총신이 번쩍거리고 있는 것이 보이는 것이었습니다.

로카 비안카의 공터라는 것은 옛날에는 아마도 화산이었을 것이 틀림없는 조그만 산꼭대기에 있었습니다. 화산이라고는 하지만 레무스와 로물루스 형제가 알바노를 탈출하여 로마를 건설하러 오기 전에 이미 분화를 멈춘 화산이지만 말입니다.

테레자와 루이지가 그 정상에 당도하자 눈앞에 약 스무 명 가량의 산적들이 있었습니다.

『이 젊은 친구가 우리를 찾아왔다는 거야. 할 얘기가 있다면서 말야.』하고 파수꾼 사나이가 말했습니다.

『할 얘기란 뭔데?』하고 수령이 없는 동안 그 대리를 맡고 있는 사나이가 물었습니다.

『양치기라는 직업에 나는 그만 싫증이 났단 말입니다.』하고 반파가 말했습니다.

『아아, 그래? 알았어.』하고 그 수령 대리가 말했습니다.『그래서 우리 패거리에 넣어 달라고 부탁하러 왔단 말이지?』

『대환영이오!』하고, 찾아온 사람이 루이지 반파라는 것을 안 페르지노, 팡피날라, 아나니 지방 출신의 몇몇 산적이 소리를 질렀습니다.

『좋아, 하지만 말이오, 내 주문은 그냥 동료로 가담시켜 달라는 것이 아니란 말이오.』

『그럼, 어떻게 해달라는 건가?』하고 산적들은 놀라서 저마다 한마디씩 했습니다.

『나는 당신들의 수령으로 추대받기 위해서 왔단 말이오.』하고 젊은이는 말했습니다.

산적들은 일제히 웃음을 터뜨렸습니다.

『그런 엄청난 것을 바라다니 자네는 대체 어떤 일을 해냈다는 건가?』 하고 수령 대리가 물었습니다.

『당신들의 수령 쿠크메트를 죽였지. 자, 보라고, 이것이 그놈이 입고 있던 옷일세.』하고 루이지는 말했습니다.『그리고 이 약혼녀에게 혼례 때 입을 옷을 선물하려고 상 페리체의 별장에 불을 질렀지.』

그로부터 한 시간 뒤에 루이지는 쿠크메트 대신 수령으로 선출되었습니다.』

「어떤가 알베르 군.」하고 프랑츠가 친구를 돌아보면서 말했다.「자, 이제 자네는 시민 루이지 반파 군의 일을 어떻게 생각하나?」

「그런 건 그저 신화일 뿐이야.」하고 알베르가 대답했다.「그런 사나이는 실제로는 존재하지 않았어.」

「신화라는 것은 대체 무슨 뜻입니까?」하고 파스토리니가 물었다.

「그걸 자네에게 설명하려면 시간이 너무 오래 걸려, 주인장!」하고 프랑츠가 대답했다.「그래 자네는 그 반파 수령이 지금도 이 로마 근교에서 산적 노릇을 하고 있다고 말하려는 건가?」

「그것도 그 사나이 이전의 어떤 산적에게서도 볼 수 없었던 대담무쌍한 방법으로 하고 있습니다.」

「그러니까 경찰이 아무리 사로잡으려 해도 소용없었단 말이지?」

「방법이 없었지요. 그 사나이는 벌판의 양치기들과도 테베네 강의 어부들과도 또 연해의 밀수꾼들과도 기맥을 통하고 있으니까요. 산속을 수색하면 강으로 나가지요. 강을 추적하면 난바다로 나가고 말지요. 그리고 질리노 섬이나 구와느티 섬, 혹은 또 몽테 크리스토 섬에라도 숨어 있는가 하고 생각하고 있으면 갑자기 아르바노나 티볼리 또는 리치아에 모습을 나타내는 식이니까요.」

「그런데 여행자에 대해서는 어떤 태도를 취하지?」

「아니, 그건 정말 간단한 일입니다. 그 장소가 얼마나 떨어져 있는가에 따라서 8시간이든 12시간이든 또는 하루 동안의 유예를 주어서 몸값을 지불하게 하지요. 그리고 그 기한이 다 되면 다시 한 시간 연장해 줍니다. 그 한 시간의 60분이 지나고도 아직 돈이 들어오지 않을 때는 그 포로의 머리에 권총을 한 방 쏘아대거나 또는 심장에 단도를 찌릅니다. 그것으로 모든 것은 끝나는 거지요.」

「어떤가 알베르.」 하고 프랑츠가 동행자에게 물었다. 「자네는 이래도 아직 성벽 바깥의 큰 거리를 통해서 콜로세움으로 갈 생각인가?」

「물론이지.」 하고 알베르는 말했다. 「그쪽이 경치가 좋다면 말이야.」

마침 그때 시계가 9시를 알렸고 문이 열리면서 마부가 모습을 나타냈다.

「각하」 하고 마부가 말했다. 「마차가 준비되었습니다.」

「좋아.」 하고 프랑츠가 말했다. 「그럼 콜로세움으로 가기로 하지.」

「포폴로 문을 통해서 말입니까? 각하! 아니면 거리를 통해서 말입니까?」

「거리를 통해서 갈 테다, 빌어먹을! 거리를 통해서 갈 거야.」 하고 프랑츠가 소리질렀다.

「이보게, 자네.」 하고 알베르도 일어서서 세 대째 궐련에 불을 붙이면서 말했다. 「사실 나는 자네가 좀더 용기있는 사나이라고 생각하고 있었는데 말야.」

이렇게 해서 두 청년은 층계를 내려가 마차에 올라탔다.

35. 출   현

프랑츠는 콜로세움으로 가는 데 고대 유적 앞을 지나지 않고, 서서히 예비 지식을 얻음으로써 알베르의 눈에 저 대건축물의 거대한 규모가 조금이라도 작게 보이는 일이 없도록 적당한 방법을 하나 생각해냈다. 그것은 시스티니아 가도로 가서 산타 마리아 마졸레 사원 앞을 직각으로 꺾어져 우르바나 가도와 상 피에트로 인 빈코리를 지나 콜로세오 가도로 나가는 것이었다.

게다가 이 코스를 취하는 데에는 또 하나의 편리한 점이 있었던 것이다. 그것은 아까 파스토리니가 말해 준 저 몽테 크리스토 섬의 수수께끼의 주인공이 등장하는 이야기에 의해 받은 감명에서 조금이라도 마음을 쏠리지 않고 끝날 수 있다는 것이었다. 그래서 그는 마차의 한쪽 구석에 팔꿈치를 짚고 지금까지 자기 자신에게 질문을 던져 하나도 만족할 만한 해답을 얻지 못한 저 수없이 많은 갖가지 의문의 소용돌이 속에 또다시 파묻혀 들어간 것이었다.

다시 또 하나, 그에게 친구가 된 저 뱃사람 신드바드의 일을 상기시켜 주는 것이 있었다. 그것은 산적들과 선원들 사이에 있는 정체를 알 수 없는 관계이다. 반파가 어부나 밀수꾼의 작은 배를 은신처로 삼는다는 파스토리니의 이야기는 프랑츠에게 조그만 요트의 승무원과 저녁식사를 함께 하고 있는 장면을 목격한 예의 두 사람의 코르시카 산적을 연상시켰다.

요트는 단지 그 두 사람을 상륙시킨다는 목적 하나 때문 일부러 먼 길을 돌아 포르토 베코에 기항한 것이었다. 저 몽테 크리스토 섬의 주인이 스스로 자칭하고 있던 그 이름이 이제 또 런던 호텔의 주인 입에도 오름으로써 그 인물이 피온비노나 치비타 베키아, 또는 오스티아나 가에타의 연안에서도 코르시카 섬이나 토스카나 지방 또는 스페인 연안에서와 마찬가지로 자선가의 역할을 다하고 있다는 것은 분명했다. 그리고 프랑츠가 기억하고 있는 한에서도 그 사람이 튀니지나 파레르모의 이야기를 하고 있었다는 것은 그가 꽤 넓은 범위에 걸쳐서 교제 관계를 가지고 있다는 증거였다.

그러나 이러한 생각이 아무리 강하게 그의 마음을 사로잡고 있었다고 하더라도 눈앞에 콜로세움의 어둡고 거대한 그림자가 우뚝 서 있는 것을 보는 순간 그러한 생각은 순식간에 사라지고 말았다. 콜로세움의 창문이라는 창문에서는 달이 마치 망령의 눈에서 뿜어나오는 것 같은 저 길고 창백한 빛을 던져 주고 있었다.

마차는 메사 스단스에서 몇 걸음 떨어진 곳에 멈춰 섰다. 마부가 와서 문을 열었다. 두 청년은 마차에서 뛰어내렸다. 그러자 눈앞에 마치 땅에서 불쑥 솟아나온 것처럼 한 사람의 안내인이 서 있었다.

호텔에서부터 따라온 안내인도 있었으므로 안내인이 두 사람이나 생긴 셈이었다.

하지만 로마에 와서 안내인에게 돈을 들이지 않는다는 것은 무리한 이야기이다. 제군이 호텔의 입구에서 한 걸음 내디디기가 무섭게 제군을 붙들고 이 도시를 떠날 때까지는 놓아 주지 않는 보통의 안내인 외에 하나하나의 기념 건축물에, 아니, 그 건물의 거의 하나하나의 부분에라고 해도 좋을 만큼 각각 전속의 안내인이 있는 것이다.

그런 판국이므로 이 콜로세움에, 즉 마르티알리스(기원 1세기의 로마의 시인)로 하여금 『멘피스(고대 이집트의 수도)는 그 피라밋의 야만적인 광경을 자랑하지 말라. 이제 바빌론의 경이를 노래하지 말라. 이제 우리 역대의 여러 제왕이 건립한 이 거대한 원희장(圓戲場) 앞에 모든 것은 굴복하지 않을 수 없으리라. 세평은 모두 이 장대한 건축을 찬양할 지어다.』라고 노래하게 한 이 위대한 건물에서 과연 안내인 없이 지나칠 수 있을 것인지 어떤지 판단해 주기 바란다.

프랑츠와 알베르 두 사람도 이 안내인의 횡포로부터 벗어나려고 하지는 않았다. 게다가 또 건물 안에서 횃불을 들고다니는 것을 허용받고 있는 것은 안내자들뿐이므로 그들의 손에서 벗어난다는 것은 더더욱 쉬운 일이 아니었다. 그래서 두 사람은 거역하지 않고 그저 온순하게 안내인들에게 몸을 맡겼다.

프랑츠는 지금까지 몇 번이나 여기에 온 일이 있었으므로 이곳의 구경거리에 대해서는 너무나도 잘 알고 있었다. 그러나 새로 온 손님인 친구는 프라비우스 베스파시아누스 황제(기원 1세기의 로마 황제)가 건립한 이 건물에 난생 처음으로 발을 들여놓았을 때, 이것은 그에 대한 찬사로서 말해 두지 않으면 안 되지만, 안내인들의 무지한 요설에도 불구하고 그는 몹시 감동했다. 실상 서방 나라들의 황혼을 연상케 하는 빛을 쏟아붓는 남국의 달의 신비로운 밝음에 의해 전체의 구조가 한층 더 크게 보이는 이 폐허의 장대함은 한 번 자기의 눈으로 본 사람이 아니고는 아마 상상조차 할 수 없을 것이다.

그래서 생각에 잠긴 프랑츠는 내부의 회랑에 발을 백 보도 들여놓기 전에 사자 우리라든가 투기사의 대기실이라든가 황제의 좌석 같은 것을 구석구석까지 보여 주지 않고는 내버려 두지 않는 안내인들의 손에 알베르를 맡겨 놓고 자기는 혼자서 반쯤 무너져 내린 충계를 올라갔다.

그리고 다른 사람들이 내부를 꼼꼼하게 살펴보는 것을 그대로 방치해 두고 자기는 한 개의 원주 위에 자리를 잡고 앉았다. 눈앞에는 초승달 모양으로 도려내어진 부분이 있어서 그곳을 통해 그는 화강암으로 된 이 거대한 건축물의 장엄한 전경을 바라볼 수가 있었다.

프랑츠가 그렇게 하고 약 15분쯤 지금 말한 것처럼 기둥 뒤에 숨어서 알베르가 횃불을 든 두 사람의 안내를 받으며 콜로세움의 반대쪽 끝에 있는 출구에서 나와 마치 도깨비불을 쫓는 망령처럼 베스타(로마 신화의 난로의 신) 무녀의 자리 쪽으로 하나하나 충계를 내려가고 있는 것을 바라보고 있노라니까 바로 그가 지금 앉아 있는 곳까지 올라온 충계와 마주보고 있는 충계에서 돌이 하나 떨어져 내려 건물의 깊은 바닥 쪽으로 굴러가는 소리가 들린 것 같은 느낌이 들었다. 한 개의 돌이 『세월』의 발 밑에서 떨어져 내려 밑으로 굴러 떨어지는 일은 물론 드문 일은 아니었다. 그러나 지금의 경우 그 돌은 사람의 발에 밟혀서 떨어져 내린 것 같은 느낌이 들었다. 그리고 그 사람은 애써 발소리를 죽이려 하고 있음에도 불구하고 그 발소리가 들려오는 것 같은 느낌이 들었다.

사실 조금 뒤에 한 사나이가 충계를 올라옴에 따라 서서히 어둠 속에 모습을 떠올리면서 나타나기 시작했다. 프랑츠의 바로 정면에 있는 그 충계 입구는 달빛에 비쳐지고 있었으나 충계는 밑으로 내려감에 따라 어둠 속에 잠겨 있었다.

그것은 어쩌면 자기와 마찬가지로 안내인들의 무의미한 요설보다도 고독의 몽상을 즐기고 있는 여행자일지도 몰랐다. 따라서 그 사나이가 갑자기 모습을 나타냈다고 하더라도 그로서는 별로 놀라운 일이 아니었다. 그러나 마지막 몇 단을 올라올 때의 주저하는 듯한 태도, 통로 위까지 올라와서는 걸음을 멈추고 귀를 기울이고 있는 그 태도로 미루어 그 사나이는 뭔가 특별한 목적으로 그곳에 찾아와서 누군가를 기다리고 있는 것이 분명했다.

프랑츠는 본능적으로 원주 뒤에 몸을 숨겼다.

그들 두 사람이 서 있는 곳에서 삼 미터쯤 위에 있는 둥근 지붕에는 구멍이 뚫려 있었다. 그리고 우물의 입 같은 그 둥근 구멍으로 별이 총총한 하늘이 올려다보였다.

아마도 이미 몇백 년 전부터 달빛이 스며들고 있었을 것이 틀림없는 그 구멍 주위에는 가시나무가 무성하게 자라고 있고 녹색의 가느다란 잎이 거무칙칙한 밤하늘의 푸르름 위에 뚜렷이 떠올라 있었다. 그리고 한편에서는 큰 담쟁이덩굴이나 무성하게 우거진 상춘등(常春藤)이 그 위에 있는 테라스로부터 늘어져서 마치 바람에 흔들리는 돛줄처럼 둥근 지붕 밑에서 흔들거리고 있었다.

수수께끼처럼 나타나 프랑츠의 주의를 끈 그 인물은 빛이 반쯤 없어진 곳에 서 있었으므로 얼굴 모습은 똑똑히 식별할 수가 없었다. 그러나 그곳은 복장의 세밀한 부분까지 분간할 수 없을 만큼 어둡지는 않았다. 사나이는 큰 갈색 망토에 몸을 감싸고 그 한쪽 끝을 왼쪽 어깨에 올려 놓고 있었으므로 얼굴의 아래쪽은 가려져서 보이지 않았다. 그리고 그 윗부분은 챙이 넓은 모자 밑에 가려져 있었다. 다만 옷의 끝 부분만이 구멍에서 비스듬히 스며드는 달빛에 비추어져서 에나멜의 장화를 멋지게 신은 검은 바지가 보이고 있었다.

이 인물은 귀족은 아니라 하더라도 적어도 상류 계급에 속한 사람임이 분명했다.

사나이는 몇 분 전부터 그곳에 서 있었으나 그 모습에 초조해하는 빛이 역력히 보이기 시작했다. 마침 그때 희미한 소리가 테라스 위에서 들려왔다.

동시에 한 개의 그림자가 빛을 가로질렀는가 했더니 사나이 하나가 구멍 입구에 모습을 나타내고 어둠 속으로 날카로운 시선을 던져 망토를 입은 사나이의 모습을 발견했다. 지체없이 사나이는 늘어진 담쟁이덩굴과 흔들리고 있는 상춘등의 다발을 붙들고 미끄러져 내려 밑에서 일 미터쯤 되는 곳까지 와서는 날렵하게 뛰어내렸다. 완전히 트란스테베레(테베레 강 우측 기슭의 주민을 말한다) 풍의 복장을 한 사나이였다.

「미안합니다. 각하.」 하고 그 사나이는 로마 사투리로 말했다.「기다리시게 해서 미안합니다. 불과 몇 분이기는 하지만. 상 조반니 디 라테라노 사원의 종이 방금 10시를 쳤으니까 말입니다.」

「내가 너무 일찍 왔을 뿐이지 자네가 늦은 건 아닐세.」 하고 낯모를 사나이는 순수한 토스카나 말투로 대답했다.「그러니까 딱딱한 얘기는 생략하세. 그리고 설사 자네를 기다렸다고 하더라도 그건 뭔가 자네의 의지로는 어떻게도 할 수 없는 이유 때문에 늦었을 것이라고 생각했을 테니까 말일세.」

「그렇습니다, 각하. 실은 지금 상 탄젤로 성채에서 왔으니까요. 베포를 만나려고 무척 고생을 했습니다.」

「베포란 누구지 ?」

「베포란 그곳 감옥에 고용되어 있는 사나이지요. 법왕의 성의 모습을 살피기 위해 이 사나이에게 약간의 수당을 주고 있기 때문에.」

「아니, 용의주도한 사나이로군, 자네는 !」

「어쩔 수 없습니다, 각하 ! 무슨 일이 일어날는지 모르니까요. 이러는 저도 언제 그 불쌍한 페피노처럼 법망에 걸려들지 모르는 일이지요. 그러니까 붙잡혔을 때 그 그물을 물어 끊어 줄 쥐가 있어야만 하니까요.」

「그래 결국 무엇을 알아냈지 ?」

「화요일 2시에 처형이 두 건 행해진다는 것입니다. 로마에서는 큰 축제가 시작될 때는 언제나 이렇게 하는 것이 관습으로 되어 있지요. 한 사람은 박살형(撲殺刑)에 처해집니다. 이놈은 자기를 키워 준 승려를 살해한 고약한 놈으로서 동정의 여지는 조금도 없습니다. 다른 한 사람은 목을 쳐서 죽이게 되어 있는데 그가 불쌍한 페피노입니다.」

「그것도 어쩌는 수 없겠지. 어떻든 자네는 법왕청뿐 아니라 근린 일대의 왕국까지 모조리 떨게 하고 있으니까 어떻게 해서든지 이것을 본보기로 하려는 배짱일 테니까 말야.」

「하지만 페피노는 내 부하도 아무것도 아닌 사나이입니다. 그저 하찮은 양치기로서 우리들에게 식량을 제공했다는 죄뿐입니다.」

「그것만으로도 충분히 자네의 공범자가 되는 거라네. 그러니까 훌륭히 체면을 세울 수 있잖은가. 박살을 당하는 대신 만일 자네가 붙잡히면 그렇게 당하듯이 참수를 당하는 것으로 끝나니까 말야. 게다가 그렇게 하면 민중의 즐거움에도 변화를 주어서 누구의 취미에나 맞는 구경거리가 생기는 셈이지 뭔가.」

「그것 외에도 제가 놈을 위해서 꾀하고 있는, 그놈 자신도 모르는 즉흥적인 여흥도 있으니까요.」 하고 그 트란스테베레의 사나이가 말했다.

「이것 보게. 이렇게 말해서는 실례이지만」 하고 망토의 사나이가 말했다. 「어쩐지 자네는 뭔가 어처구니없는 일을 저지르려는 것 같군.」

「저를 위해서 진력했기 때문에 곤욕을 치르게 된 저 불쌍한 놈을 처형으로부터 구하기 위해서는 저는 어떤 일이라도 할 생각입니다. 성모님에게 맹세코 말씀드리지만 저 성실한 젊은이를 위해서 뭔가 해주지 않으면 저는 틀림없이 저 자신을 비겁하기 짝이 없는 사나이라고 생각할 것입니다.」

「그래, 무엇을 어떻게 할 생각인가？」

「스무 명쯤의 부하를 처형대 주변에 숨겨 두었다가 저 사나이가 끌려 나오면 신호와 동시에 단도를 뽑아들고 호위에게 달려들어 놈을 되찾아오자는 것입니다.」

「그건 그야말로 죽느냐 사느냐의 방법이라고 밖에 생각되지 않는군. 그것보다는 내 계획이 아무리 보아도 자네의 것보다는 훌륭하다고 생각되네만.」

「각하의 계획은 어떤 것인데요？」

「내가 알고 있는 사나이에게 이천 피에스타를 주어서 페피노의 처형을 내년으로 연기시키는걸세. 그리고 올해 안에, 이것 또한 내가 알고 있는 다른 사나이에게 일천 피에스타를 주어서 놈을 탈옥시키는걸세.」

「성공할 확신이 계신가요？」

「물론이지！」 하고 그 망토의 사나이는 프랑스 어로 말했다.

「네？ 뭐라고 하셨지요？」 하고 트란스테베레의 사나이가 되물었다.

「즉, 자네나 자네 부하들이 단도나 권총 또는 기총이나 나팔총으로 하기보다 내가 내 돈을 써서 혼자서 하는 쪽이 더 효과가 있다는 말일세. 그러니까 나에게 맡기게.」

「좋습니다. 하지만 그 얘기가 실패했을 때를 위해서 이쪽은 이쪽대로 준비해 놓겠습니다.」

「그렇게 하고 싶다면 준비해 놓게. 하지만 그 사나이가 특사를 받을 것은 틀림없다고 생각해도 되네.」

「내일모레가 화요일입니다. 아무쪼록 잊지 마시기 바랍니다. 내일밖에 시간이 없으니까요.」

「그런데, 알겠나? 하루는 24시간, 1시간은 60분, 1분은 60초일세. 그러니까 8만 6천4백 초가 있으면 꽤 여러가지 일을 할 수가 있다네.」

「그래 성공을 하시면 각하, 어떻게 그것을 알려 주시겠습니까?」

「아주 간단하지. 나는 로스포리 관의 제일 위의 창문을 세 개 빌려 놓고 있네. 처형이 뜻대로 연기되면 양쪽 모서리의 두 개의 창에 노란 능직천을 달아 놓겠네. 단, 가운데 창에는 빨간 십자가 달린 하얀 능직천을 달겠네.」

「좋습니다. 그런데 특사 명령은 누가 전달하나요?」

「고행승으로 변장한 부하 한 사람을 나에게 보내 주게. 그렇게 하면 그 사나이에게 특사 명령서를 건네 주겠네. 그 복장을 하고 있으면 처형대 밑에까지 가서 그 명령서를 교단의 두목에게 건네 줄 수가 있을걸세. 그것을 두목이 참수관에게 넘겨 주는 거지. 하지만 그 전에 이 사실을 페피노에게 알려 주게. 무서운 나머지 죽거나 미치거나 하는 일이 없도록 말일세. 그렇게 되는 날엔 그 사나이를 위해서 헛돈을 쓴 것이 될 테니까 말야.」

「저어, 각하.」 하고 농부가 말했다. 「저는 각하에게 완전히 몸을 바치고 있습니다. 그 사실은 각하도 충분히 알고 계시리라고 생각합니다만.」

「적어도 그래 주기를 바라고 있네.」

「그래서 말입니다. 만일 각하가 페피노를 구출해 주시면 앞으로는 몸을 바칠 정도가 아니라 어떤 일이 있어도 복종하겠습니다.」

「말을 조심하라고! 언젠가는 지금의 그 말을 자네에게 상기시킬 때가 올지도 모르니까. 내가 자네의 도움을 받아야 할 일이 아마 생길지도 모르니까.」

「좋습니다, 각하. 제게 볼일이 계실 때는 지금 이렇게 만나뵙고 있는 것처럼 언제라도 만나드리겠습니다. 또 설사 세계의 끝에 계시더라도 단 한 마디 『이렇게 하라.』 하고 편지를 주시면 분부대로 따르겠습니다. 맹세코…….」

「쉿!」 하고 낯모를 사나이가 말했다.

「소리가 난다.」

「여행자들이 횃불을 들고 콜로세움을 구경하고 있습니다.」

「우리가 함께 있는 장면을 보여 줄 필요는 없을걸세. 저 안내인의 스파이들은 자네의 얼굴을 알고 있을지도 모를 일일세. 그리고 아무리 자네의 우정이 훌륭한 것이라 하더라도 우리 사이에 이런 관계가 있다는 것이 알려지면 내 신용에 다소 흠이 생길지도 모르는 일이니까.」

「그럼 처형이 연기되는 경우에는…….」

「가운데 창문에 빨간 십자가 있는 하얀 능직천을 달겠네.」

「만일 실패하면요?」

「세 개의 창문에 모두 노란 천을 달겠네.」

「그럼 그때는…… ?」

「그때는 이보게, 마음껏 단도를 휘둘러도 무방해. 나도 자네들의 싸우는 모습을 보러 감세.」

「그럼 이만 실례하겠습니다. 각하, 각하를 믿겠습니다. 대신 저도 믿어 주시기 바랍니다.」

이렇게 말하고 그 트란스테베레의 사나이는 층계를 내려가 자취를 감추었다. 한편 낯모를 사나이는 망토로 더욱 깊숙히 얼굴을 가리고 프랑츠로부터 겨우 두 발짝 정도 떨어진 곳을 지나더니 바깥쪽 계단 좌석을 통해 투기장 안으로 내려갔다.

그러자 곧 프랑츠는 자기의 이름이 둥근 지붕 아래에 울려퍼지는 소리를 들었다. 알베르가 부르고 있는 것이었다.

그는 두 사나이가 멀어질 때까지 대답하기를 꺼렸다. 설사 얼굴은 보여 주지 않았으나 그들의 대화를 한마디도 남김없이 엿들은 사람이 있다는 것을 상대방에게 눈치채이고 싶지 않았기 때문이다.

그로부터 10분 뒤에 프랑츠는 알베르가 프리니우스나 카르푸르니우스의 설을 꺼내어 맹수가 관객에게 덤벼들지 못하도록 가시 달린 철망을 둘러친 데 대해 자랑스럽게 늘어놓는 것을 건성으로 흘려 들으면서 스페인 호텔(런던 호텔의 착오인 듯) 쪽으로 마차를 몰고 있었다.

그는 한마디도 반론을 펴지 않고 상대방이 멋대로 지껄이게 내버려 두고 있었다. 빨리 혼자가 되어서 방금 아까 눈앞에서 일어난 일을 곰곰히 생각해

보고 싶었던 것이다.

그 두 사람 가운데 한 사람은 확실히 그가 모르는 사나이로서 모습을 보고 목소리를 들은 것은 이번이 처음이었다. 그러나 다른 한 사람은 그렇지 않았다. 얼굴은 비록 어둠에 싸이고 또는 망토에 가려져서 분간할 수 없었으나 그 목소리는 처음 그것을 들었을 때 너무나도 깊은 인상을 받았기 때문에 그것이 가까이에서 울리는 것을 듣고는 착각을 일으킬 까닭이 없었다.

특히 사람을 조롱하는 듯한 그 목소리의 억양에는 이 콜로세움의 폐허 안에서도 일찍이 저 몽테 크리스토 섬의 동굴 안에서와 마찬가지로 그를 몸서리치게 만드는 어딘가 날카롭고 금속적인 울림이 있었다. 그래서 그는 저 인물은 뱃사람 신드바드임이 틀림없다고 확신하고 있었다.

따라서 이것이 전혀 다른 경우였다면 이 인물에 의해 부추겨진 호기심 때문에 자기가 있다는 것을 상대방에게 눈치채게 했을지도 모른다. 그러나 이 경우에는 두 사람의 이야기가 너무나도 비밀스러운 것이었기 때문에 자기가 모습을 나타낸다는 것은 상대방에게 폐가 될지도 모른다는 극히 당연한 생각에서 몸을 사렸던 것이다. 그래서 그는 우리가 보아온 것처럼 상대방을 그대로 떠나게 했는데 다음에 다시 저 사나이를 만나는 일이 있으면 이번처럼 그냥 기회를 놓치지는 않으리라고 굳게 마음에 다짐했다.

프랑츠는 너무나도 깊은 생각에 마음을 빼앗기고 있었으므로 잠을 잘 수가 없었다. 그는 밤새 동굴의 사나이와 콜로세움에서의 저 낯모를 사나이가 연관되는 모든 상황을, 또 이 두 인물을 동일 인물이라고 생각게 하는 모든 경우를 이것저것 되새기면서 보냈다. 그리고 생각하면 할수록 프랑츠에게는 두 사람이 동일 인물임에 틀림없다는 확신이 생겼다.

그는 새벽녘에야 겨우 잠이 들었다. 때문에 눈을 뜬 것은 꽤 늦어서였다. 알베르는 그야말로 순수한 파리 인답게 이미 그날 밤의 예정을 완전히 짜놓고 있었다. 사람을 보내어 아르젠티나 좌에 관람석을 하나 잡아 놓고 있었다.

프랑츠는 몇 통인가 프랑스에 편지를 쓰지 않으면 안 되었기 때문에 그날은 하루 종일 알베르에게 마차를 양보해 주었다.

5시에 알베르가 돌아왔다. 그는 소개장을 가지고 여러 곳을 찾아가 사방으로부터 밤마다의 야회 초대를 받아온 데다 로마 구경을 끝내고 온 것이었다.

단 하루 동안에 알베르는 이만한 일들을 모두 끝내고 온 것이다.

게다가 현재 상연중인 연극에 관한 일, 그리고 거기에 출연하는 배우들의 일까지 조사해오는 여유를 보이기도 했다.

연극의 제목은 《파리지나》, 배우들의 이름은 고젤리, 몰리아니, 라 스페키아였다.

보는 바와 같이 이 두 청년은 그다지 운이 나쁘지는 않았다. 왜냐하면 두 사람은 《루치아 니 라메르몰》의 작자(유명한 작곡가 도니제티를 말함)의 가장 뛰어난 오페라의 하나가 이탈리아에서도 손꼽히는 세 배우에 의해 공연되고 있는 것을 보러 가려고 하고 있었으니까 말이다.

알베르는 지금까지 이탈리아의 극장에는 아무래도 정을 붙일 수가 없었다. 주악석에는 갈 수가 없고 이층에는 정면 관람석이 없고 돌출 관람석도 없었기 때문이다. 파리의 이탈리아 좌에 간막이 지정석을 가지고 있고 오페라 좌에서는 무대 정면에 관람석을 가지고 있는 사람으로서는 이것은 더없이 괴로운 일이었다.

그렇다고는 하지만 알베르는 프랑츠와 함께 오페라를 보러 갈 때는 언제나 멋지게 몸차림을 하지 않을 수 없었다. 그러나 그러한 치장도 결국은 허사였다. 왜냐하면 이것은 우리나라 유행계의 당당한 대표자의 한 사람에게는 굴욕적인 일이었지만 솔직히 말해서 알베르는 4개월 동안 이탈리아를 종횡으로 돌아다니면서도 연애 한 번 해볼 기회가 없었던 것이다.

알베르는 이따금 그 얘기를 농담삼아 하곤 했다. 그러나 내심으로는 당대 제일의 유행 청년의 한 사람인 알베르 드 모르셀이 아직껏 헛수고만 하고 있는 데에 적잖이 억울한 생각을 하고 있었던 것이다.

더욱이 알베르는 파리를 출발할 때 우리의 친애하는 프랑스 인 동포의 조심스러운 습관에 따라 정작 이탈리아에 가서 빛나는 성공을 거두고 돌아오는 날엔 그 행운의 염문을 재료로 부르바르 드 간의 무리를 황홀하게 해줄 수 있으리라고 확신하고 있었던 만큼 그 괴로움은 한층 더했다.

그러나 슬프게도 사실은 전혀 들어맞지 않았다. 제노바, 피렌체, 나폴리의 매혹적인 백작 부인들은 자기의 남편에게가 아니라 애인에게 완전히 만족하고 있었다. 그래서 알베르는 이탈리아 여성은 프랑스의 여성에 비해 적어도 자기들의 부정(不貞)에 대해서 충실하다는 장점을 가지고 있다는 그야말로 쓸쓰레한 확신을 얻은 것이었다. 물론 이탈리아에도 다른 어느 나라에서나 그런 것처럼 예외가 없는 것은 아니다.

그런데 알베르는 단지 나무랄 데 없는 멋쟁이 신사였을 뿐 아니라 재기 넘치는 청년이기도 했다. 게다가 자작이기도 했다. 물론 신귀족의 자작이기는 했다. 그러나 일일이 그 내력을 들출 필요가 없어진 오늘날에는 1399년(샤를르 6세 시대)의 귀족이든 1815년(루이 18세의 왕정 복고 시대)의 신귀족이든 전혀 상관할 것이 없지 않은가 !

거기에 더하여 그에게는 오만 리블의 연금이 있었다. 아시다시피 파리에서 인기를 끌기에는 이것만으로도 충분했다. 그런 까닭으로 해서 지금까지 들른 어느 도시에서나 누구로부터도 진심으로 인정받지 못했다는 것은 그에게 있어서는 적잖이 굴욕적인 일이었다.

그러나 바로 그렇기 때문에 그는 로마에서 면목을 되찾을 셈으로 있었던 것이다. 어떻든 사육제라는 것은 이 고마운 행사가 베풀어지는 지상의 어느 나라에 있어서나 아무리 근엄한 사람이라도 반드시 무언가 미친 짓을 하지 않고는 견딜 수 없는 개방적인 기간이었으므로.

그런데 그 사육제가 드디어 내일 시작되려는 것이다. 알베르로서는 그것이 개막되기 전에 어떻게 해서든 자기 선전을 해둘 필요가 있었다.

알베르는 바로 그러한 속셈 때문에 극장의 가장 눈에 띄는 관람석을 하나 예약하여 거기에 모습을 나타내기 위해 한 점 나무랄 데 없는 몸치장을 했다. 그 관람석은 제1렬에 있어서 우리 나라의 돌출 관람석에 해당하는 것이었다. 그리고 앞에서부터 삼 단째까지는 모두 귀족 전용석으로 되어 있어서 그 때문에 그곳은 귀빈석이라고 불리고 있었다.

또 열두 명이 여유있게 들어갈 수 있는 이 관람석을 위해 우리의 두 친구가 지불한 좌석료는 파리의 앙비귀 좌의 사 인용 관람석의 경우보다도 약간 값이 쌌다.

알베르는 또 하나의 다른 기대를 가지고 있었다. 그것은, 만일 누군가 아름다운 로마 여인의 마음을 사로잡게 된다면 당연히 마차 안의 자리를 하나 손에 넣게 될 것이고 그렇게 되면 귀족의 탈것이라든가 또는 호화로운 발코니 위에서 사육제를 볼 수 있게 되리라는 것이었다.

이러한 꿍꿍이속이 있었기 때문에 알베르는 그 어느 때보다도 들떠 있었다. 그는 배우들에게는 등을 돌리고 관람석에서 반쯤 몸을 내밀고는 길이가

십오륙 센티나 되는 오페라글라스로 아름다운 여자들을 하나도 빠짐없이
바라보고 있었다.

그러나 알베르가 아무리 애를 태워도 아름다운 여인 중 어느 누구도 단지
호기심으로라도 그를 쳐다보는 사람은 없었다.

실상 사람들은 모두 자기의 일, 연애, 오락, 내일부터 시작되는 사육제,
다음의 성주간(聖週間) 등의 이야기에 열중해 있어서 단 한순간도 배우들이나
연극에 주의를 기울이는 사람은 없었다. 다만 이따금 특정한 장면이 나타나면
일제히 무대 쪽을 돌아보며 코젤리의 서창(敍唱)의 일절을 듣거나 몰리아니의
멋진 연기에 박수를 보내거나 라 스페키아에게 브라보라고 외쳐 보이곤
하였다. 그리고 그것이 끝나면 또다시 사적인 대화가 아까처럼 시작되는
것이었다.

제1막이 끝날 무렵, 그때까지 손님이 없었던 한 관람석의 문이 열리며
프랑츠의 눈에 일찍이 파리에서 소개를 받았고 아직도 프랑스에 있는 것
으로만 알고 있던 한 부인이 들어오는 것이 보였다. 알베르는 이 부인을
보고 프랑츠가 몸을 움직였다는 것을 깨달았다. 그래서 프랑츠 쪽을 돌아보며
「저 여자를 알고 있어?」하고 말했다.

「응, 자네는 저 여자를 어떻게 생각하나?」

「멋지군그래, 게다가 금발이고. 얼마나 멋진 머리칼인가! 프랑스 여자
인가?」

「베네치아 여자라네.」

「그래, 이름은?」

「G…… 백작 부인.」

「아아, 이름만은 알고 있어!」하고 알베르는 소리질렀다.「재색겸비라고
하더군. 제길, 지난번 빌포르 부인의 무도회에 왔었으니까 그때 소개를 받
으려면 가능했었는데. 그런 기회를 빤히 보면서 놓치다니 나는 정말 바보
라니까!」

「그럼 내가 그 실패를 보상해 줄까?」하고 프랑츠가 물었다.

「뭐라고? 나를 저 관람석으로 데리고 갈 수 있을 만큼 저 사람과 친하단
말인가?」

「지금까지 세 번인가 네 번 이야기를 나누었을 뿐이지만 그것만으로도

이럭저럭 무례한 놈이라는 이야기는 듣지 않아도 되는 것 아닐까?」

마침 그때 백작 부인 쪽에서도 프랑츠를 알아보고 손을 들어 우아한 신호를 보내 주었다. 그는 공손하게 머리를 숙여 거기에 답했다.

「허어, 무척 다정한 사이처럼 보이는걸.」 하고 알베르가 말했다.

「하지만 그건 자네의 착각이야. 그런 식으로 생각하니까 우리들 프랑스 인은 밤낮 실수만 하고 있단 말일세. 정말 이상한 일이야, 우리는 뭐든지 파리 인의 사고방식으로 사물을 보려고 하니까 말야. 스페인이라든가 특히 이 이탈리아에서는 터놓고 교제하고 있다고 해서 그것으로 사이가 좋다고 생각해서는 안 된다네. 나는 다만 백작 부인과 어딘가 모르게 기분이 통한다는 것뿐이야.」

「마음이 맞는다는 얘긴가?」 하고 알베르가 히죽히죽 웃으면서 말했다.

「아니, 생각이 같다는 것뿐이야.」 하고 프랑츠는 진지하게 대답했다.

「그래 어떤 때에 말인가?」

「어제의 우리들처럼 콜로세움을 구경했을 때에.」

「달빛을 받았다는 얘긴가?」

「그렇지.」

「단둘이서?」

「뭐 그렇다고 할 수 있지.」

「그래 어떤 얘기를 했는데?」

「죽은 사람에 대한 얘기지.」

「저런저런.」 하고 알베르는 소리질렀다. 「그건 정말 유쾌했겠군. 하지만 내가 저런 아름다운 백작 부인과 함께 산책할 행운을 얻는다면 살아 있는 사람의 이야기밖에는 하지 않을걸세.」

「그리고 아마 무척 거북하게 끝났을걸.」

「그건 그렇고 약속대로 저 사람에게 소개해 주겠지?」

「막이 내리면 곧.」

「빌어먹을, 이 제1막은 왜 이렇게 길담!」

「피날레를 들어 보게. 아주 멋지다네. 게다가 코젤리의 노래는 정말 기막히지 뭔가.」

「응, 하지만 몸놀림은 어색하기 짝이 없어!」

「라 스페키아는 정말 드라마틱하지 뭔가.」

「하지만 존타크나 라 마리블랑을 한 번 들어 본 사람으로서는…….」

「몰리아니의 창법은 정말 멋지다고 생각하지 않나?」

「갈색 머리의 사나이가 금발 머리 사나이의 창법을 흉내내는 건 나는 좋아하지 않는다네.」

「저런저런.」 하고 프랑츠는 돌아보며 말했지만 알베르는 여전히 오페라 글라스로 계속 물색하고 있었다.「정말 자네는 까다로운 주문을 하는군!」

가까스로 막이 내렸다. 모르셀 자작은 크게 만족해하며 모자를 움켜쥐고 재빨리 머리칼을 매만지고 넥타이와 커프스를 바로잡고는 프랑츠에게 빨리 하라는 듯이 주의를 환기시켰다.

백작 부인 쪽에서도 프랑츠가 눈으로 의향을 물은 데 대해 환영의 뜻을 알려왔으므로 프랑츠는 조급해하는 알베르의 심정에 즉시 응하여, 자꾸만 몸을 움직여 셔츠의 깃이나 저고리 깃에 생긴 구김살을 걸으면서 고치고 있는 알베르를 데리고 반원형의 관객석을 빙 돌아 백작 부인이 있는 사 번 관람석의 문을 두드렸다.

그러자 곧 관람석 앞쪽에 부인과 나란히 앉아 있던 청년이 일어나 이탈리아의 습관에 따라 새로 온 손님에게 자리를 양보했다. 양보받은 자도 또 다른 손님이 오면 그 자리를 양보하지 않으면 안 되는 것이다.

프랑츠는 알베르를, 사회적 지위에 있어서나 재지면에 있어서도 프랑스에서 가장 뛰어난 청년의 한 사람이라고 백작 부인에게 소개했다. 물론 이것은 거짓말은 아니었다. 왜냐하면 알베르가 생활하고 있는 파리 사회에서는 그는 나무랄 데 없는 신사였기 때문이다.

프랑츠는 백작 부인의 파리 체재중에 부인을 소개받을 기회를 놓친 데에 절망하고 있는 알베르로부터 그 실패를 보상받을 수 있도록 해달라는 부탁을 받고 지금 그 부탁을 수행하려 하고 있지만, 자기 자신 소개자를 필요로 하는 처지이면서 이러한 무례한 짓을 하는 것을 용서해 주기 바란다고 다시 덧붙였다.

백작 부인은 알베르에게는 상냥하게 인사를 하고 프랑츠에게는 손을 내밀어 거기에 답했다.

알베르는 부인이 권하는 대로 앞쪽 빈 자리에 앉았다. 프랑츠는 둘째 줄의 부인 뒷좌석에 앉았다.

알베르는 멋진 화제를 생각해내고 있었다. 그것은 파리 얘기였다. 그는 백작 부인을 향해 서로에게 공통된 친지의 이야기를 꺼냈다. 프랑츠는 알베르가 물을 만난 물고기처럼 생기를 되찾은 것을 깨달았다. 그래서 그냥 그가 멋대로 지껄이게 놔두고 그 손에서 오페라글라스를 넘겨받아 이번에는 자신이 장내를 물색하기 시작했다.

그들이 앉아 있는 관람석 바로 정면의 셋째 줄의 관람석 앞쪽에 그리스 풍의 의상을 입은 기막힌 미녀가 혼자 앉아 있었다. 그야말로 아무렇게나 옷을 입은 것으로 보아서 분명히 그것은 이 여자가 항상 입는 의상임에 틀림없었다.

그 여자 뒤의 그늘진 곳에 얼굴은 분명히 알아볼 수 없지만 어떤 사나이의 모습이 보이고 있었다.

프랑츠는 알베르와 백작 부인의 이야기를 가로막고 백작 부인에게 남자뿐 아니라 여자의 관심까지 끌고 있는 저 아름다운 알바니아 여자를 아는가고 물었다.

「모르겠는데요.」 하고 부인은 말했다. 「제가 알고 있는 것이란 저 사람이 이 계절이 시작될 무렵부터 줄곧 로마에 계시다는 것뿐이에요. 극장이 열린 날에 지금의 저 관람석에 계신 것을 보았으니까요. 그리고 그로부터 지금까지 한 번도 오시지 않은 날이 없어요. 어떤 때는 지금 함께 계시는 저 남자분과 함께, 또 어떤 때는 단지 흑인 하인 하나만을 데리고 말예요.」

「저 사람을 어떻게 생각하세요, 백작 부인?」

「기막히게 아름다운 분이에요. 메도라(바일론의 《해적》에 나오는 아름다운 여성, 에게 해의 해적인 남편에게 헌신적인 사랑을 바친다)도 아마 틀림없이 저 사람 같은 여자였을 거예요.」

프랑츠와 백작 부인은 미소를 주고받았다. 그리고 부인은 다시 알베르와 이야기를 시작했고 프랑츠도 다시 그 알바니아 여자를 오페라글라스로 바라보았다.

막이 오르고 발레가 시작되었다. 그것은 안무가로서 이탈리아에서 대단한 명성을 떨치고 있으면서 불쌍하게도 나중에 수상 연극(水上演劇) 같은 것을 하여 그 명성을 헛되게 만들고 만 저 유명한 앙리의 연출로 된 뛰어난 이탈리아 발레의 하나였다. 그것은 주역에서 단역에 이르기까지 전원이 저마다 전체의 배역에 활발하게 참가하여 백오십 명의 인간이 일제히 같은 동작을 하고 팔이나 다리를 똑같이 들어올리는 발레였다.

제목은 《폴리스카》라고 했다.

프랑츠는 그 그리스 미녀에게 완전히 넋을 빼앗기고 있었으므로 발레 같은 것은 설사 그것이 아무리 재미있다고 하더라도 문제가 되지 않았다.

한편 그리스 여자 쪽은 분명히 이 공연물을 재미있어하고 있었다. 그 모습은 동행한 사나이의 몹시 무관심한 태도와는 극단적인 대조를 보이고 있었다.

사나이는 이 무용의 걸작이 계속되고 있는 동안, 오케스트라의 나팔이나 심벌, 또는 샤포 시노와(금속의 갓 언저리에 조그만 방울을 여러 개 매단 악기)가 요란한 소음을 내고 있는데도 꼼짝도 하지 않고 편안하고 즐거운 잠을 즐기고 있는 것이었다.

이윽고 발레가 끝나고 도취한 땅바닥 관객의 열광적인 박수 갈채 속에 막이 내렸다.

이처럼 오페라 중간에 발레를 삽입하는 습관 덕분에 이탈리아에서는 막간이 길지 않아도 된다. 무용수들이 빙글빙글 돌며 뛰어오르기도 하고 뒤꿈치를 마주치기도 하는 동안에 가수들이 휴식을 취하거나 의상을 바꾸어 입기도 하는 것이다.

2막째의 서곡이 시작되었다. 바이올린 연주가 시작되자 곧 프랑츠는 잠을 자고 있던 예의 사나이가 천천히 몸을 일으켜 그리스 여자에게 몸을 접근시키는 것을 보았다. 여자는 고개를 돌려 사나이에게 뭐라고 속삭이고 나서 다시 관람석 앞쪽에 팔꿈치를 짚었다.

사나이의 얼굴은 여전히 그늘져 있었기 때문에 프랑츠로서는 그 얼굴을 전혀 알아볼 수 없었다.

막이 올랐다. 프랑츠의 관심은 당연히 배우들에게로 쏠려 그의 눈은 잠시 그리스 미녀에게서 떠나 무대 쪽으로 향했다.

이 막은 모두 알고 있는 바와 같이 꿈의 이중창으로 시작된다. 파리지나는 잠을 자면서 그만 저도 모르게 앗초 앞에서 우고에 대한 사랑의 비밀을 누설하고 만다. 배반당한 남편은 미칠 듯한 질투에 시달린 뒤 마침내 아내의

478

부정을 확신하게 되어 그녀를 흔들어 깨운다. 그리고는 머잖아 반드시 복수를 하겠다고 말한다.

이 이중창은 도니제티의 풍부한 재능이 낳은 것 중에서도 특히 아름답고 표현력이 풍부하며 또 특히 무서운 것 중의 하나이다. 프랑츠가 이것을 듣는 것은 이것으로 세 번째였다. 그는 특별히 음악광은 아니었으나 깊은 감명을 받았다. 그래서 만장의 박수 갈채에 화합하여 자기도 박수를 보내려고 막 손뼉을 마주치려던 순간 그의 손은 그대로 정지하고 말았다. 그리고 입 밖으로 나오려던 환성은 저도 모르게 입술 위에서 사라지고 말았다.

관람석의 사나이가 불쑥 일어서고 있었다. 빛을 받은 그 얼굴을 본 프랑츠는 그가 몽테 크리스토 섬의 수수께끼의 주인, 어제밤 콜로세움의 폐허에서 그 키와 몸집, 그 목소리로 보아 아마도 그렇지 않을까 하고 추단했던 그 인물이라는 것을 알았던 것이다.

이제 의문의 여지는 없었다. 저 기괴한 나그네는 로마에 살고 있었던 것이다.

이때 프랑츠의 얼굴에 나타난 표정은 아마도 이 사나이의 출현에 의해 야기된 마음속의 동요와 일치하고 있음이 틀림없었다. 왜냐하면 백작 부인이 그러한 그의 얼굴을 보고 웃음을 터뜨리며 대체 어떻게 된 영문이냐고 물었기 때문이다.

「백작 부인」 하고 프랑츠는 대답했다. 「아까는 저 알바니아 부인을 아시는가고 물었습니다만 이번에는 저분의 남편을 알고 계시는지 어떤지 묻고 싶습니다.」

「여자 분과 마찬가지로 모르는 사람이에요.」

「지금까지 관심을 가지고 보신 적도 없습니까?」

「이건 또 그야말로 프랑스 사람다운 질문이군요! 우리들 이탈리아 여자에게는 이 세상에 사랑하는 사람 이외에 남자란 없어요!」

「지당한 말씀입니다.」 하고 프랑츠는 대답했다.

「어떻든」 하고 부인은 알베르의 오페라글라스를 눈에 대고 그것을 예의 관람석 쪽으로 돌려대면서 말했다. 「최근에 무덤에서 파내어진 사나이, 무덤파기 인부의 허락을 받고 무덤에서 나온 송장임에 틀림없어요. 왜냐하면 무섭도록 창백한 얼굴을 하고 계시니까 말예요.」

「저 사람은 언제나 저렇답니다.」하고 프랑츠가 대답했다.

「그럼 저분을 알고 계시나요?」하고 백작 부인이 물었다.「그렇다면 오히려 제가 물어야 하겠군요?」

「틀림없이 전에 만난 적이 있는 것 같아요. 본 적이 있는 것 같은 느낌이 들어요.」

「정말로」하고 부인은 마치 전율이 혈관을 뚫고 달리는 것처럼 그 아름다운 어깨를 바르르 떨면서 말했다.「저러한 분은 한 번 만나게 되면 절대로 잊을 수 없을 거예요.」

그러고 보면 프랑츠가 받은 느낌을 다른 사람도 똑같이 느꼈다면 그것은 자기 한 사람만의 특별한 인상은 아니었던 것이다.

「어떻습니까?」하고 프랑츠는 부인이 또다시 오페라글라스로 사나이를 바라보았기 때문에 물었다.「저 사람을 어떻게 생각하십니까?」

「마치 루스웬 경(바일론 작이라고 칭하여 노디에가 쓴《흡혈귀》에 나오는 스코틀랜드에 실재했던 백작)이 되살아난 것 같은 느낌이에요.」

실제로 프랑츠는 지금 이렇게 바일론의 일을 생각하며 퍼뜩 느끼는 바가 있었다. 만일 이 세상에 흡혈귀의 실재를 그에게 믿게 하는 사람이 있다면 그것은 바로 이 사나이었을 것이다.

「저 사나이가 누구인지 밝혀내고 말아야지.」하고 프랑츠는 일어서면서 말했다.

「어머, 안 돼요!」하고 백작 부인이 소리질렀다.「가시지 마세요. 바래다 달라고 부탁하려 했는데. 놓아드리지 않겠어요.」

「뭐라고요! 그럼 정말로」하고 프랑츠는 부인의 귓가에 몸을 수그리고 말했다.「무섭다고 생각하고 계신가요?」

「네, 그래요.」하고 부인이 말했다.「바일론은 저에게 확실히 흡혈귀가 있다고 단언하고 있고 실제로 보았다면서 그 얼굴 표정은 이렇다고 설명해 주었어요. 그것이 저 사람과 꼭 닮았어요. 저 시커먼 머리칼, 이상한 불꽃처럼 빛나는 저 큰 눈, 저 창백한 얼굴빛. 게다가 보세요, 동반한 저 여성도 예사로운 보통 여자가 아니에요. 저 사람이 함께 있는 사람은 외국 여성…… 그리스의 여성…… 이교자(離敎者)…… 틀림없이 저 사람과 마찬가지로 마법사라든가 그런 여자임에 틀림없어요……. 제발 부탁이에요, 가시지 마세요. 조사하는 것이 좋겠다고 생각되시더라도 내일로 미뤄 주세요. 오늘밤은 절대로 놓아 드리지 않을 거예요.」

프랑츠는 그래도 조사해 봐야겠다면서 고집을 꺾지 않았다.

「저어」 하고 부인은 일어서면서 말했다. 「전 이제 돌아가겠어요. 끝까지 보고 있을 수가 없어요. 집에 손님을 초대해 놓았기 때문에요. 설마 바래다 주지 않겠다고는 말씀하시지 않겠지요 ?」

프랑츠는 모자를 들고 문을 연 뒤 백작 부인에게 팔을 내미는 외에 달리 대답할 말이 없었다.

그래서 그대로 했다.

백작 부인은 실제로 몹시 겁을 먹고 있었다. 그리고 프랑츠도 어쩐지 미신적인 공포에서 헤어날 수가 없었다. 백작 부인은 단순히 본능적으로 그렇게 느꼈을 뿐이지만 그는 뚜렷한 기억에 의해 상기된 것이므로 그 공포는 한층 더 자연스러운 것이었다.

그는 부인이 마차에 탈 때 그 몸이 바들바들 떨리고 있는 것을 느꼈다.

그는 부인을 집까지 바래다 주었다. 집에는 아무도 없었다. 손님이라는 것도 와 있지 않았다. 그래서 그는 부인에게 불평했다.

「사실은요.」 하고 부인은 그에게 말했다. 「저는 기분이 좋지 않았어요. 그래서 혼자가 되고 싶었어요. 그 사나이를 보고 마음이 아주 이상해지고 말았어요.」

프랑츠는 웃음으로 얼버무리려고 했다.

「웃지 마세요.」 하고 부인이 말했다. 「그리고 당신 역시 웃고 싶은 심정은 아닐 테지요 ? 그리고 한 가지 약속을 해주세요.」

「뭔데요 ?」

「약속해 주시지요 ?」

「원하신다면 뭣이든지. 단, 그 사나이가 어떤 인물인가를 조사하는 일만은 허락해 주십시오. 그 사나이가 누구인지, 어디서 와서 어디로 가는지, 그것을 밝혀내고 싶은 내 심정을 당신에게 말씀드릴 수는 없지만 거기에는 그만한 이유가 있는 겁니다.」

「어디에서 왔는지 그것은 저도 몰라요. 하지만 어디로 갈 것인지, 그 행 선지는 말씀드릴 수 있어요. 지옥으로 갈 것이 뻔해요.」

「그럼 아까 말씀하신 약속 얘기로 돌아갑시다, 부인.」하고 프랑츠가 말했다.

「참, 그렇군요. 즉, 지금부터 곧장 호텔로 돌아가셔서 오늘밤에는 이제 그 사나이를 만나실 생각을 말아 주셨으면 해요. 한 인간과 헤어져서 다른 인간을 만나게 되면 그 양쪽 인간 사이에 무언가 인연 같은 것이 생기게 돼요. 따라서 아무쪼록 그 사나이와 저를 연결시키는 역할만은 하지 말아 주셨으면 해요.

당신이 꼭 해야겠다고 생각하신다면 내일 그 사나이를 추적해 주세요. 하지만 공포 때문에 죽고 싶은 생각을 저에게 안겨 주고 싶지 않으시다면 절대로 그 사나이를 저에게 소개한다든가 하는 일은 말아 주세요. 그럼 이것으로 실례하겠어요. 안녕히 가세요. 아무쪼록 편히 쉬세요. 저는 오늘밤 잠을 잘 수 없을 것이 뻔해요.」

이렇게 말하고 백작 부인은 프랑츠와 헤어졌다. 뒤에 남은 프랑츠로서는 부인이 자기를 농락하면서 즐긴 것인지, 아니면 말 그대로 정말로 무서워한 것인지 갈피를 잡을 수가 없었다.

프랑츠가 호텔로 돌아와 보니 알베르는 실내복에다 자락을 가죽끈으로 묶은 긴 바지를 입고 안락의자에 느긋하게 몸을 던진 채 궐련을 피우고 있었다.

「아아, 자넨가 ! 」하고 그는 프랑츠에게 말했다.「나는 내일쯤 돌아올 줄 알았는데.」

「알베르」하고 프랑츠가 대답했다.「마침 좋은 기회인 것 같아서 얘기하겠는데 말야. 자네는 이탈리아 여성에 대해서 터무니없이 오해하고 있어. 지금까지의 사랑에 대한 오산으로 그런 생각은 이제 없어지지 않았는가 생각했었는데.」

「할 수 없지 뭔가 ! 이곳 여자들은 뭐가 뭔지 도무지 갈피를 잡을 수가 없어 ! 손은 쥐게 하고 이쪽 손도 쥐어 주지. 이야기를 할 때도 귀에 대고 소곤소곤, 집에까지 바래다 달라고 떼를 쓰고. 이런 일의 4분의 1만이라도 해봐, 파리의 여자라면 당장 이상한 소문이 나지.」

「아니, 그야말로 여기 여성들은 숨길 것을 아무것도 갖고 있지 않고 언제나 밝은 태양을 받으면서 살아가고 있기 때문에 단테가 말하듯이 Si(이탈리아 어로 『네』라는 뜻)라는 말이 울려퍼지는 이 아름다운 나라에서 저토록 홀가분하게 행동할 수 있다네. 그리고 자네도 똑똑히 보았을 테지만 백작 부인은 정말로 무서워하고 있었다고.」

「무엇이 무섭단 말인가? 우리들 맞은편에 그 아름다운 그리스 여성과 함께 있던 신사가 말인가?

그런데 말일세, 나는 그 두 사람이 나갔을 때 어떤 인간인지 분명히 밝혀내려고 생각했었다구. 그래서 복도에서 스쳤지. 그랬더니 자네가 어째서 그런 엉뚱한 생각을 하게 되었는지 전혀 알 수가 없더군. 아주 멋진 복장을 갖춘 대단한 미남자였어. 아무리 보아도 프랑스의 브랑 가게나 위망 가게에서 맞춘 옷이었어. 확실히 얼굴빛은 약간 창백했지만 얼굴빛이 창백하다는 것은 신분이 높다는 증거가 아닐까?」

프랑츠는 미소를 지었다. 알베르는 항상 입버릇처럼 자기의 얼굴빛이 창백한 것을 크게 자랑하고 있었기 때문이다.

「그러니까」 하고 프랑츠가 말했다. 「나도 그 인물에 대한 백작 부인의 생각이 상식을 벗어났다는 것쯤은 알고 있어. 그래 그 사나이는 자네 옆에서 뭐라고 말을 하던가? 자네는 그가 하는 말을 뭐든 들어 보았나?」

「뭐라고 말을 했지만 로마이크 어(고대 그리스 어를 말함)였어. 그리스 어의 변형된 단어가 몇 개 있었기 때문에 그것이라는 걸 알았지. 자네에게 말해 두지만 나는 학교에서 그리스 어를 잘 했거든.」

「그렇다면 그 사나이는 로마이크 어를 사용하고 있었단 말이지?」

「아마 그랬을 거야.」

『이제는 의문의 여지가 없군.』 하고 프랑츠는 중얼거렸다. 『그 사나이임이 분명해.』

「뭐라고?……」

「아무것도 아니야. 그런데 자네는 무얼 하고 있었지?」

「응, 자네를 깜짝 놀라게 해주려고 생각했지.」

「놀라다니?」

「마차가 손에 들어오지 않는다는 것은 자네도 알고 있지?」

「물론이지! 인간의 힘이 미칠 수 있는 최선의 노력을 다했는데도 결국 허사로 끝났으니까.」

「그런데 말일세! 기막힌 묘안을 생각해냈단 말일세.」

프랑츠는 알베르의 묘안 따위는 별로 믿을 것이 못 된다는 표정으로 상대방의 얼굴을 물끄러미 바라보았다.

「이것 보게.」 하고 알베르가 말했다. 「이상한 눈초리를 하고 있는데 그건 아마 취소하지 않으면 안될걸세.」

「그 생각이 자네의 말대로 확실히 묘안이라면 언제든지 취소하겠네.」

「자아, 들어 보라고.」

「듣고 있네.」

「마차를 구하기는 틀렸다고 했지?」

「그래.」

「말도 그렇고.」

「그것도 안 된다고 했어.」

「하지만 달구지라면 구할 수 있을 것 아닌가?」

「그럴 테지.」

「소 두 마리는?」

「아마 가능하겠지.」

「그래서 말일세, 이보게. 즉 이렇게 한단 말일세. 그 달구지를 예쁘게 꾸미는 거야. 그리고 우리는 나폴리의 농부 복장을 한단 말일세. 이렇게 해서 저 레오폴 로베르의 멋진 그림을 그대로 현실에 옮겨 놓는단 말일세. 한층 더 박진감 있게 하려면 백작 부인에게 포초리나 소렌토 여인의 의상을 입히면 되지. 그렇게 하면 가장은 더할 나위 없는 것이 된다네. 더욱이 부인은 미인이니까 예의 《어린이를 안고 있는 여자》에 그려진 장본인이라고 모두들 생각할 테지.」

「과연」 하고 프랑츠가 소리질렀다. 「이번만은 자네 말이 옳네, 알베르 군. 그건 아주 좋은 생각이야.」

「더욱이 전적으로 우리 프랑스적인 착상이지. 저 게으름뱅이 왕들(메로빙거 왕조 말기의 왕들을 말함)이 가지고 있던 취향의 재판이라고나 할까! 자, 자, 로마 시민 여러분, 여러분에게 마차와 말이 부족하다고 해서 우리가 마치 거지처럼 거리를 터덜터덜 걸어다니고 있으리라고 생각하고 있겠지만 천만의 말씀, 그런 것은 우리가 고안해 보이겠습니다!」

「그런데 자네는 그 기발한 생각을 벌써 누구에겐가 이야기했나?」

「주인에게 말했지. 이곳에 돌아와서 곧 주인을 불러가지고 우리쪽의 희망을 이야기했지. 그랬더니 그건 문제없습니다 하고 떠맡아 주더군. 나는 소의 뿔을 금빛으로 칠하고 싶었지만 그러려면 사흘이 걸린다고 하더군. 그러니 그 사치만은 부릴 수 없게 되었지.」

「그래 지금 어디에 있지?」

「누구 말인가?」

「주인 말이야.」

「현물을 구하러 나갔다네. 내일이면 벌써 늦을지도 모르니까.」

「그렇다면 오늘밤 안으로 곧 회답을 들을 수 있겠군?」

「지금 그 회답을 기다리고 있는 중이라네.」

마침 그때 문이 열리더니 파스토리니가 고개를 들이밀었다.

「페르멧소?(괜찮겠습니까?)」하고 그는 말했다.

「괜찮고말고!」하고 프랑츠가 소리질렀다.

「어떻게 됐소?」하고 알베르가 물었다.「주문한 대로 달구지와 소를 구했소?」

「그 이상의 수확이 있었습니다.」하고 주인은 완전히 자기 만족에 빠진 상태로 대답했다.

「아니, 주인, 조심하게.」하고 알베르가 말했다.「지나친 것은 부족한 것만 못 하니까 말야.」

「저에게 맡겨 주십시오, 각하.」하고 파스토리니는 의기양양한 어조로 말했다.

「어떻든, 어떻게 됐나?」하고 이번에는 프랑츠가 물었다.

「각하는」하고 주인이 말했다.「이 방과 같은 층에 몽테 크리스토 백작이 묵고 계신 것을 알고 계시지요?」

「알고 있다마다.」하고 알베르가 말했다.「그분 덕분에 우리는 마치 상 니콜라 뒤 샤르도네(변두리라는 정도의 뜻) 가의 학생 같은 방에 묵고 있으니까.」

「실은 말입니다! 그 백작이 각하들께서 딱한 처지에 계시다는 얘기를 들으시고 두 분을 자기의 마차로 모시고 게다가 로스포리 관의 창문에도 자리를 제공해 주겠다고 하셨습니다.」

알베르와 프랑츠는 서로 얼굴을 마주보았다.

「하지만」 하고 알베르가 물었다. 「그런 일면식도 없는 분의 호의를 받아들여도 괜찮을까?」

「그 몽테 크리스토 백작이란 분은 어떤 사람이지?」 하고 프랑츠가 주인에게 물었다.

「시칠리아나 마르타의 대단한 귀인으로서, 저도 확실한 것은 모르지만, 어떻든 보르게제(로마 제일의 대귀족) 가의 분처럼 신분이 높은데다 마치 금광을 가진 분처럼 부자이십니다.」

「그나저나」 하고 프랑츠가 알베르에게 말했다. 「주인장이 말하는 것처럼 예의를 아는 인물이라면 우리를 초대하는 데도 다른 방법이 있지 않을까? 편지를 보내오든가 또는…….」

바로 그때 문을 두드리는 소리가 들렸다.

「들어오세요.」 하고 프랑츠가 말했다.

더할 나위 없이 멋을 부린 제복을 입은 하인이 문간에 모습을 나타냈다.

「프랑츠 데피네 님과 알베르 드 모르셀 자작님에게 몽테 크리스토 백작으로부터 분부를 받고 왔습니다.」 하고 하인은 말했다.

그리고 하인은 명함 두 장을 주인에게 내밀었다. 주인이 그것을 두 청년에게 건네 주었다.

「몽테 크리스토 백작님은」 하고 하인은 계속했다. 「같은 호텔에 묵는 정의로서 내일 아침 이곳으로 두 분을 찾아뵙겠다고 하시고 몇 시에 만나뵐 수 있을지 물어 보고 오라고 하셨습니다.」

「과연」 하고 알베르가 프랑츠에게 말했다. 「이건 흠잡을 데가 없군그래. 하나에서 열까지 흠잡을 데가 없군.」

「백작에게」 하고 프랑츠가 대답했다. 「우리 쪽에서 찾아가 뵙겠다고 말씀드려 주게.」

하인은 물러갔다.

「이거야말로 품위있는 예의 범절의 경쟁 같은 거군.」 하고 알베르가 말했다. 「과연 자네 말이 옳았어, 파스토리니. 몽테 크리스토 백작은 그야말로 나무랄 데 없는 훌륭한 신사야.」

486

「그렇다면 그 제의를 받아들이시는 겁니까?」하고 주인이 말했다.

「물론이지.」하고 알베르가 대답했다.「하지만 솔직히 말해서 달구지와 농부차림의 건은 아까운 기분이 드는걸. 우리가 잃는 것에 대한 댓가가 로스포리 관의 창문이 아니라면 나는 역시 최초의 생각대로 하고 싶은데 자네의 생각은 어떤가, 프랑츠?」

「나 역시 로스포리 관의 창문이기 때문에 결심했다네.」하고 프랑츠는 알베르에게 대답했다.

실상 로스포리 관의 창문에 자리 두 개를 제공하겠다는 이 제안이 프랑츠로 하여금 콜로세움의 폐허에서 그가 들은 저 낯선 사나이와 트란스테베레의 사나이와의 대화, 망토의 사나이가 사형수의 특사를 실현해 보이겠다고 약속한 저 대화를 상기시킨 것이었다.

그런데 그 망토의 사나이가 프랑츠가 생각하는 것처럼 아르젠티나 좌에 모습을 나타내어 그의 관심을 강하게 집중시킨 그 신사와 동일 인물이라고 한다면 그로서는 확실히 그것을 확인할 수 있을 것이고 또 그렇게 되면 이 인물에 대한 그의 호기심은 만족을 얻게 될 것이었다.

프랑츠는 잠들기까지의 시간을 저 두 가지 경우의 양자의 모습을 떠올리며 내일을 기다리면서 보냈다.

실상 내일이 되면 모든 것이 밝혀질 것이다. 이번에야말로 저 몽테 크리스토 섬의 주인이 가령 귀게스의 반지(리디아의 왕 귀게스는 황금 반지의 마법에 의해 마음대로 모습을 감출 수 있었다는 전설이 있다)라도 가지고 있어서 그 반지의 마력으로 모습을 감추기라도 하지 않는 한 자기의 눈에서 도망칠 수 없다는 것은 분명했다. 그래서 프랑츠는 8시도 되기 전에 일찌감치 눈을 떴다. 알베르 쪽은 프랑츠처럼 일찍 깨어날 이유가 없었기 때문에 아직도 정신없이 자고 있었다.

프랑츠는 주인을 불러오게 했다. 주인은 여전히 빌붙는 듯한 동작으로 모습을 나타냈다.

「파스토리니」하고 프랑츠는 말했다.「오늘은 처형이 있는 날 아니오?」

「그렇습니다, 각하. 하지만 창문을 하나 구하실 생각으로 그렇게 물으신 다면 이미 때는 늦었습니다.」

「그게 아닐세.」하고 프랑츠가 대답했다.「그리고 꼭 그것을 보려 한다면 아마 핀쵸의 언덕에 올라가면 장소는 있을 테니까.」

「저런저런, 저는 각하가 그런 천민들의 틈바귀에 끼시리라고는 생각하지 않았었는데. 그곳은 놈들의 이를테면 천연의 계단 관람석이니까요.」

「물론 나는 가지 않을걸세.」 하고 프랑츠가 말했다. 「하지만 두세 가지 알고 싶은 것이 있네.」

「어떤 일인데요 ?」

「처형자의 수와 이름, 그리고 어떤 처형을 당하는지를 알고 싶은데.」

「마침 잘 되었습니다, 각하 ! 지금 타보레테가 도착한 참입니다.」

「타보레테란 뭐지 ?」

「타보레테라는 것은 처형 전날에 거리의 이곳저곳에 매달아 놓는 나무 판자를 말합니다. 그 위에 처형자의 이름, 처형을 당하는 이유, 그리고 처형 방법 등이 씌어져 있지요. 이런 식으로 고시하는 것은 죄인들이 마음으로부터 뉘우치도록 하느님에게 기도할 것을 믿음이 깊은 사람들 권고하기 위해서 이지요.」

「그렇다면 그 타보레테를 자네한테 가지고 오는 것은 자네도 믿음이 깊은 사람들과 함께 기도를 한다는 얘기로군 ?」 하고 프랑츠가 의심스러운 듯이 물었다.

「아, 아닙니다, 각하. 실은 저는 이 팻말을 걸고 다니는 사람과 이야기가 되어 있어서 연극의 삐라와 마찬가지로 그것을 가져오게 하고 있습니다. 즉, 손님이 처형을 보고 싶다고 하실 때 사전에 그 내용을 알 수 있게 해드리기 위해서…….」

「아니, 그거 정말 철저한 배려로군 !」 하고 프랑츠가 말했다.

「아, 그건 말씀입니다.」 하고 파스토리니는 미소를 띠면서 말했다. 「자화 자찬이 됩니다만, 저를 믿어 주시는 훌륭한 외국 손님들을 만족시켜 드리고자 하는 저의 최대한의 성의입니다.」

「그건 알고 있어 ! 귀를 가진 사람에게는 선전을 해줄 테니까 안심하라고. 그건 그렇고 나는 그 타보레테라는 것을 한 번 보고 싶은데.」

「그야 쉬운 일이지요.」 하고 주인은 문을 열면서 말했다. 「층계참 위에 한 장 걸어놓게 했으니까요.」

그는 나가더니 그 타보레타(타보레테의 단수)를 벗겨가지고 와서 프랑츠에게 내밀었다.

다음이 그 사형 고시의 축어역(逐語譯)이다.

　　오는 2월 22일 화요일, 사육제의 첫날을 맞아 라 로타 재판소의 판결에 따라 포폴로 광장에서 상 조반니 디 라테라노 사원의 승려 회원으로서 덕망 높은 돈 체자레 토르리니의 살해범 안드레아 론도로, 그리고 가증스러운 산적 루이지 반파 및 그 일당과 내통한 것으로 인정되는 로카 프리오리 페피노, 이상 두 사람의 처형을 집행함을 이에 공시함.

　첫번째 사람은 박살

　두 번째 사람은 참수

　자비심 많은 사람들이여, 이 불행한 수형자 두 사람에게 하느님이 진정한 뉘우침을 주실 것을 기도하시라.

확실히 이것은 프랑츠가 전전날 밤 콜로세움의 폐허에서 들은 것 그대로이며 프로그램에는 아무런 변경도 없었다. 처형자의 이름도, 처형 이유도, 처형 방법도 똑같았다.

그렇다면 십중팔구 저 트란스테베레의 사나이는 산적 루이지 반파이며 그리고 망토의 사나이는 포르토 베코나 튀니지에서와 마찬가지로 로마에서도 사람들에게 계속 자선을 베풀고 있는 뱃사람 신드바드임에 틀림없었다.

이러고 있는 동안에도 시간은 흘러 9시가 되었다. 그래서 프랑츠가 알베르를 깨우러 가려고 했더니 놀랍게도 알베르는 완전히 준비를 갖추고 방에서 나오는 참이었다. 사육제가 머리에 꽉 차 있어서 그는 프랑츠가 생각했던 것보다 빨리 깨어난 것이었다.

「자, 그럼.」 하고 프랑츠가 주인에게 말했다. 「파스토리니 군, 이쪽은 두 사람 모두 준비가 끝났으니까 이제부터 몽테 크리스토 백작에게 찾아가도 되겠는가 ? 」

「물론 되고말고요 ! 」 하고 주인은 대답했다. 「몽테 크리스토 백작은 언제나 일찍 일어나시니까요. 벌써 2시간 전부터 일어나셨을 겁니다.」

「그렇다면 지금 찾아뵈어도 실례가 되지 않는단 말이지 ? 」

「네, 전혀요.」

「그렇다면 알베르, 자네만 괜찮다면……」

「물론 괜찮지.」 하고 알베르는 말했다.

「그렇다면 이웃 분에게 친절에 대한 사례를 하러 가세.」

「좋아, 가세!」

프랑츠와 알베르는 층계참을 가로지르기만 하면 되었다. 주인이 앞에 서서 두 사람 대신 초인종을 눌렀다. 하인이 나와서 문을 열었다.

「이 시뇰리 프란체지(프랑스 분이 오셨습니다).」 하고 주인이 말했다.

하인은 절을 하고 들어오십시오 하고 몸짓으로 말했다.

두 사람은 파스토리니의 호텔에 설마 이런 것이 있으리라고는 생각조차 하지 못했던, 호화 가구로 장식된 방을 두 개나 지나 그야말로 고급스러운 객실로 들어갔다.

터키 융단이 바닥에 깔려 있고 그야말로 앉으면 기분이 상쾌할 듯한 의자류에는 푹신한 쿠션과 젖혀진 등받이가 달려 있었다. 거장들의 훌륭한 그림이 숱한 무구(武具) 장식 사이에 섞여서 벽에 걸려 있었다. 그리고 출입문에는 색실로 무늬를 짜넣은 큰 커튼이 흔들거리고 있었다.

「앉으시지요.」 하고 하인이 말했다. 「지금 백작님께 말씀드리고 오겠습니다.」

그렇게 말하고 하인은 한 개의 문 뒤로 모습을 감추었다.

그 문이 열렸을 때 구즈라(발칸 지방의 현금의 한 가지) 소리가 두 사람이 있는 곳까지 들려왔다. 그러나 그것은 곧 들리지 않게 되었다. 열리는가 하더니 곧 닫혀진 문이 이를테면 아주 짧은 동안 야릇한 음악 소리를 객실로 흘려보낸 것이다.

프랑츠와 알베르는 눈과 눈을 마주쳤다. 그리고는 그 눈을 다시 가구나 그림, 그리고 무구 따위로 옮겼다. 그런 것들을 다시 바라보자 처음에 보았을 때보다도 더욱 훌륭한 것으로 생각되었다.

「어떤가?」 하고 프랑츠가 알베르에게 말했다. 「이걸 어떻게 생각하나?」

「아니, 놀랐는걸. 이보게, 우리 이웃은 스페인 주(株)의 하락을 노려 크게 돈을 번 주식 중개인으로 남몰래 여행을 즐기고 있는 어느 왕자님 같은 사람이로군그래.」

「쉿!」 하고 프랑츠가 말했다. 「이제 곧 알게 돼. 나타나셨으니까.」

　실제로 문 열리는 소리가 두 사람에게까지 들려왔다. 그리고 거의 동시에 색실 무늬의 커튼이 들어올려져 이러한 모든 부(富)의 소유자에게 길을 열었다.

　알베르는 사나이 쪽으로 다가갔다. 그러나 프랑츠는 그 자리에 못박힌 듯이 꼼짝도 하지 않았다.

　들어온 사나이야말로 영낙없는 저 콜로세움의 사나이, 극장 관람석에서 본 그 낯모를 사나이, 그리고 몽테 크리스토 섬의 저 수수께끼의 주인이었던 것이다.

36. 박 살 형

　「이것 정말」 하고 몽테 크리스토 백작은 들어오자마자 말했다. 「일부러 찾아와 주셔서 정말 미안합니다. 하지만 이른 아침부터 찾아가는 것은 실례가 아닐까 해서. 그리고 찾아와 주시겠다는 말씀이 계셨기에 그대로 따르기로 했습니다.」

　「프랑츠도 저도 깊이 사례드리지 않으면 안 됩니다, 백작.」 하고 알베르가 말했다. 「정말 딱한 지경에 있던 참에 도와 주셔서. 둘이서 그야말로 기상 천외의 탈것을 고안하고 있을 때 친절을 베풀어 주셔서 정말 고맙습니다.」

　「원, 무슨 말씀을.」 하고 백작은 두 청년에게 긴의자에 앉도록 손으로 가리키면서 말했다. 「그렇게 오랫동안 불편한 생각을 갖게 해드린 것은 파스토리니가 눈치가 없기 때문입니다! 당신들이 딱한 처지에 계시다는 얘기는 한마디도 하지 않았습니다. 나는 이렇게 혼자 있기 때문에 기회만 있으면 접근하려고 바라고 있었습니다. 그러던 참에 도움이 되어 드릴 일이 있다는 것을 알았기 때문에 즉시 인사를 드리게 된 것입니다.」

　두 청년은 고개를 숙였다. 프랑츠는 아직 한마디도 말을 꺼내지 못하고 있었다. 그는 아직 어떻게도 분명히 결심을 하지 못하고 있었던 것이다. 백작의 모습에는 그를 기억하고 있다는 것을 나타내려는 기색도, 또 자기가 누구라는 것을 인식시키려는 기색도 보이지 않았으므로 뭔가 한마디 언젠가의 일을 풍기는 말을 해야 할 것인지, 아니면 이대로 잠자코 새로운 증거가 나타나기를 기다려야 할 것인지, 어느 쪽을 택해야 할지 모르고 있었다. 게다가 어제밤 그 관람석에 있었던 사람이 이 인물이라는 것은 단언할 수 있지만 그저께 밤 콜로세움에 있었던 사람이 확실히 이 사람이라는 데에는 그로서도 그다지 확신할 수가 없었다. 그래서 이쪽에서 백작에게 직접 말을 꺼내는 일은 하지 않고 그저 되어가는 대로 맡겨 두리라고 결심했다. 더욱이 그에게는 백작보다도 유리한 점이 있었다. 즉 자기는 백작의 비밀을 쥐고 있으면서 동시에 숨겨야 할 비밀은 하나도 없었으므로 백작으로서는 어떤 압박도 자기에게 가할 수가 없을 것이었다.

그래도 프랑츠는 당장 약간의 의문점이 해명될 실마리가 잡힐 듯한 화제로 대화를 유도하리라고 결심했다.

「백작」하고 그는 말했다. 「당신은 저희들을 위해서 마차와 로스포리 관의 창문에 각각 자리를 두 개 제공해 주셨습니다. 그런데 잠깐 묻겠습니다만 포폴로 광장에 이탈리아 인이 말하는 포스트 하나를 손에 넣으려면 어떻게 하면 좋을까요?」

「아아, 참 그랬었지요.」하고 백작은 방심한 듯한 투로 알베르 쪽을 물끄러미 바라보면서 말했다. 「포폴로 광장에서 무슨 처형 같은 것이 있다고 했지요?」

「그렇습니다.」하고 프랑츠는 상대가 스스로 자기가 바라는 바대로 끌려오는 것을 보면서 말했다.

「잠깐 기다려 주세요. 분명히 어제 관리인에게 그 수배를 일러 놓았으니까요. 아마 그 문제에 있어서도 어떻게든 도움이 되어 드릴 수 있으리라고 생각합니다만.」

그는 초인종 끈에 손을 뻗쳐 세 번 잡아당겼다.

「당신은」하고 그는 프랑츠를 향해 말했다. 「시간의 사용법이나 하인들이 왔다갔다하는 수고를 덜어 주는 방법을 생각해 보신 일이 있습니까? 나는 그것을 연구해가지고 한 번 울리면 급사, 두 번 울리면 요리장, 세 번 울리면 관리인, 그런 식으로 하고 있습니다. 이렇게 하면 시간도 말도 절약할 수 있습니다. 보세요, 왔습니다.」

과연 거기에 마흔다섯에서 쉰 살 정도의 사나이가 들어왔다. 그 사나이는 언젠가 프랑츠를 동굴로 안내한 예의 밀수꾼 같았지만 이쪽을 기억하고 있는 듯한 기미는 전혀 없었다. 프랑츠는 사나이가 그렇게 행동하도록 지시를 받고 있는 것이라고 생각했다.

「베르투쵸」하고 백작이 말했다.「어제 얘기한 대로 포폴로 광장에 창문을 하나 구해 놓도록 수배해 두었나?」

「네, 주인님」하고 관리인은 대답했다.「하지만 너무 시간이 늦었기 때문에.」

「뭐라고?」하고 백작은 미간을 찌푸리며 말했다.「꼭 하나 필요하다고 말했잖나!」

「어떻든 하나 구해 놓기는 했습니다. 로바니예프 공작이 빌리고 계셨던 곳입니다. 하지만 임대료가 백……」

「좋아좋아, 베르투쵸. 그런 자질구레한 집안 일은 손님 앞에서 이야기하는 것이 아니야. 창문을 입수했으면 그것으로 된 거야. 그 집의 번지수를 마부에게 일러 둬주게. 그리고 자네는 그곳 층계에서 기다리고 있다가 안내를 해주면 되는 거야. 물러가도 좋아.」

관리인은 인사를 하고 나서 물러가려고 한 걸음 앞으로 내디뎠다.

「아, 참」하고 백작이 다시 불러 세웠다.「파스토리니에게 타보레타를 받았는지 어떤지 알아봐 주게. 그리고 처형 프로그램은 이쪽으로 보내 달라고 이르고.」

「그러실 것 없습니다.」하고 프랑츠가 호주머니에서 수첩을 꺼내면서 말했다.「제가 그 나무 팻말을 똑똑히 이 눈으로 보고 베껴왔습니다. 여기에 있습니다.」

「그것 참 다행이군요. 그렇다면 베르투쵸, 물러가도 좋아. 더 이상 용무는 없으니까. 다만 식사 준비가 되거든 알려 주게. 두 분 모두」하고 백작은 두 사람의 친구를 돌아보면서 계속했다.「함께 식사를 해주실 수 있을 테죠?」

「아니, 백작. 그래서는 정말」하고 알베르가 말했다.「너무 염치가 없어서……」

「원, 무슨 말씀을. 그렇게 해주셔야 저로서는 반갑습니다. 그 보답은 언젠가 파리에서 받도록 하지요. 어느 한 분에게, 또는 어쩌면 두 분 모두로부터.

베르투쵸, 식사는 삼인분을 준비하라고 일러 주게.」

　그는 프랑츠의 손에서 수첩을 받아들었다.

　「어디 어떻게 했는가 볼까.」하고 그는 〈푸티트 자피쉬〉(광고신문의 이름)라도 읽는 듯한 어조로 계속했다. 「『오늘 2월 22일, 상 조반니 디 라테라도 사원의 승려 회원으로서 덕망 높은 돈 체자레 토르리니의 살해범 안드레아 론도로, 그리고 가증스러운 산적 루이지 반파 및 그 일당과 내통한 것으로 인정되는 로카 프리오리 페피노, 이상 두 사람의 처형을 집행함을……』흐흠……！『첫번째 사람은 박살, 두 번째 사람은 참수』라. 흐흠 역시.」하고 백작은 말했다. 「처음에는 이렇게 집행할 예정이었습니다. 하지만 어제 이 처형 프로그램에 뭔가 변경이 있었던 것 같습니다.」

　「설마！」하고 프랑츠가 말했다.

　「사실입니다. 어제밤 로스필료시 추기경 댁의 야회에 참가하고 있을 때 두 처형자 중 어느 쪽인가의 집행이 연기되었다는 것이 화제가 되고 있었습니다.」

　「안드레아 론도로 쪽인가요？」하고 프랑츠가 물었다.

　「아닙니다…….」하고 백작은 무덤덤한 표정으로 말했다. 「다른 한 사람의 사나이……(그는 짐짓 이름을 생각해내려는 듯이 수첩을 흘끔 들여다보고 나서)…… 로카 프리오리 페피노 쪽입니다. 그래서 참수형은 구경할 수 없게 되었습니다만 그래도 아직 박살형이 남아 있습니다.

　이것은 처음 구경하는 사람, 아니 한 번 본 적이 있는 사람에게도 아주 볼 만한 형벌입니다. 이에 비해 다른 한쪽은 이미 보셨을 줄 압니다만 너무나도 단순하고 너무나도 단조로워서 뜻하지 않았던 일 같은 것은 하나도 일어나지 않습니다. 목을 자르는 도끼는 절대로 실수를 하지 않습니다. 떨리거나 그르치거나 샬레 백작의 목을 자른 병사처럼 서른 번이나 다시 하는 일은 절대로 없습니다. 하기는 샬레 백작의 경우는 리셜리외(루이 13세 시대의 재상)가 일부러 끈질긴 사람에게 참수역을 맡겼을 테지만 말입니다.」하고 백작은 경멸하는 듯한 어조로 덧붙였다. 「그야말로 형벌이라는 점에서는 유럽인 따위는 문제가 되지 않지요. 잔학성이라는 점에서는 아직 겨우 어린이, 아니 어린이라기보다 이미 망령이 난 것입니다.」

　「실제에 있어서 백작」하고 프랑츠가 대답했다. 「당신은 세계의 여러 국민에 대해서 형벌의 비교 연구를 하고 계신 것 같군요.」

「적어도 내가 아직 보지 못한 형벌은 거의 없지요.」 하고 백작은 냉랭하게 대답했다.

「그런 무서운 광경을 보시면서 재미있다고 느끼셨습니까?」

「처음에는 혐오감을 느꼈지요. 두 번째에는 아무렇지도 않게 되고 세 번째에는 호기심을 느꼈습니다.」

「호기심이라고요? 무서운 말씀을 하시는군요!」

「어째서지요? 인생에 있어서 중대한 문제는 하나밖에 없습니다. 즉 죽음입니다. 따라서 사람에 따라 영혼이 육체로부터 어떻게 서로 다른 방법으로 떠나가는가, 또 그 성격, 기질, 다시 그 고장의 풍습 등에 따라 존재에서 무(無)로 돌아가는 이 마지막 과정을 어떻게 참고 견디는가, 그것을 연구한다는 것은 흥미있는 일이 아닐까요?

나로서는 한 가지만 분명히 말씀드릴 수 있습니다. 그것은 타인의 죽음을 많이 보면 볼수록 죽는다는 것이 아무렇지도 않게 된다는 것입니다. 그렇기 때문에 내 생각으로는 죽는다는 것은 아마 하나의 형벌이기는 하겠지만 죄를 보상하는 일은 결코 아닙니다.」

「말씀하시는 것을 잘 이해할 수가 없군요.」 하고 프랑츠가 말했다. 「좀 설명을 해주시지 않겠습니까? 왜냐하면 입으로는 말씀드릴 수 없을 만큼 흥미가 생겨서 말입니다.」

「그럼 들어 보십시오.」 하고 백작은 말했다. 그 얼굴에는 다른 사람 같으면 홍조를 띨 텐데도 고뇌의 빛이 스며들고 있었다. 「가령 여기에 한 인간이 있어서 당신의 아버지나 어머니, 또는 연인 등, 요컨대 당신의 마음에서 그 사람을 빼앗기면 거기에 영원한 공허가 생기고 언제까지나 피가 멈추지 않는 상처가 남게 될 그러한 분에게 다시는 돌이킬 수 없는 잘못을 저지르고 끝없는 고통 속에 죽게 했다고 칩시다. 그럴 경우 단두대의 칼날이 그 범인의 후두골 밑둥과 승모균 사이를 끊어 버려 오랫동안 당신에게 정신적인 고통을 맛보게 한 그 상대가 불과 몇 초 동안 육체의 고통을 맛보았다는 것만으로 당신은 사회로부터 충분한 보상을 받았다고 생각하실 겁니까?」

「네, 그것은 저도 이해할 수 있습니다.」 하고 프랑츠가 대답했다. 「인간이 행하는 심판 같은 것은 마음을 위로하는 것으로는 불충분한 것입니다. 피로써 피를 씻는다는 정도에 지나지 않습니다. 따라서 인간이 행하는 심판에 대해서는 다만 그것이 할 수 있는 것만을 요구해야지 그 이외의 것을 바래서는 안될 것입니다.」

「또 하나 구체적인 경우를 말씀드리지요.」 하고 백작이 말했다. 「즉 사회는 한 사람의 인간이 살해됨으로써 그 토대가 위태롭게 되면 죽음으로써 그 죽음에 보답합니다. 그러나 한편에서는 인간의 창자가 갈기갈기 찢겨나가는 고통이 무수히 존재하더라도 사회는 조금도 여기에 개의치 않고 지금 말씀드린 것 같은 불충분한 복수의 수단조차 그 고통받고 있는 인간에게 허용해 주지 않는 것 아닐까요?

꼬챙이로 찔러 죽이는 터키 인의 형벌, 페르시아 인의 말구유 형, 곤봉으로 때려 죽이는 일로코바 족의 형벌로서도 아직 관대하다고 할 수 있는 범죄인데도 무관심한 사회가 아무런 처벌도 가하지 않고 지나쳐 버리는 일이 있는 것 아닐까요? …… 어떻습니까, 그러한 범죄가 있는 것 아닐까요?」

「확실히 있습니다.」 하고 프랑츠가 대답했다. 「그러한 범죄를 벌하기 위해서 결투가 묵인되고 있는 것이지요.」

「아니, 결투라고요?」 하고 백작이 소리질렀다. 「목적이 복수에 있는 경우, 결투로 이 목적을 달성한다는 것은 정말 바보 같은 방법이지요! 한 사나이가 당신의 연인을 빼앗았다, 당신의 부인을 유혹했다, 당신의 딸을 능욕했다고 칩시다. 신이 인간을 만드실 때 모든 인간에게 약속한 행복을, 자기로서도 당연히 신에게 기대해도 좋았을 한 인간의 생애가 그 사나이 때문에 고뇌, 비참, 오욕의 일생으로 바뀌었다고 칩시다. 그래도 당신은 당신의 정신을 착란시키고 당신의 마음을 절망에 빠뜨린 그 상대방 사나이의 가슴에 칼을 꽂는 것만으로, 또는 그 머리에 총알을 한 방 쏘아대는 것만으로 복수를 했다고 생각하실 겁니까?

당치도 않습니다. 게다가 왕왕이 그 사나이가 결투에 이김으로써 세상에 대해 결백을 내세우고 이를테면 신의 용서를 받는 결과가 되는 일도 있단 말입니다! 아니 절대로」 하고 백작은 말을 계속했다. 「가령 내가 복수를 하지 않으면 안 되는 일이 있다고 한다면 그런 식의 복수는 하지 않을 것입니다.」

「그렇다면 당신은 결투를 인정하시지 않는군요? 당신은 결투 같은 것은 하시지 않는다는 말씀이군요 ? 」하고 그야말로 기괴한 주장이 펼쳐지는 것을 듣고 이번에는 알베르가 놀라서 물었다.

「아니, 그렇지는 않습니다.」하고 백작은 말했다. 「서로 오해가 없도록 합시다. 즉 아주 하찮은 일이라든가, 단순한 모욕이라든가, 상대가 자기의 말을 거짓말이라고 한다든가, 뺨을 얻어맞았다든가 하면 나도 결투를 합니다. 그것도 지금까지 줄기차게 육체의 훈련을 쌓고 위험에도 서서히 익숙해져 있고 어떻게든 상대를 쓰러뜨릴 자신이 있는 만큼 태연히 할 수 있을 것입니다. 그렇습니다, 그러한 일을 위해서라면 물론 결투를 합니다.

하지만 서서히 죄어드는, 심각하고 무한히 계속되는, 영원히 그치지 않는 고통에 보답해야 한다면, 가능하면 나는 내가 받은 것과 똑같은 고통을 상대방에게도 안겨 줄 것입니다. 동양인이 말하는 것처럼 눈에는 눈, 이에는 이, 바로 그것입니다.

실상 동양인은 모든 점에 있어서 우리의 스승이며 꿈의 인생과 현실의 천국을 만들어낼 줄 아는, 선택받은 인간입니다.」

「하지만」하고 프랑츠가 백작에게 말했다. 「그 생각대로 한다면 당신은 자기 사건의 재판관인 동시에 사형 집행인이 되는 셈인데 그렇다면 당신 자신이 영원히 법률의 힘 바깥으로 벗어난다는 것은 어려워지지 않습니까 ?

증오라는 것은 맹목이고 분노는 분별이 없는 것입니다. 그리고 자기 손으로 복수의 잔을 채우려는 사람은 오히려 고배를 마시게 될 위험이 있는 법입니다.」

「그렇습니다, 그 사람에게 돈이 없고 재주가 없을 때는 그렇습니다. 그러나 그것이 거만(巨萬)의 부를 가진 교묘한 인간일 경우에는 다릅니다. 게다가 그 인간에게 있어서 가장 잘못 되는 경우라고 하더라도 아까 말씀드린 예의 극형을 받는 것뿐입니다. 즉 박애주의적인 프랑스 혁명이 갈가리 찢어죽이는 형벌이나 수레로 찢어죽이는 형벌 대신에 생각해낸 형벌(길로틴을 말함)이지요.

그렇다고는 하더라도 복수를 수행하고 나면 처형을 받는 것쯤은 문제가 안 됩니다. 실제로 나는 저 페피노라는 놈이 십중팔구 이탈리아 인들이 말하는 그 목치기를 당하지 않게 된 것이 유감스럽기 짝이 없습니다. 이 형벌에 어느 정도의 시간이 걸릴 것인지, 또 정말로 화제거리가 될 만한 것인지 어떤지를 보시게 해드릴 수가 있었는데 말입니다.

그나저나 사육제가 시작되는 마당에 이상한 얘기를 했군요. 대체 어쩌다가 이런 얘기를 하게 되었을까요? 아아, 그랬군요! 내가 빌려 놓은 창문에 자리가 하나 필요하다고 하셨지요? 좋습니다. 빌려 드리겠습니다. 하지만 그보다도 먼저 식탁으로 가시지 않겠습니까? 준비가 되었다고 알려왔으니까 말입니다.」

아니나다를까 하인 하나가 객실에 있는 네 개의 문 가운데 하나를 열고 공손한 말로 알렸다.

「알 스오 코모도(편리하신 때에).」

두 청년은 일어서서 식당으로 들어갔다.

아주 훌륭한, 더할 수 없이 잘 차려진 식사를 하는 동안 프랑츠는 눈으로 알베르의 눈치를 살펴 백작의 말이 그의 마음에 주었을 인상을 읽으려고 했다. 그러나 언제나와 같은 무관심 때문에 백작의 말에 대해 관심을 기울이지 않은 탓인지, 또는 결투 문제로 백작이 자기에게 양보를 보인 데에 기분이 좋아져서인지, 아니면 또 이미 서술한 여러가지 경위를 알고 있는 것은 단지 프랑츠 한 사람뿐이어서 프랑츠에게만 백작의 사고 방식이 강하게 인상지어진 탓인지 알베르는 전혀 신경을 쓰고 있는 것 같지도 않았다.

뿐만 아니라 최근 사오 개월 동안 이탈리아 요리, 즉 세계에서도 가장 맛이 없는 요리만 먹어왔기 때문인지 차려진 식사에 열심히 입맛을 다시며 정신없이 먹고 있었다.

반면 백작은 어느 접시에나 거의 형식적으로 손을 대고 있을 뿐이었다. 손님과 함께 식탁에 앉아 있기 때문에 예의상 마지못해 먹는 척하고 있는 것 같았다. 손님이 돌아간 뒤에 뭔가 색다른 식사, 특별한 요리를 먹을 생각인 것 같은 느낌이었다.

이것을 보고 프랑츠는 문득 백작을 보았을 때 G…… 백작 부인이 공포에 떨고 있던 것을, 그리고 백작이 맞은편 관람석에 있다고 그가 알려 주자 마지막까지 백작을 흡혈귀임에 틀림없다고 확신하고 있던 것을 생각해냈다.

식사가 끝나자 프랑츠는 시계를 꺼냈다.

「그러면」 하고 백작이 그러는 그에게 말했다. 「이제부터 어떻게 하실 겁니까?」

「실례입니다만 백작.」하고 프랑츠가 대답했다.「아직도 해야 할 일이 많이 남아 있기 때문에.」

「어떤 일 말입니까?」

「아직 가장 준비가 되지 않았습니다. 오늘은 어떻든 꼭 가장을 하지 않으면 안 되는 날이니까.」

「그런 일이라면 걱정하실 것 없습니다. 포폴로 광장에 방 하나를 준비해 놓았을 테니까 원하시는 의상만 말씀하시면 그곳으로 가지고 가게 하지요. 그러면 거기에서 곧 가장을 할 수 있을 겁니다.」

「처형 뒤에 말입니까?」하고 프랑츠가 소리질렀다.

「그야 처형 뒤에든 처형 도중이든 또는 그 전에도 원하시는 때에 하실 수 있습니다.」

「단두대를 앞에 놓고 말입니까?」

「단두대도 축제의 일부이니까요.」

「저, 백작. 생각해 보았습니다만.」하고 프랑츠가 말했다.「물론 호의는 깊이 감사드립니다만 저로서는 마차 안과 로스포리 관의 창문에 자리를 빌린 것만으로도 충분합니다. 그러니까 그 포폴로 광장의 창문에 있는 자리는 좋으실 대로 활용하십시오.」

「하지만 그렇게 되면 사전에 말씀드립니다만 무척 희한한 구경거리를 놓치게 될 텐데요.」하고 백작이 대답했다.

「나중에 말씀을 듣도록 하지요.」하고 프랑츠가 말했다.「당신에게서 얘기를 들으면 틀림없이 현장을 보는 것과 비슷할 정도의 감명을 받게 될 것입니다. 게다가 또 나는 지금까지도 여러 번 사형을 보려고 했으면서도 아무래도 그 결심이 서지 않았었습니다. 자네는 어떤가, 알베르?」

「나 말인가?」하고 알베르가 대답했다.「나는 카스탕의 처형 장면을 본 일이 있다네. 하지만 그날은 확실히 조금 취해 있었던 것 같아. 학교를 졸업하는 날이어서 어느 술집에서 밤새 술을 마신 다음날의 일이었으니까.」

「하지만 파리에서 구경하지 않았으니까 외국에서도 하지 않는다는 것은 이해가 되지 않는군요. 여행을 한다는 것은 견문을 넓히는 것이 목적입니다. 고장을 바꾸는 것은 사물을 보기 위해서입니다.『로마에서는 어떤 식으로 처형을 하지?』하고 누가 물을 때『모르겠는데요.』하고 대답하는 자신의 얼굴을 상상해 보십시오.

더욱이 오늘 처형되는 사나이는 그야말로 고약한 악당으로서 자기를 친자식처럼 길러 준 선량한 승려를 장작대로 때려죽인 놈이라고 합니다. 얼마나 끔찍한 일입니까! 승려를 죽인다, 그것도 자기 아버지 같은 승려의 경우라면 더더욱 장작대보다 좀더 나은 흉기를 사용하는 법이지요. 만일 당신들이 스페인을 여행하시게 되면 틀림없이 투우를 보시게 되겠지요. 그런데 말입니다, 지금부터 구경을 하러 가는 것도 그런 것이라고 생각하시면 됩니다. 원회장(圓戲場)에 모인 저 고대 로마 인의 일을, 삼백 마리의 사자와 백 명 가량의 인간을 살육한 저 사냥의 일을 상기해 주십시오. 박수를 보내는 저들 팔만 명의 관중을, 거기에 시집가기 전의 딸을 데리고 간 저 현부인들의 일을. 엄지손가락으로 『자, 우물쭈물하지 말고 죽어가는 저 사나이에게 빨리 마지막 일격을 가하세요!』하고 멋진 신호를 보낸, 하얀 손을 가진 아름다운 무녀들의 일을 상기해 주십시오.」

「자네는 갈 텐가, 알베르?」하고 프랑츠가 말했다.

「물론 가겠네. 나도 자네와 마찬가지로 망설이고 있었지만 백작의 웅변에 끌려서 결심을 했네.」

「자네가 가고 싶다면 나도 가기로 하지.」하고 프랑츠가 말했다.「하지만 포폴로 광장으로 가는 데 나는 코르소 거리를 통해 가고 싶은걸. 통과할 수 있을까요, 백작?」

「걸어서라면 괜찮지만 마차로는 안 됩니다.」

「그럼 걸어서 가지요.」

「꼭 코르소 거리를 지나서 가시고 싶습니까?」

「네. 잠깐 보고 싶은 것이 있어서요.」

「그렇다면 코르소 거리를 지나서 가기로 하지요. 마차는 바브이노 거리 쪽에서 돌려서 포폴로 광장에 대기시키도록 하지요. 그리고 나로서도 코르소 거리를 지나가게 되면 지시해 놓은 것이 제대로 이행되었는지 어떤지를 확인할 수 있으니까 조금도 폐가 되지 않습니다.」

「주인님」하고 하인이 문을 열고 말했다.「고행승의 복장을 한 사나이가 뵙고 싶다고 합니다.」

「아아, 그래?」하고 백작이 말했다.「용건은 알고 있네. 두 분은 다시 객실

쪽에 나가 계십시오. 가운데 테이블 위에 고급 하바나 궐련이 놓여 있습니다. 나도 곧 갈 테니까요.」

두 청년은 일어서서 한쪽 문을 통해 나갔다. 백작은 다시 한 번 미안하다는 말을 하고 나서 다른 문으로 해서 나갔다. 궐련을 무척 좋아해서 이탈리아에 온 이래 파리의 카페 궐련을 피우지 못하는 것을 크게 불만스럽게 생각하고 있던 알베르는 탁자에 다가가자마자 진짜 궐련을 발견하고는 환성을 질렀다.

「어떤가?」하고 프랑츠가 물었다.「몽테 크리스토 백작을 어떻게 생각하나?」

「어떻게 생각하냐고?」하고 알베르는 프랑츠에게서 그런 질문을 받은 데 대해 명백히 놀라는 빛을 나타내며 말했다.「기분 좋은 사람이라고 생각하네. 손님 접대도 깍듯하고 견문도 넓고 학문도 있는데다 사려 깊고 프루투스처럼 스토아 파이기도 하고. 게다가」그렇게 말하고 그는 그야말로 맛이 있는 듯이 연기를 한 번 후우 하고 내뿜고 나서 덧붙였다. 연기는 소용돌이 치면서 천장을 향해 올라갔다.「무엇보다도 기막힌 궐련을 가지고 있군그래.」

이것이 백작에 대한 알베르의 의견이었다. 그런데 프랑츠는 알베르가 평소 인물이나 사물에 대해 충분히 고찰한 뒤가 아니면 의견을 말하지 않는다고 자부하고 있는 것을 알고 있었기 때문에 그 의견을 조금이라도 변경시키려고 노력하지는 않았다.

「그런데 이것 보게.」하고 그는 말했다.「자네는 한 가지 이상한 것을 깨닫지 못했나?」

「어떤 것 말인가?」

「백작이 자네를 유심히 바라보고 있었던 것 말일세.」

「나를?」

「그래, 자네를.」

알베르는 생각에 잠겼다.

「아아」하고 그는 한숨을 쉬면서 말했다.「조금도 이상할 것은 없어. 나는 벌써 일 년 가까이나 파리를 떠나 있어서 유행에 뒤진 복장을 하고 있기 때문이야. 아마도 백작은 나를 어느 시골내기라고 생각했음에 틀림없어. 이것을 바로잡아 주게, 자네가. 제발 부탁일세. 기회가 있으면 곧 그렇지 않다고 전해 주게.」

프랑츠는 미소지었다. 잠시 뒤에 백작이 되돌아왔다.

「기다리시게 했습니다.」 하고 그는 말했다. 「이제 마음놓고 상대해 드릴 수 있습니다. 모든 것을 수배해 놓았습니다. 마차는 포폴로 광장에 돌려 놓고 우리는 원하는 대로 코르소 거리로 해서 갑시다. 모르셀 씨, 그 궐련을 두서너 개 넣고 가십시오.」

「그것 참 고맙군요.」 하고 알베르는 말했다. 「어떻든 이곳 이탈리아 궐련은 관제보다도 더 질이 나쁘니까요. 파리에 오실 때 모든 것을 갚아드리겠습니다.」

「기꺼이 받겠습니다. 나도 언젠간 파리에 가려고 생각하고 있으니까요. 승낙을 하셨으니까 댁에도 찾아가 뵙지요. 자, 자, 더 이상 우물쭈물하고 있을 수가 없습니다. 벌써 12시 반입니다. 이제 그만 떠나기로 합시다.」

세 사람은 아래로 내려갔다. 마부는 아까의 주인의 분부에 따라 바브이노 거리로 갔고, 걸어가는 세 사람은 스페인 광장을 지나 곧바로 피아노 관과 로스포리 관 사이로 나가는 프라티나 거리를 올라갔다.

프랑츠의 눈은 이 로스포리 관의 창문에 쏠렸다. 그는 콜로세움 안에서 예의 망토의 사나이와 트란스테베레의 사나이 사이에서 정해진 신호를 잊지 않고 있었던 것이다.

「당신의 창문은 어느 쪽이죠 ?」 하고 그는 될 수 있는 대로 태연한 투로 백작에게 물었다.

「맨 위에 있는 세 개입니다.」 하고 백작은 조금도 그런 티를 내지 않는 무관심한 태도로 말했다. 왜냐하면 어떤 목적으로 상대방이 그런 질문을 했는지 꿰뚫어보지 못했기 때문이다.

프랑츠의 눈은 재빨리 그 세 개의 창문으로 향했다. 양쪽 창문에는 노란 능직천이 쳐져 있고 가운데 창문에는 빨간 십자가 달린 하얀 능직천이 쳐져 있었다.

망토의 사나이는 트란스테베레의 사나이에게 약속을 이행한 것이다. 이제 의심의 여지는 없었다. 그 망토의 사나이는 바로 백작이었던 것이다.

그 세 개의 창문에는 아직 아무도 없었다.

게다가 주위에서는 어디나 한창 준비에 바빴다. 의자가 놓여지고 발판이

엮어지고 창문에는 커튼이 걸려지고 있었다. 신호의 종이 울릴 때까지는 가면을 쓰고 나가는 일도 마차를 몰고 다니는 일도 허용되지 않았다. 그렇다고는 하지만 어느 창문의 배후에도 가면이 숨어 있고 어느 문 뒤에도 만반의 태세를 갖춘 마차가 기다리고 있는 기색이 엿보였다.

프랑츠, 알베르, 그리고 백작 세 사람은 여전히 코르소 거리를 내려가고 있었다. 포폴로 광장에 다가감에 따라 군중의 수는 점점 더 늘어갔다. 그리고 그 군중의 머리 너머로 높이 솟아 있는 두 물건이 보이기 시작했다. 광장의 중심을 가리키는, 앞끝에 십자가를 단 오벨리스크, 그리고 그 오벨리스크의 전방, 바브이노, 코르소, 리페타의 세 개의 거리에서 똑같이 바라다보이는 한 점에 처형대의 맨 상단인 두 개의 도릿대. 그 도리 사이에는 단두대의 구부러진 칼날이 번쩍이고 있었다.

거리의 모퉁이에 주인을 기다리고 있는 백작의 관리인 모습이 보였다.

백작은 말할 것도 없이 손님에게는 그 값을 알리려고 하지 않았지만 아마도 터무니없이 비싼 값으로 빌렸을 것이 틀림없는 그 창문은 바브이노 거리와 핀쵸 언덕 사이에 있는 큰 건물의 삼층에 있었다.

그것은 이미 서술한 대로 침실로 이어진 일종의 의상실 같은 것으로서 침실 문을 닫으면 의상실 안에 있는 사람은 자기집에서와 똑같은 안정된 기분을 느낄 수 있었다. 의자 위에는 더할 수 없이 아름다운 백색과 청색의 공단으로 만든 익살꾼의 의상이 놓여 있었다.

「의상 선택은 위임받았기 때문에」 하고 백작은 두 사람의 친구에게 말했다. 「이것을 준비시켰습니다. 첫째로 이것이 올해 가장 유행되는 것이고 게다가 가루가 묻어도 눈에 띄지 않기 때문에 콘페티(사육제 때에 서로 던지는 조그만 과자나 종이 뭉치)에 대해서도 제일 무난합니다.」

프랑츠는 백작의 말을 제대로 듣고 있지 않았다. 게다가 백작의 거듭되는 배려에 대해서도 고마움을 느끼지 않고 있는 것 같았다. 왜냐하면 그는 포폴로 광장의 광경과 지금 그 광장의 가장 주된 장식이 되어 있는 예의 무서운 도구에 완전히 마음을 빼앗기고 있었기 때문이다.

프랑츠가 길로틴을 보는 것은 이것이 처음이었다. 여기에서 길로틴이라는 말을 쓰는 것은 로마의 단두대가 우리 나라의 처형 기계와 거의 같은 모양으로 되어 있기 때문이다. 반달 모양의 돌출 부분에서 목을 자르게 되어 있는 칼날이 길로틴보다 약간 낮은 곳에서 떨어진다는 것만이 다를 뿐이다.

두 사람의 남자가 처형자를 뉘어 놓는 판자 위에 앉아서 때가 오기를 기다리면서 무엇인가를, 프랑츠가 보기에는 빵과 소시지를 먹고 있었다. 한 사람이 판자를 들어올려 포도주 병을 꺼내더니 한 모금 마시고 나서 그 병을 동료에게 넘겨 주었다. 이 두 사람은 사형 집행인의 조수였던 것이다!

이것만을 보고도 프랑츠는 머리털 구멍에서 땀이 배어나오는 것 같은 느낌을 받았다.

어젯밤 동안에 새 감옥에서 산타 마리아 델 포폴로의 작은 사원으로 옮겨진 사형수들은 각기 두 사람의 승려가 지켜보는 가운데 철격자가 둘러쳐지고 한 시간마다 교대하는 보초병이 그 앞을 왔다갔다하고 있는 밤샘 예배당에서 하룻밤을 지낸 것이었다.

그 사원의 문 양쪽에서 헌병이 두 줄로 단두대까지 늘어서서 폭이 약 삼 미터 가량 되는 길을 가운데에 열어 놓고 있었다. 그리고 단두대 주위에는 백 보 가량의 공간을 남겨 놓고 그것을 빙 둘러싸고 있었다.

광장의 다른 부분은 남녀 군중으로 가득 메워져 있었다. 많은 여자가 어린이를 어깨에 올려 놓고 있었다. 이 어린이들은 상반신이 그대로 군중의 머리 위에 나와 있었기 때문에 구경을 하기에는 안성마춤이었다.

핀쵸의 언덕은 계단석 전체에 관중이 들어찬 원형 극장 같았다. 바브이노 거리와 리페타 거리의 모퉁이에 있는 두 개의 사원 노대에는 호기심 많은 특권자가 득실거리고 있었다. 주랑(柱廊)의 계단은 끊임없는 조류에 의해 문으로 밀려가고 있는 형형색색의 흔들리는 물결처럼 보였다. 벽 위에 사람 하나라도 올라설 수 있는 우묵한 장소가 있으면 거기에는 반드시 살아 있는 상(像)이 서 있었다.

백작의 말은 거짓이 아니었다. 인생에 있어서 가장 호기심을 자극하는 것은 타인의 죽음을 바라보는 일이었다.

그런데 이 광경의 엄숙함으로 보아 당연히 주위는 조용해야 할 텐데 군중 속에서는 큰 술렁임이 일고 있었다. 그것은 웃음소리와 욕지거리, 그리고 환성이 뒤섞인 술렁임이었다. 백작이 말한 대로 모든 민중에게 있어서 이 처형이 사육제의 개막이라는 것도 또한 명백했다.

갑자기 그 술렁임이 마치 마법에라도 걸린 것처럼 딱 멎었다. 사원의 문이 열린 것이다.

각기 눈이 있는 부분만을 빠끔히 뚫어 놓은 회색의 옷을 걸치고 불을 켠 양초를 손에 든 일단의 고행승이 우선 모습을 나타냈다. 선두에는 장로가 걸어오고 있었다.

고행승들의 뒤를 따라 한 사람의 키 큰 사나이가 나왔다. 그 사나이는 마직으로 된 잠방이를 입은 외에는 맨몸이었고 잠방이의 왼쪽에 칼집에 넣은 큰 단도를 묶어 놓고 있었다. 오른쪽 어깨에는 그야말로 무거워 보이는 큰 쇠망치를 둘러메고 있었다. 바로 이 사나이가 사형 집행인이었다.

또한 이 사나이는 발목을 노끈으로 묶은 샌들을 신고 있었다.

그 사형 집행인을 뒤따라 처형 순서대로 우선 페피노가, 이어서 안드레아가 걸어들어왔다.

그 하나하나에 각기 두 사람씩의 승려가 따라붙고 있었다.

두 사람 모두 눈은 가려져 있지 않았다.

페피노는 꽤 확실한 걸음걸이로 걷고 있었다. 아마도 그는 자기를 위해서 어떤 절차가 밟아졌는가를 이미 통고받고 있을 것이었다.

안드레아는 두 팔을 승려들에게 부축받고 있었다.

두 사람 모두 때때로 고해사가 내미는 십자가에 입술을 갖다대곤 했다.

프랑츠는 단지 이 광경만 보고도 다리가 후들후들 떨리는 것을 느꼈다. 그는 알베르 쪽을 보았다. 알베르는 입고 있는 셔츠의 빛깔처럼 창백해져 있었다. 그리고 아직 절반밖에 피우지 않았는데도 궐련을 기계적으로 멀리 집어던졌다.

다만 백작만이 태연했다. 뿐만 아니라 불그레한 핏기가 그 창백한 얼굴에 번져오는 것처럼 보이기조차 했다.

그의 코는 마치 피 냄새를 맡은 맹수의 그것처럼 부풀어오르고 입술은 약간 벌어져 늑대의 그것 같은 희고 조그만 날카로운 이빨을 드러내 보이고 있었다.

그러나 그러면서도 그 얼굴에는 프랑츠가 일찍이 본 적이 없는 생글거리는 부드러운 표정이 떠오르고 특히 그 검은 눈은 황홀할 만큼 온화하고 아름다운 윤기를 띠고 있었다.

그러는 동안에도 두 사람의 사형수는 처형대를 향해 계속 걸음을 옮기고 있었는데 다가옴에 따라 두 사람의 얼굴을 똑똑히 분간할 수 있게 되었다. 페피노는 피부가 볕에 그을고 시원시원한 야생적인 눈초리를 가진 스물넷에서 스물여섯 살쯤 되어 보이는 미남 청년이었다. 그는 얼굴을 높이 쳐들고 어느 방향에서 구원자가 나타날는지 바람으로 그 낌새를 알아내려는 것 같았다.

안드레아는 뚱뚱하고 키가 작은 사나이였다. 야비하고 잔인한 얼굴에서 나이를 짐작하기는 어려웠지만 그래도 대개 서른 살쯤으로 보였다. 감옥에 들어가 있는 동안 그는 수염을 자라는 대로 내버려 두고 있었다. 고개는 한쪽 어깨 위로 떨구어지고 다리는 금세라도 퍽석 주저앉을 것만 같았다. 전신은 이미 의지의 힘을 완전히 잃고 기계적인 움직임에 따르고 있는 것 같았다.

「분명히」 하고 프랑츠가 백작에게 말했다. 「처형은 한 사람뿐이라고 아까 말씀하신 것으로 아는데요.」

「사실을 말했을 뿐입니다.」 하고 백작은 냉정하게 말했다.

「하지만 처형수가 두 사람인 것 같은데요?」

「그렇습니다. 하지만 저 두 사람 가운데 한 사람에게는 죽음이 눈앞에 다가와 있지만 다른 한 사람은 아직도 오랫동안 살아 남게 되지 않을까요?」

「하지만 은사(恩赦)가 있다고 하더라도 이제는 시간이 없지 않습니까?」

「그러니까, 보세요, 저기 옵니다.」 하고 백작이 말했다.

과연 페피노가 단두대의 아래까지 갔을 때 늦게 도착한 듯한 한 사람의 고행승이 누구의 제지도 받지 않고 헌병들의 대열을 뚫고 고행승의 장로에게까지 다가가 네 겹으로 접은 한 장의 종이를 건네 주었다.

페피노의 타는 듯한 눈은 자초지종을 놓치지 않았다. 고행승의 장로는 건네받은 종이를 펴서 그것을 읽은 뒤 손을 쳐들었다.

「주님은 찬송 받으리라. 법왕은 찬양 받으리라!」 하고 그는 높고 분명한 목소리로 말했다. 「처형수의 한 사람에게 특사의 은전이 내려져 죽음을 면하게 되었다.」

「특사다!」 하고 민중이 일제히 소리질렀다. 「특사가 내려졌어!」

특사라는 말을 듣고 안드레아는 깜짝 놀란 모양으로 고개를 쳐들었다.

「누구에게 특사가 내려졌어?」 하고 그는 외쳤다.

페피노는 꼼짝도 하지 않고 입을 다문 채 숨을 몰아쉬고 있었다.

「로카 프리오리 페피노에게 사형 면제의 특사가 내려졌다.」하고 장로가 말했다.

그리고 그는 종이를 헌병 지휘대장에게 넘겨 주었다. 대장은 그것을 읽고 나서 다시 장로에게 돌려 주었다.

「페피노에게 특사가 내려졌다고?」하고 안드레아가 그때까지의 마비 상태에서 다시 제정신으로 돌아가 소리질렀다. 「어째서 놈은 용서받고 나는 용서받지 못한단 말인가! 우리는 함께 죽기로 되어 있었어! 나보다 먼저 놈이 처형당하게 되어 있었어! 나만 죽으라는 법은 없어. 혼자서 죽기는 싫어, 그런 것은 정말 참을 수가 없어!」

그는 두 승려의 팔에서 몸을 빼내고 전신을 뒤틀면서 고함을 지르고 울부짖으며 손을 묶은 밧줄을 끊으려고 미친 사람처럼 몸부림쳤다.

사형 집행인이 두 사람의 조수에게 신호를 보내자 두 사람은 처형대 아래로 뛰어내려 사형수를 붙들어 움쭉 못 하게 했다.

「대체 어떻게 된 겁니까?」하고 프랑츠가 백작에게 물었다.

왜냐하면 모든 것이 로마 사투리로 이야기되고 있었기 때문에 그로서는 잘 이해할 수가 없었던 것이다.

「어떻게 됐느냐고요?」하고 백작이 말했다. 「모르시겠습니까? 저 살해되려는 사나이가 자기와 함께 동료가 죽지 않게 되었다고 해서 미쳐 날뛰고 있는 것입니다. 내버려 두면 저 사나이는 자기 혼자만 죽고 상대방은 살아남는다는 것은 있을 수 없는 일이라면서 손톱이나 이빨로 동료를 찢어발기고 말 것입니다. 아아, 인간이여, 인간이여, 악어의 종족이여! 하고 칼 모르(실러의 《군도(群盜)》에 나오는 주인공)도 말하고 있습니다.」하고 백작은 두 주먹을 군중 쪽으로 내밀면서 소리질렀다. 「그 모습은 바로 너희들이다! 언제 어느 때나 너희들은 자기들에게 어울리는 일을 하고 있는 것이다!」

사실 안드레아와 사형 집행인의 두 조수는 모래먼지를 일으키면서 엎치락뒤치락하고 있었다. 사형수는 계속 고함을 지르고 있었다. 「저놈도 죽여! 저놈도 죽어야 해! 나만 죽이라는 법은 없어!」

「보세요, 저것 보세요.」하고 백작은 두 청년의 손을 잡고 계속했다. 「보세요. 아주 재미있지 않습니까? 저 사나이는 방금 아까까지는 자기 운명에 순종하여 처형대를 향해 걸음을 옮겼고 과연 비겁자답기는 했지만 어떻든 아무런 저항도 항변도 하지 않고 죽으려고 하고 있었습니다.

무엇이 저 사나이에게 약간의 기력이나마 주고 있었는지 아십니까? 무엇이 저 사나이의 마음의 위안이 되고 있었는지 아십니까? 무엇이 저 사나이로 하여금 기꺼이 처형받을 생각을 하게 하고 있었는지 아십니까?

그것은 다른 인간이 자기와 똑같은 고통을 받게 된다는 사실이었습니다. 다른 인간이 자기와 똑같이 죽어간다는 사실이었습니다! 다른 인간이 자기보다 먼저 죽게 되어 있다는 사실이었습니다!

두 마리의 양을 도살장으로 끌고 가보세요. 두 마리의 소를 도살장으로 끌고 가보세요. 그리고 그 중의 한 마리에게 동료가 죽지 않아도 된다는 것을 가르쳐 줘보세요. 양 같으면 기뻐서 매애매애 하고 울 것입니다. 소 같으면 기쁜 나머지 음매음매 하고 울 것입니다. 그러나 인간이, 신이 자기의 모습과 비슷하게 만들었다는 인간이, 이웃사랑이라는 것을 가장 크고 유일한 최고의 법도로서 신으로부터 부여받은 인간이, 사상을 나타내기 위해 신으로부터 목소리를 부여받은 인간이, 동료가 구제되었다는 것을 알고 맨 먼저 뱉어내는 소리는 대체 무엇일까요? 그것은 모독의 소리입니다. 그야말로, 자연의 걸작이며 피조물의 왕자인 인간에게 영광이 있으라! 라고나 할까요.」

그렇게 말하고 백작은 소리내어 웃었다. 그러나 그것은, 이처럼 웃어넘길 수 있게 되기까지에는 무서울 만큼 고뇌를 겪어왔음이 틀림없다는 것을 말해 주는 무서운 웃음이었다.

그러는 동안에도 격투는 계속되고 있었는데 그것은 차마 눈뜨고 볼 수 없을 처참한 광경이었다. 두 사람의 조수는 안드레아를 처형대 위로 운반해갔다. 민중은 모두 안드레아에게 반감을 품고 이만 명의 목소리가 일제히 「죽여라! 죽여 버려라!」 하고 소리지르고 있었다.

프랑츠는 저도 모르게 뒤로 물러섰다. 그러나 백작이 그러는 그의 팔을 붙들고 창문 앞으로 바싹 끌어다 놓았다.

「대체 어떻게 되신 겁니까?」 하고 백작이 말했다. 「불쌍하게 생각되십니까? 아니, 뭐, 그건 좋은 일입니다! 당신도 역시 미친 개라는 고함 소리를 들으면 총을 들고 거리에 뛰쳐나가 불쌍한 그 개에게 총을 들이대고 사정없이 쏘아 죽이고 말겠지요.

하지만 그 개라는 것은 요컨대 다른 개에게 물렸기 때문에 자기도 그 보복을 하고 있을 뿐이지 그 이외에 아무런 죄도 없는 것입니다.

그런데 당신은, 다른 인간에게 물린 적도 없고, 뿐만 아니라 자기의 은인을 때려 죽이고 지금도 저렇게 자기 스스로는 손을 묶이고 있어서 죽일 수가 없으니까 하다못해 자기의 동료 죄수, 불행한 동료가 죽임을 당하는 것을 꼭 보고 싶다고 버티고 있는 사나이를 동정하고 계신 겁니다! 안 됩니다, 안 돼요, 보셔야 합니다, 보시지 않으면 안 됩니다!」

그러나 지금은 일부러 백작에게 권유를 받을 필요는 거의 없어져 있었다. 프랑츠는 이 무서운 광경에 마치 매료된 것처럼 되어 있었다.

두 사람의 조수는 사형수를 처형대 위에 이미 옮겨다 놓고 있었다. 그리고 상대가 날뛰고 물어뜯고 울부짖는데도 불구하고 우격다짐으로 그곳에 무릎을 꿇게 하고 있었다.

그리고 그러는 동안 사형 집행인은 옆에 서서 큰 망치를 견주어 쥐고 있었다. 이윽고 신호와 함께 두 사람의 조수가 냉큼 뒤로 물러섰다. 사형수는 일어나려고 했다. 그러나 그럴 새도 없이 큰 망치가 그 왼쪽 관자놀이를 내리쳤다.

쿵 하는 둔중한 소리가 들렸다. 사형수는 소처럼 앞으로 고꾸라졌다. 그리고는 반동으로 벌렁 뒤로 나자빠졌다. 그러자 사형 집행인은 큰 망치를 손에서 내려놓고 허리의 단도를 뽑아 상대의 목줄기를 한칼에 베었는가 했더니 배 위에 올라타고 두 발로 질근질근 밟기 시작했다.

밟을 때마다 사형수의 목에서 피가 뿜어 나왔다.

이번에야말로 프랑츠는 더 이상 참을 수가 없었다. 그는 뒤로 몸을 젖히며 반쯤 정신을 잃고 안락의자 위에 쓰러졌다.

알베르는 눈을 감은 채 그냥 서 있기는 했으나 창문의 커튼을 꽉 움켜쥐고 있었다.

백작은 마치 악귀처럼, 승리자와도 같은 태도로 우뚝 서 있었다.

37. 로마의 사육제

　프랑츠가 정신을 차렸을 때 알베르는 물을 마시고 있었다. 그 얼굴의 창백함으로 보아서 아무래도 물을 마시지 않고는 견딜 수 없음을 알 수 있었다. 백작은 이미 익살꾼의 의상을 입고 있었다.

　프랑츠는 기계적으로 광장을 바라보았다. 처형대도, 사형 집행인들도, 수인들도 모두 자취를 감추고 있었다. 거기에는 다만 시끄럽고 바쁜, 들뜬 민중밖에는 남아 있지 않았다. 법왕의 서거와 가면 행렬의 개시 때밖에는 울리지 않는 몽테 치토료의 종이 요란하게 울려퍼지고 있었다.

　「그 뒤」 하고 그는 백작에게 물었다. 「대체 무슨 일이 일어났습니까 ? 」

　「아무 일도 일어나지 않았어요, 절대로 아무 일도.」 하고 백작은 말했다. 「보시는 바와 같습니다. 다만 사육제가 시작되었을 뿐입니다. 자, 빨리 의상을 입으셔야지요.」

　「정말로」 하고 프랑츠가 백작에게 대답했다. 「그 무서운 사건도 단지 꿈처럼밖에는 기억에 없습니다.」

　「그것은 보신 것이 단지 한 마당의 꿈, 한 마당의 악몽에 지나지 않기 때문입니다.」

　「네, 저에게 있어서는 그렇습니다. 하지만 저 사형수에게 있어서는요 ? 」

　「그것도 역시 꿈에 지나지 않습니다. 단지 당신이 눈을 뜨신 데 비해서 그 사나이는 그냥 잠들어 있다는 차이뿐입니다. 그렇다고는 하지만 어느 쪽이 행복한지는 아무도 알 수가 없는 일이지요.」

　「그런데 페피노는」 하고 프랑츠는 물었다. 「그 사나이는 어떻게 되었습니까 ? 」

　「페피노는 자만심 따위는 전혀 가지고 있지 않는 분별 있는 젊은이입니다. 보통 사람은 남이 상대해 주지 않으면 화를 내게 마련이지만 그 사나이는 그 반대로 사람들의 관심이 동료 쪽으로 쏠린 것을 보고 아주 기뻐했습니다. 그리고 모든 사람이 정신을 빼앗기고 있는 틈을 타서 군중 속에 섞여가지고 옆에 따라와 준 훌륭한 승려들에게 인사도 하지 않고 자취를 감추고 말았습니다. 확실히 인간이라는 것은 그야말로 은혜를 모르는, 정말 이기적인 동물이더군요……. 그건 그렇다치고 의상을 입으세요. 보세요. 모르셀 씨가 시범을 보이고 계시군요.」

과연 알베르는 검은 바지와 에나멜을 칠한 장화 위에 기계적인 동작으로 호박단 바지를 입고 있는 참이었다.

「이봐, 알베르.」 하고 프랑츠가 물었다. 「자네는 진짜로 이 엉터리 소동에 가담할 생각인가? 자, 분명히 대답을 해주게.」

「아니.」 하고 알베르는 대답했다. 「하지만 실은 나는 지금, 그런 것을 보기를 잘했다고 생각하고 있어. 백작이 하신 말씀을 이해할 수가 있어. 즉, 일단 그러한 광경에 익숙해지면 그런 것이 아니고서는 이미 흥분할 수 없다는 것을 말야.」

「그런 경우에야 비로소 인간의 여러가지 성격을 연구할 수가 있지만 그것은 어떻든 간에」 하고 백작이 말했다. 「처형대 층계의 첫 단에 발을 올려 놓으면 그 인간이 그때까지 줄곧 뒤집어 쓰고 있던 가면이 죽음에 의해 벗겨지고 진짜 얼굴이 나타나게 마련입니다. 물론 안드레아의 진짜 얼굴은 그다지 예쁜 것은 아니었지만 말입니다……. 그 비열한 악당놈이! …… 자, 자, 여러분, 의상을 입읍시다, 의상을 입읍시다!」

프랑츠가 얌전 빼는 아가씨처럼 수줍어하면서도 두 사람이 해보이는 본보기를 따르지 않았다면 아마도 우스꽝스럽게 보였을 것이다. 그래서 그도 의상을 입고 가면을 썼다. 그 가면이 그의 맨얼굴보다 창백하지 않은 것은 확실했다.

분장이 끝나자 세 사람은 아래로 내려갔다. 마차는 콘페티나 꽃다발을 가득히 싣고 문간에서 기다리고 있었다. 그들의 마차는 마차의 대열 속으로 섞여들어갔다.

무릇 어떤 대조라고 하더라도 지금 여기에서 나타난 대조만큼 완전한 것을 상상한다는 것은 어려운 것이다. 음산하고 잠잠하던 사형 장면에서 바뀌어 이제 포폴로 광장은 미친 듯한 난장판이 벌어지고 있었다.

가면을 쓴 군중이 사방팔방에서 한꺼번에 쏟아져 나오고, 출입문에서 흘러나오고, 창문에서 내려왔다. 피에로, 어릿광대, 도미노 후작, 트란스테베레인, 그로테스크한 사나이, 기사, 농부 등의 의상을 입은 사람들을 실은 마차가 어느 거리에나 넘치도록 쏟아져 나오고 이러한 무리들이 저마다 고함을 지르고 과장된 몸짓을 하며 밀가루를 집어넣은 달걀이라든가 콘페티, 또는 꽃다발 등을 던지고 있었다. 친구든 생면부지의 낯선 사람이든, 아는 사람이든 모르는 사람이든, 누구든 상관 않고 마구 고함을 지르며 집어던진다. 거기에 대해 화를 낼 권리는 누구에게도 없으며 모두 웃음으로 받아넘길 수밖에 없는 것이다.

프랑츠와 알베르는 심한 괴로움을 달래기 위해 이 난장판으로 끌려나왔으나, 마실수록 취할수록 과거와 현재를 갈라놓고 있는 장막이 점점 두께를 더하는 것을 느끼고 있는 사람 같은 형상이었다.

아까 본 그 광경은 아직도 두 사람의 눈에서 떠나지 않았다. 아니, 그보다도 오히려 여전히 그 여운을 마음속에서 느끼고 있었다. 그러나 주위의 열광이 차츰 그들의 마음에도 옮아왔다. 그리고 비틀거리기 시작한 이성이 자기들을 저버리고 가는 것처럼 생각되었다.

두 사람은 이 소란, 이 움직임, 이 흥분에 자기들도 가담하고 싶은 기묘한 욕망을 느끼고 있었다. 이윽고 이웃 마차에서 던진 한 줌의 콘페티가 알베르에게 맞아 그와 그의 동행 두 사람을 가루투성이로 만들고 그의 목과 가면에 가려지지 않은 얼굴 전체를 마치 백 개의 바늘이 한꺼번에 꽂혀진 것처럼 따끔따끔 쏘았다.

그래서 마침내 그도 그들이 만난 다른 모든 가면 무리들이 이미 가담하고 있는 일대 난전에 참가하지 않을 수 없게 되었다. 그는 자기도 마차 안에서 일어나 자루 안에서 달걀이나 봉봉을 두 손에 가득히 움켜쥐고 표적을 정하여 가까이에 있는 무리들에게 힘껏 던졌다.

이렇게 해서 그들도 소란 속으로 휘말려들어갔다. 반 시간쯤 전에 본 것에 대한 기억은 두 청년의 마음에서 이제 완전히 사라졌다. 그럴 정도까지 눈앞에 있는 형형색색의 미친 듯한 광경은 두 청년의 마음을 사로잡고 말았던 것이다. 한편 몽테 크리스토 백작은 이미 서술한 것처럼 단 한순간도 마음이 흔들리는 기색이 없었다.

실제로 거리 끝에서 끝까지 양쪽에 오륙 층의 고층 건물이 즐비하고 그 모든 노대에 색실로 짠 무늬천이 장식되고 창문이라는 창문에 모두 직물이 걸려 있는 이때의 넓고 아름다운 코르소 거리를 상상해 보시기 바란다.

그러한 노대, 그러한 창문에는, 로마 시민, 이탈리아 인, 세계 각지에서 온 외국인 등 삼십만 명의 관중이 주렁주렁 매달려 있었다. 태어나면서부터의 귀족, 돈으로 이룩한 귀족, 재능에 의해서 획득한 귀족 등 온갖 귀족이 다 모이고 아름다운 부인들도 이 광경의 흥분에 물들어 노대 위에 몸을 웅크리거나 창문에서 몸을 내밀고 지나가는 마차를 향해 콘페티를 닥치는 대로 퍼부어댄다. 얻어맞은 쪽에서는 그 답례로 꽃다발을 던진다. 내리던지는 봉봉과 올려던지는 꽃다발로 주위는 완전히 어두워질 정도이다.

그리고 가로의 포석 위에는 기발한 의상을 입은 군중이 마구 떠들어대면서 끊임없이 흘러간다. 거대한 양배추가 걸어가는가 하면 무소의 머리가 인간의 몸뚱이 위에 올라타고 짖어대며 또 물구나무 서서 걸어가는 강아지도 있다. 이러한 소란 속에서 누군가가 가면을 벗는다. 그러면 화가 칼로가 상상한 성 안토니우스의 유혹과도 같은 이 장면 속에 마치 여신 아스탈테(고대 페니키아의 사랑의 여신)처럼 기막힌 얼굴이 나타난다. 그 뒤를 따라가려고 해도 꿈속에 나오는 것 같은 악마들에게 차단당하고 만다. 이렇게 말하면 로마의 사육제가 어떤 것인지 약간이나마 상상이 될는지도 모른다.

두 번째로 거리를 돌았을 때 백작은 마차를 멈추고 동행자 두 사람에게 잠깐 실례하겠다면서 마차를 두 사람의 손에 맡겼다. 프랑츠가 눈을 들어보자 그곳은 로스포리 관 앞이었다.

중앙에 빨간 십자가 있는 하얀 능직천을 매단 예의 창문께에 푸른 도미노 복을 입은 한 사람이 보였다. 프랑츠는 즉시 상상력을 발동하여 그 가장 아래에 아르젠티나 극장에서 본 아름다운 그리스 여인의 모습을 떠올렸다.

「두 분 모두」하고 백작은 뛰어내리면서 말했다. 「무대에 나와 있는 것에 싫증이 나고 구경꾼이 되고 싶으실 때는 아시다시피 내 창문에 자리가 마련되어 있습니다. 그때까지는 마부도 마차도 하인도 마음대로 사용해 주십시오.」

미처 말을 못 했지만 백작의 마부는 마치 저 《곰과 파샤》의 오도리처럼 흑곰의 모피를 요란하게 입고 있었다. 또 마차의 뒤쪽에 서 있는 두 사람의 종복은 몸에 찰싹 달라붙는 원숭이 복장으로 가장을 하고 용수철 장치가 된 가면을 쓰고서 길가는 사람들에게 찌푸린 얼굴을 해보였다.

프랑츠는 백작의 친절한 제의에 대해 사례를 했다. 그런데 알베르 쪽은 백작의 마차와 마찬가지로 행렬을 짓고 있는 경우에 흔히 있는 일시 정지 때문에 멎어 있는 로마의 시골아가씨를 가득 실은 한 대의 마차를 상대로 장난을 치며 꽃다발을 정신없이 던지고 있었다.

그러나 그에게 있어서는 유감스럽게도 행렬이 다시 움직이기 시작했다. 그리고 알베르의 마차가 포폴로 광장을 향해 내려가고 있는 데 반해 그의 관심을 끈 그 마차는 베네치아 관 쪽으로 올라갔다.

「이것 봐!」하고 그는 프랑츠를 향해 말했다.「자네는 보지 않았나?」

「뭐 말인가?」하고 프랑츠가 물었다.

「로마의 시골아가씨를 가득 싣고 간 저 마차 말일세.」

「보지 못했는걸.」

「야 정말, 미인들만 모여 있던걸.」

「자네가 가면을 쓰고 있었던 것은 그야말로 유감이었군, 알베르 군.」하고 프랑츠가 말했다.「지금까지의 사랑의 실망과 낙심을 회복할 좋은 기회였는데 말야!」

「정말 그래.」하고 알베르는 반쯤 농담으로, 반쯤 확신이 선 어조로 말했다. 「나는 이 사육제가 틀림없이 뭔가 벌충을 해주리라고 생각하고 있다네.」

알베르의 이러한 기대에도 불구하고 그날 하루는 예의 로마의 시골 아 가씨를 가득 실은 그 마차와 다시 두세 번 부딪쳤을 뿐 별로 아무 일도 없이 지나가고 말았다.

또 한 번, 그렇게 마주쳤을 때 우연인지, 아니면 알베르가 고의로 그랬 는지는 모르지만 알베르의 가면이 벗겨졌다.

그는 그때 남아 있던 꽃다발을 모두 움켜쥐고 그것을 저쪽 마차를 향해 집어던졌다.

알베르가 시골아가씨의 멋부린 의상 위로 확실히 미인일 것이라고 점찍은 상대방 여자 중 한 사람은 아마도 그의 이러한 멋진 술수에 마음이 움직인 것이 틀림없었다. 왜냐하면 그들의 마차와 다시 스치게 되었을 때 이번에는 저쪽에서 제비꽃 꽃다발을 이쪽으로 던져 주었기 때문이다.

알베르는 그 꽃다발에 달려들었다. 프랑츠에게는 그것이 자기에게 던져 졌다고 생각할 이유가 없었으므로 말없이 알베르가 그것을 집는 대로 내버려 두었다. 알베르는 자랑스럽게 그것을 단추 구멍에 꽂았다. 그리고 두 사람의 마차는 다시 의기양양하게 걸음을 계속했다.

「저런저런!」하고 프랑츠가 말했다.「드디어 연애가 시작되는 건가?」

「마음대로 웃으라고.」하고 알베르는 대답했다.「하지만 실제로 나는 그렇게 생각하고 있어. 그래서 이 꽃다발은 이제 늘 몸에 지니고 있겠네.」

「물론 그러는 게 좋겠지!」하고 프랑츠는 웃으면서 말했다.「표적이 될 테니까.」

그런데 이 농담이 곧 현실로 나타났다. 왜냐하면 여전히 행렬에 가담하여 전진하는 동안에 또다시 프랑츠와 알베르가 그 시골여자들의 마차와 스치게 되었을 때, 알베르에게 꽃다발을 던졌던 여자가 꽃다발이 그의 단추 구멍에 꽂혀 있는 것을 보고 손뼉을 치며 기뻐했기 때문이다.

「아니, 이건 정말 축하할 일이군, 여보게.」하고 프랑츠는 알베르에게 말했다.「준비는 다 된 셈 아닌가! 뭐하다면 나는 그만 실례할까? 자네 혼자 있는 편이 낫지 않겠나?」

「아니.」하고 알베르는 말했다.「그건 안돼. 서두르다 오히려 일을 그르친다는 말이 있잖나! 나는 최초의 의사 표시 때부터, 또 오페라 좌의 무도회에서, 우리의 표현을 빌린다면, 큰 시계 밑에서의 만남(오페라 좌에서 사육제의 무도회가 열렸을 때 간단한 밀회는 근처에 있는 큰 시계를 표적으로 하여 그 밑에서 만나는 것이 상례로 되어 있다) 때부터 바보라고 여겨지고 싶지는 않으니까 말야. 만일 저 멋진 시골아가씨와 좀더 이야기를 진전시키고 싶으면 내일이라도 다시 만날 수 있을 테지. 아니 그보다도 오히려 저쪽에서 나를 발견할 테지. 그리고 자기는 여기에 있다고 신호를 보내올 테지. 그렇게 되면 어떻게 해야 하는지 나도 알 수 있단 말일세.」

「정말로 알베르 군」하고 프랑츠가 말했다.「자네는 현명하기가 네스톨(그리스 신화에 나오는 현명한 장로) 같고 신중하기가 울릿세스(이른바 율리시즈. 그리스 신화의 영웅 오딧세우스의 라틴 명) 같군그래. 자네의 저 키르케(그리스 신화 속의 마녀. 사람을 돼지로 바꾸는 힘을 가지고 있다)가 자네를 어떤 동물로 바꿀 수 있었다고 한다면 그 여자는 놀라운 솜씨를 가졌거나 대단한 강자라고 하지 않을 수 없군.」

알베르의 말은 틀림없었다. 그 낯선 미녀는 아마도 그날은 더 이상 일을 진전시키지 않으려고 결심한 것 같았다. 왜냐하면 두 청년은 그로부터 다시 몇 번이나 거리를 돌았으나 찾고 있는 예의 그 마차는 끝내 발견되지 않았기 때문이다. 아마도 근처의 어느 거리로 해서 자취를 감춘 것이 틀림없었다.

그래서 두 사람은 로스포리 관으로 돌아갔다. 그러나 백작도 역시 저 푸른 도미노 복의 사람과 함께 자취를 감추었다. 물론 황색의 능직천을 매단 두 개의 창에는 여전히 사람이 많았다. 백작이 초대한 손님임에 틀림없었다.

마침 그때 가장 행렬의 개시를 알린 것과 똑같은 종이 철수 신호를 울렸다. 코르소 거리의 행렬은 당장에 무너지고 순식간에 마차는 한 대도 남김없이 옆길로 자취를 감추었다.

프랑츠와 알베르는 마침 그때 마라테 거리의 맞은편에 있었다. 마부는 아무 말 하지 않고 재빨리 그곳으로 마차를 넣었다. 그리고 로스포리 관을 따라 스페인 광장으로 나오더니 호텔 앞에 마차를 세웠다.

파스토리니가 두 사람을 마중하러 문간까지 나왔다.

프랑츠는 맨먼저 백작의 일을 물었다. 그리고 약속 시간에 마중하러 오지 못해 미안하게 되었노라고 말했다. 이에 대해 파스토리니는 몽테 크리스토 백작은 자기 전용으로 또 한 대의 마차를 준비시켜 그 마차가 4시에 로스포리 관으로 백작을 마중하러 갔으니까 괜찮다고 대답했다. 파스토리니는 또한 백작으로부터 두 사람의 친구에게 아르젠티나 좌의 그의 관람석 열쇠를 건네 주라는 분부를 받고 있었다.

프랑츠는 알베르에게 의향을 물었다. 그러나 알베르는 연극을 보러 가는 것을 생각하기 전에 큰 계획을 실행에 옮길 생각을 하고 있었다. 그래서 대답 대신 파스토리니에게 양복점을 주선해 줄 수 있겠느냐고 물었다.

「양복점 말입니까?」 하고 주인이 물었다. 「그건 무엇 하시려고요?」

「내일까지 되도록 멋진 로마의 농부 옷을 만들어 주었으면 해서.」 하고 알베르가 말했다.

파스토리니는 고개를 가로저었다.

「내일까지 옷을 두 벌 만드신다고요?」 하고 그는 소리질렀다. 「실례입니다만 나리님들, 그것이야말로 정말 프랑스적인 주문이라는 것입니다! 옷을 두 벌이라니요! 어떤 양복점도 오늘부터 앞으로 일 주간은 조끼에 불과 여섯 개의 단추를 다는 것도 맡으려 하지 않을 것입니다. 설사 그 단추 하나에 일 에큐를 낸다고 하셔도 말입니다.」

516

「그럼 우리가 원하는 옷은 단념하지 않으면 안 된다는 말인가?」

「아닙니다. 기성품 같으면 구할 수 있습니다. 아무쪼록 저에게 맡겨 주십시오. 내일 깨어나실 때 틀림없이 만족하실 만한 모자, 웃도리, 반바지를 어김없이 준비해 놓겠습니다.」

「여보게」 하고 프랑츠가 알베르에게 말했다. 「주인에게 맡겨 두기로 하세. 대단한 수완가라는 것은 이미 증명되었으니까. 자, 차분한 마음으로 저녁 식사를 하세. 저녁식사가 끝나면 《알지에의 이탈리아 여인》을 보러 가세.」

「《알지에의 이탈리아 여인》, 그것 괜찮군.」 하고 알베르가 말했다. 「하지만 파스토리니, 나하고 이 사람은」 하고 프랑츠 쪽을 가리키면서 계속했다. 「내일, 지금 주문한 옷이 꼭 필요하다는 것을 잊지 말아 주게.」

주인은 다시 한 번 손님에게 「걱정하실 것 없습니다. 원하시는 대로 해 드리겠습니다.」 하고 분명히 책임을 떠맡았다. 그래서 프랑츠와 알베르는 익살꾼옷을 벗기 위해 방으로 올라갔다.

알베르는 옷을 벗을 때 예의 접시꽃 꽃다발을 세심한 주의를 기울여 다시 묶었다. 내일, 표적이 될 물건이었기 때문이다.

두 사람은 식탁에 앉았다. 그러나 식사를 하면서도 알베르는 파스토리니의 요리인과 몽테 크리스토 백작의 요리인 솜씨에는 엄청난 차이가 있다는 것을 새삼 느끼지 않을 수 없었다. 또 백작에 대해 반감을 품고 있는 듯한 프랑츠도 겉으로 드러난 실력은 어떻게 할 수가 없어 그 둘을 비교해 보고 파스토리니의 요리인이 그야말로 형편없다는 것을 인정하지 않을 수 없었다.

디저트를 먹고 있을 때 몇 시에 마차를 쓰실 건가고 하인이 두 청년에게 물으러 왔다. 알베르와 프랑츠는 너무 염치가 없어 보이면 어쩌나 하고 서로 얼굴을 쳐다보았다. 하인은 두 사람의 그러한 기분을 헤아렸다.

「몽테 크리스토 백작님으로부터」 하고 하인은 말했다. 「하루종일 두 분께서 마차를 쓰실 수 있도록 하라고 분명히 지시받았습니다. 그러니까 조금도 사양마시고 마음대로 쓰셔도 좋습니다.」

두 청년은 그래서 백작의 후의에 하나에서 열까지 따르기로 생각을 정하고 마차에 말을 달아 주도록 부탁하고 그 사이에 여러 번 부대껴서 약간 구김살이 간 낮의 옷을 밤의 옷으로 바꿔 입으러 갔다.

이렇게 빈틈없이 준비를 끝낸 두 사람은 아르젠티나 좌로 가서 백작의 관람석에 자리를 차지하고 앉았다.

제1막이 진행중일 때 G…… 백작 부인이 자기의 관람석으로 들어왔다. 부인의 최초의 시선은 어제밤 백작의 모습을 발견한 쪽으로 향했다. 그리고 그녀는 불과 24시간 전에 프랑츠를 향해 기괴한 의견을 술회한 바로 그 상대의 관람석에 프랑츠와 알베르가 앉아 있는 것을 발견했다.

부인의 오페라글라스가 꽤 열심히 자기쪽을 향하고 있기 때문에 프랑츠는 더 이상 부인의 호기심을 만족시켜 주지 않는 것은 잔혹한 일이 될 것이라고 생각했다. 그래서 관람석은 사교장으로 간주해도 좋다는, 이탈리아의 극장 관객에게 허용되고 있는 특권을 행사하여 두 친구는 관람석에서 나가 백작 부인에게 인사하러 갔다.

두 사람이 부인이 있는 관람석으로 들어가자 부인은 곧 프랑츠에게 자리에 앉으라는 눈짓을 보냈다.

알베르는 이번에는 뒷좌석에 앉았다.

「정말로」 하고 부인은 프랑츠가 자리에 앉기도 전에 그를 향해 말했다. 「당신은 모든 일을 제쳐놓고 저 현대의 루스웬 경에게 접근하려는 것 같군요. 그리고 벌써 아주 친숙한 사이가 되신 것 같군요.」

「당신이 말씀하시는 만큼 친밀해진 것은 아닙니다. 그러나 백작 부인」 하고 프랑츠는 대답했다. 「오늘 하루종일 그 사람의 호의를 기꺼이 받아들인 것은 부정하지 않겠습니다.」

「뭐라고요? 하루종일이라고요?」

「그렇습니다. 아침에는 식사를 대접받고 가장 행렬 동안에는 마차를 얻어타고 코르소 거리를 달렸고 그리고 밤에는 또 밤대로 이렇게 그 사람의 관람석에서 연극을 구경하게 되었으니까 말입니다.」

「그럼, 전부터 아시는 사이인가요?」

「그렇다고 할 수도 있고 그렇지 않다고도 할 수 있습니다.」

「그건 무슨 뜻이지요?」

「말씀을 드리자면 길어집니다.」

「들려 주세요!」

「꽤 무서운 생각을 하시게 될지도 모릅니다.」

「더더욱 듣고 싶어지는군요.」

「최소한 이 얘기가 일단락 지어질 때까지 기다려 주시지 않겠습니까?」

「좋아요. 나도 얘기는 제대로 종합된 것이 좋으니까요. 하지만 어떻든, 어떻게 해서 접근할 수 있었지요? 누군가의 소개를 받으셨나요?」

「아니요, 별로. 반대로 그 사람 쪽에서 우리에게 접근을 해왔지요.」

「언제요?」

「어제밤, 부인과 헤어지고 나서요.」

「어떤 계기로요?」

「아니 뭐, 별다른 게 아니고, 우리가 묵고 있는 호텔의 주인이라는 지극히 산문적인 중개자의 덕분으로.」

「그럼 그 사람도 당신들과 마찬가지로 런던 호텔에 묵고 계신가요?」

「같은 호텔일 뿐 아니라 층도 같습니다.」

「뭐라고 하는 분인가요? 이름쯤은 아실 테지요?」

「물론 알고 있습니다. 몽테 크리스토 백작이라고 합니다.」

「그 이름은 뭔가요? 가문의 이름은 아닌 것 같군요.」

「아닙니다. 그 사람이 사들인 섬의 이름입니다.」

「그래, 백작이신가요?」

「토스카나의 백작입니다.」

「어떻든 사실로 받아들여 두지요.」 하고 베네치아 근처에서도 가장 오래된 가문의 하나에서 태어난 부인은 말했다. 「그건 그렇다치고, 어떤 분인가요?」

「그것은 이 모르셀 자작에게 물어 봐주십시오.」

「들으셨지요, 모르셀 씨. 당신에게 물어 보라고 하시는군요.」

「백작을 기분좋은 사람이라고 생각하지 않는다면 이쪽이 까다로운 사람이 될 것입니다. 부인.」 하고 알베르는 대답했다. 「십년지기도 그토록 다정하지는 않을 것입니다. 더욱이 그 방법이 아주 품위있고 세련되어 있는데다 정중해서 그야말로 사교계의 사람이라는 것을 알 수 있습니다.」

「저런저런」 하고 백작부인이 웃으면서 말했다. 「언젠가 아시게 되겠지요. 그 흡혈귀가 하찮은 벼락 부자이고 갑자기 번 돈의 죄갚음을 하고 싶어하는 사나이에 지나지 않는다는 것을 말예요. 그리고 로스차일드 같은 사람과 혼동되지 않도록 일부러 랄라(바이런의 같은 이름의 시의 주인공으로서 음산한 풍모를 가진 인물) 같은 눈초리를 하고 있는 거예요. 그런데 예의 여자분도 만나 보셨나요?」

「예의 여자분이라니 누구 말입니까?」하고 프랑츠가 싱글벙글 웃으면서 되물었다.

「어제밤의 그 아름다운 그리스 여자 말예요.」

「아니요. 그 사람이 켜고 있는 구즈라 소리는 확실히 들었지만 모습은 전혀 나타내지 않았습니다.」

「자네의 표현처럼 모습을 나타내지 않았다는 것은 말일세, 프랑츠 군.」 하고 알베르가 말했다. 「그저 비밀스럽게 보이려고 한 것뿐이야. 예의 하얀 능직천을 매단 창문께에 있던 그 푸른 도미노 차림의 사람을 자네는 대체 누구라고 생각하나?」

「그 하얀 능직천을 매단 창문이라는 것은 어디 창문 얘기지요?」하고 백작부인이 물었다.

「로스포리 관의 창문입니다.」

「그럼 백작은 로스포리 관의 창문을 세 개나 빌리고 계셨나요?」

「그렇습니다. 당신은 코르소 거리를 지나가셨나요?」

「물론이에요.」

「그렇다면 노란 능직천을 매단 두 개의 창문과 빨간 십자가 있는 하얀 능직천을 매단 한 개의 창문을 보셨겠군요? 그 세 개의 창문을 모두 백작이 빌린 것입니다.」

「어머, 그래요! 그렇다면 그 사람은 대단한 재산가예요. 그러한 창문을 세 개, 사육제가 벌어지는 일주일 동안 빌리려면 대체 얼마나 값을 치러야 하는지 아세요? 더욱이 로스포리 관에. 다시 말하면 코르소 거리의 가장 번화가에 말예요.」

「로마 금화로 이삼백 에큐는 내야겠지요.」

「이삼천 에큐는 줘야 할 거예요.」

「넷! 그건 정말 놀랍군요!」

「그래, 그런 엄청난 수입이 그 사람의 그 섬에서 생기는 건가요?」

「그 사람의 섬에서는 한푼의 수입도 생기지 않아요.」

「그렇다면 뭣 땜에 그런 섬을 사들인 거지요?」

「그냥 기분이지요.」

「그럼 좀 괴짜로군요?」

「실제로」하고 알베르가 말했다.「저에게는 일상적인 길을 꽤 벗어난 인물인 것처럼 보였습니다. 여보게, 그 사람이 파리에 살고 있어서 극장에 밤낮 드나들고 있는 인물 같으면, 젠 체하는 질이 나쁜 장난꾼이라든가 문학에 열중해서 머리가 돈 놈이라든가 분명히 말을 할 수가 있는데 말이야. 사실 오늘 아침에도 디디에나 안토니(모두 뒤마 자신의 작중 인물)도 무색할 정도의 엄청난 말을 두세 마디 뱉었으니까 말일세.」

마침 그때 손님 한 사람이 들어왔다. 그래서 프랑츠는 습관에 따라 그 새 손님에게 자리를 양보했다. 그래서 단순히 자리가 바뀌었을 뿐만 아니라 화제도 달라졌다.

그로부터 한 시간 뒤, 두 사람은 호텔로 돌아왔다. 파스토리니는 이미 두 사람의 내일의 가장 준비에 착수하고 있었다. 그리고 자기의 약삭빠른 솜씨에 틀림없이 만족하실 것입니다, 하고 약속했다.

아니나다를까 그 말 그대로 다음날 아침 9시에 그는 로마 농부의 의상을 여덟 벌에서 열 벌 정도 가지고 온 한 양복점 주인을 거느리고 프랑츠의 방으로 들어왔다. 두 사람은 그 가운데서 이럭저럭 자기들의 키에 맞을 비슷한 의상 두 벌을 골랐다. 그리고 주인에게 저마다의 모자에 이십 미터 남짓한 리본을 달아매도록, 또 서민층의 사나이가 축제일에 어김없이 허리에 매는 가로무늬가 몇 줄이나 들어 있는 화사한 빛깔의 멋진 비단 띠를 두 개 구해오도록 부탁했다.

알베르는 그 새로운 의상이 자기에게 어울리는지 어떤지 즉시 시험해 보았다. 그것은 푸른색의 비로드 웃도리와 반바지, 장식 자수를 놓은 양말, 고리로 묶는 구두, 그리고 비단으로 된 조끼였다.

이 화사한 의상을 걸치자 알베르는 한층 더 돋보였다. 그의 맵시있는 허리가 띠로 죄어지고 가볍게 옆으로 갸웃한 모자에서부터 어깨 위로 리본이 물결처럼 늘어졌을 때 프랑츠는 불현듯 일반적으로 우리가 민족의 육체적인 우월성을 문제로 삼을 때 의상이 거기에서 큰 비중을 차지한다는 사실을 인정하지 않을 수가 없었다. 한때는 화사한 빛깔의 긴 옷을 입어 무척 아름다웠던 터키 인도 지금은 단추가 달린 푸른 프록코트를 입고 포도주 병에 빨간 봉인을 한 것 같은 느낌의 그리스 풍의 둥근 모자를 쓰고 있는 덕분에 얼마나 추악하게 보이는 것인가.

프랑츠는 알베르에게 찬사를 보냈다. 알베르도 거울 앞에 서서 누가 봐도 분명히 알 수 있는 만족스러운 태도로 자기의 모습을 흐뭇하게 바라보고 있었다.

그러고 있는 참에 몽테 크리스토 백작이 들어왔다.

「자아」 하고 백작은 두 사람에게 말했다.「함께 놀 수 있는 동료가 있다는 것은 유쾌한 일이지만 자유라는 것은 그보다도 더 즐거운 것이므로 오늘부터 며칠 동안 어제의 마차를 자유로이 사용하시라는 말씀을 드리러 왔습니다.

주인으로부터도 들으셨겠지만 나는 이곳에 투숙하고 있는 동안 마차는 서너 대 가지고 있으므로 나 자신은 조금도 불편하지 않습니다. 아무쪼록 놀러 다니시든 일을 보러 다니시든 마음대로 사용하십시오. 서로 무엇이든 의논할 일이 생겼을 때는 로스포리 관에서 만나도록 하십시다.」

두 청년은 일단 그래서는 곤란하다는 식으로 사양하려고 했다. 그러나 실제로 거절할 이유는 아무것도 없었고 게다가 또 그야말로 유리한 제안이기도 했으므로 결국 못 이기는 체하고 그것을 받아들이기로 했다.

몽테 크리스토 백작은 약 15분쯤 거기에 있으면서 두 사람을 상대로 아주 상냥하게 여러가지 이야기를 했다. 그들도 이미 깨달았지만 그는 각국의 문학에 통달하고 있었다. 또 저 객실의 벽을 본 것만으로도 프랑츠와 알베르는 이미 백작이 그림 애호가라는 것도 알고 있었다. 불쑥 내뱉은 두세 마디의 꾸밈없는 말에서 백작이 과학에도 문외한이 아니라는 것을 알 수 있었다. 특히 화학에 대해서는 각별히 연구한 적이 있는 것 같았다.

두 친구에게는 초청받은 식사에 대한 반례를 하겠다는 주제넘은 생각은 없었다. 백작의 기막힌 요리에 대해 파스토리니의 그야말로 판에 박은 초라한 요리를 내놓는다는 것은 장난이라고밖에 할 수가 없었을 것이다. 두 사람이 그 얘기를 아주 솔직하게 전하자 백작 쪽에서도 두 사람의 마음을 읽고 그 변명을 그대로 받아들였다.

알베르는 백작이 너무나도 빈틈 없다는 점에서 백작을 진정한 귀족이라고는 인정하지 않았지만 백작의 이러한 태도에는 완전히 매료되어 있었다. 특히 마차를 마음대로 사용할 수 있게 해준 것이 그를 신바람 나게 했다.

그는 저 우아한 시골아가씨들을 노리고 있었던 것이다. 그리고 어제 그녀들이 꽤 멋진 마차를 타고 나타났었기 때문에 그 점에서는 이쪽도 여전히 대등한 입장을 유지할 수 있다는 데서 언짢은 기분이 들지 않았다.

한 시 반에 두 청년은 아래로 내려갔다. 마부와 하인들은 모피 위에 제복을 걸치는 묘안을 생각해내고 있었다. 이것은 어제보다도 더 이상야릇한 모습이어서 프랑츠와 알베르로부터 박수 갈채를 받았다.

알베르는 그야말로 감상적으로, 시들어 버린 예의 접시꽃 꽃다발을 단추 구멍에 꽂고 있었다.

최초의 종소리를 신호로 그들은 출발하여 비토리아 거리를 지나 코르소 거리로 돌진했다.

두 번째로 그 거리를 돌았을 때 여자 익살꾼을 가득히 태운 한 대의 마차에서 신선한 제비꽃 꽃다발이 날아와서 백작의 마차 안에 떨어졌다. 그래서 알베르는 자기들 두 사람과 마찬가지로 어제의 그 시골아가씨들도 의상을 바꾸어, 우연인지 또는 그와 똑같은 기분에서인지 이쪽이 멋을 부려 어제 저쪽이 입었던 의상을 입은 데 대해 저쪽도 어제 그가 입었던 의상을 입고 있다는 것을 알게 되었다.

알베르는 그 신선한 꽃다발을 전의 것과 바꾸어 꽂았다. 그러나 시든 꽃다발도 버리지 않고 손에 들고 있었다. 그리고 다시 상대방 마차와 스치게 되었을 때 그는 그야말로 애정을 듬뿍 담고 그것을 입술에 대었다. 그의 이 동작은 그것을 던져 보낸 상대방뿐만 아니라 들뜬 동료 여자들도 크게 기쁘게 해준 것 같았다.

그날도 전날 못지않게 몹시 떠들썩했다. 아니, 그 정도가 아니라 예민한 관찰자라면 소란스러움과 명랑하다는 점에서는 오늘이 어제보다 더하다는 것을 깨달았을 것이다.

아주 잠깐 동안 백작의 모습이 그 창문에 힐끗 나타났으나 마차가 다시 그 앞을 지나갈 때는 이미 그 모습은 보이지 않았다.

알베르와 제비꽃 꽃다발을 던져 준 그 여자 익살꾼의 요염한 수작이 그날 내내 계속된 것은 말할 것도 없다.

저녁때 프랑츠가 호텔로 돌아오자 대사관으로부터 한 통의 편지가 와 있었다. 내일 법왕에게 알현이 허용된다는 것을 알려온 것이었다. 지금까지도 로마에 올 때마다 그는 배알을 청원했고 그것이 허용되곤 했었다. 그래서 신앙심 때문에도, 또 감사의 마음 때문에도, 그리스도교계의 이 수도에 발을 들여 놓은 이상 모든 미덕의 드문 모범을 보여 준 성 베드로의 후계자 한 사람에게 경의를 표하지 않을 수 없었던 것이다.

그래서 이날 하루 그에게는 사육제의 일 같은 것은 생각할 여유가 없었다. 왜냐하면 그레고리오 16세라고 불리는 고귀하고 거룩한 노인에게 이제부터 배알하러 간다는 것을 생각하면 아무리 그 위대함을 따뜻한 자애심으로 감싸고 계신다고 하더라도 누구나 깊은 감동에 찬 존경의 마음을 가지지 않을 수 없기 때문이다.

법왕청에서 물러나오자 프랑츠는 코르소 거리를 지나는 것조차 피하고 호텔로 곧바로 돌아왔다. 그의 가슴은 경건한 생각으로 가득차 있었다. 그러한 생각을 안고 행렬의 들뜬 소란에 접한다는 것은 그야말로 신을 모독하는 일이었다.

5시 10분이 지났을 때 알베르가 돌아왔다. 그는 신바람이 나 있었다. 그 여자 익살꾼이 다시 저번의 시골 여자 옷으로 갈아입고 알베르의 마차와 스치고 지나갈 때 가면을 벗었던 것이다.

그녀는 매혹적이었다.

프랑츠는 알베르에게 진심으로 축하의 말을 해주었다. 알베르는 그것을 당연한 것처럼 받아들였다. 도저히 흉내낼 수 없는 상대방의 우아한 거동으로 보아 그 미녀는 최상급의 귀족계급에 속하는 여자임에 틀림없다고 그는 말했다.

알베르는, 다음날 즉시 그 여자에게 편지를 쓰리라고 결심하고 있었다.

프랑츠는 이러한 고백을 들으면서 알베르가 무언가 자기에게 부탁할 일이 있으면서 그것을 차마 입 밖에 내지 못하고 있다는 것을 깨달았다. 그는 친구의 행복을 위해서 자기가 할 수 있는 일이라면 설사 어떤 희생이라도 그것을 아끼지 않을 생각이라는 것을 전제로 하고 무슨 부탁이든 털어놓고 말하라고 했다. 알베르는 친구로서의 예의에 필요한 만큼의 아주 짧은 동안 주저하고 있었다. 그리고 마침내, 내일은 마차를 자기 혼자 쓸 수 있게 해 주었으면 고맙겠다는 말을 털어놓았다.

알베르는 아름다운 시골아가씨가 가면을 벗어 보이는 행동까지 해준 것은 프랑츠가 함께 있지 않았기 때문이라고 생각하고 있었던 것이다.

프랑츠만 하더라도, 알베르의 호기심을 충분히 만족시키고 또 그 자존심을 위해서도 크게 반가운 일이 될 듯한 이러한 연애 도중에 알베르를 방해할 만큼 이기적인 사나이가 아닌 것은 물론이었다.

그는 이 친구가 서슴없이 이야기하기를 좋아하는 성격이라는 것을 잘 알고 있기 때문에 언젠가는 그 염복의 자초지종을 시시콜콜하게 이야기해 주리라는 것을 확신하고 있었다. 게다가 프랑츠는 최근 2, 3년 이탈리아를 마음대로 돌아다니면서도 아직도 이렇다 할 연애의 편린에조차 접할 수 있는 행운을 누리지 못했기 때문에 이러한 경우 일이 어떤 식으로 진행되는지를 알고 싶은 마음도 있었던 것이다.

그래서 그는, 내일 자기는 로스포리 관의 창문에서 그러한 광경을 구경하는 것만으로 만족하겠다고 알베르에게 약속했다.

그리고 실제로 그 다음날, 그는 알베르가 자기의 눈앞을 왔다갔다하는 것을 보았다. 알베르는 터무니없이 큰 꽃다발을 안고 있었다. 아마도 거기에 곁들인 연애편지를 건네 주려고 하고 있음이 틀림없었다. 프랑츠의 그러한 예상은 흰 동백꽃을 둘레에 묶은 것으로 확실히 그것임을 알 수 있는 그 꽃다발이 장미빛 공단의 익살꾼 옷을 입은 매혹적인 한 여인의 손에 건너가 있는 것을 보았을 때 확신으로 바뀌었다.

그래서 그날 밤의 알베르는 이미 기쁘다는 정도가 아니라 그야말로 흥분한 상태였다. 알베르는 그 낯선 미녀도 자기와 똑같은 방법으로 회답을 보내올 것이 틀림없다고 믿고 있었다. 프랑츠는 알베르의 마음을 헤아려 이러한 소란통에 자기는 지쳤으므로 내일은 하루 종일 앨범을 다시 보거나 노트를 정리하는 일로 지내겠노라고 말했다.

그런데 알베르의 그 예상은 틀린 것이 아니었다. 다음날 밤 프랑츠는, 알베르가 한 장의 네모난 종이 쪽지를 손에 들고 그것을 자랑스럽게 흔들어 보이면서 방안으로 뛰어드는 것을 보게 된 것이다.

「어떤가!」 하고 알베르가 말했다. 「내 예상이 틀림없지?」

「회답을 보냈나?」 하고 프랑츠가 소리질렀다.

「읽어 보게나!」

알베르는 뭐라고 형용할 수 없는 들뜬 어조로 말했다. 프랑츠는 그 편지를 손에 들고 읽었다.

　화요일 밤 7시에 폰테피치 거리 정면에서 마차를 내려 주세요. 그리고
로마의 한 시골아가씨가 당신이 들고 계시는 촛불을 빼앗아들 테니까 그
아가씨를 따라오세요. 상 자코모 사원의 첫번째 돌층계까지 오시면 표적이
될 수 있도록 익살꾼 의상의 어깨 부분에 장미빛 리본을 달아 주세요.
　그날까지는 다시 뵙는 일이 없을 거예요.
　마음이 변하시는 일이 없도록, 그리고 비밀을 지켜 주세요.

　「이것 보게나.」 하고 프랑츠가 그 편지를 읽고 나자 알베르는 말했다.
「자네는 이것을 어떻게 생각하나?」
　「아무래도」 하고 프랑츠는 대답했다. 「매우 그럴싸한 연애의 양상을 띠
어가는 것 같군.」
　「나도 그렇게 생각하네.」 하고 알베르는 말했다. 「그래서 자네가 브라챠노
공작의 무도회에 혼자 가게 되지는 않을까 무척 걱정되기는 하네만.」
　프랑츠와 알베르는 그날 아침 똑같이 로마의 저명한 이 은행가로부터
초대장을 받았었다.
　「조심하게나 알베르 군.」 하고 프랑츠가 말했다. 「귀족은 한 사람도 빠
짐없이 공작의 무도회에 가게 되어 있으니까 자네의 누구인지 모를 그 미녀만
하더라도 만일 정말 귀족 부인이면 역시 출석하지 않을 수 없을 테니까.」
　「출석하든 안 하든 그녀에 대한 내 의견은 달라지지 않을걸세.」 하고 알
베르는 계속했다. 「자네는 이 편지를 읽었지?」
　「응.」
　「자네는 이탈리아에서 『메조 치트(중간 계급)』의 여자들이 얼마나 빈약한
교육을 받고 있는지 알고 있겠지?」
　(이탈리아에서는 중산층을 중간 계급이라고 부른다.)
　「응.」 하고 프랑츠가 또다시 대답했다.
　「그렇다면 이 편지를 다시 한 번 읽고 필적을 살펴보게. 그리고 문장이나
철자에 하나라도 잘못 된 데가 있는가를 찾아보라고.」
　(사실상 필적은 훌륭했고 철자는 트집 잡을 데가 없었다.)

「자네는 행운아일세.」 하고 편지를 다시 알베르에게 돌려 주면서 프랑츠는 말했다.

「웃고 싶은 대로 웃게. 그리고 마음껏 조롱하게.」 하고 알베르는 대답했다. 「나는 사랑을 하고 있다네.」

「뭐라고? 놀리지 말게.」 하고 프랑츠가 소리질렀다. 「그렇다면 나는 브라챠노 공작의 무도회에 혼자 가지 않으면 안될 뿐 아니라 피렌체에도 혼자 돌아가야만 할 것 같군그래.」

「실제로 그 여자가 얼굴이 아름다운 것처럼 마음도 착한 여자라면, 분명히 말해 두지만, 나는 적어도 6개월은 로마에 머물러 있겠네. 로마가 마음에 들고 게다가 나는 고고학에는 특별히 홍미를 가지고 있으니까 말일세.」

「그렇다면 그런 여성을 한두 번 더 만난다면 문예·고고학 학사원의 회원이 되는 것도 기대할 수 있겠군그래.」

아마 여기에서 알베르는 자기에게도 아카데미 회원이 될 자격이 있다는 것을 진심으로 토론하고 싶었을 것이 틀림없다. 그러나 그때 식사 준비가 되었다는 통지가 왔다. 알베르에게 있어서 연애는 식욕과 조금도 어긋나는 것이 아니었다. 그래서 토론은 식사 뒤에 다시 시작하기로 하고 친구와 함께 바삐 식탁에 앉았다.

식사가 끝났을 때 몽테 크리스토 백작이 찾아왔다는 전갈이 왔다. 요 이틀 동안 두 청년은 백작의 모습을 보지 못했다. 파스토리니의 얘기로는 무슨 볼일이 생겨서 치비타 베키아에 갔다는 것이었다. 어제밤에 떠났다가 방금 한 시간 전에 돌아온 것이었다.

백작은 상냥했다. 자제하고 있기 때문인지, 또는 지금까지 두세 번 어떤 때에 엄격한 말이 되어서 나온 저 신랄한 기질을 불러일으킬 기회가 없었기 때문인지, 그날 밤의 그는 거의 보통사람과 다른 데가 없었다.

이 인물은 프랑츠에게 있어서는 그야말로 하나의 수수께끼였다. 이 젊은 여행자가 자기의 얼굴을 알고 있다는 것을 백작이 깨닫지 못할 까닭은 없었다. 그런데도 이렇게 두 사람이 다시 얼굴을 대하게 된 이후, 지금까지 어딘가에서 프랑츠를 만난 기억이 있다는 의미의 말은 단 한 번도 그 입에서 새어나오지 않았다. 프랑츠 쪽에서는 처음 만났을 때의 일을 내비치고 싶어서 견딜 수가 없었지만 자기와 친구에게 이렇게까지 친절을 다해 준 상대방을 불쾌하게 해서는 안 된다는 생각에서 삼가하고 있었다. 그래서 그도 백작과 마찬가지로 조심하고 있었다.

백작은 이 두 친구가 아르젠티나 좌에 관람석을 하나 얻으려다 모두 차 있다면서 거절당한 이야기를 들었다.

그래서 그는 자신의 관람석의 열쇠를 가지고 온 것이었다. 적어도 그것이 그가 방문한 표면상의 이유였다.

그렇게 하면 백작 자신은 관람석을 사용할 수 없게 되지 않느냐면서 프랑츠와 알베르는 일단 사양했다. 그러나 백작은 오늘밤에는 파리 좌로 가게 되어 있기 때문에 두 사람이 사용해 주지 않으면 아르젠티나 좌의 관람석은 낭비가 되고 만다고 대답했다.

상대방이 그토록 분명히 말해 주었기 때문에 두 친구도 호의를 받아들이기로 했다.

프랑츠는 처음 만났을 때 그토록 놀란 백작의 창백한 얼굴에도 차츰 익숙해지고 있었다. 지금으로서는 창백한 것이 유일한 결점, 또는 중요한 특징이라고 해도 좋을 백작의 엄격한 얼굴의 아름다움을 인정하지 않을 수 없게 되었다. 이 사람이야말로 바로 바이런의 주인공이었다. 프랑츠는 백작을 눈앞에 보고 있지 않을 때에도, 그를 생각하는 것만으로도, 그 음산한 얼굴이 망프레드의 어깨 위에, 또는 랄라의 테없는 모자 밑에 있는 것을 상상하지 않고는 배길 수가 없었다.

쓰디쓴 생각에 노상 시달리고 있음을 말해 주는 주름이 그의 이마에 있었다. 사람의 마음을 밑바닥까지 꿰뚫어보는 듯한 번쩍거리는 눈이 있었다. 또 듣는 사람의 기억에 깊이 새겨지지 않고는 견딜 수 없는 독특한 울림을 주는 말이 새어나오는, 오만하고 조소적인 입술이 있었다.

백작은 이미 젊지는 않았다. 적어도 마흔 살은 되었다. 그러면서도 어떤 청년과 함께 있어도 백작이 오히려 상대방을 압도하고 있음을 누구나 분명히 알 수 있었다. 실제로 백작이 저 영국 시인의 시에 나오는 공상적인 주인공들과 너무나 닮았기 때문에 무언가 사람의 마음을 사로잡는 힘이 그에게 감추어져 있는 것처럼 보이는 것이다.

알베르는 자기와 프랑츠가 이러한 인물과 만날 수 있게 된 행운에 대해서 언제까지나 말을 계속하고 있었다. 프랑츠 쪽은 그다지 감격파는 아니었으나 그래도 뛰어난 인물이 주위 사람의 마음에 미치는 영향을 받지 않을 수는 없었다.

그는 지금까지 이미 두세 번이나 백작이 이야기한 파리 행 계획에 대해서 생각하고 있었다. 그리고 그 이상한 성격, 그 특징적인 풍모, 그 막대한 재산으로 보아 반드시 백작이 파리에서 큰 반향을 일으키리라는 것을 믿어 의심치 않았다.

그러나 백작이 파리에 왔을 때 그 자신은 파리에 있고 싶지 않다고 생각하고 있었다.

그날 밤은 이탈리아 극장의 밤이 언제나 그러하듯이 가수들의 노래를 듣거나 사람을 방문하거나 이야기를 주고받는 것으로 끝났다.

G…… 백작 부인은 자꾸만 화제를 백작 쪽으로 가져가려 했지만 프랑츠는 좀더 새로운 정보를 말씀드리지요, 하고는 알베르가 마음에도 없이 겸손해하고 있음에도 불구하고 최근 사흘 동안 그들 두 사람의 머리를 온통 차지하고 있는 예의 대사건에 대한 것을 부인에게 들려 주었다.

이러한 연애사건은 적어도 여행자의 말을 믿는다면 이탈리아에서는 별로 드문 일도 아니었기 때문에 백작 부인은 조금도 의심하는 눈치 없이 좋은 결과로 끝날 듯한 이 연애의 시작에 대해 알베르에게 축사를 늘어놓았다.

그들은 브라챠노 공작의 무도회에서 다시 만날 것을 약속하고 헤어졌다. 이 무도회에는 모든 로마 사람들이 초청받고 있었다. 그 꽃다발의 귀부인은 약속을 지켰다. 다음날도 그 다음다음날도 알베르에게 자신의 모습을 보이지 않았다.

마침내 화요일이 되었다. 그것은 사육제의 마지막을 장식하는 가장 떠들썩한 날이다. 이 화요일에는 모든 극장이 아침 10시에 열린다. 왜냐하면 밤 8시가 지나면 사순절로 들어서기 때문이다.

화요일이 되면 지금까지 시간이 없었거나 돈이 없었거나 또는 열광적인 기분이 되지 못했거나 해서 여지껏 축제에 참가하지 못했던 무리들도 모두 미친 듯한 소동에 가담하여 야단법석에 끌려들어가게 마련이어서 이날의 소란과 활기는 한층 더 고조되는 것이었다.

2시부터 5시까지의 3시간 동안, 프랑츠와 알베르는 행렬을 따라가면서 반대쪽 행렬의 마차나 말의 발 사이, 또는 마차의 바퀴 사이를 누비고 다니는 사람들과 콘페티를 서로 던지고 받았다.

이렇게 무서운 혼잡 속에서도 사고나 말다툼, 또는 난투극 따위는 한 건도 일어나지 않았다. 이 점에 관해서는 이탈리아 인은 그야말로 뛰어난 국민이다. 축제는 그들에게 있어서는 그야말로 어디까지나 축제인 것이다. 이 이야기의 필자는 이탈리아에 5, 6년 체재한 경험이 있지만 축제 행사가 우리 나라의 축제에 언제나 있게 마련인 싸움질 따위로 난장판이 되는 것을 단 한 번도 본 기억이 없다.

알베르는 익살꾼의 의상을 입고 의기양양해 있었다. 어깨 부분에 장미빛 리본을 달고 그 끝을 다리에까지 늘어뜨리고 있었다. 프랑츠는 그와 혼동되는 일이 없도록 여전히 로마의 농부 옷을 입고 있었다.

시간이 흐름에 따라 소란은 점점 더 심해졌다. 어느 거리에서나, 어느 마차 안에서나, 그리고 어느 창가에서나 소리를 지르지 않는 입은 하나도 없었고 움직이지 않는 팔은 하나도 없었다. 이것이야말로 정녕 울부짖음의 천둥 소리와 봉봉, 꽃다발, 달걀, 오렌지, 꽃보라로 된 인공의 폭풍이었다.

3시가 되자 포폴로 광장과 베네치아 관에서 일제히 쏘아 올려진 불꽃 소리가 이 요란한 소동을 누르고 가까스로 들려와 드디어 경마가 시작된다는 것을 알렸다.

경마는 촛불 행렬과 마찬가지로 사육제의 마지막 며칠을 장식하는 특별한 순서였다. 이 불꽃 소리를 듣자 마차는 당장 대열을 흐트리고 각기 자기 위치에서 가장 가까운 옆길로 도망쳐 들어갔다.

더욱이 이러한 이동은 모두 믿어지지 않을 정도의 능란한 솜씨와 놀라운 신속성으로 이루어졌다. 그것도 경찰관이 일일이 장소나 방향을 지시하는 일은 일제 없었다.

걸어가던 사람들은 큰 건물에 찰싹 달라붙었다. 그리고 요란한 말발굽 소리와 사벨(양검)의 칼집 소리가 들려왔다.

가로 일렬로 늘어선 열다섯 기의 헌병 분대가 코르소 거리의 폭을 가득 메우고 지나가며 경마의 말을 위해 길을 열었다. 그 헌병 분대가 베네치아 관에 도착하자 다시 한 번 불꽃이 쏘아 올려져 길이 열렸음을 알려 주었다.

그러자 거의 동시에 거리 전체에 울리는, 들어 본 적도 없는 큰 환성의 한가운데를 삼십만 명의 군중이 부르짖는 소리와 잔등에 쏟아지는 불꽃의

파편에 흥분한 일고여덟 마리의 말이 마치 그림자처럼 **빠져나가는** 것이
보였다.

그리고 이윽고 상 탄젤로 성채의 대포가 세 발 울려퍼졌다. 그것은 3번의
말이 승리했음을 알리는 대포 소리였다.

그러자 순식간에, 단지 그것뿐인 신호로 마차는 다시 움직이기 시작하여
마치 잠깐 동안 저지당했던 분류가 다시 일제히 하천 바닥으로 흘러들 듯이
코르소 거리를 향해 되돌아가려고 모든 옆길에서 일제히 쏟아져 나왔다.
그리고 그 거대한 물결은 양쪽으로 화강암 건물이 늘어선 거리를 아까보다도
더 **빠른** 속도로 흐르기 시작했다.

단, 이 군중에는 새로운 소란과 활기의 요소가 하나 더 추가되어 있었다.
모콜리(양초) 판매인이 등장한 것이다.

모콜리 또는 모콜레티란 부활제에 사용되는 큰 양초에서 가는 양초에
이르기까지의 크고작은 갖가지 양초를 말하며 로마 사육제의 최후를 장식
하는 이 큰 무대에 등장하는 사람들은 다음과 같은 서로 모순되는 일을
염두에 두지 않으면 안 되는 것이다.

1. 자기의 촛불을 남이 끄지 못하게 할 것
2. 남의 촛불을 끌 것.

촛불도 인간의 생명과 마찬가지이다. 즉 인간은 생명을 전하는 방법을
지금까지는 아직 한 가지밖에 발견하지 못하고 있다. 그리고 그 방법은
신으로부터 부여받고 있다.

이에 대해 목숨을 빼앗기 위해서는 무수한 방법을 발견하고 있다. 물론
이 큰 일을 위해서는 악마가 약간이나마 인간을 도와 준 것은 사실이다.

양초를 다른 불에 접근시키지 않고서는 불을 붙일 수가 없다.

그러나 양초의 불을 끄기 위해서 고안된 방법은 거대한 풀무, 엄청나게
큰 촛불끄개, 거대한 부채 등 수없이 많다.

사람들은 앞을 다투어 양초를 샀다. 프랑츠와 알베르도 마찬가지였다.

밤이 빨리 다가왔다. 그리고 이미 엄청나게 많은 양초 판매인이 소리지르는
「모콜리!」라는 고함 소리와 함께 두 개 내지 세 개의 별이 군중의 머리

위에서 반짝이기 시작했다. 이를테면 그것이 신호와도 같은 것이었다. 10분쯤 지나자 오만 개의 촛불이 반짝반짝 빛을 발하면서 베네치아 관에서 포폴로 광장으로 내려오고 다시 포폴로 광장에서 베네치아 관으로 올라갔다.

그것은 마치 도깨비불의 축제와도 같았다.

이 광경은 한 번 본 사람이 아니고는 상상조차 할 수 없을 것이다.

예를 들면 모든 별이 하늘에서 떨어져 지상의 광란적인 춤에 가담했다고 상상하면 될까?

더욱이 거기에는 무릇 인간의 귀가 일찍이 지구상의 다른 어떤 곳에서도 들어 보지 못한 요란한 함성이 수반되어 있는 것이다.

특히 이 순간이 되면 신분의 상하 구별은 이미 없어진다.

짐꾼이 공작에게, 공작이 트란스테베레의 농민에게, 트란스테베레의 농부가 상인에게 덤벼들어 저마다 촛불을 불기도 하고 끄기도 하고 또 붙이기도 하는 것이다. 만일 이때 저 늙은 아이오로스(그리스 신화의 바람의 신)가 모습을 나타냈다면 『모콜리의 왕』으로 추대되었을 것이 틀림없다. 그리고 아킬론(북풍을 말함)은 그 뒤를 잇는 왕자로 떠받들어졌을 것이다.

이 광기 어린 불의 축제는 약 2시간 가량 계속되었다. 코르소 거리는 마치 백주와도 같이 환하게 비쳐지고 있었다. 사, 오 층에 이르기까지 구경꾼들의 얼굴이 똑똑히 구별되었다.

알베르는 5분마다 시계를 보고 있었다. 마침내 시계가 7시를 가리켰다.

두 친구는 그때 마침 폰테피치 거리 앞까지 와 있었다. 알베르는 촛불을 손에 들고 마차에서 뛰어내렸다.

가면을 쓴 두세 명의 사나이가 그 촛불을 끄려고 해서인지, 또는 빼앗으려 해서인지 그에게 다가오려고 했다. 그러나 권투의 달인인 알베르는 그들을 차례로 열 걸음쯤 저쪽으로 날려보내고 상 쟈코모 사원 쪽으로 전진해갔다.

사원의 층계에서는 구경꾼이나 가면을 쓴 무리가 득실거리며 서로 상대방의 손에서 촛불을 빼앗으려 법석을 떨고 있었다.

프랑츠는 눈으로 알베르를 쫓고 있었다. 그가 층계의 첫 단에 발을 올려 놓고 있는 것이 보였다. 그러자 거의 동시에 꽃다발을 손에 든, 전에 본 적이 있는 예의 시골여자 의상을 입은 가면을 쓴 사람이 팔을 뻗쳐 그의 손에서 촛불을 빼앗았다. 이번에는 그는 아무런 저항도 나타내지 않았다.

프랑츠가 있는 곳은 그들로부터 멀리 떨어져 있었기 때문에 두 사람이 나눈 말은 들리지 않았다. 그러나 그 대화가 아무런 적의도 내포하지 않은 것만은 확실했다. 왜냐하면 그의 눈에 알베르와 그 시골여자가 팔짱을 끼고 그 자리를 떠나는 것이 보였기 때문이다.

잠시 그는 두 사람의 모습을 사람들 속에서 쫓고 있었다. 그러나 마첼로 거리에서 놓치고 말았다.

그때 갑자기 사육제의 폐막을 알리는 종소리가 울려퍼졌다. 그와 동시에 모든 촛불이 마법에라도 걸린 것처럼 꺼졌다. 마치 거대한 돌풍이 모든 것을 일시에 꺼버리고 만 것 같았다.

프랑츠는 깊은 어둠 속에 혼자 남겨졌다.

그와 동시에 고함 소리도 일제히 멎었다. 마치 촛불을 꺼버린 그 사나운 돌풍이 함성까지도 나꿔채간 것 같았다.

귀에 들리는 것은 이제 가면을 쓴 사람들을 집에까지 싣고 가는 마차의 울림 소리뿐이었다. 그리고 눈에 보이는 것은 이제 창문 너머에서 반짝거리고 있는 약간의 불빛뿐이었다.

사육제는 끝난 것이다.

38. 상 세바스티아노의 지하 묘지

아마도 프랑츠는 평생을 통해 이때만큼 환락에서 비애로 가는 이토록 두드러진 인상, 이토록 신속한 이동을 맛본 적은 없을 것이다. 로마 시 전체가 마치 무슨 밤의 악마가 내뿜는 마법의 입김에 의해 하나의 광대한 묘지로 화해 버린 것 같았다. 공교롭게도 이 어둠의 깊이를 더욱 깊게 만들고 있는 것은 달이 마침 기울기 시작해서 11시경이 되지 않으면 떠오르지 않는다는 것이었다. 그래서 청년이 지나가는 거리는 어둠의 밑바닥에 가라앉아 있었다. 물론 거리는 짧았다. 10분쯤 지나자 그의 마차는, 아니 백작의 마차는 런던 호텔 앞에 멎었다.

저녁식사가 기다리고 있었다. 그러나 알베르는 그렇게 빨리는 돌아오지 않을 것이라고 말했기 때문에 프랑츠는 혼자서 식탁에 앉았다.

언제나 두 사람이 함께 식사를 하는 것만을 보아온 파스토리니는 어째서 알베르가 없는가고 물었다. 그러나 프랑츠는 알베르는 엊그제 어떤 곳에 초대받아서 그쪽으로 갔다고만 대답해 두었다. 촛불이 갑자기 꺼져서 어둠이 빛을 대신하고 소란 뒤에 침묵이 찾아온 것 등이 프랑츠의 마음에 무언가 불안을 수반한 비애의 정을 아직도 남겨 놓고 있었다. 그래서 두세 번 뭔가 필요한 것은 없습니까 하고 물으러 온 주인의 친절한 배려에도 불구하고 그는 잠자코 식사를 했다.

프랑츠는 될 수 있는 대로 늦게까지 알베르를 기다려 보리라고 작정하고 있었다. 그래서 그는 11시에 마차를 준비하도록 명령하고 동시에 파스토리니에게는 설사 어떤 용건이든 알베르가 호텔에 모습을 나타내면 즉시 알려 달라고 부탁했다.

11시가 되었는데도 아직 알베르는 돌아오지 않았다. 그래서 프랑츠는 옷을 입고 주인에게 브라챠노 공작댁에서 밤을 보내게 될 것이라고 말해 놓고 호텔을 떠났다.

브라챠노 공작댁은 로마에서도 손꼽히는 기막힌 저택의 하나였다. 코로나가의 후예 중 한 사람에 해당하는 부인의 손님 접대는 그야말로 나무랄 데가 없었다. 그래서 공작이 마련하는 연회는 유럽에서도 소문난 것이었다. 프랑츠와 알베르는 로마에 올 때 공작 앞으로 된 소개장을 가지고 있었다. 그렇기 때문에 공작이 맨 먼저 프랑츠에게 물은 것은 동행중인 한 분은 어떻게 되었습니까 하는 것이었다. 프랑츠는 촛불이 꺼지기 직전에 그와 헤어졌고 마첼로 거리에서 그 모습을 놓치고 말았노라고 대답했다.

「그럼 아직 돌아오시지 않았단 말입니까?」 하고 공작이 물었다.

「지금까지 기다렸습니다만.」 하고 프랑츠는 대답했다.

「그래, 어디로 가셨는지 알고 계십니까?」

「아니오, 분명한 것은 모릅니다. 하지만 누군가와 만나기로 되어 있지 않았나 생각합니다.」

「그건 곤란하군요!」 하고 공작이 말했다. 「바깥에 늦게까지 있기에는 좋지 않은 날, 아니 그보다도 좋지 않은 밤입니다. 그렇지 않습니까, 백작 부인?」

이 마지막 말은 방금 전에 도착해서 공작의 형제인 토르로냐 씨의 팔에 기대어 걷고 있던 G…… 백작 부인을 향해 한 말이었다.

「나는 오히려 무척 멋진 밤이라고 생각해요.」하고 백작 부인은 대답했다. 「이곳에 계시는 여러분이 유감스럽게 생각하고 있는 것은 한 가지밖에 없어요. 그것은 이 밤이 너무나 빨리 지나간다는 것이에요.」

「그러니까」하고 미소를 지으면서 공작이 말했다. 「나는 이곳에 모이신 분들의 얘기를 하고 있는 것이 아닙니다. 이곳에 계시는 분들의 위험이라고 한다면 남자분은 당신에게 홀딱 반해 버리는 일, 여자분은 그렇게 아름다운 당신을 보고 질투를 한 나머지 병에 걸리게 될 일 정도입니다. 내가 말하고 있는 것은 지금 로마의 거리를 헤매고 있는 사람들의 이야기인 것입니다.」

「아니, 뭐라고요?」하고 백작 부인이 물었다. 「무도회에 가지 않는 한 지금 이 시간에 누가 로마 거리를 헤매고 있단 말씀이에요?」

「우리의 친구인 알베르 드 모르셀 얘기예요, 백작 부인. 나는 7시경 낯 모르는 여자를 쫓아가는 그와 헤어졌단 말입니다.」하고 프랑츠가 말했다. 「그때 이후 아직까지 만나지 못했단 말입니다.」

「뭐라고요? 그럼 지금 어디에 계신지 모르신단 말인가요?」

「전혀 짐작을 할 수 없습니다.」

「그래, 무기는 가지고 계신가요?」

「익살꾼의 의상을 입고 있었습니다.」

「보내서는 안 되는 것이었습니다.」하고 공작이 프랑츠에게 말했다. 「당신은 그 사람보다 로마에 대해서 더 잘 알고 계실 텐데.」

「확실히 그렇습니다. 하지만 그것은 오늘 경마에서 우승한 3번 경주마를 멈추는 것만큼이나 어려운 일이었을 겁니다.」하고 프랑츠가 대답했다. 「그나저나 대체 어떤 일이 그 사나이의 신상에 일어날 것이라고 생각하시는지요?」

「아무도 모르지요. 하지만 꽤 어두운 밤이고 테베레 강은 마첼로 거리의 바로 옆을 흐르고 있고…….」

프랑츠는 공작과 백작 부인이 생각하고 있는 것이 자기 자신의 불안과 너무나도 일치하고 있었으므로 전신에 전율이 치닫는 것을 느꼈다.

「그래서 저는 댁을 방문한다는 것을 분명히 호텔에 일러 놓고 왔습니다,

공작님.」하고 프랑츠가 말했다.「그래서 그가 돌아오면 곧 알려 주기로 되어 있습니다.」

「아니」하고 공작이 말했다.「과연 저쪽에서 우리 하인이 당신을 찾고 있는 것 같군요.」

공작이 말한 대로였다. 프랑츠의 모습을 확인하자 그 하인은 곧 다가왔다.

「각하」하고 하인은 말했다.「런던 호텔의 주인으로부터 한 사나이가 모르셀 자작의 편지를 가지고 와서 각하를 호텔에서 기다리고 있다는 전갈이 왔습니다.」

「자작으로부터의 편지를 가지고 왔다고 ?」하고 프랑츠는 소리질렀다.

「그렇습니다.」

「그래, 그는 어떤 사나이지 ?」

「저는 모릅니다.」

「어째서 직접 이곳으로 전갈을 가지고 오지 않았을까 ?」

「심부름꾼은 아무 말도 하지 않았습니다.」

「그래, 그 심부름꾼은 어디에 있지 ?」

「제가 각하에게 말씀드리기 위해 무도실로 들어서는 것을 보고는 곧 돌아갔습니다.」

「어머, 큰일이네요 !」하고 백작 부인이 프랑츠에게 말했다.「빨리 가보세요. 불쌍하게도 그분, 틀림없이 무슨 일이 생긴 거예요.」

「곧 가겠습니다.」하고 프랑츠가 말했다.

「다시 오셔서 상태를 알려 주시겠지요 ?」하고 백작 부인이 물었다.

「네, 사태가 그다지 중대하지 않다면요. 중대한 일이라면 나 자신 어떻게 될지 모르겠습니다.」

「어떻든 조심하세요.」하고 백작 부인이 말했다.

「괜찮습니다 ! 안심하십시오.」

프랑츠는 모자를 집어들고 황급히 뛰어나갔다. 그는 2시에 마중오게 한 뒤 마차를 돌려보내고 말았었다. 그러나 다행히도 브라챠노 저택은 한 쪽은 코르소 거리에 다른 한 쪽은 산티 아포스트리 광장에 면하고 있어서 런던 호텔로부터는 불과 10분 가량의 거리였다.

호텔 가까이까지 왔을 때 사나이가 도로 한가운데에 버티고 서 있는 것이 프랑츠의 눈에 띄었다. 프랑츠는 그 사람이 알베르로부터의 심부름꾼이라는 것을 곧 알았다. 사나이는 큰 외투로 몸을 감싸고 있었다. 그는 사나이에게 다가갔다. 그러나 프랑츠가 깜짝 놀란 것은 사나이 쪽에서 먼저 말을 걸어왔다는 사실이었다.

「저에게 무슨 용건이 있는가요, 각하?」하고 사나이는 그야말로 몸을 지키려는 듯이 한 걸음 뒤로 물러서며 말했다.

「자네가 아닌가?」하고 프랑츠는 물었다.「나에게 모르셀 자작으로부터의 편지를 가지고 온 사람은.」

「각하는 파스토리니의 호텔에 묵고 계십니까?」

「그렇다네.」

「각하는 자작과 함께 여행하고 계신 분인가요?」

「그렇다네.」

「각하의 성함은요?」

「프랑츠 데피네 남작.」

「그렇다면 이 편지의 수신인은 확실히 각하임에 틀림없습니다.」

「회답이 필요한가?」하고 사나이의 손에서 편지를 받아들면서 프랑츠는 물었다.

「네. 적어도 친구분은 그렇게 해주시기를 바라고 계십니다.」

「그렇다면 내 방으로 와주게. 회답을 써줄 테니까.」

「여기서 기다리는 것이 좋겠습니다.」하고 심부름꾼은 웃으면서 말했다.

「왜지?」

「편지를 읽어 보시면 사정을 알게 될 겁니다.」

「그럼 여기에서 기다려 주겠나?」

「물론입니다.」

프랑츠는 호텔로 들어갔다. 층계 앞에서 그는 파스토리니를 만났다.

「어떻게 되신 겁니까?」하고 파스토리니가 물었다.

「뭐가 말인가?」하고 프랑츠가 되물었다.

「친구분으로부터의 용건으로 찾아온 사나이를 만나셨습니까?」하고 그는 프랑츠에게 물었다.

「응, 만났어.」하고 프랑츠는 대답했다.「그래서 이 편지를 받았네. 방에 불을 켜주지 않겠나?」

주인은 보이에게 촛불을 들고 프랑츠를 안내하라고 일렀다. 프랑츠는 파스토리니가 뭔가 몹시 걱정스러운 표정을 짓고 있는 것을 깨달았다. 그 모습을 보면서 그는 한시라도 빨리 알베르로부터 온 편지를 읽고 싶은 충동을 느꼈다.

그는 촛불이 켜지자 곧 그쪽으로 다가가 편지를 펼쳤다. 편지는 알베르의 자필이었고 서명까지 곁들여져 있었다. 프랑츠는 그것을 두 번 되읽었다. 그만큼 그 편지의 내용은 뜻하지 않은 것이었다.

원문을 그대로 옮겨 싣는다.

친구여, 이 편지를 받는 즉시 책상의 네모난 서랍 속에 있는 내 돈지갑에서 예금통장을 꺼내 주게. 그것만으로 부족한 경우에는 자네의 것도 합쳐서 보충해 주게. 곧 토르로냐에게 가서 즉각 사천 피에스타의 돈을 만들어서 그것을 이 편지를 가지고 간 사람에게 건네 주게. 어떤 일이 있어도 그만한 돈이 잠시의 지체도 없이 나에게 도착하지 않으면 안 된다네.

나는 더 이상 아무 얘기도 할 수가 없네. 자네가 나를 믿듯이 나도 자네를 믿고 있네.

추신 : I believe now to Italien bandetti (나도 지금에 와서는 이탈리아에 산적이 존재한다는 것을 믿고 있네).

자네의 친구
알베르 드 모르셀

이 몇 줄의 문장 아래에 다른 사람의 필적으로 다음과 같은 이탈리아 어가 씌어져 있었다.

만일 내일 아침 6시까지 사천 피에스타의 돈이 도착하지 않으면 7시에는 알베르 자작의 목숨은 이미 존재하지 않습니다.

루이지 반파

이 제2의 서명을 보고 프랑츠는 모든 것을 분명히 알게 되었고 심부름꾼이 그의 방에 올라오기를 꺼린 이유도 알았다. 그 사나이에게는 프랑츠의 방보다 도로가 안전한 장소로 여겨졌던 것이다. 알베르는 지금까지 오랫동안 그 존재를 믿으려 하지 않았던 유명한 산적 두목의 수중에 들어가게 되었던 것이다.

이제 우물쭈물하고 있을 수는 없었다. 그는 책상으로 달려가 서랍을 열고 지정된 서랍 속의 돈지갑을, 그리고 그 돈지갑 속에서 예금통장을 발견했다. 전액 육천 피에스타 중에서 알베르는 이미 삼천 피에스타를 사용하고 있었다. 프랑츠에게는 예금통장 같은 것은 없었다. 그는 피렌체에 살고 있었고 로마에는 불과 일주일 정도 지낼 생각으로 왔기 때문에 가지고 온 돈이란 백 루이 정도이고 그나마 남은 것은 고작 오십 루이 정도였다.

따라서 프랑츠와 알베르 두 사람의 돈을 모두 합쳐도 요구받은 금액을 채우려면 아직도 칠, 팔백 피에스타가 부족했다. 이러한 경우 토르로냐 가의 호의를 기대한다는 것도 프랑츠에게는 물론 가능했다.

그래서 그는 잠시도 지체하지 않고 브라챠노 저택으로 되돌아가려 했다. 그때 문득 어떤 생각이 그의 머리에 떠올랐다.

그는 몽테 크리스토 백작을 생각해낸 것이었다. 프랑츠가 파스토리니를 불러오라고 명령하려는 그 찰나에 바로 장본인이 문간에 나타났다.

「파스토리니 군」 하고 프랑츠는 다급하게 물었다. 「백작은 방에 계실까?」

「네, 나으리. 방금 돌아오신 참입니다.」

「이미 잠자리에 드셨을까?」

「그럴 리는 없다고 생각합니다만.」

「그럼 방의 초인종을 눌러서 내가 찾아뵈어도 괜찮은지 어떤지 잠깐 여쭤봐 주게.」

파스토리니는 곧 지시하는 대로 행동했다. 그리고 5분도 채 안 되어서 돌아왔다.

「백작님이 기다리고 계십니다, 나으리.」 하고 그는 말했다.

프랑츠는 층계참을 가로질러 하인에게 안내되어 백작의 방을 방문했다. 백작은 둘레에 빙 돌아가며 쿠션이 달린 소파를 놓은, 프랑츠가 아직도 들여다본 적이 없는 작은 방에 있었다. 그는 프랑츠를 마중하러 나왔다.

「이건 정말, 무슨 바람이 불었길래 이런 시각에 일부러 찾아오셨습니까?」
하고 백작은 말했다.「혹시 야식(夜食)을 함께 해주시려고 오셨나요? 그
렇다면 정말 기쁜 일이겠습니다만.」

「아닙니다. 어떤 중대한 문제로 의논을 드리려고 왔습니다.」

「중대한 문제라고요?」하고 백작은 언제나와 같은 그 깊은 눈길로 프
랑츠의 얼굴을 뚫어지게 쳐다보면서 말했다.「대체 어떤 문제인데요?」

「누구 다른 사람은 없습니까?」

백작은 문이 있는 곳까지 갔다가 다시 돌아왔다.

「완전히 우리 둘뿐입니다.」하고 그는 말했다.

프랑츠는 알베르의 편지를 백작에게 내밀면서「읽어 보십시오.」하고 말
했다.

백작은 편지를 읽었다.

「이것 참!」하고 그는 말했다.

「그 추신을 잘 읽어 보셨나요?」

「네.」하고 백작은 말했다.「잘 알았습니다.『만일 내일 아침 6시까지 사천
피에스타의 돈이 도착하지 않으면 7시에는 알베르 자작의 목숨은 존재하지
않는다. 루이지 반파』라고 되어 있군요.」

「이것을 어떻게 생각하십니까?」하고 프랑츠가 물었다.

「요구해온 돈을 가지고 계십니까?」

「네. 하지만 팔백 피에스타가 부족합니다.」

백작은 책상으로 가서 금화가 가득 들어 있는 서랍을 열었다.「설마 나
이외의 사람과 의논하지는 않았겠지요?」

「물론입니다. 보시다시피 곧바로 이리로 왔습니다.」하고 프랑츠가 말했다.

「아니, 그건 고맙군요. 필요한 대로 가지세요.」

그렇게 말하고 백작은 프랑츠에게 서랍 속에서 돈을 꺼내 가라는 몸짓을
해보였다.

「꼭 그만한 돈을 루이지 반파에게 갖다 주지 않으면 안 될까요?」하고
이번에는 프랑츠가 백작의 얼굴을 뚫어지게 바라보면서 물었다.

「물론이지요!」하고 백작은 말했다.「스스로 생각해 보세요. 추신은 너
무나 분명해요.」

「당신이 생각해 주시면 흥정을 좀더 간단히 끝내는 방법을 찾을 수 있으리라고 생각합니다만.」하고 프랑츠가 말했다.

「어떤 방법 말입니까?」하고 백작이 놀라서 물었다.

「가령 함께 루이지 반파를 만나러 가주신다면 틀림없이 그 사나이도 알베르의 석방을 거절하지는 못하리라고 생각하는데요?」

「내가 말입니까? 대체 내가 그 산적에게 어떤 영향력을 가지고 있다고 말씀하시는 겁니까?」

「결코 잊을 수 없는 도움을 그 사나이에게 베풀어 주시지 않았습니까? 그것도 바로 얼마 전에.」

「도움이라니요?」

「페피노의 목숨을 구해 주셨지 않습니까?」

「아니 이건.」하고 백작은 말했다.「대체 누구에게서 그 얘기를 들으셨습니까?」

「누군들 어떻습니까? 어떻든 나는 알고 있습니다.」

백작은 잠시 동안 입을 다문 채 미간을 찡그렸다.

「그래서 내가 반파를 만나러 간다면 당신도 함께 가시겠습니까?」

「동행하는 게 별로 폐가 되지 않는다면요.」

「좋습니다, 알았습니다……. 날씨는 좋겠다, 로마 교외를 산책하는 것도 좋겠지요.」

「무기를 가지고 갈 필요가 있을까요?」

「무엇 때문이지요?」

「돈은요?」

「필요없습니다. 이 편지를 가지고 온 사나이는 어디에 있지요?」

「밖에 있습니다.」

「회답을 기다리고 있나요?」

「그렇습니다.」

「어디로 갈 것인지 잠깐 물어 봐야지. 이리로 부릅시다.」

「소용없습니다. 올라오려고 하지 않을 테니까.」

「당신의 방이라면 아마 그럴 테지요. 그러나 나한테라면 군말없이 올라올 겁니다.」

백작은 한길로 면한 그 작은 방의 창문께로 가서 어떤 특별한 입놀림으로 휘파람을 불었다. 그러자 외투를 입은 그 사나이가 벽에서 떨어져 길 한 가운데까지 나왔다.

「사리테(올라와)!」하고 백작은 마치 하인에게라도 명령하는 듯한 어조로 말했다. 심부름꾼은 곧 주저없이, 아니 오히려 부지런히 그 명령에 따라 입구의 네 단으로 된 돌층계를 뛰어넘어 호텔 안으로 들어왔다. 5초 뒤에는 벌써 백작의 작은 방 출입문에 와 있었다.

「아니, 자네였나, 페피노?」하고 백작이 말했다.

그러나 페피노는 대답 대신 느닷없이 무릎을 꿇고는 백작의 손을 잡고 거기에 몇 번이나 거듭 입술을 갖다대었다.

「아니, 이보게.」하고 백작은 말했다.「자네는 아직도 내가 목숨을 건져 주었다는 것을 잊지 않고 있었나? 이상하군, 그때로부터 벌써 일주일이나 지났는데.」

「당치않은 말씀입니다, 각하. 저는 평생 잊지 않을 겁니다.」하고 페피노는 깊은 감사가 깃든 목소리로 대답했다.

「평생이라니 그건 무척 길군그래! 하지만 그렇게 생각해 주는 것만으로도 충분하네. 자, 일어나서 내 질문에 대답해 주게.」

페피노는 불안스러운 눈길을 프랑츠에게 던졌다.

「아니, 이분 앞에서 얘기해도 상관없어, 내 친구이니까. 친구라고 부르는 것을 용서하세요.」하고 백작은 프랑츠 쪽을 바라보면서 프랑스 어로 말했다.

「어떻든 이 사나이를 믿게 하지 않으면 안 되니까요.」

「내 앞에서 얘기해도 괜찮아.」하고 프랑츠가 말했다.「백작의 친구이니까.」

「알겠습니다.」하고 페피노는 백작 쪽을 향해 말했다.「어서 물어 주십시오. 대답하겠습니다.」

「대체 어쩌다가 알베르 자작은 루이지에게 붙잡혔지?」

「각하, 그 프랑스 인의 마차가 테레자가 타고 있는 마차와 몇 번이나 스쳐 지나갔기 때문입니다.」

「두목의 여자 말이로군?」

「그렇습니다. 프랑스 인이 추파를 보냈기 때문에 테레자도 재미가 있어서 거기에 화답했습니다. 프랑스 인이 꽃다발을 보냈기 때문에 테레자도 거기에 응답했습니다. 물론 이것은 같은 마차에 타고 있던 두목의 허가를 받고서 한 일이었습니다만.」

「뭐라고?」하고 프랑츠가 소리질렀다.「저 로마의 시골아가씨들 마차에 루이지 반파가 타고 있었다고?」

「마부로 변장하고 마차를 몰고 있었던 것이 두목입니다.」하고 페피노가 대답했다.

「그래서?」하고 백작이 물었다.

「네, 그런 다음 프랑스 인이 가면을 벗었습니다. 테레자도 또 두목의 허락을 받고 똑같이 가면을 벗었습니다. 프랑스 인은 밀회를 신청해왔습니다. 테레자는 거기에 응했습니다. 다만 약속 장소인 상 쟈코모 사원의 층계에 간 것은 테레자가 아니라 벱포였습니다.」

「뭐라고?」하고 또다시 프랑츠가 말을 가로막고 소리질렀다.「알베르의 촛불을 빼앗은 그 시골아가씨가?……」

「그건 열다섯 살짜리 소년이었습니다.」하고 페피노가 대답했다.「하지만 속았다고 해도 친구분의 수치는 아닙니다. 벱포에게 보기좋게 걸려든 사람은 지금까지도 여러 사람 있었으니까요.」

「그래, 벱포가 자작을 성벽 밖으로 끌고 갔단 말인가?」하고 백작이 말했다.

「네, 그렇습니다. 마차 한 대가 마첼로 거리의 언저리에 대기하고 있었습니다. 벱포는 프랑스 인에게 함께 타자고 말하고 거기에 올라탔습니다. 프랑스 인은 두말 않고 올라탔습니다. 프랑스 인은 그야말로 신사답게 벱포에게 오른쪽 자리를 양보하고 자기는 그 옆에 앉았습니다.

벱포는 그때 로마에서 사 킬로 가량 떨어져 있는 별장으로 모시는 것이라고 말했습니다. 그러자 프랑스 인은 설사 세계의 끝까지라도 따라갈 생각이라고 말했습니다.

순식간에 마부는 리페타 거리를 올라가 상 파오로 문까지 마차를 몰았습니다.

그리고 교외로 나와서 이백 보쯤 달리자 프랑스 인의 태도가 너무나도 뻔뻔스러워졌기 때문에 벱포는 상대방의 가슴에 권총 두 자루를 들이댔습니다. 그러자 순식간에 마부도 말을 세우고 마부석에서 뒤를 돌아보며 마찬가지 행동을 취했습니다. 그와 동시에 알모 강 기슭에 숨어 있던 네 사람의 동료가 마차의 문에 달려들었습니다.

프랑스 인도 저항하려고 했습니다. 들은 애기에 의하면 한때 뱁포의 목을 죄기까지 했다고 합니다. 하지만 무장한 다섯 사람이 상대이고 보면 어떻게도 할 수가 없습니다. 결국 항복하지 않으면 안 되었지요. 그래서 동료들은 프랑스 인을 마차에서 끌어내려 냇가를 지나 상 세바스티아노의 지하 묘지에서 기다리고 있던 테레자와 루이지에게로 데리고 간 것입니다.」

「그랬었군! 하지만」 하고 백작은 프랑츠 쪽을 돌아보면서 말했다. 「이 애기는 꽤 재미있는 것 같습니다만, 당신은 어떻게 생각하십니까? 그 방면에 도통하신 당신으로서는.」

「정말 우습기 짝이 없는 이야기라고 생각하겠지요.」 하고 프랑츠는 대답했다. 「이것이 저 불쌍한 알베르가 아니라 누구 다른 사람의 신상에 일어난 일이라고 한다면 말입니다.」

「사실」 하고 백작이 말했다. 「내가 마침 이곳에 없었다면 이 염복은 당신 친구에게 약간 비싸게 먹힐 뻔했습니다. 하지만 안심하십시오. 그저 무서운 생각을 하신 것으로 끝날 테니까.」

「그럼 역시 데리러 가주시는 겁니까?」 하고 프랑츠가 말했다.

「물론입니다. 친구분은 무척 경치가 좋은 곳에 가 계시니까 더더구나 가 보아야지요. 당신은 상 세바스티아노 지하 묘지를 아십니까?」

「아아뇨. 아직 한 번도 내려가 본 적은 없습니다. 하지만 언젠간 반드시 내려가 보리라고 생각하고 있었습니다.」

「그렇다면 아주 좋은 기회입니다. 더 이상 좋은 기회를 만나기는 어려울 것입니다. 마차는 있습니까?」

「아아뇨.」

「뭐, 괜찮습니다. 언제나 내 앞으로, 밤낮없이 말을 매놓은 마차 한 대가 있으니까요.」

「말을 매어서 말입니까?」

「그렇습니다. 나는 대단한 변덕쟁이여서 말입니다. 사실을 말씀드리면 한밤중에 야식을 먹고 일어났을 때 문득 어딘가로 가고 싶어질 때가 가끔 있지요. 그러면 그대로 떠나 버리고 말지요.」

백작이 초인종을 한 번 울리자 하인이 모습을 나타냈다.

「마차를 차고에서 꺼내 주게.」하고 백작은 말했다. 「그리고 포킷(마차의 문 뒤쪽에 있는 자루를 말함) 속에 있는 권총은 모두 꺼내 놓게. 마부를 깨울 필요는 없어. 알리에게 부탁할 테니까.」

이윽고 마차가 입구에 와서 멎는 소리가 들렸다.

백작은 시계를 꺼냈다.

「지금 0시 반이군요.」하고 그는 말했다. 「여기서라면 아침 5시에 떠나도 충분할 겁니다. 하지만 그렇게 늦게 떠나면 당신의 친구분이 지긋지긋한 하룻밤을 보내게 되겠지요. 그러니까 서둘러 가서 그 괘씸한 놈들로부터 구출해내는 것이 좋을 겁니다. 역시 나하고 함께 가시겠지요?」

「점점 더 가고 싶어졌습니다.」

「그럼 가십시다.」

프랑츠와 백작은 페피노를 데리고 내려갔다.

입구 쪽에 마차가 와 있었다. 알리가 마부석에 앉아 있었다. 프랑츠는 그가 몽테 크리스토 섬의 동굴에 있던 저 벙어리 노예라는 것을 알았다.

프랑츠와 백작은 마차에 올라탔다. 그것은 2인승의 상자 마차였다. 페피노는 알리 옆에 앉았다. 마차는 전속력으로 달리기 시작했다.

알리는 사전에 지시를 받고 있었다. 왜냐하면 그는 코르소 거리를 지나 바치노 광장을 꿰뚫고 상 그레오리오 거리를 올라가 상 세바스티아노 문까지 곧장 마차를 몰았으니까 말이다.

문에서는 수위가 두세 마디 잔소리를 했으나 몽테 크리스토 백작이 주야 어느 때나 시내를 자유로이 드나들어도 괜찮다는 로마 총독의 허가장을 보이자 문을 열어 주었다. 수위는 수고비로 일루이 받았다. 그래서 일행은 그대로 통과했다.

마차가 달리고 있는 길은 옛날의 아피아 가도로서 양쪽에는 무덤이 나란히 늘어서 있었다. 프랑츠에게는 이따금씩 때마침 떠오르기 시작한 달빛에 보초 같은 것이 폐허에서 나오는 모습이 보이는 듯한 느낌이 들었다. 그러나 그 보초는 페피노와 무슨 신호 같은 것을 교환하고는 곧 어둠 속으로 자취를 감추었다.

카라칼라 황제의 원형 극장에 못 미쳐서 마차는 멎었다. 페피노가 문을 열기 위해 왔다. 그리고 백작과 프랑츠는 마차에서 내렸다.

「10분 뒤에는」 하고 백작이 동행자에게 말했다. 「목적지에 도착할 겁니다.」

그리고 나서 백작은 페피노를 옆에 불러 아주 낮은 목소리로 뭐라고 명령을 내렸다. 페피노는 마차의 화물칸에서 횃불을 꺼내들고 어디론가 사라졌다.

다시 5분쯤 지났다. 그 동안 프랑츠는 페피노가 좁은 샛길을 따라 경련을 일으킨 듯한 지면을 만들고 있는 로마 평원의 기복 속으로 깊숙이 돌진하여, 거대한 사자의 곤두선 갈기를 연상시키는 키가 크고 불그스름한 풀속으로 자취를 감추는 것을 보고 있었다.

「자아」 하고 백작이 말했다. 「저 사나이 뒤를 따라갑시다.」

이번에는 프랑츠와 백작이 지금 말한 그 좁은 길을 따라서 갔다. 미처 백 보도 가기 전에 언덕이 나타나고 두 사람은 조그만 골짜기 밑으로 내려갔다.

이윽고 어둠 속에서 이야기를 나누고 있는 두 사나이의 모습이 눈에 들어왔다.

「아직도 더 가야 하나요?」 하고 프랑츠가 백작에게 물었다. 「아니면 여기서 기다려야 하나요?」

「갑시다. 페피노가 우리가 왔다는 것을 파수꾼에게 알렸을 테니까.」

아니나다를까, 그 두 사나이 중의 한 사람은 페피노였다. 다른 한 사람은 망을 보고 있는 산적이었다.

프랑츠와 백작은 다가갔다. 그러자 산적이 고개를 숙였다.

「각하」 하고 페피노가 백작을 향해 말했다. 「저를 따라 오신다면 지하 묘지의 입구는 바로 저 앞입니다만.」

「좋아.」 하고 백작이 말했다. 「앞장 서서 걷게.」

과연 관목이 무성하게 우거진 뒤쪽, 바위 몇 개가 구르고 있는 새짬에 사람 하나가 겨우 빠져나갈 수 있을 정도의 입구가 뚫려 있었다.

페피노가 우선 맨 먼저 그 틈새로 몸을 밀어넣었다. 그러나 몇 발짝 걸어가자 지하도의 폭은 넓어졌다. 거기에서 그는 걸음을 멈추고 횃불에 불을 당겼다. 그리고 뒤의 두 사람이 따라오고 있는지 어떤지를 보려고 뒤를 돌아보았다.

백작이 먼저 이 바람구멍 같은 것 속으로 기어들고 프랑츠가 그 뒤를 따랐다.

지면은 완만한 경사를 이루고 있었고 전진함에 따라 폭이 넓어져갔다. 그래도 아직 프랑츠도 백작도 허리를 수그린 채 걷지 않으면 안 되었고 두 사람이 가지런히 걷는다는 것은 무리였다. 다시 백오십 보쯤 그런 식으로 전진하고 있을 때「누구냐?」하는 소리에 걸음을 제지당했다.

그리고 그와 동시에 어둠 속에서 이쪽이 들고 있는 횃불의 불빛이 기총의 총신에 닿아 번쩍 하고 빛나는 것이 눈에 들어왔다.

「우리 편이다!」하고 페피노가 말했다. 그리고 그는 혼자서 성큼성큼 걸어가더니 그 제2의 파수꾼에게 뭐라고 작은 목소리로 수근거렸다. 그러자 파수꾼은 아까의 파수꾼과 마찬가지로 고개를 숙이고 이 밤의 내방자들에게 앞으로 나가도 좋다는 신호를 해보였다.

파수꾼의 배후에는 약 스무 단으로 된 층계가 있었다. 프랑츠와 백작이 그 스무 단을 내려서자 죽음의 네거리라고나 할 장소가 나타났다. 다섯 갈래의 통로가 별 모양으로 뻗어 있고 벽면에는 관(棺) 모양을 한 감실(龕室)이 몇 단이나 파여져 있는 것으로 보아 드디어 지하 묘지 속에 들어왔음을 알 수 있었다.

어느 정도의 넓이인지 알 수 없는 이들 구멍 속에도 낮동안에는 희미하나마 햇빛이 스며들었다.

백작이 프랑츠의 어깨에 손을 얹었다.

「산적들이 휴식하고 있는 장면을 보고 싶으십니까?」하고 그는 말했다.

「네, 물론입니다.」하고 프랑츠는 대답했다.

「그럼 따라오십시오. 페피노, 횃불을 *끄게*!」

페피노는 명령에 따랐다. 그래서 프랑츠와 백작은 캄캄한 어둠 속에 갇혔다. 그러나 전방 약 오십 보쯤 되는 곳에 여전히 벽을 따라 불그스름한 몇 줄기의 빛이 어른거리고 있었다. 페피노가 횃불을 껐기 때문에 그것은 한층 더 똑똑히 구별되었다.

그들은 말없이 앞으로 나아갔다. 백작은 어둠 속에서도 눈이 보이는 불가사의한 능력을 가지고 있는 것처럼 프랑츠를 안내해 나갔다. 하기는 프랑츠도 길잡이가 되고 있는 그 빛 쪽으로 다가감에 따라 차츰 길이 보이게 되는 것을 느꼈다.

세 개의 아케이드가 있고 그 한가운데가 입구로 되어 있어서 그들은 그곳을 지나갔다.

이들 아케이드는 한쪽은 프랑츠와 백작이 있는 통로를 향해 열려 있고 반대쪽은 이미 말한 것 같은 감시로 빙 둘러싸인 네모지고 넓은 방으로 통하고 있었다.

그 방의 중앙에 네 개의 돌이 서 있었다. 위에 아직도 십자가가 얹혀져 있는 것으로 보아 그곳이 본래는 제단으로 사용되고 있었다는 것을 알 수 있었다.

돌기둥의 몸통에 하나만 놓여 있는 램프가, 깜박거리는 희미한 빛으로 그늘진 곳에 숨어 있는 이 두 사람의 방문자의 눈에 아릇한 광경을 비쳐 주었다.

한 사나이가 그 돌기둥에 팔꿈치를 짚고 앉아서, 찾아온 두 사람이 입구 쪽에서 유심히 바라보고 있는 이 아케이드 쪽에 등을 돌리고 무언가를 열심히 읽고 있었다.

그것이 산적의 수령 루이지 반파였다.

그 둘레에 스무 명 남짓한 산적이 각자의 생각대로 그룹을 만들고 혹은 외투로 몸을 감싼 채 누워 있고 혹은 납골소를 에워싸고 있는 돌의자 같은 것에 등을 기대고 있는 것이 보였다. 모두들 곧 손이 미치는 곳에 기총을 놓아 두고 있었다.

구석 쪽에는 파수꾼 하나가 희미한 그림자처럼 말없이 출입구 비슷한 곳의 앞을 이리저리 왔다갔다하고 있었다. 그곳이 출입구라는 것도 그곳 일대의 어둠이 한층 더 짙어졌기 때문에 가까스로 그것임을 알 수 있었다.

백작은 프랑츠가 이 기막힌 광경을 충분히 바라보았을 것으로 간주하고 입술에 손가락을 대어 말을 하지 말라고 신호했다. 그리고 통로로부터 납골소로 통하는 세 단의 층계를 올라가 가운데 아케이드를 통해 방으로 들어가 반파 쪽으로 다가갔다. 반파는 책을 열심히 읽고 있었기 때문에 백작의 발소리를 전혀 듣지 못했다.

「누구냐 ?」하고 반파만큼은 정신을 빼앗기고 있지 않던 파수꾼이 램프의 불빛으로 무언가 사람의 그림자 같은 것이 수령의 등 뒤에 크게 번지는 것을 확인하고는 소리질렀다.

이 고함 소리에 반파는 퍼뜩 일어나며 허리에서 권총을 뽑아들었다.

순식간에 산적들이 일제히 일어나 스무 정의 기총이 그 총구를 백작 쪽으로 들이댔다.

「왜들 그러나?」하고 백작은 냉정하기 이를 데 없는 목소리로 얼굴 근육 하나 움직이지 않고 침착하게 말했다.「왜 그러나, 반파 군. 친구를 맞이하는 자세치고는 너무 어마어마하군그래!」

「총을 내려!」하고 수령은 한쪽 손으로 명령의 신호를 내림과 동시에 다른 한쪽 손으로 공손하게 모자를 벗었다.

그리고는 이 모든 장면의 주역인 불가사의한 인물 쪽을 돌아보며「죄송합니다, 백작님.」하고 말했다.「찾아오시리라고는 꿈에도 생각하지 못했기 때문에 그만 결례를 했습니다.」

「자네는 무슨 일이든 곧잘 잊어버리는 것 같군. 반파.」하고 백작이 말했다. 「사람의 얼굴뿐만 아니라 주고받는 약속까지도 잊어버린 것 같으니 말야.」

「대체 어떤 약속을 제가 잊었다고 하시는 건지요, 백작님?」하고 산적은 만일 자기가 잘못을 저질렀다면 당장에 그것을 보상하지 않으면 미안해서 견딜 수 없다는 듯한 태도로 물었다.

「이런 약속이 아니었던가?」하고 백작이 말했다.「나 자신뿐만 아니라 내 친구에 대해서도 손가락 하나 건드리지 않겠다고 말야?」

「그런데 어떤 점에서 제가 그 약속을 어겼다고 하시는 건지요, 각하!」

「자네는 오늘밤 알베르 드 모르셀 자작을 납치해서 이곳으로 데리고 왔어. 그런데 알겠나?」하고 프랑츠가 저도 모르게 몸서리칠 만큼 냉엄한 목소리로 백작은 계속 말했다.「그 청년은 다름 아닌 내 친구 중 한 사람이라고. 나와 같은 호텔에 묵고 있고 바로 내 마차로 일주일 동안 코르소 거리를 돌아다니고 있었어. 그런데 자네는, 다시 한 번 말하네만 그 청년을 납치해가지고 이곳으로 데리고 왔어. 그리고」하고 백작은 호주머니에서 예의 편지를 꺼내면서 덧붙였다.「다른 시시한 사람들에게 하듯이 몸값을 요구했어.」

「네놈들 어째서 나에게 사전에 말하지 않았지?」하고 수령은 부하들 쪽을 돌아보면서 말했다. 부하들은 그 눈초리에 질려서 모두들 주춤하고 물러섰다. 「어째서 네놈들은 이런 식으로 백작님과의 약속을 어기도록 일을 만들었지?

네놈들의 목숨은 모두 백작님의 마음 하나에 달려 있어. 예수님의 피에 걸고 말하지만 만일 너희들 중 누군가가 저 젊은 분이 각하의 친구라는 것을 알고 있으면서 그랬다면 나는 이 손으로 그놈의 정수리를 뻐개 버리고 말 테다.」

「어떻습니까?」하고 백작은 프랑츠 쪽을 돌아보면서 말했다.「말씀드린 대로 여기에는 어떤 착오가 있었던 것입니다.」

「아니, 혼자 오신 것이 아니었습니까?」하고 반파가 불안스러운 듯이 물었다.

「이 편지의 수신인과 함께 왔네. 나는 그분에게 루이지 반파는 약속을 지키는 사나이라는 것을 증명해 보이고 싶었던 거라네. 자, 이쪽으로 오시지요, 각하.」하고 백작이 프랑츠에게 말했다.「루이지 반파가 직접 자기 입으로 엉뚱한 실수를 저질러서 미안하다는 얘기를 할 것입니다.」

프랑츠는 다가왔다. 수령은 프랑츠를 맞이하려고 두세 걸음 앞으로 나왔다.

「저희들한테 잘 오셨습니다, 각하.」하고 반파는 말했다.「지금 하신 백작님의 말씀과 거기에 대한 제 대답을 들으셨을 줄 압니다. 한 말씀 더 덧붙이자면 친구분의 몸값으로서 사천 피에스타를 요구한 일에 대해서는 없었던 것으로 해주시기 바랍니다.」

「하지만」하고 프랑츠는 불안스러운 듯이 주위를 둘러보면서 말했다. 「붙잡힌 내 친구는 어디에 있습니까? 보이지 않는데요.」

「아무런 일도 없을 테지?」하고 백작이 미간을 찡그리면서 물었다.

「저쪽에 계십니다.」하고 파수를 보는 산적이 그 앞을 왔다갔다하고 있는 구석진 곳을 반파는 손으로 가리키면서 말했다.「제가 직접 가서 자유로운 몸이 되셨다는 것을 알려드리고 오지요.」

수령은 지금 자기가 알베르의 유폐 장소라고 손으로 가리킨 곳을 향해 뚜벅뚜벅 걸어갔다. 프랑츠와 백작은 그 뒤를 따라갔다.

「붙잡힌 분은 어떻게 하고 계시냐?」하고 반파가 파수꾼에게 물었다.

「아니, 이건 정말, 수령님.」하고 파수꾼은 대답했다.「저는 도무지 영문을 모르겠습니다. 벌써 한 시간 전부터 움직이는 소리조차 전혀 들리지 않습니다.」

「두 분 모두 들어오시지요.」하고 반파가 말했다.

백작과 프랑츠는 여전히 수령의 뒤를 따라 일고여덟 단의 층계를 올라갔다.

550

반파는 빗장을 벗기고 문을 밀어서 열었다.

그러자 납골소를 비추고 있던 것과 똑같은 램프의 불빛 그늘에서 알베르가 한 산적으로부터 빌린 외투를 몸에 두른 채 한쪽 구석에 누워 세상 모르고 잠자고 있는 것이 보였다.

「허어！」하고 백작은 그 특유의 미소를 지으면서 말했다.「아침 7시에 총살당하게 되어 있는 사람치고는 꽤 대단하군.」

반파는 잠들어 있는 알베르를 감탄한 듯한 모습으로 물끄러미 바라보고 있었다. 상대방의 이러한 용기있는 태도를 보고 분명히 그는 감동하고 있었던 것이다.

「말씀하시는 그대로입니다, 백작님.」하고 그는 말했다.「이분은 과연 친구분이라고 할 만한 데가 있는 것 같습니다.」

그리고 나서 그는 알베르 옆으로 다가가 어깨에 손을 얹고「각하」하고 말했다.「이제 그만 깨어나시지요！」

알베르는 두 팔을 뻗어 눈꺼풀을 비비고 그런 다음 눈을 떴다.

「아니, 이건.」하고 그는 말했다.「자네였나, 두목. 좀더 잠을 자게 그냥 두지 않고. 멋진 꿈을 꾸고 있었는데. 토르로냐의 저택에서 G…… 백작 부인과 갤롭 춤을 추는 꿈을 꾸고 있었단 말일세！」

그는 시간이 가는 것을 자기가 확인할 수 있기 위해 특별히 부탁해서 남겨 놓았던 시계를 끄집어냈다.

「아직 한 시 반 아닌가！」하고 그는 말했다.「대체 무엇 때문에 이런 시간에 사람을 깨우고 야단인가？」

「자유로운 몸이 되셨다는 것을 말씀드리기 위해서입니다, 각하.」

「이보게.」하고 알베르는 그야말로 태평스러운 어조로 말했다.「앞으로는 대 나폴레옹의 이런 명언을 잘 기억해 두게.『나쁜 소식이 아니면 나를 깨우지 말라.』라는 말 말야. 그대로 잠을 자게 두었으면 갤롭 춤을 끝까지 출 수 있었을 텐데. 그랬으면 평생을 두고 자네에게 감사했을 텐데……. 그렇다면 몸값을 지불해 주었단 말인가？」

「아닙니다, 각하.」

「그럼, 어째서 자유로운 몸이 되었지？」

「저로서는 어떤 명령이라도 무조건 승복할 수밖에 없는 어떤 분이 각하의 신병을 인수하러 오셨습니다.」
「여기까지 ?」
「네, 여기까지요.」
「그 정말, 무척 친절한 사람이로군, 그 어떤 분이란 양반은 !」
알베르는 주위를 둘러보다가 프랑츠가 거기에 있는 것을 확인했다.
「난 또」 하고 그는 말했다. 「자네였군그래, 프랑츠 군, 이렇게까지 애를
써준 것은 ?」
「내가 아닐세.」 하고 프랑츠가 대답했다. 「우리의 이웃인 몽테 크리스토
백작이라네.」
「아아, 이건 정말, 백작.」 하고 알베르는 넥타이와 커프스를 바로잡으면서
쾌활하게 말했다. 「당신은 정말 친절한 분이십니다. 언제까지나 은혜를 잊지
않겠습니다. 우선 첫째로 마차를 내주신 일, 그리고 이번의 일 !」
그렇게 말하고 그는 백작에게 손을 내밀었다. 그러자 백작은 그에게 손을
내밀려다가 그 순간 퍼뜩 몸을 떨었다. 하지만 결국은 손을 내밀었다.
산적의 수령은 이러한 자초지종을 어이없는 표정으로 바라보고 있었다.
사실 그는 지금까지 잡혀온 사람이 자기 앞에서 무서워 떠는 것만을 보아
왔었다. 그런데 여기에 한 사람, 타고난 장난기를 조금도 잃지 않는 사람이
있었던 것이다. 프랑츠는 산적 앞에서도 알베르가 프랑스 인으로서의 명예를
지켜 준 데에 몹시 만족해하고 있었다.
「알베르 군」 하고 프랑츠가 말했다. 「자네만 서둘러 주면 우리는 아직도
토르로냐 저택에 가서 밤을 새울 만한 여유가 있는데 말야. 도중에 그만둔
갤롭 춤을 마저 출 수가 있지. 그렇게 되면 이번 사건에 대해서 그야말로
신사적으로 행동해 준 루이지 각하에 대해서 앞으로도 원망을 품지 않아도
될 텐데 말야.」
「그렇겠군 !」 하고 알베르는 말했다. 「자네 말이 옳아. 2시까지는 그쪽에
도착할 수 있을 테지. 루이지 각하」 하고 알베르는 계속했다. 「여기서 떠
나려면 아직도 뭔가 절차를 밟아야만 하는가요 ?」
「아무것도 필요없습니다.」 하고 산적은 대답했다. 「이젠 그야말로 바람처럼
자유롭습니다.」
「그렇다면 즐겁고 유쾌하게 보내기로 하지. 자, 여러분, 가십시다 !」

그렇게 말하고 알베르는 프랑츠와 백작 앞에 서서 층계를 내려서고 네모난 큰 홀을 가로질렀다. 산적들은 모두 일어서서 모자를 손에 들고 있었다.

「페피노」하고 수령이 말했다.「횃불을 이리 주게.」

「왜, 대체 무얼 하려고?」하고 백작이 물었다.

「바래다 드리려는 겁니다.」하고 수령이 말했다.「각하에 대한 저희들의 최소한의 성의입니다.」

그렇게 말하고 그는 양치기인 페피노의 손에서 불이 당겨진 횃불을 받아들고 손님들 앞에 서서 걷기 시작했다. 그것은 비굴하게 사명을 다하는 하인의 태도가 아니라 대사들을 거느린 왕과도 같은 태도였다.

출구까지 오자 그는 고개를 숙였다.

「여기에서 다시 한 번, 백작님.」하고 그는 말했다.「새삼 사과드리는 바입니다. 이번의 일은 이것으로 완전히 잊어 주시리라고 생각합니다만.」

「물론이지, 반파 군.」하고 백작은 말했다.「더욱이 자네는 매우 신사적인 태도로 과오를 보상해 주었어. 덕분에 나는 자네가 과오를 저지른 것을 오히려 감사하고 싶을 정도라네.」

「두 분 나으리」하고 수령은 두 사람의 청년 쪽을 돌아보면서 말했다.「별로 달가운 초청은 아닐는지도 모르겠습니다만 만일 언제든 찾아 주실 의향이 계시다면 설사 어디에 있더라도 크게 환영하겠습니다.」

프랑츠와 알베르는 인사를 했다. 백작이 맨 먼저 밖으로 나가고 알베르가 거기에 따랐다. 프랑츠가 마지막에 남았다.

「각하는 뭔가 저에게 물어 보고 싶으신 것이 있는 모양입니다만.」하고 반파는 미소를 지으면서 말했다.

「사실은 그렇다네.」하고 프랑츠가 대답했다.「우리가 찾아왔을 때 자네가 그렇게 열심히 읽고 있던 책이 무엇인지 알고 싶다네.」

「케사르의《갈리아 전기》입니다.」하고 산적은 말했다.「그건 제가 애독하는 책입니다.」

「이봐, 안 오는 건가?」하고 알베르가 물었다.

「갈게.」하고 프랑츠가 대답했다.「지금 곧 갈게!」

그렇게 말하고 그도 바람구멍에서 나왔다.

일동은 평원을 몇 걸음 전진했다.

「아, 잠깐 실례.」하고 말하고 알베르가 되돌아갔다.「빌려 주겠소, 두목 ?」
그렇게 말하고 그는 반파의 횃불에서 궐련에 불을 붙였다.

「자아, 백작」하고 알베르는 말했다.「서둘러 가십시다 ! 나는 무슨 일이
있어도 오늘밤은 브라챠노 공작네 집에서 지내고 싶습니다.」

아까 두고 온 자리에 마차가 기다리고 있었다. 백작이 뭐라고 한마디 아랍
어로 알리에게 말하니까 말은 전속력으로 달리기 시작했다.

두 사람의 친구가 무도실로 되돌아온 것은 알베르의 시계로 꼭 2시였다.

두 사람이 되돌아온 것은 대단한 사건이었다. 그러나 두 사람이 함께 방으로
들어섰으므로 알베르에 대해서 사람들이 품고 있던 불안도 순식간에 사라
졌다.

「부인」하고 알베르는 백작 부인 쪽으로 다가가서 말했다.「어제 부인은
나와 갤롭 춤을 추어 주시겠다고 약속하셨습니다. 그 친절한 약속을 지켜
달라고 부탁하기에는 조금 지각을 했지만 거짓말을 하지 않는 사나이라는
것을 부인도 알고 계시는 이 친구가, 이 지각은 내 탓이 아니라는 것을 보증해
주리라고 생각합니다.」

그리고 그때 마침 음악이 왈츠의 신호를 보냈기 때문에 알베르는 백작
부인의 허리에 팔을 돌리고 부인과 함께 춤의 소용돌이 속으로 휩쓸려 들
어갔다.

그러는 동안 프랑츠는 알베르가 몽테 크리스토 백작에게 손을 내밀었을
때 이를테면 강요당했을 때처럼 백작의 전신을 휩쓸었던 그 이상한 전율에
대해서 생각하고 있었다.

39. 약   속

다음날, 알베르는 깨어나자마자 프랑츠에게 백작을 찾아가 보지 않겠는
냐고 말했다. 전날 밤에 이미 인사는 차렸지만 어제밤 같은 친절에 대해서는
거듭 고맙다는 말을 해야 할 필요가 있다는 것을 그는 알고 있었다.

프랑츠 역시 공포가 뒤섞인 매력으로 몽테 크리스토 백작에 이끌리고 있었기 때문에 알베르 혼자만 백작에게 보내고 싶지는 않았다. 그래서 함께 갔다. 두 사람은 객실로 안내되었다. 5분쯤 지나자 백작이 모습을 나타내었다.

「백작」하고 알베르가 다가가면서 말했다.「어제밤 충분히 말씀드리지 못한 것을 오늘 아침 다시 한 번 말씀드리려고 왔습니다. 당신이 어떤 도움을 나에게 주셨는가 하는 것을 나는 평생 잊을 수 없을 겁니다. 또 당신이 목숨을 살려 주셨다는 것을, 혹은 거기에 가까운 일을 해주셨다는 것을 죽을 때까지 마음에 새겨 둘 생각입니다.」

「아니 무슨.」하고 백작은 웃으면서 대답했다.「그렇게까지 고마워하실 것은 없습니다. 고작 여행 비용이 이만 프랑쯤 절약되었을 뿐이니까요. 문제 삼으실 것까지도 없습니다. 그보다도 당신이야말로」하고 백작은 덧붙였다. 「정말 훌륭했습니다. 그때의 그 두둑한 배짱 하며, 태평스러움 하며, 정말 대단하더군요.」

「어쩌는 수 없었지 뭡니까, 백작!」하고 알베르는 말했다.「나는 고약한 싸움에 걸려들어서 이제부터 결투를 벌여야 한다고 생각하고 있었습니다. 그리고 그 산적들에게 이것만은 꼭 가르쳐 줘야지 하고 생각하고 있었던 것입니다. 즉, 전세계 어디서나 결투는 하지만 그것을 웃으면서 하는 것은 프랑스 인뿐이라는 것을 말입니다. 그러나 그렇다 하더라도 당신에게 큰 은혜를 입은 것은 사실입니다. 그래서 이렇게, 내 친구라든가 내 친지를 통해서 무슨 도움이 되어 드릴 일은 없을까 하고 찾아뵌 것입니다.

내 아버지인 모르셀 백작은 본래 스페인 태생이지만 프랑스와 스페인에서 높은 지위에 계십니다. 그러니까 나뿐만 아니라 나를 사랑해 주는 모든 사람에게, 무엇이든 사양지 마시고 부탁 말씀을 해주십사 하고 이렇게 찾아왔습니다.」

「실은」하고 백작이 말했다.「솔직히 말씀드리지만 모르셀 씨, 나는 당신이 그렇게 말씀해 주시기를 기다리고 있었습니다. 따라서 기꺼이 받아들이겠 습니다. 실은 한 가지 큰 일을 부탁하려고 진작부터 당신을 눈여겨 보아오고 있었습니다.」

「어떤 일인가요?」

「나는 아직 파리에 가본 일이 없습니다. 파리를 모르기 때문에……」

「정말입니까?」하고 알베르가 소리질렀다.「당신이 아직껏 파리에 와보신 일이 없다니, 도저히 믿어지지 않습니다!」

「그런데 사실이 그렇습니다. 하지만 나 역시 당신이 생각하고 계신 것처럼 더 이상 저 지적인 세계의 도시를 모르고 있을 수는 없다고 생각하고 있습니다.

아니, 만일 지금까지 누구든 친지 한 사람 없는 파리의 사교계를 안내해 주는 사람이 있었다면 나는 벌써 옛날에 절대로 필요한 이 여행을 떠났을 것입니다.」

「아니, 정말, 당신 같은 분이!」하고 알베르가 소리질렀다.

「아니, 송구스럽습니다. 하지만 나 자신으로서는 단지 재산을 가졌다는 점에서 아그와드 씨나 로스차일드 씨와 맞먹을 정도의 주제밖에 안 된다고 생각하고 있고 게다가 투기를 목적으로 파리에 가는 것도 아니므로 지금 말씀드린 아주 사소한 사정으로 지금까지 가지 못한 것입니다.

하지만 지금 당신의 제안을 듣고 결심했습니다. 어떻습니까? 약속을 해 주시겠습니까? 모르셀 씨(백작은 그렇게 말하면서 야릇한 미소를 지었다), 내가 파리에 가면 나를 위해서 사교계의 문을 열어 주시겠다고 약속하시겠습니까? 어떻든 그곳에서는 나 같은 사람은 마치 퓨론 인이나 중국인과 마찬가지일 테니까요.」

「아니, 그런 일이라면 백작, 기꺼이 그리고 멋지게 해낼 용의가 있습니다!」하고 알베르는 대답했다.「게다가(프랑츠 군, 너무 그렇게 나를 놀리지 말라고!) 마침 오늘 아침에 받은 편지에서 파리로 돌아오라는 분부를 받고 있으니까 더욱 기꺼이 그 일을 해내겠습니다. 그 편지에 의하면 아주 인상이 좋은, 게다가 파리 사교계의 최상층에 속하는 한 가정과 나 사이에 어떤 관계가 맺어지게 되었다는군요.」

「즉, 혼담이라는 거로군?」하고 프랑츠가 웃으면서 말했다.

「바로 그렇다네. 그래서 다음에 자네가 파리로 돌아올 무렵에 나는 완전히 안정이 되어서 어쩌면 한 가정의 아버지가 되어 있을걸세. 나는 선천적으로 성실한 사나이니까 이건 아마 잘 어울리리라고 생각하네만. 안 그런가? 어떻든 백작, 다시 한 번 말씀드리지만 나도 그렇고 내 가족도 그렇고 당신을 위해서라면 최선을 다해 봉사할 것입니다.」

「호의를 달갑게 받겠습니다.」 하고 백작은 말했다. 「왜냐하면 이런 기회가 없었기 때문에 꽤 오래 전부터 생각은 하고 있었으면서도 이 계획을 실행에 옮길 수가 없었으니까요.」

프랑츠는 그것이 일찍이 백작이 몽테 크리스토 섬의 동굴 안에서 잠깐 얘기한 계획이라는 것을 조금도 의심하지 않았다. 그래서 그는 백작이 이야기하고 있는 동안 파리에 가려 하는 의도가 그의 표정에서 엿보이지 않을까 해서 상대방 얼굴을 뚫어지게 바라보고 있었다. 그러나 이 인물의 심중을 꿰뚫어본다는 것은, 특히 그것이 미소로 감춰져 있을 때는 매우 어려운 일이었다.

「하지만 말입니다, 백작.」 하고 알베르는 백작 같은 인물을 소개할 수 있게 된 데에 완전히 우쭐해져서 말했다. 「그 계획이라는 것은 우리가 여행지에서 잇따라 무수하게 생각하는, 마치 사상누각 같은, 조금만 바람이 불어도 곧 꺼져 없어지고 마는 그런 것은 아닐 테지요?」

「아니, 절대로 그렇지 않습니다.」 하고 백작은 말했다. 「나는 무슨 일이 있어도 파리에 가고 싶은 것입니다. 가지 않으면 안 됩니다.」

「그래, 그건 언제쯤으로 계획하고 있습니까?」

「당신은 언제쯤 파리로 돌아가실 겁니까?」

「나 말입니까?」 하고 알베르는 말했다. 「물론 2주일, 늦어도 3주일 뒤에는 돌아갈 겁니다. 즉 여기에서 돌아가는 데 소요되는 시간뿐입니다.」

「그렇다면」 하고 백작이 말했다. 「3개월 뒤로 결정하지요. 그 정도라면 여유는 충분할 테니까.」

「그럼 3개월 뒤에는」 하고 알베르는 기뻐서 소리질렀다. 「우리 집에 오시는 거지요?」

「몇 월 몇 일, 몇 시라는 식으로 분명히 결정할까요?」 하고 백작이 말했다. 「말해 두지만, 나는 시간 약속에는 무척 정확한 사람입니다.」

「몇 월 몇 일, 몇 시라는 식으로 말입니까?」 하고 알베르가 말했다. 「나로서는 이의가 없습니다.」

「그럼 그렇게 합시다.」 하고 백작은 거울 앞에 걸려 있는 달력을 가리켰다.

「오늘은」 하고 그는 말했다. 「2월 21일이지요? (그러면서 시계를 꺼내 들고) 지금 오전 10시 반입니다. 그럼 5월 21일 오전 10시 반에 기다려 주시겠습니까?」

「좋습니다!」 하고 알베르는 말했다. 「오찬 준비를 해놓겠습니다.」

「댁은 어디지요?」

「에르데 거리 27번지입니다.」

「아직 방 하나에 살고 계시겠죠? 폐가 되지는 않을까요?」

「아버지 집에 살고 있기는 하지만 그래도 완전히 떨어진 마당 뒤쪽에 있는 방이니까요.」

「좋습니다.」

백작은 수첩을 꺼내어 『에르데 거리 27번지, 5월 21일 오전 10시 반』이라고 적어넣었다.

「그럼」 하고 백작은 수첩을 호주머니에 넣으면서 말했다. 「안심하십시오. 댁의 시계 바늘도 내 것보다 더 정확하지는 못할 테니까.」

「떠나기 전에 다시 한 번 뵐 수 있을까요?」 하고 알베르가 물었다.

「그건 그때 가봐야 알겠지만 언제 떠나지요?」

「내일 오후 5시에 떠납니다.」

「그렇다면 지금 여기서 작별 인사를 드리겠습니다. 실은 나폴리에 볼일이 있어서 토요일 저녁이나 일요일 아침이 아니면 이곳에 돌아올 수가 없기 때문이에요. 그런데 당신도」 하고 백작은 프랑츠를 향해 물었다. 「역시 떠나시나요, 남작?」

「네.」

「프랑스로?」

「아니요, 베네치아로 갑니다. 나는 아직도 1년이나 2년은 이탈리아에 있을 겁니다.」

「그럼 파리에서는 뵐 수가 없겠군요?」

「유감입니다만 그렇게 되지 않을까 생각합니다.」

「그렇다면 두 분 모두 안녕히 가십시오.」 하고 백작은 두 친구에게 각각 손을 내밀면서 말했다.

프랑츠가 이 인물의 손을 만진 것은 이번이 처음이었다. 그는 오싹하고 몸을 떨었다. 왜냐하면 그 손이 죽은 사람의 손처럼 싸늘했기 때문이다.

「그럼 다시 한 번 말씀드립니다만」 하고 알베르가 말했다. 「분명히 정해진 겁니다, 에르데 거리 27번지, 5월 21일 오전 10시 반이라고.」

「5월 21일 오전 10시 반, 에르데 거리 27번지.」하고 백작이 되풀이했다.

그래서 두 청년은 백작에게 인사를 하고 나갔다.

「대체 어떻게 된 거야?」하고 알베르는 방으로 돌아오자 프랑츠에게 말했다.「몹시 걱정스러운 표정을 하고 있으니.」

「응」하고 프랑츠가 말했다.「실은 그렇다네. 백작은 알 수 없는 인물이지 않은가? 그래서 그 사람이 자네와 파리에서 만나기로 약속한 것이 나는 걱정된다네.」

「약속을 한 것이…… 걱정된다고? 이봐, 자네 조금 머리가 이상해진 것 아닌가, 프랑츠 군?」하고 알베르가 소리질렀다.

「하는 수 없는 일이지 뭐.」하고 프랑츠가 말했다.「머리가 어떻게 됐는지 어떤지는 모르지만 어떻든 걱정이 된단 말일세.」

「이것 봐.」하고 알베르가 말했다.「자네에게 이런 말을 할 수 있는 기회가 생겨서 나로서는 반갑네만, 보아하니 자네는 지금까지 언제나 백작에 대해서는 꽤 냉담했었지. 하지만 반대로 백작 쪽에서는 우리들에게 그야말로 더할 나위 없이 친절한 태도를 보여 주었어. 자네는 뭔가 백작에 대해 특별한 앙심이라도 품고 있는 것 아닌가?」

「글쎄, 그럴지도 모르지.」

「여기서 만나기 전에 전에 어딘가에서 만난 적이 있었나?」

「그렇다네.」

「어디서?」

「이제부터 얘기하는 것은 다른 사람에게 한마디도 말하지 않겠다고 약속해 주겠나?」

「약속하지.」

「명예를 걸고 맹세하겠나?」

「명예를 걸고 맹세하지.」

「좋아, 그럼 얘기하지.」

그래서 프랑츠는 알베르에게 예의 몽테 크리스토 섬까지 원정했던 일, 그리고 거기에서 밀수꾼의 무리와 만났고 다시 그 무리 속에 있던 두 사람의 코르시카 산적과 만난 경위를 얘기해 주었다.

특히 저 『천일 야화』의 동굴 속에서 백작이 꿈과 같은 기막힌 접대를 해준 사실을 상세하게 이야기했다. 만찬에 대한 것, 하시시에 대한 것, 조상(彫像)에 대한 것, 현실과 꿈에 대한 것, 그리고 다음날 아침 깨어났을 때는 수평선 아득히 포르토 베코를 향해 항진해가는 작은 요트 그림자를 제외하고는 그러한 모든 일들의 증거도 흔적도 하나 남아 있지 않았다는 사실 등을 얘기해 주었다.

그리고 로마에서의 일, 콜로세움에서의 밤의 일, 몰래 엿들은 대화, 즉 페피노에 관해서 백작과 반파가 나눈 대화에서 백작이 페피노의 특사를 얻어내겠다고 확약한 일, 그리고 그 약속을, 이미 독자 제군도 알고 있듯이, 백작이 얼마나 멋지게 수행했는가 하는 것 등을 이야기했다.

그리고 그는 마침내 어제밤의 사건에 대한 이야기를 했다. 몸값의 액수를 채우는 데는 육, 칠백 피에스타가 모자란다는 것을 깨달았을 때의 곤혹스러웠던 일, 그리고 백작에게 의논해 보리라고 문득 생각한 일, 그 생각이 이러한 만족할 만한 훌륭한 성과를 나타내기에 이르렀다는 것을 상세히 이야기했다.

알베르는 프랑츠의 이야기를 열심히 듣고 있었다.

「그래서 대체」 하고 그는 프랑츠의 이야기가 끝나자 대뜸 말했다. 「지금 한 이야기의 어디에 이상한 대목이 있다는 말인가 ? 백작은 여행가이고 돈이 많으니까 자기 배를 가지고 있는 거지. 포츠머스나 새잔프턴에 가보게. 그와 비슷한 변덕스러운 도락을 가진 영국 부자들의 요트로 항구가 꽉 차 있으니까.

몽테 크리스토 섬만 하더라도 한가로운 여행 도중의 쉼터이지. 나는 최근 4개월, 자네는 4년 동안이나 이곳에서 줄곧 먹어와야 했던 역겨운 요리를 먹지 않아도 되게끔, 또 잠도 편히 잘 수 없는 이런 지독한 침대에 눕지 않아도 되게끔, 백작은 몽테 크리스토 섬에 쉼터를 하나 만들어 제대로 된 설비를 갖추어 놓았을 뿐이라고.

설비가 다 갖추어지자 만일 토스카나 정부로부터 추방이라도 당하게 되어 들인 돈이 허사가 되지는 않을까 해서 백작은 섬을 고스란히 사들이고 스스로 섬의 이름을 자신의 이름으로 부르기로 한 것일 테지.

이보게 자네, 잘 생각해 보게. 우리가 알고 있는 사람 중에서 한 번도 가져 본 적이 없는 땅 이름까지 자신의 이름으로 내세우고 있는 무리가 얼마나

560

많은가를.」

「하지만」 하고 프랑츠는 말했다. 「일행 중에 코르시카의 산적이 있었다는 것은?」

「뭐, 그런 것은 별로 이상할 것도 없지. 누구보다도 자네 자신이 잘 알고 있을 테지, 응? 코르시카의 산적은 도적이 아니라 무슨 복수라도 했다가 자기의 고장이나 마을에서 쫓겨난 단순한 수배자일 뿐이야. 그러니까 놈들을 만난다고 해서 체면에 관계되는 일은 아니야. 나부터도 코르시카 섬에 갈 일이 생기면 총독이나 지사에게 소개받기 전에 우선 콜롬바(메리메의 동명의 소설에 나오는 코르시카의 여주인공)의 산적을 소개받을걸세. 물론 줄이 닿았을 때 얘기지만. 그 무리들은 아마도 멋있을걸세.」

「하지만 반파와 그 일당은?」 하고 프랑츠는 말했다. 「그 무리들은 돈을 빼앗기 위해 사람을 붙들어가는 산적이라고. 자네도 그것은 부정하지 못할 텐데. 그런 패거리에게 백작이 세력을 가지고 있다는 것을 자네는 어떻게 생각하지?」

「이것 보게나. 나는 그 세력 덕분에 목숨을 건졌기 때문에 너무 파고들어서 그 문제를 따지고 싶지는 않네. 그러니까 자네처럼 중대한 죄라고 말하면서 백작을 비난하지 않고 관대하게 보아 넘긴다고 해도 자네는 인정해 줄 테지? 내 목숨을 살려 주었다고 말하면 아마 지나친 말이 될 테지만 어떻든 사천 피에스타라는 돈을 내지 않아도 되었으니까. 사천 피에스타라고 하면 프랑스 돈으로 이만 사천 프랑이라는 거액이니까 말일세. 프랑스에서라면 나를 그런 값어치로 평가해 주는 사람은 절대로 없었을걸세. 즉 이것은」 하고 알베르는 웃으면서 덧붙였다. 「예언자는 고향에서 받아들여지지 않는다는 얘기일세.」

「그런데 바로 거기에 문제가 있다네. 백작은 대체 어느 나라 사람이지? 어느 나라 말을 사용하고 있지? 무엇으로 생활을 꾸려 나가고 있지? 그 막대한 재산은 어디에서 온 것이지? 현재의 생활을 저토록 어둡고 사람을 싫어하도록 만든, 수수께끼에 싸인 저 사람의 미지의 전반생은 어떠한 것이었지? 내가 자네라면 그 점을 꼭 알고 싶어할 텐데 말야.」

「프랑츠 군」 하고 알베르가 말했다. 「내 편지를 받고 아무래도 백작의 힘을 빌려야 하겠다고 생각했을 때 자네는 그 사람에게 가서 이렇게 말했을 테지? 『친구인 알베르 드 모르셀이 위험한 지경에 있습니다. 그를 위험에서 구출하기 위해 아무쪼록 힘이 되어 주십시오.』하고 말야」

「그랬지.」

「그때 백작은 자네에게 이렇게 묻던가? 『알베르 드 모르셀 씨란 누구지요? 그 사람의 이름의 유래는? 그 사람의 재산은 어디에서 온 거지요? 무엇으로 생활을 꾸려 나가고 계시지요? 국적은 어디인가요? 태생은 어디지요?』라고 말일세. 그런 것을 그 사람이 묻던가, 응?」

「아니, 그런 일은 묻지 않았어, 확실히.」

「그 사람은 그냥 와주었어. 그리고 반파 군의 손에서 나를 구출해 주었어. 그곳에서 나는 자네가 말하듯이 겉으로는 그야말로 활달하게 행동하고 있었지만 솔직히 말해서 마음속으론 몹시 겁을 먹고 있었다네.

그런데 이보게, 그 정도의 일을 해주었으면서 그 답례로서 나에게 부탁한 것은 지나던 길에 파리에 들르는 저 많은 러시아나 이탈리아의 공작에게 누구나 매일처럼 해주고 있는 일, 즉 사교계에 소개시켜 주는 일이라네. 그런데도 그것을 거절하라는 건가! 농담일 테지, 프랑츠. 자네는 머리가 어떻게 된 거라고!」

여느 때와 달리 이번만은 알베르 쪽이 이치에 닿는 말을 하고 있었다고밖에 말할 수 없다.

「그렇게 말한다면」하고 프랑츠는 한숨을 쉬면서 말했다.「하고 싶은 대로 하는 수밖에 없겠지. 자네가 지금 한 말은 솔직히 얘기해서 하나하나가 모두 그럴 듯하니까. 하지만 그렇더라도 역시 몽테 크리스토 백작은 기괴한 인물일세.」

「몽테 크리스토 백작은 자선가라네. 무슨 목적으로 파리에 온다는 얘기는 하지 않았지만 실은 말일세, 몽티용 상(몽티용은 19세기 초까지 살아 있었던 경제학자로서 선행상을 마련했다)의 후보로 나서기 위해 오는 거라고. 그런데 만약 상을 받는 데 내 표와 수상을 결정하는 저 추하고 괴이한 얼굴을 가진 영감의 지지만 받으면 된다면, 좋네, 내 표도 줄 것이고 저 영감의 지지도 받게 해주겠어.

이쯤에서 프랑츠 군, 이제 이 이야기는 집어치우고 밥이나 먹도록 하세. 그리고 마지막으로 다시 한 번 상 피에토로 사원을 참배하고 오지 않으려나?」

알베르의 이 제안은 실행되었다. 그리고 다음날 오후 5시에 두 청년은 헤어졌다. 알베르 드 모르셀은 파리로 돌아가고 프랑츠 데피네는 2주간 체재 예정으로 베네치아로 떠났다.

그러나 마차에 오르기 전에 알베르는 다시 또 몽테 크리스토 백작에게 전해 달라면서 호텔 보이에게 명함을 맡겼다. 그는 초청한 상대가 약속을 잊을까 봐 걱정되었던 것이다. 그 명함의 『알베르 드 모르셀 자작』이라는 글자 밑에 그는 연필로 다음과 같이 써넣었다.

에르데 거리 27번지
5월 21일 오전 10시 반

40. 빈   객

알베르 드 모르셀이 로마에서 몽테 크리스토 백작과 재회를 약속한 그 에르데 거리의 저택에서는 5월 21일의 그 약속을 지키기 위해 모든 준비가 갖추어지고 있었다.

알베르 드 모르셀은 넓은 앞뜰 한 모퉁이, 하인용 건물과 마주보고 있는 별채에 살고 있었다. 이 별채의 창문은 두 개만이 가로에 면하고 있었고 다른 세 개는 앞뜰을, 측면의 다른 두 개는 정원을 향해 열려 있었다.

이 앞뜰과 정원 사이에 제정(帝政)식의 몰취미한 건축 양식으로 세워진 모르셀 백작 부부의 광대한 주택이 자리잡고 있었다.

이 저택의 가로폭 가득히 가로에 면해 군데군데에 화초분을 얹은 담이 솟아 있고, 그 한가운데가 끊어져서 금빛으로 칠해진 창끝이 달린 철책문으로 되어 있었다. 이것이 정면 입구였다. 따로 문지기 오두막과 거의 붙어 있는 작은 문이 하나 있어서 이것이 사용인들, 또는 저택의 주인들이 걸어서 드나들 때의 통용문으로 되어 있었다.

알베르의 주거로서 이 별채가 선택되었다는 것에서 아들과 떨어져서 살고 싶지는 않지만 알베르 같은 나이의 청년에게는 완전한 자유가 필요하다는 것을 이해한 어머니의 자상한 마음씨가 엿보였다. 동시에 한편으로는, 이것도 말해 두지 않으면 안 되지만, 거기에는 또 황금빛 조롱에 넣어진 새처럼 마음내키는 대로 멋대로 살아가는 양가집 자녀의 빈틈없는 이기주의도 엿볼 수 있었다.

가로에 면한 그 두 개의 창을 통해 알베르 드 모르셀은 밖을 내다볼 수 있었다. 밖을 내다본다는 것은 다른 사람이 자기의 시계(視界)를 가로질러 가는 것을 끊임없이 보고 있기를 원하는 젊은이들에게 있어서는 필요불가결한 일이다. 설사 그 범위가 단지 가로에 한정되어 있다고 하더라도 말이다!

그리고 그렇게 밖을 내다보고 있다가 그 탐색이 더 철저한 검토를 해볼 값어치가 있다고 생각되면 알베르 드 모르셀은 앞에서 말한 문지기 오두막 옆의 작은 문과 짝을 이루고 있는 별도의 작은 입구로 빠져나가 마음껏 그 탐색을 계속할 수가 있는 것이었다. 이 작은 입구에 대해서는 특별히 설명을 해두지 않으면 안 된다.

그것은 이 저택이 지어진 그날 이후 모든 사람에게 잊혀지고 있다고나 할, 그대로 영구히 닫혀진 채로 있는 것으로 여겨지고 있을 듯한 조그만 문이었다. 그토록 사람 눈에 띄지 않는, 먼지를 뒤집어쓰고 있는 문이었지만 자물쇠나 경첩에 정성껏 기름이 칠해져 있는 것으로 보아 남모르게, 그리고 끊임없이 사용되고 있음을 알 수 있었다.

눈에 띄지 않는 이 작은 문은 다른 두 개의 문과 겨루고 있었다. 마치 《천일 야화》에서 유명한 동굴의 문이 알리바바의 『열려라 참깨』라는 불가사의한 문구로 열리듯이, 더없이 부드러운 목소리로 무언가 주문을 외든가 손가락으로 살며시 신호의 노크를 하면 저절로 열려서 문지기의 감시나 권한 따위를 무시하고 문지기를 비웃고 있는 것 같았다.

이 작은 문을 들어서면 대기실로 되어 있는 넓고 조용한 복도가 있고 그 끝의 오른쪽에 앞뜰에 면한 알베르의 식당이 있었다. 그리고 왼쪽에는 정원을 바라보는 그의 작은 객실이 있었다. 이 두 방만이 일층에 있기 때문에 버릇없는 눈에 의해 엿보임을 당할 우려가 있었으나 나무라든가 덩굴풀이 창문 앞에 부챗살 모양으로 퍼져 있기 때문에 그 내부는 앞뜰에서도 정원 쪽에서도 보이지 않게 되어 있었다.

이층에는 역시 이것과 똑같은 방이 두 개 있고 다시 아래층 대기실 위에 방이 또 하나 있었다. 그 세 개의 방은 객실, 침실, 그리고 거실로 되어 있었다.

아래층 객실은 담배를 피우는 사람들을 위한, 알제리아 풍의 쿠션이 달린 긴의자의 방이라고 해도 좋았다.

이층의 거실은 침실과 통할 수 있게 되어 있었고 다시 숨겨진 문에 의해 층계와 통하고 있었다. 모든 것이 빈틈없이 짜여져 있음을 이것으로도 알 수 있다.

이 이층의 위 전체는 벽이나 간막이를 제거한 넓은 아틀리에로 되어 있어서 예술가와 멋쟁이가 서로 힘을 겨루고 있는 수라장 같은 모습을 나타내고 있었다. 거기에는 알베르가 차례로 변덕을 일으켜 손에 넣은 것이 수장되어 있고 쌓아올려져 있었다.

사냥 나팔이 있는가 하면 각종 저음 악기나 피리 종류에서부터 관현악의 악기 한 벌이 갖추어져 있었다. 그것은 알베르가 한때 음악 취미라기보다 오히려 도락을 가지고 있었기 때문이다. 또 이젤이나 팔레트, 그리고 파스텔도 있었다. 그것은 음악 도락에 이어 한때는 그림에 몰두했었기 때문이다.

그리고 다시 펜싱의 연습칼, 복싱 글러브, 또 목검이나 온갖 종류의 지팡이 등도 있었다.

이것은 시대의 유행을 좇는 청년들의 일반적인 전통에 따라 알베르 드 모르셀도 음악이나 그림의 경우보다는 훨씬 더 끈질기게 무인으로서의 교육을 완성시키는 세 가지 기술, 즉 펜싱, 복싱, 봉술(俸術)을 수련하고 있었기 때문이다. 그리고 그는 육체의 온갖 단련을 위해 배정된 이 방에 그리지에, 쿠크, 샤를, 루브세 같은 달인들을 차례로 맞아들이고 있었던 것이다.

그 밖에 이 특별한 방에 있는 가구는 우선 프랑수아 1세(16세기 프랑스의 국왕) 시대의 오래된 물건들이었다. 그 골동품들 중에는 중국의 도자기나 일본의 꽃병, 루카 데 라 로비아(15세기 피렌체의 조각가)의 도자기나 베르나르드 파리시(16세기 프랑스의 도예가)의 접시 따위가 가득히 놓여 있었다.

그리고 앙리 4세(16세기 말부터 17세기 초에 걸친 프랑스의 유명한 왕) 또는 쉬리(앙리 4세의 친구인 정치가), 루이 13세(앙리 4세의 아들로서 17세기 초의 프랑스 왕. 유명한 루이 14세의 아버지) 또는 리셜리외(루이 13세에게 봉사한 대정치가)가 앉았었던 것이 틀림없는 옛날풍의 팔걸이의자. 왜냐하면 그 두 개의 팔걸이의자에는 왕관 밑에 세 개의 프랑스 백합꽃이 감청색 바탕에 반짝이고 있는 문장(紋章)이 새겨져 있었기 때문인데 그것은 분명히 루브르 궁의 창고라든가 또는 적어도 어느 왕궁의 창고에서 나온 것이 틀림없었다.

그을은 간소한 천을 입힌 그 팔걸이의자들 위에는 페르시아의 햇빛으로 물들여졌거나 또는 캘커타나 산데르나고르(모두 인도의 도시)의 여인에 의해 짜여진 선명한 색채의 화사한 직물이 난잡하게 던져져 있었다.

그러한 직물이 무엇 때문에 거기에 있는지 아무도 몰랐을 것이다. 그것들은 사람의 눈을 즐겁게 해주면서 소유주 자신도 아직 모르는 용도를 가지고 있었다. 그리고 그때까지 그 윤기있고 화사한 빛으로 방 전체를 밝게 해주고 있었다.

방안에서 가장 사람의 눈을 끄는 곳에 롤레와 브랑셰의 작품인 자단(紫壇)으로 된 피아노 한 대가 놓여 있었다. 그것은 소인도(小人島)의 객실 같은 우리 나라의 객실에 딱 들어맞는 작은 피아노이기는 했으나 좁으면서도 잘 울리는 상자 안에 주악석을 지니고 있어서 베토벤, 베버, 모차르트, 하이든, 그레토리(18세기부터 19세기 초에 걸친 프랑스 작곡가), 포르폴라(18세기 이탈리아 작곡가) 등의 걸작의 무게에 신음 소리를 낼 수 있는 것이었다.

그리고 또 도처에, 혹은 사방의 벽을 따라 또는 문 위에 또는 천장에 갖가지 칼이나 단도, 크리크나 쇠망치, 도끼, 또는 금빛으로 칠해지고 금은의 상감을 입힌 명주 한 벌이나 이파리 표본, 광석, 나아가서는 움직임이 없는 비상(飛翔) 때문에 불꽃 같은 빛깔의 두 날개를 펼치고 두 번 다시 닫혀지지 않는 부리를 벌리고 있는 박제된 새 따위가 있었다.

이 방이 알베르가 특별히 마음에 들어하는 방이었음은 말할 것도 없다.

그러나 약속된 그날에는 청년은 통상의 예복으로 갖추어 입고 아래층의 작은 객실에 도사리고 있었다. 거기에는 푹신하고 기분좋은 쿠션이 달린 긴의자로 멀리 에워싸인 탁자 위에 페테르부르그의 황엽(黃葉)에서부터 메릴란드, 푸에르토리코, 라타키아의 것에서부터 나아가서는 시나이의 흑엽(黑葉)에 이르기까지 온갖 유명한 담배가, 네덜란드 인이 귀중하게 여기는, 잔금이 가도록 구운 항아리 안에서 빛나고 있었다.

그 옆에 있는 향나무의 함 안에는 길이와 품질에 따라 퓰로스, 레가리아, 하바나, 마닐라 등의 궐련이 늘어놓여 있었다.

다시 활짝 열려 있는 선반에는 갖가지 모양의 독일 파이프, 호박의 물부리를 달고 산호로 장식된 터키 곰방대, 금상감이 새겨지고 모로코 가죽의 관이 뱀처럼 꿈틀거리는 수연관(水煙管 : 물곰방대) 등의 수집품이 주르륵 늘어 놓여서 끽연자의 변덕이나 기호에 따라 사용되기를 기다리고 있었다. 이러한 정돈, 아니 정돈이라기보다 오히려 조화를 이룬 난잡스러움은 알베르 자신이 솜씨를 부린 것이지만, 지금의 오찬 손님은 커피를 마신 뒤에 이런 것들이 자기들의 입에서 새어나가서 제멋대로 긴 나선 모양을 이루고 천장으로 피어올라가는 담배 연기를 통해서 바라보기를 좋아한다.

10시 15분 전에 하인 하나가 들어왔다. 그는 영어밖에 지껄일 줄 모르는, 보통 존이라고 하는, 열다섯 살 짜리 하인 아이로 알베르가 부리고 있는 유일한 하인이었다. 물론 평소에도 저택의 요리인을 마음대로 부릴 수 있었고 무언가 특별한 일이 있을 때는 아버지의 하인을 부리는 것도 그에게는 허용되고 있었다.

제르망이라는 이름을 가진, 젊은 주인으로부터 전폭적인 신뢰를 받고 있는 그 하인은 손에 든 신문 다발을 탁자 위에 놓고 편지 다발을 알베르에게 건네 주었다.

알베르는 그 여러 통의 편지를 흘끗 한 번 바라보고 나서 좋은 향기가 나는 봉투에 든, 필적이 아름다운 두 통을 골라서 봉함을 뜯었다. 그리고 약간 조심스럽게 그것을 읽었다.

「이 편지는 어떻게 왔지?」하고 그는 물었다.

「한 통은 우편으로 오고 다른 한 통은 당그랄 부인의 하인이 가지고 왔습니다.」

「당그랄 부인에게 관람석의 초청을 기꺼이 받아들이겠다고 전하도록 하게. 잠깐 기다려……. 그리고 너는 낮동안에 로자에게 가서 초청한 대로 오늘밤 오페라가 끝나고 나서 야식을 함께 하자고 전하고. 키프로스와 헤레스, 그리고 말라가의 포도주를 두루 갖추어서 술 여섯 병과 오스탄드의 굴을 한 통 가져다 주게……. 굴은 보렐의 가게에서 사야 해. 내가 먹을 거라고 말하고.」

「식사는 몇 시에 하실 건가요?」

「지금 몇 시지?」

「10시 15분 전입니다.」

「그럼 정각 10시 반에 와주게. 도브레는 아마 관청에 가지 않으면 안될 테니까…… 그리고……(알베르는 수첩을 뒤적여 보았다) 내가 백작에게 약속한 것은 틀림없이 그 시간이야. 5월 21일 오전 10시 반. 백작의 약속을 크게 기대하고 있는 것은 아니지만 나로서는 정확하게 지키고 싶으니까. 그런데 어머님은 벌써 일어나셨는가 ?」

「원하신다면 가서 보고 오겠습니다.」

「응…… 어머님의 리큐르를 한 상자 주십사고 부탁해 주게. 내 것은 전부 갖추어지지 않아서 말일세. 그리고 내가 3시쯤 찾아뵙고 어떤 분을 소개해 드리겠다고 전해 주게.」

하인 아이는 나갔다. 알베르는 긴의자에 몸을 던지고 두세 종류의 신문의 봉함을 뜯고 연극란을 훑어보았으나 발레가 아니라 오페라가 상연되고 있는 것을 보고 얼굴을 찡그렸다. 그리고는 화장품 광고란에서 다른 사람에게서 들은 반죽치약의 광고를 찾았으나 발견되지 않았다. 그래서 파리에서도 가장 알려져 있는 그 세 개의 신문을 차례로 집어던지고 길게 하품을 하면서 중얼거렸다.

「정말 이 신문들은 점점 더 시시해지는군.」

바로 그때 한 대의 경쾌한 마차가 문 앞에 와서 멎었다. 그러자 곧 방금 전의 하인 아이가 되돌아와서 루시앙 도브레 씨의 내방을 알렸다. 금발, 창백한 얼굴, 자신에 찬 잿빛 눈, 엷고 차가운 입술을 가진 몸집 큰 청년이 조각된 금단추를 단 푸른 연미복에 하얀 넥타이를 메고 명주실로 매단 대모갑 (玳瑁甲)의 코안경을 끼고——이 사나이는 이따금 눈썹과 광대뼈 근처의 근육을 움직여서는 그 코안경을 오른쪽 눈구멍에 잘 끼워 넣었다——웃음 기없는 얼굴로 말없이 들어섰다.

「여어, 루시앙, 어서 오게 !」하고 알베르가 말했다.「자네의 정확성에는 정말 놀라겠군 ! 아니, 정확할 정도가 아니야 ! 어차피 제일 늦게 나타나 리라고 생각하고 있던 자네가 10시 5분 전에 찾아오다니. 분명히 정한 시간은 10시 반인데 말이야 ! 놀라운 일이야 ! 설마 내각이 무너진 것은 아닐 테지 ?」

「아니, 이 사람아.」하고 청년은 긴의자에 몸을 파묻으면서 말했다.「안 심하게. 노상 건들거리기는 하지만 절대로 쓰러지지는 않을 테니까. 게다가 나는 오로지 안정을 향해서 가고 있다고 믿기 시작했다네. 언젠가 반도(이베리아 반도, 즉 스페인을 말함)의 사건이 완전히 우리의 입장을 확고부동한 것으로 만들어 줄 것이라는 것은 별도로 치고라도 말일세.」

「아아, 그렇지. 자네들은 돈 카를로스를 스페인에서 추방하려 하는 거지.」(돈 카를로스(1788 — 1855)는 스페인 왕 카를로스 4세의 둘째 아들. 형 페르난드 7세가 죽은 뒤 왕위를 놓고 왕녀 이자벨라와 다투고 프랑스로 망명했으나 패했다.)

「그게 아닐세, 이 사람. 혼동해서는 안 되네. 우리는 그를 프랑스의 국경 너머에서 다시 데리고 와서 부르쥐에다 엄숙하게 모시려는걸세.」

「부르쥐에다?」

「그래. 돈 카를로스로서도 군소리가 있을 턱이 없지. 왜냐하면 부르쥐는 샤를 7세의 수도이니까(백년전쟁 후기에 샤를 7세는 파리에 있는 영국왕에 대항하여 부르쥐에다 정부를 세워 놓고 있었다). 어째서 자네는 이 얘기를 모르고 있었나? 어제부터 파리 시내에 온통 알려져 있었는데. 더욱이 이 사실은 주식 거래소에는 엊그제부터 새나가고 있었다네. 왜냐하면 당그랄 씨가(그 사나이가 어떤 수단으로 우리와 동시에 정보를 입수하고 있는지 나는 모르지만) 예측 매입을 해서 벌써 백만 가량이나 벌어들였으니까.」

「자네도 어쩐지 새 훈장을 받은 것 같군. 가슴의 훈장 장식에 또 하나 푸른 약수(略綬)가 늘어나는 것 아닌가?」

「뭐, 샤를 3세 대훈장을 받았네만.」 하고 도브레는 아무렇지도 않다는 듯이 대답했다.

「괜찮으니까 그렇게 무관심한 태도를 하지는 말게. 그것을 받아서 기쁘다고 솔직히 털어놓게.」

「확실히 기쁜 것은 틀림없어. 멋을 부리는 데 보탬은 되지. 대훈장은 단추가 달린 검은 연미복에는 잘 어울리니까. 정말 멋이 있지.」

「게다가」 하고 알베르는 싱글싱글 웃으면서 말했다. 「프린스 오브 웨일즈나 라이히쉬타트 공작처럼 보일 테니까.」

「이렇게 이른 아침부터 자네 집에 온 것은 실은 그 때문일세.」

「샤를 3세 대훈장을 받았으니까 그 기쁜 소식을 나한테 전하려고 말인가?」

「그렇지 않다네. 어제밤 편지를 발송하느라 꼬박 밤을 새웠어. 급히 발송할 외교 문서 스물다섯 통이나 말일세. 오늘 아침 새벽녘에 집에 돌아가서 잠을 자려고 했지만 머리가 아파서 잠을 잘 수가 있어야지. 그래서 일어나서 한 시간쯤 말을 탔지.

그런데 브로뉴까지 오니까 따분해짐과 동시에 배가 고프더군. 이 두 가지 적이 동시에 찾아오는 일은 좀처럼 없는 일이지만 그것이 손을 맞잡고 엄습해오더라구. 이를테면 돈 카를로스 당과 공화파의 동맹군이라고나 할까 그때, 오늘 아침 자네 집에서 한턱 내기로 한 것이 생각나더군. 그래서 이렇게 찾아왔지.

자, 배가 고파 못 견디겠네. 뭔가 먹여 주게. 그리고 따분하네. 뭔가 재미있는 얘기를 들려 주게.」

「그건 주인으로서의 내 역할일세, 여보게.」 하고 알베르는 초인종을 눌러 하인을 부르면서 말했다. 루시앙은 터키 돌이 박힌 금손잡이가 달린 지팡이 끝으로 펼쳐진 채로 있는 신문을 퉁겨 버렸다.「제르망, 헤레스(셀리 주를 말함) 한 잔과 비스킷을 가져다 주게. 이보게 루시앙, 음식이 나올 때까지 자, 여기에 궐련이 있네. 물론 밀수품이지만 말일세. 이걸 맛보게. 그리고 나서 자네네 대신(장관)에게 가서 그런 호두잎 같은 것을 선량한 시민들에게 무작정 피우게 하지 말고 이것과 비슷한 것을 만들어 팔도록 권고해 주지 않겠나 ?」

「당치 않은 소리 ! 그런 일은 사양하겠네. 자네는 관제품이라면 무엇이든 싫어하면서 마구 깎아내리니까. 게다가 그런 것은 내무성 관할이 아니라 재무성 관할이라네. 간접세과(間接稅課)의 위망 씨에게나 말해 보게. A복도의 26호실이니까.」

「정말로」 하고 알베르는 말했다.「자네의 지식이 해박한 데는 그저 놀라울 뿐이네. 자, 괜찮으니까 궐련을 피워 물게 !」

「아아, 자작」 하고 루시앙은 도금한 촛대에서 타고 있는 분홍빛 촛불에서 마닐라 궐련에 불을 당기고 긴의자에 몸을 젖히면서 말했다.「자작, 아무것도 할 일이 없는 자네는 얼마나 행복한가 ? 실제 자네는 자기가 얼마나 행복한지를 모르고 있어 !」

「나의 친애하는 제왕국의 평정자여.」 하고 알베르는 가벼운 익살을 담고 말했다.「아무것도 할 일이 없다면 자네는 대체 어떻게 되지 ? 응 ? 장관의 특별 비서관으로서 유럽의 큰 음모에도, 파리의 작은 책모의 와중에도 휩쓸리고, 보호해야 할 왕들이, 아니 그 정도가 아니라 여왕님들이 몇 분이나 계시고, 정당도 규합하지 않으면 안 되고 선거도 지휘하지 않으면 안 되고 말야.

나폴레옹이 칼과 승리로 전장을 지배한 것 이상으로 펜과 전보로 내각을 마음대로 움직이고 있잖은가. 봉급 외에 이만 오천 리블의 연수가 있고, 샤토 루노가 사백 루이를 주겠다고 해도 내놓으려 하지 않을 정도의 말을 가지고 있고, 바지 마춤에는 절대로 실수가 없는 양복점을 거느리고, 오페라 좌가 있는가 하면 조키 클럽도, 바리에테 좌도 있어. 그런데도 자네는 기분풀이를 할 거리가 없다는 건가? 좋아, 그렇다면 내가 기분풀이를 시켜 주지.」

「어떻게 말인가?」

「새로운 인물을 소개해 줄게.」

「남자인가, 여자인가?」

「남자일세.」

「뭐라고? 남자라면 지겨울 만큼 아는 사람이 많네!」

「하지만 내가 말하는 것 같은 인물은 모를걸.」

「그 남자는 어디에서 왔나? 세계의 끝에서라도 왔나?」

「어쩌면 좀더 멀리에서 왔을지도 모른다네.」

「홍! 설마 그놈이 우리에게 점심을 가져다 준다는 건 아닐 테지?」

「아니, 안심하게. 점심은 어머니의 주방에서 만들고 있으니까. 자네는 그렇게도 배가 고픈가?」

「응, 말하기 창피하지만 실제로 그렇다네. 어제는 빌포르 씨네 집에서 저녁을 먹었는데 자네는 그걸 깨달은 적이 있나? 그런 재판소 친구들 집의 밥은 아주 맛이 없다는 걸 말야. 그들은 언제나 마치 뒤가 켕기는 사람들 같단 말이야.」

「홍! 남의 집 식사를 마음껏 헐뜯게. 장관들 집에서만 푸짐하게 먹을 테니까.」

「글쎄. 하지만 적어도 우리는 제대로 된 인간은 초대하지 않는다네. 사상이 온건하고 무엇보다도 우리쪽에 유리한 투표를 해줄 시시한 무리를 초대할 필요가 없다면 장관 집의 식사 따위는 제발 사양하고 싶네. 사실이라고, 이건.」

「그럼 이보게, 헤레스를 한 잔 더하고 비스킷을 하나 더 드는 게 어떤가?」

「기꺼이 먹겠네. 자네 집의 이 스페인 술은 정말 맛이 좋군. 자네도 우리가 그 나라를 평화롭게 해준 것이 얼마나 올바른 일이었던가를 알 수 있을 테지?」

「응. 하지만 돈 카를로스는?」

「뭐, 돈 카를로스는 보르도 주를 마시고 있기만 하면 된다네. 그리고 10년쯤 후에 그자의 아들을 어디 적당한 왕녀와 결혼시켜 주면 되는 거지.」

「그때 자네가 아직도 내각에 있다면 아마 토와존 도르(오스트리아, 스페인의 최고 훈장) 감이겠군.」

「이봐, 알베르, 아무래도 자네는 오늘 아침 연막으로 나의 배를 채우게 할 모양이로군.」

「그렇다네. 밥주머니를 기쁘게 해주려면 그게 제일이라네. 아니, 잠깐, 대기실 쪽에서 보샹의 목소리가 들리는군. 자네들 둘이서 토론을 벌이게. 그러면 아마 참을 수 있을걸세.」

「무슨 토론을 하란 말인가?」

「신문에 대한 것이라도.」

「이것 보게.」 하고 루시앙은 더할 수 없는 경멸의 빛을 띠며 말했다. 「내가 신문 같은 것을 읽는다고 생각하나?」

「그러니까 더더욱 자네들의 토론은 활기를 띨 거란 말일세.」

「보샹 님이 오셨습니다.」 하고 하인이 알렸다.

「자, 자, 들어오게, 무서운 기자 양반!」 하고 알베르는 일어서서 청년을 맞이하면서 말했다. 「이것 보게, 이 도브레라는 친구는 적어도 본인의 얘기에 의하면 자네가 쓴 것을 읽어 보지도 않고 자네를 괜히 싫어한다네.」

「당연한 얘기지.」 하고 보샹이 말했다. 「나 역시 마찬가지라네. 나도 이 친구가 무엇을 하고 있는지도 모르고 이 친구를 비판하고 있으니까. 안녕, 훈3등(熏三等) 씨.」

「아니, 자네는 벌써 알고 있나?」 하고 특별 비서관은 신문기자에게 미소를 던지면서 악수를 나누었다.

「물론이지!」 하고 보샹은 대답했다.

「그래 세상에서는 이 사실을 뭐라고들 말하고 있나?」

「어느 세상에서 말인가? 세상이라고 하지만 이 1838년의 시대에는 여러가지가 있으니까.」

「물론 자네가 그 스타의 한 사람인 엄정비판파(嚴正批判派)의 세상 말일세.」

「지극히 당연한 일이라고들 말하고 있지. 그리고 자네도 무척 붉은 것(피를 말함)을 뿌렸으니까 푸른 싹(훈2등의 약수가 푸른 색인 데서 온 익살)이 나올 때도 되었는데 하고들 말하고 있다네.」

「그건 나쁘지 않군.」 하고 루시앙이 말했다. 「어째서 자네는 우리들의 동료가 되지 않는 거지, 보샹 군? 자네만한 재능이 있으면 3, 4년쯤 지나면 성공할 것이 틀림없는데 말이야.」

「그래서 자네의 그 충고에 따르려고 단지 한 가지만을 기다리고 있다네. 즉, 6개월은 확실히 계속될 내각 말일세.

그런데 이번에는 자네에게 한 가지 묻겠는데 알베르 군, 이건 이 불쌍한 루시앙에게 조금 숨돌릴 시간을 주어야 하겠기 때문인데, 대체 우리는 점심을 얻어 먹게 되는 건가? 아니면 저녁을 먹게 되는 건가? 나는 의회에 가지 않으면 안 된단 말일세. 잘 알겠지만 우리의 사업은 모두가 장미빛은 아니니까 말이야.」

「점심을 먹게 될걸세. 이제 두 사람만 기다리면 된다고. 그 두 사람이 나타나면 곧 식사를 시작하세.」

〈Ⅱ권으로 계속〉

몽테 크리스토 백작 I

■ 저 자 / 알렉상드르 뒤마
■ 역 자 / 박　수　현
■ 발행자 / 남　　　용
■ 발행소 / 一信書籍出版社

주소 : 121-110 서울 마포구 신수동 177-3
등록 : 1969. 9. 12. NO. 10-70
전화 : 영업부 703-3001~6
　　　편집부 703-3007~8
　　　FAX 703-3009
ⓒ ILSIN PUBLISHING Co. 1990.

값 12,000원